# 飞吧，翅膀

绿笙 著

陕西新华出版
太白文艺出版社·西安

图书在版编目（CIP）数据

飞吧，翅膀 / 绿笙著 .-- 西安：太白文艺出版社，2025.2.--ISBN 978-7-5513-2899-9

Ⅰ .I247.5

中国国家版本馆 CIP 数据核字第 2025QE3610 号

飞吧，翅膀
FEIBA CHIBANG

作　　者　绿　笙
责任编辑　汤　阳
封面设计　李　李
版式设计　宁　萌
出版发行　太白文艺出版社
经　　销　新华书店
印　　刷　四川科德彩色数码科技有限公司
开　　本　787mm × 1092mm　1/16
字　　数　440 千字
印　　张　25
版　　次　2025 年 2 月第 1 版
印　　次　2025 年 2 月第 1 次印刷
书　　号　ISBN 978-7-5513-2899-9
定　　价　89.00 元


联系电话：029-81206800
出版社地址：西安市曲江新区登高路 1388 号（邮编：710061）
营销中心电话：029-87277748　029-87217872

献给
林森哲文，一位少年对哈利·波特的痴迷，
触发了一位作家对挑战想象力的尝试。
林代可立，一个孩童对"马故事"的兴
趣，给了这双翅膀飞翔的勇气。

# 目录

CONTENTS

# 雀—燕—之战

# 第一章

咕噜和母亲躲在这棵高大的红豆杉树间已好长一段时间了，红豆杉茂密的枝叶将他们遮盖得严严实实的，从外面根本看不到这两只似乎惊魂未定的燕子。咕噜和他母亲一样，上身都长着发出金属光泽的黑色羽毛，栗色的头部，唯一不同的是咕噜腹部有一丛耀眼的淡粉红色的羽毛，母亲的腹部则是雪白的羽毛。那是咕噜的父亲在儿子身上烙下的遗传印迹，男燕身上很少有这么漂亮的粉红色，淡淡的，好像不经意间燃烧着一丛温柔的火焰。正是这一点，使咕噜的父亲成为这个家燕家族中引鸟注目的伟男燕。咕噜从飞出巢穴第一天开始，就成了雏燕中当之无愧的帅哥，他喜欢在飞翔时听风掀动这片耀眼粉红色的声音。然而，爸爸！想到这个词，咕噜幼小的心田感到一阵钻心的刺痛，眼泪抑制不住地溢满眼眶，眼神中满是惊恐和茫然。他转头看着母亲似睡着般一动不动地将身体紧紧地扒在粗大树干上，听到母亲越来越重的呼吸声，心里一激灵，用翅膀急切地拍着母亲，尖声叫道："妈妈，妈妈，你怎么了？你怎么了？我怕，我好怕。"

格格，这只看起来非常疲惫的母燕显然受伤了，翅膀上凝固的血将羽毛凝结在一起，白色腹部也被血染成触目惊心的血红色。因失血过多，她的脸色苍白得可怕，刚才她昏睡过去了，听到儿子急促而惊恐的呼叫，她慢慢睁开眼睛，勉强对儿子挤出一个微笑："咕噜，没事，妈妈刚才只是因为太累睡着了一会儿。"她努力站稳脚跟，受伤的翅膀一阵抽搐，令她忍不住发出一声呻吟，但她随即巧妙地用一声笑掩饰了过去。她晃晃没受伤的翅膀，动动身子，尽量将腹下那片肮脏的血痂用身体盖住，示意儿子靠近些。

咕噜听到母亲说话，心里踏实了许多，急忙挪到母亲身边。对，只能挪，不能飞，这是母亲找到这棵红豆杉树作为暂时藏身之所时特意交代的，她说飞翔的声响容易暴露目标。咕噜将自己的头送到母亲轻抚过来的翅膀下，问道："妈妈，我们这是要飞到哪里去啊？我们还要在这里待多久？我们不能回家了吗？"

面对儿子抛过来的一连串问题，母亲没有回答，而是警惕地环视四周，确信没什么异常情况后才说："咕噜，刚才妈妈睡着那会儿你没看到……什么吧？"母亲犹豫了一下，把原本对象明确的那个词生生吞回去了。

"没有，妈妈，我什么也没看到，好像这片林子只有我们两只燕子，什么鸟也没有。"咕噜回答母亲的话，但他没明白母亲话中的意思。他现在想的是还能不能回家，母亲还没有回答他的问题。

西山上这片茂密的森林死一般寂静，或许所有的鸟都吓跑了，也或许他们都在睡觉，离天亮还有一段时间，似乎还没有哪一只勤快的鸟这么早起来干活。母亲听了儿子的回答，再次努力睁开眼睛，在晨曦之中环视周围，确信没什么动静，方才轻轻舒了口气，用那只没有受伤的翅膀将儿子颤抖的身体揽紧，尽量用轻松的语气说："孩子，别怕，都过去了，谁也不会找到这里来。过两天，我们就飞到温暖的东南亚去。明年春天……明年春天，我们找到别的燕子家族……就……就能回家了……"

母亲这番吞吞吐吐的话，却给咕噜心里点燃了希望。要知道，现在他幼小的心灵是多么需要希望和温暖啊！

是啊，刚刚过去的一幕让才出生一个月，刚学会飞翔，天真烂漫的小男燕无法接受。当他从睡梦中惊醒，就被母亲揪紧翅膀向无边的黑夜里疾飞，他看到父亲与三只麻雀搅在一起，让他和母亲快走。母亲含泪把在蒙眬睡意中根本不知道发生了什么事的他挡在身后。他听到父亲的怒吼声和麻雀们的尖叫声，于是，他死命地飞啊，飞啊，跟着母亲飞。他不知道母亲怎么会飞出那么奇怪的轨迹，他稚嫩的翅膀和刚刚学会的飞行技术几乎要让他从天上掉下来。他想落在一棵松树上休息一会儿，却被母亲用尖爪扑打了一下。一般只有他做了非常严重的错事，母亲才会舍得这么打他的。

记得他刚学会飞行那天，他和母亲飞到远离城市的一个村庄。母亲教他怎么捉庄稼上的虫子，他却对晒在谷席上人类的粮食产生好奇，跳进去啄，想尝尝人类的食物是什么味道。就在这时，母亲用利爪抓了他的嘴。事后，母亲对他说："儿啊，我们家燕从自然演化而来，就与人类和平相处，人类提供房子让我们筑巢，给我们一个温暖的、可以遮风挡雨的家，我们燕子就为森林和人类种植的庄稼捉虫子。孩子，你记住，这是家燕的本分和自然属性。如果违背这个属性，我们就会有灭顶之灾，失去人类提供的温暖的家了。"

小燕子咕噜记住了母亲这番话，再没有对人类的粮食产生好奇心。有时候，看到麻雀吃人类的粮食，还会用这番道理劝他们。他知道，燕子与麻雀是不一样的。但这一次，母亲的利爪让他意外之余特别委屈。他不知道那些麻雀为什么突然向一直相安无事的燕子家族发动袭击，强壮勇敢的父亲势单力薄，他和三只麻雀的决斗究竟怎样了？他这么思考着，想问母亲，却看到母亲眼里溢满悲愤的泪水，疑惑之下，他吓得不敢问了。母亲不让他回头，要他跟着做这种耗费体力的、弯曲的飞行，他只能咬着牙，被一种莫名的恐惧驱赶着。飞啊，飞啊，他感到自己稚嫩的翅膀几乎要折断的时候，母亲将他带到了西山上这棵茂盛的红豆杉树上，这才告诉他，她听到他父亲最后的吼声就知道，他极有可能遭麻雀毒手了。母亲哽咽着说："孩子，你父亲是为了掩护我们撤离，才寡不敌众遭毒手的啊！要不，凭他强壮的身体和精湛的飞行技术，哪只麻雀飞得过他？没有一只麻雀是他的对手！"

那一刻，咕噜心里的恐惧和悲伤交织在一起，他不明白麻雀为什么突然向家燕家族发动进攻，或许母亲也不明白。直到这时候，他才发现母亲带他突围时，在与两只麻雀搏斗中翅膀受伤了，正是她不要命的同归于尽式的搏斗，让两只拦路的麻雀退缩了，他们才侥幸逃生。后来，母亲就给咕噜在树上找了个被树叶遮蔽的小树洞藏身，树洞只能容下一只燕子。再后来，从未有过如此大动运量的长途飞行的小燕子咕噜睡着了。直到天快亮时他醒来了，却再也不肯回树洞了，他要陪在受伤的母亲身边。现在，看着母亲的微笑，咕噜昂起头说："妈妈，回家后我还能和哩哩玩吗？"

哩哩是一只漂亮的小女雀，和咕噜同岁，是有一次他看见麻雀们吃谷子时认识了她，当时她和几只小女雀跟着几只小男雀吃人类晒的粮食。听到咕噜劝诫他们不要吃人类食物的话，几只小男雀和小女雀都笑起来，嘲笑咕噜，只有燕子才愚蠢地光吃虫子，而他们麻雀就聪明多了，大部分都吃人类的粮食，不费吹灰之力就能填饱肚子，只在吃不到人类的粮食或吃不饱时才找些虫子充饥。麻雀们嘲笑咕噜一通飞走了，小女雀哩哩却走到咕噜面前，她歪着头看着咕噜生气的样子，不解地问："小燕子，我的同伴们说得不错，我们麻雀家族几千年来就是这样，在我们的教科书里也是这么写的。人类有那么多粮食，我们小小的麻雀吃一些有什么啊？再说，我们平时也帮人类干些捉虫子的事呢。嘻嘻，就算是人类付给麻雀一些工钱吧。""你这是什么歪理！"咕噜乜斜了一眼漂亮的小女雀飞走了。回家后，他就这件事请教博学多才的父亲，父亲只说了一句"等你长大后，就明白这道理了"。后来，他与这只可爱善良的小女雀成了特别的朋友，知道她叫哩哩，和他一样也是一只刚刚可以单独飞行的小女雀，她的父亲将来是"麻雀未来研究所"的所长。他们当然是偶尔悄悄地在一起玩，因为整个动物史里，还没有一只麻雀与燕子交朋友呢。他们彼此小心翼翼地交往着，维护着来之不易的雀燕友谊，回避着他们疑惑而搞不懂的问题。他们有一个共同的想法：等长大了，一切问题就迎刃而解了。

格格知道儿子这个小秘密，却没有阻止这份超越世俗的友谊。现在，突然听到儿子嘴里说出一只麻雀的名字来，她愣了一下，将儿子从身上推开，严厉地说："不行！你再也不能和一只麻雀搅到一起了，他们……他们是整个燕子家族的仇敌！"

"可是哩哩不会进攻我们燕子的，她……不会的，妈妈……"咕噜委屈地低下头。

母亲看着儿子稚嫩的脸上浮现的忧伤，有些于心不忍。她努力忍住受伤翅膀因方才扯动引起的疼痛，缓和语气，但不容商量地说："孩子，你要记住，是麻雀给了我们家燕灭顶之灾，不管哩哩有没有参与这次行动，接近她只会带给你危险，记住了吗？"

咕噜似懂非懂地点点头，问："妈妈，我们这是要到哪里？我们还能迁徙到东南亚吗？"

到哪里？要到哪里？这只受伤后自知生命垂危的母燕是要好好思考这个问题，趁天亮之前该拿定主意了。她可以想象到现在三明城里，那些疯狂的麻雀一定在四处搜捕漏网的家燕，也许一天，也许两天，平时道貌岸然此时却凶恶无比的麻雀就会把搜捕的范围延伸到闽西北山区每一个角落。而经过一夜毫无防备的战斗，究竟有多少幸运的燕子能逃离麻雀的魔爪呢？不知道。再说，谁又能把这些幸运的燕子集中起来，开始原本定在两天之后的东南亚迁徙呢？母燕格格回避着儿子期待的目光，尽量把紊乱的思绪厘清，在丧夫之痛和灭族之灾中尽快拿出主意来。否则，随着时间推移，她和儿子的危险系数也会越来越大。想到这里，看着儿子惊恐无助的眼神，格格心里的痛比翅膀的伤痛还要深。

格格生活在闽西北的广阔山区，是家燕庞大族群德高望重的族长的侄女。因此，依照惯例，大家都称这只美丽的母燕为格格。和所有燕子这个物种一样，他们这个家燕家族也遵循在每年冬季到来之前，向遥远的东南亚迁徙的习惯。格格的父母在格格一岁那年一次例行迁徙中，被突然而来的风暴打落到海里，格格是伯伯抚养长大的。族长对这个可怜的侄女倾注了所有的爱，等格格长大后，为她选择了族里最勇敢强壮的男燕哈辛为婿。当他们有了爱情结晶，在城市屋檐下筑起属于他们的温暖的巢，三只小燕子在格格的照料下羽翼渐丰，飞上天空时，格格以为自己是天底下最幸福的燕子了。但是，有一片阴影不知不觉悄悄笼罩了他们这个温馨的家。那天，格格在家里精心孵化即将出生的三个小家伙，一如既往尽着持家责任外出寻找食物的哈辛回来后，脸上却布满阴云。在妻子的关切询问下，他才说出自己的担心，说是在寻找食物的路上看到很多麻雀在树林里聚集，当他和他们打招呼时，他们却突然安静下来，那神情好像在商量什么秘密大事被他打断了。凭他敏锐的直觉，这些麻雀的话题似乎与燕子有关，他隐约听到什么“进攻”“包围”这样的词语。格格安慰丈夫说：“不会的，你不必担心，燕子向来和麻雀‘井水不犯河水’。自从我们家燕不得不迁入城市，双方都客客气气的，麻雀喜欢捡食人类种植和遗弃的食物，我们燕子却从来不吃这些东西，不会和他们的生活发生冲突。孩子他爸，你可能是太辛苦了，好好休息吧，等我们的小宝宝出世，我就可以帮你一起去找食物了。”

听了妻子的话，哈辛也觉得自己可能过于敏感，再说，直到三个可爱的小宝贝出生，他外出特别留意麻雀们的举动，也没有发现异常情况。慢慢地，他也就把这件事淡忘了。

没想到，在哈辛和格格训练着儿子和两个女儿飞行，准备随整个家燕家族进行一年一度迁徙的前夜，显然早有预谋的麻雀对毫无防备的家燕们发动了突然袭击。要知道，迁徙前的两天是家燕们最紧张的时候，整个家族全身心地为即将到来的充满未知和危险的迁徙做准备，同时，因要告别与他们朝夕相处的人类，心里都充满着离别前的忧伤和不舍。正是这些因素，决定家燕们在迁徙前的意志和自我防范能力都处于最薄弱的状态。与燕子们共同生活的麻雀当然了解这一点，经过精心组织和策划后，在夜深人静之时对家燕发动了闪电战。

当麻雀第一波进攻让一大半的燕子们在睡梦中丧命后，敏锐的哈辛率先冲出燕巢与麻雀战斗。然而，当他用有力的翅膀将一只企图从侧面向他偷袭的麻雀打落在地时，却看到两个柔弱的女儿被五只麻雀啄击，两个可怜的女儿啼叫着坠了地，他的心都要碎了。但他来不及悲伤，看到妻子正艰难地将儿子咕噜护在身后，抵挡两只麻雀疯狂攻击时，强壮的哈辛一声怒吼，以一个漂亮的飞旋动作躲开一只麻雀的进攻，冲过去，从背后将其中一只麻雀狠狠地撞落在地。正是哈辛这种勇猛不要命的动作，让几只要围攻过来的麻雀逃开了。这为哈辛和格格保护惊恐中几乎丧失飞行力量的咕噜逃离麻雀们形成的包围，赢得了宝贵的时间。他们飞得更高了些，可以清晰地看到城市霓虹灯下到处是麻雀与燕子在搏斗，不时传来家燕们的惨叫声。格格被突然袭来的灾难弄晕了头，知道刹那间她已失去两个心爱的女儿后，如果不是哈辛如雷般的警告，她定要飞回去与杀害女儿的凶手拼命，但弱小动物在面临危难时逃生的本能，终于让她暂时止住悲伤，嘱咐刚学会飞行的儿子紧紧跟着他们。然而，就在他们远离城市的灯火穿过河流进入市郊，准备飞进一片树林里喘口气时，哈辛忽然一声惊叫，紧接着，从树林里飞出了十几只埋伏的麻雀将他们包围了。麻雀们得意的笑声，让格格明白，生死攸关的时刻到来了。

面对眼前极端危险、寡不敌众的处境，哈辛反而冷静了。在麻雀们的包围圈还没缩小时，他让妻子带着儿子落在一根光秃秃的人类废弃的电线杆上，用一种镇定而坚定的语气说："格格，看来这是麻雀设置的最后一道埋伏，你带着儿子先走，我把麻雀吸引住。"

"不行，要走一起走，我们一家燕就是死也死在一起。"格格含泪摇头。

"我的傻女孩，你没看出来？麻雀这次对家燕发动突然进攻是要灭绝我们这个家族。不知道有多少族类能在这次灾难中幸存下来，我只想让我们的儿子活下来。只要活下来，我们这个家燕家族就还有希望。"

"不，我要和你一起对付他们。"格格依然摇头，她把自己的翅膀轻轻地放在丈夫的翅膀上，她感到男燕此刻在热血沸腾，脉搏激烈地跳动着。

"不行，我说你这个傻女孩。这些麻雀觉得我们是他们的盘中餐，要玩猫捉老鼠的游戏，慢慢地消耗我们，或许等着我们向他们求饶呢。正好，我们可以利用这一点，等会儿我向他们进攻，打开一个缺口，你就护着儿子飞出去。记住，千万不要回头，用尽全力飞，飞过对面那座山就进入乡村，那是我们燕子的祖居地。接下来，你就知道怎么做了。傻女孩，别担心，记住，在我们祖先居住过的那个村庄等我。放心，我扰乱他们阵线就会脱身的，相信我，没有哪一只麻雀有我的力量。"说着，哈辛还抖抖有力的翅膀。

"不……亲爱的，你的傻女孩要和你一起战斗。"格格把惊恐得发抖的儿子用宽大的翅膀搂住，泪水不知不觉中流了下来。

咕噜不知道父亲为什么称呼母亲为"傻女孩"，在与人类相处这一段时间以来，他只听过人类才称某个人为女孩。因此，惊惧之中他叫起来："爸爸，爸爸，咕噜要和爸爸在一起。"

哈辛用不容置疑的眼神瞪了儿子一眼，环视慢慢缩小的包围圈，厉声说："儿子，记住，从今天起，爸爸不在的时候，你就是家里唯一的男燕了，别让爸爸失望。把眼泪收起来，是真男燕，就什么时候都不能流泪！有泪也给我吞到肚子里！”

咕噜被父亲严厉的语气镇住了，硬生生地收住了哭声。

随后，哈辛对着妻子大吼一声“快走”，向麻雀们冲了过去。

格格愣了一下，便猛推一下儿子，拉着他跟着飞。当格格带着儿子冲出麻雀包围圈时，转头看丈夫已和疯狂的麻雀们缠斗在一起，隐约传来他的怒吼声和麻雀被击中的惨叫声，格格咬牙带着儿子死命地飞。等到他们终于翻过这道横隔城市与乡村的山林时，她才发现，在突围时她紧紧护着儿子的翅膀受了伤，伤口在汩汩流血。后来，在确信没有麻雀跟在后面的情况下，一阵阵抽痛的翅膀让她再也支持不住了，落在一棵树上暂时喘口气。她希望看到更多的燕子在这次麻雀突袭战中逃出来，然后把儿子交给他们，而她牵挂着凶多吉少的丈夫，就可以腾出手飞回去帮助他。然而，在焦急和担心之中没有等来任何一只燕子。无奈之下，她担心麻雀会追来，只得强忍着翅膀的疼痛带着儿子飞到这个与哈辛约定好的原先祖先们的居住地，一个叫南坑的村庄。因担心村庄里也会有麻雀埋伏，她只能选择西山上一棵茂密的红豆杉树躲藏起来。

正是凭借着顽强的毅力，母燕格格带着儿子完成她有生以来最艰难的一次飞行，但用力飞行加剧了翅膀的伤势。现在，流血过多的格格感到一阵眩晕，凝固的血把翅膀板结了，她显然不能飞行了，如果麻雀追来，只能束手就擒了。此刻，耳边响起两个女儿的哀叫声和丈夫最后的怒吼声，格格眼里溢满悲伤的泪水。咕噜看着母亲忽然涌上的泪水，着急地用小翅膀拍着母亲：“妈妈，妈妈，你疼吗？爸爸会来找我们吗？”

“会的，孩子，爸爸一定会来找我们的。”格格把眼泪咽回去的同时拿定了主意。在这里等一天，如果没记错的话，昨天晚上应当是人类立秋的前两天，也是动物王国时间的“动物 2100 年 16 月的 97 日”，而每年 16 月 99 日，就是燕子向东南亚迁徙的日子，现在已是 98 日的凌晨了。那么，明天，等一天，如果哈辛没有回来……不，不会的，他一定会回来！母燕格格想到这一点，心里暗暗一阵悲伤。对，明天就让儿子飞到闽西南山区找那里的家燕家族，跟他们一起迁徙，闽西北家燕家族遭受灾难的消息也就可以传递出去。这样，儿子就能逃离麻雀的魔爪了。但是，格格明白自己的生命已进入倒计时了，她担心刚刚学会飞行，从未有过迁徙经验和独立生活的儿子能逃出或许麻雀已四处在搜索的闽西北山区吗？还有，家燕们都有着严格的规定，家族与家族之间必须遵循着互不侵犯领域各自进化的自然准则，别的家燕能接受儿子吗？这一系列的问题令这位处于悲伤中的母亲伤口更疼了。左思右想，她在晨曦中确定这块区域还没有麻雀出现时，决定眼下最重要的是寻找食物，还有……她眼前忽然一亮，一个大胆的主意涌上心头。然而……要知道，经过整整一夜的拼命飞行，她和儿子的体力都已消耗到极限，她已不能再进行长距离飞行了，这个重任只能落在儿子身上。儿子能行吗？母亲看着儿子惊魂未定的眼神，犹豫了。

没想到的是，当格格犹犹豫豫地把自己的想法告诉儿子时，咕噜却高兴得在树上跳起来。真是小孩子的天性啊，似乎转眼间，面对即将到来的探险，好奇心战胜了畏惧。要知道，咕噜是一个充满好奇心和探险精神的小男燕，包括他和小女雀哩哩的交往，也是出于对麻雀这个族群的好奇。但是，儿子表现出来的好奇心反而让母燕格格增添了担心，她忍着说话时牵动伤口的疼痛，像第一次带着儿子飞行一般叮嘱着注意事项。虽然根据她这么一会儿的观察和仔细嗅着空气中传来的气息，确信麻雀暂时还来不及搜到这里，但为了安全起见，让儿子在进入这个村庄时，她还是交代他尽量超低空飞行，利用晨雾掩护来接近村庄，这样可以更清楚地看清村庄里的情况。接着，她努力在晨曦中凭着记忆大致确定方向后，又用那只没受伤的翅膀轻抚一下在树上跳来跳去似乎有些迫不及待的儿子，目送他轻轻展翅，飞出红豆杉茂密的枝叶，悄无声息地向山下的村庄飞去。

格格，这位经历着悲伤和身体痛苦的母燕，一颗慈爱的心也被揪紧了……

## 第二章

眼下，隔着小村庄的对面东山巅上已缓缓地探出似乎没有睡醒的有些懒洋洋的太阳，它刚一探头就把眼前的景物照亮了。咕噜顺着这一缕温暖的阳光展翅飞过西山邻近村庄的竹林。这是他第一次离开父母单独飞行，又是执行母亲安排的这么艰巨的任务，因此，小男燕心中紧张而新奇，还有一种从未有过的男燕责任感。想起父亲哈辛临别时严厉的话，这只小男燕心中默念：

你是勇敢的男燕！你是勇敢的男燕！这么一来，他心中的紧张感慢慢消失了。在飞出西山竹林时，小男燕非常幸运，居然在一棵被害虫折腾得快枯死的马尾松上发现许多松毛虫，虽然他打心眼里并不喜欢这种食物的味道，但还是饱餐了一顿。他想着回去时如果没找到更好的食物，就抓些松毛虫给母亲充饥。想到自己可以第一次回报母恩，小家燕心中的自豪感油然而生。不免有些得意的咕噜轻轻落在村头古老石拱桥下小溪中央一块石头上时，丧失了警惕，一边埋头喝水，一边用翅膀撩水清洗自己腹下漂亮的粉红色羽毛。直到一个声音响起，把他吓得飞到溪边的柳树上。

“哈哈哈，别怕。我只是不明白，怎么会有一只燕子出现在这里？很多很多年了，南坑很少出现燕子，听说他们都跟着人类进城享受现代文明生活了。”

“你是谁？”咕噜瞪大眼睛，审视着跳到小溪中央石头上的鸟，确信对方不是麻雀后，不解地问。同时，小家燕暗暗出了一身冷汗：哇，好险啊，如果对方是麻雀，我就死定了！

“我是谁？那要看是什么人称呼了。在鸟类王国的教科书上，我们有漂亮的学名。不过，我不喜欢那学名，文绉绉的，不说也罢。这么说吧，这个村庄里的人都叫我们诗溪仙。哦，我叫洋洋。美吧，这名字！我们是这条小溪的诗仙呢！”

“这么说，你们就生活在这条小溪边了？”

“当然，我们大部分时间都生活在这条小溪边。你不知道吧，这条南坑溪清澈美丽，可不像你们三明城里的沙溪河！”

小家燕一下就喜欢上这个看起来有些好吹牛的家伙，尽管他从未见过这种生活在溪流边上的鸟类。他看着对方轻盈地贴着水面如一支箭般飞远，忽而又贴着水面疾速地飞回，精确地落在小溪中央的石头上，咕噜也想向对方展现一下自己因整夜拼命飞行而强化的已完全达到一个成熟家燕的飞行技术，但母亲的告诫，使他抑制了这个念头。

“想什么呢，小家燕？我猜你是一只贪玩的小男燕，迷路了，找不到回城的路吧？哼，你们家燕别的什么都好，就是太相信人类，人类住进城里，你们也就跟着进城了，把这么一个美丽的村庄都放弃了。我就不明白了，你们白天到乡下觅食，还替人类干着消灭害虫的活儿，晚上干吗一定要回到城里那空气差很多的家呢？哈，还是我们诗溪仙自在逍遥。”

什么城里乡下，现在的小家燕咕噜还不太明白，反正从他一出生接受的教育就是家燕住在城里，在城市人类的阳台或屋檐下安家，这是家燕家族早就烙进血脉和遗传密码的习俗。那么，家燕为何不像别的鸟一般在树林里做巢？咕噜曾经这么问过父亲。父亲回答他，家燕与人类的关系是通过长期的进化形成的，不能改变，也没有哪只燕子想去改变。是啊，咕噜从母亲教的知识里知道，家燕家族不能再在乡村里筑巢的族规，知道很久以前，家燕是居住在空气比现在好得多的村庄里。后来家燕为什么进城呢？人类为什么都想挤进城市呢？人类的现代文明和家燕又有什么关系呢？小家燕咕噜当然不明白这些问题。现在，诗溪仙的话勾起小家燕心中埋藏的问题，对于不得不违反族规进入这个村庄观察，让他内心很忐忑。当然，他现在还不能把家燕遭到麻雀突然袭击的事告诉别的鸟类，母亲在他临行前叮嘱过，麻雀制造这个巨大的阴谋时，谁也不知道有哪种鸟类参与了。在确信对方没有恶意且不懂得家燕发生的变故后，咕噜微微低下头说："我……昨天，我和母亲……出来捕食西山那片松树林的松毛虫,突然遇到风暴,母亲受伤不能飞了,我……所以……就想到村庄里看能不能找到原来的家，让我母亲休息养伤。"咕噜是个诚实的小男燕，从未撒过谎，艰难地说完这番编造的话，脸不知不觉地红了，红得和腹部粉红色的毛一样。

"原来的家？哈哈，你这小家燕的想象力比我诗溪仙还厉害啊？这个村庄十年前就没住过一只燕子了。好吧，好吧。小家燕，你运气不错，我现在诗兴大发了。"他摇头晃脑地说，"你不知道吧，我们每只诗溪仙都是杰出的诗鸟，哇，可以随时随地写出很多诗，可惜鸟类王国的同类们不理解我们的诗作啊。好吧，我答应你，小家燕，你听完我作诗就带你去找，就当一回什么鸟类的活什么锋。"

"是活雷锋，我听人类这么表扬他们中的一种好人。"咕噜说，"原来生活在乡村小溪里的鸟也知道啊。"

"说什么呢？人类的事我们诗溪仙怎么会不知道？虽然我们族类大部分时间都生活在南坑溪，但是少不了要和人类打交道，我可是秀才不出门，便知天下事呢。"

"真的啊，太好了。那你……你快作什么诗这个东西吧。"咕噜叫道。

"什么？你以为诗是什么东西？今天起早好不容易诗兴大发，居然碰上这么个不懂诗的小男燕，我真是郁闷透了！"诗溪仙洋洋叫了起来。

咕噜吓了一跳，怕洋洋反悔，忙抖动翅膀，抱歉地说："不是东西。不，我说诗不是东西。"

“你快把我气死了，你这个小家燕。”诗溪仙将嘴扎进河里撩出一串水珠，忽然笑着说，“好吧，童言无忌，谁让你是只只向人类讨好的小男燕呢。”接着，这只诗兴大发的诗溪仙闭目摇头晃脑地向小家燕吟诵起诗来。

河水清清，
微风荡漾，
空气中传来阵阵花香。
一只男诗溪仙思念远方的女诗溪仙，
忧伤的歌儿轻轻哼唱。
美丽的女诗溪仙啊，
你误入城市的河流可否还记得乡村小溪微风中的芳香？
回来吧，别像迷途的家燕留恋现代文明的铜臭，
让自己的身体被污染，
轻盈的翅膀再也不能美丽地飞翔。
啊，远方的女诗溪仙，
我将思念的情感托溪水带给大河，
温情在水中深情荡漾。

吟完诗，诗溪仙洋洋悲伤地垂下头，一滴泪落在清澈的溪水中，溅起一圈圈涟漪。幼小的家燕虽听不懂这些情啊爱的诗，但也被诗溪仙吟诵时那忧伤深情的调子深深打动了。看洋洋忧伤的样子，确认对方不会伤害他，咕噜从柳树上飞落溪边古石桥桥墩上，离对方只有不到一米距离了。小家燕试探地说：“原来城市里也有诗溪仙啊。对了，洋洋大叔，我想起来了，好像我在三明城的沙溪河边曾看到过和你很像的鸟，原来她是和我们家燕一样搬迁到城里的诗溪仙啊。”

“你看见了？你真的看见了？啊，那是我心爱的女诗溪仙！”洋洋叫道，“她是被骗的！城里的诗溪仙虽然外表长得和我们乡村小溪里的诗溪仙一模一样，却是两个完全不同的种族，这和你们家燕整体从乡村搬到城里是不一样的。真可恶啊，那天，一群城里的诗溪仙到乡下搞什么郊游，其中一个油嘴滑舌的男诗溪仙就把我心爱的女诗溪仙骗走了。唉，也是这么一个看起来阳光灿烂，什么事情都会无比美好的早晨，她就跟着那个骗子走了。哼，我相信她有一天一定会醒悟过来，一定会回来的！”

“她叫什么名字呢？”咕噜似懂非懂，只是男诗溪仙洋洋悲伤的表情把他打动了。他想起城里看到的三三两两在沙溪河边生活的城市诗溪仙。

“她有一个漂亮的名字，叫朝霞。”男诗溪仙洋洋抬头望着在旭日映照下抹出的一缕霞云说，“她和这朝霞一样美丽。”

咕噜搞不懂成年鸟这些乱七八糟的情感，忽地想到还在红豆杉树上等候自己的母亲，忙打断诗兴大发后还要抒情的洋洋：“诗溪仙大叔，我现在听完你的诗了，你该带我去村庄了。”

似乎从梦想中一下子掉进了冰冷的现实，洋洋脸上又浮上傲慢的神情，沮丧地抖一抖翅膀说：“好吧，好吧，和你这么一只小家燕吟诗，简直是对牛弹琴！跟着我飞！这个村庄现在只有些留守老人，整个村庄就像一座活坟墓，待会儿，你别害怕得从天上掉下来。”

于是，咕噜就跟着诗溪仙洋洋悄然从村头古石桥上飞进沐浴在晨曦中的村庄。应小家燕的要求，他们飞得很低，几乎沿着屋顶飞行。

这是一个快被人类废弃的村庄，在薄薄的晨雾中死一般寂静，一幢幢房子空荡荡的，布满蜘蛛网，了无生气，只有少数几幢房子有人居住的迹象，几缕炊烟有气无力地在晨风中飘扬。这是一些留恋故土的老人，年轻人一个个争先恐后地进城打工，在城市里安家时，这些老人成了古老村庄最后的守望者。小家燕咕噜跟着诗溪仙贴着这些与城市屋顶不同的瓦楞上飞行时，当然不明白其中深奥的道理，他只是从母亲那里知晓，原本家燕和人类一样居住在美丽的乡村，后来跟着人类迁移到城市。如果不是母亲说过，咕噜怎么也不能相信这寂静的村庄曾经是家燕的祖居地。悄无声息地飞过一个个屋顶进入堂屋，咕噜只看到一些家燕筑巢的痕迹，却没有找到一个巢，这让他有些失望。最后，飞累了，他要求诗溪仙停下来休息一会儿。

他们落在村中石板桥头一棵大榕树上。洋洋见小家燕咕噜失望的样子，轻轻地笑道：“你们家燕就是养尊处优，飞这么一会儿就不行了。”

咕噜本想说，自己昨晚飞了很长的路，这对于一只刚学会飞行的小家燕已经是奇迹了，但他想到麻雀凶恶的形象，马上住了口。是啊，一夜之间，灾难使小家燕学会思考问题了，虽然这诗溪仙看起来与麻雀没有任何关联，但谁知道，他一旦知道麻雀在捕杀家燕，会不会出卖自己呢？要知道，麻雀现在取代了家燕，成为城市里人类的新宠呢。咕噜这么想着，就垂头不吭声了，想放弃寻找旧巢。再说，他有些担心受伤的母亲，不知她怎样了，想先捉几只松毛虫给母亲吃。

这时候，没有得到咕噜回应的洋洋忽然从树上一头扎到河里，又快速地跳到咕噜身边，兴奋地歪着头说："该死了，我怎么把这事忘了。对，村尾那家单门独户的倔老头那里一定有你们家燕的旧巢。那可是个怪老头，儿女一个个进城了，他一个人却死活守着个破院落独过。听说他儿子可是三明城里的大官，经常坐着高级轿车来看他，要接他进城。上回我听几只鸟议论过，好像这个倔老头的堂屋里有什么鸟窝之类的。什么鸟窝？八成是你们家燕的巢！不对，我差点忘了，陪着你这小家伙吃饱饭没事瞎转，你们家燕十年前就集体搬迁进城了，若有窝也是十年前做的了，哪还能住燕啊。"

"洋洋大叔，你就带我去看看吧，只要旧巢还在，破了我可以修补啊。"咕噜听了诗溪仙的话，瞪圆小眼，兴奋地恳求道。

"哈，你这小家燕乳臭未干，口气还挺大。你妈妈大概还来不及教你做窝吧？"洋洋斜眼看着急得满脸通红的小家燕。

咕噜不高兴地嘟起小嘴："我可以学啊，你别小看我。妈妈说我是一只男燕了。"

诗溪仙开始喜欢这只聪明的小家燕了，对咕噜眨眨眼，示意他跟上来。接着，他用翅膀挠挠咕噜后，一头扎到溪道里飞起来。

## 第三章

咕噜跟着诗溪仙洋洋叔叔顺着弯弯曲曲的南坑溪飞行，很快纵穿整个村庄来到村尾。当咕噜看到坐落在溪边的这个单门独户的院落时高兴地轻声叫起来，但上岸时他还是警惕地抬头四顾，看有没有危险。现在，对于家燕来说，最大的危险是麻雀，也有可能某种鸟类成了麻雀的同党，这是母亲在咕噜临行时交代的，咕噜记着母亲担忧的眼神。在确信没有别的鸟后，小家燕迫不及待地跟着诗溪仙飞进院子里。

这是一幢典型的闽西北传统木质结构房子，两厢是两幢两层的木楼，中间则是上下两层的大客厅，房子前面宽阔的青石板院子紧挨着南坑溪，依山傍水，风景秀丽。小家燕咕噜一见这房子就喜欢上了，心想：人类为什么要放弃空气好、风景美的房子，搬到城里上不着天、下不着地用混凝土浇筑的房子里呢？咕噜悄然飞进客厅，惊喜地看到大梁正中有一个家燕的旧巢，尽管这个巢实在破旧不堪，有些地方泥土掉落，裸露出里面的稻草，但一想到受伤的母亲和自己终于有地方住了，咕噜忍不住兴奋地乱喊乱叫，对诗溪仙说："洋洋叔叔，太好了，我和妈妈有地方住了，我这就回去把妈妈接来。"

洋洋落在天井的一根晒衣杆上，一副懒洋洋的样子："小家伙，别高兴太早，这可是十年前的旧巢，说不准你一进去就掉下来了。啧，我就不明白，你们家燕到底怎么回事，呼啦一下说进城就进城，把这么好的家都不要了。"

咕噜经洋洋提醒，又飞到堂屋里绕着大梁仔细察看，惊奇地发现这个旧巢和他城里的家似乎有些不同。首先，外表上看起来更大更结实，其次，稻草更多，看上去更温暖，可惜巢的四周布满蜘蛛网，一只大肚子的蜘蛛不怀好意地盯着小家燕，似乎在考虑能否捕捉这么大的猎物。虽然咕噜根本不把蜘蛛放在眼里，可一向爱干净的小家燕还是不想让蜘蛛网沾到自己美丽的羽毛上，没法钻到巢里试试是否结实。但他兴奋地发现，这个一边已与大梁有些脱落，看起来不太牢固的旧巢底部，居然有一块结实的木板支撑，显然是房子主人精心保护这个十年前旧巢所为。高兴的同时，咕噜意识到要住进这个旧巢，首先得把讨厌的蜘蛛网清理干净。这可难住了小家燕，他绕飞了两圈后，无奈地落到依然站在晒衣杆上左顾右盼的洋洋面前，嘟起小嘴，向诗溪仙求援："洋洋叔叔，你有办法把那讨厌的蜘蛛赶走吗？我可不想让蛛网弄脏我和妈妈漂亮的衣服。"

"什么办法？我有什么办法？我又拿不动扫把。"洋洋忽然竖起耳朵，仔细听了听说，"咦，好像有人来了。我们诗溪仙可不像你们家燕爱和人类待在一起，我还是回我的溪里去。哇，这会儿我好像又有写诗的灵感了。"说着，翅膀一扑棱，他一头扎进院子外的小溪里不见了。

诗溪仙的不告而别可让小家燕咕噜犯了愁，愣在晒衣杆上，瞪着小眼睛，抓耳挠腮了半天，也没想出办法来，想着先飞回去找妈妈，或许足智多谋的妈妈会有办法对付蜘蛛。这时候，他听到了熟悉的人类惊叫声。

"燕子，是燕子！哈哈，真的是燕子。哈哈，哈哈，燕子回来了！"

咕噜吓了一跳，从晒衣杆上飞起来，一下蹿到院外的一棵枇杷树上，待看清像小孩一样惊叫的人类居然是一位白发苍苍的老人，才稍安了心，确信对方没有恶意后，瞪着小眼看着这位手舞足蹈的奇怪老人。这一定是洋洋大叔所说的不肯进城的倔老头了。他在说什么呢？咕噜还小，与人类相处时间不长，还不能像母亲一样能听懂人类大部分的语言，准确地判断来自人类的友善或是恶意，但从老人的表情可看出，这个人似乎很欢迎他的到来。

咕噜怯生生地重新飞回天井的晒衣杆上。现在，他离老人更近了，站在天井的老人一伸手就可以把小家燕揽在怀里了。但是，这个老人还处在咕噜看来有些兴奋过度的自言自语中。

“小燕子，哈哈，有十年没看到燕子了。哈哈，我就说嘛，进城的燕子迟早有一天还会飞回来的。哈，我马上给儿子打电话。小燕子，我这就对他们说，你回来了，从城里飞回来了。哈，燕子飞回来了！”白发老人倒背着双手侧头对着晒衣杆上的小家燕说着话，边绕着大厅转圈。后来，他抬头挥手指指小家燕，又指指旧巢说：“去啊，去啊，那里原来就是你们的家呢，你不认得了？可结实了，十年前你们做的最后一个家我给你们看管着呢，咳……咳……”

或许是说话太急了，小家燕看到老人用力咳了两声，把话生生掐断了。咕噜这会儿很着急，他想起诗溪仙洋洋叔叔，若他在，就能听懂老人说什么了。当然，尽管听不懂老人说什么，小家燕从老人的手势也猜出来是什么意思了。这让他更着急了，急着向老人说：“老爷爷，我和妈妈就要住在这里了，你帮我们把蜘蛛清扫掉吧。妈妈受伤了，咕噜还没有力气呢。”但小家燕的话在老人听来就是叽叽喳喳的鸟叫声。实际上，人类从来也没有想过听懂燕子的语言，尽管世代与燕子友善相处，但在他们耳朵里所有燕子的语言依然是没有感情色彩的鸟叫。

老人仍指着燕巢对小家燕比画着。

聪明的小家燕终于想出一个办法，在老人又一次用相同的声音召唤时，他从晒衣杆上飞向堂屋大梁正中的旧燕巢，然后又叽叽叫着飞出来。如此三次，处于惊喜之中的老人终于明白了。

白发老人拍拍头，笑着说：“看我这老头子高兴坏了，忘了把你们的家打扫干净。”一边说着，一边进屋找来扫把绑在晒衣杆上。

看到老人拿来长长的扫把扫除蜘蛛网，小家燕高兴地对着老人叫了两声才飞走了。他决定这就去把受伤的妈妈接到这个温暖的旧巢里养伤，然后，等妈妈的伤养好，就可以一起去寻找爸爸了。咕噜相信勇敢强壮的爸爸一定已安全躲开麻雀的围捕，说不定正飞在寻找他们的路上呢。

“小燕子，别走啊，我把这里清理干净，你们就可以安家了。小燕子，别走啊，我还要打电话让城里带孙子的老太婆明天回来呢。”老人急切而略有些失望的喊声，虽然咕噜听不懂，但从老人着急的语气里感觉到他的突然离去让对方失望了。咕噜心里暗暗高兴，只是他隐约有些担心，明天或许后天，麻雀们是否会搜到这个已没有燕子筑巢的村庄呢？居住在这绝无仅有的旧巢里安全吗？想着妈妈受伤后痛苦的表情，柔弱的小家燕只能把所有的希望寄托于这位善良的老人了。

小家燕咕噜记住妈妈的话，为安全起见，不出声地飞行，还是选择来时的路。聪明的小家燕已经发现沿着溪流飞最安全，即使天上有寻找而来的麻雀，也不会发现他的，还以为是一只诗溪仙呢。

太阳已升上了一竿高，整个村庄依然一片寂静，除了偶尔几声狗叫，村街上只有一些老人懒洋洋地走动。这真是一个只有留守老人的村庄啊，年轻人都像候鸟一般飞到城市里了，高度发达的现代文明，正一步步地将原本生机勃勃的乡村变成一个空村。

咕噜当然不明白这些，只是对村庄的荒凉微微有些诧异。在妈妈的故事里，燕子曾经的祖居地是多么美丽而生机盎然啊，从妈妈讲述的传说中，咕噜感到燕子家族实际上是很怀念清新自然的乡村生活的。有一次，咕噜跟随着妈妈飞了很远，飞到一个与南坑村一样被人类完全废弃的村庄，他不解地问妈妈，为什么人类全部跑到拥挤且空气污浊的城市里。妈妈叹了口气，对咕噜说：“孩子，人类的选择我们燕子是不懂的，只是我们燕子家族一开始就与人类息息相关，这是自然的定律和选择。”咕噜又问：“妈妈，那我们燕子就不能自己到美丽的山林里做窝吗？”这是一个严肃而深奥的问题，最有学问的燕子家族族长也回答不出来，唯一的解释只有一个，那就是燕子与人类亲密共居的习性已深深烙印在他们的遗传基因里，如果离开了人类，也许燕子就不是这么一个物种了。那会是什么呢？没有哪只燕子能回答。

现在，咕噜沿着南坑溪飞行，偶尔探头飞出河床看到两边空荡荡安静的民居就想起妈妈的话，他幼小而聪慧的心灵不由得浮上一层看不见摸不着却实实在在的忧郁。一分神的工夫，并不习惯沿河做低空飞行的小家燕险些扎进水里，他快速抖抖翅膀将水抖掉，重新集中注意力。当咕噜飞到村头古石桥下时，没有看到诗溪仙，正想着洋洋叔叔一定又躲到哪个地方找诗的灵感时，忽然从溪边一个大石头后跳出来的洋洋把他吓了一跳。

洋洋轻轻落在河中央的大石头上，摇头晃脑地尖声道：“呵呵，我看你这小家伙一点警惕性都没有，难道你妈妈没教你飞行时要耳听八方吗？小家伙，你可别把这表面上宁静的村庄看成你的自由天堂，说不定山坡上某只黄鼠狼盯着你这乳臭未干的小嫩肉呢。”

“我妈妈没说过黄鼠狼爱吃燕子。”咕噜飞落到大石头上，他飞得实在是太累了。经过昨夜和一个早上的飞行，他稚嫩的翅膀酸得要命，无论如何得休息一下了。他得积蓄一下体力再飞到西山上捉几只松毛虫给受伤的母亲当早餐，然后，带着妈妈飞到白发老人打扫干净的巢里休息。当然，咕噜现在还没想好怎么治妈妈的伤，只是他有一个天真和坚定的想法就是：只要和人类在一起，妈妈的伤就有办法治好。

“哟，小家伙，你才出来闯荡江湖几天啊，没听说过黄鼠狼爱吃燕子，也没听过‘黄鼠狼给鸡拜年——没安好心’的话吧？”洋洋得意地晃晃翅膀，撇嘴说。

咕噜眨巴一下小眼，不信：“你骗我。”

“骗你？”诗溪仙洋洋笑得前俯后仰，“我说你这小家燕没见过世面，还不承认。实话告诉你吧，‘黄鼠狼给鸡拜年——没安好心’这话可是人类的至理名言，经常挂在他们嘴上。回头问问你妈妈，她听得懂人类的语言。”

咕噜红了脸，低下头。要知道，他还是第一次离开妈妈单独飞行啊。

“喂，不好意思了？哈哈，小家燕，看起来你运气不错，那个倔老头今天心情出奇地好，对你嘘寒问暖的。看来，你们住进去，待遇比城里差不到哪去。唉，唉，鸟比鸟气死鸟，你们燕子就是招人疼爱，比我们诗溪仙强多了。”

“洋洋叔叔，那你们为什么不和人类说说，也住到人类的房子里呢？”咕噜抬头看着没有一只鸟飞过的天空，反问道。

“别……可别这么做，我们诗溪仙是天生的诗鸟，哪过得惯人类那种世俗的生活啊？离开了溪河，离开了水，我们的诗意也就枯竭了。”

“那你会来看我吗？”咕噜想到要和诗溪仙洋洋叔叔告别，心里有些难过。

“那要看我有没有空了。啊，我正想着出一本诗集呢。”

诗溪仙洋洋那陶醉的神情把小家燕咕噜深深打动了，他以前可从来没听爸爸妈妈说过，有这么一种专门作诗的鸟。他用崇敬的眼神看着在自己面前踱步的洋洋，问道：“诗溪仙大叔，怎么这么久没见到别的诗溪仙呢？他们是不是也都进城了？”

“进城？你以为诗溪仙也和你们家燕一样离不开人类啊？跟在人类的屁股后面进城，把自己的祖居地都丢弃了，宁愿去城市污浊嘈杂的环境里生活！”诗溪仙洋洋伸长脖子，尖声叫道，“朝霞只是一时受了蛊惑才进的城，不用多久她就会回来的！告诉你吧，这会儿，这个村庄方圆几十里范围的鸟，都在开每周一次的例会，当然也包括我们诗溪仙。”

“例会？”咕噜不明白，他只知道家燕家族族长在遇到重大的事情时，才召集族里的成年燕子们开会，他这种未成年的小家燕不需要参加。

“说了你也不懂。自从我们诗溪仙新族长上任，这个家伙就学着麻雀家族的样子，每周一早上召集全体诗溪仙开会，回顾上周各诗溪仙诗歌创作成果，布置本周诗溪仙诗歌创作的主题和任务。哇，诗歌创作是能布置的吗？还列什么创作提纲和主题。真是烦死了！”

聪明的小家燕这会儿才明白，洋洋叔叔原来是个不守纪律的学生，开会时居然溜出来写诗。但是，咕噜现在更喜欢这位与众不同、性情直爽的诗溪仙了。只是听到“麻雀”这两个字眼，咕噜眼前就闪过昨夜三明城里的血腥场面，不由自主地打了个寒战，脸上浮上一层掩饰不住的恐慌。

咕噜的表情让洋洋看出来了，但这位睿智的诗溪仙以为是小家燕离开妈妈的缘故。他抬头看看空荡荡的天，除了太阳和云朵，一只鸟也没有，就有些垂头丧气地说：“嗨，我最烦开什么例会了，把我所有的创作灵感都开没了。咦，奇怪啊，今天的例会开得很长啊，不会是发生什么大事吧？”洋洋边说着，边用审视的眼神看着脸上恐慌已消退的小家燕。

是的，聪明的小家燕经历灾难后，已无师自通学会在别的鸟面前掩饰自己的感情了，且想到正好可以趁所有鸟在开会，尽快让受伤的妈妈住到白胡子老爷爷家的燕巢里。原本，他还担心别的鸟会向麻雀泄露他们的踪迹呢。休息这会儿体力已恢复了许多，咕噜当即向诗溪仙告别。他犹犹豫豫地对诗溪仙说：“洋洋叔叔，你会到白胡子老爷爷家来看我们吧？你可别把我们的事告诉别的鸟，因为……我们家燕家族不容许进城的燕子回乡下找旧巢，等妈妈养好了伤，我们就回城。”

“知道，知道，你们燕子就是死要面子活受罪。小家伙，你放心，我不会把你们住旧巢的举动告诉别的鸟。”诗溪仙对咕噜的不信任有些生气，不耐烦地扇动一下翅膀，“哼，会不会去看你们，那要看我的心情。反正，我不喜欢在人类的羽翼下生活。”洋洋一个猛子顺着溪道飞走了。

# 第四章

其实，咕噜和诗溪仙洋洋都不知道，他们飞翔在南坑溪上寻找家燕旧巢时，三明城里麻雀对家燕突然袭击的血腥事件已传到南坑村。同时，麻雀已占领所有燕巢，正在获得人类的信任。据说，幕后军师就是善于无事生非、狡猾无比的杜鹃鸟。一时间，各种传言接连不断地传到这个几乎已被人类废弃的山村。有传言说，麻雀之所以对燕子发动突然袭击，是因为燕子家族染上可怕的怪病——禽流感，杜鹃接受人类的授意，带领同样已进城的麻雀统一行动，麻雀现在正撒开天罗地网追捕所有漏网的家燕。

有一个更令整个鸟界震惊的传言是：杜鹃在庞大的麻雀家族帮助下，将取代老鹰成为鸟界的王者。对此，似乎已在鸟界正常社交场合上消失很久，因人类捕猎而深居简出，行踪飘忽不定的老鹰还没有任何消息。正常情况下，从十年前开始，老鹰这鸟界的王者就宣布，为逃避人类的捕猎和种族延续，十年召开一次鸟界代表大会，届时，他才会现身行使鸟王的权力。

这是鸟界的悲哀，鸟界之王居然要为种族的延续而逃离人类!

所以，因这个后来被鸟界称之为“雀燕之战”的消息传来，南坑村范围内所有鸟族的例会延长了，众鸟都在紧急商讨突然出现的新局面。其中两个重要的议题是：一是要不要承认杜鹃王者的合法地位；二是要不要承认麻雀是王者之师，那么，当麻雀的追捕行动到达南坑村时，要不要配合他们？更令鸟界们困惑的是“雀燕之战”的真相。

现在，咕噜还不知道他和妈妈所面临的危险处境，趁着所有鸟类开会的时间捉了几只松毛虫，正兴冲冲地往妈妈栖身的西山飞。此刻，第一次能为母亲捕捉食物而兴奋不已的小家燕翅膀也变得轻快了。是啊，从小家燕出生，他和两个姐姐就是吃爸爸妈妈捕捉来的食物，等到稍微懂事了，吃着爸爸妈妈从嘴里吐出来的食物就心存感激，暗暗发誓长大了一定也要捕捉最精美的食物回报父母。想到这里，咕噜的心里就不由得一阵抽搐，耳边似乎掠过生死不明的父亲与麻雀搏斗的惊叫声。在飞向红豆杉时，小家燕咕噜警惕地环视四周，确信没有别的鸟后，他才轻轻地钻进红豆杉茂密的枝叶，落到宽大的树枝上。

母燕格格似乎睡着了，翅膀上的伤口已凝固，暗红色的血染红她躺着的地方。或许因为失血过多，她在不知不觉中又昏迷过去。

“妈妈，妈妈！你醒醒，你醒醒。”母亲的样子把小家燕吓坏了。他流着泪，用翅膀急切地轻抚母亲软软地垂在树枝上的脑袋。

格格的身体微微抽动了下，依然没有回音。

“妈妈，你不要小咕噜了？妈妈，你睁开眼睛看看啊，小咕噜给你捉肥肥的松毛虫来了。这是我第一次自己找到的食物。妈妈，你尝尝。”

妈妈的嘴巴动了动，头又垂在树枝上。

“是小咕噜捉的松毛虫不好吃吗？等明天小咕噜就给妈妈找更好的食物。妈妈，你快醒醒……”小家燕哭着用头蹭母亲毫无声息的脑袋。以往，小家燕向母亲撒娇时最爱做这个动作，妈妈总是怜爱地用嘴轻轻啄着他的脑袋，直到他感到痒痒的，咯咯笑着躲开。到小家燕学习飞行后，父亲就批评咕噜的这个撒娇动作，说咕噜是只男燕，要有男燕的气魄，以后要支撑门户，经受大风大雨的考验。现在，无意识地做着这个动作，小家燕咕噜想到父亲说的话，哭得更伤心了。突然，小家燕感到后背有什么在动，扭头一看，是妈妈正努力用翅膀轻抚他，她已睁开了疲惫的眼睛。

“妈妈，妈妈，你醒了。”咕噜破涕为笑。

格格努力挤出一个微笑安慰儿子，又勉强吃下咕噜递到嘴里的两条松毛虫。一会儿，这位顽强母燕的体力慢慢恢复了。她含泪用没受伤的那只翅膀搂着咕噜：“孩子，你走了这么长时间，妈妈好怕啊，怕我的小咕噜出什么事了，妈妈再也不让小咕噜离开了。”

“妈妈，我长大了，你不用担心。”小家燕挺起胸膛说，“妈妈，我找到一个旧巢了，我们又有家了。”

“是吗？太好了，我的小男燕真长大了。”母燕格格流下欣喜的泪水。

得到妈妈夸奖的小家燕无比兴奋，眉飞色舞地向妈妈讲述进村庄寻找燕巢的经过，当讲到白发老人保留着十年前的旧燕巢时，咕噜在树枝上跳来跳去，表功般歪着脑袋昂首挺胸自豪地向妈妈宣布：“以后我就是一只勇敢的男燕了。妈妈，等我们住进白发爷爷为我们清扫出的家，我就去捉好多好多好吃的虫子来，比松毛虫好吃的虫子。”小家燕咕噜为自己的想法而激动，没有注意到母亲勉力微笑中的气息越来越微弱了。

事实上，这位昨夜经历了灭族和丧夫、失女之痛的坚强母燕，正顽强地靠生命的极限等待儿子回来，因为受伤失血过多，她意识到自己的生命正进入倒计时。当她要儿子去村庄里寻找是否有残存的旧巢时，考虑的正是年幼儿子的安危，她清醒地意识到，儿子正面临从未有过的险境。首先，一天或许两天，在城市里完成搜捕行动和取代燕子地位进入人类居住地的麻雀，一定会扩大搜索范围，很快就会将凶恶的触角探入乡村领地。而经历昨夜惨烈的“雀燕之战”，格格已隐约感到麻雀后面一定有一位幕后策划者，否则，智商并不高的麻雀不可能如此周密地对燕子发动猝不及防的毁灭性打击，这幕后指使者一定对鸟界还有更大阴谋。其次，是来自自然的凶险，儿子咕噜将无法进行一年一度向东南亚一带的迁徙，即将到来的寒冬，是威胁儿子生命的自然力量。基于这两点考虑，格格才让儿子独自冒险到人类废弃的村庄寻找或许早已不存在的旧巢。是啊，整整十年了，整个燕子家族跟随着人类迁入城里，除了必不可少的觅食之外，没有哪只燕子在村庄的旧房子里落脚，这是燕子家族新制定的不可违犯的族规。当时，家燕集体迁入城市里，为了保证没有一只燕子留在乡村，违反燕子与人类共居的自然法则，规定燕子只能到稻田和山上捕捉害虫，经过村庄时，不允许落脚人类已废弃的村庄。所谓“人类废弃的村庄”，就是指只有少数村民的村庄。而今，到这样废弃的村庄是否能找到十年前的旧巢呢？格格其实心里没有底，只是她想到儿子若能找到一个旧巢暂时安顿下来，一是可以躲避即将到来的麻雀大搜捕；二是她相信有旧巢的地方就一定有留守的人类，善良的人类或许能帮助儿子度过无情的寒冬。

现在，这位坚强的母亲得知儿子幸运地找到一个可暂时躲避风雨的旧巢后，她的心放下了一半，不无欣慰地想：儿子或许有救了！格格看着骄傲地在自己面前展示小男燕气魄的儿子，那样子多像年轻时的丈夫啊。一时间，格格悲伤的泪水不由自主地溢出了眼眶。

“妈妈，你怎么了？你的伤口又疼了？咕噜这就来帮你。我们一起慢慢地飞下山吧，到白发爷爷家里的巢穴，妈妈的伤就会好了。”咕噜看到母亲眼里的泪，惊慌地叫道。

“傻孩子，妈妈的伤口不疼了，是风吹动树叶拂到我眼睛了。”格格用没受伤的翅膀紧紧搂住儿子的一只翅膀，轻叹口气，“孩子，你真像你爸爸，是最聪明、最勇敢的男燕。”

“妈妈，那我们开始飞吧？趁这里的鸟都在开例会。”咕噜被妈妈的话骗住了。

“好，等等，等妈妈说完话，再飞也不迟。”格格尽量用平稳的语气说道。这位顽强的母亲看着儿子如太阳般灿烂的脸庞，想着今后只能由他一只燕面对来自鸟界的灾难和严酷的大自然，心如刀绞。然而，在生命的最后时刻，她必须控制自己悲伤的情绪，给儿子传授有限的知识。于是，这位母亲最后向儿子讲述的是作为燕子这么一种柔弱的鸟类，如何与人类和谐相处，并在鸟界找准自己的位置及应对大自然邪恶力量的方法。这位生命垂危的母亲靠顽强的意志尽量用平淡的语气，像平常在家里给儿子讲故事般讲述着这些基本的知识。

咕噜不明白，母亲为什么要在此时此刻讲这些，但他知道母亲一定有深意。经历了昨夜的灾难，咕噜已不是从前那只知玩耍无忧无虑的小男燕了，从两个姐姐被麻雀杀害和父亲最后传来的怒吼声开始。咕噜瞪大着眼睛，一字不落地把母亲的话记在心里。

“孩子，妈妈讲的这些你都记住了？”格格长吁口气。

“咕噜记住了。妈妈，我们到白发爷爷家里的燕巢吧。”咕噜听着母亲费力的呼吸，很是着急。

“我的小咕噜，你真记住了妈妈的话？”看到儿子认真地点了点头，格格用力将咕噜搂了搂。实际上，现在她已没有力气了，只是拂了拂儿子的翅膀而已。她尽量把呼吸调整得平稳些后轻声说，“儿子，更重要的是，你必须提前做好准备，我们已无法迁徙到温暖的东南亚过冬。记住，不论发生什么事都不要离开白发爷爷的家，待在旧巢里，善良的白发爷爷一定会帮助你。”

“妈妈，你不和咕噜一起到白发爷爷家了？”咕噜从母亲的话里听出了什么。

格格没有回答儿子急切的询问，喘口气说：“孩子，从现在开始，你对任何陌生鸟都不要轻易相信，因为他们都可能已成为麻雀的同党。孩子，我的孩子，如果你能顺利地度过严冬，等到春天来了，你就可以悄悄到三明城边的文笔山找一位叫苍茫的白鹇伯伯，他是你父亲最好的朋友。你刚出生时他来看过你。他现在是文笔山白鹇家族的族老，让他带你去见白鹇家族的族长。孩子，你可记住刚才妈妈讲的话？这位白鹇家族的族长就是‘鸟界之王’老鹰宗族族长的代理鸟，鹰王没有出现时，他行使鸟王的权力，只有他在十年前见过鹰王。对，找到他……告诉他‘雀燕之战’的真相，他一定能为我们燕子家族主持公道。咳……咳……”

“妈妈，我记住了。”咕噜点点头说，“妈妈，我们赶快飞到白发爷爷家吧？”小家燕不知母亲为什么今天有这么多的话说。

“好啊，听我们家小男燕的。”一阵刺痛袭来，格格不由得皱紧眉头，但她用一个努力的微笑掩饰过去了。现在，交代完这一切的格格感到轻松了一些。但是，作为一位生命即将走到尽头的母亲，心中对儿子的牵挂又怎么放得下呢！他能否躲过麻雀家族大搜捕呢？再说，还从来没有一只燕子在原地过冬的先例，刚刚学会飞行的儿子能熬过残酷的严寒吗？这一切或许都有赖于那位白发爷爷的帮助。当然，还有命运！是的，儿子未来的命运就系于这些未知的因素中！想到这些，这位坚强而慈爱的母燕一颗爱子之心，就被一种无形的力量掏空了。然而，她感到最后的时刻就要到了，她不想亲眼看到儿子的悲伤和无助，狠狠心，对一直用急切的眼神看着自己的儿子说：“小咕噜，我们这就去白发爷爷给我们留的旧巢。那可是你祖爷爷们做的窝呢，一定既温暖又结实，等妈妈伤好了，我们再到田里衔些泥和草修补一下，就成一个新的家了。”

“真的吗妈妈？这太好了！咕噜现在长大了，不要等妈妈伤好，明天我就去衔泥和草。”咕噜脑海里的阴影在妈妈竭力的掩饰中烟消云散了。

“孩子，现在妈妈有些饿了，你到边上的松树看看，能不能找到松毛虫。妈妈再吃一些食物就可以飞了。”

“好的，妈妈。”能为母亲做一些事，咕噜感到自豪和高兴，当即展翅飞出红豆杉树。

看着飞行技术明显提高和经历磨难后神情像小大鸟一般的儿子，两颗掺杂着幸福、担忧和无限牵挂的泪珠从格格眼里滚落下来。飞吧，孩子。飞吧，孩子。张开你的翅膀飞吧……飞吧，翅……膀……慈爱坚强的母燕缓缓闭上了眼睛。

历经沧桑的古老红豆杉树在风中抖动树叶，似乎在为坚强慈爱的母燕唱一曲挽歌。

没有一只鸟听到柔弱无助的小家燕悲痛欲绝的哭声，没有一只鸟关爱这只需要帮助的小男燕，因为他们都在开似乎没有结果的例会，他们面临着鸟界的巨大变故而束手无策。勇敢而聪明的小男燕一次次想将好不容易捉到的松毛虫塞到母亲嘴里，然而，嘴边还挂着微笑的母燕似安详地睡着了，她再也听不到小男燕的呼喊，也不能用尖嘴轻啄儿子发出咯咯咯的笑声了。

似乎过了很久，一个冷冷的声音把正在哭泣的无助小男燕惊醒了。

“她死了，不会再回答你的问题了。”

咕噜抬起泪眼，见到站在面前枝头上说话的诗溪仙洋洋，忙惊惧四顾，看还有没有别的鸟出现。

“别担心，所有的鸟都在开那个该死的似乎永远开不完的例会！”诗溪仙洋洋脸上依然是那种玩世不恭的表情，“傻男燕，你还哭什么？你妈妈伤势太重，死了！她就是不想看到你这个悲伤的熊样，才把你支走了！”

“你……”咕噜被诗溪仙的表情和话语激怒了。他飞到靠近诗溪仙洋洋的树枝上，生气地说，“你……原来你们诗溪仙是冷酷无情的鸟，什么诗鸟……咕噜不喜欢……”

诗溪仙微笑着说：“那你就哭吧，让哭声把所有的鸟都引来。”

听到洋洋这话，咕噜止住了悲泣。同时，想起了母亲不要轻信任何一只陌生鸟的话，警觉的目光扫了诗溪仙一眼，随后飞落到安详躺在粗大树枝中间的母亲面前，示威地抖动一下翅膀说：“你……怎么找到这里的？”

原来，诗溪仙洋洋怀疑小家燕所说的落难到南坑村的理由，未马上回去参加他最厌恶的每周例会，而是悄悄跟在小家燕的背后，认清他的踪迹后才返回去参加例会。在会上他听到昨夜发生“雀燕之战”这一鸟界最大变故，联想到咕噜的行踪，诗溪仙洋洋明白了其中的原委。例会上，诗溪仙两派正展开激烈辩论，商讨如何应对“雀燕之战”后鸟界面临的新局面——是否声援或是反对麻雀对家燕发动的所谓保护人类及大自然的“清除禽流感”行动，并承认杜鹃鸟族族长“鸟界之王”的身份。正是这样的艰难选择，让一直身处于桃花源般世界，以写诗为己任，终日逍遥的诗溪仙家族的例会，和南坑村四周所有鸟族的例会，史无前例地拖长了。诗溪仙洋洋听着同伴们的论调，不由得心惊肉跳，尽管他对那些主张承认麻雀发动“雀燕之战”合法性和正义性的诗溪仙极为气愤，觉得这是有损于诗溪仙诗鸟之称的软弱行为，但为了不引起别的鸟注意，他没有说一句话，而是悄悄溜出来，决心帮助小家燕。洋洋一向是个不守诗溪仙家族清规戒律的家伙，又是南坑村区域最有才华和威望的著名诗鸟，族长对洋洋参不参加例会，从来是睁一只眼闭一只眼。所以，洋洋的到会和离会，都没有引起任何诗溪仙的注意。

面对小家燕的质问，诗溪仙没有说出这些。他担心把小家伙吓坏了，尽量轻描淡写地说：“小家伙，你以为自己有多么聪明啊，还想骗过我洋洋？”他飞得离咕噜近一些：“我已经听说‘雀燕之战’的事了。哼，不用说，一定是麻雀这班好吃懒做愚蠢又好嫉妒的家伙干下的恶事，等鹰王回来，鸟界就会恢复自然秩序了。”

“洋洋叔叔，你真的这么认为？”咕噜欣喜地问。

“哈哈，我不这么认为还怎么认为？我虽然不知道事情的具体经过，也不知道幕后指使者是不是狡猾的杜鹃。甚至不用去打听，我只凭一个朴素的自然之理：家燕历来是与所有鸟为善的鸟族。就凭这个，我就知道，什么是对什么是错了。”

“太好了，洋洋叔叔，我还以为……”

“以为我会成为麻雀的帮凶？怎么可能！我可是有名的诗鸟呢！”洋洋因为被小家燕轻视而激动得涨红了脸，一挺脖子说，“我们诗溪仙怎么会和麻雀为伍呢？那些家伙最喜欢捡人类的剩饭吃，成天在大街上窜来窜去，太损鸟界尊严了。对了，一定是这班家伙嫉妒家燕在人类面前的地位而找碴。唉，我说你们家燕也是聪明一世，糊涂一时，怎么会着了麻雀的道儿呢。”

咕噜对于洋洋说的这些话还似懂非懂，想到小女雀哩哩不像诗溪仙洋洋所说的那样，他就有些迷茫了。这时，确信洋洋是来帮自己，望着似乎安详睡着的母亲，小男燕悲伤的眼泪又止不住哗哗地往下流，把他胸前美丽的羽毛都打湿了。

“哭吧，哭吧，孩子，你妈妈是位勇敢的母燕。”诗溪仙洋洋这回没有劝阻咕噜，也难过地低下了头。这只外表玩世不恭的诗鸟，其实有一颗金子般善良的心。

太阳挂到了中天，秋末初冬的阳光依然亮亮地透过茂密的红豆杉树叶斑斑点点地落在鸟身上，宛若给他们穿上一件美丽的花衣。可怜的小家燕一夜之间失去了父爱和母爱，他感到生活已失去了方向，面对凶险未卜的未来茫然、失望。然而，一种无可抑制的愤怒完全充填了咕噜幼小的心灵。对，他要找麻雀报仇，即使与他们同归于尽，也在所不惜。但是……但是……小家燕的力量太弱小了，或许他那稚嫩的嘴还没啄到对手，就死于对方之手。想到这些，经历了接二连三磨难的咕噜脑子稍微清醒了，被愤怒灼烧得变形的理智慢慢回来了，想起母亲临终交代，慢慢停止了哭泣。

洋洋捕捉到咕噜面部表情的变化，心中暗暗惊诧这个小家燕的理智和聪明，敬佩他的坚强了。但他不会把这种感情表露出来，脸上始终挂着冷漠的、事不关己的表情，尽管他已决定尽自己最大的力量帮助孤独无助的小男燕。

或许是天上正直无私的太阳不忍看这一幕鸟界惨剧，扯过一块巨大的乌云遮住自己悲伤的脸，森林中暗淡了下来。趁这工夫，诗溪仙二话不说，小心地衔着母燕飞到地上，帮小家燕刨了个坑，将格格埋葬在古老的红豆杉树下。这时，咕噜两眼含泪唱起妈妈教给他的《燕子谣》——

他是一只美丽的燕子，
是大自然创造的智慧精灵。
人类的屋檐是他温暖的家，
他是人类最忠实的朋友。
他有一把神秘的剪刀，
修剪出温暖的春天。
他的歌声染绿了千山万水。
啊，他是春天的使者，
携春风为人类传递希望。

他是一只勇敢的燕子，
是大自然创造的吉祥精灵。
人类的屋檐是他温馨的家，
他是人类最喜欢的灵鸟。
他有一双神奇的翅膀，
飞翔出不老的传说。
他的身影穿过严冬带来春天。
啊，他是吉祥的信使，
携春雨为人类播撒福音。

## 第五章

听着小家燕用忧伤的语调唱着优美的歌，一向很少动感情的诗溪仙眼里也盈满悲伤的泪水。他一时间心潮涌动，慢慢扶起唱完歌趴在地上无声抽泣的咕噜说：“孩子，你们家燕是我们鸟界的骄傲，真的，以前我不这么认为，现在我明白了。是家燕一直为我们鸟界搭建起与人类沟通的桥梁啊，可惜，没有多少人类意识到这一点，长久以来，我们鸟界也忽视了家燕的贡献。哼哼，尽管麻雀处心积虑地想要取代家燕在人类中的位置，但我相信，这只是暂时的。对了，我一定要写一首长诗唤醒鸟界，阻止麻雀的阴谋。”

“洋洋叔叔，你真的会帮助我们？你不是说，你们诗鸟不问鸟界政事吗？”小家燕半信半疑地抬起头。

洋洋又恢复了玩世不恭的表情，没有回答小家燕急切的询问。他原地踱了两步，略微歪着头说：“出于礼貌吧，我总得为你勇敢慈爱的母亲写几句什么诗，只是……哎呀……这会儿被你这小家伙弄得一点诗意也没有。啊，还是引用我上次从人类那儿听来的这两句诗最合适。”于是，诗溪仙摇头晃脑地吟诵起来：“卑鄙是卑鄙者的通行证，高尚是高尚者的墓志铭。”

人类的诗句对于未成年的家燕小咕噜来说太深奥了，只是他从诗溪仙庄重的语气里感到了诗句沉甸甸的重量。

这时，从红豆杉树上空飞过一群看起来明显有些惊慌失措的由各种鸟类组成的鸟群，看来鸟例会终于开完了。洋洋忙拉着小家燕躲到红豆杉树最浓密的枝叶下。咕噜看看洋洋凝重的脸色，问道：“洋洋叔叔，这些鸟急急忙忙飞哪里去？”

“我怎么知道。小家伙，你就在这里待着，哪也别去。也不知这些呆鸟们开例会得出了什么结果，或许他们已听从麻雀的指令，等着抓你这只漏网的小家燕去领赏呢。”

“这……太不要脸了！我们家燕和所有鸟族都和平相处。洋洋叔叔，这是为什么啊？”咕噜不解地生气道。

“刚念完的诗就忘了？卑鄙是卑鄙者的通行证！亏你们家燕整天和人类相处，这样的名言也不懂得。”

“我只是一只未成年燕嘛。”咕噜不知不觉中已把这只外表傲慢冷漠的诗溪仙当作最可靠的长辈了，用撒娇的口气说。

“少来，少来，以后别再用这样的口气说话，弄得我全身起鸡皮疙瘩。”诗溪仙拉下脸，教训咕噜，“记住，你是男燕，别给我弄得娘娘腔的。听到没有？”

咕噜不好意思地点点头，挺了挺胸膛。

“好吧，等我回来再说。你呢，就给我待在这里，哪也别去，我看这棵红豆杉树藏你一只小家燕还是可以的，我得先去探听这些鸟们都达成什么该死的协议。”诗溪仙环顾四周没有发现别的鸟，才放心地飞走了。

其实，看到刚才混合各种鸟类的鸟群向三明城方向飞去，诗溪仙洋洋心情变得无端沉重起来，心中升起一种不祥的预感。而当他飞回南坑溪，从开完例会的诗溪仙那里得知整个南坑村鸟界达成的一致协议后，他的心情不仅沉重，而且气愤了。告诉他话的诗溪仙知道他一向离经叛道，不把诗溪仙族长和族规放在眼里，族长也对这位历史以来最杰出的诗鸟，为南坑溪的诗溪仙在整个诗溪仙鸟族赛诗会上赢得无数荣誉的洋洋一向区别对待。因此，这只诗溪仙小心地劝洋洋：“算了吧，反正也不关我们诗溪仙鸟族的事，都知道家燕是受害者，可我们能怎么办？鹰王又不知躲在哪里修炼，代理鸟王白鹇族长也没出来说话。我估摸着这会儿，三明城里已是杜鹃和麻雀的天下了。听说白鹇在文笔山的日子不好过，人类的枪口也在对准他们呢，哪里有闲心管这事。再说，鸟界的规矩也不是代理鸟王能决断的。”

洋洋对这位同类的腔调很生气，大声叫道：“好啊，你们就这样袖手旁观，所有的鸟都不维护正义？鸟界的规则还要不要了？你们都是懦夫！”

这只诗溪仙看洋洋发怒了，小声嘀咕两句飞走了。趁所有鸟都无心正事各怀心事，躲到一个地方时，诗溪仙洋洋飞回西山红豆杉树，决定把真相告诉小家燕。他心情沉重地想，这本不该让一只未成年鸟承受啊，但又必须告诉小家燕面临的险境，才能有更多的机会逃生。于是，洋洋告诉咕噜，南坑村方圆几十里的鸟族，在例会上已决定拥护杜鹃和麻雀暂时对鸟界行使管理权。现在，各鸟族已派出代表赶赴三明城参加麻雀召开的“家燕禽流感病毒声讨大会”，他们极可能在会上达成一个协议，让所有鸟族协助麻雀追捕漏网的家燕。说完话，诗溪仙一动不动地看着咕噜，有意试试小家燕的胆量。

咕噜还沉浸在失去母亲的悲痛之中，头脑里一片空白。姐姐、父亲、母亲相继遇难，一夜之间，原本欢乐祥和的家遭到灭顶之灾，他成了一只没有任何亲燕的孤燕。这样沉重的打击让一只未成年燕来承受，真是太残忍了。

见小家燕茫然无助的样子，诗鸟洋洋的心一阵阵抽搐，但他必须激起小家燕的斗志，让他回到残酷的现实中来。略一思索，洋洋对咕噜说：“小家伙，喂，看着我的眼睛。我告诉你，你的亲鸟都遇难了，现在没有别的鸟能帮你，我也不能，我们诗溪仙只是诗鸟，能力有限，帮不了太多。你听清楚了吗？喂？我说，小家伙！”洋洋用翅膀狠狠地扇在小家燕脸上。

小家燕因这突然的袭击差点掉落树下，扑棱一下翅膀站住了，出了一身冷汗。经洋洋这么一扇，真可谓一掌惊醒梦中鸟，他的眼泪就可怜巴巴地溢出眼眶了。

洋洋狠狠心，用尖厉的嗓音说：“别哭，别哭，这会儿我可不想看一只小男燕没出息地流眼泪，把妈妈教的话全忘了。”

“谁说我哭了？”咕噜彻底清醒了，倔强地把眼泪憋了回去。

“哈，这就对了！这才像一只小男燕。”诗溪仙洋洋盯着咕噜的眼睛，一字一句地说，“小家伙，看来情况比洋洋叔叔刚才预想的还要糟一些。不过也没关系，反正已经很糟了，再糟一点也就是那么回事，是不是？”

咕噜对诗溪仙洋洋这绕口令似的话似懂非懂地点点头。

“好吧，现在我们来分析一下当前的形势。”诗溪仙洋洋说着，用翅膀轻轻打了一下自己的嘴巴，“我怎么也用那些官僚的语气说话了。好吧，我还是说鸟话。小家伙，你看到了，刚才飞过的那群鸟就是南坑村范围内所有鸟族的族长，他们听从麻雀的指令到城里开什么‘家燕禽流感病毒声讨大会’。对，是麻雀的指令，杜鹃那狗头军师现在还在装圣鸟，没走到台前。我估摸着，开完会回来，这些没有立场的明哲保身的鸟们，就会听从麻雀指令，对南坑村进行搜捕，也或许会结成个什么同盟，认麻雀这个卑鄙的鸟为带头大哥。只是奇怪啊，没听到代理鸟王白鹇有什么动静。天哪，难道一向爱臭美的白鹇不会也被杜鹃和麻雀搞定了？”

“白鹇？”咕噜摇摇头，想起妈妈嘱咐他的话。

“哇，暂且不管这些，反正我们诗鸟对这些鸟界政事不感兴趣。”洋洋抬头看看天上已被不知何时飘来的乌云笼罩住的太阳，环视森林里光线暗淡下来许多的景象，又竖起耳朵倾听有几只鸟鸣叫着从远处飞过后，才放低声说：“小家伙，洋洋叔叔得先把你弄到安全的地方，也就是白胡子爷爷给你清扫出的旧燕巢。我看，到了明天，只有那里最安全。唉！我真不敢相信这里的鸟都成为麻雀帮凶，但愿我们诗溪仙胆小怕事的族长不会做得太过分。我说，男燕咕噜，现在能救你的只有你自己，就看你有没有这个胆量。”洋洋把“男燕咕噜”四个字加重语气，故意用一种怀疑的眼光看着小家燕的眼睛。令他感到满意的是，已从悲痛中暂时走出来的小家燕眼里没有一丝畏惧。

咕噜在树枝上跳了起来，气愤地昂头叫道：“洋洋叔叔，这里的鸟怎么都这么势利啊？我妈妈说，世界上最可怕的是落井下石的鸟！哼，我不怕，让他们来找我吧，我这就去找白鹇苍茫伯伯，他一定会帮我揭穿麻雀的阴谋。”

然而，咕噜慷慨激昂的话没有得到诗溪仙的赞赏，反而听到他奚落的笑。

“有什么好笑的！”被奚落的咕噜生气地跳到另一根树枝上。

洋洋看咕噜真生气了，感到自己的确有些过分，毕竟这是一只不谙世事的小家燕啊。于是，他缓和语气，耐心地向咕噜分析当前鸟界所面临的复杂局面，敌与友已在利益平衡打破之下混淆在一起，在新的利益平衡未建立之前，鸟界秩序无从谈起。也就是说，白鹇这代理鸟王能否在新的秩序中还代行鸟界之王老鹰的权力，还未可知，而已取代家燕进驻人类屋檐下的麻雀进一步搜捕家燕行动马上会展开。此外，一向被人类视为春天使者和圣鸟的号称"催春布谷鸟"的杜鹃在人类眼里拥有极高的威信，他一定会使出别的阴招。最主要因人类受到麻雀蒙骗，已将家燕视为"禽流感之源"，杜鹃、麻雀所有行动或许都会得到人类的默许。或许，整个鸟界的灾难才刚刚开始。洋洋说这些话时语气是沉重的，尽量用一种平白的语言让小家燕明白所处的险境。最后，洋洋对小家燕说："小家伙，你现在要紧的是保护好自己，记得人类说过'留得青山在，不怕没柴烧'，说的就是这个道理。"

"洋洋叔叔，我明白了，我妈妈也这么说过。"咕噜用力点了点头。

一阵山风吹过，掀动着红豆杉茂密的枝叶，发出哗啦啦的响声，似乎为咕噜的聪明和勇敢鼓掌。

于是，经过分析，为了避免别的鸟看到，诗溪仙洋洋决定等天黑后所有的鸟归巢，再陪小家燕飞到白发爷爷的家。

随后的时光变得特别漫长。这期间，日头偏西时，为稳妥起见，洋洋又抽空沿着南坑溪飞到白发爷爷家里进行一番观察，看到白发爷爷将旧巢下的木板进行加固，巢里还放上了干草。村庄上空很少有鸟飞过，这一定是因为所有的鸟还处于惶惶不安之中，都躲在鸟巢里，怕出来惹是生非。看来，"雀燕之战"对鸟界的震撼才刚刚开始啊！当洋洋在日落之后回到红豆杉树，把这个情况告诉咕噜时没有说出自己担心的，是去三明城里参加会议的鸟代表们居然这么久都没回来，这太奇怪了！或许正因此，所有的鸟族早早关门闭户，不知麻雀和杜鹃会不会对自己的鸟族也来对付燕子的那一手。

咕噜高兴地在树上跳起来，性急的他有些等得不耐烦了。刚才，肚子饿得要命的他已冒险飞出这片树林到白天寻找食物的松树林里找松毛虫吃，险些与一只也出来觅食的不知什么名的鸟相撞。好在，对方慌慌张张中把他当成同类。回到红豆杉树后，小家燕躲到浓密枝叶掩盖下的一个小树洞里，一直到诗溪仙洋洋回来。

夜色悄然覆盖了山林和山下的村庄，咕噜飞到树下掩埋妈妈的地方告别，含泪轻声说："妈妈，我要到白发爷爷家里去了。你放心吧，我是男燕了！"

夜的黑和静淹没了悄然飞行的小家燕和诗溪仙，他们像两只黑色的精灵沿着南坑溪飞向人类为燕子精心保护下来的旧巢。村庄里一片寂静，只有零星的灯火表明空寂的村庄里尚有少量留守老人顽强地守卫人类最后的自然家园。

没有多余的话语，与洋洋用眼神告别后，小家燕咕噜像一阵风滑进南坑村村尾白发爷爷的家里，当他经历沉重打击的疲惫身体落到温暖的旧巢时，一种陌生而熟悉的气息让悲伤的小家燕不知不觉落下泪来。感受着白发爷爷的关心，小家燕更坚定了揭穿麻雀谎言，为家燕家族复仇的信心。

很快，夜的黑和梦就淹没了身心俱疲的咕噜。

现在，小家燕只有梦，不知道梦醒来迎接他的是什么。他睡着了，进入了梦乡。

# 疯狂追捕

# 第一章

当未成年家燕咕噜睡进温暖的旧巢，暂时有一个不知是祸是福的家时，在三明城城郊一片人工杉树林里，由麻雀家族族长未必主持的“家燕禽流感病毒声讨大会”还在如火如荼地开着。

会场气氛是怪异的，除参加会议的麻雀们一只只喜形于色外，所有参会的鸟族代表脸色都无比凝重。是啊，麻雀当然得意得很，昨天晚上的战斗结束后，大部分麻雀已搬进人类屋子的燕巢里，享用来之不易的战利品。到明天，所有的燕巢都会住进胜利者——麻雀。更让麻雀们欣喜的是，他们伪装的家燕死于禽流感的现场得到了人类认同，绝大部分人对麻雀入住燕巢虽感到奇怪，但还是没有太多异议地接纳了。当然，也有少数固执而愚蠢的人类暂时没有接纳麻雀，把入住燕巢的麻雀赶了出来。在会议进行中间，不时就有这样的麻雀哭哭啼啼地来向族长诉说委屈。为了保证会议的进行，族长下令由“麻雀未来研究所”的所长将来去安置这些没能享受胜利果实的麻雀。

麻雀们这么旁若无鸟地享受胜利的果实，着实让来开会的鸟代表们吃惊不小，同时也意识到麻雀的威慑力，估摸着麻雀敢这么胆大妄为，背后一定有一股强大的势力支持。再说，一直传言是昨夜“雀燕之战”幕后策划者的杜鹃竟然还没有发言，这让鸟们脑子都糊涂了，开始怀疑原先的判断。因此，绝大部分鸟都抱着明哲保身的态度，静观事态发展，防止祸从口出。

麻雀此次要求每个鸟族必须派代表参加，据说得到人类许可的“家燕禽流感病毒声讨大会”的会场，安排在三明城市郊西山上一片旺盛的人工杉树林里，既免得这么多鸟聚集引起人类不必要的关注，又能居高临下看到三明城全景。这片西山上的杉树林因为周围的人工杉木已被人类砍伐，孤零零地突显出来。这样，会场周围布置的一圈麻雀哨兵，可以轻易地看到有没有哪只鸟逃会，也能视线开阔地观察有没有什么鸟企图从外面冲击会场秩序。麻雀对会场如此精心布置显然起到巨大的威慑作用，有些想逃会的鸟只能老老实实地待在会场里，开这个漫长得似乎没有结局的会。某些壮起胆子探听消息的鸟老远听到麻雀哨兵尖利的警告声，只能识趣地撤退了。

麻雀家族的族长未必对杜鹃家族族长黑白的远见很满意。本来，他要把杜鹃的代表请到主席台上，但这只外表和善的“布谷鸟”拒绝了，甚至没有说明什么理由。起先，未必有些不解和生气，但会议一开始，望着众星拱月般来自各地的黑压压的鸟族代表，麻雀家族族长自我感觉非常好，第一次有那种鸟中之王一呼百应的感觉。是啊，个头瘦小的麻雀，这个一向被一些大鸟看不起的鸟族，终于有机会取代家燕在鸟界和人类中的地位，这是多么了不起的成就啊！现在，表面上看起来还没有哪一只鸟站出来提出异议。很显然，他们都被麻雀在昨夜“雀燕之战”中显示出来的集体力量吓坏了。不错，集体的力量！老麻雀未必想到杜鹃一直强调的至理名言，感到杜鹃太伟大了，是麻雀家族的大恩鸟。这么想着，麻雀族长对杜鹃族长黑白不出席大会就一点也不生气了。

主席台设在这片人工杉树林山顶最高处唯一的那棵高大的松树上，可以居高临下地俯瞰错落在杉树上的众鸟们。坐在主席台上的是麻雀家族的族长未必和他的夫人—— 一只老是摇头晃脑，梳理羽毛爱臭美的老麻雀，还有“麻雀未来研究所”的所长将来及从来与族长形影不离的两大卫士——力和量。麻雀家族的成员都知道，将来是族长的军师，因未必族长年老体衰，大多时候不理朝政，将来所长实际上在麻雀家族是有实权的鸟。

说到族长未必，却是一只糟老麻雀了。他褐色的羽毛早已黯淡无光，却依然喜欢拈花惹草，看到年轻美丽的女雀就挪不动步子。未必头脑简单却刚愎自用，他一旦做出了决定，哪怕是天马行空的荒唐想法，也不容他雀反驳，必须执行。当然，他又极为优柔寡断，不轻易做决定。也因此，他很少单独做什么决定，每件事都需要将来替他拿主意。同时，让别的鸟类很不齿的是，身为族长的未必还热衷吃喝玩乐，经常带着向他献媚的女雀到人类的饭馆前转悠觅食。那么，这么一只看起来没有什么能力的老麻雀又怎能当上族长呢？这是因为他年轻时娶了老族长丑陋无比的女儿得到的回报，麻雀家族从上一任族长开始就立了一条族规，由现任族长指定接班人。未必娶了风流成性又丑陋无比的族长女儿，理所当然地接任了族长。

麻雀家族的成员都知道，自从麻雀与杜鹃建立起鸟界同盟以来，杜鹃家族的族长黑白就成了麻雀家族的座上客和麻雀智慧的代表。麻雀们没有觉得这有什么不妥，杜鹃是人类的圣鸟，他们在人类中的威望一点也不比家燕差。是老天哪只自然之手搞错了，让家燕能与人类同住，麻雀也与人类近距离地生活，却不能堂而皇之地登堂入室呢？这是深藏在麻雀心中一个永远的痛，他们从出生那天起就仇视家燕在人类心目中的地位。而自从人类时间 1958 年人类给麻雀留下了阴影后，他们就确信一切是家燕造成的。因此，当杜鹃族长带领着麻雀们取得“雀燕之战”胜利后，一夜之间，他在每只麻雀的心目中已成为救世主的角色，其智慧为雀们景仰和称道。

会议一开始，麻雀家族族长未必就声明杜鹃是麻雀家族最尊贵的朋友，参加会议的麻雀们跟着高呼了口号。当然，开这个会也是杜鹃族长黑白的主意，目的就是为昨夜麻雀发动的“雀燕之战”找一个冠冕堂皇的理由：为了维护自然界的和谐和安全，麻雀接受了人类的指令，消灭已感染禽流感病毒的家燕。说了这个理由后，未必用沙哑苍老的嗓音说：“咳，菜鸟……鸟界的朋友们，我还要说……”说什么呢？这只糟老麻雀把原先准备好的词都忘了，摇头晃脑在树枝上踱步半天，一抖翅膀，对站在一边的“麻雀未来研究所”所长将来说：“还有……还有的话，让将来替我说，咳……菜鸟……”未必的口头禅是“菜鸟”，他喜欢用这个词，不表达什么样的感情，实际上也没有什么特别含义。

“嗯，族长累了，从昨夜指挥了这场史无前例的为了保卫自然安全的战斗开始，他就没合过眼，让我们为他的操劳鼓翅感谢。”等所有的鸟都扇动翅膀，杉树林里响起一阵稀稀拉拉的声响后，将来晃晃翅膀，将脑袋伸到羽毛里再弄干净些，开始用书面的语言代表族长发言。实际上，将来是一位道貌岸然的伪君子，他总是当面一套，背后一套，见鸟说鸟话，见鬼说鬼话，阴险而狡诈，正是他极力怂恿族长这只糟老麻雀与杜鹃尽释前嫌结成同盟的，而他的目的就是在杜鹃的帮助下夺取族长之位。当然，没有哪只雀了解这个长着一双阴郁眼睛的“智慧雀”内心真正的想法，只知道他和杜鹃一起帮助族长发动了史无前例的，必将载入鸟界史册的“雀燕之战”。当他代表族长说话时，景仰他的麻雀们发出叽叽喳喳的欢呼声。

将来看看边上族长未必已闭上眼睛，似乎睡着了，才作势清了清嗓子，跳到离鸟们更近的树枝上，依然用那种不紧不慢的官腔说：“现在，我们敬爱的族长需要休息一下伟大的脑袋，为我们麻雀家族……不，是为整个鸟界的工作理一个头绪。”讲到这里，杉树林里的鸟们发出一阵轻微的骚动。将来用阴郁的眼睛扫视了一眼鸟们，又清了清嗓子说，“是的，我说的是整个鸟界。大家都看到了，今天，代理鹰王维护鸟界规则的白鹇没有出席会议。为什么呢？那是因为他心里有鬼！对，白鹇族长说自己生病了，但他可以像杜鹃一样叫代表来啊。当然，也有一些鸟族没有派代表到会，比方说猫头鹰先生，他是我们鸟界被人类首肯的劳动模范，是外表丑陋心灵美的典范。我们大家知道，今年鼠患特别厉害，猫头鹰家族为了维护人类的劳动成果天天上夜班，鼓足干劲捉老鼠，人类称他们为鸟界卫士，他们没来参加会议是有正当理由的，经过了准假。然则，有些鸟……哼，我在这里就不点名了，他们成天游手好闲，无正当理由也缺席会议，这些鸟同志的思想是消极和危险的，希望大家认识到问题的严重性，因为我们麻雀现在已取代家燕在人类中的地位。这个会也就代表了人类的意思，希望这些缺席会议的鸟的邻居转告这个意思。会后，我们也会以文件的形式将会议精神告知每一个鸟族。”

“麻雀未来研究所”所长将来这一番措辞严厉的话，在鸟们中引起了一阵小小的骚动，落满鸟的人工杉树林无风微动，发出一阵杂乱无章的噪声。

鸟们情绪的波动早在将来意料之中，他等鸟们的骚动平息之后，作势抖擞一下翅膀，晃了晃脑袋，慢条斯理地说：“我还必须点名批评代理鸟界之王行使鸟规的白鹇！对，大家都知道白鹇家族和家燕家族那种友好的关系。那么，鸟界朋友要清醒认识到，当我们麻雀代表人类，宣布家燕成了威胁人类和鸟界及整个大自然安全和谐的禽流感病毒源时，白鹇显然被友谊蒙蔽了眼睛，没有行使代理鸟王之责，反而包庇家燕。如果不是杜鹃鸟族圣明的族长黑白及时洞察白鹇的企图，那么，整个鸟界都将传染上可怕的禽流感，那是鸟界的灾难！也是人类和自然的灾难！”

鸟们再次引起了骚动，他们对将来的话由怀疑变成了对鸟界将面对禽流感灾难的恐惧。这从少数的几种鸟族对将来的话发出欢呼声可以看得出来。

将来对鸟们这种反应显然非常满意，他微笑着跳到更高的树枝上，昂头说：“因此，我建议在白鹇没做出合理解释之前，这次鸟界大会暂时停止白鹇执行鸟规的权力，这也是人类的想法。”

将来的这个提法，又一次让落满鸟的这片人工杉木林无风自动，发出哗啦啦的响声。

一只鸟代表说：“白鹇代理鸟王可是鸟界之王老鹰指定的。鹰王不在，这么做行吗？”

“是啊，按鸟界规则，鹰王十年出山一次，要换鸟规的执行者，也得由鸟王指定。”另一只鸟壮起胆子接话道。

“我看白鹇是一时糊涂，也没有什么大错呢。”有的鸟则说。

“你懂什么？白鹇这爱臭美的鸟就是没有原则，成天当老好人，他几时把鸟规落到实处了！”另一只鸟表示反对。

“是啊，是啊。上回乌鸦那家伙侵占我的地盘，我找白鹇按鸟规划分的地盘来说理。你猜白鹇族长怎么说？他说大家不要太计较，都是鸟界的成员，好好商量，最终他各打五十大板。后来，还是我找到猫头鹰，才把乌鸦镇住了。”这只鸟附和道。

“胡说！白鹇办事还是公道的，他代理鸟王行使鸟规，也没出大乱子啊。”有的鸟反驳说。

“没出乱子？这场‘雀燕之战’的乱子还小吗？我看要鹰王出来才能把事情搞清楚。”这只声音沙哑的鸟突然放高声的话，让骚动中的鸟都吓了一跳，不吭声了。

一直闭眼似睡着般的麻雀家族族长未必耳朵却尖得很，听到了这句话。他从靠着的座位上跳起来，摇头晃脑地嚷道：“嗯，哪只鸟说这话？站出来。嗯！我……咳……菜鸟……我们麻雀家族长期以来与家燕一样，都和人类近距离生活，嗯，菜鸟！人类的意思我们最清楚……那个……那个……哪只鸟和人类作对，是……是活得不耐烦了？咳……菜鸟……”

未必的话让明哲保身的鸟类们噤了声。

鸟们为什么对未必这话特别敏感呢？

原来，自从十年前家燕跟随着大规模城市化的人类迁入城市以来，鸟界原有的规则就在不知不觉中被打乱了。当时，即将归隐大自然休养生息，以期维护种族延续的老鹰，对人类的捕杀已非常失望，鸟王自身难保，对于鸟界本身就是个极大的讽刺。对家燕族长提出必须跟随人类迁入城市的提议，老鹰家族的族长，也就是第一万代的鸟王对家燕家族的族长的提议表示了担心。他认为，世代居住在乡村的家燕进入城市，会对整个鸟界的生存区域产生负面影响，虽然鸟界从来没有把城市作为生存的空间，但是很早就进入城市的麻雀必然会对家燕的到来产生抵触的情绪，埋下矛盾，一向小心眼、习惯于围绕在人类身边搞些小偷小摸动作的麻雀会接受吗？然而，鹰王同时又清醒地认识到，要使整个鸟界与人类永远和平相处，并为鸟界赢得更广阔的生存空间，在现代文明高速发展，人类对大自然破坏严重的今天，作为人类吉祥鸟的家燕又必须跟随人类进入城市。况且，鹰王也理解家燕家族历代与人类同居，这种关系已深深烙印在遗传基因里，跟随人类进城也是整个家燕家族无可奈何的迁徙。最后，在鹰王的主持下，鸟界在鸟规中修改了家燕世代居住乡村的章节。同时，考虑到麻雀家族已有众多成员在城市里生活，鹰王还根据新制订的鸟规协调家燕与麻雀的关系，两个家族间签订了互不干涉内政、和平共处的条约。然而，鹰王的这一切努力并没有起到良好的效果。表面上，麻雀对进城的家燕客客气气，实际上，却从此埋下仇恨的种子。家燕迁进城市的十年间，两个鸟族之间因为生存理念上的巨大差异，小矛盾时有发生，相处并不和谐。代理鹰王行使新修改鸟规的白鹇族自从换上这一任长得胖乎乎的性格懦弱的族长后，面对两鸟族间的小冲突，他总是站在中间当和事佬，各打五十大板。于是乎，新修改的鸟规在老鹰为延续种族闭关修炼时名存实亡了。

现在，处心积虑发动“雀燕之战”的麻雀打着人类的旗号，俨然以鸟王代理鸟的身份出来说话，又怎能不在尚不明真相的鸟族中引起诸多猜测呢？然而，鸟族作为一种大自然中的弱势群体，所有鸟都秉承了明哲保身的古训，除了私底下议论外，在情况尚不明朗的情况下，谁也不愿出来当这出头鸟，唯恐引火烧身。因此，这会儿听麻雀族长说了硬话，参加会议的各鸟族代表心中越加忐忑不安，会场的气氛也变得怪异而凝重。

见族长生气了，原本已跳到比族长位置更高的树枝上尽情表演的将来忙落到族长面前，俯首小声请示之后说：“现在，族长让我代表他提三点建议：一、废除鸟规中有关家燕新修改的章节，将家燕列为鸟界的害群之鸟，必须予以彻底铲除。会后所有鸟族都要协助麻雀家族追捕漏网的家燕，清除家燕传播禽流感病毒的可能。如果有哪只鸟试图保护家燕，将被视为整个鸟界的仇敌。二、我们麻雀家族经过人类的许可已全面接管家燕的地盘，成为人类新的吉祥鸟。今后城市里不允许除麻雀外的鸟出现。这么做是为了避免人类对鸟界的恐惧，从而取得鸟、人之间的和平共处。特别声明，如果拥有人类许可的在鸟界注册的宠物鸟身份可以在城里生活，但要承认麻雀对城市鸟界的统治地位。当然，杜鹃被人类号称为催春的布谷鸟，是人类的圣鸟，他们不在此项规定之列。三、麻雀无意争夺白鹇代理鸟王的地位，麻雀始终承认老鹰鸟界之王的合法地位。但是，我们建议改变白鹇独立执行鸟规的方式，由麻雀和杜鹃、白鹇一起组成一个“鸟规执行团”，这样可避免白鹇的独断专行，今后所有违反鸟规的纷争都由执行团举手表决，这样才可以还鸟界真正的公平。现在，给大家一点时间考虑，之后对本三点建议进行表决。”

将来说完，参加会议的麻雀们发出一阵叽叽喳喳的欢呼声。麻雀族长似乎累得眼睛都睁不开了，这个糟老麻雀在开会干正事时总是昏昏欲睡，只有在看到美丽的女雀时才两眼放光。他乐得清闲地享受族长的权威和待遇，让将来这个得力的军师把所有的事都做了。这会儿听到麻雀们的欢呼声，他只是半睁开眼睛嘟囔一句：“好……对，本族长就是这个意思……嗯……菜鸟……”随后，族长未必又安心养精蓄锐，幻想着开完会与女雀约会。

人工杉树林里再次引起更为长久的骚动。将来代表麻雀族长提出的三点建议，对鸟代表们无异于一记重拳，明白所谓由白鹇、麻雀、杜鹃组成的鸟规执行团，显然是麻雀和杜鹃的夺权行动，由同穿一条裤子的麻雀和杜鹃与白鹇进行三鸟间的举手表决，结果不言而喻。但是，没有一只鸟敢站出来质疑这个鸟规执行团的合法性。再者，鸟们都在想，连鹰王指定鸟规执行者白鹇都不敢来参加这个会，我们这些鸟又有什么办法阻止这个阴谋呢？尽管很多鸟的体格比麻雀强壮得多，论单打独斗，麻雀都不是对手，但麻雀闪电般获得全面胜利的“雀燕之战”，让鸟们认识到麻雀那种可怕的集体力量。再说，一向与人类混在一起的麻雀是否真的秉承了人类的旨意呢？要不为什么麻雀能那么顺利地进驻家燕原来的领地呢？正是这些疑虑和顾忌让犹如一盘散沙的鸟代表们无鸟敢表示反对。随后，在将来的提议下，鸟们用稀稀拉拉的鸣叫声通过了这三项建议。

听到掌声，未必这只糟老麻雀被惊醒，抹去梦中流下的一道口水，抬头四顾：“菜鸟……咳，结束了吧。可以了……菜鸟，从下午开到晚上，本族长骨头都要散架了。菜鸟，谁还有什么意见就……”

一直守卫在族长左右的力和量，听到族长的话就晃动强有力的翅膀，用那种要将谁一把撕裂的眼神扫视又陷入沉默中的鸟界代表们。

将来看这阵势，忙打断这只糟老麻雀的话，小声对族长说：“快了，尊敬的族长，这些鸟们没有规矩很久了，得多敲打敲打。刚才他们总算弄明白了，在为族长的三点建议鼓掌通过呢。等会儿马上就轮到鸟代表们表态了。”

“嗯，是这样啊，菜鸟。”未必坐直松松垮垮的身体来了精神，“菜鸟……咳，我得听听众鸟有什么说道。咳……菜鸟！”

# 第二章

随后，会议就进入了鸟界代表的发言阶段，按照会议要求，每只鸟族代表都必须表态。

首先发言的是外号“十姐妹”的鸟族代表。十姐妹的学名在鸟界知识库里叫文鸟，但众鸟习惯称她们为十姐妹。瞧瞧，就是因为外形与麻雀很相近，长久以来与麻雀相处得亲如兄弟姐妹，他们也经常在城里游荡，捡些人类的吃食。私底下，十姐妹和麻雀还互称为近亲，虽然这种说法并没有得到鸟界的科学认定，但是，参加“家燕禽流感病毒声讨大会”的十姐妹还是以麻雀近亲的身份自居，不仅独自落在距离主席台最近的那棵长得特别细的杉树上，以此来突出自己与麻雀亲如兄妹的关系，而且族长和将来发言时，她都是用标准铁杆粉丝的表情认真倾听，随后用并不动听的嗓音热烈地号叫欢呼。现在，安排第一个发言的十姐妹代表很是激动，一上台就先用两声高得变了调的叫声表达对麻雀的支持。随后，这只爱搔首弄姿的女鸟朗读事先准备好的发言稿。

尊敬的未必族长和全体麻雀家族的兄弟姐妹们：

你们好，我代表十姐妹鸟族向你们表示崇高的敬意。在这个鸟界史无前例的神圣而伟大的时刻，面对麻雀家族力挽狂澜般避免了鸟类及人类与大自然间的灾难的丰功伟绩，我们十姐妹鸟族感到无比激动，被麻雀们的智慧和勇敢深深地感动着。

长久以来，家燕始终以一副虚伪的面孔出现在我们面前，他们辜负了整个鸟界及人类的信任，以人类吉祥鸟自居而目空一切。他们表面上遵守鸟规，尊重鸟王老鹰，实际上却处心积虑地通过进化获得了具有可怕传染力和毁灭力的禽流感病毒，目的是最终掌握整个鸟界，甚至让人类对他顶礼膜拜。鸟界同人们，十年前，家燕以人类大规模迁入城市为借口，打着与人类同居是生存所需的旗号，骗取鹰王的信任而篡改了鸟规。从那天起，家燕就视鸟规于不顾，干了许多违背鸟族行为准则的勾当。今天，麻雀家族及时发现家燕欲把禽流感病毒作为主宰鸟界的秘密武器，谁不听从他们指挥，就让这个鸟族感染病毒。幸好英明无比的未必族长发现家燕的企图，及时领导麻雀家族粉碎了家燕的惊天大阴谋。对此，我代表十姐妹鸟族向麻雀这种维护鸟界和自然和谐的大无畏精神表示由衷的敬意！

鸟界朋友们，家燕要把灾难带给我们鸟界，我们坚决不答应！

鸟界朋友们，为了鸟界的安宁和自然的和谐，以及与人类建立全新的和谐相处关系，我们要把阴险凶恶的家燕从鸟界里彻底铲除掉。我们的目的一定要达到，我们的目的一定能够达到！

十姐妹代表用一个相当矫揉造作的姿势结束了自己慷慨激昂的发言，并向睁开眼睛色眯眯地看着自己的麻雀族长献出了一个媚笑。

“好……好，菜鸟，这只漂亮的小十姐妹发言太好了，本族长喜欢。嘻嘻，菜鸟！”未必高兴得合不拢嘴。

听到族长如此赞扬十姐妹代表的发言，参加会议的麻雀们都发出了乱七八糟的尖叫声，呼应族长的表扬。

然而，群鸟们的反应却很平淡。除了鹦鹉学着族长未必的话“好，好，菜鸟。好，好，菜鸟”，大家只是懒洋洋地叫了几声，与麻雀们长久热烈的欢呼声形成了鲜明的对比。了解十姐妹的鸟们听了她的发言，心里都非常纳闷：奇怪啊，一向没什么文采的十姐妹怎么能写出这么逻辑严密，表面上看起来有理有据的发言稿呢？真见鬼了！

众鸟们不知道，十姐妹的发言取得了出乎意料的效果，基本上为后面鸟代表的发言定了一个基调，站在一边的将来心里暗暗得意，因为这篇发言稿是由他和杜鹃族族长黑白商量后，由他执笔的。而开会的目的是趁众鸟们对“雀燕之战”不明真相之时，一鼓作气，确立麻雀取代家燕的事实和地位，搞乱众鸟们的判断能力。之所以要让必定忠于麻雀的头脑简单的十姐妹第一个发言，则是为众鸟的发言定一个基调，杜鹃族长预计，只要有谁出来定了基调，那么，一向奉行明哲保身信条的鸟界就不会有谁出来当危险的出头鸟。现在看来，这两个目的都达到了，将来不由得暗暗佩服黑白的智慧。

果然，随后按事先通知书里拟定的发言顺序，发言的鸟们都有意地按照十姐妹定的发言基调，言不由衷地附和并赞扬麻雀英明果断地发动“雀燕之战”

粉碎家燕阴谋的壮举。

一只只鸟代表轮流发言下去，事先说明发言不论长短，只要是代表本鸟族表态都行。当发言轮到蝙蝠时，这个和猫头鹰一样昼伏夜出的鸟族的发言掀起了一个高潮。实际上，蝙蝠是哺乳动物，并非鸟类，但因鸟界认知的误区，还是把这些同样长了翅膀的他们归进了鸟族。现在，蝙蝠代表黑着脸摇摇晃晃地飞到作为讲台的族长未必和将来所在最高处的松树上，结结巴巴地说："这个……这个……我们同意大家同意的意见。不……不怕……怕你们……笑……笑话，我们蝙……蝙蝠虽其貌不扬，可……可也是人类的吉祥……祥鸟，大家可以看到人类……类的房子里老是画着我们的图案。嘿嘿，蝠……就……就是福啊。大……大家都明……明白。可是，我们对那天晚上的事情也……也很清楚，就……就是……没看明……明白……"

站一边的勇士力和量一瞪眼，对蝙蝠说："你什么不明白？嗯，是对我们'雀燕之战'不明白吗？"

"不……是……"蝙蝠有些急了，"我……我是说……说，那晚上我们……干……活干得很……很累，睡着了，什……什么也……没看见……见。但我们全体蝙蝠家族都明白，这是一场正义的战争，族长要我代表蝙蝠表态坚决拥护。"一着急，蝙蝠代表居然不结巴了。

蝙蝠抓耳挠腮的样子惹出众鸟们一阵含义不明的哄笑声。

看族长皱着眉头说了两句含义不明的"菜鸟"，将来赶忙让蝙蝠结束发言："鸟族同志们，蝙蝠是只好鸟。不错，他是人类的吉祥鸟，外表丑陋心灵美丽，不像家燕那种骗取人类信任的吉祥鸟，外表美丽内心肮脏。族长说了，蝙蝠的发言很好。"

会上最活跃的算是天真纯洁、不谙世事、忙着学舌的鹦鹉族代表——一只初涉鸟类社交界的年轻男鹦鹉了。这只长得帅气的年轻男鹦鹉名叫学习，是鹦鹉家族族长唯一的义子，很受族长宠爱。别看学习年纪小，却有一段不平凡的经历。学习从出生那天开始，就成了人类的宠物鸟，在笼子里度过糊里糊涂的少年时代，过了好长一段饭来张口，看主人脸色行事的日子。如今，那一段日子已成为学习不堪回首的记忆。有一天，人类喂食时没有把笼子关好，学习犹豫半天才小心翼翼地跨出笼门，来到笼子外面的世界。这对学习来说是第一次，他在阳台上快乐而没有目的地跳来跳去唱歌时，路过的老鹦鹉落到他的身边。

这只老鹦鹉就是野生鹦鹉家族的族长。原本鹦鹉族有一条不成文的规定，对成为人类宠物鸟的同类都抱着敬而远之的态度，野生鸟洁身自好，彼此间鸡犬之声相闻，老死不相往来。野生鹦鹉对于人类饲养的鹦鹉很看不起，认为这些宠物鸟被人类豢养后已失去进化的野性，利用自己善于学习说话的特长来没有原则地取悦人类，严重侮辱了鹦鹉的鸟格。所以，作为鹦鹉族的族长更严格地执行这种不成文的鸟规。这天，很少独自进城的族长心情特别愉悦，不由得对阳台上无忧无虑、自娱自乐的学习多看了两眼，这多看两眼就拔不出来了。为什么呢？因为学习长得太帅了，活脱脱一只英俊无比的小帅鸟。再一个得说明一下，鹦鹉族长虽然位高权重，在鹦鹉界里说一不二，年过半百却膝下无子，成了他一块挥之不去的心病。为此，族长夫人成天唠叨让他心烦，这天他正是撇开夫人来城里散心的。正是有了这两点因素，天真活泼的鹦鹉小帅哥被族长看到眼里拔不出来了。拔不出来怎么办？族长就第一次破了族规，与小鹦鹉学习套近乎，拉家常，思谋着把小鹦鹉带回山里认作义子。第一次，族长的想法没有得逞。为什么呢？因为学习在人类的笼子里过惯了衣食无忧的日子，对族长所描绘的大自然花花世界半信半疑，在人类回来之前又主动钻进笼子里。族长回去后那个失望和生气就不必说了，但是小学习实在太可爱了，他心里终究放不下，忍不住告诉夫人自己的想法。没想到，想儿子都要想疯的夫人一听也非常感兴趣。于是，从第二天开始，就趁人类不在家时，夫妻双双对笼子里养尊处优的小学习晓之以理，动之以情，进行劝说。人类对于不会飞走的鹦鹉已很放心，再不关笼门了。某天，趁这机会，学习对再次苦口婆心说服自己的族长夫妇说："我可以跟你们去看看所说的自然，如果我不喜欢，还得让我回来。"就这样，学习从宠物鸟成为一只生活在大自然中的野生鹦鹉。当然，学习再也不肯回到人类的笼子里了。是啊，一接触到大自然赐给他的自由生活，学习就对自己曾经满足于人类饲养而甘于做笼中鸟无比羞愧了。

学习成为族长的义子又成为族长接班人后，族长夫妇对他进行了全方位的野生鹦鹉必需的教育，加上他本就聪明伶俐，很快就成长起来了。随着时间的推移，当他成长为一只青年鹦鹉后，帅气和才气使他成为族长的左膀右臂。现在，年老的族长正考虑什么时候退位呢。正好，这次鸟界发生了史无前例的"雀燕之战"，族长就给了他一个在鸟界亮相的机会，隆重登场了。因为曾有过当宠物鸟的经历，学习从人类那里学到了不少语言，其中有礼貌用语诸如"你好""谢谢""欢迎"等，还有曾经的主人口头禅："臭屁，吃饭了。"

初生牛犊不怕虎。第一次在鸟界这么重大会议上亮相的学习，虽谨记着义父交代的“明哲保身，随大流，不当出头鸟”的指示，但实际上，他压根没把这次会议的重要性当一回事，在他眼里，这不过是一次展示自己才华的机会。因此，在参加会议的代表中，除了意有所图的十姐妹代表外，就是胸无城府、涉世未深的鹦鹉族代表学习了。一进入会场他就没闲着，向每位鸟族代表说着从人类那里学来的话“你好”，弄得心事重重的鸟代表们一愣一愣的，不知这只年轻男鹦鹉哪根筋缺了。只是这只鹦鹉长得实在太漂亮了，又很有礼貌，众鸟们也就原谅他卖弄才华了，反而觉得沉闷的会场因他多了一丝生气。会议一开始，被安排在较后面树上的学习就活泼地学着族长和将来的每一句讲话，鹦鹉这个鸟族好学舌的习性，众鸟倒是能理解，谁也没把他的学舌当一回事，包括维持会场秩序的麻雀卫士们。

轮到鹦鹉代表发言了，学习以一个优美的姿势飞到讲台上，先来了一段学舌，学着蝙蝠结巴的样子说：“那晚上我们……干……活干得很……很累，睡着了，什……什么也……没看见……见……”

学习模仿蝙蝠的语气和神态真是惟妙惟肖，一下就把全体鸟代表惹笑了，连一直在回味十姐妹代表媚态的麻雀族长也乐得脸上开出了一朵喇叭花。

主持会议的将来却不喜欢这只长相英俊的鹦鹉，皱起眉头。

“但……但是，这是不可能的。”学习左右踱了两步，又学着麻雀族长未必的口气说，“菜鸟……咳……菜鸟……”

未必一愣，随即开怀大笑，挥手制止将来要上前赶鹦鹉下台的举动，说：“哈哈，菜鸟，我喜欢这只帅鸟，咳……菜鸟。”

当然，学习并不是一个笨蛋，他是一只聪明鸟，明白自己是代表鹦鹉族来参加会议的。随后，他就依据族长“明哲保身，随大流，不当出头鸟”的宗旨，严肃认真地表态：“和众鸟一样，我代表鹦鹉家族表态，拥护会议的精神，尤其支持以白鹇为首的鸟规执行团，并拥护鸟王老鹰至高无上的领导。”说完，鹦鹉学习又以一个优雅的姿态略一点头，晃晃翅膀，用人类的语言说：“谢谢，欢迎，你好。”

或许是鹦鹉学习最后学的那几句人类的语言让鸟们感到耳目一新，鸟们都对下台的学习报以和善的欢呼声。其实，学习把这几句原本不相关的人类问候语堆在一起，不过是抱着游戏态度说说而已，并没有任何意思要表达。

将来用阴郁的目光盯着学习飞去的背影，心里有些说不出来的滋味。表面上看起来，帅哥鹦鹉的发言没有什么不对，也表达了支持“雀燕之战”的态度，但是，仔细推敲字眼就觉得这发言里藏着些刺，这些刺还没法拔出来。他心想，如果这个不谙世事的毛头青年鸟成为鹦鹉族的族长，将来可能成为麻雀族的一个劲敌。看着吧，以这么一种方式在鸟界亮相的学习，凭着他曾经当过宠物鸟，且能在新鸟规里自由出入城市，这只鹦鹉迟早会给麻雀带来麻烦！但是，哼，鹦鹉，你学几句舌也就罢了，若是敢到麻雀头上动手动脚，你就会后悔碰上本智慧雀！是的，智慧雀，将来是拥有高于一般麻雀智商的所谓智慧雀的头儿。于是，这位城府很深的“麻雀未来研究所”所长记住了这只聪明英俊颇有几分幽默感的胆子挺大的鹦鹉的名字。当然，后来的事实证明，将来的这个担心是多余的。

除了将来，没有别的鸟品咂出鹦鹉代表话里让鸟挑不出毛病的软刺，蝙蝠对鹦鹉的嘲笑居然也没有生气，反而对他报以最热烈的欢呼。这倒是让学习有些惭愧，对这只黑乎乎其貌不扬的鸟报以歉意的微笑。

轮到南坑村范围内的诗溪仙族长发言。这是一位作风非常严谨，主张一切按规矩办，做事从来按部就班的老诗鸟。一上台，他二话不说，开始朗诵用诗写成的发言稿。题目叫《会议发言》：

通知开会我就来了，
雀燕之战成果很大，
人类喜欢鸟界欢欣。
风风火火振兴鸟界，
家燕进城纯属扯淡，
禽流感病必须消灭。
充分领会会议精神，
诗溪仙诗鸟全拥护。

诗溪仙族长这几句诗不伦不类，却别出心裁，得到麻雀族长的高度赞扬。他让将来把朗诵完诗得意地一摇一摆要跳下主席台的诗溪仙族长叫过来，说：“咳，菜鸟……诗这玩意还挺有意思的嘛。菜鸟。喂，我看到有些诗溪仙也跑到城里来了。菜鸟……咳，怎么这些诗溪仙不想写诗了？”

诗溪仙族长脸色一沉：“尊敬的麻雀族长，您批评得对，我们诗溪仙是诗鸟，创作诗歌就是我们的生命和需要。嗯，那些诗溪仙是诗鸟的逃兵，写不出诗来，学家燕到城里混饭呢。”

“菜鸟，咳……”未必干笑一声，“菜鸟，原来你们诗溪仙也学人类一样到城里当农民工啊。咳……菜鸟。本族长要你这位族长告诫诗鸟们，不要和家燕混在一起。”

“尊敬的未必族长，我代表诗溪仙家族向你保证，我们和家燕从来没有什么来往。嗯，我们是诗鸟，当然不会和家燕这俗不可耐的鸟混在一起。”诗溪仙族长赶忙表白。

“咳……菜鸟，”未必说，“好，好，好……菜鸟……”

随后，鸟代表的发言一个个继续下去，在所有的事情没有明朗之时，信奉明哲保身的鸟界没有哪只鸟想当出头鸟，大家都表态拥护会议的精神和麻雀族长的三点建议。终于，从下午一直开到晚上月亮西斜的漫长会议，在众麻雀疯狂的欢呼声和鸟代表们稀稀拉拉扇动翅膀的声音中结束了。会议形成的最主要的决议就是全方位搜捕漏网的家燕，因为狡猾的家燕利用人类的信任所制造出来的“禽流感病毒”不仅会给鸟界造成传染，带来灭顶之灾，而且可能直接引发人类对鸟界的仇恨，这后果就不堪设想了。

最后，每只鸟代表都在将来准备好的追捕漏网家燕的协议上踩爪，才飞出了会场。

天空忽然布满了乌云，月亮吓得不知躲到哪里去了，一场暴雨马上就要到来。离开会场的每只鸟代表怀着忐忑不安的心情急急忙忙地往家里赶，很多鸟类并不习惯飞夜路，又要面对即将到来的暴风雨，心里都在暗暗咒骂可恶的麻雀，但谁也没有吱声。一只只鸟隐进了黑暗之中，互相之间连告别的话语也没有。

## 第三章

南坑村区域的鸟界代表们一起往回飞。好长一段时间，大家都沉默着，没有谁说话，只听到翅膀用力扇动的声音。鸟群飞过了两座山和一条河，又飞到了一片竹林的上空。这时候，豆粒大的雨点下来了，有的鸟开始咒骂突然变脸的天气。当然，大家都明白，这只骂天气的鸟是在发泄对麻雀的不满。

会上，按区域划分，南坑村的鸟代表们被安排在离主席台最远，处于人工杉树林边缘的一棵小杉树上。他们对麻雀这样的安排一开始就有些气，觉得被看轻了，但谁也没说什么。在来开会的路上，他们在各自的例会上就拿定主意不当出头鸟，看风头再说。当看到会场上麻雀如此阵势时，他们确信麻雀发动这场“雀燕之战”一定是得到了人类支持。可不是，人类对于家燕的灾难看起来无动于衷，转眼间就让麻雀住进家燕筑在自家阳台上的窝里。难道家燕真得了禽流感吗？会上，南坑村区域的鸟代表悄悄靠拢在一起小声议论着。虽然鸟代表们都发言表态支持麻雀，但大家对诗溪仙族长居然用诗表态还是不以为意，觉得一向目中无鸟的诗鸟在作秀。所以，这会儿往回飞时，众鸟都远离诗溪仙族长。

诗溪仙族长当然明白众鸟的想法，飞了一阵，率先打破沉默说：“嘿，我说诸位兄弟，暴风雨马上就要来了，我为大家即兴朗诵几句诗好不好？”

没有鸟响应。

诗溪仙族长尴尬一笑说：“也是，本周我们诗鸟布置的写诗主题不是描写暴风雨。那么……那么，接下来我们该商量一下如何执行会议的精神啊。”

“精神？我才不管什么麻雀呢！我们过自己的日子，费那心思干什么。”一只鸟代表叫道。

“就是，谁定的鸟规啊？什么鸟规执行团？谁不知道杜鹃和麻雀同穿一条裤子，白鹇也就是摆设罢了。我看，还得鹰王出来主持局面，不然，整个鸟界就乱套了。”另一只鸟代表附和道。

“拜托啦，谁知道鹰王几时回来。喂，我还听说老鹰现在被人类逼得躲到深山老林里不敢露面，自身都难保呢。也许就不敢出来了。”

“那怎么办，那一切就得听鸟规执行团的？郁闷。”说话的是一只漂亮的女鸟。

受到冷落的诗溪仙族长说：“喂，前面就到南坑村地界了，我们到那片竹林里先歇歇脚，商量商量明天怎么执行会议的精神和协议吧。”

诗溪仙族长的这个提议倒是得到了鸟们的赞同。

当飞累的鸟们轻轻落在竹林里，似乎憋了很久的暴雨终于落了下。一根根毛竹随狂风摇摆，豆粒大的雨点落在竹叶上发出热闹的响声。暴风雨中，开了一个漫长的会，又经过长距离飞行，身心俱疲的鸟们必须用力才能在竹子上站稳。天空忽然一个炸雷，紧接着一道闪电把黑暗中的竹林照亮了，映照出鸟们心神不宁的迷茫面孔。诗仙溪族长清了清嗓子说：“诸位鸟兄弟姐妹们，若是家燕来到了南坑，我们真的把他抓起来送给麻雀吗？”

“不抓起来怎么办？我们都签了协议，我可不想当这出头鸟。喂，我说，胳膊扭不过大腿，大家要现实一点。”

“不成，不成。家燕从来没有和我们这个鸟家族过不去，我下不了这黑手。”

“哼，我可不管，家燕若是被我碰上，就算他倒霉。”

“嗨……我们可以把家燕交给白鹇，让代理鸟王处理。”

“你没脑子啊？白鹇现在哪还有什么权，我看他也是明哲保身。再说，鸟规执行团里他也就是一票，还不是麻雀和杜鹃说了算。”

“那怎么办？我们就真的当帮凶啦？”

“喂，没准家燕真的像麻雀说的那样传播禽流感病毒呢！那……太可怕了……我们这里如果有家燕来……”这只鸟吓得闭上了眼睛。

狂风暴雨比方才更猛烈了一些。鸟们叽叽喳喳七嘴八舌地议论了半天，有赞成的，有反对的，有没有主意的。后来，还是诗溪仙族长提议：“喂，我们得赶紧回家去，族里的鸟一定都在等着咱们呢。我提议，如果有漏网的家燕到我们这里来，大家先互相通一下气，不要单独采取行动。先把他隔离起来，以免他借机传染禽流感病毒，然后再商量怎么办。嗯，我说家燕早都被麻雀们收拾干净了，有个别逃掉的魂儿都没有了，说不定早跑得远远的，哪还敢在闽西北区域停留。”

没有主意的鸟们这会儿忘了诗溪仙族长在会上作的歪诗，都觉得他这个提议很好，一致同意一旦有家燕被哪个鸟族碰上，要强行将他隔离，随后通知所有的鸟族，以免连累大家。

暴雨小了些，竹林里雨打竹叶的声音已变得稀稀拉拉的。随后，鸟们怀着复杂的心思飞向各自的领地。

这个晚上注定是闽西北鸟界的一个不眠之夜，身负重任的鸟代表们回去后连夜召集本族所有的成员开会，传达有关“家燕禽流感病毒声讨大会”的精神，并由本族的精英商讨如何应对麻雀取代家燕的地位，成为人类新的吉祥鸟后鸟界变化莫测的新格局，尤其是为鸟规执行团的作用，以及对今后本族鸟规所产生的影响做准备。

鸟们扇动着被暴雨打湿后显得特别沉重的翅膀，被无边的黑夜悄然吞没了。

# 第四章

这里暂且不说南坑村区域的各族鸟代表们如何度过这个不眠之夜，终于在南坑村找到暂时栖息地小家的小家燕咕噜又是如何渡过难关的，得先补充说说这个不同寻常的鸟界大会，在两只天真活泼的小鸟心灵引发的地震。这两只小鸟是小男雀希希和小女雀哩哩，他们是声名显赫的“麻雀未来研究所”所长将来的宝贝儿子和女儿，其中的哩哩正是漏网小家燕咕噜的好朋友。

那么，这两只小麻雀又发生了什么事呢?

按照麻雀家族的族规，未成年雀是不需要参加公众活动的，更不能列席这么重要的鸟界大会。让麻雀们不解的是，将来执意要让儿子和女儿参会。在好不容易得到了未必的同意后，这两只未成年雀就被将来安排在离主席台最近的那棵人工杉树上，那上面落满“麻雀未来研究所”的成员，也就是将来的心腹。很显然，会议一开始，会场紧张而严肃的气氛让两只小麻雀好奇之余有些害怕，尤其是小女雀哩哩在众鸟喊口号时，害怕地闭上漂亮的眼睛，倒是一向调皮捣蛋的小男雀希希好奇地东张西望。

将来对儿子的表现很满意，不时投过来赞许的目光。没有鸟知道将来对儿子的期待，他让儿子和女儿参会的目的，正是希望他们尽早成熟起来，成为有谋略和胆识，又心狠手辣的智慧雀。

哩哩呢?在一只只鸟代表上台发言时，她浑身颤抖。是啊，她怎么也不相信家燕会传播什么可怕的禽流感病毒！一定是未必爷爷搞错了。可是，一向在她的眼里无所不能，最有智慧的爸爸怎么也会搞错呢?难道说，家燕真的那么可怕，平素的善良都是装出来的?如果是这样的话，那太可怕了！想到这里，哩哩的眼前不由得闪过咕噜英俊的面庞。不，不会，咕噜绝不会这么做。啊，可怜的咕噜！他真的也……想到这里，哩哩闭上了惊惧的眼睛，台上正代表族长做总结性发言的父亲的说话声似乎隔得很远很远。

善良美丽的小女雀哩哩一颗敏感而脆弱的心真诚地为家燕小朋友疼痛了。

当哩哩感到四周安静了下来睁开眼睛，她看到父亲慈爱而洞察一切的目光正落在自己身上，边上还站着好奇地东张西望的哥哥。

“孩子，你怎么了？别忘了你是将来的女儿，要学会勇敢面对一切！孩子，我们麻雀家族将成为这座城市真正的主鸟。”将来用翅膀抚抚女儿的头。

“我……爸爸，家燕真的……有禽流感病毒吗？是不是误会他们了？”

“什么？”将来用严厉的目光盯住女儿。

“哼，小妹，你这样可不行！”希希跳到一根更高的树枝上，挺胸咬牙道：“爸爸，我要求参加明天的搜捕行动，把所有漏网家燕都消灭掉！”

将来用赞赏的目光看看儿子，又看看一脸茫然的哩哩，脸色一沉：“嗯，哩哩，我看你是和那只小家燕玩太多了。别以为爸爸不知道。麻雀就是麻雀，麻雀怎么会和家燕成为朋友呢？你要向哥哥多学习学习。哼，看来以前我是太顺从你了，想着你们的妈妈去世得早，没严格管教你们。从现在起，你得给我待在家里好好反省，学习一下我们麻雀新规！”

得到父亲表扬的希希得意地向妹妹挤着眼睛，哩哩则沮丧地低下了头。是啊，父亲还从来没有这么严厉地批评过女儿，这让哩哩有些委屈地低下头。但是，更让哩哩担心的还是好朋友咕噜的安危。当她跟着父亲后面飞回家里时，心里已打定了主意，明天一早就去咕噜住的地方看看。哩哩的家是在三明城郊一棵大榕树上高高的树洞里，当麻雀取得“雀燕之战”胜利，绝大多数麻雀已住进家燕筑在人类房子里温暖的巢穴享受着胜利果实时，将来却没有搬家，还在相当隐秘的原来的家居住。这让好动且好奇的小男雀希希很是不解。当希希再一次提出明天搬家遭到了父亲的批评，不得不钻进树洞里时，是不解而失望的，哩哩则不吭声地爬到自己习惯的位置上睡觉。

不知不觉天亮了，山林四处是鸟的叫声，这叫声把一夜辗转反侧到天亮才睡着的哩哩吵醒了。她睁开眼睛先伸了一个懒腰，发现家里只有她一只鸟，哥哥和父亲都不见了，想来一定是去参加对家燕的搜捕行动。哩哩忽然想起昨晚的决定，马上跳起来，当她飞出家站在高高的百年大榕树顶端四处张望时，发现天上不时有三五成群的鸟群飞过，各种各样的鸟族似乎都开始行动起来了，遵照昨晚会议签订的协议，帮助麻雀追捕漏网的家燕。没有看到父亲和哥哥的身影，倒时不时见到成扇形在天空中飞过的麻雀队伍，他们均是一副兴高采烈的样子，飞翔的速度很快。哩哩看着这么多搜捕队，心中更为生死未卜的好朋友咕噜担心了。

哩哩将身子隐在茂密的老榕树叶间一动不动，看着麻雀叔叔阿姨们和众多鸟族在天上急急忙忙飞行，决定先填饱肚子再说。是啊，从昨天晚上被父亲责备后，一直到现在都没有进过食，这会儿已饿得前胸贴后背了。而那是什么食物啊？那是父亲不知从哪弄来的人类粮食，一粒粒金黄色的稻谷。在这样的时刻，看着人类的粮食，哩哩就更想念好朋友咕噜了。

自从认识咕噜后，哩哩在外面觅食时，就从不吃人类种植的粮食。为此她多次被哥哥和别的麻雀同伴们嘲笑。父亲对此倒没说什么，但从此每天晚上归巢时，他都会带来从人类那里偷啄来的粮食给女儿当晚餐，命令她当着自己的面吃掉。哩哩当然明白父亲的用心。是啊，哪一只麻雀不吃人类种的粮食呢？否则还叫麻雀吗？那就和只会找野食的家燕一样了。昨晚，在那样的时刻，哩哩倔强地不吃父亲照常递过来的人类粮食，父亲大约觉得自己方才的训斥太严厉了，只略微责备一句就匆匆走了，估计是去和族长连夜商量明天的搜捕行动方案。希希则乐得吃了双份，还嘲笑妹妹是傻瓜。

哩哩好不容易在这片小树林中找到她爱吃的虫子，勉强填饱了肚子。随后，她决定趁父亲和哥哥都不在家时开始行动。她尽力扇动翅膀，以最快的速度飞出这片小树林，努力辨别方向后，以尽量低的又不引起人类注意的高度向三明城龙岗方向飞去。

哩哩记得咕噜的家就在三明城龙岗一片人类新开发的住宅小区里，在一幢十几层高楼的一个宽大阳台上。这几十年来，因人类大量迁入城市，三明城新开发了很多住宅小区，它们几乎大同小异的面孔很容易让鸟们迷失方向。这一年，哩哩和咕噜成了好朋友。一只小麻雀和小家燕打破世俗的友谊虽谈不上惊天动地，但“麻雀未来研究所”所长——将来严令女儿不准和那油头粉面的小家燕来往。而父亲的反对，倒让哩哩和咕噜的友谊更进一步了。

实际上，两只不同类的异性鸟并没有考虑到什么未来，只是对别族的好奇心使他们玩在了一起。趁父亲不注意，哩哩和咕噜总会找到一起玩的机会。他们几乎一起飞着玩遍了三明城，从台江大桥到城关大桥、下洋索桥再到列东大桥、梅列大桥及如意桥、东新五路大桥，哩哩和咕噜沿着沙溪河几乎把这七座大桥都玩遍了。飞累了，他们就落在桥墩上看风景，听沙溪河水哗啦啦地流淌。就那一次，他们看到了一只与众不同的鸟，自称是诗鸟，属诗溪仙一族。哩哩问她什么叫诗鸟，她骄傲地回答说是以写诗为主要工作的鸟。哩哩请她写一首诗听听。然后，这只美丽的女诗鸟就忧伤地低下头飞走了，临走时说她自从进城就不会写诗了，成了一只菜鸟。菜鸟？哩哩奇怪这只忧伤的诗鸟怎么会变成未必爷爷爱说的那种不存在的鸟呢？

现在，怕引起别的鸟特别是麻雀同类的注意，在树林里疾速飞行好长一段的小女雀哩哩有些累了，她轻轻落在下洋索桥铁链上时，想起那次与咕噜一起碰到诗鸟的情形。于是，她眼里不知不觉中含上了悲伤的泪水。那天，咕噜和她就站在这根粗大结实的铁链上聊天，那是她和咕噜最后一次在一起玩，而现在……哩哩不敢往下想了，她略微喘了口气，又振翅飞翔起来。飞啊，飞啊，小女雀哩哩顺着沙溪河向下游的方向努力飞着，尽量避开成扇形飞过的搜捕家燕的队伍。没有谁注意到这只忧伤的小女雀，尽管麻雀们成群结队惯了，单独一只雀进行这么远的飞行是极少的。看到这么多搜捕家燕的鸟队伍，哩哩的心情更加急迫了，恨不得马上飞到咕噜家里。

哩哩只到过一次咕噜家。那天，咕噜的父母和姐姐们出远门，正巧咕噜身体有些不舒服，一只鸟留在家里。调皮的咕噜觉得身体好些，待不住了跑出来，碰上了哩哩。这可是个千载难逢的机会，咕噜的父母虽没有明确反对儿子和一只麻雀交朋友，但限于鸟规，是不能让别的鸟上家里做客的。就这天，好奇的哩哩第一次到咕噜家。哩哩对家燕跟着人类把家安在那么高的楼上很是不解，因为她听说过家燕原本都是居住在乡村的。对于这么高深的鸟规问题，咕噜的回答含糊其词，他只是热情邀请朋友体验一下他的家。哩哩好奇地落在燕巢里，马上发现朋友的家比她那安在树洞里的家温暖亮堂多了。咕噜家的人类主人是一位戴着眼镜的温文尔雅的老师，这天正巧在家休息。他看到一只麻雀居然出现在燕巢里与燕子玩耍，不由得大感惊奇和兴奋，赶忙拿来相机拍照。正是照相机的闪光灯把一向胆小的哩哩吓坏了，来不及向咕噜告别就飞走了。过了好些天，咕噜来找哩哩时说他们的照片登在了报纸上，能听懂人类话语的爸爸妈妈都知道麻雀到他们家做客的事了。令哩哩感到高兴的是，咕噜的父母亲并没有说什么，只是严令小咕噜以后不准再邀请麻雀到家里玩。哩哩不知道一向洞察一切的父亲是不是知道这事，她没有向任何一只麻雀说起过。

这成了一只小麻雀和一只小家燕之间一个甜蜜的秘密。

哩哩终于飞过两座大桥，为了不引起别的鸟的注意，她有意放低飞行高度，几乎是贴着沙溪河的河面飞行。现在，哩哩落在了梅列大桥的桥墩上，记得就是从这里上岸的。对，咕噜的家就在河左边那片新开发的龙岗小区。但是……哩哩不敢确定具体是哪一幢。怎么办？哩哩有些束手无策了，在桥墩上踱步。

“搞什么鬼？大白天也不让鸟消停，还让不让鸟活了！什么世道！”水泥墩下发出的声音把哩哩吓了一跳。接着，她就看到了一只黑乎乎的蝙蝠不耐烦地爬到她面前。哩哩退后一步，警觉地盯着对方。

“哟，我说是什么鸟，原来是一只漂亮的小女雀。我说，你不去参加什么搜捕队，跑到我家干什么？”蝙蝠瞪着没睡醒的眼睛嘟囔道。

“我……我随便玩玩。”哩哩不敢再看蝙蝠的眼睛，也害怕他黑乎乎的既丑又凶的样子。

“哦，随便玩玩？瞧，这只小麻雀说得多么轻松，好像是这座城市的主人一样。”蝙蝠说，“没完没了地开会，弄得我一晚上啥事也没干成，这会儿还饿着肚子。要眯一会儿，又被吵醒了。瞧，我怎么这么倒霉哟！”蝙蝠对麻雀打扰了他的睡眠似乎有一肚子的气。

哩哩看蝙蝠生气的样子，警觉地后退一步，做好随时起飞的准备，低下头说：“对不起，蝙蝠阿姨，我就是歇口气，这就走。”

“什么，什么？你这只小麻雀真要把我气死了。喂，看清楚再说话！我可是一只正宗的男蝙蝠！告诉你，我还有一个很好听的名字，叫雄起！”蝙蝠叫了起来。

“对不起，雄起大叔。”哩哩再次表示了歉意，以她的阅历，自然还不能一眼分辨外表看起来一模一样的蝙蝠。这会儿，机灵的小麻雀看出这只叫雄起的男蝙蝠并没有恶意，就把自己迷路的缘由试探性地告诉了他。

“哈哈，哈。算你这小麻雀有眼光，别看我雄起大部分时间都在睡觉，可这龙岗小区就没有我不知道的事。尽管你们麻雀成天在人行道上跳来跳去，可眼睛只盯着人类遗失的食物。哼，哪有我们蝙蝠见多识广！”雄起似乎很看不起麻雀。

哩哩顾不得蝙蝠叔叔话里带刺，忙用恳求的语气说：“雄起叔叔，快告诉我吧，小男燕咕噜可是我最要好的朋友。”

“这倒是怪事。”雄起拉长腔调，斜眼看着哩哩，“好像鸟史里还没有记载过麻雀和家燕成好朋友的。再说，现在你们麻雀和家燕可是仇敌呢。”

提到令哩哩伤心的“雀燕之战”，这只善良美丽的小女雀心里一阵刺痛，茫然中低下了头。是啊，她幼小的心灵怎能理解这场惨烈的鸟界之战呢！

雄起看到哩哩眼里闪过的泪光，忽地长叹口气：“唉，罢了，罢了。我爷爷说过，林子大了，什么鸟都有，十个手指有长短，就让我相信你这只小麻雀是好鸟吧。”

哩哩不由得高兴地跳了两下：“谢谢雄起叔叔。”

“你说的那个叫小咕噜的小家伙我认识，他从一开始练习飞行就经常跑到我这桥墩来歇脚。那真是只聪明英俊的小男燕啊。可怜……”雄起停顿了一下，指指远处说，“就是那幢粉红色的楼，第三单元906的阳台，那就是他的家。小哩哩，你就去看看吧，我想多半他也遭遇不测了。灾难啊，搞不懂，你们麻雀怎么就发动了这场战争呢？不过……也许……可能……家燕真的是鸟界最虚伪的鸟，成天装圣人，却琢磨着传播那该死的禽流感病毒。”说话间雄起不由自主地发起抖来。

小女雀哩哩已无暇顾及蝙蝠雄起的话语和表情，鼓足劲径直向那幢龙岗小区最边缘的粉红色楼飞去。

近了，近了，记挂着朋友的哩哩高高飞过龙岗小区有着欧式尖顶的巍峨大门。她低头看到了门口一位保安正在吃面包，一只她不认识的麻雀则“饿胆包天”地在保安面前跳来跳去，捡食保安掉在地上的面包渣。

对，饿胆包天！这是哩哩从父亲那里听来的词语。一向以智慧雀自居的父亲从来不去人类的饭馆前捡食，也不允许儿子和女儿这么做，说这是丢麻雀的脸！他一直力主麻雀应改变传统的捕食习惯，逐渐减少捕食野生虫，增加食用人类种植的粮食。他所主持的“麻雀未来研究所”最新的一项研究成果表明，如果麻雀多食用人类种植的粮食，那么，智商极可能会得到大幅度提高。但是，他又要求每只有远大理想的智慧雀都不吃人类丢弃的残食。哩哩搞不懂父亲为什么要这么说，但她不能不按父亲所说的做，只有和小家燕咕噜在一起时，她绝对不吃一粒人类种植的粮食。因此，哩哩看到一只成年麻雀居然饿胆包天，不顾生命危险，等着吃人类掉下来的面包渣，她的脸腾一下就红了，忙提高飞行高度轻轻落在小区中心花园那棵高大的樟树上。

哩哩刚落到树上，就看到大约有二十几只排成扇形的麻雀队伍从树梢上高高飞了过来。哩哩认得扇形中间的麻雀正是“麻雀未来研究所”的一只智慧雀，她忙把身子压低了些。接着她听到一只麻雀说：“老板，树上有一只鸟，不知是不是家燕。”哩哩知道自己被发现了，索性挺直了身子，准备好应对之词。

“什么眼神！看清楚了，那只是一只小麻雀。”说话的正是为首的智慧雀。

“什么？她还有闲工夫在这里看风景，我们倒是忙得屁滚尿流。”那只麻雀叫道。

“别管闲事。那一定是只傻雀，只懂得吃人类的残食，没出息。”智慧雀说。

“老板说得对。我看到门口那只捡面包渣吃的傻雀，靠他们可统治不了鸟界，我们智慧雀不吃嗟来之食。”说话嗓音尖尖的，一定是只女雀。她讨好地说：“老板，我们跟着你混，离智慧雀的标准不远了吧。”

“差不离吧，可要当一只真正的智慧雀还得加把劲。我们先干活吧，再搜索一遍，看看哪个角落里还躲着家燕。将来所长可说了，如果不把家燕从人类眼皮子底下清除干净，后患无穷。”

这群自视甚高，以成为智慧雀为奋斗目标的麻雀搜索队飞远了。听了他们的对话，哩哩气坏了，对着他们远去的背影恨恨地骂道：“什么眼神，本小女雀可是智慧雀，不是捡面包渣的傻雀！”生气归生气，为了避免麻烦，哩哩更加谨慎了。她在树上左右观察了半天，确信没有别的鸟注意到她的存在，再次认定咕噜家的方向后，决定绕过这两幢楼飞到咕噜家阳台前面那棵高大的梧桐树上，那样就可以近距离看到咕噜家。然而，刚绕过一幢楼，为了避开天空上的麻雀搜捕队伍，采取超低空飞行的哩哩就被眼前的景象惊呆了。是的，哩哩这会儿才看到小区的草地上还遗留着不少遇难家燕的尸体！这些家燕似乎死不瞑目，均睁着无神的眼睛，似乎在向苍天发问。很显然，人类已将大部分遇难家燕清扫了，但小区水泥道路上隐约可见的血迹，还是显示出这场鸟界之战的惨烈程度。哩哩不敢正视这些遇难家燕死亡的眼神，但又不得不仔细辨认。她的一颗小女雀之心怦怦跳着，呼吸急促，几乎要喘不过气来。她不得不放慢飞行速度，从这些遗留在草地角落的家燕遗体上飞过，瞪大着眼睛看其中有没有可怜的咕噜。最后，让小哩哩松口气的是没有看到咕噜。咕噜，你在哪里呢？你是不是已经遇难了？松口气后，哩哩脑子里想象着刚刚过去的“雀燕之战”激烈的场景，心里升起一股挥之不去的不祥预感。当她悲伤地掠过似乎还处在硝烟弥漫的鸟界战场，离咕噜的家越来越近时，心里一阵阵抽搐，不敢想象将要面对的场面。

终于，小女雀哩哩小心翼翼地落在咕噜家前面高大的梧桐树梢上。秋风如一把无情的刷子，将原本绿意盎然的梧桐树清扫出一派苍凉景象，光秃秃的树上零星挂着几片顽强的叶子，在风中发出微弱的响声。这种景象，让心里本就蕴满不祥预感的小女雀更是悲伤不已。她的爪子紧紧地抓住树枝，躲在这么一大片晃悠着的枯黄梧桐树叶的树枝上，从远处看上去就像树上一个突出的结疤。

这时候，又一群麻雀搜捕队从树顶上方飞了过去，这回没有麻雀发现这只小女雀。哩哩一直处于紧张状态的心松弛了些，左右观察一阵，确信咕噜的家没有什么动静，才振翅轻巧地飞到906阳台上。

# 第五章

这是一个长方形的宽大阳台，被主人用蓝色的玻璃和铝合金框严严实实地包围起来。哩哩先是落在阳台前方伸出来的晾衣杆上仔细倾听阳台内的动静，凭着记忆找到阳台上方玻璃中间那个家燕进出的专用四方形窗口。虽然哩哩只跟着咕噜到过一次他的家，但对这个人类为家燕设置的进出天窗记忆深刻。当时，她感到怪异和难受，不理解人类为什么要把自己装在一个火柴盒式严严实实的房子里，还把唯一一个与自然交流的阳台围起来，不让自己舒畅地透气呢？咕噜这么向哩哩解释，说这是生活在城市的人类面对工业污染想出的办法，可以阻挡灰尘跑到家里。哩哩反驳咕噜："那你们为什么要跟着人类进城呢？难受死了，把家建在这么高的包得严实的阳台上。"咕噜只能说，这是家燕族规里规定的，所有家燕都要跟着人类进城。他还说，人类对家燕很友好，特意为家燕留下自由进出的小窗口。

这会儿，从这个小窗口轻轻飞进阳台的哩哩想起咕噜说的话，心情却无比沉重。在来的路上，她看到正在上班的人类，似乎没有谁为家燕的灾难而难过，他们清扫完家燕的尸体，踏着家燕的血迹，开始日复一日的生活，很快就接纳麻雀成为新的吉祥鸟。那么，家燕是不是真的传播了会毁灭自然和人类的禽流感病毒呢？小女雀被这些疑点彻底地搞蒙了。如她所预料的一样，阳台左上角那个漂亮的燕巢——咕噜的家完好无损，也没有麻雀进驻的痕迹。同时，她仔细观察阳台的地板和蓝色的玻璃，并没有找到显示家燕遇难的血迹。哩哩长长地松了口气，跳到正对燕巢的不锈钢晒衣杆上，开始思考。

是啊，面对完好无损，又无麻雀进驻的咕噜的家，小女雀无法想象这一切预示着什么。只是她布满阴云的心稍微亮了一些，因为这表明在"雀燕之战"开始之时，咕噜一家人已离开了，那么他们也就多了几分逃生的希望。想到这里，哩哩眼里泛上激动和兴奋的泪水。善良的小女雀当然不知道，阳台前的草坪上躺着咕噜两个姐姐的尸体。大战爆发之前，咕噜机警的父亲只来得及掩护儿子和妻子逃出这个已成鸟界地狱的小区。哩哩不知道这些，更不知道为什么咕噜的家没有被胜利者——她的同类占领。哩哩跳到咕噜的家里低头嗅嗅，试图通过灵敏的嗅觉找到咕噜残留的哪怕一丁点信息。

这时候，一直警觉地注意阳台外情况的哩哩，突然发现几只麻雀飞到刚才她待过的梧桐树上，叽叽喳喳地叫着，似乎商量着什么。糟了，他们是不是要来占领咕噜的家呢？可不能被这些叔叔阿姨们发现了，回头他们告诉了父亲，那她可要吃不了兜着走了！情急之下，哩哩东瞧西望，看到阳台一角的全自动洗衣机，灵机一动，一下跳到阳台地板上，钻进洗衣机与墙壁之间的空间，躲了起来。

果然，哩哩猜得不错，这四只麻雀正是看中了咕噜的家，来享受胜利果实的。在此之前，已有两批麻雀来接收这个胜利果实，都无功而返。显然，有前面麻雀失败的教训，这四只麻雀正在商量一个万全之策。他们落在梧桐树上商量了半天，决定还是一起行动。接着，这四只看起来特别强壮的麻雀从人类留给家燕进出的专用窗口飞进阳台落在晒衣杆上。随后，其中的一只迫不及待地飞到燕巢上，发出一阵得意的狂笑：“哈哈，谁说这家人类可怕？麻雀和家燕相比没少一根毛。”

“哼，绝大多数人类已经接受我们麻雀成为他们新的吉祥鸟了。等着吧，人类很快就会把讨厌的家燕忘得一干二净。人类最怕死，谁会让一只有禽流感病毒的家燕留在家里呢？哈哈哈。”一只麻雀附和说。

“喂，我说老三老四先别光顾得意。老二，看看人类主人在不在家，还是小心一点好。”年纪稍大些的麻雀压低声告诫同伴。

“老大，你过于担心了。我想，前面两批同伴之所以被驱逐，是因为那时候‘雀燕之战’刚结束，人类还没接受昔日的吉祥鸟家燕有致命禽流感的事实。咱们操之过急，才有被驱逐之辱。这会儿人类回过神来，一定欢迎我们这些新的吉祥鸟呢。嘻嘻。”这只叫老二的麻雀对老大的话不以为意。

听这几只麻雀叔叔伯伯的对话，哩哩有些明白了：这四只麻雀是亲兄弟，他们可能是听说了前两批麻雀按照规定来进驻燕巢反被驱逐后，临时离开搜捕队伍，自告奋勇地来啃这个硬骨头。看到同伴明目张胆地来抢占朋友的家，哩哩心里的火不打一处来，也更感迷茫了。是啊，她亲耳听到“家燕禽流感病毒声讨大会”上形成的决议，其中一条就是麻雀全面接管家燕的地盘，进驻家燕的家，取代他吉祥鸟的位置。然而，这么做不就像强盗吗？只有无耻的强盗才这么明目张胆地抢占人家的东西呢！小女雀稚嫩的心一边为好朋友悲伤难过，一边又因雀规矛盾着。

老大依然阴沉着脸，目不转睛地盯着屋子通往阳台的推拉门，从地板上几步跳到门前，侧耳听了一阵屋里的动静，说："好像屋子里有人，弟兄们还是小心一点好。"

这只麻雀老大这么说不是没有道理。在这座三明城里，有不少人类暂时无法接受麻雀取代家燕的事实，将前来接收劳动果实的麻雀驱逐。就在早上，已有两只愣头愣脑的麻雀死于人类的杆子之下。麻雀族长通过将来所长发出指令：在全面接管家燕的地盘已成事实的情况下，暂缓麻雀取代家燕成为人类吉祥鸟的行动，把工作重点转移到大规模的拉网式排查搜索漏网家燕行动上来。反正肉烂在锅里，家燕的巢穴迟早是麻雀的。

但是，麻雀四兄弟还是想来啃啃这块硬骨头。再说，他们听说咕噜家前有大树和草坪，又依山傍水，也想将这么一块风水宝地占为己有。现在，老二、老三和老四已进入燕巢，高兴得在里头翻了两个跟斗。

老二探头招呼老大:"老大,这个燕巢可是我看到的最结实、漂亮、温暖的,比我们那个雀巢强多了。哇，快上来看看吧！"

老大犹豫了半天，又盯了阳台屋门一眼，有些动心了。

这时候，阳台的推拉门忽然推开了。

门前的老大吓了一跳，一下飞到晾衣杆上，瞄准四方形的天窗，准备情形不对就往外飞。三只在燕巢里的麻雀也大惊失色，停止了叽叫。

开门出来的是一位七八岁的小女孩，显然是听到外面阳台的鸟叫声才推门出来查看的。当她探头看到阳台晾衣杆和燕巢里的麻雀,惊喜地向屋内叫道:"又有鸟来了，又有鸟来了！"关门跑进屋里了。

老大示意巢里的弟兄们沉住气，因为他从小女孩惊喜的呼喊声中听到了希望。

静，出奇的静。屋内似乎没有声响，小女孩惊喜欢呼过后，屋内的人类并没有采取进一步的行动。这让四只麻雀兄弟有些不明白了，互相用眼神传递疑问，老二、老三、老四又将目光齐刷刷投向一向是他们主心骨的老大。老大再次用眼神示意大家不要怕，老二、老三、老四从老大的目光中增强了信心，又随即小人得志般叽叽喳喳叫着庆祝起来，似乎他们已顺理成章地成为这个燕巢的主鸟了。

老二说："我猜得没错，这家人类只是一时糊涂，现在开始接受我们麻雀了。"

老三摇头晃脑说："太好了！今天我们就把家搬到这里来，我可受够我们那外面下大雨，里面下小雨的雀巢了。”

老四一撇嘴：“还说呢，建房子时老三最偷懒了，我们的家才会那么破。”

老三跳到晾衣杆上，张嘴想反驳老四。

这时候，阳台的屋门再次打开。听到动静的老二和老四紧张地跳到靠近天窗的晾衣杆上。

这回出现在阳台的除了小女孩，还有这家的男主人，一位戴着眼镜文质彬彬的中年男人。男人是被小女孩拉到阳台上来看鸟的，以为燕子飞回来了，推开屋门笑着说：“我说嘛，小燕子会飞回来的。我们家的小燕子，你说是不是？”原来这个可爱的小姑娘名字也叫小燕子。但是，转眼男人的目光就愣住了，平地爆出一声响雷：“啊，又是该死的麻雀，还想来占燕巢！我让你们占，我让你们占！”说话间，中年男人一改文质彬彬的形象，成了一位被激怒的勇士，顺手抄起靠墙的扫把，向站在晾衣杆上的麻雀扫去。

情况突变，离得最近的老大赶忙跳起来，勉强躲开中年男人的扫把，发出让弟兄们逃命的叽叫声。然后，为了掩护兄弟们逃生，他有意飞到远离窗口的地方叽叫着。

或许被眼前的景象惊呆了，除了机灵的老三一下子飞出窗口，老二和老四居然一时急得团团转，跟着老大在阳台上傻飞。

麻雀们逃命似的乱飞显然让中年男人更为愤怒了，他跳起来一下下用扫把击向在阳台乱飞的麻雀。如果不是三只麻雀的飞行一定程度上扰乱了中年男人的注意力，他们早就死于非命了。

那位叫小燕子的小女孩呢，早吓得哭了起来，拉着父亲的衣袖，一连声哀求道：“爸爸，别打了，别打这些鸟，别打这些鸟。”

“哼，可恶的麻雀，这是燕子的巢穴，休想占领。我打死你们，看你们还敢不敢再来。”原本看上去性格温和的主人不理睬女儿的请求，挥舞扫把追逐着已有些晕头晕脑的麻雀们。

这场突发的人雀追逐战大约持续了五分钟，这三只麻雀兄弟才在老三再三的鸣叫指引下狼狈地逃出，而人类的叫声像子弹一般跟随着逃离的麻雀。飞在后面的老大百思不得其解，不甘心地抗议：“死脑筋的人类，你们就等燕子吧！哼，他们再也不会回来了。看吧，到时候还得请我们麻雀来居住。”

戴眼镜的中年男人被这只胆大的麻雀弄得很生气，虽然他并没有听懂麻雀的语言，但是看到麻雀居然还敢在窗外向他示威，一下拉开窗户，拿扫把扫向麻雀，嘴里一连声骂着。

自始至终，目睹着这一切的哩哩吓得躲在洗衣机后面一动也不敢动，怕被愤怒的人类发现，当了这麻雀四兄弟的替罪羊。哩哩年纪还小，不太懂人类的语言，大概听出男主人是骂麻雀不要脸、刽子手什么的。听着人类的骂声，哩哩这时候似乎不是一只麻雀，而成了一只燕子，没有难过，反而有些解气。看麻雀四兄弟的狼狈样，哩哩心中暗暗叫好：太好了，太好了，谁让你们来占我朋友的家！活该，就要让人类教训你们这些自以为是的家伙！这么暗暗叫好后，小女雀心里又浮上了一层阴影。是啊，看来今后麻雀和家燕真的成为势同水火的敌人了，那……那自己今后也就不能和小家燕咕噜一起玩了，爸爸和咕噜的父母肯定不允许。想到自己和家燕小朋友要成为陌生敌视的鸟，哩哩忘记了现在所处的危险处境，眼里含上了伤心的泪水。随后，当她看到麻雀四兄弟险些命丧人类之手，为同伴无端地捏了一把冷汗的同时，从咕噜男主人的愤怒之中，哩哩更领略了人类对麻雀的鄙视和仇恨，心想：事情好像不像爸爸所说的那样，人类并不太欢迎麻雀呢。那么，已占领燕巢的麻雀族类会不会有危险？想到这里，小女雀全身起了一层鸡皮疙瘩，身子不由自主地发起抖来。

这时，发抖的小女雀不由自主地摩擦洗衣机罩子发出的响声暴露了她，还来不及反应，她就被一只胖乎乎的小手轻轻拎了出来。

抓住小女雀的是那位名叫小燕子的小女孩。她瞪着眼睛，兴奋地对还在朝着阳台玻璃窗外远去的麻雀四兄弟谩骂的父亲叫道：“爸爸，爸爸，太好了，我捉到了一只小鸟，我捉到了一只小鸟。哈，好漂亮啊！”

戴眼镜的男主人回头看到女儿手中的鸟，马上伸手接过去，恨恨地说：“好啊，这里还有一只漏网的麻雀，看我怎么收拾她。”

小燕子不干了，她把小女雀捏住翅膀藏到身后：“爸爸，不许你伤害小麻雀！”

“小燕子，听话。麻雀可不是益鸟，他专吃农民伯伯种的庄稼，他们还把燕子赶跑了。”面对女儿，做父亲的终于收起了方才对待麻雀四兄弟的暴怒样子，耐心做女儿的思想工作。

“不，你刚才差点成为杀害麻雀的刽子手。哼！还骂麻雀是刽子手，我看爸爸也和刽子手差不多。”

“胡说！爸爸那是替家燕报仇。哼！前天晚上半夜里我可看到了麻雀和家燕打架，疯了一样，很多只麻雀围着一只燕子打。我们家这窝小燕子死的死，逃的逃，你不为燕子难过吗？”爸爸试图说服女儿把小麻雀交给他。

“爸爸说得不对，这只小麻雀这么小，她哪里会打架啊？”

“听话，我们不能让一只麻雀睡在燕子的家里！”父亲严肃而执着地劝说女儿。

父女俩的对话哩哩只听懂了几句，但从他们的表情她也猜得出来，现在她的小命就捏在这位胖乎乎的小女孩手上。因此，聪明的小女雀尽量控制自己的情绪，努力用那种可怜巴巴的柔弱无助的眼神，一眨也不眨地看着小女孩。与此同时，让小女雀哩哩稍感安慰的是，从刚才戴眼镜的中年男人的话里听出来，咕噜的一家在那个惨烈的“雀燕之战”晚上也遭到灭顶之灾，但是没有全部遇难，很可能小男燕咕噜已顺利逃生了。想到生死未卜的好朋友，这会儿，小女雀哩哩心情稍微放松了些。

小女雀哩哩柔弱无助的眼神，显然打动了充满爱心的小女孩的心。她双手捧着老老实实、一动不动的小麻雀说：“爸爸，我要把这只小麻雀养大。她太可爱了。”

“胡说，哪有把麻雀当宠物鸟的！小燕子，来，把麻雀交给爸爸。明天爸爸就给你买一只会说话的鹦鹉玩，好不好？”

看来，父亲的承诺似乎打动了小女孩。的确，与有着美丽羽毛和嘹亮歌喉的鹦鹉比，这只灰不溜丢的小麻雀实在太丑了，尽管她是麻雀中长得最漂亮的小女雀。她低头看了一下手中的小麻雀，对父亲说：“那好吧，只是你不能伤害她。”

哩哩猜到父女俩的意思，吓得连站着的力气都没有了，从中年男人方才的表现和现在他眼里依然灼烧的怒火，哩哩意识到落到他手里肯定凶多吉少。又急又怕的小女雀现在已没有逃生的力气，她的翅膀因为刚才躲在洗衣机后面太久僵硬了，根本无法飞行。尽管她无法想象成为一只宠物鸟，被关在人类的笼子里是怎样一种磨难，但现在博得小女孩的同情暂时得到庇护是当务之急，否则，她的小命就玩完了。于是，她急中生智用可怜巴巴的腔调叽叽叫着，向小女孩求救。

聪明善良的小女孩被哩哩的哀叫声打动了，她缩回了递过去的手，把小女雀放在背后，坚定地对父亲说：“不要，不要，爸爸，我不要什么鹦鹉，我就要这只小麻雀。”

“嗨，真拿我的小燕子没办法。好吧，只要它不占燕子的家，爸爸答应你不伤害它，你就养着它吧。”是女儿的坚持抑或是男人的怒火终于熄灭了，对这只无辜的小女雀动了恻隐之心，无奈地答应了女儿的要求，找来原先养鸟的一个铁笼子，把小麻雀放了进去。

无意之中，小女雀哩哩成了一只宠物雀。在闽西北广大的区域里还没有哪一只麻雀有过当宠物鸟的经历，当哩哩蹲到笼子里时，不得不悲伤地思考这个新问题了。

鸟笼子用一根铁线拴着挂在晾衣杆一端的不锈钢架上，正好面对着燕巢。小女孩给哩哩找来一只木碗，碗里放了一些人类的粮食——小米，这对麻雀来说，可是上等的食物，因为闽西北山区主要种植水稻，很少能见到小米。这金灿灿的小米还是哩哩跟着父亲，在一家人类的仓库里品尝过一次。但面对这一大碗小米和小女孩的轻声呼唤，小女雀哩哩却闭上了眼睛，躺在那里一动不动，一点食欲也没有。

小麻雀这个样子可把小女孩急坏了，一连声细声细气地招呼哩哩："吃啊，吃啊，有很多呢，你吃饱饱的，就不想家了。小麻雀，你快吃啊。"小燕子急得眼泪都要下来了。

父亲或许是被女儿的爱心感染，也能用平和的心态来对待这只可怜的小麻雀了。他轻轻拍拍女儿的肩膀，说："好了，我的小燕子，别着急，这只小麻雀一定是又累又怕，等一会儿它就会吃东西了。明天，就会活蹦乱跳唱歌给我们的小公主听了。"

"真的啊？"小女孩破涕为笑，拍手说，"呀，它一定是口渴了。爸爸，去拿点水来。"

"遵命，我的小燕子。"男人似乎已忘记麻雀对家燕所做下的恶行，乐呵呵地取水去了。

事实上，这位戴着眼镜的男人并不是什么残杀动物的恶魔，他是《三明日报》的资深编辑，又是三明市一位有名望的作家，笔名凌笙，是一位环保主义者，主张人与自然和谐相处，写了很多有关动物保护方面的文章。那天晚上"雀燕之战"爆发时，在书房里熬夜写文章的凌笙被惊醒了，听到了鸟类凄惨的鸣叫声。他不知道外面发生了什么，也不敢贸然出屋，但从通向阳台的书房窗户里目睹了几十只麻雀疯一般向自家阳台上的家燕发动攻击。转眼间，自家这个有三个孩子的家燕之家惨遭屠杀，两只小家燕很快坠落尘埃，死于非命。当公燕和母燕誓死保护着唯一的一只小家燕冲出麻雀围攻隐进黑暗之时，凌笙才意识到，一场令人不解的罕见的鸟类之战，在他眼皮底下发生了。这场鸟类之战持续时间很短，凌笙第二天就把自己目睹的事实刊登到报纸上。然后，他就听到了有关专家证实家燕可能是禽流感病毒传播源的说法。

凌笙对家燕会传播禽流感病毒的说法持怀疑态度。但是，在专家论争不休的情况下，绝大多数人已开始接受麻雀进驻原先家燕的巢穴，成为人类近邻的事实了。

目前，还没有哪位科学家能破解这场史无前例的“雀燕之战”的起因。当人们清扫着家燕和麻雀落在地上的尸体时，有一点可以肯定，原先跟人类一起进城的家燕，一夜之间从三明城消失了，而几倍于麻雀的家燕尸体证明，发动这场鸟界战争的是麻雀。然而，身陷追逐功利的人类中，没有哪一位科学家静下心来研究这场鸟战的前因后果。他们乐于接受麻雀取代家燕的事实，甚至声称麻雀从来就是与人类最近的鸟类，由它们取代极可能携带禽流感病毒的家燕顺理成章。

凌笙不这么认为。第二天一早，他去寻找一位特殊的朋友，一位外号叫“鸟人”的已退休的三明动物园管理员。鸟人在动物园与鸟打了一辈子交道，传说能听懂几十种鸟类的语言，他是在看了凌笙写的动物系列小说后，与凌笙成为朋友的。几十年了，三明城已没有谁知道这位鸟人的真实姓名，退休后一辈子与鸟打交道孤身一人的他独居在城郊自己盖的农家小院里。凌笙相信，只有鸟人才能破解这场“雀燕之战”的来龙去脉。那个晚上，鸟人也一定目睹了这场鸟战争，并听到它们说了些什么。然而邻居说，鸟人已失踪整整一个月了，出走时还把饲养的鸟都放飞了。

这真是一个奇怪的现象。鸟人爱鸟如命，他饲养鸟从来不用笼子，让它们自由往来，用他独特的鸟语与鸟对话。难道鸟人预见到了这场鸟战，又因为什么不可言说的玄机而逃避了？对，鸟人常说自然界有不可言说的玄机，人类在面对这一切时只能顺其自然。也正因为如此，凌笙觉得，这场显然由麻雀发动的鸟类战争家燕一定是受害者，制造灾难的麻雀是可恶的刽子手。他觉得自己有义务为一定会重新回来的家燕保护好家，决不允许一只麻雀进驻燕巢！

正是这样，凌笙身为家燕的男主人先后两次赶跑了两伙来抢占燕巢的麻雀，当麻雀四兄弟企图来抢占燕巢时，一向温文尔雅的男人这几天来压抑在心中的困惑和怒气终于爆发了。那一刻，他真的想置这几只麻雀于死地。直到这会儿，这位执着的环境保护主义者为刚才的行为有些后悔了。现在，他清醒地意识到，在没有找到鸟人，弄清楚“雀燕之战”来龙去脉之前，一切只能停留在猜测上，即使麻雀真的对家燕犯下了不可饶恕的恶行，也只能通过自然界的法则来惩罚它，人类不可横加干涉，否则事情会越弄越糟，自然界也无法恢复原先的和谐。为了弥补这个过失，他乐于遵照宝贝女儿的指令为那只看起来惊魂未定的小麻雀做些什么。

哩哩这会儿发现自己更能听懂人类的语言了。从这对父女的对话中，她听出自己暂时没有了生命危险。这让她暗暗松了口气，但她还没想好怎么应对这突来的变故。她为了回报小女孩的关心，象征性地喝了一小口水，又懒洋洋地半闭着眼睛躺了下去，聪明的她觉得用这种柔弱的方式更能得到人类的同情。

看到小麻雀喝了水，小女孩终于破涕为笑，守着鸟笼不肯走了。后来是父亲一再催促她去补课，才依依不舍地向小麻雀告别。

阳台上就剩下关在铁笼子里的小女雀了，等听到屋子里没有什么动静后，哩哩才猛地冲向笼子门。如她所料，笼子门扣得严严实实的，根本无法打开。几经努力无果之后，失去自由和前途未卜的恐惧，让这只小女雀又怕又伤心地哭了。她想爸爸了：爸爸，爸爸，你在哪里？快来救救小哩哩。但聪明的哩哩明白，即使父亲来了，也一定无法对付这该死的鸟笼，对抗人类无与伦比的力量。啊，宠物雀，想到这个词，小女雀稚嫩的心就被一团巨大的阴影笼罩了。想着再也不能自由地飞翔，哩哩就后悔自己独自来寻找咕噜的家了。于是，她就不由自主地号叫起来，试图引起飞过此处的麻雀注意，但只是徒劳。

奇怪的是，哩哩号叫了很久，也没有看到一只麻雀飞过，原先逃到梧桐树上惊魂未定的麻雀四兄弟也不见了。这时候，阳台的玻璃全关死了，能通向外面的只有正对燕巢的那个让燕子飞行通过的正方形窗口。哩哩努力从窗口向外看，相继有三批排成扇形队伍的麻雀从梧桐树梢上飞过，显然是在执行族长的指令搜索漏网的家燕，他们根本听不到一只小女雀微弱的呼救声，更没有注意到阳台里有只麻雀成了宠物鸟。

呼救无效之后，哩哩稍微冷静了些，决定还是先恢复一下体力。看样子，她只能等小女孩回来再寻找机会逃生。从小接受着智慧雀教育的哩哩，从没有听过哪只麻雀当过宠物鸟，因而没有这方面的经验。想着要被关在笼子里逗人类开心，可怜的小女雀就不寒而栗。对，逃生！等小女孩来打开笼门喂食时，就有机会逃生！现在要紧的是补充体力。这么想着，小女雀不再徒劳地呼喊了，开始享受人类供给的小米大餐。

时间在哩哩的焦灼等待中缓慢地流逝着。凭哩哩的经验，太阳爬到天空中间时，人类就该回家进食了。在无聊的等待中，哩哩有时间好好地观察好朋友咕噜的家了。

这真是一个精致的燕巢啊，比她树洞里的家亮堂温暖多了。从厚厚的泥土和一根根与土相拌在一起的稻草来看，进城的家燕在建巢时还是舍近求远到乡下找来最传统的材料，而不像父亲所说，家燕一进城就变懒了，随便从垃圾堆里找些东西搭建房子，那些塑料垃圾不仅有难闻的气味，而且有毒。看这燕巢，父亲显然有意欺骗她。那么，父亲身为智慧雀的首领应当知道这些事实，为什么要污蔑家燕呢？哩哩看着漂亮结实的燕巢有些困惑不解，决定回去后，一定要向父亲问这个问题，他也许是听信了一些别有用心挑拨雀燕关系的谗言。接着，仔细观察的小女雀发现了蓝色玻璃上的几丝血迹。哇，真是让她触目惊心！这一定是麻雀叔叔伯伯们和家燕奋战时留下来的！它是麻雀还是家燕的血呢？还是咕噜……哩哩不敢往下想了，将眼光躲开这一丝丝血迹。想着好朋友一定凶多吉少，她心里更着急了，嘴里的小米味同嚼蜡。

终于，期待中的人类中午回家进食来了。听到阳台门砰的一声打开，小女雀忙躺下来，仍装出一副疲惫的样子。

出现在阳台上的小女孩首先惊叫一声，然后，男主人就出来了。他看到小女孩要打开笼门，就制止说：“等等，小麻雀可能是吃饱喝足了在睡觉呢。你看，那么多小米都吃完了。它现在有了力气，你一打开笼门，它就会飞走了。”

男主人的话让小女雀的心凉了半截。

善良的小女孩看着一动不动趴在笼子里的麻雀，翘嘴责怪父亲：“都是你，都是你。哼，还环境保护主义者呢，都把一只小麻雀活活吓死了！”

被女儿责备的男主人有些不好意思地搓了搓手，任由女儿打开笼子，对看起来生命垂危的麻雀进行救助。

就在笼门打开的一瞬间，小女雀哩哩看准机会，奋力一飞，落在靠近窗口位置的晾衣杆上。利用小女孩的善良逃生，小哩哩有些不好意思。在确定这个安全距离可以随时飞出窗口后，小女雀没有急着走，而是站在那里，对可爱的小女孩表示感谢：“小燕子，谢谢你放了我。我可不想当你的宠物鸟。我一定帮你把小家燕找回来，让咕噜跟你玩。”

虽听不懂小女雀的鸟语，但小麻雀晃动的身体和明亮的眼睛一瞬间触动了凌笙，他对沮丧、伤心跳着招呼麻雀飞下来的女儿说：“小燕子，这只麻雀真聪明，它在向我的小燕子告别呢。你看，它在向你点头呢。”

于是，小燕子胖乎乎的脸上绽开了一抹灿烂的笑容。

小女雀哩哩欢快地鸣叫几声飞出了窗口，飞向阳台外自由的天空。她长长地舒了口气，第一次感到在自由的天空里呼吸是多么幸福啊。当她没有停留，掠过高大的梧桐树上那光秃秃的树梢向家的方向飞去时，心里在为朋友咕噜的安危祈祷。同时，一个大胆的决定在经过这次意外的历险已成熟许多的小女雀心中升起：她决定一只雀悄悄去文笔山寻找白鹇大叔，或许这是能找到小咕噜和解开“雀燕之战”诸多疑团的唯一办法。

是的，与人类不同，所有野生动物的成长过程充满偶然变数。除了父辈们的经验，一次劫难更能让它们在转眼间成熟。现在，这只聪明善良美丽的小女雀在短短的经历中被快速催生成熟了，她不再是那只不谙世事，无忧无虑，躲在父亲羽翼下怯生生观察世界的小女雀了，她已有了自己独立思考的能力，开始用自己的眼光审视外面五彩缤纷的世界，然后做出判断。现在，拥有智慧雀素质的小女雀哩哩心里充满着疑问和解开这些疑问的急迫心情。

哩哩集中精力思考着这一切，顺着沙溪河上空奋力飞着，好像她的身后有一种邪恶的力量在追赶她。是的，此刻，小女雀心中有这么一股力量在上升，抵制着无形中来自同类的邪恶力量。当她飞过梅列大桥下又一次被惊醒的蝙蝠身边时，甚至没有听到蝙蝠和她打招呼。

蝙蝠雄起望着小女雀急速远去的背影，不解地自言自语道：“看来，这只小女雀真是疯了！家教不行啊，得学学我们蝙蝠是怎么教导淑鸟的。真是！”

卷三

# 鸟界

妖风

# 第一章

三明城北边有个风景秀丽的金丝湾森林公园。森林公园里海拔达 1630 米的大佑山是杜鹃鸟的天堂，这是一片离城不远却几乎完整保持原始状态的森林。大佑山的存在对于几百年来被人类随心所欲砍伐的森林来说是个奇迹。据鸟界史志记载，人类对大佑山也曾有过试图砍伐的历史，只是因为大佑山山势过于陡峭而草草收场，这片原始森林才得以幸运地保存下来。人类当然不会理解原始森林对于鸟族生存的重要性，森林纯原始状态的环境和生物的多样性，为每个鸟族的自然进化提供了不可替代的作用，这是任何人工林无法替代的。所以，原始状态的森林历来是鸟界争夺的地方，并且形成先来后到、在有限的区域内共同居住的鸟规。

大佑山曾经生活过十几种鸟类，他们根据先祖划分下来的各自领地，一直相安无事地生活，杜鹃鸟是其中一个鸟族。然而，不知从哪个朝代开始，这些鸟族就相继退出大佑山，直至今天成为杜鹃家族独自享用的领地。没有哪一只鸟说得清楚这一切是怎么发生的，只看到若有哪个鸟族到大佑山落脚，必定会得到杜鹃的欢迎，但慢慢地生活会越来越不顺，诸如莫名其妙地受伤和死亡，直至他们心怀恐惧地退出大佑山，与笑容满面的杜鹃告别。不错，狡猾！鸟界里的每只鸟渐渐感受到杜鹃深不可测的心计，而自从这一辈的杜鹃和麻雀交上好朋友，大佑山上的怪事更是接二连三地发生了。什么怪事呢？原来，据说从这一辈鸟族的爷爷开始，大佑山就是杜鹃鸟的领地，并成了鸟规划定的鸟界生存区域之一。根据鸟规，鸟族虽然都有神圣不可侵犯的祖居地，但在觅食和游玩时不受限制，可以随意出入每一片森林，最大限度地达到食物源的共享。因此，以前还有不少鸟族到食物多样的大佑山觅食。但是，自从杜鹃与麻雀趁鸟王老鹰被人类猎杀逃生之时结成所谓的鸟族同盟后，到大佑山觅食的鸟就经常莫名其妙地发生意外。久而久之，大佑山除了居住的杜鹃和成了他们座上客的麻雀出入外，别的鸟就很少出现了。当然，这么说也不太准确，大佑山光秃秃山顶上那座人类废弃已久的铁瓦寺里，就居住着一个性格怪僻的蝙蝠小家族，鸟界称之为独孤鸟。为什么这么说呢？闽西北区域的鸟界都知道这个蝙蝠小家族原本也生活在三明城里，可有一天兄弟几个闹翻了，年龄最小的蝙蝠就带着全家搬到大佑山顶的铁瓦寺繁衍生息，几代下来就形成了这么一个特殊的蝙蝠家族。这个家族的蝙蝠性格特别怪异，他们从不与别的鸟类交往，甚至也不与别的蝙蝠家族交往，因而被鸟界称之为独孤鸟。久而久之，鸟界几乎把这个孤僻的蝙蝠家族真名忘记了，都称之独孤鸟。同时，或许因为生活环境和生活习性的改变，孤独中的这个蝙蝠家族甚至连长相都发生了微妙的变化，更有甚者，最近它们其中的一些蝙蝠开始发出喜鹊一般悦耳的叫声。

或许因独孤鸟只是居住在山顶的铁瓦寺和后面的悬崖峭壁上，且不与任何鸟类来往，狡猾的杜鹃鸟似乎也乐于有这么一个沉默寡言不烦鸟的邻居留在这里，以免给鸟界造成杜鹃不能容鸟的印象。因此，独孤鸟与杜鹃上百年来二者相安无事，真正是“鸡犬之声相闻，老死不相往来”，即使一只独孤鸟与一只杜鹃在山上的丛林里觅食时相遇，二者也无视对方，各干各的。

然而，现在因独孤鸟的进化改变了原先蝙蝠的一些习性，且能发出喜鹊般悦耳的叫声，杜鹃家族就感到有些不安了。亲耳听到独孤鸟发出喜鹊叫声的杜鹃向现任杜鹃家族的族长黑白反映情况，就在刚才，一位老眼昏花听觉却异常敏锐的老杜鹃神色冷峻地对黑白说：“我说黑白啊，这个问题你要引起注意了。蝙蝠也学会鸟叫了，并且叫出的还是喜鹊的声音，这可不是什么好事呢。”

黑白向老者表示了尊重后，不以为意地说：“老鸟家，我们可别忘了这是独孤鸟，它们不是蝙蝠。再说，蝙蝠能出声是好事，说明咱这大佑山真是一块风水宝地。”

黑白这么随意地把老杜鹃应付过去，其实他心里的小九九已是打得一团乱了。什么原因？原因很简单，深谋远虑的杜鹃族长不是担心蝙蝠会发出鸟叫声，就是发出人类的火车叫声他也不在意，令他惊惧的是，这种越来越不像蝙蝠的独孤鸟发出的居然是喜鹊叫声！喜鹊？那是什么鸟？那是杜鹃鸟最大的敌人！不错，黑白族长始终认为，以杜鹃鸟在鸟界并不强的实力，若想领导群雄，将强大的老鹰从鸟王之位拉下马来，就必须世世代代打“吉祥鸟”这张牌！也因此，杜鹃鸟最在意的对手就是被人类封称的所有吉祥鸟，首当其冲与人类关系最为密切的就是家燕与喜鹊，还有那不起眼的与世无争的黑乎乎的蝙蝠！喜鹊因为自身的原因，这个人类视为听到其叫声就有喜事临门的吉祥鸟族发展缓慢，个头大，头脑简单，尤其是到这一代喜鹊族长手上，自然进化的野生喜鹊不仅没有发展，反而数量在减少。同时，其族长胸无大志，满足于现有成绩，不思进取，目前对杜鹃家族成为王族之鸟根本没有威胁。蝙蝠家族呢？虽然人类在居住地刻它们的图案求福，但基本上就是个摆设，加上蝙蝠历来与世无争，又有那种千万年来养成的白天睡觉晚上行动的习性，也不会成为杜鹃的强有力对手，可暂时放到一边。因此，杜鹃的最大阻碍就是跟着人类进城的家燕！看着这些寄居于人类房子里的家燕成天对人类搔首弄姿，每一只杜鹃鸟都忍不住醋意翻腾。况且家燕家族的种族发展如此之快，远非杜鹃可比，黑白想到这些就夜不能寐，恨不得一下子改变这种状况。然而，他还不得不在表面上对家燕族长笑脸相迎，要知道，家燕可是与人类最亲近的鸟，有别的吉祥鸟无法比拟的优势。杜鹃族长担心，随着老鹰家族因自身生存受到威胁无暇顾及鸟界事务造成王权的削弱，没准哪一天家燕就依靠人类的宠爱接管老鹰的鸟王之位！这可是杜鹃家族打死都不愿意看到的。

当时，黑白刚从老族长那里接过杜鹃家族最高权力的指挥棒，杜鹃家族本身各派的势力调整就花费了他不少精力。一年后，等到黑白把杜鹃家族的事务理顺，他的权力能渗透到杜鹃家族每个角落时，为杜鹃家族确立了成为鸟王的目标，他首先抓的工作就是每只杜鹃鸟都要成为鸟界的男高音和女高音。其实，现在不像人类所以为的，一到春天，每只杜鹃鸟都傻乎乎地成天叫着“布谷，布谷”，这个杜鹃族的族规从八年前黑白担任族长开始，就做了微妙的改变。

原来，一到春天，所有的杜鹃鸟就得为充当人类的吉祥鸟不要命地唱着“布谷”，身体比较差的杜鹃鸟都叫得丢了命。黑白当族长就改变了以前的族规，变原来群鸟乱叫为好鸟轮流鸣叫。首先，他在春天来临之前进行了一次家族内的歌唱比赛，凡是年轻力壮的杜鹃鸟都必须参加，然后从中选出歌喉洪亮、中气较足的青年男性杜鹃和女性杜鹃组成一支“杜鹃鸣叫队”，请有经验的老杜鹃进行专业培训。此举果然收到了奇效。到这一年春天来临时，在闽西北区域的广大乡村，人类都能听到比往年更加洪亮的杜鹃叫声。经过黑白族长精心组织的“布谷”叫声，在鸟界引起了极大的轰动。

黑白族长此举为他在杜鹃家族树立起从未有过的威望，趁热打铁把这种做法写进新族规。当然，人类并不知道，从八年前开始，春季为他们唱响催春“布谷”叫声的，并不是所有普通的杜鹃，而是由专业的杜鹃歌手鸣叫。也可以说，从原始的自然界走进现代文明很久的人类，并没有意识到自己被狡猾的杜鹃投机取巧了一把。

当然，黑白族长高兴之余，并没有放慢带领杜鹃鸟走向鸟类王族的计划。他深知，再嘹亮、专业的叫声也只能取悦人类一时，过了春天播种的季节，人类就会把杜鹃忘在脑后，杜鹃要想取代家燕在人类心中的地位，还有很长的路要走。

正是出于这些考虑，从五年前开始，杜鹃族长黑白主动向与家燕也有着不解之恨的麻雀伸出了橄榄枝。两鸟尽释前嫌后，一个恶毒的针对家燕的“雀燕之战”计划，在杜鹃族长的一手策划下，有条不紊地展开了。现在，精心策划的“雀燕之战”基本上取得了预期的效果，就在麻雀终于进驻梦寐以求的燕巢大摆庆功宴，杜鹃鸟暗暗弹冠相庆之时，黑白却没有像大家一样喜形于色，在他看来，这只是他走向鸟界权力巅峰，最终将鸟王老鹰从宝座上拉下马，改变几千年来鸟界格局的第一步。但是，一向喜怒不形于色的黑白心中还是长舒了一口气，他真没想到家燕如此不堪一击。哼，这些人类的宠儿，天天过着歌舞升平的日子，大约早已丧失自然界鸟应有的警觉，才让麻雀这么轻易得手的吧？黑白心里多少有些疑惑。

当然，更重要的是，黑白明白，经过此次成功地在幕后导演了这场给麻雀带来巨大利益的“雀燕之战”，他现在基本上可以控制麻雀家族为他所用了，麻雀家族族长这个老眼昏花的老色鬼只是一个摆设，要紧的是，抓住麻雀家族实力雀将来。“麻雀未来研究所”的所长虽然在麻雀里是最有战略眼光、最有头脑的麻雀，可是包括那些所谓的智慧雀，在杜鹃族长眼里都是菜鸟，不过是他手上一枚棋子罢了。再说，将来所长利欲熏心，一直雄心勃勃地盯着族长的位置，这样的权力之欲，关键时刻就会迷失他的心智。黑白正是利用将来这一点，将麻雀推到战火纷飞的前线，黑白可不想一下子将杜鹃鸟族推到所有鸟族的对立面，他只是在幕后指挥，不允许有一只杜鹃鸟介入“雀燕之战”，并且只派一位特使代表杜鹃家族参加“家燕禽流感病毒声讨大会”。

现在，在焦急等待特使开会回来的时间里，杜鹃族长终于有些沉不住气了，担心麻雀压不住阵脚，没准群鸟们在会上闹成一锅粥了。黑白这个担心也不是多余的，一夜之间麻雀将家燕消灭，虽显示了强大的集团战斗力，对鸟界有很大的威慑作用，但想及家燕在鸟界温良温俭让与鸟为善的口碑，恐怕不是一个禽流感病毒就能把他抹黑的。如果有哪一个鸟族在会上带头闹起来，形成群鸟起哄的局面，老糊涂的麻雀族长必定镇不住，将来所长有没有随机应变的能力呢？杜鹃族长有些后悔自己没有亲自去参加会议了，也许杜鹃鸟族应尽早走向前台？黑白对自己的判断产生了一丝怀疑。而刚才那只老杜鹃来向他报告的独孤鸟发出喜鹊的叫声，就让一向自信的族长产生了一丝恐慌。毫无疑问，独孤鸟发出的叫声不像乌鸦而像喜鹊，这对于打着吉祥鸟招牌的杜鹃来说，肯定不是什么好事。那么，一向在鸟界不与任何鸟往来，也与邻居杜鹃相安无事的变异蝙蝠鸟究竟发生了什么？这样的变化是否会对他走向鸟王的进程产生影响呢？这是不是个不祥之兆呢？想到这里，一边担心漫长得没有道理的“家燕禽流感病毒声讨大会”发生什么意外；一边被老杜鹃报告的独孤鸟发出喜鹊叫声搅得心神不宁。杜鹃族长终于在族长的温暖窝里坐不住了，叫来一直守候在外面的贴身保镖独眼，决定悄悄去山顶的铁瓦寺看看。

黑白族长温暖的安乐窝，设在大佑山那条长年山水叮咚不绝的小溪边一棵三百年树龄的高大红豆杉树上，树枝中间有一个天然的树洞，旁边都是茂密的树叶，风雨都无法侵袭到。围绕着这棵红豆杉树王的是几十棵稍小的红豆杉树，形成一片红豆杉树林。红豆杉外围才是一些天然的榉木和杂树群。未经族长的许可，没有任何一只杜鹃鸟敢踏入这个禁区，这片红豆杉树林就是杜鹃家族族长黑白的行宫，他在这里处理族里的日常事务，并为整个杜鹃家族筹划更为光明的未来。围绕着这棵红豆杉树王的红豆杉树，除了住着杜鹃族长的几位亲信，就是这只孔武有力号称杜鹃家族第一勇士的独眼了。他是黑白族长最忠心耿耿的保镖。据说，当年黑白还没有当上杜鹃鸟族族长时，有一次外出，恰巧碰上几只乌鸦围攻独眼。当时，这只强壮的杜鹃还没有独眼，有一个好听的名字叫雄伟。然而，雄伟再强壮也架不住几只穷凶极恶的乌鸦攻击，眼见要命丧黄泉。这时候，黑白出现了，他明白以一己之力冲上去顶多多一个垫背的。他灵机一动，边叫着“布谷”，边绕着树林在他们看不到的地方飞行。此举果然收到奇效，三只乌鸦以为杜鹃的大部队来了，赶忙逃跑了，雄伟也得救了。此后，伤了一只眼的雄伟就有了一个外号“独眼”，以至于众鸟渐渐忘了他的真名。独眼成了黑白最忠实的弟兄，在黑白打败本族众多竞争对手接过族长之位后，心怀感激和敬佩黑白智慧的独眼，就成了族长形影不离的保镖。

一直守候在洞外，时刻保持高度警惕的独眼听到族长吩咐，先飞到树顶上用一只锐利无比的独眼四处察看一番，确信整座大佑山包括整个金丝湾森林公园都没有什么异常情况，才轻轻飞落在族长面前小声报告。是的，黑白吩咐过，在“雀燕之战”的非常时期，每一只杜鹃都必须待在大佑山领地，提高十倍警惕，防止任何意外发生。这会儿本该是鸟族载歌载舞的欢乐时光，但整座大佑山一派寂静，看不出树林里有无数的杜鹃鸟在等待着，等待族长黑白发出的指令。

黑白听了独眼报告后，走出树洞，用眼睛扫一眼伫立一边的独眼，内心对独眼遵循自己的指令非常满意。但他没有表现出来，只用鼻腔稍微“哼”了一声后，先飞上树梢。

独眼不敢怠慢，也紧跟着飞到红豆杉树梢上，依然警觉地环视着周围。

这会儿，太阳的热量正在驱赶着山林间蒸腾起的雾气，原本朦胧的景物逐渐清晰。站在离山顶大约五十米之遥的红豆杉树顶上，隐约可看到若有若无的晨雾中怪石林立间的铁瓦寺。初升的太阳落在身上让黑白族长眼前一亮，心中的阴云似乎在悄然飘散，觉得自己方才对麻雀能否压住阵脚的担心有些多余，所谓当局者迷，他刚才忘了鸟界历来“事不关己，高高挂起”的明哲保身信条。更何况，麻雀已取得愚蠢的人类认可，而鸟界历来以人类的言行为最高行动准则，估计此刻鸟界已没有几只鸟头脑清醒，麻雀正好利用这最佳时机树立威望，借“雀燕之战”的势头乘胜追击。想着想着，黑白的嘴角咧开了一条笑纹，随后抖动一下翅膀，长长地吁了一口气，瞪眼审视这片杜鹃鸟的领地，一股得意之情油然而生。

黑白，这只鸟到中年的杜鹃其实是一只帅气的男杜鹃，他的身上呈现出耀人光泽的黑灰色，尾巴那白色的斑点像是镶着几粒耀眼的珍珠，腹部则有着更为油亮的黑色横纹，身体两侧又对称长出两撮与众不同的鲜绿色羽毛。如此帅气的长相按理说是很得女杜鹃青睐的，尤其那总是布满忧郁的眼睛更勾动异性的情思。然而，他昂首前行、视若无物的表情，却让众多的异性敬而远之。因此，黑白族长除了一只固定的女杜鹃伴侣外，从来没有什么绯闻。以严谨和智慧著称，且胸怀大志的黑白族长不想把时间浪费在无聊的儿女情长上。黑白族长身体两侧那杜鹃家族没有的两撮鲜绿色羽毛更让他显得神秘，有一种没有得到证实的传说是，黑白族长的绿色羽毛来自遥远的热带杜鹃的遗传，是他这个鸟系遥远的祖先传下来的基因，至于他的先祖是如何到达神秘的热带，并带回热带杜鹃漂亮的绿色羽毛基因，就没有哪一只鸟能说清楚了。总之，遥远的热带杜鹃成了大佑山杜鹃一个梦，它让黑白族长更显得神秘和威严。

太阳升得更高了些，山顶上的铁瓦寺更显得清晰了。黑白族长点头向独眼示意，独眼就展翅先飞了起来。随后，黑白族长拍打翅膀向山顶飞去。

# 第二章

大佑山地形奇特，且地势陡峭险恶。更奇特的是，大佑山一面是悬崖峭壁，其他三面古树参天蔽日，唯独山顶方圆几十米寸草不生，全是龇牙咧嘴的怪石。怪石中间就是那座不知人类是哪朝哪代建起，又在哪朝哪代废弃的铁瓦寺。铁瓦寺占地面积不大，也就二百多平方米，四面的墙大多已损毁，从外面就可看到一根根粗大的石柱支撑起沉重的屋顶。不错，这真是一个格外沉重的屋顶，如果不是石柱，支撑不了这么些年。所谓的铁瓦寺，顾名思义是用铁瓦建成的寺。为什么用铁瓦呢？原因就是山顶上的风太大了，尤其是面向沙溪河的悬崖绝壁，无遮无挡。

以人类吉祥鸟自居的杜鹃将处于原始森林状态的大佑山占为私有领地，但从未把山顶铁瓦寺纳入，杜鹃族规规定，这个地方是杜鹃的禁区，当然也没有哪只在森林里过惯养尊处优生活的杜鹃会飞到这鸟不拉屎的山顶来。可以这么说，独孤鸟的领地与杜鹃的领地真有天壤之别啊。

就这么一个恶劣的环境，连人类那些修身养性四大皆空的出家人也无法立足的铁瓦寺，几百年来却休养生息着一个孤独的蝙蝠家族，他们离群索居，远离所有的蝙蝠家族孤独地生活在这里，延续着种族的进化。当他们的真名逐渐被鸟界遗忘，有了独孤鸟这个名字时，他们成了怪异的代名词和鸟界鸟鸟懒得提及的另类。他们甚至不参加任何鸟界社交活动，就是这次震动鸟界的“雀燕之战”，似乎也没影响到他们，鸟界具有划时代意义的“家燕禽流感病毒声讨大会”，也把这个孤僻的鸟族遗忘了，麻雀根本没有通知他们派代表开会。而这一切，独孤鸟族已习惯了！族长只是用眼神和族员们交换了一下疑惑不解的表情，这件事就算过去了。

按照不成文的独孤鸟族规，年老的独孤鸟和这个家族终日沉默寡言的族长有权力居住在铁瓦寺内，寺外一圈的屋檐下则是女独孤鸟和未成年独孤鸟的领地。这些女独孤鸟优雅地倒挂在寺外的屋檐下，承担着生育后代的重任，受到族规的特别保护。其他的独孤鸟只能居住在寺后面悬崖峭壁的石洞或岩石的缝隙里，经受着风霜雪雨、风吹日晒。然而，几百年来，没有哪一只独孤鸟对这样的居住方式提出异议，甚至在捕食昆虫和采收果实、花粉及猎取沙溪河里的鱼类时，也提倡这种尊老爱幼、保护女鸟的传统美德。当然，必须提及的是，或是造物天成，这面寸草不生的悬崖绝壁居然一到晚上就会出现很多昆虫，给独孤鸟提供维持生存的食物，还有花粉和树籽也不是取自大佑山杜鹃的领地，他们必须越过沙溪河到对面的山上采撷。

鸟界都知道，大佑山顶的独孤鸟不承认自己是鸟类，他们认为自己是长翅膀的兽类。正是这一点，让这个家族的祖先与传统的蝙蝠群落产生水火不相容的分歧，导致这个蝙蝠家族割裂与所有蝙蝠同类的关系，独自栖身于大佑山顶，最终成了能发出喜鹊叫声的独孤鸟。

经过几百年与众不同的进化，这个特别的蝙蝠家族产生了与一般蝙蝠不同的变化。首先，他们的身体越来越强壮，正向着兽类的方向进化；其次，他们已能不同程度地发出悦耳的鸟叫声。所有独孤鸟相信，在不远的将来，他们将彻底脱离蝙蝠的形态，成为能发出悦耳鸟叫声的走兽！一种介于鸟与兽间的新物种。

这些天，这个原本沉默孤独的鸟兽族（暂且尊重独孤鸟的意愿这么称呼他们吧）为同类中能发出喜鹊的叫声喜形于色。是的，虽然此前已有大多数的独孤鸟能发出不同类型的鸟叫声，但是，某一只独孤鸟偶然发出喜鹊的叫声，还是让整个独孤鸟家族沸腾了。连轻易不开口说话的族长也大白天飞出铁瓦寺，将自己倒挂在最陡峭的悬崖岩石上，对发出喜鹊叫声激动得脸色通红的独孤鸟表示了有节制的赞赏，并发表了热情洋溢的讲话：“很好，独孤鸟们，喜鹊叫声历来被人类视为第一吉祥鸟叫声。现在，我们独孤鸟经过努力也掌握了这门技术，这说明了什么？说明我们独孤鸟离脱离蝙蝠的形态不远了，我们将成为自然界鸟与兽间的一个新物种。哈哈，这正是我们独孤鸟百年来顶住大佑山顶恶劣环境忍辱负重的结果。在此，本族长希望大家研究研究这位小伙子是如何发出喜鹊叫声的，向他学习，争取有更多的独孤鸟能随心所欲地发出喜鹊的叫声。”

族长的讲话大大鼓舞了独孤鸟学习喜鹊叫声的信心，热情空前高涨，短时期内，已有将近三分之一的独孤鸟能发出简单的喜鹊声。最先成功发出喜鹊叫声的青年独孤鸟喜喜，已将居住地从原先的悬崖下会漏水的石洞里搬迁到铁瓦寺外的屋檐下，专门负责指导有潜质的独孤鸟。

当然，族长和高层的领导经过开会已声明，独孤鸟在族规范围内开展的一切活动不针对任何鸟类，其目的只有一个：从根本上扭转蝙蝠被归入鸟类的现实，在自然界进化成一种全新的介于鸟与兽间的新物种！这是独孤鸟最终也是唯一的目标，所有独孤鸟向这个目标迈进时，始终要坚持“独孤”的指导精神，不与任何鸟族来往，包括所有独立蝙蝠家族。然而，一向我行我素的独孤鸟显然没有预想到此举会刺激几百年来彼此视若无物的邻居——杜鹃！没有想到杜鹃如此仇视除己之外的所有吉祥鸟，尤其是将喜鹊视为眼中钉、肉中刺！更不知道独孤鸟发出的喜鹊叫声已深深触痛野心勃勃要迈向鸟王位置的杜鹃族长敏感的神经！

当眼神阴郁的杜鹃族长黑白悄然落在离铁瓦寺几十米之遥的一棵水杉树上时，那位最先发出喜鹊叫声的独孤鸟正在辅导两只独孤鸟学习喜鹊的发声方法，不厌其烦地一遍遍示范。于是，喜鹊的叫声就如一根根针扎进杜鹃族长的耳膜里。这一声声喜鹊叫让一向处变不惊的黑白听得心惊肉跳，尽管脸上没有任何表情。是的，这是黑白的为官之道，喜怒不形于色，让部下捉摸不透，才能时时体现当权者的权威和神秘感。要知道，让黑白吃惊的不仅是独孤鸟发出的稚嫩喜鹊叫声，令他更不安的是，一向在夜间活动的蝙蝠居然大白天也开始活动了。

其实，在这个早晨，绝大部分独孤鸟都在铁瓦寺里外休息着呢。晚上出外觅食，白天倒挂着休息，这是独孤鸟无法改变的蝙蝠生活习性。那么，这几只独孤鸟为什么会大白天违反习性瞎折腾呢？原来，昨晚这只最早掌握喜鹊叫声的独孤鸟喜喜在觅食时，与两只女独孤鸟在一起，美丽的女独孤鸟对他表达了爱慕之情，又提出要学习喜鹊叫。这让喜喜有些为难，这两只女独孤鸟没被族长列入学习者行列，也就是说，她们还不能发出任何完整的鸟叫声，根本不能学习难度极大的喜鹊叫。然而，架不住两位美丽动鸟的女独孤鸟恳求，喜喜决定违反一下生活习性，在大白天悄悄地教她们学习。谁又想到，几十米外的树林里有一对阴险的杜鹃鸟正盯着他的一举一动。

杜鹃鸟族老谋深算的族长就这么一动不动地躲在树叶丛中，细心观察铁瓦寺前独孤鸟们的学习场面，面对这突然出现的情况，他得冷静地想一想，不想在还没处理好“雀燕之战”扫尾工作时，节外生枝。但是，这三只在他眼皮子底下旁若无鸟地学着喜鹊叫的独孤鸟，未免太可恶了，黑白的眼前居然幻化出喜鹊的身影，这让唯我独尊的杜鹃族长不能忍受。终于等到了机会，似乎怕打扰铁瓦寺内外休息的同类，三只独孤鸟将学习场所移到离寺更远的地方，当他们飞到山顶岩石圈与森林交界仅几步之遥时，黑白轻轻咳了一声，对独眼微微点了点头。

看着族长眼里射出的凌厉寒光，早憋不住的急性子独眼身体一个后纵，展开翅膀，如一支离弦之箭，向几步之遥的正陶醉于两只女独孤鸟爱慕的目光里不知东南西北的喜喜冲去。

按往常，动作敏捷的独孤鸟完全可以躲开攻击，但因他们一向在夜间行动，到白天其敏捷性大打折扣，更要命的是，喜喜沉醉于异性的仰慕之中，已完全丧失了警觉性，一场悲剧也就不可避免地发生了。

这是一场在自然界司空见惯的闪电战。转眼间，独眼强壮有力的爪子落在喜喜身上，紧接着，尖利、向下弯曲的喙刺进了喜喜的身体。随之，他优雅地转身，强健有力的翅膀几个扑腾，飞速隐入茂密的森林里。

突如其来！正在专心学习喜鹊叫声，与小帅哥眉目传情的女独孤鸟在喜喜受到意外攻击时完全傻眼了，连逃跑都忘记了。慌乱中，她们只听到喜喜一声痛楚的叫声，根本没有看清攻击者的面目，对手就消失得无影无踪了。在后来由独孤鸟族长召开的形势分析会上，两位受到惊吓的女独孤鸟连祖传的倒挂着睡觉的本领都失去了，好长一段时间只能趴在地上休息。因两位女独孤鸟什么证据也不能提供，根本不能确定凶手是不是邻居杜鹃，抑或是别的从大佑山路过的鸟族。最终事情不了了之，受重伤的喜喜依靠着强壮的身体素质，总算从死亡边缘捡回一条命，但落下终身残疾，嗓子变得沙哑低沉，再也发不出原先悦耳的喜鹊叫声了。没有多久，这只最早发出喜鹊叫声的独孤鸟郁郁而终。

喜喜的意外被伤害事件在独孤鸟中引起一阵恐慌，大家把这样的意外归结于喜喜学喜鹊叫。在没有调查出事件真相之前，谨慎的族长宣布停止大规模有组织学习喜鹊叫的运动，只许可私下练习。

一切似乎恢复了原样。这个孤独的蝙蝠家族还和从前一样日出而息，日落而作，坚守着大佑山顶铁瓦寺范围的弹丸之地顽强进化着。他们越发显得孤独了，如果不是到了非说话不可的地步，众鸟之间只用眼神来沟通。其实，一切都不可能恢复原样，这个特殊的蝙蝠家族很快将走到进化通道生死攸关的时刻，一场不可避免的风暴在表面平静的生活中开始酝酿。

目睹独孤鸟发出悦耳喜鹊叫声的黑白，在从来没有过的惊恐之中，更强烈地意识到要加快迈向鸟界王者的步伐。他心中充满疑虑，连这些不起眼的蝙蝠都可以学会喜鹊的叫声，鸟界这么多的鸟族在各自的进化过程中，不知会产生怎样的变化。如果有越来越多的鸟族掌握某些吉祥鸟的叫声技巧，那么，杜鹃鸟在人类面前的优势也就荡然无存了，这对他雄心勃勃的王者之路无疑是极大的障碍。黑白真担心某一天，有一种鸟也学会“布谷”的叫声，哇，那后果不可想象啊！想到这些，杜鹃族长忍不住用少有的赞赏口气，对发动突然袭击得胜归来的独眼说：“嗯，该让这不知天高地厚的丑鸟长长见识，让他们明白自己什么能做，什么不能做！哼，他们还真以为自己是什么特殊的物种啊？不过是一群丑蝙蝠而已。”

“族长，你说是不是该叫些弟兄们教训他们一下？”得到族长赞赏的独眼得意地在树枝上跳了跳。

“不，眼下最要紧是把‘雀燕之战’扫尾工作做好，听说很多麻雀被人类拒绝入住燕巢，这可不是什么好事。家燕的搜捕工作一定要彻底干净，不留后患。然后，趁鸟界不明真相之时确立暂时的新鸟规。”黑白眯缝着眼睛透过树叶缝隙看着远处乱成一团的独孤鸟，冷冷地说，“至于这些自以为特立独行的蝙蝠，就让他们暂时做着独孤鸟的梦吧。”

“族长，我看这好办。等麻雀彻底取代家燕的位置，收拾这些独孤鸟还不是小菜一碟。”独眼说到“麻雀”和“独孤鸟”这两个词时，满眼不屑。

黑白没有吭声，他不想对部下流露太多真实的想法。就在这时，远远传来两长一短的杜鹃信使报信的叫声。

“族长，一定是开会的特使回来了。”独眼侧耳听了听。

黑白一使眼色，独眼照例在前面开路，两只鸟悄无声息地离开了作案现场。当他们回到族长和亲信们居住的红豆杉树林时，代表族长参加“家燕禽流感病毒声讨大会”的特使已等候在族长室所在的那棵红豆杉树上，一起等候的还有杜鹃家族德高望重的红、黄、蓝三位族老。

等黑白落到红豆杉树那根宽大平缓的树枝上，红、黄、蓝三位族老也飞到靠近族长左、中、右的三根树枝上。独眼则依例飞到高高的红豆杉树顶上，带着十几只杜鹃鸟担任警戒任务，警觉地观察四周的动静，不许一只杜鹃鸟进入红豆杉树林，当然更不许来大佑山觅食的鸟进入。

是的，这片专门由族长和三位族老及其亲属居住的红豆杉树林是大佑山的军事禁区。鸟界的规则是，任何鸟不能闯入另一鸟族族长的居住地，否则，对方有权使用武力驱逐或就地消灭。曾经开会时，有五只麻雀到大佑山觅食时，他们无视这条鸟界通行的鸟规闯入红豆杉树林，被独眼带领的杜鹃卫士全部杀死。这件事曾引起已签订鸟界同盟的杜鹃和麻雀两族间一段时间的冷战，后来还是通过“麻雀未来研究所”所长与杜鹃族最善辩的黄族老多次沟通才达成和解。此事之后，各鸟族族长居住地成了别族鸟的禁地。

参加会议的特使开始有条有理地转达“家燕禽流感病毒声讨大会”的情况，三位族老对会议的进展情况很满意，不时互相挤眼摆尾得意地笑。特别是听到诗溪仙族长用诗歌发言，黄族老忍不住笑出了声，弄得其余两位族老也笑了。黄族老连连扑扇着翅膀，撇嘴说：“酸，酸，酸，这些诗鸟一股子酸味，我都闻到了，哈哈。”

一直板着面孔听汇报的黑白微微一笑：“诗鸟的表现挺好，要是所有的鸟都只会作诗，我们鸟界就真的歌舞升平了。”

“老板说的不错，这群不食鸟间烟火的诗鸟以后倒是可以好好利用，请他们为我们杜鹃鸟写一本诗集。”一向以哲学家自居的红族老说。

“对，红族老这个想法有创意，可以把诗溪仙请来为杜鹃写诗，老板不是常说，征服鸟心光靠武力不行，要攻心为上嘛。听说南坑村的诗溪仙家族有一位杰出的诗鸟叫什么洋洋的，是个怪才，号称闽西北鸟界最出色的诗鸟。我想，不妨改天请他到我们大佑山来走走，让他充当我们杜鹃鸟的吹鼓手。”

黑白族长点点头，对族老们的建议似乎很满意。但他没有说话，挥手让杜鹃特使继续讲下去。当听到自己和白鹇与麻雀一起被列入鸟规执行团时，黑白的嘴角才咧开一丝难得的笑容，心里暗暗高兴。不错，将来所长的办事能力还真行，比麻雀那老眼昏花的族长强多了，一切都按照自己预定的计划进行，果然没有哪一个鸟族当出头鸟。哼，看来麻雀这次发动的“雀燕之战”对整个鸟界已起到极大的威慑作用，短时期内是没有哪一只鸟会站出来说不了。唯一让黑白稍感不安的是，鸟界之王老鹰所委托的合法鸟规代理鸟白鹇居然没派代表出席会议，这就使这会议有些不合法的样子。看来，下一步就是把白鹇搞定。想到这些，黑白对白鹇不动声色的反应还真有些拿不准了。是啊，按理说，作为鸟王的代理鸟理应站出来说话，赞成或者反对都是白鹇的权力，不吭声倒让黑白在心里有些打鼓，不知对方葫芦里卖的什么药。猛然间，一团若有若无的阴影飘过来遮住了杜鹃族长心中的得意之情：哇，这深居简出一向装高雅的菜鸟，手上不会握着鹰王交给的什么撒手锏吧？

族长心里七上八下的心理活动，可以瞒住别的杜鹃鸟，可瞒不过善于察言观色也颇具智慧的三位族老。见族长原先喜悦的脸转眼间布满阴云，等特使汇报完会议情况飞出红豆杉树林后，红族老从树枝上跳了几跳，离族长的树枝更近些，歪头压低声说：“老板，你是不是担心白鹇这群菜鸟不服？”

老板，这是杜鹃鸟族的三位族老对族长的称呼。这是善听人言的黄族老从人类那里贩卖来的，说是人类时兴称老板，不论是做生意的还是单位里的，人类称自己的领导都叫老板，这样显得更为忠诚。后来，三位族老就叫族长为老板了，黑白对这个新称呼也挺满意。再后来，整个杜鹃家族都这么叫族长了。

“没事，老板，鸟代表不是通过了鸟规执行团吗？今后，新规矩就要由鸟规执行团来定了。哈哈，三只鸟一表决，麻雀又听老板的，还不是老板说了算。”黄族老也说。

“是啊，黄族老说的不错。”爱美的蓝族老梳理着胸前的羽毛说。

红族老觑了不吭声的黑白族长一眼，抬头看着从树隙间射下来的阳光，低沉着嗓音说：“白鹇不出席会也是有他的理由啊，他是鹰王委托的鸟规代理执行鸟，虽然早已名不副实，可总要拿架子的。我说，老板该和麻雀主动去文笔山见见这位代理鸟。”

黑白对红族老微微点了点头：“红兄，我也是这么想。嗯，我是担心啊，将来所长还是嫩了一些，不该这么早把白鹇抛出来，更不该在会上指责他。嗯，我就找个台阶让高贵的白鹇兄弟下吧。哈哈。”黑白皮笑肉不笑地哼哧了两声。

“哈，哈，哈。是啊，是啊。”三位族老也附和着冷笑起来。

“红兄，黄兄，蓝兄。”杜鹃族长黑白为了显示自己平易近鸟，总是称三位年纪稍长于他的族老为兄长。他用力扇动几下翅膀，似乎要把纠缠他心中的一些疑惑抖落掉，微微叹口气道：“你们问过我为什么不去参加会议，这次‘雀燕之战’都是我们杜鹃鸟在后面出谋划策，却让麻雀享受劳动的果实。嗯，我就是想让麻雀这些菜鸟为我们杜鹃家族冲锋陷阵，等时机成熟再取而代之。到那时人们只会记得麻雀的恶，杜鹃出来收拾局面一定会名利双收。当务之急是配合麻雀搜索漏网的家燕，在老鹰出山之前把局面完全控制住。哼，哼，到那时，自身难保的老鹰不让出鸟王的宝座也是不行了，我们杜鹃就顺理成章地……哼哼……”

“老板真是运筹帷幄啊！”三位族老扬起一只翅膀齐声赞叹不已。

“还有啊，我们没必要得罪特立独行的猫头鹰，反而要把他们的鸟脉为我所用。将来所长还是嫩了。”黑白摇头说。

“要我说，这些麻雀都是没有脑子的菜鸟，什么‘麻雀未来研究所’？狗屁！那些所谓的智慧雀还不如我们刚出窝的杜鹃鸟呢！”黄族老不屑地尖着嗓子叫道。

“你懂什么，这是我们老板深谋远虑，放长线钓大鱼，将来所长只是老板手里一枚重要的棋子而已。”红族老反对黄族老的观点。

黑白点点头，对红族老的话表示了有节制的赞赏。忽然认真地问受到表扬正得意地摇晃着翅膀的红族老：“红兄，刚才我听你提到有一只叫什么洋洋的诗溪仙鸟来着，那是一只什么鸟？真如你所说，是鸟界很有名望的诗鸟吗？”

“是，老板。前不久我跟几个弟兄到南坑村的山林里游玩觅食，与诗溪仙的族长有过接触，他对洋洋这只特立独行的诗鸟很头疼，这家伙靠着在鸟界一点名气，根本不买族长的账。”红族老恭敬地回答。

“哼，又是一个特立独行的家伙！”黑白眨巴一下眼睛：“说说，他是怎么特立独行的？我倒是对这只鸟有些感兴趣了。”

“老板，诗溪仙是主要生活在溪河里的鸟族，他们最主要的任务就是写诗。在每周的例会上布置好本周诗歌创作的计划，什么题材啊、主题啊、写作手法啊，总之，由族长确定。可是，洋洋这只诗鸟根本不按计划写诗，想到什么就写什么。你别说，这家伙还真是鸟界有史以来最有天才的诗鸟，创作了很多好诗呢。老板，改天我叫几个弟兄把他押来，让他好好为老板写几首赞美诗。”

“红兄啊，你这话欠分寸。这样在鸟界有影响的诗鸟，我们要格外尊重。我听说人类有个刘备三顾茅庐的故事，我们杜鹃家族要想在鸟界称王，就必须网罗各方面的人才为我所用，难道我们就不能学习人类这一点长处吗？”

“老板说的太对了，真是高瞻远瞩，就是人类也不如啊！”黄族老和蓝族老连声赞叹。

黑白对于族老的赞叹有些受用，伸伸懒腰说：“这样吧，等忙过这一阵子，麻雀搜捕家燕的行动告一段落，三位族兄就跟我一起去南坑村把诗溪仙洋洋请来，我可不要他为本族长写什么赞美诗，我的工作成绩都是大家支持的结果啊。哼哼，就让他写写金丝湾森林公园和大佑山的风景，写写我们这么和谐的自然环境，不也从侧面体现我们杜鹃家族治理有方吗？不过，有一点一定要注意了，不要让他听到或知道独孤鸟会发出什么喜鹊的叫声，不然，不知道会出什么乱子。还有，从现在开始，大佑山要加强警戒，对于来山里觅食的鸟，我们要尽地主之谊，但不能让他们接近山顶的铁瓦寺，免得他们听到独孤鸟这些蠢鸟发出喜鹊的叫声，引起鸟界不必要的骚动。”

“老板说的是，我们这就布置下去。”红、黄、蓝三位族老垂首应和道。

红族老接着拍胸脯对族长黑白说：“老板，你放心，诗溪仙鸟也是极为孤傲的鸟，更不用说那个最有名的诗鸟洋洋了，那可是才华横溢又目空一切的鸟，他们和独孤鸟是不可能混到一起的。”

黑白点点头，闭上了眼睛。一看到族长这个动作，三位族老就知道老板需要静一静了，马上向族长告别，悄无声息地飞出红豆杉树林去布置各自的工作。只有红豆杉树顶上睁着一只独眼的独眼，依然不知疲倦地守卫着这块杜鹃鸟的禁区。

大佑山里到处是鸟叫声，杜鹃鸟与来此觅食的其他鸟族正开始一天快乐自由的生活。从表面上看，一切是如此和谐，没有哪一只鸟察觉到平静的山林里悄然涌出一股凶恶的势力，不久的将来，会给整个鸟界带来更大的灾难。只有聪明的杜鹃鸟遵照族长黑白的指示扮演主人的同时，保守着一个惊天大秘密。他们还分别担当了解说的角色，将杜鹃鸟与刚发生的“雀燕之战”解脱干系。于是，这些得了杜鹃鸟好处的鸟们都相信，有关杜鹃鸟族长是“雀燕之战”真正的幕后策划者的说法，是某些别有用心的鸟血口喷鸟。比方说，害怕权力受到削弱的白鹇。

一切都在按照黑白交代，红、黄、蓝三位族老布置的有利于杜鹃的方向发展。现在，杜鹃鸟们几乎没有听到受到严密监视的大佑山顶铁瓦寺独孤鸟学习喜鹊的叫声。偶尔，某只胆大的独孤鸟发出一声喜鹊的叫声，也被从沙溪河面上吹来的大风扯得七零八落。

## 第三章

在整个闽西北所有山林间，各鸟族在自己的居住地同样安居乐业，表面上看起来一点没有受刚刚过去的那场史无前例的“雀燕之战”的影响。然而，在崇山峻岭间生活着的鸟界成员们，从彼此相遇时显得冷淡了几分的招呼中，可以隐约感觉到大家心中的不安和戒备心。最活跃的是那些深入各鸟族指导，或者说监督漏网家燕搜捕工作的麻雀代表，他们那一副小鸟得志的嘴脸怎能不让有志气的鸟们郁闷呢？然而，秉承着“各扫门前雪，莫管他鸟瓦上霜”

的鸟族们，谁也不想在这个时候当出头鸟。

就在一派不安和乱七八糟的气氛中，各鸟族遵从“家燕禽流感病毒声讨大会”上签订的协议，协助麻雀搜捕漏网家燕的工作已进行了整整三天。三天来还真有了不少成效，一些漏网的家燕根本来不及逃出闽西北山区，就落入麻雀张开的网，他们被交到麻雀的手上，统一关押在一个隐秘的山洞里。然而，具体如何处置这些吓破胆的可怜家燕，没有一只鸟能亲眼看到和了解清楚，一切都在将来所长亲自主持下进行。将来所长宣称，关押这些家燕，目的是挽救他们，一旦家燕身上的“禽流感病毒”彻底消除，再提交给鸟规执行团裁决。总之，非常时期发动的“雀燕之战”所采取的极端方式不会再采用，麻雀家族将按照暂行的鸟规，对待这些会给整个鸟界带来灭顶之灾的家燕。

由将来起草的麻雀族族长的声明，让亲手将可怜巴巴的漏网家燕交到麻雀手上的鸟族们心里稍安了些，觉得自己并没有被迫充当麻雀的帮凶。正所谓谎言重复一千遍会变成真理一样，一次次这么安慰着自己的鸟族开始真的相信家燕是有意传染禽流感病毒的恶魔，麻雀发动的“雀燕之战”是一场拯救鸟界和人类，甚至整个大自然的正义战争！这一点，麻雀已顺利进驻大部分的燕巢就是明证。看来，麻雀彻底取代家燕的位置，成为人类新吉祥鸟的日子已为时不远了。

就在整个鸟界处于迷茫的时候，一个傍晚，杜鹃鸟族的族长黑白如一只黑色的幽灵，悄无声息地飞临“麻雀未来研究所”，跟随他一起来的还有形影不离的保镖独眼。

大名鼎鼎，鸟界独一无二的“麻雀未来研究所”坐落在格氏栲森林公园里，因为这里方圆几十里都是成片成群的栲树，有幸被人类保护起来，并开辟为森林公园。正是看中这个相对安全稳定的环境，将来所长把“麻雀未来研究所”所址选在这个离三明城不远但环境幽静的森林公园里，并通过一系列的努力得到了鹰王代理鸟白鹇的同意，在鸟规中将这片格氏栲森林公园列为麻雀的领地，别的鸟族不得进入。而这一切是麻雀和杜鹃尽释前嫌达成谅解结成鸟同盟后，为一个庞大的计划所设计的第一步。事实上，这么多年来，所谓的“麻雀未来研究所”根本不是从事什么有关麻雀进化与发展的科学研究工作，以麻雀的智商并不能做到这一点。将来只是悄悄用这个基地培养忠于自己的，比一般麻雀更聪明的智慧雀。然而，就是这个工作也收效甚微，经过专业培训后，大约只有百分之一的麻雀成为智慧雀。将来就从这些智慧雀中选定两百多名作为研究所的成员，协助他完成与杜鹃族长黑白制订的取代家燕的庞大计划。现在大功告成，经过精心准备和策划的“雀燕之战”一夜间摧毁了家燕的家园，麻雀取得绝对性胜利。

“麻雀未来研究所”所长将来刚从族长那里回来，得意之情溢于言表。族长果然给他颁发了勋章，他在麻雀界的威望达到了顶峰。与老眼昏花的族长贪图都市生活不同，被誉为有史以来最聪明的智慧雀——将来更喜欢山林，除了必不可少的工作必须进入三明城外，他大部分时间都待在榜树林里。他还喜欢逛山，大约没有哪一只鸟相信，这只外表不起眼的麻雀几乎逛遍了闽西北崇山峻岭的每一片林子。所以，针对漏网家燕的搜捕行动，地形熟悉的他很快布下了一张追捕家燕的网。此举果然收到效果，按这个工作进度，大约没有一只家燕能逃离他布下的天罗地网。

杜鹃族长莅临“麻雀未来研究所”时，将来正对手下大发脾气，原因是他最心爱的女儿哩哩失踪已整整三天了，可他派出去寻找的智慧雀依然没有带回有关她的确切消息。关于心爱的女儿哩哩，他所得到的最后信息是梅列大桥下那只蝙蝠雄起提供的，明白女儿一定去找那可恶的小家燕咕噜了。可恶！在胜利的时刻冒出女儿这么一档子事，似乎无形中被扇了一记耳光。将来用一只翅膀拍着树枝，对站在面前的副所长吼道：“什么？你们这班废物，飞半天居然只给我带回这么一点消息？啊？她能到哪里去，或许她受伤掉到某个地方，或许她迷路了。再去给我找，哼，你们这些笨蛋！”将来有意不提及女儿极可能是因一只小家燕玩失踪，这可太让他丢面子了。

副所长和另一只智慧雀交换一下眼色，小心翼翼地说：“所长，会不会遭到家燕的报复？我听说……小姐和……和一只小家燕……”

“什么？你胡说什么？小家燕？那是谣言！”将来气得在树上跳了两下，险些站立不稳，忙扇动两下翅膀保持身体平衡，声嘶力竭地叫道，“我女儿从小在研究所里长大，家教一流，怎么会和一只小家燕混在一起？他们顶多是小孩子不懂事，偶尔碰到了一起玩玩游戏而已，那可谈不上什么交朋友。哼，谁这么胡说，我可饶不了他！”

“是……是，小姐是最知书达理，她的智商可比我们一般的智慧雀强多了。”副所长忙弯腰点头附和，“可是……听那只老蝙蝠说，小姐曾经路过小家燕的家，嗯……我是说，小姐一定是出于好奇偶然路过那个地方……她……她会不会发现了那只漏网小家燕，一只雀追捕去了？”

副所长换了这么个说法，虽然听来有些牵强，但将来脸上的神色明显缓和了，看了看手下小心翼翼的神色，才发觉女儿的失踪让他有些失态了，这可是从来没有过的。将来所长忙转过身去，等他从阔大的栲树叶后扭过脸来，他的心态已完全平静了。他对副所长再次发出指令：“好吧，你就让那只老蝙蝠带路去找。哼，要问遍每一只鸟有没有碰上哩哩。无论如何要找到她，如果……如果看到她和什么小家燕在一起，就……给我一起抓来。哼，我饶不了她！”

“爸爸，我和叔叔一起去找妹妹吧。”一直在旁边小心看父亲脸色的希希这会儿才敢搭腔。这只小男雀善于察言观色，一直是父亲的骄傲。麻雀们都知道未来的麻雀界一定是将来所长的天下，族长那些傻儿子能当上智慧雀都是通过走后门的，而将来所长的一儿一女是如此聪明。这只英俊的小男雀，强壮而机灵，其智慧已超过一般智慧雀的水平，前程可谓不可限量，“麻雀未来研究所”的员工们都很喜欢他，雀气指数相当高呢。

将来同意了儿子的请求。

副所长带着希希离开格氏栲林寻找失踪的哩哩，前脚刚走，黑白族长后脚就到了。一见将来就笑着嚷道：“哈哈，我尊敬的智慧化身的所长，是什么事情让你烦心了？我可是刚飞进栲林，大老远就听到你的吼声了。”

“快请，快请。”将来一看到黑白，忙招呼他飞到自己所在的树上来。他摇摇头自嘲般地笑笑说，“不怕黑白族长笑话，我那不听话的女儿一定也凑热闹去了。你说，她一个小女雀能成什么事，也偷偷去追捕什么漏网家燕？这不，我正派雀们去把她押回来呢。家教不严，惭愧，惭愧啊。”

“哦？果然是虎父无犬女，哈哈！”黑白拍打着翅膀表示赞赏，“刚才飞出树林子的那是你儿子吧？哈哈，比上次我见到时又强壮了许多。”

“多谢族长关心啊，上次从你那里学来的那套开发智商的课程，对我儿子帮助不少，智商提高很快，已经超过一般智慧雀了。真是太感谢了！”将来忙着给黑白呈上刚觅来的食物。

黑白说：“那好啊，过一段时间我准备请一只诗溪仙到大佑山做客，到时候让你儿子也一起来吧。哈哈。”

“是吗？族长还有这个闲情逸致啊。只是那些诗鸟一只只都是语言上的巨鸟，行动上的矮子，怕是要嘴皮子功夫罢了。”

“看来，我们充满智慧的所长对诗鸟可有一些偏见，这可不对。哈哈。”黑白打着哈哈转移话题，提到自己此行的目的。

“说的是，黑白族长，我正想派手下去请你来呢。”将来脸色阴沉下来，

“上午我去请示我们未必族长如何处置这些漏网的家燕，族长模棱两可，也没拿出个主意，让我看着办。”

“那你说怎么办？”黑白直视将来。

将来皱起眉头：“不瞒族长说，什么清除禽流感，只是骗那些菜鸟的幌子。哼，这些被抓回来的漏网家燕，都视麻雀为不共戴天的死敌，一只只都顽固得很，让我头疼死了。我的想法是，等这段风声一过，就悄悄地把他们全部处理了，对鸟界就宣布这些家燕禽流感病毒发作，无法被治愈。黑白族长，你给出个主意，看这样可行不？”

“这是下策。”黑白摇摇头说。

“那……族长所说的上策是什么？”一向在麻雀界以智慧化身自居的将来，对杜鹃族长的智慧从来都很佩服，亲身体会黑白这次幕后帮助他策划“雀燕之战”后，更对黑白的智慧佩服至极了。

“尊敬的‘麻雀未来研究所’所长，难道你们麻雀就满足于‘雀燕之战’的成功吗？不担心家燕会死灰复燃卷土重来，再次让你们失去温暖的窝，只能栖身于石缝、树洞那简陋的巢穴里经受风吹雨淋吗？对了，我估摸着将来所长也要搬到城里吧。”

将来所长似乎被黑白族长勾起了一桩心事，眉头皱得更紧了。他清了清嗓子：“咳，黑白族长，你说的不错，我们要收复家燕所有的地盘，当然包括他们的家。族长已让我搬到城里的燕巢里，研究所是不搬的，在城里无法开展研究工作。”

“可我听说人类并没有完全接受你们麻雀，很多燕巢还空在那里。”

“是啊，愚蠢的人类！”将来从牙缝里蹦出这句话。

将来的话让黑白族长有些吃惊，他向前踱了两步，离将来更近些，摇头说：“尊敬的将来所长，你这个情绪不对，我说……很危险！”

将来对黑白的话不以为意，多少有些不悦地反问：“我不明白。”

“所有鸟界的成员都知道，人类这种动物是自然界最高级的动物，他们经过进化获得主宰这个世界的权力，他们的力量已强大到能随心所欲地改造自然的地步。当然，他们这种随心所欲，最终极可能会受到自然的惩罚。事实上，他们在某些方面已受到惩罚了。比方说，污染的环境已反过来报复人类了。哈，这话扯远了，也不是我们鸟界能管的事。我们能做什么呢？只有在适应自然的前提下，加快进化的脚步。我相信在某一天，我们鸟界的进化水平会赶上人类的，这是一定的，所有的生命形态都有可能。”

“是啊，我们麻雀也是这么做的，在夹缝中求生存。”将来所长觉得黑白族长的话并无高明之处，他就是用这些话鼓励那些来“麻雀未来研究所”培训的智慧雀的。

黑白微微一笑：“我们得承认人类太强大了，他们获取了进化的密码，其智商远远高于所有生命形态。嗨，在人类面前，我们太渺小了。所以，我们为了保住自己进化的环境，并尽可能地在人类的淫威之下最大限度地获得一个良好的进化环境，那么，我们有时候就必须委曲求全，小心翼翼地侍候好人类。把他们惹火，这对自己没有一点好处。你说呢？”

“黑白族长，你的话让我有茅塞顿开之感，我一定是被失踪的女儿气昏了头。”将来听了黑白族长一席话，深感自己与杜鹃族长相比见识之短浅，脸上不由得浮上一层羞愧之色。

杜鹃鸟族族长悄然松了口气。说实在话，他从来就没有把最聪明的智慧雀——将来所长放在眼里，对方不过是他迈向王者之位的一枚棋子罢了。私底下，他和将来已达成协议，他充当幕后的策划，帮助将来指挥“雀燕之战”，树立其威信，并最终夺取麻雀族长的位置，将来则要带领麻雀家族在成为人类新的吉祥鸟后，帮助黑白成为鸟界之王。正是这样的相互需要，使两位各怀鬼胎的鸟界阴谋家走到了一起。因此，在这巨大的阴谋战船刚刚启程收到成效之初，高瞻远瞩的杜鹃鸟族族长可不愿将来所长迷失方向。好在将来是最聪明的智慧雀，黑白族长一语就点醒了梦中鸟。于是，两只鸟坐了下来，讨论鸟界大事。

黑白享用了主人递上来的几条胖乎乎的小虫子，对这精美的食物和将来毕恭毕敬的态度非常满意。吃完，他将嘴伸到一片栲树叶上擦了擦，打了个饱嗝说：“依我看，你们麻雀要完全取代家燕的位置，成为与人类最亲密的吉祥鸟，还有很长的路要走。尊敬的所长阁下，我们大家都要戒骄戒躁啊。你们族长已是被时代淘汰的鸟物了，而你将来所长则不同，你可得为麻雀的未来好好筹划。不然，哈哈，未来交到你儿子手上可不是一个烂摊子吗？”

“黑白族长，您说得太对了，本所长自愧不如，自愧不如。有时间我还得上大佑山向您好好讨教讨教。”将来所长已完全信服了，自己刚才的失态和丧失理智的愤怒，证明了智商的局限，这让他感到惭愧和一种说不上来的恐慌，好在没有别的智慧雀在场。他殷勤地请黑白族长再享用智慧雀们从人类晒谷坪上叼来的颗粒饱满的谷子。

黑白看看摆在面前的几粒金黄色谷子，皱着眉头说：“尊敬的将来所长，麻雀要是能改了这毛病就好了。多吃些虫子，少吃人类粮食！否则，人类是不会像接受家燕一样接受你们麻雀的。”

将来忙把谷子用翅膀扫落树下，尴尬地说：“黑白族长，你看……这……这可是一时半会儿改不了的。我们麻雀的饮食习惯是老祖宗传下来的，不吃些人类的粮食，我们体内的基因就会憋不住嗷嗷叫唤。”

黑白半闭眼睛：“可我要提醒尊敬的所长阁下，若是进驻人类屋檐下的麻雀再偷食人类晒在阳台上的食物，那后果……我就不用多说了。”

后果？黑白族长所说的什么后果？但那可不是什么后果，而是整个麻雀鸟族一个惨痛的历史教训！不要说是身为研究麻雀历史和未来进化方向的“麻雀未来研究所”所长，每一只懂事的麻雀接受教育的第一课就是从教科书里认识那黑暗的一幕！

那是人类时间的1958年，在中国这个古老的一向秉承与人为善，有着几千年人类文明历史的国度，人们突然对麻雀这种弱小的动物产生了遏制不住的仇恨，将它与老鼠、蚊子、苍蝇几种生命形态一起列为“四害”。各地政府动员大家驱赶无论是城市和乡村的麻雀。他们甚至还顺应当时的潮流在规定的日期和时间里，用掏窝毁蛋、捕杀和打鼓、放鞭炮惊吓等方式，来灭绝麻雀鸟族。那时候，人类就显现出了强大无比的力量和惊人的破坏力，很多身体极其强壮的麻雀禁不住这样的驱赶，被轰赶得无处藏身，又得不到喘息的机会，最后累得坠地吐血而亡。那时候，在城市里几乎找不到一只麻雀的身影，少数麻雀幸存者迁居到偏远的山林里，才得以幸免。麻雀种族在短时间受到毁灭性的打击，好多年都无法恢复元气。

这一切因为什么呢？不就是因为麻雀在帮人类捉虫子的同时，顺便偷食他们的粮食吗？人类却如此痛下杀手！这是鸟界历史上从未有过的惨痛经历，所有鸟族都对麻雀的遭遇报以同情。鹰族那时候还很兴旺，还没预感到人类的力量后来会威胁到自己种族的生存和延续。当时的鸟王老鹰将这次“麻雀之灾”写进鸟界历史里，称之“人类发疯的后果”。在那场史无前例的麻雀之灾中，麻雀家族的一些中坚力量，为了保护种族的延续，付出了生命的代价，族长和一些德高望重的族老都遇难了。麻雀家族后来设立了这个以研究麻雀未来进化和生存为目的的“麻雀未来研究所”，就是为了避免类似的悲剧重演，以此为基地培训更多能改善麻雀基因的智慧雀。

是的，将来就是由智慧雀中提拔上来的第三任“麻雀未来研究所”所长，每一次新来的智慧雀培训班开课，他都要向他们亲自讲述这一段历史，以此激励他们认真学习，知耻而后勇。“同学们啊，事实充分证明，只有拥有智慧，才能躲避危险，哪怕面对强大的人类也能全身而退，这是我们智慧雀的首要学习目的。”这段话就写在将来的讲课提纲里，而现在，黑白族长有意唤醒了他沉痛的记忆，这让将来所长有些激动起来。他张开翅膀飞到邻近的树枝上，绕了一圈又飞回来，激动得浑身乱颤：“不错，我们麻雀是吃了人类一些粮食，可我们也像家燕一样帮人类吃了好多的害虫！这一点人类怎么就忘却了？就说 1958 年吧，人类把我们麻雀赶尽杀绝，可结果怎么样？他们的粮食丰收了吗？没有！一年以后，不仅粮食没有丰收，而且各地的植物出现了虫灾，有些还是毁灭性的。为什么？因为少了我们麻雀这个庞大的家族吃害虫！哼，他们就不想想，我们帮着吃害虫，顺便吃几粒粮食调调口味，就当成付给我们的一点工钱！”

黑白没想到将来会这么激动，心中为他再次的失态暗暗吃惊和高兴。这说明将来所长其实也是个容易头脑冲动的性情之鸟，更有利于控制他。黑白没有马上反驳将来，而是待将来再次意识到自己失态，情绪缓和之后，才开玩笑般说：“好吧，把麻雀吃人类粮食这件事放在一边吧，本族长完全理解各鸟族烙在遗传基因里的民俗习惯和生活习性。只是……只是……尊敬的将来所长，无论如何，麻雀要想彻底赢得人类的喜爱，成为名副其实的吉祥鸟，有一点必须做到，那就是请督促贵族长颁布一条这样的法令——对于已进驻燕巢的麻雀，必须做到决不享用人类主人任何形式的粮食，就是他们把粮食摆在你的眼皮子底下，也要视若无物。这种品德用一句人类的话说就是……是……该死，叫什么来着，一时想不起来了。”

“是叫什么‘兔子不吃窝边草’吧？”在智商远高于他的杜鹃族长面前，将来所长有些不自信了，成了一名小学生。

“不错，不错，就是‘兔子不吃窝边草’！”黑白瞟了一眼稍稍挽回一些面子，有些得意的将来，“要先做到基本的一步，麻雀才能慢慢真正被人类接受。哼，其实，人类也挺好糊弄的，你看我们一年四季有三季都优哉游哉的，就是春天的时候‘布谷布谷’地叫唤那么一阵，不就成了他们铁杆的吉祥鸟吗？”

“高，实在是高！”将来竖起一只翅膀，由衷地表示敬佩。

“尊敬的所长阁下，身为智慧鸟，要时刻开动脑筋处理问题啊！”黑白话锋一转，“其实，你们麻雀在人类那里还是有一定的人气指数，虽然人类发疯时，把你们列为‘四害’。尊敬的所长阁下走遍了闽西北的山山水水，不知有没有听说过这事：有一位外国的人类作家写的文章里，把你们麻雀的好品德夸奖了一番。”

将来半信半疑地说：“真不好意思，原谅我孤陋寡闻，还真没听人类谈论过这篇文章。”

“好吧，我就和你说说。”黑白看看天上亮如白昼的月光，侧耳听了听树林里的动静，才飞到将来的面前，轻轻落在一枝看起来颤悠悠的经不住他重量的小树枝上，等身体稳住后说：“那是一位叫屠格涅夫的作家写的《麻雀》，他在文章中写到你们，说你们为了自己的子女，奋不顾身地站出来与比自己高大几倍的猎狗怒目相对，无论猎狗如何恐吓都不退缩。哇，这个女雀高大无私的形象，被作家描绘得生动鲜活，可是让人类崇敬得不得了，我都感动得不行呢。看看，人类对麻雀的印象是不是不错？”

将来听完黑白的话，连连拍打着翅膀：“太好了，太好了，下次给智慧雀上课，我得把这位人类作家的文章读给他们听。黑白族长，都说家丑不可外扬，可你不是外鸟，我就说了。你知道，我们现在的族长软弱无能，很多麻雀无视族规。比如，有一些女雀光图享受，居然放弃自己孵蛋繁衍后代的责任，花钱雇别的鸟来帮忙。哼，我就得把这个故事说给她们听，让她们感到羞愧。”

“很好，很好。我们每个鸟族都得严格按族规办事，没有规矩不成方圆嘛。”黑白点头赞许。

“还有，智慧的杜鹃族长先生。”将来所长第一次用这样文绉绉的称呼，有些拗口，顿了顿才说，“我马上组织我们研究所的笔杆子起草有关麻雀进驻燕巢后的规定，除了族长先生所说的要做到‘兔子不吃窝边草’外，还要列出一系列的规定。总之，要让人类尽早忘记家燕。让鸟界看看，以前家燕能做到的，我们麻雀也能做到，而且会做得更好！”

“这真是太好了。尊敬的所长阁下，现在月上中天了，趁月色我们一起去看看那些可怜的家燕都在干些什么。”黑白的嘴边泛起一线若有若无的冷笑。

于是，将来就叫来两只强壮的智慧雀在前面带路，陪着黑白向关押家燕的山洞飞去。

# 第四章

今晚的月色很亮，恰好是人类时间农历十五，满月高挂天上，照得格氏栲林里亮如白昼。时令已是初冬时节，山林间铺展开微微的寒意，而被这寒意浸透的月光洒在树梢的叶子上泛出一种神秘的光亮。夜正浓，山林里很静，百鸟归巢，远处忽然传来夜间活动的猫头鹰的叫声，将夜空划开一道口子，很快又悄无声息地闭合了。树梢顶上的树叶却受惊般地在突如其来的风中颤抖，“沙啦啦”的响声传到很远的地方去了。

将来和黑白并肩贴着树顶轻盈地飞行着，前面是两只警觉而强壮的智慧雀开路，后面则是始终一言不发睁着一只独眼阴冷地扫视着每一只鸟的独眼。

黑白族长喜欢在夜间贴着高高的树梢飞行，没有任何障碍，可以观察到远处和近处的情况，真正做到了高瞻远瞩。他更喜欢月光亮堂堂的夜晚，感觉自己强健有力的翅膀将月光扇动起来，让月光托着自己飞行。这么想着，黑白族长感觉自己根本不用费力就被月光的浮力托着飞行，他的翅膀越来越轻盈了。

很快，他们就飞出了茂密的格氏栲林，进入一条狭长的山谷，让方才还在享受飞行的黑白感到了翅膀的沉重。飞了一段，他忍不住问一直贴着自己飞行的将来：“到了没有？”

将来对着前方一面如刀削般垂直陡峭的山崖点头说：“喏，到了，就在前面。黑白族长，这可是我为了关押这些家燕，派智慧雀们好不容易找到的地方，人类绝对没有涉足过，是一个极隐秘的地点，又离我们研究所不太远，便于工作。”他侧目看黑白族长点了点头，忽然想起什么似的问，“对不起，智慧的黑白族长先生，刚才我太激动了，忘了向你请教处置这些漏网家燕的上策是什么？中策是什么？”

黑白不习惯飞行时做什么思考，但还是调整了一下呼吸，回答道：“先说中策吧。中策嘛，嗯，现在是到了初冬季节吧？你大概忘记往年这个时候，家燕早就迁徙到温暖的东南亚一带过冬了，他们不适应闽西北山区寒冷的冬季，加上冬天食物短缺，他们留下来，不是饿死就是冻死。但最重要的是，我们必须保证没有一只漏网的家燕逃出闽西北，把‘雀燕之战’的真相告知外面的家燕。”说到这里，黑白脸上浮现出深深的担忧。

“我明白了，黑白族长。”将来并没有注意到杜鹃族长的脸色，依然顺着自己的思路问，“你的意思是，让这些家燕被自然界自然淘汰。那请问，上策又是什么呢？”

“上策？”黑白正要说话，但已到达了目的地，两只飞在前面的智慧雀落在这座足有四十几米高的山崖半中间平伸出的一棵弯曲的老松树上。黑白和将来落在崖壁另一棵青松上，看到青松下方那被杂草和众多小松树掩映的山洞洞口。黑白不得不惊叹这个洞口实在太隐蔽了，又在山崖半中间，人类根本无法涉足，亏得将来找到这么个场所。

落在松树上，将来示意两只智慧雀先行进洞，他并不急于带贵客参观自己的战果，倒想知道黑白所说的上策是什么。

黑白略微调整了一下呼吸，听对方再次请教，在观察了周围的地形后微微一笑：“好吧，在看到家燕之前，我就把自己的想法和将来所长探讨一下。那么，我说的上策就是好好养着这些捕获的幸存家燕。将来所长，你不认为他们是我们手上的一张王牌吗？”

“王牌？什么？”

“是啊。你的前期工作做得不错，这个地点选得很好，要加强警戒，千万不要让除了麻雀和杜鹃之外的什么鸟知道这山洞里的秘密。”黑白示意独眼飞到对面山崖的树上进行警戒。是的，狡猾的杜鹃族长黑白是只无比谨慎的杜鹃鸟，总把自身的安全放在首位，到达任何一个陌生的地方后，先观察地形，看是否有什么危险。现在，确信没有任何鸟族或兽族在现场后，他才压低声说：“我知道，在‘家燕禽流感声讨大会’通过了一个暂由杜鹃、麻雀及白鹇组成的鸟规执行团。表面上，这是我们占了上风，三者占其二，我们领导了鸟界。但是，我们别忘了白鹇这个傲慢的鸟族，自视甚高，持着鹰王交给的代理鸟王尚方宝剑，其力量不可小觑。虽然白鹇族长一向优柔寡断，又不太爱管鸟界的事，这么多年来，并没有履行什么代理鸟王的职责。但是，他那优雅的风度使他在鸟界还是有不少人气。所以啊，我认为的上策就是把这些家燕作为我们手上一张王牌。嗯，王牌！首先给这些家伙洗脑，让他们真的以为自身携带着禽流感病毒！哼，哼，如果有家燕能站出来指证其族长在传染禽流感病毒危害自然和人类，继而达到领导鸟界的目的，那你们麻雀就安安稳稳地享用人类赋予家燕的待遇吧。”

“黑白族长，高见，真是高见啊！本所长佩服至极！”将来完全被杜鹃族长这一番言论征服了。

“所以，要保证这些俘虏能度过严冬。”黑白不无得意地说，“这样一来，就可以封住所有鸟族的嘴巴，证明你们麻雀对家燕动手，是奉人类的指令迫不得已的，‘雀燕之战’也会以维护自然界和鸟界安全的正义战争形象写进鸟史，将来所长还会成为鸟界的功臣呢。”

“哈哈，这都是黑白族长先生筹划有方。嘿嘿，本所长倒没有想到黑白族长所说的什么洗脑，但暂时是把这些家燕都安置妥当了，正等着你来指导呢。”将来所长的智商在杜鹃族长的煽动下急速下降。当局者迷，现在的“麻雀未来研究所”所长已不是一只智慧雀了。

“很好。”黑白满意地跟着拨开松针的将来所长走进极其隐秘的山洞。

一进入山洞，杜鹃族长就瞪大眼睛，暗暗佩服将来所长能办事，居然找到了这么一个好地方。

这真是一个奇妙的山洞！小小的洞口进去后飞过一条几十米长的通道，展现在黑白面前的居然是一个足有两个篮球场大小、三层楼高的大厅，侧面顶上有几道不规则的岩石裂缝，正好提供新鲜的空气和光线。现在，十五的月光正透过这石缝射进来，将石洞大厅里照得亮如白昼。而让黑白族长不解的是，洞外已是初冬时节，寒风习习，洞内居然温暖如春，一般的山洞黑白也不是没去过，大佑山就有这样的岩洞，冬暖夏凉，冬闲且爱偷懒的杜鹃们有时候就会跑到这样的山洞里猫冬和避暑。黑白虽然体验过却从不到山洞里猫冬和避暑，且不准许红、黄、蓝三位族老这么做，原因是黑白认为太安逸的环境会让一只有远大理想的鸟失去斗志。因此，黑白族长这会儿站在通向大厅的通道口上，就被温暖弄得有些糊涂了。

将来抬头看看洞顶上清亮的月光，不无得意地对心存疑虑、止步不前的杜鹃族长嘿嘿一笑：“黑白先生，这比人类梦想中所追求的世外桃源差吗？你一定疑惑洞里怎么温暖如春。是的，我也考虑到这些家燕过不了严冬，再说，我们一些体弱的麻雀也会在冬天里冻死。所以，我就让智慧雀专门找山洞，也是天助我们麻雀家族，哈哈，居然让我们找到这么一个好所在。族长先生，你看到了吗？这洞里的温暖正是那些温泉帮的忙呢。”

黑白顺着将来指引的方向，这才看到山洞大厅的一角缓缓蒸腾着一股雾气。一时间，他恍然大悟：原来山洞里还有难得的温泉啊！怪不得如此温暖！

将来带着黑白飞落在温泉边一块岩石上，一股热气迎面扑来。他让黑白感受了一阵之后，方说："嘿，这也算是歪打正着。还好洞口很隐秘，没有被蝙蝠占据，不然这喜欢住山洞的鸟族早把这里当作他们的天堂了。原本我是想把山洞开辟为麻雀冬天的猫冬场所，我们那些年老的族老们和一些体弱的智慧雀就可以在这里熬过即将到来的严冬了。我把家燕弄到这里是暂时关一关，在等到黑白先生决策之前，我可不想让这些可恶的家伙先冻死。"

"这样做很好，充分体现了一只最聪明的智慧雀应有的智商。"黑白是真的高兴了，用翅膀轻轻拍了将来两下，伸了一下懒腰，"不过，将来所长，我不赞成你将体弱的智慧雀和年老的族老安排在这里享受温泉的温暖，以此躲过严冬的考验，这么做是违反我们鸟族自然进化规律的。优胜劣汰，弱肉强食，这是自然进化的准则。如果你这么用鸟为的手段，把柔弱的智慧雀保护下来，那么，长此以往，你们这个种族就会越来越弱。"

"黑白先生，我只是想保护智慧雀，保护麻雀的智商。你不知道，我们培养一只智慧雀有多不容易，我怕成为人类的吉祥鸟后，绝大多数麻雀智慧不能满足人类的需要。"将来今晚上第一次对黑白的观点不赞成。

"好吧，或许你是对的。当然……这是个深奥的问题，暂时不讨论这个。现在还是让我看看你的胜利成果吧。"黑白听出了将来话里的情绪，不想太让这位自认为充满智慧的智慧雀没台阶下。况且在他心里，除了杜鹃之外的鸟族全是劣等鸟族，都是可以为他所用的菜鸟，麻雀也不过是实现他野心的一枚棋子而已，未来这个种族是否越来越弱，以至于被严酷的自然法则所淘汰，与他何干呢？圆滑的杜鹃族长避开了这个话题。

第一次感到在今晚的交谈中自己的智慧占了上风，自负的"麻雀未来研究所"所长从岩石上飞起来，落到黑白面前，得意地说："嘿，嘿，我也等不及了，想听听那些可怜的家燕们经过这一天的思考，想说些什么。"一抖翅膀，他示意一只在边上等待指令的智慧雀前面带路。

顺着大厅边缘只是几个飞腾，黑白就跟着将来飞落到洞顶一角一块突起的足有一平方米的天然岩石上。眼前的景象让见多识广的杜鹃族长也眼前一亮。

黑白面前的岩壁上有一个十几米宽的不规则岩洞，洞口极小，仅容三四只鸟同时飞行，洞口布满荆棘。站在这个一平方米左右的岩石平台上，将来对显然有些吃惊的杜鹃族长得意地说："这都是智慧雀们劳动的成果，我让他们费尽力气叼来这些荆棘将这个天然小洞封住，可是费了老鼻子劲。不瞒族长说，一般的麻雀还干不了这个活，是我指挥着手下最聪明强壮的智慧雀干的。”

这时，守卫洞口的智慧雀向将来报告：“所长，这些家燕顽固无比，刚才还在唱什么人类为他们写的歌，骂我们麻雀永远不可能成为人类的吉祥鸟。烦死了！”

另一只智慧雀也说：“所长，干脆把他们结果了，省得这么好的地方让这些可恶的家伙享受，应该让我们所有的智慧雀兄弟姐妹们都搬到这里过冬。”

“胡说！”将来一瞪眼，呵斥两只吓得闪到一边的智慧雀，“笨蛋，亏你们还是智慧雀，不懂得优胜劣汰的自然法则吗？你们是不是被这温泉的暖意熏软了骨头？哼，除了德高望重的族老，所有智慧雀都不准在温泉洞里猫冬！”不知不觉，将来就把黑白刚才所说的话拿来训斥手下了。不过，他略微改了一下，允许族老来温泉山洞过冬。

两只智慧雀唯唯诺诺地退到一边。

有意让黑白见识自己权威的将来，看着一直在观察小山洞的杜鹃族长，说：“这些家燕顽固得很。不过，这些天，我已分配二十几只智慧雀负责保卫和提供食物的工作，可还是每天有受伤的家燕死亡。你看……干脆还是把这些顽固的家伙处理掉，我担心……白鹇一旦发现这个关押漏网家燕的山洞就麻烦了。”

黑白摇摇头：“这绝对不行。从明天起，你让智慧雀多一项工作，不停地给他们洗脑，洗到有一只……对，只要有一只家燕站出来现身说法，证明他们的阴谋就成了。那时，我就提议召开鸟规执行团会议，白鹇这家伙也就没话说了。”

“白鹇，哼，那个连飞行都退化了的鸟族，根本飞不上这么高的山崖。我听说文笔山上的白鹇也和老鹰一样正被人类猎杀呢。哈，我估计他自己的日子也不好过。”

“是吗？”黑白沉思着，“明天我先去找白鹇探探他的口风，怎么说我也是人类的吉祥鸟，他多少要给个面子。嘿，如果真像你所说的那样，我们就省事多了。”又不解地问：“奇怪，洞里的家燕怎么那么安静？”

将来撇嘴道：“看守的智慧雀报告，这些家伙除了唱歌什么话也不说。哼，只有我出现，他们中的代表才站出来说话。”说着，将来命看守的智慧雀掀开用厚厚荆棘做的窗户，朝里喊：“喂，家燕，我是‘麻雀未来研究所’的所长，你们不是有话要和我说吗？”

微微的光亮照进洞里，隐约可看到挤成一团的家燕们无助的面孔。然而，洞穴里的家燕听到将来的喊声骚动了起来。良久，又没有动静了。

“你们这些死猪不怕开水烫的家伙，再不说话，我让你们全到沸泉里泡澡，成一只只煮熟的家燕。”在黑白面前被家燕蔑视，将来忍不住撕下伪善的面孔。

将来的话音未落，洞穴里的家燕们忽然唱起了歌来：

小燕子穿花衣，
年年春天到这里。
我问燕子你为啥来，
燕子说，这里的春天最美丽。

稚声稚气的歌声瞬间击溃了洞穴里的阴霾，家燕们整齐地一遍遍唱着这首人类为他们写的歌。美妙的歌声像一把尖刀挑动着麻雀们脆弱的神经，看守的智慧雀叫道：“别唱了，别唱了！再唱就饿你们的肚子，看你们谁还有力气唱这种靡靡之音！”

或许手下的恼羞成怒反而让将来记起自己的身份，他自嘲地一笑，对黑白耸耸肩膀：“你可都看到了，就家燕这个态度，洗脑可是有很大难度。”

黑白纳闷：“奇怪啊，我听唱歌的好像都是小家燕啊？”

将来退后一步，轻声说：“族长先生好耳力。可不是，搜捕回来的大多是未成年的小家燕，只有少数的成年家燕。”

“哦，我明白了。”黑白轻叹，“唉，这些小家燕一定是他们的父母拼尽全力保护下来的。”他低下头，由衷地敬佩这些勇敢的父母。

将来没有注意到黑白的脸色，附耳说：“不过，这些家燕里倒有一条大鱼——家燕族长的女婿，我以前打过交道。他是家燕家族的上层领导者，受重伤躲在小树林里被我们抓获了。哈哈。”

“是吗？那太好了。”杜鹃族长黑白微微一笑，想了想，上前一步，对着洞里喊道，“家燕们好，我是大佑山杜鹃家族的族长，来看你们了。”

黑白的话让洞穴里的歌声停了下来，家燕们似乎在紧张地商量着什么。过了一会儿，在荆棘的后面出现了一只成年家燕。这只男燕有着强壮的体格，比一般的家燕壮实很多，与别的家燕不同，他的腹部有一丛粉红色。很显然他受了重伤，一只翅膀已完全耷拉下来，一条腿也无法站立，头部栗色的毛发结着干枯的血痂。但是，他贴近窗口，透过荆棘网审视着杜鹃族长时，依然顽强地用一只独腿努力支撑着身体，他伤痕累累的脸上浮现出一种渴望：“尊敬的杜鹃族长，你好！我叫哈辛。我们家燕遭到了麻雀的意外攻击，你都看到了。麻雀严重违反了鸟规，你也是人类的吉祥鸟，希望你能转告人类，为我们家燕主持公道。”

“这个……”杜鹃族长沉吟说，“我对家燕的遭遇表示同情，这个结果是我们鸟界每个鸟族所不愿意看到的，只是……禽流感……病毒……”

“那是麻雀的阴谋，血口喷鸟！”顽强的男燕急促地喘了几口气说，“我们根本就没有禽流感病毒！”他将冰冷如剑般的目光射向站立在黑白边上的将来。

将来从鼻子里“哼”了一声，尽量在对方如利箭般的目光里挺直腰板。

“哈辛，嗯，你就是家燕族长的女婿、家燕族规的执行燕？”看对方点点头，黑白更诚恳地说，“事情来得太突然了，我们杜鹃鸟族，不，鸟界所有的鸟族都不知道怎么回事。也许……你们身上真潜伏着只有族长才知道的禽流感病毒，也许……没有……总之，现在鸟界也众说纷纭，而麻雀是得到了人类的旨意，才这么做的……如果真是这样……为了鸟界的健康发展，为了整个自然界的和谐，有时候……牺牲也是在所难免的……”

“咳……”哈辛激动得跳了起来，但那只伤腿的疼痛让他忍不住轻咳了一声。他用狐疑的目光看着杜鹃族长，“那么……尊敬的黑白族长，你不是来帮助我们家燕而是来充当麻雀说客的？不，我们家燕的血不能这么白流，鸟界要给出说法！”

这时候，洞穴里的小家燕们又唱起那首令麻雀听了胆战心惊的歌。

黑白摇摇头，更贴近了洞口。现在他可以更清晰看到洞穴里密密麻麻的家燕了，他们那种不信任的眼光，似乎要把他全身的羽毛都拔光了，令他不由自主地打了个寒战。他定了定神，清了清嗓子说：“不是这样的。说客？不，我是吉祥鸟，和你们明说吧，我是受鸟界鸟规执行团的委托，秉承人类的旨意来调查这个事件的。”

“真的是这样吗？”哈辛兴奋地从荆棘洞口里伸出那只没受伤的翅膀想接触杜鹃的翅膀。但是，密布的荆棘刺痛了他，只能缩回去了。

“是的，你们并不了解这件事发生的所有细节。”黑白主动伸出翅膀轻触哈辛的翅膀，“尊敬的执行燕，你或许不知道，针对这场‘雀燕之战’，鸟界已召开大会成立暂时维护鸟界规则的由我和白鹇族长，以及麻雀族长组成的鸟规执行团。现在，我正是受白鹇委托来调查此事的。”

已停止唱歌认真倾听杜鹃族长说话的小家燕们听了黑白这话，一时间欢呼起来，纷纷嚷道："放我们出去，放我们出去。"

哈辛回头用目光示意大家静下来，冷笑道："尊敬的黑白族长，好吧，虽然麻雀也在鸟规执行团，但我相信，你和白鹇一定会主持公道。只是……那么……现在可以放我们出去吧，我们家燕根本就没有禽流感……"

"对不起，哈辛执行燕，在没有最终结论之前，我不能这么做。"黑白遗憾地摇头说，"现在所有的决定都要由鸟规执行团来发布。我只能说，我对事情的进展很满意，麻雀把你们安置得很好，在这个温暖如春的山洞里，所有的家燕一定都能安全过冬。"

"假惺惺！我听说杜鹃族长也是幕后的指使者，别相信他的鬼话。"突然间，一只成年家燕冲到洞口前，对着黑白怒叫道。

黑白被吓得退后一步，他还没说什么，两边的看守智慧雀已叼起横在窗户上方的一根荆棘刺向伸出洞口的男燕嘴巴。只听得一声痛叫声，显然这男燕的尖嘴被荆棘划伤了。洞穴里的家燕们发出了一阵阵愤怒的吼叫，小家燕们又唱起了《小燕子》。

黑白挥翅制止了将来所长进一步的行动，对闪到洞口一边的哈辛说："尊敬的哈辛执行燕，刚才麻雀的行为太冲动野蛮了！但是，本族长可以理解。只是我还想声明，没有一只杜鹃鸟参与这场'雀燕之战'，我们是被鸟界推举出来帮助白鹇主持目前复杂鸟界政事的！"

"对不起，尊敬的族长，这只男燕太冒失了，可是，你得体谅他失去亲鸟的悲痛心情。"哈辛再次制止了身后小家燕们的歌声，说，"只是……我希望，能尽快有一个公正的调查结果。"

"嗯，真的很对不起。"杜鹃族长黑白微笑着诚恳地说，"不过，执行燕先生，你放心，我们执行团肯定会调查清楚的。生病在家无法到此看望各位家燕的白鹇族长，也是这么个意见。因此，在没有哪一只家燕能站出来证明自己身上并没有潜伏的禽流感病毒之前，为了整个鸟界的安危和自然和谐，只能委屈诸位暂时在此休养。顺便建议各位家燕不妨耐心听听麻雀对此是如何解释的。"

洞穴里的家燕一阵骚动，杜鹃族长的话显然在濒临绝望的家燕中引起了极大反响。每一只成年家燕都在思考黑白此番话的可信度，而小家燕们看到成年燕们脸上凝重的表情，也陷入了沉思。

沉思了一会儿，哈辛用严肃的目光盯着一直站在一边做大公无私状的黑白说："好吧，我们相信你。尊敬的杜鹃族长，我相信你不会忘记一只吉祥鸟应有的自然职责。"

黑白耸了耸翅膀，义正词严地说："我代表杜鹃家族以吉祥鸟的名义起誓。"

"那好吧。"哈辛说，"我也向你保证，暂时听从麻雀的指引。哼，听听他们怎么自圆其说吧。真金不怕火炼，我倒要看看麻雀家族能给我们家燕再泼什么脏水！"

这些已绝食两天的漏网家燕们在哈辛执行燕的带领下，开始吃麻雀们提供的劣质食物，因为杜鹃族长黑白在他们心中重新燃起公平正义的希望之火。

将来跟着黑白飞离了关押家燕的荆棘洞穴，重新落在大厅温泉边的岩石上。一束清冷的月光照在蒸腾的热浪上，平添了一种神秘莫测之感。一直憋着话的将来，忍不住埋怨杜鹃族长："智慧的黑白先生，你干吗要对家燕那么客气？我不明白！他们都是一群顽固的家伙，尤其是哈辛执行燕。我最了解他了，这是一个狡猾的家伙，他是家燕族长的女婿，从来没把我们麻雀放在眼里。"将来本来想说自己女儿的失踪就和哈辛的儿子有关，又觉得这是挺丢雀的一件事，只能恨恨地把话吞了回去。是的，将来所长现在确信女儿哩哩一定是去找那只不知死活的小男燕了！虽然去寻找哩哩的麻雀没有谁敢在他面前提及这个推断。

黑白摇摇头："将来所长，是什么东西蒙住了你智慧的眼睛？是愤怒和恐惧？我想，你身为智慧雀的首领，可不能像你们族长那么糊涂。哼，要处死这些家燕易如反掌，可这对你我有什么好处呢？没有！相反，倒是可以利用他们来做文章。"

将来脸上浮现了一层不易觉察的羞愧之色，黑白的话点到了他的心病。这些天来，他与这些家燕有过很多次交锋，尤其是那位智慧而无所畏惧的哈辛执行燕，让他烦躁不安，内心的恐惧与日俱增。虽然每天都会有漏网的家燕通过各鸟族的追捕送到这里，但这些家燕蕴满仇恨和怒火的目光，正一点点蚕食这只智慧雀的智慧和理智。他犹豫了一下，吞吞吐吐："只是……黑白先生，我担心……我们这么做是徒劳的，反而会留下……后患……"

"将来所长，你的担心也不是没有道理。所以，这个关押家燕的温泉洞一定不能让别的鸟族涉足，更不能让白鹇知道。"黑白点点头，"我们要放长线钓大鱼，把家燕洗脑的工作做足。嗯，现在好了，哈哈，哈辛执行燕会组织家燕们听你们上课。哼，看着吧，只要有一只家燕站出来，声明自己身上有禽流感病毒，洗脑工作就算成功了。”

现在，“麻雀未来研究所”所长将来不得不佩服杜鹃族长比自己智高一筹了。他们经过商量决定分头行动，杜鹃族长去文笔山试探“雀燕之战”后一直没有露面的白鹇族长的真实意图；这边，将来进一步部署智慧雀们加强对温泉洞的警戒后，赶回“麻雀未来研究所”，着手策划对家燕的洗脑行动。

## 第五章

洞穴归于平静，坚守各自岗位的智慧雀们一丝不苟地瞪大眼睛守卫着温泉洞。在温暖如春的山洞里，从洞顶岩石缝隙漏进来的月光营造出一派神秘的气氛。然而，在这堪比东南亚般温暖的小洞穴里关押着的家燕们，却感到心头掠过一阵阵冷意，如果不是突如其来的灾难，他们这会儿已经迁徙到温暖的东南亚，享受着那里的阳光和自由空气。想到这些，被捕的成年家燕们就忍不住心头的怒火，他们对执行燕刚才的态度不满意，很不满意！事实上，这些天，从各鸟族的传言中，几乎可以断定杜鹃鸟族的族长参与策划了“雀燕之战”，而现在堪称是他们主心骨的执行燕却对皮笑肉不笑的杜鹃那么客气，受他的蒙骗！因此，在杜鹃族长和将来所长走后，家燕们陷入了一阵可怕的沉默，刚才跳出来指责杜鹃族长的那只名叫旺盛的成年男燕，激动地对哈辛叫道：“哈辛执行燕，我们不能相信杜鹃族长的鬼话！谁不知道杜鹃鸟历来诡计多端，他们仗着人类赋予的吉祥鸟声名，把整座金丝湾森林公园都霸占了。”

“听说这几年金丝湾森林公园周围尽出怪事，很多到那里觅食的鸟都莫名其妙失踪了！这一定是杜鹃鸟独占大佑山还嫌不够，想独霸整个金丝湾森林公园，对别的鸟下了毒手！”另一只家燕附和说。

“是啊，哈辛执行燕。”一只表情忧伤的女燕也说，“那天晚上，我亲耳听到看守的麻雀说漏了嘴，说什么有杜鹃族长的谋划万无一失的话。黑白一定就是真正的幕后指使者，是杀燕不见血的狡猾凶手！”这只叫青青的女燕侥幸逃脱了灾难，躲在沙溪河边一片人工夹竹桃林里，最终被追捕的麻雀发现后抓获了。

听着同伴们的指责，哈辛没有吭声。或许是刚才与黑白周旋耗费了太多的体力，受重伤的哈辛现在感到一阵阵眩晕。他艰难地挪着断腿，靠在石壁上，让岩石的冰凉缓解他伤口的疼痛，这样才感到好受些。在那个悲伤的夜晚，集中兵力的麻雀们向他所在的龙岗小区发起突袭时，在温暖的家里休息的家燕们不约而同地选择冲出阳台与麻雀激战，但单打独斗的家燕们很快尸横遍野。当强壮有力的哈辛拼命保护家人冲出麻雀包围圈，女儿却不幸遇难时，悲愤的哈辛心里被一阵刺痛穿过后发疯了，他疯狂地搏杀，给妻儿冲出了一条血路。在妻子格格和儿子咕噜飞进黑暗消失后，三只麻雀的合力进攻让哈辛倒在血泊之中。当他在高大的梧桐树枝上醒过来时，已成了麻雀们的俘虏。这支搜捕队为首的智慧雀认出哈辛执行燕的身份，他才没有像其他受重伤的家燕一样被当场处死，而是被带到温泉洞里。这两天，看着一只只逃出去的家燕被麻雀带领的不明真相的鸟族搜捕到这里，哈辛的心都要碎了。还好，直到今天，他也没看到妻儿。格格和咕噜是逃出去了还是……哈辛不敢往下想了，这位坚强勇敢的男燕将泪水一次一次强咽到肚子里。

几天来，哈辛强忍着担心和悲伤，一遍遍安抚和开导着被捕的同类，尤其是那些惊魂未定的未成年燕，告诉他们家燕不会就此消亡，麻雀不可能一直这么蒙骗鸟界，只要鸟王老鹰出现，一切都会真相大白，鸟界就会重新回到和平时代，大家无论如何不能放弃最后的希望，哪怕只有一线曙光。渐渐地，家燕们相信执行燕的话了，还开始传唱哈辛编写的《鹰王归来》，大家都把他当作主心骨。哈辛猜测，麻雀之所以把漏网的家燕关起来，却没有马上下毒手，一定是有别的想法，这给家燕的生存提供了可能，只是在与将来所长几次交锋中，对方眼中的杀气让他有些担心。杜鹃族长的出现，让哈辛的猜想得到了验证，他觉得要抓住这个机会，争取更多的时间给家燕的生存谋取更大的空间。因此，同伴们的指责让刚才努力支撑着与黑白斗智几乎耗费最后一点力气的哈辛很难过，是岩石的冰冷提醒他不能沮丧。看着青青女燕悲愤无比的脸，哈辛有气无力地说："同胞们，我们千万不要让愤怒蒙住智慧的眼睛啊！"

"我说哈辛，是你被杜鹃族长的花言巧语蒙骗了！"成年家燕旺盛不屑地说。

小家燕们似乎对这位软弱的执行燕叔叔也失望了，小声唱起《鹰王归来》：

有一个美丽的传说在鸟界流传，
智慧公正强大的老鹰是鸟界之王。
他会在一个春暖花开的时节归来，
洞察一切的目光透视一切伪善与奸诈，
让坏鸟在恐惧中瑟瑟发抖，
力大无比的翅膀支撑起鸟界公正的天空。
啊，鹰王归来，鸟界和谐，
再没有凶恶与悲剧在自然里飘荡，
罪恶的幽灵在幕布后烟消云散。
啊，鹰王归来，鸟界欢乐重现，
从乡村到城市，回响幸福快乐的歌声。
啊，鹰王归来，鹰王归来。

听着小家燕们用稚嫩的童声唱着自己编写的歌，哈辛的心都要碎了。是的，为了安抚这些未成年燕脆弱的童心，哈辛忍着伤痛编写了这首《鹰王归来》，他想用歌声激励大家的斗志。然而，现在这小家燕们歌声中忧伤而充满憧憬的情绪，似乎在无声地责备他的软弱。等小家燕们的歌声停下，哈辛看看荆棘洞口，忍住一阵刺痛，尽量用平稳的语调说：“好吧，麻雀看守一定是享受温泉去了，正好趁这个机会，大家听听我解释。”

旺盛激动地说：“解释？我倒要看看原来勇敢无比的执行燕怎么被麻雀吓成了软骨头！”

一直跟着小家燕唱歌的女燕青青，看到了哈辛投过来的期待目光，低声叹道：“唉，旺盛兄弟，我们就听听执行燕兄弟的说法吧。”

或许是女燕青青的话，抑或是哈辛投向大家的诚恳目光，让这些身处灾难和危险中的家燕们的头脑稍微清醒了一些，山洞里一百多只家燕都沉默了。

看到有些家燕悄然围拢过来，哈辛脸上露出不易觉察的微笑，暗暗松了口气。是啊，哈辛身知家燕们是如何的身处险境啊！过去的灾难已经发生，现在如何保下这些家燕的生命，才是当务之急啊！他想了想，努力用比平常还轻柔的语调说：“兄弟姐妹们，我们家燕家族遭到了麻雀的突然袭击，这是一场鸟界的灾难。到目前为止，鸟界的鸟族们都还蒙在鼓里，认为我们家燕真的携带禽流感病毒！迫于麻雀的淫威，他们帮助麻雀搜捕我们。我们对这场灾难同样知之甚少，在没有得到确切的证据之前，一切都是传言。当然，我并不是否定刚才旺盛兄弟所说的杜鹃族长是幕后策划者的说法。记住，这是一个说法，并没有得到证实。”

“哈辛，你别说了，你说来说去还是为杜鹃族长辩解，你的智慧早被恐惧蒙住了。”旺盛并不买哈辛的账。

哈辛摆摆翅膀，制止了家燕们随之而起的骚动，依然用平稳的语调说：“我对着我们尊敬无比的族长英灵起誓，我并不是胆小怕事。旺盛兄弟，你和我一样清楚，每只成年家燕也都清楚，我们被关在这个无法逃脱的荆棘洞里，经受着伤痛和恐惧的折磨，随时会面临不可未知的死亡。在这样的环境里，我们必须隐藏起我们的机智和勇敢。旺盛兄弟，你没察觉吗？目前局势下，狡猾的杜鹃族长黑白并不想跳出来与麻雀同流合污，至少这代表了一种姿态！也就是说，狡猾的杜鹃族长一定有更大的阴谋！”

“更大的阴谋？难道……”旺盛的情绪平静下来，用探询的目光看着哈辛。

“更大的阴谋！如果我没猜错，这个阴谋很可能针对整个鸟界！”

所有成年家燕听到哈辛这么肯定的话都浑身一颤，更紧地围拢过来。这会儿，他们已打消了对哈辛的怀疑。

急性子的旺盛男燕几步跳到哈辛面前，他是因一只翅膀受伤不能飞，被麻雀四兄弟捕获的。他伸出没受伤的翅膀碰碰哈辛的翅膀说：“快说吧，都要把燕憋死了！刚才算兄弟错怪你了。哼，我还以为最勇敢的家燕勇士被灾难吓破了胆呢！呵呵。”

旺盛的翅膀碰到了哈辛的伤口，哈辛疼得倒吸一口凉气，头一阵昏眩。但他尽量用若无其事的表情遮盖过去了。接着，他伸翅友好地碰碰旺盛男燕说：“好吧，我想说的是，我们目前处境极其危险，阴险的将来已失去耐心准备对我们下毒手呢！但他似乎很听杜鹃族长的。旺盛兄弟，虽然没有证据，但从种种迹象表明，杜鹃已与麻雀同穿一条裤子，好在杜鹃族长并不想这么快站到台前。没错，就是因他有针对鸟界的大阴谋！什么大阴谋？我只是猜测。但是，他一定会为了这个大阴谋，暂时不会撕下伪善的面孔。我们正好利用这一点，为我们的生存赢得时间！所以，我答应接受麻雀的学习培训！一旦他们放松警惕……”

“哈辛执行燕，我明白了。”旺盛男燕抢过话，“你是采用缓兵之计，麻痹这些可恶而愚蠢的麻雀后，再找机会逃生。喂，你怎么不早把这个想法说出来？”

“太好了！留得青山在，不怕没柴烧。只要把可怜的小家燕们送出这个鬼地方，我们家燕家族的希望就还在……”女燕青青眼里泛着泪光，哽咽着说不下去了。

“对，哈辛执行燕，我们听你的。”

“是啊，咳……哈辛兄弟，你说怎么做？”

“好啊，好啊，这个想法很好。是不能和麻雀硬碰硬。”

洞内的家燕们已完全理解哈辛的意图了，七嘴八舌地说着。小家燕们虽没听懂成年燕们的话，但从他们的表情里看出其中的喜悦。于是，这些天真活泼的小家伙又憋不住小声唱起了《小燕子》。

哈辛耸动了一下没受伤的翅膀，让家燕们都安静下来：“现在，我们必须隐藏起各自的个性，听从统一指挥，为了闽西北家燕种族的延续！我想，从明天开始，麻雀将会继续上此前没成功的课。我要求每只家燕都成为好学生，对，认真学习的好学生。哈，让他们来洗脑吧。但是，我们一定不能轻敌。”他看了看蹲在一边认真听他讲话的旺盛：“我要提醒各位的是，这些麻雀并不愚蠢，他们并不是普通的麻雀，而是经过‘麻雀未来研究所’培训出来的精英——智慧雀！他们的智商并不比我们中的很多家燕差。因此，每只家燕都要打起十二分精神保护好未成年燕，团结一致，有劲往一处使，拧成一股绳。要知道，任何不冷静的行为都可能给所有家燕带来巨大的危险。”

哈辛的话让家燕们沉默了，都在思考未来的日子里如何做，心中坚定了一个信念：为了种族的延续，从现在开始，必须放下原来吉祥鸟的架子，忍辱负重。于是，大家不约而同地开始食用麻雀提供的劣等食物，他们要有足够的体力来应对未来的危险啊，再也不能傻傻地用绝食来表达愚蠢的抗议了。

看大家开始进食，哈辛很满意，家燕们恢复了理智，懂得用智慧来应对目前的险境了。

良久，旺盛打破了沉默，问哈辛：“有一点我还是有些疑惑，哈辛执行燕，那个……那个什么鸟规执行团是什么东西，白鹇这个向来不入俗的高傲鸟族也与麻雀同流合污了？”

哈辛忽然想起一位久未谋面的白鹇兄弟熟悉的面孔，犹豫了一下，说：“旺盛兄弟，说实话，我和你一样也不明白这一切究竟是如何发生的。灾难突如其来，我们生活在三明城的家燕遭到了灭顶之灾。这是家燕的悲剧，也是鸟界的悲剧。我担心经过此次事件后，麻雀和幕后的杜鹃会给整个鸟界带来更大的灾难。”

旺盛想到一个问题，问："那天'麻雀未来研究所'所长说，家燕这次灾难是因为我们迁居城市引起的，我就不明白这干他们什么事呢？哈辛执行燕，难道我们进城后身上起了什么变异？这样的灾难真的是因为我们进城改变生活习俗引起的吗？"

"旺盛兄弟，我也在思考这个问题。"伤痛再次让哈辛感到一阵眩晕，他努力挤出一丝微笑，不让对方看出来。略微思考了一下，他继续说："这是有关我们家族生存的大问题，我一时也想不明白，也许……可能……"

"什么也许，什么可能，你都要把我急死了！"急性子的旺盛不满意执行燕的回答。

哈辛环视正在进食的家燕们，又抬头看一眼荆棘窗外从洞顶漏进来的月光，微微抬了抬翅膀说："是的，一切都有可能。灾难已经发生，我们每只家燕都应当灵活面对将要发生的任何事。说实话，我也不明白啊。比方说，白鹇作为鸟王的代理鸟不出来说话，反而成了并没有经鸟王授权的鸟规执行团成员？只是从种种迹象分析，在鸟界自视为优雅一族的白鹇应当没有参与这次'雀燕之战'！是的，这一点几乎可以肯定。麻雀趁着突然攻击我们家燕取得的余威，成立并不合法的鸟规执行团，并拉着白鹇入伙，显然想借助白鹇鸟王代理鸟的身份证明鸟规执行团的合法性。唉！有太多太多的疑问需要我们解开！旺盛兄弟，这是鸟界的特殊时期，或许要等到鹰王归来，一切才能水落石出。只是……我担心鹰王……唉……"

哈辛的叹气声，让急性子的旺盛又跳了起来："哈辛执行燕，我为刚才的鲁莽向你道歉。你说鹰王是怎么回事？"他走近一步低声问哈辛，"是不是鹰王再也不会归来了？"

与其说，旺盛的话把哈辛隐藏很深的担心说出来，不如说，哈辛被自己的猜测吓了一跳，他受惊吓般瞪着面前的男燕，严厉地说："不会，不会，鹰王每十年归来一次，明年春天就到了他归来的时间，他一定会归来。一定！"

哈辛语气肯定，但说话时游移不定的目光把他内心的担心都暴露了。旺盛男燕低下头叹口气，走开了。

这时候，进完食的小家燕们又低声唱起《鹰王归来》之歌。这悠扬稚嫩悦耳的童音，在此时的哈辛听来却格外刺耳，他微闭的眼里滚出两颗热泪，内心在呼喊：鹰王归来，真成歌中所唱的传说了？

# 第六章

从第二天上午开始，家燕开始被迫接受麻雀们的洗脑行动。在哈辛的组织下，他们的听课秩序让麻雀挺满意。这可是鸟界从来没有过的事情，一只麻雀给一群家燕授课！

第一位走上讲台的不是将来所长，而是负责看守温泉洞的智慧雀头儿麻点。鉴于对家燕洗脑的重要性，将来从搜捕家燕队伍里临时抽调来智慧雀。

麻点——这位被将来所长委以看守温泉洞重任的智慧雀，是“麻雀未来研究所”的重要成员，也是将来所长的最得力干将，他的父母在偷食人类粮食时被打死，当时边上还有几只家燕围观。成了孤儿的麻点被将来所长收养长大，因嘴角边有一粒白色的毛发而被将来起名为麻点。麻点一向认为，他父母偷食人类的粮食并没有错，因此把死亡的原因推到路过的家燕身上，固执地认为一定是家燕有意鸣叫提醒了人类。所以，他从小就对家燕恨之入骨，在这次“雀燕之战”中充当急先锋的角色，带领一群最强壮的麻雀进入家燕较为集中的龙岗小区。正是这样，他直接指挥数十只麻雀围攻哈辛一家，哈辛的女儿就惨死在他的尖嘴之下。

现在，充当教员的麻点不得不收起凶恶的嘴脸，装出一副伪善的面孔，第一个走上讲台，宣布学习纪律和惩处措施。在专用上课的洞安全措施没完善之前，只能暂时安排在关押家燕的处所。为了上课的方便，洞口的荆棘被拉开了很多，这样就有足够的光线照进洞里。洞口那块平伸出去的大石块成了智慧雀教员的讲台。为了防止家燕们飞跑，上课时洞外就布满数十只虎视眈眈的智慧雀。

一切都是执行燕哈辛预料中的结果，他心里暗暗高兴。这增大的洞口不仅让洞内的家燕们能呼吸到更新鲜的空气，有利于身体恢复，而且为下一步的逃生创造了条件。哈辛相信，只要按照他的设想去做，向麻雀们示弱，表面上配合他们的洗脑行动，家燕的生存空间将更加宽松。然而，哈辛一眼就认出跳上讲台的麻点正是那晚对他家下毒手的指挥者！就是这只凶残的麻雀亲手将他的女儿杀死，奋死保护妻儿逃出重围的哈辛认得这只面目狰狞的麻雀。这会儿，看到麻点摇头晃脑装出一副和蔼可亲的样子，哈辛差点失去理智。他往前冲了两步站到洞口，是的，他要冲上去把这伪善的凶手撕成碎片。

把门的几只智慧雀围上来，呵斥道："回去！菜鸟！找死啊？"

哈辛的举动让洞内的家燕们都惊愣了，不明白执行燕想干什么。

哈辛并没有听到看守智慧雀的呵斥，眼里只有瞪大眼睛有些吃惊的仇鸟——麻点。眼看着悲剧马上就要发生了，是洞口的荆棘扯到哈辛受伤的翅膀，一阵钻心的疼痛使他清醒过来。看着已围拢上来要向自己下毒手的智慧雀们，哈辛浑身一激灵，随即将没受伤的翅膀往后一摆，做了个致敬的样子说："尊敬的麻点智慧雀，您说得太对了，我代表家燕表示，一定遵守课堂纪律，认真学习检讨我们的过失。"

麻点并没有认出哈辛，那晚上惨死在他手上的家燕不知有多少，他又怎么会记得这位愤怒的父亲呢？因此，在目睹哈辛的举动后有些愕然，不过，听了对方谦卑的话，他就以一个征服者的姿态得意地笑起来："哈哈，哈。你就是那只执行燕？很好，以后你就当这个学习班的班长。"

哈辛退回洞里，装腔作势地对家燕们说："听到了吧，从今天起，我们家燕要开始一种新的生活，大家都要专心听课，认真学习。"

家燕们看着背向麻雀的哈辛在使眼色，会心地齐声答应了。

随后走上讲台的"麻雀未来研究所"所长将来面对如此安静的课堂环境，显得很吃惊，开始反思自己以前对这些漏网家燕是不是操之过急，不得不承认杜鹃族长的智慧比自己略高一筹。黑白说得不错，反正这些家燕已是笼中之鸟，掀不起什么大浪，如果洗脑行动取得成效，那么，这场"雀燕之战"也就名正言顺了。哼，即使鹰王归来又能怎样？连家燕自己都承认携带禽流感病毒，麻雀接受人类的暗示消灭家燕，保卫鸟界和自然和谐，也就成了一种至高无上的正义之举了。更何况，将来鸟界之王或许也要改换朝代了，与其让自身难保的老鹰当王，还不如让人类的吉祥鸟杜鹃当王呢。嘿嘿，到那时，麻雀依靠杜鹃的智慧和吉祥鸟的名声，一定能完全取代家燕的位置，成为最受人类欢迎的吉祥鸟！想到这些，将来更佩服黑白的远见卓识了。

一节课下来，让将来最得意的是那么一种为人师的感觉。这种感觉太让鸟受用了！哇，一只麻雀给一群规规矩矩的家燕上课，这么爽的感觉从来没有过。站在讲台上，最聪明的智慧雀将来也忍不住有些飘飘然，北都找不到了，同时心里有了一个新的想法。

然而，将来所长在讲台上指手画脚之时，不得不强打起精神听课的家燕们心里却一阵阵难过，耻辱的感觉蚕食着家燕们高傲的心。是啊，这是家燕有史以来从没有发生过的事情！自从家燕在很久以前选择与人类共居并得到人类呵护以来，高贵的吉祥鸟气质就烙印在种族的遗传密码中。他们恪守与所有鸟族和平共处的原则，迁居城市后，即使是多么看不起偷食人类粮食和捡食人类丢弃食物的麻雀，也与对方井水不犯河水，从不与这个城市里的鸟族相争。所有的家燕都看不起麻雀，觉得他们是一个生活在城市里却没有沾染一点文明气质的低等鸟类。但现在他们居然要听所谓的智慧雀指手画脚！高贵的家燕要仰麻雀的鼻息！如果不是哈辛一次次悄悄暗示，家燕们早憋不住气了。当将来所长结束讲课离开，无精打采的看守雀远远地打瞌睡时，第一个按捺不住火暴性子的旺盛一蹦三尺高，冲哈辛叫道："执行燕，你太让我们失望！你让大家认真听课，我们做到了，可你的表现太丢家燕脸，太没志气了！"

"是啊，哈辛兄弟。"一直护着一只失去父母的小家燕的青青也不解地说，"听听将来所长都说什么，他这是要我们自己认识到身上潜伏着禽流感病毒，为他们发动的战争寻找借口呢！"

青青这一说，家燕们就炸了窝般纷纷指责哈辛的软弱，有个别冲动的家燕提议明天上课时，趁麻雀放松警惕，冲出去与他们拼了。

旺盛绕洞飞了一圈，跳到哈辛面前："你听听，你听听。哈辛执行燕，这是大家的心声，我们家燕高贵的心灵不能受卑劣的麻雀践踏！大家说得不错，与其这样受辱，还不如鱼死网破，拼一个够本，拼两个赚一个。"

一直板着脸听大家诉说的哈辛忽然跳起来，用没受伤的翅膀狠狠扇了旺盛一下，一拐一拐地跳到龟缩成一团的已成为孤儿的小家燕面前，指指它们，转身对旺盛一字一句冷冷地说："你拼了？拼命，是弱者的举动！想一死了之很容易，而在眼下严酷的形势下生存下去，才是最勇敢的家燕！难道你要让我们这些天真活泼的小家燕变成一具具血淋淋的尸体，成为你冲动的牺牲品吗？那么，他们的父母付出生命的代价保护下来的后代，就会这么让冲动的魔鬼毁于一旦！"

哈辛忽然爆发的愤怒让家燕们再次震惊了。男燕旺盛低下了头。

伤口更加疼痛了，似乎这疼痛正一步步地通向心脏。哈辛感到自己的日子不多了，而眼下家燕们躁动的情绪让他更加痛心。他大口喘了几口气，努力调整着呼吸，这样疼痛能减轻一些。他用翅膀搂住一直依偎在青青身上的小男燕，忽然流下了伤心的泪水，哽咽着说："同胞们，我和你们一样难过。

我心爱的女儿在我面前活生生被麻雀杀死，还有妻子和儿子生死未卜。你们或许不知道，就是那只……那只叫麻点的智慧雀……就是他亲自指挥毁灭了我原本温馨美好的家啊！他……就是杀害我女儿的凶手！”

坚强男燕的泪水让家燕们震惊不已！直到此刻，大家才理解刚才哈辛执行燕看到麻点智慧雀时反常的举动，不由得为执行燕的智慧和理智感动了。

哈辛直视旺盛的眼睛，直到对方羞愧地低下头，他才抹去泪水，转眼间恢复铁骨铮铮的男燕本色，坚定地说：“我的心也是肉长的，和你们一样难过，恨不得与麻雀拼个你死我活。我更想冲上去为女儿报仇，将麻点那凶恶的嘴脸撕碎，踩在脚底下。但不行啊，如果这么做，只会给我们大家带来无法避免的灾难。你们都看到了，被捕的家燕大多是未成年燕，成年家燕也大多有这样那样的伤，这个时候我们如果与麻雀动手，只会白白流血牺牲，数十倍于我们的麻雀就会瞬间置我们于死地。我说过，现在需要的不是冲杀的勇士，而是忍辱负重等待时机！”

旺盛已完全信服哈辛了。他把一只已成孤儿的未成年燕轻轻用翅膀搂着，羞愧地说：“哈辛，我又误解你了。只是……要等到什么时候呢？看着麻雀们皮笑肉不笑的阴险样，我恨不得把小样的头拧下来当尿壶使。”

旺盛幽默的话让家燕们发出了一阵善意会心的笑声，气氛开始缓和了。

哈辛沉思着说：“我琢磨着麻雀给我们洗脑就是要我们主动站出来承认身上有禽流感病毒，短时间内不会对我们下杀手。我们要做的就是尽量配合上好课，装傻！对，就是装傻，然后等待时机，待他们放松警惕，机会也许就来了。”

旺盛长叹一口气说：“唉，这是菜鸟的举动，像某些个人类一般守株待兔啊。”

“不错，旺盛兄弟，我们现在就要装菜鸟，越菜越好。”哈辛的翅膀轻轻拍了拍旺盛。

青青望了哈辛一眼，拍拍翅膀，对小家燕们说：“好吧，小家伙们打起精神来，你们的叔叔伯伯们会想到办法带你们回家的。现在，我们一起来唱歌吧。”

于是，《鹰王归来》那悠扬悦耳的旋律再次在山洞里回响起来，打破了压抑已久的沉闷。

“喂，别唱了，别唱了！什么鹰王？狗屁！现在是我们麻雀说了算。喂，我说，哪位是执行燕？我们将来所长有请。”智慧雀麻点那阴险的脸闪现在荆棘洞前。

卷四

# 针锋——相对

# 第一章

当麻雀对家燕的洗脑行动顺利展开之时，回到金丝湾森林公园的杜鹃族长听到了远离三明城的南坑村出现家燕踪迹的消息，在为家燕有如此顽强的生命力震惊的同时，老谋深算的杜鹃族长感到了一种从未有过的压力。

事实上，杜鹃族长没有欺骗哈辛执行燕。那天他到温泉山洞了解被捕家燕的情况，说服将来暂时不要对家燕下手之后，来到格氏栲林“麻雀未来研究所”。他没有多做停留，与将来所长简单策划了洗脑行动方案，后就动身去了文笔山。当他飞出温暖的温泉洞，在狭长的山谷里不由得打了个寒战，山林间初冬夜晚的寒意与温泉洞的温暖形成了鲜明的对比。

照例在前面飞行的独眼看了看族长的表情，说：“老板，这些菜鸟倒很会找，温泉洞是个过冬的好地方，麻雀家族太舒服了。”

黑白听出手下话中的含义，看准前面陡峭山坡上一棵平伸出的松树停住，对同样落在树上的独眼说：“独眼，你是羡慕温泉洞比我们大佑山温暖吧？给我记住了，如果麻雀在温泉洞里过这么两个冬天，我相信最强劲的麻雀翅膀也飞不起来。随后就会怎样？哼，整个麻雀家族就会退化，最终被严酷的大自然淘汰！”

“老板，我明白了。”独眼被族长严厉的目光盯得浑身一颤。不是因为冬夜的寒冷，而是杜鹃族长那眼中的寒意。

“记住，舒适是所有野生动物的大敌！回去不要向任何杜鹃鸟提及这个温泉洞！”黑白抬头看了看清冷明亮的月光，冷冷地说。

“记住了，老板。”独眼回答着，心里却认为族长有些小题大做。

此时，杜鹃族长望向远处，他在想如何与白鹇周旋。是啊，从“雀燕之战”发生到现在，没有见到白鹇的影子，麻雀派去传达“家燕禽流感病毒声讨大会”精神的信使，没见到白鹇族长，只是收到一张同意成立鸟规执行团的声明。白鹇这个反应太出乎鸟界意料了，本来黑白还以为一向自视高贵的白鹇起码会主动来找他杜鹃族长。表面上，杜鹃鸟族一直与白鹇鸟族保持着比较友好的关系。此前，白鹇到金丝湾森林公园游玩和觅食，以及杜鹃鸟到文笔山落脚觅食，两族间都表现得客客气气的，从没什么过节。自从三年前有一群白鹇的远房兄弟白鹭经过闽西北，到大佑山落脚莫名其妙地失踪之后，白鹇就对杜鹃产生了戒心。虽然春天时杜鹃鸟专业合唱队到文笔山歌唱，白鹇还是以贵客的规格来接待，但白鹇就此没踏上过大佑山一步。久而久之，两族的关系也就平淡了许多。

是啊，三年前的白鹭事件在鸟界是一个不解之谜。这个谜因为这个白鹭家族本不是闽西北永久性居民而慢慢被鸟们淡忘了。然而，大佑山的杜鹃鸟族长和三位族老却无法忘怀，因为正是他们亲手制造了这起失踪事件。这是一个不可与外鸟道的杜鹃家族一级机密，原因是杜鹃看在白鹇的面子上，热情接待到大佑山游玩的白鹭时，白鹭这伙自以为是的家伙根本看不起没有自己强壮的杜鹃鸟，表现得傲慢而无礼。这倒也能让杜鹃族长容忍，让他不能容忍的是，到大佑山没两天，白鹭就和山顶上的独孤鸟混在一起了。最后，这群白鹭的头儿——一个自恃高贵而目空一切的家伙，居然为独孤鸟抱不平，认为他们的生存环境太恶劣了，建议黑白给独孤鸟更大的地盘。他悲天悯人般对黑白族长说："独孤鸟是蝙蝠的精英，他们代表这个鸟族最先进的进化水平，杜鹃鸟应当认识到这一点。"

这只白鹭的话让一向温文尔雅的黑白族长肺都要气炸了！尽量按捺情绪彬彬有礼地假装接受白鹭的建议后，叫来了一位族老。再随后，三位族老就按照黑白族长的旨意，将这十几只目空一切、毫无防备的白鹭带进了设置的陷阱，不动声色地让他们从金丝湾森林公园消失了。

后来，在分析大佑山顶历来与世无争、与鸟无交、忍辱负重的独孤鸟发出喜鹊叫声时，杜鹃族长几乎可以肯定，此事与白鹭有关。据最新得到的可靠情报，光临大佑山的这群白鹭所属的族类，就与一族喜鹊居住在同一个地方，极可能是为独孤鸟打抱不平的白鹭有意为独孤鸟指路，独孤鸟才能悄悄远赴异地学习喜鹊叫声。

现在，回想起这一切，杜鹃族长觉得和白鹇打交道可能比他想象的要复杂一些，虽没有任何证据表明，白鹭在金丝湾森林公园失踪与杜鹃鸟有关，但有这起白鹭事件横亘在中间，和今非昔比的两鸟族关系，给杜鹃族长此次的游说增加了难度，他得准备好面对白鹇的刁难，甚至是……正是考虑到这些因素，黑白没有参加麻雀主持的"家燕禽流感病毒声讨大会"，还选择夜里到关押漏网家燕的温泉洞，就是为了尽量掩盖与麻雀结成同盟的现实。

深谋远虑的黑白心中这么筹划着，一会儿工夫就已飞出横亘在中间的沙溪河，来到了文笔山下。这会儿天已大亮了，初冬的太阳正懒洋洋地从文笔山顶上探出头来，有气无力地架在山顶的马尾松上。从山下往上看，就好像是生长在松树上一个烤得有些过头的烧饼。然而，如果耐心观察它，就会发现太阳像一只蜗牛般一点点地往上爬，等爬到了树梢忽然一跳，这时它一扫方才懒洋洋的神态，好似被冬天的晨风冷不丁地吹醒了，随之精神焕发。于是，初冬的朝阳越来越精神了。

在温暖的朝阳普照下，杜鹃鸟族长黑白猛力扑扇两下被冻得有些麻木的翅膀，打起了十二分精神，示意独眼飞在前面，径直向白鹇族长居住的林木密集的山坳飞去。

与杜鹃鸟居住在大佑山一样，白鹇家族世袭居住在文笔山上。不幸的是，近年来随着城市的不断扩张，文笔山的一小部分已与三明城近邻，这使白鹇家族的生存环境受到严重威胁。从五年前开始，大部分白鹇已迁居到远离城市的一座原始森林里，只有白鹇族长所在的这一小族为了恪守白鹇的传统及鸟王代理鸟的职责，依然固守在文笔山。从各种鸟界发布的新闻里，杜鹃族长深知在人类现代文明高速发展的今天，所有鸟族的生存和进化，都面临着巨大的威胁，白鹇处境不乐观是意料之中的。但是，当黑白在初冬阳光下光临这片茂密树林时，还是为眼前不同寻常的景象停住了飞行的翅膀。他轻巧地落在一棵视线较好的马尾松上，示意独眼靠拢来。

独眼不解地问："老板，这片树林和竹林里就是白鹇族长居住的地方，我上回送信来过，没错。"他以为族长认错路了。

黑白摇摇头说："情况有些不对啊。"

"没什么不对，老板，白鹇族长一般就住在那棵歪脖子酸枣树上。"独眼睁着一只独眼环顾周围并没有什么异常情况，咧嘴一笑说，"老板，白鹇族长为什么要选歪脖子树住呢？哼，还是酸不拉叽的酸枣树。"

黑白没有回答手下的疑问，反问："你说，白鹇是睡懒觉的鸟吗？"

这一说，独眼睁圆了独眼，忙跳到地上看了看，再飞到黑白一边的树枝上，疑惑地说："老板，是有点不正常啊。白鹇可不是只懒鸟，他们总是在早晨和黄昏到地面上行动，边觅食还边难听地叫着呢。"

黑白对独眼现在才回过神儿来并不满意，耸耸翅膀说："独眼杜鹃先生，你也跟着我混了这么多年了，一定要学会多动脑子，别只会靠身体吃饭！"

听族长这么说，独眼就知道，他对自己的表现很不满意了。为了弥补过失，他没等黑白吩咐，一抖动翅膀，灵巧地穿过眼前遮挡的树丛，悄然飞入山坳中，树木和竹子混杂的白鹇居住地探个虚实。

黑白阴郁的眼睛四顾周围，确信没有潜在危险之后，才放心地待在松树枝杈间，他得动用脑子思考一些问题了。是了，眼前的情况看起来不太正常，文笔山可不是杜鹃鸟独占为领地的大佑山，它可是生活着好多种鸟类，一般情况下，除了极个别的懒鸟，在早晨这个大好时光里，山林中早应是一片悦耳的鸟叫声了。人类说“一天之计在于晨，一年之计在于春”，对于大自然所有的生灵来说，何尝不是如此呢？尤其是在大自然生物链中并不是处于最高一层的鸟类来说，早起锻炼身体使自己的翅膀更加有力，并且抓紧这最好的觅食时光开始一天的生活，那可是天经地义的事。然而，在这会儿太阳已跳离树梢播撒温暖的时候，文笔山上却静悄悄的，鸟们集体失声，一定预示着有不同寻常的事情发生了。那么，会有什么事情发生呢？难道麻雀家族瞒着自己对白鹇发动了进攻吗？黑白这么想着又否定了自己的想法。是啊，将来是一只前所未有的智慧雀，绝对不会做出这么愚蠢的举动。

黑白焦急地等待前去观察的保镖回来，并做了最坏的打算时，独眼慌慌张张地飞回来了。独眼落在树杈上居然慌得没有站稳，险些掉下树，扑腾了两下翅膀，他才在黑白不满的目光下上气不接下气地说：“老……老板……出……出大……大……事了……”

“慌什么！”黑白瞪一眼独眼，示意他站稳一些，“我说我怎么教你都教不会，真正的勇士是泰山崩于前面不改色。你看你这个样子，哪像是我黑白调教出来的？”

“是，老……老板。”独眼在枝杈上站稳了脚，调整了一下呼吸，尽量用平稳的语气说，“老板，昨晚上……白鹇族长意外死……死亡了！”

“什么？死亡？”黑白心里一惊，接着他马上就明白眼前的反常情况是为何发生的了。他的眼珠子转了两圈，挪动一下站麻木的脚，再次环视周围没什么危险信号后，才不动声色地说：“白鹇族长死了？就在昨晚？”

“是，老板。”黑白平静的表情感染了独眼，他学着族长的样子耸了耸翅膀说，“现在暂时主事的是一位叫苍茫的中年白鹇，就是前几年发生白鹭事件后，白鹇家族派到大佑山做调查时为首的那只白鹇。”

白鹭事件调查？黑白眼前闪现出了苍茫的形象。一只高昂着头的英俊男鸟，头顶和下体的羽毛为蓝黑色，闪着金属一般的光泽，脸上裸露出的红色让他时刻都像喝醉了一般。然而，他的眼中则闪耀着一种智慧的光。正是这智慧之光，让一向善于察鸟的黑白看出，这是一只与众不同的白鹇，高傲的外表里是远大的谋略和能忍受恶劣环境锐意进取的意志。当时，苍茫秉承白鹇族长的旨意，来调查远房兄弟白鹭在金丝湾的失踪事件，他所带领的“白鹭事件调查组”可是给黑白造成了不小的麻烦，有史以来，黑白不得不开动所有的智慧与之周旋，总算把杜鹃的嫌疑洗刷过去了。但是，他从苍茫那蕴藏着许多问号的眼睛看出，这只白鹇将成为他走上鸟王之位的劲敌。在调查过程中，苍茫只差一步就逼近了事件的真相，让黑白和三位族老认为万无一失的迷局大白于天下。为此，黑白可是出了几身冷汗，对这只不动声色、性格内敛、做事果敢的英俊男白鹇留下了深刻的印象。

现在，听到白鹇族长遇难而由苍茫主持白鹇家族事务，黑白心里微微一惊，心想，几年前的预见这么快就成了事实，看来，苍茫将成为他的主要对手了！但他还真没想好怎么应对这突然出现的意外局面，只能随机应变。黑白这么想着，心里微微冷笑：哼，苍茫，你是一只少有的智慧白鹇，可要和我黑白过招还是嫩了些，且看看你有什么招数。

独眼杜鹃察觉到了族长嘴角边扯出的冷笑，歪了歪头，用试探的语气说：“老板，我们是不是先撤回去，和麻雀家族商量一下再来？”

黑白答非所问：“那么，文笔山所有的鸟族这会儿都集中在白鹇居住地了？”看独眼点点头，就微微冷笑道：“哼哼，我说独眼，刚说过你不要光凭身体吃饭，要学会动脑子！怎么一下子又忘了？回去？这可是千载难逢的好机会，正好和这里的鸟族见个面，这可是我们杜鹃成为鸟规执行团成员后第一次正式露面，我得把他们镇住。”

独眼的一个眼珠一转，献媚地说：“老板，您可真是智慧的化身。你下个令，我这就去把苍茫这个家伙叫来见你。”

黑白这回没有对不自量力的独眼表示不满。事实上，凭杜鹃鸟的体魄使用蛮力，又怎能成为鸟界之王呢！许多鸟都比他们强壮。智慧，只有智慧的力量是无穷的！小小的麻雀取得“雀燕之战”的胜利，给鸟界树了一个典范式的以弱胜强的战例。然而，黑白还是挺欣赏独眼这种无所畏惧的勇敢。接着，两只杜鹃鸟一个漂亮的展翅飞翔，如两支离弦的箭穿过树林的屏障，进入白鹇处于文笔顶与通天顶之间的山坳。

白鹇的世居地是文笔山一个人类基本无法涉足的荆棘密布和竹林混杂的山坳。在人类文明步步紧逼之下，他们总能在人类的眼皮底下尽可能地营造和保护着自己安全舒适的祖居地。总之，这是鸟族生存的秘诀。然而，对于鸟界所有的鸟族来说，随着人类现代文明的步伐加快，各种高科技手段应运而生，以及人类贪婪所引发的对大自然环境处心积虑的蚕食，鸟族们的祖居地萎缩，是个不争的事实。当大自然的法则无法维持共生平衡时，这个鸟族就面临着失去祖居地的危险，进而引发种族的灭绝之危。是啊，有较为弱小的鸟族在这种人类文明的挤压下已经灭绝了。白鹇呢？从五年前开始，由于人类贪婪的本性，一些人的捕猎和对文笔山地盘的蚕食，让他们同样面临着失去祖居地后种族生存的危机。

有独眼事先通报，当大佑山杜鹃家族的族长黑白进入这片白鹇祖居地时，代理族长白鹇苍茫已等候在那里，脸上笼罩着深深的忧伤。在他的身后是为数不多的白鹇，无论男女老幼，他们的脸上同样布满了忧伤、恐慌。周围的竹子树木上则落满了在文笔山上生活的十几种鸟族，悲伤和恐惧同样写在这几百只鸟的脸上。

原本一直心怀鬼胎的黑白一看这阵势，当即就把忧伤的表情快速地布置到脸上。随后，他轻轻落在地上，老远就伸翅紧握住苍茫伸过来的翅膀，哽咽着说："尊敬的苍茫先生，这真是鸟界一大不幸，我们智慧高贵的白鹇族长突然归天，这是鸟界极大的损失。无法弥补！悲哉，憾哉！"说话间，黑白眼里已滚出一串串悲伤的泪珠。

或许是受了黑白的感染，森林之中所有鸟都发出悲伤不已的哭声。

苍茫垂下了悲伤的头，稍微平稳了一下内心的情绪，说："谢谢杜鹃族长的致哀。"

黑白环顾左右，眼光急速从一只只白鹇脸上扫过，分析着眼前的局势，又一声无奈长叹："唉，本族长不才，自从被鸟界的同人们推任鸟规执行团成员以来，无时无刻不想亲来文笔山，向尊贵的鸟王代理鸟白鹇族长讨教，好不负鸟界同人们的厚望。不料……不料，刚到文笔山就得知如此噩耗，真让本族长痛彻心扉啊！"说着说着，黑白又哽咽着说不下去了。

"杜鹃族长太客气了。"苍茫请杜鹃族长黑白飞落到族长所居住的歪脖子酸枣树上，悲伤地向黑白诉说白鹇族长遇难的经过。

原来，这个悲惨的事件发生在昨天黄昏。前面说过，五年前开始，三明城的人类为了满足自己的需要，蚕食文笔山周围，山脚下较为平缓的地方，树木被砍光，山坡被挖平，开发为住宅小区。与此同时，随着文笔山自然环境的萎缩，世居于此的主要鸟类——白鹇活动的地方越来越少，大部分白鹇只能远远地迁居到远离人类居住地的一片原始森林里。族长为了坚守这个祖居地，带领其小族的白鹇还居住在文笔山，过着节衣缩食的生活。然而，威胁白鹇生存的，不仅是现代文明对其地盘的侵蚀，更有甚者，一些人类看中白鹇的高贵典雅，悄悄将枪口对准了他们。近年来，已有不少白鹇和其他鸟族死在人类的枪口之下。特别是今年以来，一位极有后台的老板在文笔山下开了一家野味店，专门用文笔山的野味来招徕顾客，公然打出招牌：“品尝野味哪里去，文笔山下野味店。”就这样，今年以来已有不少鸟族和白鹇倒在人类贪婪的枪口下！长此以往，白鹇和鸟族们经自然之手伪装得非常隐秘的祖居地，最终暴露于人类面前是迟早的事。生存环境如此恶劣，因祖居地不足以提供足够的食物，白鹇和鸟类们还得冒着生命危险在文笔山觅食。尽管今年已有八只白鹇遇难，除了告诫同胞们在觅食时，必须有鸟站岗放哨提高警惕外，暂时没有别的办法。白鹇家族的苍茫几次向族长提出全部迁出文笔山，白鹇族长还是要坚守最后的祖居地，天真地以为人类终会醒悟过来，与鸟和平相处的日子马上会到来。但在昨天黄昏，当白鹇族长和两位族老在文笔山顶觅食时，两位族老落入人类设置的网里成了俘虏，前去营救的族长则当场死在人类阴险的枪口下。

苍茫说完事情的经过，眼里已溢满悲伤的泪水。这时候，一直静听代理族长讲话的白鹇们忽然发出一阵呼喊声，要为族长报仇。一只跛脚的男白鹇一步步挪到歪脖子树下，咬牙切齿地说：“人类太贪婪了，他们总是把快乐建立在我们这些野生动物身上！大家看到了吧，我这条腿就挨了人类的枪子，侥幸逃了一条命，却落下终身残疾。苍茫族长，你下命令吧！族长的血不能白流，我们不能眼看着族长成为人类的美味而无动于衷！”

一只女白鹇走过来，对已从树上跳到地上的苍茫说：“苍茫兄弟，我当家的说得不错，他这条残腿给我一家造成了极大的精神创伤呢！哼，我和先生一起行走时，总有些鸟要嘲笑他是‘地不平’，让我们很难堪。”

苍茫低头沉吟说：“白鹇同胞们，还是刚才那话，我们这样去找人类拼命，无异于拿鸟蛋碰石头，只会给我们这个种族带来灭顶之灾。族长是我尊敬的长辈，我和大家一样难过，可是……在这样的时刻，我们更不应被冲动这个魔鬼蒙住双眼，不可蛮干啊！”

“别听他的！看不出来，苍茫这家伙是个胆小鬼！”白鹇中传出了一声嘲笑。

“我们忍无可忍了！”

“苍茫，你的智慧和勇敢跑到哪里去了。选你当族长，是要你带领我们向人类讨还血债，我们‘宁为玉碎，不为瓦全’！”

“不就是一个野味店嘛！我们大家一起冲进去，哈哈，一定会把人类吓个半死。”外号叫哈哈的一只青年男白鹇摇头晃脑地叫道。

“嘻嘻，好玩。给野味店拉一地的烂屎，让这贪婪可恶的老板做不成生意。”外号叫嘻嘻的青年女白鹇是一位假小子，她也从树上跳到苍茫面前兴奋地叫道。

“嘻嘻，哈哈，你们凑什么热闹？还是让苍茫族长拿主意吧。我们听你的，苍茫兄弟，只要你决定了，我们就是粉身碎骨，也在所不惜。”一位声音沙哑的中年女白鹇冷静地表态。

转眼间，树林里站在地上的白鹇们闹成了一锅粥，大家纷纷发表看法。大多数的白鹇主张去报复人类，首要目标就是冲击文笔山下残害野生动物的直接祸首——野味店，但是他们议论半天，也只是说到给野味店拉满鸟屎这种无关痛痒的报复行为上。这时候，落在树上的十几种鸟类也被白鹇们愤怒的情绪感染了，义愤填膺地表示，要与白鹇兄弟一起战斗。是啊，哪个生活在文笔山的鸟族没有兄弟姐妹遭人类的毒手呢？鸟鸟都有一笔必须记在人类头上的账！

眼看场面就要失控了，苍茫面对这一切表现得非常冷静。他早已从代表族长身份的歪脖子酸枣树上跳下来，融入白鹇同胞们中间。当嘻嘻开玩笑般率先说出用鸟屎报复人类的主意时，这位英俊的中年男白鹇还咧嘴笑了一下。当中年女白鹇用沙哑的嗓音对自己表示支持时，他则轻轻用翅膀拍了拍她，对这位一脸坚毅表情的女同胞表示感谢。听着白鹇同胞们各种支持和反对的声音，苍茫慢慢向白鹇们围出的中心走去。当树上的鸟族也发表了报复人类的宣言后，白鹇们反而停止了议论声。直到这时候，一直在认真倾听同胞们发言的苍茫才跳到白鹇群中间那棵低矮的杜鹃树上，轻轻咳了两声，环视四周仰头对等待他说话的同胞说：“我亲爱的兄弟姐妹们，我知道，有些同胞对选我当新族长有些失望。但是，我要说，如果牺牲苍茫一只鸟的生命能阻止人类贪婪之心驱使的谋杀，那么，我会义无反顾。但我还得说我们不能被冲动这个魔鬼蒙住了智慧的眼睛！冲动只能带来无谓的惩罚啊！”说到这里，他感到一些情绪激动的白鹇又要说话了，赶忙站到了杜鹃树的顶端，让每一只白鹇都可以看到他。然后，张开翅膀抖动了几下，示意大家听他把话说完。苍茫说：“但是……这是大自然的安排，获取快速进化秘笈的人类拥有了改造自然的力量，我们所有野生动物的力量加起来，也是无法与之抗衡的。那么，是不是说，我们就只能坐以待毙了？非也！自然已经通过各种方式代表我们对人类进行警告和惩罚了！各种由人类亲手制造的环境问题，正日益剥夺人类的健康。我们野生动物能做的就是顺应自然，相信总有一天，当我们进化到和人类一样的层次时，自然界生命物种之间真正的公平才会到来。”

“苍茫族长，我有些明白了。只是……在此之前我们就只能引颈就戮吗？”跛脚男白鹇扶着妻子肩膀疑惑地说。

“并不是这样，我们野生动物在各自的生物链里，遵循自然法则营造一个纯自然的环境，这就是最好的办法。”

白鹇鸟毕竟是高贵优雅的鸟族，他们似乎都被这么深奥的有关自然的思想镇住了，情绪渐渐缓和下来。

实际上，自从昨天晚上确定了白鹇族长和族老的死讯，白鹇家族推举苍茫担任新族长的意见确立后，他们度过了一个不眠之夜，连夜通知文笔山所有鸟族一起来商议。就这样，一大早，所有鸟族就聚集到白鹇的祖居地开会。绝大多数白鹇都把怒火直接发泄到文笔山下的野味店，主张马上对它进行报复。新族长苍茫没有像前族长一样马上决策，而是耐心地听取各方面的意见。

这个时候，杜鹃家族的族长不约而至。

## 第二章

在白鹇们群情激奋之时，黑白自始至终蹲在歪脖子酸枣树最下端的枝杈上。这是白鹇族长招待贵客的宝座。他细心地观察着现场的情况，想看看苍茫如何收拾这个场面，到底有几把刷子。起初他在心里暗暗得意，觉得自己凭以前与苍茫打交道的经验判断，他的智慧有些夸张了，当上族长的苍茫看来也不过如此。直到苍茫用亲情来说服同胞们，并说出那么一番有极深道理的话时，黑白惊得险些从树杈上掉下来。

黑白族长一瞬间闪过的慌乱并没有被粗心的独眼理解，反而觉得族长是不是有些不耐烦了，轻声说：“老板，我看这些白鹇也不过如此，空有高贵的外表，多半是绣花枕头，一肚子草包！没必要和他们浪费时间了。”

黑白严厉地瞪了独眼一眼，直到他唯唯诺诺地退回树梢上站着。是啊，黑白族长最不喜欢手下在外鸟面前说三道四，独眼此举让他很不满意。而这会儿他心中还有另一种隐痛，那就是苍茫所站的树！那是什么树？杜鹃树！春天会开着红艳艳美丽杜鹃花的树！但是，你如果认为杜鹃族长黑白是在回味杜鹃花的美丽，那可是大错特错了！实际上，这是黑白从未与外鸟说过的内心隐痛。黑白不明白，人类为什么要给一种树也起杜鹃鸟一样的名字，虽然没有一只杜鹃鸟觉得有什么不对。但从懂事开始，黑白就觉得，树是没有智慧的植物，与智慧的吉祥鸟杜鹃同名，是对杜鹃鸟的侮辱，但有什么办法呢？曾经悄悄问过妈妈的少年黑白得到母亲的回答：“这是人类命名的，我们没有选择的权利！”是这样的，几乎没有杜鹃鸟表示过难过，只有黑白随着年龄的增长，对于杜鹃树的憎恨更加强烈了。从担任族长开始，他下令不准一只杜鹃鸟到杜鹃树上做窝！当然，黑白明白，憎恨杜鹃树不是一只智慧鸟所应有的，就经常这么宽慰自己说：没关系啊，杜鹃鸟还有好几个名字啊，布谷鸟、子规鸟不都是人类对杜鹃鸟的爱称吗？这说明人类并没有将杜鹃鸟视为植物一般蠢笨的存在！然而，这毕竟是黑白一个隐藏很深的无奈和不可与别鸟道的隐痛。当他在山上飞行时，总是远远地避开杜鹃树，在杜鹃花开放的时节，则悄然躲开那些开着杜鹃花的山。现在，看着苍茫站在杜鹃树上，杜鹃鸟族长黑白就觉得像站在自己身上一样，浑身一阵颤抖，他再也无法安稳地站在白鹇招待贵客的宝座上了。他跳到了地上，接着又飞到山坡高处一块岩石上，亮开嗓门说：“尊敬的白鹇族长和亲爱的文笔山鸟族兄弟姐妹们，请容许我这鸟规执行团的成员之一谈几点看法。”

似乎到这时候，落在树上的鸟族和地上的白鹇们才意识到杜鹃族长的存在，一阵轻微骚动之后安静了下来。

那只叫嘻嘻的青年女白鹇抢在苍茫族长前面叫道：“嘻嘻，你就是大佑山杜鹃鸟族的族长？嘻嘻，大佑山我去过一次，好高好高啊，比我们文笔山高多了。嘻嘻，黑白？好奇怪的名字哟。”

“是的，尊贵的白鹇小姐，本鸟就是黑白族长。哈，至于这个奇怪的名字，得去问我的父亲了，可惜他已作古了。不过，名字只是个符号，不是吗？”黑白尽量平息着自己波动的情绪，彬彬有礼地抖抖翅膀说，“小姐，从你的外号就知道，你是一只快乐的鸟。快乐，真好啊。”

“尊敬的黑白族长，你真这么认为吗？嘻嘻，太好了。”嘻嘻笑嘻嘻地说。

“好吧，苍茫先生，请原谅我今天到访得不是时候，我原本要和贵族长商议鸟规执行团的事，现在……”黑白拉下脸做了一个沉痛的表情。

“哦，尊敬的黑白族长，请恕我礼节不周。记得上次鄙鸟去大佑山时，曾有幸感受到您的智慧并聆听了教诲，真是受益匪浅啊……”第一次以族长的身份接待外来鸟族，用这样的外交辞令说话，显然还有些不习惯，苍茫停顿了一下，酝酿一下措辞，接着说，“感谢您在本族遭难时亲临文笔山，我代老族长的亲属表示谢意。”说着，他伸展开翅膀，对着黑白鞠了一躬。

黑白忙侧身一让，伸出翅膀轻轻触动对方翅膀一下，说：“客气了，哈哈，客气了。麻雀、白鹇与我们杜鹃都是鸟界新推出的鸟规执行团的成员，理应在困难之时同舟共济。我想，麻雀族长未必先生知道了这个噩耗，也一定会亲临文笔山悼念的。”

地上的白鹇和树上的鸟听到麻雀的字眼，同时发出一阵含义不明的轻微嘈杂声。

黑白眼珠一转，岔开话题：“文笔山诸位鸟界兄弟姐妹们，白鹇族长遭遇横祸，本族长悲痛万分，对人类的恶行痛恨之至，对大家的报复人类之举也敬佩赞同。‘君子报仇，十年不晚’，苍茫先生说的对，在当今鸟界危难之时，不宜惹怒人类。人类力量的强大，大家有目共睹，我们只能忍辱负重，等进化到人类一样的高级阶段，再与之较短长。”

“不对，逆来顺受是懦夫的表现，苍茫是一个懦夫！”鸟群之中不知哪一只鸟忽然尖利地号叫起来。

“苍茫不去，我们自己去！老子要狠狠憋一泡烂屎淋人类一头一脸。”一只特别肥胖的白鹇附和道。

肥胖白鹇的话引起众鸟一阵善意的笑声。于是乎，白鹇们刚安静下来的情绪又被煽动起来了。

黑白族长将自己挪得离杜鹃树更远一些，心里暗暗得意。是啊，这种混乱局面正是他所希望看到的，只要白鹇惹恼了人类，必定也要走老鹰的老路，远离鸟界才能生存了。哈，这样一来，鸟界岂不是他和麻雀的天下了？黑白这么打着如意算盘，心里乐开了花。

新上任还没树立权威的白鹇族长，在众鸟又一次情绪失控中有些无奈了。但是，这只英俊的白鹇从杜鹃族长闪烁不定的目光中猛然醒悟过来：且慢，听这只狡猾的杜鹃鸟之言显然别有深意，用人类的警世名言来说，是“黄鼠狼给鸡拜年，没安好心”！心思转念间，苍茫吓出了一身冷汗，心中冷笑：哼，想趁乱搅浑这池水，也太小看我苍茫了！随即，苍茫轻盈地飞落到那棵低矮的杜鹃树上，扑扇几下翅膀，等大家安静后坚定地说："白鹇同胞们，苍茫和所有白鹇一样，都有着高贵的血统，士可杀不可辱的道理，我从老族长那里无数次聆听过。经过深思熟虑，我决定接受大家的建议，组织一支精干的白鹇武工队，来进行这次针对人类的行动。"

听了苍茫的话，一直静听着的白鹇们发出了一阵兴奋的欢呼声。

青年男白鹇哈哈几步跳到杜鹃树边，笑着说："苍茫族长，啥子叫武工队啊？哈哈，哈哈，我第一个报名，可别漏了。"

"去去去，瞧你那嬉皮笑脸的样子哪行啊。哈哈，武工队一定是挺好玩的，也算我嘻嘻一个。"青年女白鹇嘻嘻对哈哈一瞪眼，跃上前来。

嘻嘻和哈哈是白鹇家族的一对活宝，同时也是一对情侣。这对情侣凑在一起，总是要嘻嘻哈哈地斗嘴，给白鹇们增添了不少乐趣。

苍茫再一次跳上杜鹃树时，黑白的心里又抽疼了一下，好像苍茫的利爪就落在他身上一样。他的脸色有些发白，听到苍茫的话后有些发愣，不明白白鹇新族长的葫芦里卖的是什么药！

苍茫注意到黑白的脸色，更加坚定了信心。他有力地扑扇两下翅膀，对跑到面前的嘻嘻和哈哈微微一笑："问得好，什么叫武工队？说实话，我也一知半解。这新词是有一次我在文笔山下从人类播放的啥子露天电影听到的，有一支八路军武工队可厉害了。我们这次针对人类的报复行动，不，应当说是警示行动，有很大的危险性。因此，我要和几位族老商量一下，挑选些强壮机灵的白鹇组成一支精干的白鹇武工队，再具体商定出击的时间，做到出其不意，速战速决，才能将行动的危险降到最低程度。哈哈，当然欢迎你加入，至于嘻嘻嘛，哈，这可是男鸟干的粗活啊，好像……不太适合女鸟啊！"

苍茫的话引起众鸟一阵快意的笑声，嘻嘻则涨红了脸，羞愧难当地一展翅膀飞出了山林。哈哈看到女朋友走了，边喊边追去了。

听着大家的笑声，苍茫心中轻松了许多，等大家都笑够后，才用一种自信而轻松的语气说："好吧，现在大家都要开始一天新的生活了，不能让悲伤影响我们进化的进程啊！老族长在天之灵看着我们呢！"

转眼间，处于群情激愤中的白鹇们情绪都平复下来，开始一天的生活，众鸟们也纷纷向苍茫告别，开始所有野生动物必需的觅食行动了。面对着发生的这一切，第一次目睹苍茫灵活机智、审时度势能力的杜鹃族长感到一丝沉重，觉得自己的智慧受到了严重的挑战，这个新上任的白鹇族长比原族长智慧高得多。这么想着，黑白重新被请到族长招待贵宾的歪脖子酸枣树上。他一落座就向苍茫表示敬意，又诚心诚意地请教：“本族长自出道以来，抓住一切机会学习人类语言，以期最大限度地预知来自人类的危险。请恕我孤陋寡闻，在金丝湾森林公园没有机会看到人类的露天电影，还真没听过武工队这样的组织。”

苍茫听黑白这话倒是真心实意，礼貌地表示谦虚后说：“谁不知道大佑山杜鹃族长的智慧呢，特别是能听懂人类几乎所有常用语言。我敢说，在鸟界除了成天与人类共居的家燕，恐怕没有别鸟能及了。哈哈，鄙鸟这也是凑巧听到，班门弄斧，让黑白族长见笑了。我这是被同胞们逼急了，两害相权取其轻，讨个巧，正所谓人类的‘以其人之道，还治其人之身’。尊敬的黑白族长，是不是这么个理呢？”

“那是，那是。佩服，佩服！”黑白暗暗心惊。一向自信自己是鸟界除了家燕外精通人类语言的第一鸟，如今从一只白鹇嘴里居然冒出他不懂的人类词语，怎不让他有一种山外有山、鸟外有鸟的危机感呢？只有隐约感到白鹇很可能会步老鹰的后尘，让他心里的恨意被幸灾乐祸稀释了少许。

文笔山四处又响起鸟们欢快的叫声，白鹇祖居地安静下来。除一些老弱病残的白鹇在较为安全的祖居地里觅食，其他的白鹇不得不分散到文笔山甚至更远的地方，开始一天的生活。就这样，一场突然爆发的意外造成的鸟界骚动，表面上平息了，但危机无疑离这些野生动物们更近了。

接下来，黑白和苍茫两位鸟族族长开始商讨鸟界大事。黑白首先提到家燕禽流感问题引发的“雀燕之战”，当下遭到白鹇新族长的质疑。当然，他的质疑是不确定的，善良高贵向来与阴谋绝缘的白鹇，根本没把这样一次鸟界战争与一场阴谋联系起来，正是这善良和高贵的品质，最终让白鹇家族步了老鹰的后尘。这是后话。而现在，苍茫在质疑的同时，对自己老朋友哈辛执行燕的遇难表示了悲痛。他说：“黑白先生，我不能相信哈辛会携带什么禽流感，麻雀真的秉承了人类的旨意吗？”

黑白知道，面对这个问题绝不能犹豫，沉着脸点了点头，肯定地说：“苍茫先生，你既然相信我精通人类的语言，那么，我只能遗憾地说，家燕的确是携带了会把人类和鸟界乃至整个自然界推向灾难深渊的禽流感病毒！当初，我亲耳从人类那里听到时也相当震惊。要知道，家燕可是我们鸟界第一的人类宠鸟啊！”

“真这样……这……太可怕了……”苍茫的善良使他根本不可能将吉祥

鸟杜鹃与这样的阴谋联系在一起。善良让他的智慧大打了折扣！想及族长之死和家燕家族的巨变，如此看来，真正的幕后黑手是人类。苍茫在歪脖子酸枣树上的两根枝杈间跳来跳去，痛心疾首地说：“人类，又是人类。不管怎么说，他们也不该向最亲密的家燕下手啊！哼，人类不是自称是万物之灵吗？只要有心，凭他们的科学技术，一定可以找到对付禽流感病毒的方法，用不着这么急着让麻雀对家燕下手啊！太悲惨了！是人类自以为主宰自然的本性，才促使他们选择了这种极端手段！”

“尊敬的白鹇族长，你分析得很有道理，人类有时候也会对我们这些吉祥鸟下手呢。”黑白转动眼珠子看着这只愤怒的白鹇，有意挑动他仇视人类的情绪。

一阵清冷的晨风吹过，冬天的寒意使这只处于情感矛盾之中的白鹇头脑清醒了一些，他意识到有些失态，心中暗暗告诫自己，现在是族长，一族鸟的安危就系于自己身上呢，千万不能因一时冲动，做出令亲者痛、仇者快的举动。于是，他扑棱一下翅膀在歪脖子酸枣树上族长的宝座缓缓坐下来，努力梳理清思路后，对也在枝杈上坐下来的杜鹃鸟族长歪着头问道：“只是……我不明白，为什么要选麻雀作为代理鸟呢？是的，我不明白。尊敬的黑白族长，据我所知，人类一向不喜欢麻雀，历史上还曾发生过大规模驱逐麻雀的事件。这是不是麻雀自作主张的一个阴谋呢？听说黑白先生没有参加由麻雀组织的‘家燕禽流感病毒声讨大会’？”

这真是鸟界的幸运，冷静让白鹇族长的智慧回归了，虽然善良依然阻挡着他拨开迷雾看透杜鹃和麻雀制造的巨大阴谋。

听苍茫的话，黑白心里暗暗一惊。白鹇新族长思路转换之快，差点让黑白跟不上。现在，他觉得要完全说服白鹇族长并不容易，要紧的是，利用其善良、高贵的本性，取得他对杜鹃鸟族的信任。黑白耸耸翅膀，哈哈一笑：“亲爱的苍茫兄弟，如果你不介意的话，杜鹃和白鹇应当重建以前那种异族兄弟的关系。”

“尊敬的黑白族长，我们所有鸟族值此鸟界特殊时期，都应当求同存异，白鹇和杜鹃之间当然需要重建以前那种亲密无间的兄弟关系。但是，这样的重建必须以彼此的真诚为基础啊。哈哈，我期望在未来的某一时段能够做到。”苍茫说话时想起了在大佑山失踪的远房兄弟白鹭，心里不由得飘过一团阴影。

“哈哈，这样也好，这样也好！今后两族间加强交流彼此就更了解了，非常欢迎新任白鹇族长抽空到大佑山做客。”碰了个软钉子，黑白有些尴尬，但巧妙地用几声“哈哈”含含糊糊地遮盖了过去。他清了清嗓子，接着说，“看来，苍茫族长对我们鸟界历史也是颇有研究啊，在下佩服！其实，我对人类选择麻雀作为家燕的取代者也有些不明白。哈哈，我们都看到了，人类对麻雀发动‘雀燕之战’并无反对之意。相反，他们张开双手让麻雀进驻自家阳台上的燕巢。这还不能说明什么吗？我想，大家不要忘了，麻雀其实早于家燕成为城市里鸟口最多的居民。再说，家燕与人类的感情，哼，那些视我们野生动物如草芥的人类，不会对威胁到他们生存的携带禽流感病毒的家燕网开一面吧！尊敬的苍茫族长，你想想看，在人类看来，麻雀偷食自己粮食的那点小毛病，相比家燕的禽流感病毒不是太微不足道了吗？”

“尊敬的杜鹃族长，你说的有一定道理。只是我一想起我的老朋友哈辛一夜之间家破人亡，我……我心里就很难受……”苍茫悲伤地低下头。

黑白用沉痛的腔调说：“嗨，苍茫先生，家燕是我们人类吉祥鸟中的代表，又是鸟族与人类最亲密的使者。我……我们杜鹃身为吉祥鸟，对家燕家族的不幸何尝不是悲痛万分呢。不瞒你说，我最初正是不理解麻雀的举动才不去参加‘家燕禽流感病毒声讨大会’的。但是……在此动荡不安的时刻，当我得知鸟界朋友们推举我为鸟规执行团成员，为顾全大局，还是出来工作了。否则……在人类强大的力量面前，贵老族长那样的悲剧说不定就会在整个鸟界漫延开来！起码在鹰王出山之前，尊敬的白鹇族长，我们要抛弃个鸟成见，鸟界需要我们和麻雀一起来主持大局啊！”

苍茫对黑白族长表示了礼节性的尊重，皱着眉头思索说：“黑白族长，有一事本族长愚钝，还得向你请教。你说，家燕感染了禽流感病毒，难道是因为家燕整体搬迁城市造成的吗？”

黑白装腔作势地认真思考了一下，肯定地说：“是啊，就这个问题我已和‘麻雀未来研究所’的所长将来先生做过探讨，初步确定家燕身上携带禽流感病毒，与他们改变多年来的生活习性有直接关系。”

苍茫摇头道：“嗨，我早对哈辛说过，家燕不应当远离乡村纯正的自然环境，盲目追随人类搬迁城市。但是……我觉得在鹰王没有回归，鸟界拿不出确切的科学论证之前，关于家燕的禽流感是不是不忙着下结论呢，尊敬的黑白族长？”

“当然，这是科学的态度。”黑白很高兴白鹇族长顺着自己的思路为“雀燕之战”找到这么一个理由，心里暗暗高兴。他跳了两下，离苍茫更近些，作势认真思考一下说，“现在问题是家燕家族的族长和族老们极可能掩盖着这个秘密。也就是说，执行燕哈辛也了解家燕的基因因环境改变产生变异的危险，但他们都把全体无辜的家燕蒙住了。”

“这太可怕了！”苍茫从树上跳到了地上，坚决反对，“不可能，我的朋友可是一个君子，是坦荡荡的男燕，绝不会做这样的事！”

看苍茫情绪有些激动，黑白没有再说下去，也从树上跳了下来，两鸟站在地上，就具体的细节达成了协议。本来，杜鹃族长此行的目的是探探白鹇底牌，看看原为鸟王代理鸟的白鹇是否反对这个并不太合法产生的鸟规执行团。没想到正是老族长意外身亡，让新任族长苍茫匆忙中忙着处理族类危机，暂时无法顾及，原则上同意鸟规执行团及“家燕禽流感病毒声讨大会”的决议，这可是黑白没想到的意外收获。虽然鸟界众说纷纭，但只要白鹇加入了鸟规执行团，起码从表面上看，“雀燕之战”以及由此带来的影响正合法化。

对于最为敏感的漏网家燕追捕，苍茫却反应强烈：“尊敬的黑白族长，如果要处置抓获的漏网家燕，必须经鸟规执行团成员投票决定，不能让麻雀独立执行。先让这些幸存的家燕活下来，供研究之用，这样才能判定家燕是不是真的携带禽流感病毒！”

黑白眼珠子转了两圈，认真地点头说：“是啊，是啊，我已吩咐所有参加追捕的鸟族把抓到的家燕安置在一个温暖的山洞里，责成麻雀们精心护理，不准擅自处置，将来所长已向我保证了。我想，麻雀并不是天性凶残的鸟族，如果不是人类的旨意，他们一定不会发动‘雀燕之战’。我相信，麻雀会顾全大局。好吧，过两天我就和苍茫先生一起去看看可怜的家燕。嗨，但愿他们身上并没有携带禽流感病毒。”

苍茫对黑白提及的“麻雀未来研究所”所长很不以为意，但是，白鹇天性的善良还是让他相信了黑白这一套瞎话。所以，在这里所有鸟界的朋友不妨记住人类一位智者写的两句诗：“高尚是高尚者的墓志铭，卑鄙是卑鄙者的通行证。”这智慧之语，可从一个侧面说明，为什么善良的鸟总要落入卑鄙鸟陷阱的原因了。

白鹇族长和杜鹃族长商谈鸟界大事告一段落之时，忽然间砰砰两声枪响穿透层层树林传到隐秘的白鹇祖居地，随之还有一声鸟的惨叫。白鹇族长苍茫一惊，撇下地上的杜鹃族长飞到歪脖子酸枣树的顶端四下观望，又急速飞落地上。

这时候，那只名叫哈哈的青年白鹇跌跌撞撞地逃进树林里，上气不接下气地报告：“族长，不好了，不好了！野味店店主三角眼又上山打猎了，有只鸟兄弟遭了毒手。我……我当时就在离他不远的地方，亲眼看到他从树上被打落下来。哇……太可怕了。”

“太贪婪了！”白鹇族长苍茫此时的表情没有愤怒和悲伤，只剩下无奈和痛苦。他重新跳上歪脖子酸枣树最高的枝杈，亮开嗓子呼叫起来。是啊，高贵优雅的白鹇鸟并不是一个会唱歌的鸟族，他们的叫声粗糙而略显沙哑。现在，这粗糙沙哑的饱含悲愤无奈的呼叫声响彻了文笔山上空，通过一种只有白鹇才可意会的形式，传递到每一只觅食的白鹇耳里。呼叫三遍后，苍茫从酸枣树上跳下来，落在认真倾听外面动静的杜鹃族长面前：“悲痛啊，你都看到了，我只能用这种方式呼唤同胞们到目前尚安全的祖居地避难。黑白先生，很抱歉，我得去处理本族的事务，但愿我的同胞们能安全脱险。”

“那么，苍茫先生，我就先告辞了，等有时间再一起商议如何处理漏网的家燕吧。”黑白彬彬有礼地点了点头，与匆匆忙忙跟着哈哈而去的白鹇族长告别。

闲话休提，来到文笔山本来是怀着一颗忐忑不安的心，试探白鹇族长态度的杜鹃族长，恰巧碰到白鹇家族发生了如此大的变故，从头到尾目睹白鹇家族决意报复人类的过程。由此他相信，尽管苍茫颇有智慧，以后一定是一个强劲的对手，但现在面对着族类的危亡，他暂时不可能顾及“雀燕之战”后的鸟界局势。正好可以利用这个空当，让智慧雀们给顽固的漏网家燕洗洗脑，等到苍茫处理好内部事务腾出手来，哈哈，他也就把“雀燕之战”的善后事宜处理得滴水不漏了。那时鸟界大局已定，自己联合麻雀族长架空鸟规执行团白鹇的位置，鸟界就尽在自己掌握之中。在鹰王归来之前，利用麻雀掌控整个鸟界，最终登上鸟王之位，也就指日可待了。想到这里，飞出白鹇祖居地的杜鹃族长几乎笑出声来。

当他们抄近路高高地飞离了文笔山，找棵高大浓密的杉树落住脚休息时，独眼看黑白还回头望着文笔山的方向，忍不住问：“老板，我不明白这只看上去挺聪明的白鹇怎么就同意手下报复人类？他前后的态度怎么忽然来了个一百八十度的转弯呢？”

黑白冷冷一笑：“你只看到问题的表面，而没有拨开表面的迷雾，看透事物的本质。”

“老板，独眼愚钝，还要您明示。”独眼恭敬地将翅膀贴紧身体两边。

“不错，苍茫是一只很有智慧的白鹇，比原来的族长难对付多了。正因为苍茫善于用智，也就善于权衡轻重，现在他刚刚接任族长之位，权威还有待提高。在这种群情激愤的情况下，他以大局为重，宁愿付出小部分的牺牲，也绝不会在这时候站在白鹇同胞的对立面，尽管这对立面百分之百正确。这正是成大事者必备的素质，他起初反对最后同意有计划地报复人类，这已是极灵活的处理方式。但是……我倒要看看他怎么唱好这出戏。报复人类，哼，这可是刀尖上跳舞的活啊！”停了停，黑白从鼻子里“哼”了一声，冷冷地说，“万幸的是，人类这时候出手帮助了我们，哈哈，这可是天赐良机啊，天助我也！”

尽管独眼对自己族长的话听得一知半解，但还是认真地点着头。他用一只独眼警惕地扫视周围的动静，确信没有什么危险之后，照例飞在前面，为族长开路。

## 第三章

从这天起，杜鹃族长回到大佑山后，耐心地等待有关文笔山白鹇家族的消息。同时，一直关注将来所长对家燕展开的洗脑行动进展情况。其间，他还应将来所长之邀去了一次温泉洞，给家燕们授课。虽说将来所长抱怨洗脑行动进展缓慢、收效甚微，杜鹃族长还是力主将洗脑行动进行下去，并指点他们采用攻心之术。

然而，这一段时间有很多消息对他们都不太有利。一是有些人类开始涌动怀旧情绪，怀念与家燕同居的日子，一篇《我与家燕不得不说的故事》在《三明日报》副刊刊出后，在三明城引起很大反响，进而引发某些人类对于进驻燕巢的麻雀态度冷淡。二是鸟界开始传言鹰王将在明年春天回归，原本看杜鹃和麻雀眼色行事不想当出头鸟的个别鸟族，暗地里对追捕家燕采取抵制行动。三是白鹇报复人类的行动一直没有进行，让别的鸟不知苍茫葫芦里卖的什么药。

当然，深谋远虑的杜鹃族长这一段时间在大佑山深居简出，却没有闲着，针对这两件事采取了相应措施。首先，针对第一个传言，以其人之道还治其人之身，杜鹃族长利用吉祥鸟的身份炮制了另一个传言，证明撰写《我与家燕不得不说的故事》的这位人类作者受到有关方面的严厉批评，他对家燕的怀旧情绪和取代家燕成为新吉祥鸟的麻雀的偏见，已为人类的智者所不齿。同时，黑白对于麻雀受到人类的排斥，也主动从内部找原因，他一边和麻雀族长协商制订了严格的“雀人同居新规”，其中一条是绝不允许麻雀偷食人类主人晒在阳台上的粮食。谁触犯规定，影响麻雀在人类中的形象，谁就将受到雀族最严厉的惩罚。其次，派出大批杜鹃使者去消除鹰王归来的传言，证明春天的吉祥鸟杜鹃正在加紧训练，而从人类那里得知他们对鹰肉的贪婪一如既往，鹰王回归根本没有条件，也许永远都不能回归了。

果然，这些有针对性的措施出台后，从表面上看鸟界又回归原有的那种“明哲保身，不当出头鸟”的各自安分守己的生活，而这正是黑白要达到的目的。

令鸟头疼的是，白鹇为什么迟迟没有实施报复人类的行动呢？这让黑白感到自己的智力受到严重挑战，如果被苍茫忽悠了，不仅他在部下面前这张老脸往哪里搁是个问题，而且走出他预料轨道的白鹇家族的不确定性，无疑对他的一系列长远计划是一个潜在威胁。于是，他让将来派出一些精干的智慧雀监视文笔山的白鹇家族，有什么意外情况必须马上向他报告。

时间在焦灼的等待中过去了一些日子，冬天的寒冷开始更加猖狂地在闽西北广大区域里游荡，鸟界面临着更严峻的生存挑战，在严酷的自然法则面前，许多身体瘦弱的鸟被冻死和饿死。当然，没有哪一个鸟族对此抱怨什么，因为正是通过大自然这种严格的淘汰，才使他们种族越来越强壮和聪明，优胜劣汰天经地义，所有的生命物种都必须经历。因此，在这样寒冷的日子里，鸟们通常以修身养性为主，一般不愿意采取大规模集体行动。就在时令恰好进入人类的节气——冬至这天，麻雀信使向杜鹃族长报告，在南坑村没有找到漏网的家燕，搜捕行动暂时告一段落。

当时，杜鹃族长和红、黄、蓝三位族老正在红豆杉树林里唠嗑。待麻雀信使飞走后，红族老先叫起来：“该不是麻雀老眼昏花看错了吧？这样寒冷的冬天还有家燕敢在外面游荡？”

“说的是啊，家燕可是个娇生惯养的鸟，他们可懂得享受了，往年这个时候早离开闽西北到东南亚猫冬去了。我说啊，他们压根就没有抗冻的基因，才要每年这么辛苦地来回折腾。”蓝族老也歪着头不相信地说。

“是啊，老板，别又是什么谣言来蛊惑鸟心吧？会不会是白鹇族长使的计？”黄族老皱眉沉思道。

“哼，我说兄弟，你可太抬举苍茫这雏鸟的智慧了，他想跟我们老板玩这种瞒天过海的招数，还嫩了点！那不是班门弄斧吗？”红族老冷笑道。

“哟，看不出红兄几天不见还真从人类那里学来不少新词啊，在下佩服佩服！”黄族老反齿相讥。

在杜鹃鸟族里，红族老和黄族老一向互不服气，好在族长面前争宠已是尽鸟皆知的事。黑白对此一直是放任不管，他深谙领导艺术，手下之间有点小矛盾正是他所需要的，要是手下都抱成一团，那他这族长的位置也就坐不稳当了，要紧的是，让他们把握适可而止的尺度。所以，看两位族老争得有些脸红脖子粗了，他才睁开半闭的眼睛，打断他们还要继续的争论：“众位族老说的都有道理，按常理家燕这时候早飞到东南亚过冬了，往年有年老体弱无法迁徙的家燕留在闽西北，不是冻死就是饿死。但是……我想，也许是本族长大意了！是啊，我们都忘了所有野生动物在面临绝境时都有可能会爆发出惊人力量，完成不可能之举！红族老这一段时间苦攻人类语言，一定增长了不少见识，可听说过人类家喻户晓的《三国演义》这本书里‘刘备跃马过檀溪’的故事？”说完眼里突然射出一道凶光。

“本族老不才，正好听说过这个故事。”红族老很高兴自己有个在众鸟面前卖弄智慧的机会，斜了黄族老一眼说，“这故事说的是，刘备到荆州时受蔡氏的陷害逃跑，骑马遇到檀溪，在追兵将至之际，他的胯下马突然爆发惊人的力量，一跃跳过了原本绝对不可能跃过的檀溪。我想，老板是用这个故事警示，如今濒临绝境的家燕极可能调动身体的潜能抵抗严冬。”

蓝族老说：“红兄讲的这个故事精辟，给鸟启示，下次可以在大会上说说。”

黑白看了一眼有些得意地对黄族老做鬼脸的红族老，轻轻咳了一声，让三位族老都看着自己。这是他的惯例，在做出决定之前，总要用这样的方式让部下洗耳恭听。接着，他说：“也许南坑村的家燕，正是利用众鸟认为冬天的环境里他们不能生存的常规判断漏网了。哼，本族长现在命令，红族老明天就跟我去格氏栲森林公园找‘麻雀未来研究所’所长将来，商讨这个新情况，必要时……我们杜鹃也得出手了。”说到后面，杜鹃族长的语气有些迟疑。

被红族老压了一头，又没派到任务的黄族老听出族长的意思，问：“老板，你不是说我们杜鹃不要直接参与麻雀的任何行动吗？那……”

黑白点点头：“是啊，黄族老提醒得对，要慎重……不到万不得已……我们杜鹃一定要站在岸上，这样可进可退。你们都记住了，我们可是人类赞美的吉祥鸟。还有一点，一定要选好明年为人类春天歌唱‘布谷’的杜鹃鸟。在这样鸟界动荡的时期，特别是人类对我们的同盟麻雀不完全信任的时候，我们杜鹃鸟的‘布谷’组歌一定要唱得比往年更响亮，唱得人类晕晕乎乎的。对了，负责这块工作的黄族老记住了，明年的春天，我希望看到人类对我们杜鹃鸟更多的赞美诗。”

黄族老看着忽然变得非常严肃的族长，忙一弯腰，抖动两下翅膀，低头说：“老板，我记住了，我已从刚结束的歌手选拔赛中选出一批新歌手，他们只只都热情高涨。估计经过这一个冬天的训练，明年开春，他们的小嘴儿一张，那‘布谷’的合唱保准让人类找不着北，那些闲着没事干的人类诗人一定会给我们杜鹃鸟写赞美诗的。”

“哦，说到写诗，我倒忘了。上次会议决定请南坑村诗溪仙洋洋来大佑山为我们写诗的事，还应加紧筹备，务必在春天来临之前，请他来为我们杜鹃写一首能传唱整个鸟界的赞美诗。负责此事的蓝族老不可掉以轻心。”黑白摇头晃脑的样子，似乎也在写诗一样。

“是，老板。”蓝族老兴奋地从这根树杈上跳到另一根树杈上。

“好，蓝族老这种工作态度很好。”杜鹃族长很高兴，这些天的郁闷也烟消云散了，点点头说，“好，诸位都散了，按各自的任务行动。红族老留下来，跟我再商量明天出行的事。”

黄族老和蓝族老互相看了一眼，同时一低头，向似乎疲惫得只能半闭着眼睛的族长抖动单翅告别。当他们飞出红豆杉树林时，忽然听到了大佑山顶铁瓦寺方向传来两声略显稚嫩，颇有七分像的喜鹊叫声。不用多想，他们也知道这一定是那群独孤鸟发出来的，这些曾遭到意外伤害的独孤鸟在沉默一段时间后，似乎越来越放肆了，有时候还违反蝙蝠的习性，大白天不休息，学喜鹊的叫声。

两位族老飞出红豆杉树林，落在一棵高大的板栗树枝头，不约而同伸长脖子向山顶上露出一角的铁瓦寺看去，却没再听到独孤鸟学喜鹊的叫声。歪头思索了一会儿，蓝族老就对黄族老说：“黄兄，我看你的任务要加重了。”

“蓝兄有何说法，请指教。”黄族老不解地说。

蓝族老用嘴整理好翅膀上一丝被树枝刮乱的羽毛，左顾右盼着说：“不敢，都知道黄兄足智多谋，人称杜鹃的小诸葛，我哪敢在关公面前舞大刀啊。”

“哈哈，蓝兄运用人类的语言是越来越老到了。”

“见笑了，黄兄。我是听说虎头山的啄木鸟族有个别不知天高地厚的家伙散布谣言呢，说我们杜鹃年年叫‘布谷’没有创意，还不如听他们啄木头的声音。”蓝族老向黄族老微一耸肩，再次用嘴梳理身上的羽毛。蓝族老是一位美男杜鹃，特别注重自己的仪表。

黄族老从树顶上跳了起来，情绪激动地叫道：“什么？啄木鸟真是这么说的吗？这些头脑简单的家伙，敢小看我们的歌喉？”

“是啊，我还听说他们异想天开地要改变我们杜鹃鸟的叫声，让我们结合喜鹊的叫声进去。还说连大佑山顶铁瓦寺的蝙蝠家族都学会了喜鹊的叫声，杜鹃鸟太不求上进了。”蓝族老说着话，也气得出气声粗起来，“黄兄，今年一定要选出一些嗓音比往年更亮更高的青年男女杜鹃，把他们的谣言和诽谤打压下去。”

黄族老在板栗树顶上跳了几下，迎面吹来的寒风使他的情绪平缓下来。他重重地冷笑了一声：“哼！改革杜鹃鸟的‘布谷’叫声？哼，那是不可能的！我们是人类春天耕种的信使，这可是经历多少年的进化后，杜鹃鸟拥有的特权！哪能说改就能改？哼，笑话，啄木鸟算哪根葱啊，成天只会抱着树啃，那一点响声哪能与我们的‘布谷’叫声相比啊。别理他们，改天我带着弟兄们到虎头山给他们摆台演唱会，吓死他们！”说着话，大约是想到演唱会上，杜鹃鸟们旋律优美的“布谷”声把啄木鸟单调的啄木头声比了下去，啄木鸟那不知天高地厚的家伙当众出了丑，所以，黄族老脸上浮上一层得意而自信的笑容。

蓝族老有些不解地看着黄族老前后快速的表情变化，犹豫了半天方说：“可我们老大说，要改歌的旋律。”

黄族老的脸一下又阴沉下来，看看四周，小声说：“我看老大自从‘雀燕之战’爆发后，性情急躁了许多，这一段时间，文笔山按兵不动的白鹇又让把话说出去的老板很没有面子呢。我想，老板是不是被铁瓦寺独孤鸟的喜鹊叫声气糊涂了。要我看，干脆把独孤鸟灭了！反正他们在鸟界也是独来独往的，爹不疼娘不爱的。他妈的，不就是一群不合群的蝙蝠嘛！什么狗屁独孤鸟，搞得很有个性一样！”

蓝族老忽然长叹一口气说道：“是啊，老板的想法我是越来越捉摸不透了。只是……只是我猜测，老板之所以只是让独眼稍微教训了一下学喜鹊叫的独孤鸟，一定有他的深谋远虑，或许独孤鸟还有用吧。反正，我们做好各自的事情，不要让老板为我们操心就成了。真要收拾这些怪异的蝙蝠，还不是小菜一碟。”

“那是，那是，蓝兄所言极是。”黄族老连连点头。

这时候，从大佑山顶铁瓦寺方向又传来两声粗糙的由独孤鸟发出的喜鹊叫声。两位族老互相看了一眼，没再说什么，各自展翅飞走了。

事实上，杜鹃家族两位族老的感受完全正确。是啊，自从“雀燕之战”爆发以来，一直不动声色的杜鹃族长性情变得有些捉摸不定了，兴奋和忧郁的转换有时候就是一瞬间的事，谁也弄不懂智慧超人的族长心里在想什么，不要说普通的杜鹃鸟，就是与族长最为亲近的三位族老也有些摸不着头脑。只有族长的贴身保镖——忠心耿耿的独眼，才真正了解族长作为一只杜鹃。也有着正常的喜怒哀乐，只不过他用理智将它们伪装起来罢了，他知道族长内心焦灼和惧怕什么。这会儿，黑白族长的表情是疲惫而阴沉的，因为他也隐约听到从山顶铁瓦寺传来的独孤鸟发出的喜鹊叫声。然而，他听到这烦人的叫声只是不易觉察地微皱了一下眉头，开始和红族老商议明天去找将来的具体事宜。

红族老认真倾听族长的指示。他明天要去给温泉洞里的家燕们上一堂课，当然得把领导的讲话精神吃透。

时间如红豆杉树林间穿梭而去的风，一点点地融化在上午的时光里；又似身边的溪水，一去不复返地流走了。敏感的野生动物们甚至可以听到，时间从属于它的河床里流逝时击打河岸发出磕磕绊绊的响声。

智慧的杜鹃鸟族族长黑白在此刻就格外清晰地听到这种时间流逝的响声，他的心情不由得更加焦灼起来，红族老汇报明天给家燕上课的讲话稿，他一句也没听进去。就在这个时候，只听得一阵扑啦啦的响声，一大早就不知去哪的杜鹃鸟独眼落在树上。这只气喘吁吁的独眼杜鹃鸟奇怪地叼着半张报纸。

独眼这副模样让等待族长指示的红族老吃惊不小，他用翅膀指着独眼叫道：“喂，我说独眼兄，你这是搞什么造型？什么时候你也学人类捡垃圾了？”

独眼没理睬红族老的询问，将报纸找了根粗壮的树枝摊开来，又小心翼翼地用一只脚压住报纸一角，以免被冬天清冷的风吹跑。

黑白轻咳了一声，似乎对独眼的样子一点也不惊讶。他微皱一下眉头说：“独眼兄弟，你给我们带回什么消息了？”

独眼张开翅膀，垂首向族长行了个礼，尽量用平缓的语气说：“老板，我接受了你的指示潜入三明城时，没有惊动任何鸟族，碰上一些早起的麻雀也只是和他们简单地打打招呼，装着闲逛的样子。随后，我直接飞临文笔山，为避免白鹇和文笔山其他鸟族看到我起疑心，我只是贴着文笔山的树顶高高地飞了一圈，没有发现异常情况，一大早白鹇们正常地开始觅食。我又飞到文笔山下的野味店，站在离店不远的一棵梧桐树上观察后，才确定野味店好像关门了！而且看到地上有残留的鸟屎。”

“什么？鸟屎？太好了！老板，白鹇这菜鸟总算对人类动手了。”红族老叫了起来。

独眼兴奋地继续说：“老板，是啊，看样子，苍茫那只菜鸟没有食言，真对人类动手了，给专门经营野生动物的野味店拉了一头的臭屎。”

黑白心里暗暗高兴，松了口气。太好了，苍茫果然带着手下动手了。他忘记了野生动物一个基本的信条：不要与人类为敌。因为，这是弱小的野生动物保护自身的最基本原则！

独眼不解地说：“老板，白鹇的报复并没有激怒人类，看样子，他们的生活还是和从前一样。我悄悄地观察那些早起觅食的白鹇，也没有异常的表现，就像什么事情也没有发生过一样。我不明白，老板为什么那么希望白鹇对人类报复。”

直到这会儿，一早上脸上表情阴得能拧出水来的杜鹃族长才有了一丝笑容。他从座位上跳起来，绕着红豆杉树轻盈地飞了一圈，活动活动筋骨。他对独眼答非所问：“很快，白鹇就将为自己的愚蠢付出代价。哼，人类是一种非常自以为是的动物，当他们的尊严受到来自低等野生动物的挑战时，就会疯狂报复！”

族长兴奋和肯定的语气，让红族老和独眼都如坠云雾。

独眼用一只眼探询地看着族长脸上的表情，说：“老板，我回来的路上经过三明城时，在几个公园的林子里找到一些麻雀，打听白鹇报复人类的情况，这些只知捡拾人类丢弃食物的蠢雀居然一问三不知，可把我气死了。后来总算碰到一只智慧雀，才把事情听了个大概。说是将来所长因为雀力不够，早把监视文笔山白鹇动向的智慧雀撤走了，替换的麻雀在白鹇行动时居然睡着了，什么也没看到。据这只老眼昏花的智慧雀所说，白鹇新上任的族长苍茫是晚上大约七点钟的时候，组织了三十只精干强壮的白鹇飞临野味店拉了憋足的一泡鸟屎。所以，按我推算，白鹇应当在三天前就已经组织了这次行动。”

“除了少数的智慧雀，这些麻雀比起家燕差多了，不过是一群菜鸟。成事不足，败事有余。”红族老忍不住又叫了起来。

黑白皱皱眉头，用严厉的目光瞪了红族老一眼，直到对方低下头，方语重心长地说：“我说过，不准在任何场合贬低我们的同盟麻雀兄弟！不论是智慧雀还是一般的麻雀，都是我们杜鹃鸟的同盟！红族老，你是家族里德高望重的鸟，这样的话若是让嘴快的杜鹃传出去会有什么后果？哼，鸟界就会说，连杜鹃鸟也认为麻雀根本不能代替家燕成为与人类同居的吉祥鸟，由此所造成的影响将无法挽回！严重点说，我们为'雀燕之战'披上的正义战争外衣就会自动脱落，那么，我们所有的努力都将前功尽弃！"

族长严厉的批评让红族老既羞且愧，忙向族长承认错误。

黑白的表情稍微缓和了些，他眯着眼睛看看独眼脚上踩住的报纸，微微冷笑说："你不会真的像红族老说的也学人类捡垃圾吧？金丝湾森林公园的自然环境可容不下一丁点人类垃圾呢。"

听了族长半开玩笑说的话，独眼这会儿似乎才想起脚下所踩的报纸，忙不好意思地摇头说："不是的，老板。是这样的，我在三明城里找了好多麻雀也没打听出更详细的消息，忽然想发生了鸟进攻人类这样的大事，三明本地的新闻媒体一定会有详细的报道。这么想了，我就壮起胆子飞到三明日报的门口看能不能找张报纸。哈哈，功夫不负有心鸟，我躲在三明日报门口那紫荆树浓密的树叶里等了好久，才算逮到了一个机会，趁门卫上厕所的时间飞进去找报纸。哇，别提我当时有多害怕了，要是人把大门一关，我可就成笼中之鸟了。没办法啊，我还得用自己识得的几个人类文字寻找呢，总算运气不错，还真找着了有登白鹇攻击人类的那张报纸，我担心自己体力不够，撕下有用的半张叼着就跑。哇，我飞跑出大门时，就听人在呼叫什么见鬼了，鸟来抢报纸了。一定是那个门卫。哈哈，我想，他一定吓了半死，也没人会相信他的鬼话。哈哈，谁相信一只杜鹃鸟会跑到报社抢报纸呢。"说着说着，独眼得意地哈哈笑起来。

听了独眼的叙述，红族老惊得嘴半天合不拢，飞到独眼面前，用翅膀撞击他说："哇，鸟界奇闻，鸟界奇闻，独眼兄弟真是浑身是胆又智慧超鸟，本族老自愧不如啊！"

一向不动声色的黑白在独眼的笑声中也绽开了笑脸，用满意的口气赞赏道："独眼的急中生智很好，充分证明我们杜鹃鸟族是鸟界最出色的鸟族。嗯，如果所有的杜鹃鸟都能像独眼一样，碰到问题善于思考，并勇敢地利用智慧解决，那么，我们整个杜鹃鸟族的进化速度将大大加快，不用多长的时间，就可以进化到与人类平起平坐的水平了。"

杜鹃族长一向是很少这么夸赞部下，今天他是真的高兴了，为一只杜鹃鸟懂得通过人类的报纸了解信息而骄傲。这从侧面证明了自己领导有方啊。

是啊，整个杜鹃家族乃至鸟界，谁不知道独眼原来只是一只孔武有力、头脑简单的鸟，没想到，经过几年调教，这只原本只相信用武力征服别鸟的家伙不仅能听懂人类的很多语言，而且还能看懂人类的文字了。这不能不说是鸟界的一个奇迹，也证明了自然界之神奇，可以造就想象之外的多少不可能啊。

独眼得到族长如此夸奖，高兴异常，却没有得意忘形。他感激地再次致礼后，将报纸叼到族长面前。

黑白看看放在面前的半张报纸，微微一笑说："好吧，现在就让我们看看独眼兄弟这么辛苦弄来的人类报纸怎么描述白鹇这次行动的。"

展现在杜鹃鸟族族长面前的是一篇新闻报道：

## 泡泡鸟屎从天而降　野味店遭群鸟袭击

昨晚七时，我市文笔山下野味店遭群鸟攻击，天降鸟屎，使野味店不得不关门送客。

据记者采访当时在野味店就餐的顾客称，光临野味店的是从文笔山上飞下来的白鹇鸟。这群足有三十只的白鹇突然在夜幕中惊现在众人视野里，似乎有组织地轮番飞临野味店上空拉屎。转眼间，一座独立的三层小楼的野味店上空就下了臭不可闻的屎雨。这场突如其来的屎雨下了足足有十分钟后，这群奇怪的白鹇才有条不紊地消失在夜幕之中。

据一知情者独家向本报报料，文笔山下野味店是一家专门提供野生动物的餐馆，曾有顾客向有关部门反映，但没有受到处理。据本市研究鸟类的专家分析，此次发生在野味店的"鸟屎雨事件"，在有关的文字记载中从未发生过，这种鸟类攻击人类的现象，当引起科学界的警觉。但这位鸟类研究专家认定，这是一种偶然现象。当然，也不排除是野味店捕猎其同类而引发白鹇报复的可能。

另据记者采访事件当事人野味店老板，他矢口否认专售野生动物的说法，称是商业竞争者诬蔑他的谣言，其所提供的一些珍稀动物都是人类饲养并非野生的，更没有近日捕猎文笔山白鹇的事情发生。他向记者提供了持有鸟枪的合法手续，同时表示并没有上文笔山报复白鹇的计划，他将因这次"鸟屎雨事件"更加遵守有关法律，保护野生动物，为自然和谐发展做出应有的贡献。

随后，针对野味店发生“鸟屎雨事件”了解到的有关情况，记者采访了我市林业局野生动物保护的相关部门领导，他声称将密切关注此次“鸟屎雨事件”，组织有关专家进行科学论证和研究，督促监察有关部门考察文笔山野生白鹇的生存情况，并制订切实可行的保护计划，完善文笔山森林公园野生动物保护条例，有违反者将受到法律的严惩。但是，针对记者所得知的有关野味店是一家专售野生动物黑店的说法，这位领导进行了否认和澄清。

截至记者发稿，野味店已调动人力将鸟屎清理干净，将择日重新开业。有关情况，本报将继续关注。（本报记者　凌笙）

“凌笙？这个名字好熟啊？”很快就看完新闻的杜鹃族长皱着眉头努力回忆着，忽然眼前一亮，肯定地说，“我想起来了，上次去温泉洞讲课时听将来所长介绍过，那只受重伤的执行燕哈辛的主人正是凌笙！对，这可是一个对麻雀没有好感的家伙。据说智慧雀中最强壮的麻雀四兄弟到他家接收燕巢时，遭其攻击险些丧命！”

“老板好记性。”独眼忙拍族长马屁。

这时，勉强把新闻看了个大概的红族老叫起来：“老板，情况好像不是你所预想的那样啊，看样子，‘鸟屎雨事件’并没有给白鹇带来麻烦，反而引起人类重视，要加大对文笔山白鹇的保护力度呢。这岂不是……”红族老是想说‘岂不是如意的算盘落空了’，但他怕族长不高兴，就把话打住了。

黑白阴郁的眼睛半闭了一会儿，似乎在进行深度思考。良久，将眼睛睁开，眼神更加阴冷了。他将报纸叼起来挂在了树枝上，确信不会被风刮走后，冷笑道：“哼，哼，麻烦？我想，白鹇的麻烦还在后头。等着吧，一切都在按照我预定的计划发展。”

红族老和独眼互看一眼，不明白族长话里的意思。

黑白不满地扫了两位得力干将一眼：“我的杜鹃兄弟们，什么时候你们才能真正掌握透过现象看本质的本领啊？要有全局的眼光！不能孤立地看一件事。毫无疑问，凌笙这位动物保护主义者写的这篇新闻报道表面上传达的信息，是官方将对这次白鹇的报复行动进行科学的研究，并且加大对文笔山鸟族的保护力度。但是，还传达了另一个信息是，有着很硬后台的野味店售食野生保护动物的犯罪行为并没有得到遏制，更没有受到相应的法律惩罚。哈哈，我的杜鹃兄弟们，这说明什么呢？说明你们根本不了解人类，以我的判断，凌笙推进的有关人类完善保护文笔山野生动物条例，在轰轰烈烈地做了表面工作后，很快就会成为一张废纸。哼，人类出台保护我们这些野生动物的法律也不是一天两天了，可哪一天我们的鸟界没有鸟族兄弟被人类残杀？忘记了吧，当年，最为强大的老鹰不也在人类的保护口号里濒临灭族，至今远离尘世不敢回归？依我看，白鹇家族以后的日子肯定不好过，那个有后台的野味店老板公然持有合法的猎枪，这就是明证！啊，可悲啊，这个可恶的家伙和某些与他一样贪婪的人类一定会视这些法律为一纸空文。白鹇兄弟啊，你的日子一定越来越不好过了。红族老，本族长的如意算盘不会落空。不信，我们走着瞧！”

黑白族长的一席话，令红族老和独眼佩服得五体投地。

红族老双翅一展，头一低，整个脑袋扎在树上，恭敬地说：“老板之高瞻远瞩、深谋远虑，真是鸟界所罕见。”

独眼兴奋地叫道：“只要白鹇走上老鹰的老路，苍茫这菜鸟后院起火，就不会碍我们杜鹃什么事了。哈，三鸟组成的鸟规执行团，那还不是老板您说了算。”

“我说过，不要随便将一只有智商的鸟称为菜鸟。”黑白坐到了族长的宝座上，舒服地打了个呵欠，“要学会尊重对手，你才能真正了解对手的弱点，然后一击即中。”

独眼和红族老看出族长有些疲惫了，两鸟唯唯诺诺地再次表示对族长的尊敬后，飞离了族长专用的红豆杉树。独眼站在小溪边红豆杉树林尖端不知疲倦地观察周围动静，保卫智慧的杜鹃族长。红族老则抓紧时间和自己的老情鸟约会去了，明天他还得跟着族长出差呢。

黑白沉思着：看来，苍茫真不愧是最具智慧的白鹇，他组织的“鸟屎雨行动”有勇有谋。三十只白鹇在人类的头顶上拉屎。好家伙，还能做到全身而退，真不简单啊，在鸟界也算是史无前例了。这真是一个可怕的对手，可惜他生不逢时，也没有真正了解人类贪婪的本性是如何不可遏制。不用多久，野味店那个无比贪婪的老板一定会纠集一帮子和他一样目无法纪的无知人类，给白鹇带去更大的麻烦。想到这里，黑白脸上浮现出得意的笑容。

事实上，后来文笔山白鹇家族的生存状况如杜鹃族长黑白所料，官方出台的如一纸空文的保护措施，并没有给文笔山鸟族带来福音，以野味店老板为首的一伙非法捕猎者，面对鸟类的报复采取了严厉的打击行动，最终让白鹇家族只能放弃文笔山的祖居地，迁至远离人间烟火的森林里，和老鹰一样不得不为种族的生存而隐藏行踪。

# 第四章

这么一种微妙而隐秘的得意，多少冲淡了南坑村出现漏网家燕带给杜鹃族长的忧虑。第二天一大早，天还没亮，黑白就带着得力的干将红族老和保镖独眼向格氏栲森林公园方向飞去，他此行的目的是，了解智慧雀们对捕获的家燕采取的洗脑行动进行得怎样。再者，他已下定决心要和将来所长拿出一个新的行动计划来，对在冬天里的南坑村出现的漏网家燕采取有力措施。他实在不能理解，在越来越寒冷的严冬，竟然还有家燕能在自然环境下生存，由此带给他的内心恐慌是没有别鸟能探知的，这让他非常不安。经过三明城时，尽管对麻雀那老眼昏花的老色鬼族长未必根本没放在眼里，但出于礼貌，杜鹃族长还是吩咐红族老先去格氏栲森林公园通知将来所长到温泉洞会合，自己则带着保镖独眼对麻雀族长进行礼节性拜访。

未必似乎懒得关心族内事务，对黑白提及的白鹇"鸟屎雨事件"没有太大的兴趣，打着哈欠说："啊啊，菜鸟，白鹇干的事我早知道了，挺好玩的。黑白族长如果没别的什么事就这样吧。咳……咳……那个……那个什么鸟规执行团，有事情就找我的'麻雀未来研究所'所长，菜鸟……咳……让将来管这些事。本族长得休息一下了，黑白族长自便吧。咳……"说着话，未必居然歪头靠在女雀的怀里睡着了。

杜鹃族长只能无趣地告辞了。

很显然，原本还有一些智慧和理想的麻雀族长已在忘情地享受"雀燕之战"的胜利果实，他没有像将来和智慧雀们依然住在野外，而是选择了三明城一个高档小区里最漂亮的一幢楼的一户，那里有一个大而结实温暖的燕巢。这一段时间以来，未必族长沉迷于安逸的生活，不仅消磨了最后一点野生动物必有的斗志，而且可能连翅膀都退化，飞不起来了。黑白心想：哼，这样也好，省了麻雀族长这道关口，整个麻雀家族就更好摆弄了。

然而，顺着沙溪河飞越整个三明城时，接下来看到的景象就让杜鹃族长触目惊心了。他看到三明城的天空基本已成麻雀的天下，这些占据家燕巢穴的麻雀们俨然以城市的主人自居，成群结队地在天上闲逛，给鸟一种休闲度假的感觉，根本没有野生动物天生应有的危机感。在小吃一条街，从高高的天上飞行生怕暴露自己行踪的杜鹃鸟族长，敏锐地看到地上有许多麻雀，几乎每个饭店门口都有几只麻雀在那里踱步觅食。看到这样的情形，不禁让杜鹃鸟族长对独眼摇头长叹："唉，麻雀太让鸟失望了，与家燕相比，他们就是扶不起来的阿斗！俗不可耐！我想，一旦人类醒悟过来，就会把这些脏兮兮的家伙从阳台上赶走！"

这时候，黑白已降低飞行高度，落在小吃街一棵叶子虽已枯黄，但还算茂密的梧桐树上。

独眼跟着降落下来，不明白族长为什么突然改变飞行线路。他的一只独眼环视周围，确信没有什么危险之后，才不解地问族长："老板，麻雀这么做会惹恼了人类？"

黑白没有回答，摇头看着街面上依然快乐的一跳一跳捡食人类丢弃食物的麻雀。

突然，一家饭店门口突然引发了一阵骚动。十几只麻雀混战成一团，随后在人类的呵斥声中纷纷飞高。有两只愣头青般的麻雀落在杜鹃族长和独眼所在的梧桐树上，他们看到杜鹃族长似乎有些吃惊。其中年纪较大的麻雀愣头愣脑地问："喂，我说杜鹃鸟，你们站在这里发傻做什么？告诉你们，这条街可是我们麻雀兄弟的地盘，地上那些食物都归我们，你们可别打什么歪主意。"

如果不是族长的眼神制止，性格暴躁的独眼当下就会冲上去把这两只脏兮兮的麻雀撕成碎片。他忍住气从鼻孔里哼了一声，厉声呵斥道："放尊重点，这是我们黑白族长。"

黑白厌恶地皱起眉头，躲避着他们身上的那股怪味，不动声色地说："麻雀兄弟，你们放心，我们只是路过，看这里挺热闹的，就停留下来开开眼界。不错，此处确实食物丰盛啊，看来你们过得很不错。"

"那是，那是。哦，你是杜鹃族长？喏，我们大呆二呆两兄弟是这里的常客。"年长的叫大呆的麻雀得意地说，"自从我们把家燕赶出三明城后，嘻嘻，我们麻雀就跟天天过节一样，有燕巢住，又有取之不尽的人类丢弃的食物，偶尔……嘿，嘿，我们一伙弟兄们还到田里换换口味，拿人类种植的粮食打打牙祭。嘿，这日子过得可比你们杜鹃死守着大佑山风吹雨淋强多了。

我说杜鹃族长，你不会和我们族长说说，也到城里来潇洒潇洒。”看来，这只叫大呆的麻雀心还挺善，关心同盟鸟族。

独眼觉得自己受到了侮辱，飞到麻雀站着的树枝上，瞪起独眼叫道：“什么？你这不知天高地厚的蠢雀，让我们杜鹃和你一样过低三下四的生活？”

大呆和二呆吓得飞到了另一棵更远的树上，躲在几片枯黄的梧桐叶后，惊惧地说：“不……我们不是这个意思，我……我这是好心……”

黑白对独眼轻轻喝了一声，说：“别怕，我这位手下脾气比较暴躁，但不会伤害你。我刚从你们族长那里出来，马上要去找你们将来所长。说说你们两兄弟为何与别的雀吵起来，这样影响团结，有损于人类将你们视为吉祥鸟的。”

大呆和二呆就抢着诉说，另一伙麻雀看中这个饭店门口人类丢弃的食物多，不顾规则来偷食的经过。二呆尖着嗓子说：“黑白族长，你给我们族长和将来所长说说，要将每个饭店门口和所有人类丢弃食物的地方进行更细致地划分，并写进我们雀族族规。这样，大家就不会抢来抢去伤和气了。”

为捡食人类丢弃食物划分地盘，还要写进族规里？高贵智慧的杜鹃鸟族族长差点要喷饭了，但他尽力忍住，不动声色地说：“我会向将来所长转告的。”

大呆二呆两位麻雀兄弟又飞到地上快乐地觅食了。转眼间，刚才麻雀为分食不均而发生的争执似乎也烟消云散了，整条小吃街上又落满了如灰色垃圾般跳来跳去觅食的麻雀。

杜鹃族长和保镖随即飞离充满油烟气和喧嚣的小吃一条街。很快，他们就进入茂密的山林之中，将三明城远远抛在后面。天气很好，尽管微风吹来一阵阵寒意，但亮得发白的太阳还是让两只杜鹃鸟感到了温暖。飞了一阵，飞在前面的独眼放慢了速度，等族长飞上来，余怒未消地说：“老板，我刚才真想狠狠教训那两只蠢雀，居然敢轻视我们杜鹃鸟！”

黑白翅膀轻微一侧，调整了一下飞行方向，冷冷地斜了一眼手下说：“现在可不是找痛快的时候，你和两只蠢雀较什么劲？哼，麻雀们刚开始享受到家燕的待遇，难免得意忘形。你知道我为什么带你停下来看麻雀们在小吃一条街的鬼样子？”

独眼不解地摇摇头。

黑白微叹口气：“你呀，什么时候才能真正学会透过现象看本质呢？这可不是学会听人类几句话和看懂两个文字那么简单啊。”

独眼羞愧地低下头：“老板，独眼谨听教诲。”

黑白就是喜欢独眼的忠诚，缓和语气说道："独眼兄弟啊，我们杜鹃鸟要想加快进化的步伐，要多学会动脑子，让脑子加快进化的速度。你看人类为什么能执掌自然界之牛耳？是比老虎凶猛，还是比大象强壮？都不是，而是因为他们进化出了动物界最高级的大脑。杜鹃鸟能不能做到这一点呢？我们再怎么进化也不能进化到大象一样的体型吧？因此，我们就要努力加快脑子的进化，只要有一天，我们所有杜鹃鸟都进化到人类那样的智商，那么，哼！到那时就不是杜鹃鸟当人类的吉祥鸟，而是反过来，人类当我们杜鹃鸟的吉祥物！"

黑白从鼻孔里哼出声来时，眼里射出一束疯狂的凶光，让独眼为之一震。哇，真没想到，老板还有这么远大的理想和目标啊！震惊之余，独眼更对自己的这位充满智慧的族长佩服得五体投地了。独眼不由自主地高声叫道："老板，我明白了，你带我到小吃一条街停留，不是看什么风景，是让我从麻雀的身上吸取教训啊！会的，我回去一定会把我所看到的告诉弟兄们，把这帮子蠢雀当作反面教材，告诫我们杜鹃鸟，不能像他们一样贪图享受，丧失了野生动物的本性，自甘堕落。"

杜鹃族长满意地点点头："独眼兄弟，你这才算是真的明白了。是啊！起初我和你一样也为麻雀这么肮脏的生活感到吃惊；随后，我就想把这些事写成反面教材，督促每一只试图偷懒的杜鹃鸟。你知道我为什么这次不是选在晚上而是在白天公开会晤麻雀？"他看了看独眼不解的眼神，接着说，"此一时彼一时也。现在离'雀燕之战'已有一段时间，鸟界的局势也逐渐稳定，白鹇忙着应付来自野味店老板的报复，没时间顾及鸟界事务。哼，我们鸟规执行团可以发挥作用了！哈哈，现在我们可以公开与麻雀的同盟关系了，在鹰王没归来之前，一步步确立我们杜鹃鸟的王者地位！"

独眼由衷赞叹："老板之智慧真是无鸟能及也！"

黑白似乎没听到手下拍的这个马屁，而是眯着眼睛看向远方，喃喃自语："是时候了，可以向家燕揭开谜底了。"

随后，这两只杜鹃鸟加快飞行速度，绕过几座山峰，穿过一片片树林，径直向隐秘的温泉洞飞去。他们集中体力快速飞行了一段之后，就进入了一条狭长的山谷。一进入山谷，就由早已等候在谷口的智慧雀引路。当这两只经过长途飞行的杜鹃鸟轻轻落在温泉洞口时，麻雀未来研究所所长和先期到达的杜鹃鸟族红族老早等候在那里了。将来伸出一只翅膀碰了碰黑白伸过来的翅膀，热情地说："欢迎黑白族长莅临温泉洞指导。"

两鸟见面互相之间伸出翅膀相碰，这是“雀燕之战”后将来所长亲自拟定的麻雀礼节之一。其目的是学人类见面握手，两只翅膀一碰，就算是两鸟握手问候了，不再像以前一样，两只麻雀见面摇头晃脑叽叽喳喳叫唤，显得没有教养。制订这个礼节当然主要是为了树立麻雀取代家燕成为吉祥鸟的新形象，而要说这个见面互碰翅膀的礼节，最早却是黑白族长在杜鹃鸟族里推广的，麻雀只是从杜鹃那里照搬而已。

黑白对将来这种握手的礼节很满意，但他注意到对方脸上掩饰不住的疲态，故作夸张地瞪大眼睛，叫道：“哈哈！我们的智慧雀似乎不太快乐啊？我猜猜，一定是家燕给所长惹麻烦了。”

将来倒也不遮掩，叹口气：“唉，可不是！黑白先生，我对这些顽固的家燕是没辙了，你再不来，我就要失去耐心了。用人类的话说，让他们统统去见阎王！”接着，他引黑白进入温泉洞，在他特设的一个温暖的小洞穴里待大家落座，竹筒倒豆子讲述了事情的原委。

自从将来听从黑白建议，对捕获的漏网家燕采取所谓洗脑行动以来，工作进展得也算顺利，家燕们该吃就吃，该睡就睡，该上课就上课，倒也没有节外生枝。然而，洗脑行动只进行了三天，将来就发现，这些表面上看起来挺正常的家燕们并不是他所想象的那么简单。怎么说呢？他们好像集体装傻，表面上顺从，实际上不知心里在琢磨什么事儿。这让将来有些疑惑，想从这些家燕身上找到发火的理由都找不到。如果不是黑白上次来上课时再一次劝告他要从长计议，不到最后的时刻决不放弃洗脑行动，那么，智冠群雀的将来所长早把这些家燕收拾清楚了。将来很清楚，杜鹃族长所说的“最后的时刻”是指春天到来之前，绝对不能把这些没洗脑成功的家燕留到春天。现在，将来的智慧受到严重的挑战，洗脑行动能否成功，还关系到他的声望，他绝不能在可恶的家燕面前败下阵来，否则他怎么取代族长领导群雀？

经过对这些漏网家燕的仔细观察，将来所长想到这么一个怀柔政策，每天允许家燕旺盛帮助执行燕到温泉洞最温暖的中心散步取暖，并叼来草药给他疗伤。当然，这样的行动都是在十几只智慧雀严密看守下进行的。将来之所以想到这个计策，是因为他早看出，在这些捕获家燕中受重伤的哈辛有较大的号召力，不想让他这么轻易死掉。果然，将来所长苦心孤诣想出的这一招，取得了显著的效果。首先，原本生命垂危的哈辛执行燕伤口慢慢愈合了，虽然身体依然非常虚弱，残废的翅膀让他再无法像一只鸟一样飞行，但已脱离了生命危险。其次，家燕们上课的秩序比从前好多了，尤其是那只陪着哈辛的强壮男燕已完全相信鸟规执行团会对他们做出公正的判决。这让将来紧绷的神经稍松弛了些。是啊，他选择头脑简单的旺盛单独接触要达到的正是这个目的，他需要通过这么一只智力稍弱的家燕向同类表达麻雀的关切之情，进而让其相信，麻雀发动“雀燕之战”确实接受了人类的旨意。

关于这一点，将来很高兴地看到在进行洗脑行动上课时，有的家燕开始怀疑自身真的携带由本族最高机构所种下的禽流感病毒了！这样的家燕在课堂上向智慧雀提问，神情是恐慌和迷茫的。

将来很佩服杜鹃族长的安排。令他稍感不快的是，从死亡边缘回来的哈辛执行燕并没有对将来所长抱有感激之情，而是和从前一样表现得不卑不亢，让将来捉摸不透。甚至有一次，这只刚在麻雀的帮助下捡回一条命的执行燕反而对给他上药的女智慧雀做起策反工作，如果不是负责看守的麻点及时发现，这只对执行燕心生爱慕之情的智慧女雀险些就悄悄将洞门打开了。当然，这只女智慧雀受到了族规严厉的惩罚，哈辛则让将来在痛恨之余不得不敬佩他的顽强和智慧，意识到他碰上出道以来最强劲的对手，这勾起了他的好胜之心。

如此，只要将来有时间到温泉洞来，就忍不住要和哈辛执行燕进行面对面的交锋，这已成了他的一种乐趣。现在，哈辛的伤口已完全愈合了，虽然流血过多元气大伤，且一只翅膀残疾，但这只顽强的男燕已不需要帮助，能独自慢慢地行走了。每次看到哈辛，这只凶残而傲慢的智慧雀就会收起轻视的心。身为鸟族，将来深知不能飞行对一只鸟意味着什么，这只鸟将没有明天，死亡随时都会降临。然而，他没有从哈辛脸上看到悲伤和恐惧，有的只是坚毅和果敢。

昨天下午，得知杜鹃族长要来，怕出什么差错，提前来检查工作的将来与哈辛又见了面。当时，在无数次交锋过的温泉大厅温暖的一角，他们像一对老朋友一样用翅膀相碰问候后，哈辛忽然问：“尊敬的将来所长，能否告诉我，你对洗脑行动究竟报以什么样的期待？嗯，我是说，你和杜鹃的真实想法。现在只有我们两只鸟，不妨推心置腹地谈谈你们的阴谋。”

“杜鹃？阴谋？”将来被吓了一跳。哈辛从来没有这么和他谈过话，他们的交锋大都在更高的层面上。比方说，对自然界某个不解之谜的看法，就像两位学者间探讨学术问题。

哈辛现在瘦弱了许多，如果见过他以前的样子，不会相信这只瘦弱得像小老燕一样的男燕就是他，只有他眼里射出的智慧而坚毅的目光，能让鸟辨认出是从前那只以强悍智慧著称的男燕。现在，他受伤后耷拉在地下拖行的翅膀轻轻抽动一下，忽然放声大笑：“哈哈，尊敬的所长，你是个聪明鸟，那今天我来给你揭谜底吧。杜鹃躲在幕后指挥这场‘雀燕之战’究竟从中捞到了什么好处？”

“嘿，嘿。尊敬的执行燕先生，我一向尊重你的智慧。”将来想了想，“好吧，这是一个对整个鸟界都将产生深远影响的重大战略决策！你说得不错，是我们麻雀和杜鹃结成同盟鸟后，共同策划了这次战略行动！你现在既然什么都知道了，那我就告诉你，从你们家燕进入城市那天起，我们麻雀家族就开始策划这次勇敢而充满智慧的行动，并得到了杜鹃鸟族伟大智慧的族长黑白先生的帮助。当然，你要说这是阴谋，也行。”

“很好，经过这么多次谈话，你今天总算说真话了。”哈辛冷冷地笑了。

“真话？好，我就让你听听一只智慧雀的真话！”将来看看哈辛的表情，下决心说，“真话有时候很可怕。哈哈，反正我说了，你的那些弟兄们也不会相信。”

哈辛看着正和一只漂亮的女智慧雀在温泉另一边边散步边说着什么的旺盛男燕，微微摇了摇头说：“我得承认，尊敬的所长，你的洗脑行动确实让我们有些家燕思维短路了。”现在，这只虚弱的男燕疲惫的脸上浮上一种深深的担忧，叹口气接着说：“经历了噩梦般的灾难，我的很多同伴的鸟生观发生了很大的变化，他们中的很多燕已不相信我所说的话了。悲哀啊！当然，面对着随时可能降临的死亡，我无权指责我的同类们对生的渴望。但是，我相信在被你关押的幸存家燕中，绝大部分还是没有让智慧在死亡的威胁面前溜走，他们依然相信我的话。”

将来得意地笑笑：“嘿嘿，勇敢的执行燕先生，我得再次佩服你的智慧和勇气。然而，我需要的并不是所有的家燕都被洗脑，你没想到吧？只要有一只家燕服从我们，他就将成为我们忠实的宣传机器。”

哈辛全身传过一阵不易觉察的战栗。他直视将来的眼睛：“你做梦吧！即使有家燕相信你的鬼话，也不会充当你们的宣传机器。我相信这一点。”

“哈哈，那我们走着瞧，在春天来临之前……”将来沉吟半天没有把话说完，而是话锋一转，缓和语气，“执行燕先生，今天我们的交谈不像是两只智慧鸟在和平交谈，而像是吵架。好吧，还是让我们像智慧鸟一样心平气和地探讨你说的问题——战略决策或是你说的阴谋。”

哈辛将身子挪动了一下，让自己坐得更舒服些。他活动了一下有些僵硬的脖子，冷笑道："好吧，我就来听听一只厚颜无耻的智慧雀用什么歪理邪说为自己的恶行辩护。"

"真温暖啊，执行燕先生，你得感谢我为你们找到了这样一个安全舒适过冬的地方。否则，现在外面的寒冷会让你们这些习惯温暖环境的家燕活活冻死。"将来说。

"是啊，麻雀可真是最有爱心的鸟族啊。如果没有你们的帮忙，我们家燕早就迁居东南亚，享用那里的温情和浪漫了。真是谢谢了！"哈辛忍不住又冷笑道。

将来并不在意哈辛的讥讽，他向前走了两步，让自己坐得离哈辛近些，用胜利者的姿态快活地抖动一下翅膀："那是一个远大的战略策划。哈辛先生，我们取得了初步的成功。好吧，你说这是阴谋，就算是阴谋吧。我说过，这个阴谋不是从我开始，而是从我之前两任所长就开始了，我们成立研究所，就是要为麻雀找到更好的将来！长久以来，你们家燕一出生就高我们麻雀一等，寄居在人类屋檐下，不用过担惊受怕的生活，你们永远也不会理解我们麻雀中的智慧雀拥有怎样远大的理想！"

"理想？"哈辛有些不明白，反问道。

将来情绪激动起来，脸涨得通红："是的，在鸟界里，我们麻雀是很普通的鸟族，和你们家燕这些高贵的鸟族比起来，从来没有鸟把我们放在眼里，人类也一向对在他们身边飞来飞去的我们熟视无睹。然而，有一天，我们麻雀中的智慧雀醒悟了，决心要改变麻雀在鸟界的地位，渴望有一天能像你们家燕一样成为人类的好朋友，入住人类的家，成为人类的吉祥鸟。啊，这真是一个疯狂而浪漫的远大理想啊！一代又一代，我们麻雀中的智者为这个远大理想付出了艰辛的努力。首先，从确定这个理想开始，我们要求所有的智慧雀不再偷食人类的粮食，改变食物结构，专食有害庄稼的害虫。其次，我们加大了培训的力度，让尽量多的普通麻雀经过培训能变得更有智慧。经过我们几代雀的努力，眼看着理想即将实现。然而，就在这个时候，你们家燕却集体迁居城市，成了人类阳台上的宠儿！"

"等等，你说是家燕打破了你们麻雀的远大理想？你这是强词夺理吧？"将来的这番话让家燕深深震惊了！尽管现在妻离子散、家破鸟亡的他心中蕴满的是对麻雀的仇恨，但从一只智慧雀嘴里听到这从未听说过的麻雀秘密，还是让愤恨中的哈辛吃惊之余，感到了一种从未有过的震撼。

"哼，当然是你们家燕！"将来在哈辛面前暴跳起来。这只一向冷静的智慧雀失去了平常的风度，只是当他的眼光扫到哈辛时，才意识到了自己的失态。他微微舒了口气，“正是家燕搬迁到了城市，打破了我们麻雀智者在城市里成为与人类同居的吉祥鸟的战略构想。哼，我无法再等待下去了，必须做些什么！你们家燕不在祖居的乡村里待着，却跑到城市抢我们的地盘，理应为此付出代价！”

“你这是为麻雀的恶行狡辩，强盗逻辑！”哈辛忽地站起来，勉力站稳虚弱的身体，抖动着那只没受伤的翅膀，义正词严地说，“与人类同居的习性是烙进家燕基因里的，是鸟界公认的。虽然我们家燕跟随着人类进城定居放弃了世居乡村的祖居地，但在当时也得到了鸟王老鹰的认可，写进了修改后的鸟规里。至于你们麻雀的远大理想，我表示尊重，每一个鸟族都有权利选择他的生活，但应当建立在不违反自然法则的基础上，更不能违反鸟规。我想，既然麻雀也想取得人类许可，和他们同居，那么，我们就应当用野生动物应有的方式，在鸟规范围内展开公平公正的竞争！这样，由竞争的结果来确定，谁成为人类的同居者！你们突然袭击的无耻暴行，虽可以蒙骗一时，但绝不可能在鸟界横行下去。只是……我不明白，人类的吉祥鸟杜鹃为什么会和你们同流合污，干出伤害我们家燕的无耻勾当！我……我奉劝你们明智地退出人类的阳台，还我们家燕以……清……清白！”说到后面，哈辛的体力支持不住了，瘫坐在地上。

“说得好，说得好！没想到执行燕先生还是一位高明的演说家。”将来这会儿倒是情绪冷静了，他扇动两只翅膀嘲笑道，“你不明白杜鹃为什么要和我们麻雀结成同盟？告诉你，因为利益！利益！我们和杜鹃现在是利益共同体。实话说，智慧的执行燕先生，你判断得不错，杜鹃鸟族族长黑白先生和我是这次‘雀燕之战’的真正策划者。哈哈，你若是对家燕们说杜鹃也是战争的参与者，我想，恐怕没有一只家燕会相信吧？”

“卑鄙！人类说‘卑鄙是卑鄙者的通行证’，这真是至理名言啊！”哈辛想到现在经过麻雀洗脑的同伴，一定不会相信杜鹃是麻雀帮凶这样的事实，心就一阵阵抽搐。看来，自己太低估对手了。

“咦，你也知道人类这句诗？执行燕先生果然学富五车，可惜现在却成了麻雀的阶下囚，由不得你了。哈哈。明天杜鹃族长就会来看望你们，他会与执行燕先生单独会谈的。顺便提前告诉你，黑白先生去文笔山拜访了白鹇鸟族，据说你的好朋友苍茫已当上了族长，可惜他现在后院起火，自身难保，恐怕没有时间管鸟界其他闲事了。所以啊，也许我们鸟规执行团可以出台非常‘合法’的政策法规了。当然，是由我们麻雀和杜鹃决定的。哈哈。”说完话，将来冷笑几声后扬长而去。

听到有关白鹇的消息，哈辛脸上浮现一种复杂的表情。末了，他长长叹了口气。

将来向黑白讲述了昨天下午与哈辛执行燕最后的交谈经过，他时而激动时而兴奋，到最后似乎很得意自己扔出的几发重型炮弹将对手的心理防线击垮了。之后他恶狠狠地对杜鹃族长说：“既然白鹇无暇鸟界政事，我们正好趁这个机会，以鸟规执行团的名义发布公告声明‘雀燕之战’的合法性，你也走到前台，在鸟王老鹰没归来之前，荣登鸟王宝座，本所长一定尽全族之力支持杜鹃盟兄！”

杜鹃族长听了将来讲述的与哈辛执行燕的交锋，心中很不高兴：将来这个家伙竟然没经过他同意，就自作主张地把谜底揭开了！但他没有把这不高兴表现出来，摇摇头说：“谨慎，不可操之过急，不可操之过急。将来所长，过早地亮出底牌让自己没有退路，这可不是一只智慧鸟应有的智慧。”黑白停住话头，享用了麻雀递上来的几只鲜美的虫子后，阴郁的脸上扯出一个冷笑，接着说：“哼，这就去见见那个聪明勇敢的执行燕。不过，我得问问将来所长，贵族是如何管理城市里已进驻人类阳台的麻雀的？”

站在一旁的独眼接过族长的话，对疑惑不解的“麻雀未来研究所”所长讲述了刚才在小吃一条街的所见所闻。

等独眼说完，黑白认真地对将来说：“尊敬的所长，我想听听你对这些麻雀在小吃街的所作所为的看法。”

“菜鸟！”将来引用麻雀族长最爱用的口头禅恨恨地骂道，“这些蠢雀！真丢我们麻雀的脸啊！不瞒黑白先生，对于进驻人类阳台燕巢的麻雀如何管理，我当初就督促未必族长制订了严格的规章制度，这你也是知道的。只是对那些好吃懒做的麻雀捡食人类废弃的食物，我和未必族长有很大的分歧。我的看法是，绝不允许有这样的事发生。因为这不仅有损于我们麻雀取代家燕成为吉祥鸟的目标，而且长久的好吃懒做也会造成我们种族的退化。唉……尊敬的黑白先生，你一定猜到了，未必族长没有采纳我的建议。我只能在我权限范围内，告诫所有的智慧雀不能这么做，并加快将有些天资的麻雀培训为智慧雀的进度。你或许看到了，这一段时间格氏栲林里的‘麻雀未来研究所’格外热闹，我都忙着这么一档子事呢。唉，尊敬的黑白先生，有时间，我还得向你请教将杜鹃鸟族领导得如此和谐的秘诀呢！”

听着将来话中时不时冒出的叹息声，杜鹃族长除了沉默，也说不出别的话了。良久，看着将来所长痛心疾首的样子，沉思后说："好吧，有时间我会就这个问题和贵族长探讨的，希望他能听进我的忠言。现在，我们就去看看那个让你头疼的对手吧。"

将来让麻点在前面带路，偕同杜鹃族长和他忠实的保镖向山洞深处飞去。

## 第五章

实际上，昨天下午哈辛让自认为智慧无双的"麻雀未来研究所"所长将来碰了个软钉子后，将来眼珠子一转，想到了最后一招。他没把执行燕像往常一样送回关押漏网家燕戒备森严的荆棘洞里，而是别有用心地将哈辛独自关押到一个小洞，并让男燕亲眼看到他安排两只漂亮的女雀陪同执行燕。这个巨大幽深的温泉洞地形复杂，洞内有洞，绕来绕去，足有十几个独立的小洞，这就给将来实施瓦解家燕团结提供了条件。

对于将来这样的安排，视死如归的执行燕一眼洞穿了对手的险恶用心，但体力极度虚弱又无法飞行的哈辛只能洁身自好，对特意安排由麻点带来看他的旺盛诉说原委。然而，这只头脑已被将来"清洗"得差不多的男燕根本不听哈辛的解释，反而讥讽道："执行燕，这就是你说的肩负拯救大家的使命与对手周旋的成果？哼哼，美鸟左拥右抱，好自在啊！忘了那么多同胞对你的期盼吧？假正经！我和小女雀调笑几句，你就说我立场不坚定，丧失一只男燕应有的劳动鸟民本色。我靠，原来你自己倒是一肚子歪心思。哼！"

面对这种情况，哈辛更体会到对手此招之毒。啊，可恶的麻雀是想把我执行燕搞臭，威信扫地，继而瓦解家燕的团结，从而达到他们洗脑行动成果最大化啊！想到这里，哈辛有些后悔过于轻视对手，而今，只有一个办法能洗刷自己的冤屈了！想着想着，哈辛心里一阵抽搐，眼前浮现出妻子格格和儿子咕噜那亲切的面孔。他们脱离了危险，已逃出闽西北山区和别的家燕家族一起迁徙到温暖的东南亚了吧？想到妻儿或许已安全脱险，哈辛更为关押在荆棘洞中的上百只家燕担心了。现在，他已经准确探知同伴们暂时没有危险，在春天到来之前，麻雀还会继续他们的洗脑行动。执行燕哈辛现在有两个担心：一是一些意志薄弱的家燕被洗脑后，成为麻雀为罪恶的“雀燕之战”正名的宣传机器；二是春天到来之时，麻雀必定会把没洗脑成功的家燕全部处死。因此，执行燕对来探听情况的麻点说：“你叫将来先生别再枉费心机了，搞这种小儿科把戏，这不仅侮辱了我的燕格，也侮辱了你们智慧雀的智商呢。哈哈！”

麻点在哈辛的嘲笑声中，带着两只女雀满面羞惭地退去了。

哈辛当然知道，他这只是图一时痛快，赶走搔首弄姿的女雀，并不能解开不明真相的家燕们对他的误解。这个晚上，虚弱的哈辛一直在浮想联翩。他想到，家燕集体迁入城市居住，一定是个违反自然本性的错误，相信在未来，机智的家燕会改正这个错误，重新回到自然环境之中，而鹰王归来之时，鸟界也会重归和谐，杜鹃和麻雀的阴谋一定会被戳穿。现在，他能做的就是尽最后的力量唤醒同胞。就这样，一个晚上翻来覆去没入睡的执行燕胸怀着这么一个决绝的念头，一直挺到早上，他的脸上浮现出坚毅的表情，让他看起来更精神了，全身上下散发着一种士可杀不可辱的气势。

将来第一眼看到哈辛，不由得被执行燕身上所折射出的气势震慑住了。他极力掩饰着内心的慌乱，等麻点将哈辛扶到温泉边那块平展的石头上坐下后，尽量用平稳的语气彬彬有礼地为哈辛和杜鹃族长做介绍。

因麻点的大力拉扯，哈辛已残疾的翅膀旧伤口被扯痛了，虚弱地大口大口地喘着气，微笑说：“不好意思，将来所长，我辜负了你的一番美意。哈哈，我和麻点说过，希望你尊重自己的智商。哼哼，这种小儿科的把戏如果是一只蠢雀玩的，我还能理解，可是……哈哈……”

在哈辛力量微弱而具有穿透力的笑声中，将来所长脸上浮现一层挥之不去的羞愧之色，尴尬得说不出话来。

黑白上前一步，给将来解围说：“过去的就让他过去吧。今天，我受将来所长之邀再次到温泉洞，就是为了翻开新的一页。哈哈，尊敬的执行燕先生，来之前我就耳闻你的智慧和勇敢，本族长佩服之至。但是，人类常说‘识时务者为俊杰’，更有针对我们鸟族‘良禽择木而栖’这样的名言，精通人类之语的执行燕先生一定早已深解其中之意。那么，我们是否应当坐下来好好为家燕的未来谋划谋划？”

“谋划？为我们家燕的未来？”哈辛认真地看看站在离自己一米之距另

一块石头上的杜鹃鸟族族长，似笑非笑地歪了歪头，反问道，“什么时候杜鹃族长关心起我们家燕未来啦？哈，我倒是要洗耳恭听。”

黑白装着没听出哈辛嘲讽的语气，脸色一沉：“是啊，本族长有幸被众鸟推为鸟规执行团的一员，自然要以鸟界之事为己任了。自从‘雀燕之战’爆发以来，本族长是看在眼里痛在心上，为家燕的遭遇而深感悲痛。说实话，如果站在整个鸟界生死存亡的高度来看，我只能痛心地理解家燕付出这样的牺牲了。是啊，麻雀确是秉承了人类的旨意来做此恶鸟的，他可是承担着骂名呢。你说说，如果你们家燕身上的禽流感病毒传染给整个鸟界乃至整个大自然，那是怎样一种后果？执行燕先生，你说呢？所以，你得理解人类为什么这么指挥麻雀。我们不得不承认，人类作为高级动物，拥有领导我们这些野生动物的能力，他们得带头维护大自然的安全。所以，我再说一次，你们得理解。”

“哼哼，尊敬的黑白先生，你是说，我们家燕的这笔账要算到人类身上了？你可真是个鸟界绝无仅有的雄辩家！我说，如果人类能听得懂鸟语，他们对你的这番高论，又会有何说法呢？你别再假惺惺地演戏了，将来已承认了，这完全是杜鹃和麻雀联合制造的一个巨大阴谋。什么秉承人类的旨意？狗屁！”哈辛虽然一再告诫自己要冷静，可听了杜鹃族长这番强词夺理的话，还是忍不住站起来，虚弱的身体因激动而全身发抖。说到后面，他尽量让自己的语气平静下来，嘴角扯出一个冷笑道，“哼哼，杜鹃鸟族族长，我实在是找不出更有力更直接的词来形容，只能引用人类常说的‘狗屁’一词了。”

黑白被哈辛的气势吓得后退一步，稍愣了一下，故作镇静地说：“执行燕先生，本族长对你的激动完全可以理解。但是，对于家燕不得不为整个自然界的和谐和安全承受痛苦，我只能以一只吉祥鸟的身份表示遗憾了。嗯，记得上次我来给你们授课时就说过，你们家燕现在最需要做的就是平息心中的怒火，让理智回归。这样，你们才能站在鸟界发展的……对，从鸟界发展的高度，来重新认识给你们带来短暂痛苦的‘雀燕之战’。我现在对一只智慧的执行燕有些失望了，因为哈辛先生的理智还是被愤怒掩盖了。我们应当可以像两只智慧鸟一般心平气和地对话，而不是像两只菜鸟一般互相谩骂。要知道，我现在代表的是鸟规执行团。哦，忘了告诉你，我事先还得到你的好朋友苍茫先生的支持。他现在可是文笔山白鹇的族长，让我代他向你表示问候呢。”

或许是听到了“苍茫”的名字，抑或是瞥见了一直站在一边像局外鸟一般观察杜鹃与家燕交锋的将来那狡猾阴郁的表情，哈辛强忍心中的愤怒和屈辱，暗暗告诫自己要冷静后，重新坐到了石头上，心想：在麻雀召开所谓的“家燕禽流感声讨大会”时，白鹇并没有派代表参加。现在，听杜鹃族长的话，好像白鹇家族发生了较大的变故，要不苍茫怎么会出任新族长呢？这一切到底是因为什么？是不是也和杜鹃麻雀的阴谋有关呢？新上任的苍茫兄弟对这个以并不合法的形式在鸟界大会上通过的鸟规执行团，又是什么看法呢？而原先的白鹇族长为什么放弃身为鸟王代理鸟的责任呢？心中怀着这么多的疑问，哈辛为自己刚才的冲动有些后悔了，面对狡猾的杜鹃族长和麻雀所长，他更需要靠冷静的智慧与他们周旋。所以，哈辛盯着一脸假惺惺的黑白，先缓和语气为自己方才所说的粗话道歉，然后装着不经意地说：“苍茫？那么尊敬的杜鹃族长先生，我倒想听听你们是如何去欺骗一位智慧的白鹇族长，看看你们瞒着白鹇打着所谓的鸟规执行团的旗号，玩什么把戏。”

“哈哈，很高兴我们不用像两只菜鸟一般谩骂了，这是一个很好的开端。”黑白似不在意哈辛话中的含义，装出沉痛的表情说，“不管执行燕先生如何误解，我以一只吉祥鸟的鸟格起誓，我到文笔山就是与白鹇族长商讨鸟规执行团事宜的，可惜白鹇家族发生了变故，尊敬的白鹇老族长居然死于人类枪口之下。当然，一向受人类宠爱的家燕或许不会理解这种来自人类的对所有野生动物的威胁。”

“什么？你是说，白鹇遭到了人类的攻击？”哈辛吃惊地站起来，“人类不是早就在颁布的野生动物保护条例中，将白鹇列入珍贵野生动物保护行列了吗？”

站在一边的将来忍不住奸笑起来：“瞧瞧，我们的执行燕先生果然是生活在人类的羽翼之下，并不能真正理解野生动物时刻存在的生存危机啊，难怪不相信人类会为了自身对家燕痛下杀手了。”

见哈辛怒目而视，黑白忙抢过话头说：“将来所长说的不错，哈辛兄弟，你难道忘了鸟界强大的鸟王老鹰不就是被人类的枪口逼得远走天涯，从而造成鸟界群龙无首了吗？”

哈辛在震惊之中慢慢低下了头，为白鹇族长的遇难难过，同时预感到在白鹇家族自身难保的情况下，家燕是很难指望来自苍茫新族长的帮助了。那么，所谓的由白鹇、杜鹃、麻雀组成的鸟规执行团，也就顺理成章地让杜鹃和麻雀掌控了，而不了解这一切且在危难之时总是秉承“明哲保身，枪打出头鸟”想法的鸟界，就更不可能有哪个鸟族来质疑这一切，并为家燕说句公道话了，除非鹰王归来！而鹰王还能归来吗？在白鹇也遭到人类攻击的情况下。想到这里，哈辛第一次对某些人类的贪婪产生了怨恨情绪。

看到执行燕这种沉痛无助的表情，黑白心中暗暗高兴，决定乘胜追击，彻底击垮对方的心理防线。于是，他向一直呆立在远处的保镖独眼使了个眼色。等独眼将报纸摊在哈辛面前的石头上，才又用遗憾和失望的语气说："看看吧，尊敬的执行燕先生，这是我们的勇士独眼杜鹃从人类那里抢来的报纸，上面就记载了你苍茫兄弟的英勇之举。不过，这种英勇之举在我看来是匹夫之勇，一定会给白鹇家族招来更大的灾难。"

"黑白族长说得不错，苍茫这是螳臂当车！低估了人类邪恶势力的破坏力，太书呆子气了，他真的以为自己被列入了人类的保护动物范围就进了保险箱啊。哈哈。"将来冷笑着插话。他觉得杜鹃族长对哈辛太客气了。

哈辛顾不得理会麻雀所长的讥讽，他的目光被报纸上这一行触目惊心的新闻标题吸引住了。一会儿，早已精通人类文字的执行燕哈辛一目十行地看完这篇《泡泡鸟屎从天而降　野味店遭群鸟袭击》的新闻，在最初为白鹇的举动鼓掌之后，马上意识到其中的利害。他看到这篇文章正是自己原先居住的房子主人凌笙先生写的，这让他感到了一丝暖意。看来，凌笙先生确是一个真正的动物保护者，而他写这篇文章的目的是，想警醒人类来保护白鹇，免得野生动物受到更大的伤害。哈辛的目光久久定格在新闻后的"编后"："被淋了一头鸟屎的人当认识到动物的报复正是自身种下的祸根，只有更好地保护好野生动物，才能避免这种人鸟冲突，整个自然界才会达到真正的和谐，我们必须切记，地球不是人类独有的，它还是所有野生动物的家园。"

看完新闻，哈辛将报纸推到一边，在杜鹃和麻雀心怀鬼胎的关注中沉默了许久才长长叹了口气说："唉！尊敬的杜鹃族长，我不得不承认你的判断是对的，苍茫兄弟图一时之快，很可能给白鹇家族带来更大的麻烦。这也许正是你和将来所长所希望看到的吧？"

将来跳了起来，叫道："这可是白鹇自取其祸，与我们麻雀无关！不过，我倒是可以肯定地告诉你，白鹇在文笔山的日子差不多也就到头了。嘿嘿，我在那里布置的监视哨一大早已探听到，有一支由野味店老板私下组织的捕猎队上文笔山了。嘿嘿，枪声四起，人类的保护条例哪里能约束这贪婪的打猎队呢？嘿嘿。"

黑白对将来的不冷静很不满意，又不好在人家的地盘说什么，只能假惺惺地对冷笑着的哈辛说："尊敬的执行燕先生，我和你一样为白鹇将可能面临的灾难担心。但是，这是白鹇咎由自取，谁也没有办法不是？不过，我想苍茫先生毕竟是一只智慧鸟，他这么做，一定会有应对办法的。说实话，文笔山越来越不适宜野生动物居住了，不是几年前已有大部分白鹇退出文笔山的祖居地，像老鹰一样远遁于自然之中吗？我要说的是，我们得正视现实，家燕也要认清目前的形势，和我们鸟规执行团好好配合，认真反省肃清禽流感病毒这个大问题，找到解决的办法后，家燕还是可以重新回归鸟界的。”

现在，哈辛已心如死灰，从来没有如此清醒地认识到目前被捕家燕的处境。心想：如前面所想的一样，白鹇在这个时候是不可能顾及鸟界事务了，在面临自身生死存亡的时候明哲保身，这是所有野生动物都能够理解的。现在外面已是严酷的冬天了，经历了“雀燕之战”后，究竟有多少家燕逃脱了麻雀的魔爪，而逃出去后显然无法完成一年一度向东南亚迁徙的同胞们，能爆发出巨大的潜能，抵住这严冬吗？也许，除了被抓回来的这些家燕，冬天，在寒冷的闽西北已没有存活的同胞了吧？想到这里，哈辛想及妻子格格和儿子咕噜，一阵钻心的疼痛猛然袭来。他定了定神，急切地思索着对策。或许现在这里幸存的几百只家燕是闽西北仅存的了。那么，如何不被麻雀阴险的洗脑行动清洗去智慧，充当其宣传机器，又能在春天前生存，是当务之急。否则，闽西北家燕族群就会从鸟界的历史里被悄然抹去了！转瞬之间，智慧勇敢的家燕哈辛心中已升起了一种决绝的想法。他缓缓站起来，因另一只翅膀已无法贴紧身体耷拉在地下，又因身体的虚弱，他的站立有些艰难。但是，这只勇敢的执行燕将自己的身体稳稳地站在杜鹃族长面前，悲伤地说：“必须承认，尊敬的杜鹃族长先生，你的建议或许是对的。我们家燕不能再盲目地回避这个问题了，我会告诉我的同胞们，从今天起好好配合，找到解决自身问题的办法。当然，我相信我们家燕是无辜的。这一点必须明确我的态度。我还相信，杜鹃族长应当不会辱没吉祥鸟的身份，在春天到来时，会将我们家燕清白的消息伴随布谷声传遍整个鸟界。尊敬的杜鹃族长，我说的对吗？”哈辛坚定的目光看向黑白。

哈辛的话让一直在等待的杜鹃族长喜出望外，忙振翅飞到哈辛身边，伸出翅膀扶住努力支撑身体的执行燕，欣喜万分地连声保证道：“啊，尊敬的执行燕先生，我以至高无上的族长荣誉起誓。是啊，我相信，我相信。杜鹃历来与家燕和平共处，嘿嘿，我们都属于人类的吉祥鸟啊。其实我并不相信家燕有禽流感病毒的说法，人类并不是全能的，他们也经常犯错误。嘿嘿，某些人被贪婪本性驱使猎杀野生动物，不就是一种极其愚蠢的举动吗？嘿嘿，我再次以吉祥鸟鸟格担保，如果家燕能证明自己的清白，那么，我会命令歌喉最亮的女杜鹃把这个消息在春天传播到闽西北每个角落。”黑白连声向执行燕拍胸脯保证。

为哈辛态度转变感到非常意外的将来愣了愣，也欣喜地飞过来，伸出翅膀去扶哈辛：“是啊，是啊，杜鹃族长说得不错。嘿，我也以‘麻雀未来研究所’所长的荣誉向你保证，正如黑白先生所预言的，在春天来临时，我们会再召开一个大会宣布这个消息的。当然，如果证明‘雀燕之战’是一个误会，那么，我们麻雀一定会替你们家燕向人类讨个说法，然后退出燕巢，再也不当什么人类的吉祥鸟。”

哈辛身体一挪，躲开了将来伸过来的翅膀，冷冷地说：“那真是太谢谢将来所长了。不过，我们家燕从来不相信人类会对我们背信弃义，也就不用麻烦麻雀替我们讨什么说法了。至于所谓的‘雀燕之战’，终会有水落石出真相大白的一天。我说将来所长，你说的误会一定会澄清的。我相信，鸟界会回归和平的年代。”

将来尴尬地咧嘴一笑说：“嘿嘿，看来我们麻雀执行人类的旨意不被理解啊……”

黑白忙假惺惺地过来打圆场：“如果是误会，这笔账就只能算到人类的头上。我也一定会召集吉祥鸟们向人类讨说法。我们鸟界各鸟族之间还是要摒弃前嫌，回到和平相处的正常轨道来。我说，智慧的执行燕先生，你同意我的看法吗？”

哈辛点点头，挪动一下身体说：“好吧，尊敬的杜鹃族长先生，我带诸位一起去说服我的同胞吧，让他们好好配合将来所长。”

黑白悄悄向表情还是十分尴尬的将来挤挤眼睛，炫耀自己凭借一条三寸不烂之舌说服了顽固的执行燕。他热情地招呼站在一边的独眼帮着搀扶哈辛。

将来是由衷地佩服杜鹃族长的智慧了，也忙叫智慧雀麻点上前帮忙。

哈辛没有拒绝独眼的搀扶，却抖动着翅膀避开了麻点伸过来的翅膀，并且重重地哼了一声。

于是，慢慢地，杜鹃族长、将来所长和独眼、麻点四只鸟跟着执行燕哈辛向关押漏网家燕的荆棘洞走去，走过温暖的大厅，再穿过一条长长的小通道，就看到了用荆棘密密围出来的门。扒在门上探头探脑的是女燕青青，她一看到哈辛吃力前行的身影，就发出一声痛心的尖叫。接着，门上就扒满了家燕们关切的身影。

是啊，现在荆棘洞中的家燕们被各种猜测困扰着。执行燕哈辛曾经是他们的主心骨，但经过了昨夜的事情，他们有些不相信哈辛了。男燕旺盛带来的执行燕中了麻雀美鸟计的说法，更让有些头脑简单的家燕们伤心失望愤怒不已，继而更为家燕们的前途担心了。当然，也有一些家燕根本不相信正直勇敢的哈辛会因为美鸟而叛变失节，美女燕青青就告诫同胞们，不要相信这样的传言，这极可能是狡猾的麻雀使的离间计，目的就是扰乱家燕的团结，从而达到他们从精神上彻底击垮家燕的目的。但是，这样的声音毕竟是少数的。亲眼看到两只漂亮的女雀向哈辛搔首弄姿的旺盛，已经动员几名富有正义感的男燕，号召大家认清哈辛叛徒的嘴脸。

当哈辛急切地走到荆棘洞口，在洞前面伸出的石头上站稳身子向同胞们打招呼之时，洞内的家燕们居然愤怒地吼叫道："叛徒！叛徒！叛徒！"尽管执行燕心中对同胞们的误解早有预料，并已抱着决绝的态度，但一听到同胞们这样愤怒的指责声，哈辛眼中的热泪霎时喷涌而出。这是铮铮铁骨的男燕泪！屈辱、激动、愤怒等多种复杂感情的交织，让执行燕一时间头脑一片空白，无言以对。

家燕们对执行燕的愤怒让将来所长感到高兴，而从哈辛眼中的热泪可以看出来，家燕们这一声声呼喊，就像一支支利箭射在了这位顽强得让对手敬佩的男燕心上。

将来假惺惺地凑到哈辛耳边，故作同情地说："嗨，尊敬的执行燕先生，你都听到了吧？嗨，为这些愚蠢的同胞还坚持浪费自己的生命，值得吗？他们根本就不理解你的勇敢和智慧。啊，执行燕先生，我相信在春天之前，我的洗脑行动一定会奏效，会有很多家燕认为自己身上携带禽流感病毒并接受鸟规执行团的决定。我想，执行燕先生从大局考虑，还是放弃你所谓的正义和公平吧。哈哈，如果你能当众宣布自己与麻雀结成同盟的选择，在明年春天来临之时，鸟规执行团会给你们家燕在偏僻的乡村安排一个安全的地方生存。执行燕先生，不，未来的家燕族长，你将可以掌控一个新的家燕家族。"

将来这话是在震耳欲聋的家燕呼喊"叛徒"的声响中，靠在哈辛耳边说的。为了听清"麻雀未来研究所"所长的话，哈辛不得不忍住对对方的轻视，直到耐住性子听完，执行燕才无声地笑了。这会儿，哈辛已从同胞的打击中清醒过来，暗暗责备自己方才一瞬间的失态和软弱，同时，心中那种决绝的想法更加坚定了。他对将来的话不置可否，只是转向一边对阴着脸打着鬼主意的杜鹃族长说："好吧，尊敬的杜鹃族长，让我来和同胞们说说吧。"

实际上，一直在观察执行燕表情并猜测他内心想法的杜鹃族长，从哈辛那奔涌而出的泪水中，已读到了某种他不喜欢的情绪，并有些后悔让执行燕回来。但现在形势已到了骑虎难下的程度，听到哈辛这么说，也只能对将来使个眼色点点头。

说了一通话却没得到执行燕哈辛任何反应的将来，内心恼怒得已有些控制不住，见黑白使眼色，当下心领神会地一挥翅膀。

呼啦啦。智慧雀麻点一声令下，二十几只智慧雀扑向了洞口的荆棘门，同声尖叫。家燕们被这突如其来的麻雀吓得纷纷从门上掉下去，一直持续的呼喊声骤然停了下来。转眼间，整个荆棘洞前安静下来，似乎可听到每只鸟心脏的跳动声。

黑白缓步走到荆棘洞口前，与哈辛隔着两只鸟位站住后，装腔作势地清了清嗓子说道："诸位家燕兄弟，身为人类的吉祥鸟，我完全理解你们此刻的心情，在前两次与诸位上课时，我已表达了这样的遗憾和无奈。但是人类……尽管你们不相信这是人类的旨意，认为是麻雀兄弟自作主张。实际上，我们查阅一下鸟族的历史，你们谁见过麻雀兄弟有如此凶残的杀戮之举呢？没有！我要说，经过和白鹇兄弟的调查，可以肯定一点，麻雀只是秉承了人类的旨意，为了维护鸟界的安全和整个大自然的和谐，至于行动的方式，也是迫不得已。哈哈，这是老生常谈，但我还要再次声明。正是出于公平正义，给诸位一个肃清禽流感病毒，重归鸟界正常轨道的机会，我们鸟规执行团经过商量才委托麻雀给你们上课，希望你们听明白其中的道理。家燕兄弟姐妹们，你们只要想想，我们尊敬的将来所长背负着'凶手'的恶名，为诸位找了这么一个安全过冬的温泉山洞，成千上万的麻雀却在外面经受着严寒的考验，这不也说明了麻雀的爱心吗？家燕兄弟姐妹们，你们好好想一想，是不是这么个道理？"

黑白这一番绕来绕去似乎充满诚意的话，在家燕中引起了一阵骚动，荆棘门上又悄然扒满了家燕。

突然高声说话的是男燕旺盛。这只头脑简单的男燕对黑白喊道："杜鹃族长先生，人类不是常说出水才看两腿泥吗？如果没有问题，鸟界兄弟们一定会还我们清白的。我们身上如果真有禽流感，那也就无话可说，接受鸟规执行团安排的一切程序，将位子让给麻雀，我们家燕从人类居室迁出，永远归隐山林。"说着，旺盛对哈辛忽然伸翅一指说，"但是……但是，我们不能容忍这个可恶的叛徒与我们在一起！哈辛，你这个道貌岸然的家伙，成天讲大道理却中了人家的美鸟计！哼，以我们家燕的族规，决不能轻饶！你别想再回到我们中间妖言惑众了。”

将来踱到黑白身边，对一直站立着不吭声的执行燕哈辛，幸灾乐祸地说：“很抱歉，执行燕先生，看来你的同胞们并不为你的顽强和勇敢鼓翅啊……”

黑白对将来的话似乎不太满意，他制止将来要再说的话，装着无奈地苦笑一下说：“执行燕先生，看来你回来并不太受欢迎。我想，还是等你的同胞们怒火平息了，你解释这些误会后，再对大家说说你的想法似乎更好些。”

这时，在旺盛极具煽动性语言的影响下，洞内的一些家燕又高呼起“打倒叛徒，我们宁死也不当叛徒！”的口号。

等洞内的呼声在智慧雀守卫尖声警告下悄然平息下来后，执行燕哈辛才缓缓挪动脚步，向洞口更靠近一些。实际上，现在的执行燕心里从未如此清醒过，对于杜鹃族长和麻雀所长表演的这出双簧心里明镜似的，内心里原本还残存的一丝对杜鹃族长和所谓的鸟规执行团幻想也完全破灭了。与此同时，他更加清醒地认识到同胞们所处的险境。是的，他必须平息同胞们心中的愤怒后接受麻雀的安排，然后才能寻找到逃生的机会。这个机会不是现在，而是春天来临的时节。因为，这些身心俱疲已成惊弓之鸟的漏网家燕们即使现在逃出温泉洞，也无法熬过外面的严冬。所以，对于旺盛的责骂，他没有生气，反而有些高兴，只要同胞们不蛮干，将愤怒的火焰转移到他这个“叛徒”身上，那他的计策就成功了。然而，他必须让同胞们认识到杜鹃和麻雀的阴谋，以血的代价唤醒他们。只有这样，彻底警醒之后的家燕们才能充分调动自己的智慧，最终达到逃生的目的。此时，执行燕哈辛反而头脑更加冷静，似乎成了一个旁观者，冷眼看他们在舞台上的表演。然而，他虚弱的身体似乎已支撑不住整个身体了，当他费力地向洞口挪近几步后，脸上落下了虚汗。

一直扒在荆棘门上，不顾荆棘划乱漂亮羽毛的女燕青青，敏锐地发现了哈辛的虚弱。是啊，自从负了重伤在死亡线上挣扎之后，顽强的执行燕显然已创造了生命的奇迹。但是，他原本强壮的身体已被重伤折磨得剩下一把骨头了，更不用说那只原来飞得最快、飞得最有力的翅膀已成了一个摆设。现在，哈辛的这个样子让善良的女燕悲痛不已。她眼里噙满了泪，怒目对还要鼓噪的男燕旺盛叫道：“你这个四肢发达头脑简单的家伙，你没看到哈辛执行燕成什么样子了？你难道真的相信麻雀那些谎言吗？”

在家燕家族中旺盛一直倾慕美丽的女燕青青，已是一个公开的秘密，青青却不接受大龄男燕旺盛，嫌他头脑简单和性格容易冲动。然而，她也没有完全拒绝他，旺盛虽然头脑简单，品德却正，长得五大三粗的，筑巢捉虫都是一等一的好手。在这次雀燕之战中，青青是在旺盛拼死保护下才突出重围捡了一条命，后来躲在草丛里被麻雀一起捉来了。自从到荆棘洞后，青青对旺盛的态度好了很多，基本上已默默接受了他的感情。但是，这些天旺盛一直散布有关哈辛的谣传，让青青伤心、失望、生气。青青虽然是一只女燕，却智慧超群，她一直敬佩哈辛的勇敢和智慧，并与哈辛的妻子格格相处如姐妹。青青根本不相信哈辛这个男燕中的谦谦君子会中什么美鸟计！更不会叛变失节！因此，这些天她根本不理睬旺盛，尽管这只对她无比忠诚的男燕把省下来的虫子都送给她吃。

旺盛呢，可谓是一物降一物，大大咧咧的他却对青青怕得要命，谁了解外表粗犷的旺盛心中却装着无比的柔情呢。这会儿，旺盛被青青训斥后，马上噤了声，只能不甘心地拿轻蔑的目光斜视着哈辛。

处于危机中的家燕们当然没有发觉，旺盛对于哈辛的敌意多半是出于嫉妒。

听青青的话，哈辛对她投去感激的目光："谢谢青青妹妹！我相信一切真相总会有大白于天下的一天。"接着，他转过脸去对站在一边的黑白说，"尊敬的杜鹃族长，我知道，你和将来所长一定很希望我对我的同胞们说些什么吧？"

将来不等黑白回答，就抢过话说："对，对，哈辛执行燕，就按照你对黑白先生的承诺说吧。"

黑白不太满意将来抢了他的话头，不易觉察地皱了眉头，向哈辛微一弯腰，说："我从来都相信执行燕先生是一只智鸟，有着应有的冷静和审时度势的智慧，将来领导家燕家族重振旧山河，一定非你莫属。"

"谢谢杜鹃族长的信任。"哈辛脸上浮起了一丝冷笑，侧身对已靠近一步的将来说，"将来所长也是这么抬举阁下的了？"

将来点点头："我一直对执行燕高尚的鸟格保持尊重，请相信我对家燕的承诺。"

沉默片刻，哈辛忽然哈哈大笑起来。谁也不相信，他虚弱的身体居然快速地转了两圈，跳到了离荆棘门更近的一块尖尖的岩石上。哈辛突然爆发的力量让所有在场的鸟都呆住了。或是用尽了全力，哈辛激烈地喘了几口气，对一时没反应过来的杜鹃族长说："尊敬的杜鹃族长，现在就让我对我的同胞们说说话吧，我希望你能保持一只吉祥鸟应有的风度，不要打断我的发言。"

此时，狡猾的杜鹃族长已发觉有些不妙了，他猜不透这只冷笑的执行燕究竟想干什么。但是，他不能被这小小的意外乱了阵脚，他使眼色制止要包围上去的智慧雀和独眼杜鹃，故作镇静地说："尊敬的执行燕先生，是的，我再次重申自己是代表了白鹇族长苍茫的意见，我说的话代表合法的鸟规执行团。"

"哈哈，合法？什么叫合法？在刺刀和暴力之下获得的合法吗？"哈辛大声说道，"对不起，尊敬的杜鹃族长，我可能要让你失望了。还有，聪慧的将来所长，你真相信你的这个同盟会让你成为吉祥鸟吗？我相信，警醒过来的人类会将你们从燕巢驱逐出去。将来先生，你别生气，你大约忘了杜鹃鸟曾经是如何把魔爪伸向你们雀巢的吧？"

黑白脸色有些苍白，他抖动双翅向前迈了两步，摇头道："执行燕先生，你的脑子一定是受到伤病的影响没恢复过来，应当让我们冷静地坐下来谈谈有关家燕的前途和整个鸟界的安全问题。"

将来很诧异哈辛的态度为何来了个一百八十度的转弯，但已明白了眼前将会发生什么，这让他有些着急，他也向前冲了两步，讪笑着说："我不明白执行燕先生在说些什么，纯粹是胡言乱语。"

"别过来，请保持智慧鸟的风度，如果你们认为自己还是智慧鸟的话，应当不会害怕一只已无力反抗的家燕几句忠告，或算是胡言乱语吧？"

哈辛已退到了岩石的末端，下面就是蒸腾着热气的沸泉。洞中的家燕们见此情景，都发出了惊叫声。哈辛向同胞投去感激的目光后，又急促地喘了几口气，平稳了呼吸，微微一笑说："既然将来所长这么健忘，那么，我觉得有必要给你的智慧雀们上上历史课了。哈哈。"

"历史课？什么？"

"他是不是疯了，一只快没命的家燕要给我们智慧雀讲什么历史？"

"哼，我看他是神志不清了，不知道自己死到临头。"

"听他胡说什么，所长对他太客气了。"

"是啊，真让鸟看不懂，也不知杜鹃族长给所长出了什么馊主意。"

"什么主意？把这些家燕统统处理了，落个干净，腾出地方来，我们所有的智慧雀兄弟姐妹就可以安心地在温泉洞猫冬了。"

"你就懂得享受，当心所长让你去南坑搜捕漏网家燕。听说，那个地方发现了燕迹，正愁鸟手不够呢。那个冻啊！"

"嘘，别再胡说了，听所长的。"

哈辛的话引来智慧雀们的议论声，虽然这些小声的议论被将来所长严厉的目光压下去了。但是，将来所长本鸟的脸色阴沉得可怕。凭他的智慧，他已猜到这只可恶的执行燕要翻什么旧账了。是啊，那可是在麻雀和杜鹃没结成同盟前的旧账呢！

现在，听着麻雀们议论，黑白族长有些站不住了，他的脸色愈加苍白了。看来，他被这只可恶的执行燕骗了，没想到，这只家燕虚弱外表掩饰的是如此顽强的精神和卓越的智慧，太小看他了！几乎没有任何预兆，事情就脱离了他预定的轨道发展了。但是，杜鹃族长从执行燕果决的眼神中看出来，现在已没有什么能阻止他的发言了。因此，他只能尽量保持着一种吉祥鸟高贵的风度，皮笑肉不笑地对周围的智慧雀说："嗯，嗯，那么，我们就听听执行燕先生说些什么吧，但愿他的毅力能让他的理智控制住智慧，不要像将来所长担心的那样胡言乱语。"

黑白掩耳盗铃的话，让哈辛舒心地笑了。他略带嘲弄地向黑白弯了弯腰表示感谢。这一弯腰牵动了刚才因用力过度撕裂的旧伤口，令他疼得浑身一颤，但他马上用一个若无其事的笑掩盖过去了。

一直负责温泉洞内漏网家燕保卫工作的智慧雀首领麻点则已按捺不住地欲振翅飞过去，恨不得一把将看起来弱不禁风的执行燕按在岩石上撕成碎片。但是，他看了看所长的眼色和杜鹃族长的脸色，只能收起张开的翅膀。

哈辛环视周围一圈虎视眈眈的智慧雀及呆立在当地的杜鹃族长和将来所长，忽然又爆发出了一阵爽朗的笑声。这笑声让不明所以的智慧雀们不由得退后了一步。笑过之后，哈辛坐了下来，他太累了，他需要歇口气。随即他又努力用受伤的翅膀支在地上保持身体平衡，站稳后说："看得出来，杜鹃族长害怕我提及那段历史，智慧雀们似乎对这历史并不陌生。"哈辛停了停，继续说："哈哈，这是我们鸟界耳熟能详的故事。它其实不是历史，在今天仍然发生着。众鸟都知道我们鸟界有一种自恃高贵的吉祥鸟，他和我们家燕一样被人类视为吉祥的象征。每年春天，他那悦耳的叫声让人类从冬闲中清醒过来，知道要开始播种春天的希望，从而憧憬秋天的丰收。但是，就是这么一种吉祥鸟却懒惰成性，他们既想保持家族的兴旺发达，又不肯付出辛勤的劳动，来承担繁衍后代的重任。怎么办呢？不知从哪一天起，这种吉祥鸟就发明了一种偷懒办法，女吉祥鸟总把自己的蛋产在别的鸟的巢里，让别的鸟孵化。为了逃避责任，经过长期的进化，他们还狡猾地进化出了比别的鸟类更早出生的本领。更可恶的是，只要混在别的鸟巢里的小吉祥鸟一出生，他就会把没出生的别的鸟蛋推出鸟巢，并发出凄厉的叫声要吃的。一旦别的鸟的父母发现这个异类，埋伏在附近的吉祥鸟母亲就发出召唤将小鸟带走。一代又一代，这种吉祥鸟就用这种可恶而懒惰的方式繁衍后代，无比狡猾地蒙骗了很多鸟族。至今为止，这样的故事每年还在上演着。因为这种鸟非常狡猾，他总是将蛋下在与其颜色、大小差不多的鸟类的蛋中，所以总能屡屡得逞。大家说，这种鸟可恶不可恶？”

“你说够了没有？”将来眼里快冒出火来了。哈辛果然翻出杜鹃与麻雀的旧账，太可恶了！为了抹去这个旧账，当初与杜鹃鸟结成同盟时，将来不知说服了多少顽固的族老。很显然，哈辛这时候翻这旧账是别有用心。

是啊，别有用心！黑白也几乎要沉不住气了，虽然一再告诫自己冷静！再冷静！绝不能在这些智慧雀和可恶的家燕面前失去杜鹃族长的风度。但是，哈辛的话还是让杜鹃族长脸上浮起一层羞愧。

# 阴云密布

# 第一章

这是杜鹃家族从很久以前传下来的生活习性。长久以来，女杜鹃总要将蛋下到与自己鸟蛋外形看起来差不多的别鸟的巢里，让别的鸟为她哺育后代。如云雀和麻雀等雀类的鸟族，就时常充当杜鹃母亲的孵蛋工具。小的时候，聪明绝顶的黑白就不明白杜鹃母亲们为什么这么偷懒，甚至有些伤心自己居然是由一只麻雀孵化出来的。但后来明白，这是杜鹃智慧的一种表现，就为此而骄傲了。杜鹃鸟因为有这样的恶习，和麻雀等鸟族的关系一直很紧张，可以说摩擦不断。直到黑白当上了族长，在树立了成为鸟界之王的远大理想之后，通过细致观察选择与人类极为接近，又鸟口众多的麻雀为同盟鸟后，出于缓和与麻雀的关系考虑，他召集了杜鹃族老们开会，下决心制订逐渐改变杜鹃母亲不孵蛋的这种习性。他发布族规明令禁止女杜鹃将蛋混到麻雀窝里，并与麻雀签订了互不侵犯的协议。

然而，要改变杜鹃家族远古以来的习性谈何容易。几年来，还是有些女杜鹃无视族规将蛋下到麻雀的窝里，引发两鸟族之间的小纷争。每当发生这样的事情，杜鹃族长总要亲自上门道歉，对违规的女杜鹃进行惩罚。这样偶尔发生的小纷争让心怀远大理想的杜鹃族长很头疼，因为要实现他的远大理想,就必须有鸟口众多的麻雀帮助。而就在帮助将来所长策划“雀燕之战”期间，还发生过在雀窝里出生的小杜鹃将未出生的小麻雀蛋推出窝摔碎的事件。当时，为了保证“雀燕之战”顺利进行，让麻雀们一心一意对付家燕，一向护短的黑白不得不当着那只杜鹃母亲的面，将刚出生的小杜鹃处死。这样从来没有过的严厉处罚，果然起到了杀鸡儆猴的效果，这一年来再也没有发生过杜鹃鸟蛋混在麻雀窝里的事件。同时，为了巩固来之不易的杜鹃与麻雀的同盟友谊，杜鹃族长还拿人类来做例子，宣称经过长期的科学论证，人类也认识到母乳喂养的好处。所以，杜鹃鸟族也应当提倡女鸟自己孵蛋，这样对于杜鹃鸟进化到更高级别大有益处。这真是煞费苦心啊，当然，黑白族长并不是活菩萨，他所做的这些并不是出于维护别鸟的利益，而是为了缓和与众鸟的关系，不能因小失大，影响杜鹃鸟族成为鸟界之王的宏伟目标。

同时，为了让下一代从根本上忘记杜鹃与麻雀曾有过的过节，他还和将来所长亲自操刀修改双方有历史纠葛的记载。从智慧雀的培训教程里，把杜鹃鸟将蛋下到麻雀窝里的事实，修改为“麻雀与杜鹃历来是同盟，麻雀有时候还伸出援手为失去母亲的杜鹃蛋做义务孵化工作”。通过几年的努力，很显然，这种篡改历史教科书的方法收到了显著成效，新培训出的智慧雀和年轻一代的蠢雀已基本忘记那一段不愉快的历史了。

然而，此刻可恶的执行燕却重揭这一段几乎被麻雀忘记的历史，这怎能不让将来所长眼里冒火，黑白族长咬牙切齿呢？黑白不自觉地张开了翅膀，恨不得扑上去，把看上去弱不禁风的执行燕啄死！但是，边上智慧雀们的议论，让杜鹃族长无法贸然从事，只能脸上挂着僵硬的笑，装着无辜的样子说道：“哈哈，执行燕先生这番高谈阔论真是想象力丰富啊，没想到家燕家族居然还有这么厉害的虚构大师。”

哈辛忽然爆发出一阵开心的大笑，说：“本执行燕并未指明这吉祥鸟是何种鸟，试问人类的吉祥鸟又岂止杜鹃一种。哈哈哈，这可真应了人类那句名言：做贼心虚啊！”

黑白族长被哈辛的话镇住了。

一旁的智慧雀们面面相觑，尽管哈辛没明说，但他们已明白执行燕说的就是吉祥鸟杜鹃。然而，他们对执行燕的话半信半疑。因为，这些经过“麻雀未来研究所”培训出来的智慧雀读的正是被修改的《麻雀历史教科书》啊！他们一直都认为，现在偶尔还会发生的杜鹃鸟在麻雀窝里出生的事，真的是如历史中所记载的，是麻雀在帮助失去母亲的小杜鹃呢。于是，智慧雀们发出了叽叽喳喳的疑问声。

见此情景，在将来的示意下，麻点扑扇着翅膀腾空飞起来，气急败坏地对手下叫道：“弟兄们，别听他胡说八道，麻雀和杜鹃从来都是同盟的好兄弟。他说的一切都是杜撰的！哼，只有我们麻雀才了解自己家族的历史！”

就在这时，因为倾听哈辛讲话安静下来的家燕中忽然传出一只小家燕的叫声：“哈辛伯伯，你还没说那可恶的吉祥鸟是谁呢？”

小家燕这稚嫩的童音就像突然从空中掠过的一支箭，让所有的鸟都从各种各样的情绪中惊醒过来。

黑白的脸更显苍白。

将来的脸上则是受惊吓之后有些茫然失措的表情。

是啊，是啊，在场的鸟都在想，也许这真是执行燕虚构的鸟界历史。

“哈哈哈哈……”哈辛再次爆发出一阵狂笑，这狂笑让虚弱的他有些站立不稳，他摇晃了两下身子，伸出没受伤的那只翅膀指着杜鹃族长说，“好，问得好！我们的小家燕是个好学的孩子，问得好！哈辛伯伯讲课不合格，没有先说出名字。那么，小家燕你可听过有一种鸟在春天总要发出‘布谷’的叫声吗？”

“哈辛伯伯，你说的是布谷鸟啊。”小家燕从荆棘门上怯生生地探出小小的头说。

哈辛又笑了两声，用嘲弄的目光扫了已乱了方寸的黑白一眼，对着小家燕说，“这种吉祥鸟可是骗得了人类不少赞赏呢。听着，小家燕，关于这种鸟还有一个人类的传说呢。”于是，哈辛就旁若无鸟地半闭着眼睛说了起来，他的神情似乎有些陶醉。他说：“这种鸟还有一个名字叫子规。为什么有这个名儿呢？相传它是人类远古时期一位皇帝杜宇死后化身变的，杜宇又是历史上开明的皇帝，当他看到鳖相治水有功，百姓安居乐业，便主动将皇位让给他，他自己不久就死去了。杜宇死后啊就化作子规鸟，在春天时叫着‘布谷’催春降福。久而久之，他就被人类称为能带来吉祥幸福的吉祥鸟。当然，他还有一个更普通的名字……”

“菜鸟！你再胡说，我马上送你上西天！”跳到前面，跺着脚叫嚣着的是杜鹃鸟独眼。

“让他说吧。”黑白伸出翅膀制止了欲腾飞而起的独眼，故作镇定地说。

“我知道了，我知道了，哈辛伯伯。杜鹃鸟是布谷鸟，也是子规鸟。”小家燕似乎为自己猜中了而兴奋地振动小小的翅膀欢呼。

“小家燕，你真聪明。”哈辛收敛了笑容，努力支撑着身体说，“你还要记住了，他是一只经过伪装的吉祥鸟，用他那虚伪的叫声蒙蔽了人类的眼睛。麻雀兄弟们，你们更不能忘记历史，狡猾的杜鹃鸟还是曾经杀害你们兄弟姐妹的凶手！”

将来终于顾不得所长的身份，忍不住急得扑扇着翅膀飞在空中咆哮道：“弟兄们，你们是经过特殊培训的智慧雀，不要听这只执行燕妖言惑众。麻点，我命令你带着弟兄们将这只该死的家燕隔离处理，免得祸害大家。”

然而，奇怪的事情发生了，没有一只智慧雀听从命令，只有麻点孤独的附和声。

智慧雀的这种反应让将来有些意外，本来要飞向执行燕所在的岩石，只得急速绕了个弯，重新落在黑白的身边。他小声对黑白说："黑白先生，不能再让这只疯燕胡说了！"

黑白听了将来的话，在嘴角边扯出一个含义不明的笑，一言不发。

哈辛注意到周围形势的变化，暗暗得意自己对智慧雀的攻心之术收到了效果，决定趁热打铁。他又冷冷地说："真想不到堂堂的'麻雀未来研究所'所长会认贼作父！麻雀兄弟们，你们赶快清醒吧，别被一些别有用心的鸟利用了，给杜鹃鸟当枪使！有史以来，家燕和麻雀都是井水不犯河水，互相尊重。你们现在悬崖勒马还来得及啊！鸟界需要和平，自然也需要和谐啊，智慧雀兄弟们！"

哈辛的话再次在智慧雀心中荡起了涟漪，围着他的十几只智慧雀已悄然往后退了，即使麻点呵斥，也无济于事。

这时候，并不相信执行燕中了美鸟计出卖同胞的一部分家燕忽然鼓噪起来，附和执行燕："杜鹃族长，你要给家燕一个合理的解释！我们要和鸟规执行团的白鹇直接对话！"

一直满眼含泪、美丽善良聪明的女燕青青则不顾荆棘扎脸，用翅膀搂着与哈辛对话的小家燕喊道："是啊，尊敬的杜鹃族长，你是一只有高尚鸟格的吉祥鸟，你放过执行燕吧，他……他已经……"青青说不下去了。

到这时候，男燕旺盛的心也被哈辛置个人安危于不顾，勇敢驳斥杜鹃和麻雀的做法深深触动了，为自己见风是雨，轻率散布执行燕中了美鸟计的谣言后悔了。听了青青的话，他愤怒地用嘴啄动着荆棘，对将来说："将来所长，你就让他和我们待在一起吧。他的身体不行了，你们……你们不能这么对待一只无力反抗的执行燕啊！"

将来这会儿或许是受了处乱不惊的杜鹃族长感染，听到旺盛的话，就做作地瞪大眼睛说："啊，旺盛先生，我一直尊重你是一位强壮而充满智慧的英俊男燕呢，请相信鸟规执行团，我们只想找个地方治疗执行燕的禽流感，让他的头脑清醒过来，并没有伤害他的意思。你们没见他现在完全陷入臆想了吗？他的脑子被一些虚构的语言和事件装满了，就快要爆炸了。旺盛先生，你自己分析分析吧。"

黑白对将来的这番话似乎很满意，侧过脸来对将来点了点头。

青青尖声叫道："你这是不怀好意！"

青青的话引发一些家燕再次鼓噪起来。

将来对女燕的尖叫声并不在意，等家燕们的鼓噪声平息下去后，像受了委屈般无奈地耸耸翅膀，对家燕们说：“我现在代表本族长正式宣布，出于非常时期秉承人类旨意进行的‘雀燕之战’已经结束，现在有关家燕的所有处置方式都会通过鸟规执行团来决定。黑白先生，我这么说都是鸟规执行团的意思吧？”

将来这番一百八十度的转弯和有礼有节的话，让杜鹃族长刮目相看。然而，他依旧只是点了点头，似乎成了局外鸟，这里的一切都由智慧雀处理，与杜鹃鸟无关。

估计智慧雀们不会对自己采取进一步行动，趁机休息恢复体力的哈辛听了将来那道貌岸然的话，不由得爆发出一阵冷笑：“哈哈哈，这真是强盗逻辑啊！什么禽流感？什么鸟规执行团？你们这才是无中生有的臆想！”哈辛挪动着步子向前走了两步，他看到了荆棘门上探出的家燕同胞们一张张关切的脸，就知道大部分的家燕不会再把他当作叛徒了，这让他如释重负。他看到了女燕青青和小家燕眼里的热泪，心里不由得滚过一阵热潮。执行燕当然明白，将来所说的“隔离治疗”是什么意思，而他从到这里来决心用真话撕开杜鹃丑恶的嘴脸开始，就已抱着决绝的想法，早将生死置之度外。但是，他为已深受麻雀洗脑行动影响怀疑自身真有禽流感病毒的家燕们担忧！如果到了春天，这些家燕真成了麻雀的宣传机器，那么，罪恶的“雀燕之战”极可能以正面的形象写进鸟族进化史，蒙骗所有不明真相的鸟族弟兄！这，才是执行燕最忧心的！男燕旺盛——这个被麻雀蒙骗一时散布他中了美鸟计的家伙，从他刚才的言语中，哈辛敏锐地察觉到他内心的微妙转变，而选择这么一个似乎麻雀也认为好对付的男燕来带领家燕们，或许是目前无奈的选择了。因此，哈辛将目光投向眼神有些迷茫的男燕旺盛，随后又转身对站在一块的黑白和将来艰难地弯弯腰说：“好吧，尊敬的杜鹃族长和麻雀所长，真金不怕火炼！为了证明我身上并没有禽流感病毒，我同意接受你们……不，是接受鸟规执行团的处置方案。”

没想到，执行燕也来了这么个一百八十度的转变，剑拔弩张的气氛也一下子缓和了下来。将来喜出望外地说：“这就对了，执行燕先生，识时务者为俊杰，你如果真是块真金，当然不怕火炼了，是不是？哈哈。”末尾的两声奸笑令鸟们听了起鸡皮疙瘩。

黑白也感到有些吃惊。这么一段时间，他一直认真倾听和仔细观察执行燕哈辛的所作所为，不得不佩服这场智斗完全被他占了上风，现在，哈辛突然妥协太出乎他的意料。因此，一直没开口的杜鹃族长，并没有像将来那样表现出欣喜，而是冷冷地说道："说说你有什么条件吧，也许我们鸟规执行团会考虑的。"

哈辛微微一笑说："杜鹃族长不愧是鸟中一等一的智者！你放心，我的条件并不会让你的鸟规执行团违反鸟规。"哈辛在说到"你的"字眼里特别加重了语气，且停顿了一下，方才说，"我只想请杜鹃族长和将来所长一起做个见证，完成一个家燕族规中规定的仪式。"

"这家伙又要什么花招？"将来疑惑地附耳问杜鹃族长。

黑白摇摇头，冷笑罢轻声说："他还能要什么花招？谅他一条小泥鳅也翻不起大浪。"

于是，将来挥挥翅膀，给执行燕让开了一条路。

虚弱的哈辛开始艰难地挪动脚步，从他所在的这块伸出去的小岩石上，走到距关押家燕们的洞口只有短短四米左右的距离，停下来喘了口气，环视一圈后，盯着旺盛的目光，直到对方有些羞愧地躲开，又看了一眼青青，微微一笑说："好了，别搞得太温情了，我可要进行一项庄严而隆重的仪式呢。可惜族长和众位族老不在场，但这是非常时期，我这么做也不算违反族规。"接着，他对低下头的男燕旺盛严肃地说："旺盛，请抬起头，看着我的眼睛。现在，我以第三万零一代家燕家族执行燕的身份宣布，你接任第三万零二代家燕家族执行燕的职位。"

哈辛此言一出，在场的鸟们都震惊了。黑白和将来面面相觑，他们知道，任何鸟族的族老之间的交替都是非常庄严和隆重的，特别是家燕所设立的与别鸟不同的执行燕职位，其地位仅次于族长，掌握着家燕行使族规的大权。哈辛选择在这样的时候传位太让他们吃惊了！一时间，老谋深算的黑白和将来也闹不清这只执行燕葫芦里卖的是什么药，只能使眼色提醒智慧雀们注意，静观其变。

最震惊的莫过于男燕旺盛了，他以为自己的耳朵听错了，居然没有任何反应。直到哈辛又重复了一遍，才迟疑地问道："执行燕？让我当执行燕？我没听错吧，我……我不够……"

青青不明白哈辛这么做的意图，也急切地说："哈辛大哥，这太突然了。你别被那些谎言吓住了，我们都相信你是清白的，还和从前一样听从你的指令。你别离开我们……"女燕美丽的眼睛里含满了悲伤的泪水。

一时间，众家燕纷纷表示绝不相信什么谣传，执行燕还是他们从前心目中的执行燕，他们还和从前一样听从执行燕的指挥。

见此情形，哈辛摇摇头，微笑着说："诸位同胞们，我这是遵照族规行事，又有众鸟作证，一切都不违反燕规。现在，我请新任的执行燕先生来完成交接的仪式……咳……咳……"

现在，执行燕的身体已极度虚弱了，说了这么一长段话就上气不接下气地咳了起来。看得出来，此时的他正靠顽强的意志支撑着身体。

听了执行燕的话，众燕一时都沉默了。

实际上，哈辛所说的族规是这样的，家燕家族和别的鸟族一样，有史以来都实行族长负责制，但同时又发扬高度的民主，凡族内重大的事务都必须经族老会讨论之后，才由族长签署族长令执行。但是，家燕最为特别的是，在族老会下设立了一个向族长直接负责的执行燕之位。执行燕相当于家燕家族最高法官的意思，严格执行着家燕的族规，凡触犯族规的家燕，都由执行燕提起申报，经族长主持族老会通过后，具体再交由执行燕执行。在特殊的紧急情况下，执行燕还可以采取先斩后奏的办法。而之所以家燕家族要设立别鸟族没有的执行燕之职，原因就在于家燕与人类的亲密关系。因家燕都是与人类居住在一起的，绝大多数的家燕谙熟人类的语言和行为习惯，所以，家燕特别注重族内是否有侵犯人类权益的事情发生，并且非常注重人类吉祥鸟高贵的身份，设立执行燕来加强对家燕鸟规的监督和执行。甚至于，执行燕还有监督族长是否滥用权力的责任，拥有独立司法权，可以向族老会弹劾族长，提前更换族长等。正因为执行燕的特殊地位，家燕族规规定，历代的执行燕鸟选都由族长提名，召开族老会商议通过。同时，对执行燕的鸟选也相当严格，必须经过层层筛选，方选出既强壮有力又具有智慧的男燕，强壮与智慧两者缺一不可。当年，哈辛正是通过这样的层层选拔，过五关、斩六将，才荣任了执行燕一职。为了应对突发事件，关于执行燕的鸟选中，又有一条特别的规定，在本族遭受不可抗力，族长及族老无法行使权力的情况下，在任的执行燕确信自己无法完成执行燕之职时，有权指定临时接班人，甚至主持全族大会选举出新一任族长。

关于这些族规，成年的家燕们自然是了解的，明白哈辛这么做并没有违反族规。执行燕在非常时期的这种举动，一定有迫不得已的理由。什么理由呢？家燕们陷入一种不祥的预感之中。

男燕旺盛则被哈辛那不计前嫌的博大胸襟感动了，他眼含热泪不无羞愧地说："不，不，感谢哈辛兄长的信任。但……但是……我……头脑简单，不配担任执行燕，请你另选别的燕吧。"

哈辛用鼓励的目光看着旺盛说："吃一堑，长一智，我相信旺盛兄弟不会再犯同样的错误。要知道，作为执行燕，有颗正直勇敢的心比拥有智慧更重要。旺盛兄弟疾恶如仇，咳……很好，这正是执行燕不可或缺的品质。咳……咳……哈……如果说旺盛兄弟看到了女雀勾引我的场面无动于衷，甚至畏惧我执行燕的地位替我掩饰，那才真正让我失望呢。"

"执行燕先生……我……"男燕旺盛感动得说不下去了。

哈辛又艰难地走近一步，轻轻挥翅对关切地看着他的众燕说："好吧，大家往后退一些，我要对旺盛和青青说几句话。"

刚才还在误解执行燕是叛徒的众燕，听从哈辛的号令，悄无声息地往山洞里退去了。

这时候，或是迫于执行燕的威严，或是要在众鸟面前显示自己处变不惊的大将风度，黑白遵守承诺，叫将来和众智慧雀在原地不动，只等着这只无力反抗的执行燕交代完本族的事务，就以禽流感病毒发作的正当名义单独关押他。哼哼！杜鹃族长心里已拿定了主意，他要把哈辛带回金丝湾森林公园和大佑山，让杜鹃们好好玩一把，让这只令他智力和尊严受到严重挑战的执行燕求生不能，求死不得。所以，杜鹃族长并不着急让这一出戏落幕。

对杜鹃族长此时的心思了如指掌的执行燕，正是要利用这一点完成最后的一击。见众燕退去，他用翅膀轻轻碰碰旺盛伸出荆棘门的翅膀，微微地叹口气说："是时候了，到最后决定的时刻了。旺盛和青青，你们知道我今天所做一切的目的吧？我之所以要激怒杜鹃族长，当然首要的原因是要在众鸟面前揭开他伪善的面孔，让我们一些已中了洗脑行动之毒的家燕们保持清醒的头脑。再一个就是当众将他的军，抬出所谓的鸟规执行团，就是要他下不了这个台面，不好对我们家燕下毒手。哈，就让他把这股仇恨记在我一只燕的身上。而你们，旺盛……咳……"哈辛一口气说了这么多话，虚弱的身体又令他有些喘不过气来了，他轻咳了两声，用眼神制止了旺盛和青青说话，接着轻声说："你们看到了吧，将来这是聪明反被聪明误，杜鹃族长为了当上鸟王，是绝对不会像麻雀一样轻易在鸟界撕下伪善面孔的。你们……咳……旺盛兄弟，你接过我执行燕之职后就要利用这一点，与黑白和将来虚与委蛇，千万不能对着干。只有这样，表面上接受他们的洗脑行动，然后，在春天来临之前寻找机会带领大家逃出去。切记，切记！在春天来临之前，不可太早，也不可太迟。我们受伤的家燕正好利用这温泉洞恢复体力。据我从女雀那里套出来的消息，他们预定处置家燕的时间是杜鹃合唱团播唱'布谷'时。咳……

咳……”哈辛又咳成了一团。

青青的眼泪扑簌扑簌流下来了，轻声说道：“哈辛兄弟，你休息一会儿吧，别……再……说了……”

旺盛恍然大悟，睁大眼睛，轻声叫道：“哈辛兄弟，原来……原来，你和那两只勾引你的女雀表面上显得亲热，是在套她们的情报啊！我……我……我真该死！”这只性格耿直、疾恶如仇的男燕懊悔得将脑袋往荆棘上扎，好像这样的刺痛能减轻他心中的悔恨。

哈辛伸出翅膀阻止了他的动作，轻轻点了点头后，转身对青青说：“青青，我知道你是一只智慧超鸟的女燕，我相信你会成为旺盛兄弟的贤内助，也会成为新任执行燕的好助手。旺盛兄弟，凡事多和青青商量。好了，不能说太多了，我怕杜鹃族长没有那么好的耐心。那么，我们现在就开始交接仪式吧。”

于是，在青青的轻声招呼下，众燕又重新聚拢到荆棘门前。

这是一个与众不同的鸟族仪式。这是非常时期有悲壮色彩的鸟族权力交接。没有众燕们的祝福和欢乐祥和的歌声，一切都在无言的沉默中进行。一只抱着决绝心理的执行燕用生命最后的时光，为家燕家族传递着权力，更传递着生的希望。执行燕哈辛对着旺盛虔诚地念着家燕家族权力交接的咒语。他高昂起头，向着洞顶许着千万年来家燕家族古老的誓言，他的脸上笼罩着一层圣洁之光。这一刻，这种可以穿透无边黑暗的圣洁之光如太阳之热力灼烧着在场的每一只鸟，连他的对手也不由自主地被震撼了。当哈辛伸出翅膀隔着荆棘门轻轻抚摸旺盛闭着的眼睛，又轻碰对方的翅膀三下之后，随着他一声歌咏般的轻叹，第三万零二代家燕家族执行燕就在这个危机四伏的温泉洞里产生了。

众燕发出轻轻的欢呼声。

这欢呼声尽管很小，却让对手也深深震撼了。

已退位的第三万零一代家燕家族执行燕哈辛在转身之间，如释重负地长叹了一口气。他轻轻咳了几声后，有气无力地对似乎被家燕家族这特殊的仪式震撼得神情有些木然的杜鹃族长微笑着说：“好吧，尊敬的杜鹃族长，最后的仪式真该结束了。”

“什么？”黑白有些忌惮对方的智慧了，不知这位退位的执行燕脑子里又有什么新花样。

哈辛又咳了几声，没理睬杜鹃族长的话，而是对同样表情木然的将来冷笑道：“智慧的将来所长，你没听到又有一只小杜鹃把你们的麻雀蛋推出窝摔得粉碎吗？哈哈哈，哈哈……智慧雀们，你们真是黑白不分啊。哈哈，黑白……多有意思的名字啊……咳……”

执行燕突然再次挑衅杜鹃鸟，让大家感到他太不明智了。在场所有的鸟都看得出来，一向表现很绅士的杜鹃族长的忍耐已到极限了。

哈辛的话终于把早就按捺不住的“麻雀未来研究所”所长激怒了，命令麻点将哈辛关押起来。

没等麻点采取行动，这时候，站在杜鹃族长黑白身后有一只鸟先飞了起来，那是对杜鹃族长忠心耿耿的保镖独眼杜鹃。他怪叫一声，高高地飞起来，以泰山压顶之势向咳成一团，似乎已虚弱不堪的哈辛冲去。

几乎与此同时，看上去虚弱得迈不动步子的执行燕哈辛不知从哪里来的力量，居然用一只翅膀扇动着，随着翅膀的扇动，他那失去平衡的身体倾斜着，以一种古怪的姿势飞了起来。飞翔，这是一只鸟最与众不同的伟大的飞翔！在跌跌撞撞中，他躲开了独眼杜鹃强劲有力的一扑。随后，在众鸟惊愣的目光中，哈辛以一个奇特的动作做出最后的飞跃，只见一道美丽而悲壮的弧线落下了沸泉，随之留下的是一串令对手胆寒的宣言：“家燕同胞们记住啊，只有精神是压不垮、打不烂的，精神不死！哈哈哈，我还真得感谢高贵的杜鹃族长让我发言，希望你珍惜吉祥鸟的名誉，兑现诺言。哈哈哈……哈哈……”在一连串惊世骇俗、视死如归的大笑声中，勇敢顽强的执行燕用最后的力量完成了他燕生中最后一次，也是最美丽和独特的一次飞翔，跃入岩石下的沸泉之中，以生命来警醒处于危难中的同胞，同时，也希望就此为同胞们赢得生的希望和时间。

举座皆惊，执行燕的英勇义举令对手也为之骇然失色！在他豪迈的笑声中，杜鹃族长浑身一颤，颓然地低下了头，将来所长和所有的麻雀则瞪大了眼睛，惊骇得说不出话来。一扑落空再扑失去了目标的杜鹃独眼在沸泉的上空气恼地飞了两圈，徒劳地怪叫着，似乎被对手的不以为意激怒了！是啊，这个孔武有力的杜鹃鸟在顽强智慧的执行燕面前，觉得自己就像个在舞台上表演的小丑，这怎能不让他恼羞成怒呢！

家燕们呢？在最初的震惊过后，是如沸泉般沸腾起来的悲恸，转眼间执行燕的就义行为让家燕们感到深深的愧疚，尤其是刚才责骂哈辛是叛徒的家燕们都垂下了沉重的头。一时间，洞内被悲伤的恸哭声笼罩着，它们像一波波浪涛似乎要把小小岩洞冲破了。

家燕悲愤的哭泣声，令将来所长一时乱了方寸，而看守的麻雀们被这突如其来发生的事件惊得面面相觑，不知如何是好。凶残成性的智慧雀头领麻点也被执行燕视死如归的豪气弄得手足无措，不知对家燕们该采取什么行动。当然，先清醒过来的还是将来所长，在慌乱之中，他忙着指挥麻点带领智慧雀们牢牢守住洞口，以防悲愤的家燕们冲破荆棘门逃出。他气急败坏地对着家燕们吼道："安静！安静！谁动就弄死谁！"

但是，"麻雀未来研究所"所长的话让处于悲伤中的家燕们更加激动了，一些性格冲动、较强壮的男燕已纷纷用嘴啄荆棘门，尽管荆棘刺破了家燕的嘴，点点燕血染红了荆棘。

家燕们疯狂的举动，让将来禁不住后退了几步，那些原本跟着所长一起威胁家燕的智慧雀们也迫于家燕的气势离荆棘门远了些。将来连声呼叫着，发出雀语。随着他的叫声，更多的智慧雀飞来了，聚拢在荆棘门前吱喳叫唤着。

转瞬之间，形势急转直下，一场大规模的麻雀和被捕家燕之间最后的决战似乎已迫在眉睫。

直到这个时候，脸色阴冷的杜鹃族长从执行燕从容就义事件中警醒过来，他伸出翅膀将在边上一直跳着叫着也要和麻雀一起向家燕发动进攻的独眼杜鹃一把扯翻，喝道："退到后面去，一点规矩都不懂的菜鸟！这是麻雀兄弟的地盘，轮得到你来凑什么热闹？"

独眼杜鹃从岩石上爬起来，唯唯诺诺地退到一边，再也不敢吭声了。

杜鹃族长的举动和对手下的呵斥如一声巨雷，让情绪陷入激动的麻雀们停止了鼓噪，也让家燕们不再啄动荆棘门。就连将来所长也悄悄挥挥翅，看一下深谋远虑的杜鹃族长如何做。

杜鹃族长往荆棘门走近了一步，他的脸上忽然爬上了一层浓重的悲伤，低头对家燕们说道："家燕兄弟姐妹们，发生这样的事太意外了！对于执行燕先生的就义，我和你们一样感到痛心，但悲剧已经发生，家燕、麻雀双方都要冷静处之。我再次声明，尽管执行燕先生对我们杜鹃家族多有误会，但我并不怪他。我向你们保证，一定会在鸟规执行团的权力范围内处事。现在，请大家不要过于悲伤和激动。"

"别听他假惺惺的一套，阴险狡猾的家伙。"有家燕愤怒地叫道。

"对，哈辛兄弟说了，杜鹃历来是不要脸皮的阴险鸟，他们骨子里就是损鸟利己。"

"他就是逼执行燕就义的凶手！"

家燕们七嘴八舌地指责着杜鹃族长，情绪又有些激动起来。

独眼杜鹃见老板被骂，顾不得刚才的呵斥，挡到杜鹃族长前面，叫道："你们胡说什么？执行燕是禽流感病毒发作，自作自受！"

独眼杜鹃的话犹如火上浇油，让家燕们又愤怒地号叫起来。这时候，是女燕青青的劝告声警醒了新任执行燕旺盛。

其实，从家燕们的情绪一激动开始，内心悲伤无比的青青就一再告诫大家要冷静，不要冲动。但是，情绪受到刺激的男燕们哪听一只女燕的话呢，新任执行燕旺盛不也带头号叫抗议吗？直到杜鹃族长站出来，青青才恨铁不成钢地一翅膀将没提防的旺盛从扒着的荆棘门上打到地上。看着不解的旺盛，青青气得浑身哆嗦道："旺盛！怎么一转眼就将哈辛的话忘了！你现在可不是一般的男燕，你是我们这里职位最高的第三万零二代执行燕！你这么冲动，我们这些家燕迟早毁在你的手里！你难道永远不会用脑子考虑问题吗？"

女燕青青的话如一记响亮的耳光，将失去理智的旺盛打醒了。他愣了愣，忽然飞了起来，用力将扒在荆棘门上的家燕们纷纷打落在地，叫道："吼什么？吼什么？就你们能啊？逞匹夫之勇，算什么本事！从现在开始，听本执行燕的，一切由我决策。你们全给我闭上鸟嘴，统统往后退！"

众家燕这会儿才惊醒，他们不是群龙无首，还有新任的执行燕啊！于是乎，他们停止了号叫。这是新任执行燕上任后发出的第一个命令，这个执行燕说话粗鲁了许多，不像哈辛那样温文尔雅，但他强壮的身体倒是令新执行燕有了一种更直接的威严。然而，说这话时，旺盛根本没想好下一步要做什么决定。是啊，不能带着家燕啄倒荆棘门冲出洞穴，与麻雀拼个你死我活，如人类所说的"宁为玉碎，不为瓦全"。那么，该怎么办呢？他与青青悄悄商量了一阵，头脑才真正清醒了。暗暗骂自己：对啊，哈辛临就义前传执行燕位置给自己时不是说了嘛，要我无论如何都要与对方虚与委蛇，熬到春天来临时再找机会逃生。哇，该死，我怎么能光顾痛快呢！于是，这位新任的执行燕就以家燕最高长官的身份与似乎并不想痛下杀手的杜鹃族长交涉，他提出要平息家燕的怒火，就要为哈辛举行一个简单的纪念仪式。

旺盛的提议得到大多数家燕的赞成。而第一次以执行燕的身份做出决策得到拥护的旺盛，不由得有些得意地回望心爱的女燕青青。他得到的是青青从来没有过的温情目光，这让这只在危难关头担任执行燕的男燕受到了极大鼓舞。他再次对微感吃惊的杜鹃族长说："尊敬的杜鹃族长，我们现在暂且放下有关执行燕之死是不是禽流感病毒发作的话题，这有待于进一步的科学论证，我相信将来的鸟界一定会给出一个公正的说法。现在，我只想向鸟规执行团申请，以鸟界的规矩，让我们给家燕家族中的执行燕举行一个简单的纪念仪式。当然，这里条件有限，一切只能从简了。尊敬的杜鹃族长先生，我相信你会以一只吉祥鸟的宽容大度答应我这个请求吧？还有……尊敬的将来所长，麻雀不会在这个时候趁鸟之危吧？”

旺盛的这番话让这些天一直与他打交道，认为他头脑简单很好利用的将来吃惊不小。他心里暗暗嘀咕：难道一只菜鸟一旦地位改变，就连智商也会跟着提高吗?

## 第二章

“麻雀未来研究所”将来所长当然不知道，执行燕的这些想法和说辞都是向女朋友青青现学现卖的。若干年后，闽西北的家燕家族慢慢恢复元气时，鸟界就都知道执行燕旺盛能够很好地履行职责，是因为他有一个绝顶聪明的贤内助。

闲话少说，言归正传。“麻雀未来研究所”的将来所长并不看重执行燕旺盛的智慧，对于他提的这个要求觉得是天方夜谭。实际上，他已经想好要对这些家燕采取行动：统统处决，不留后患。听了新上任的执行燕这一番话，他当即冷笑道：“纪念？不行！这可是我们麻雀的地盘！哈辛执行燕他这是自绝于鸟界，与本麻雀无关。我们麻雀秉承人类旨意发动‘雀燕之战’是迫不得已，现在对你们已是仁至义尽了。喏，可以请鸟界的同人们评评理，我们麻雀供你们家燕吃喝，还提供这么温暖的温泉洞给你们过冬，你们却一点感恩之情都没有。哼，我们麻雀是侍候不起这帮子大爷了，我还得提请鸟规执行团讨论，看怎么办吧。”

“怎么办？我和白鹇族长苍茫先生已决定，麻雀不仅要继续承担这些家燕的吃喝，而且还要保证他们安全过冬！”黑白族长似乎不太给将来所长面子，耷拉下脸来，不紧不慢地说，“尊敬的执行燕旺盛先生，我敬佩你在这危难之时为家燕家族勇挑重担。在此，我完全尊重一只有尊贵吉祥鸟鸟格的执行燕，愿意说服将来所长同意你们的要求。当然，这是麻雀的地盘，麻雀也是秉承人类旨意的执行者，人类再怎么有错，我们鸟界也得听从不是？”接着，众目睽睽之下，他拉着被自己训了几句话脸色很不好看的将来走到一边嘀嘀咕咕了一阵。

这会儿，在青青和旺盛的告诫下，刚才情绪有些失控的家燕们已完全安静下来了。他们瞪大眼睛看着杜鹃族长和“麻雀未来研究所”的所长在一边商量，心里多少有些忐忑不安。从黑白和将来两鸟比画的姿势来看，似乎两鸟的意见有些分歧，争论还有些激烈，这就让家燕们为自己的命运担心了。好在最终黑白说服了将来，这位在麻雀家族里几乎说一不二的智者，很不情愿地过来宣布，从鸟道主义的角度出发，同意家燕们为执行燕哈辛举行一个简单的纪念仪式，从明天开始照常上课，并向鸟规执行团承诺，在春天到来之前，一定保证家燕们安全过冬，一切留待春天杜鹃鸟歌唱布谷前，由鸟规执行团召开鸟界大会做最后的决定。

将来的话让旺盛和青青都松了口气，会意地相视一笑，家燕们则发出一阵轻微的喜悦鸣叫声。

随后，杜鹃族长又装出正鸟君子的模样，语调沉痛地说：“诸位听到执行燕谎言的……对，哈辛所说的历史就是他中了禽流感病毒发作的呓语。智慧雀们，你们要明白一点，不要因哈辛妖言惑众而影响杜鹃、麻雀同盟鸟的关系。”

将来所长对眼神有些迷茫的智慧雀们说：“同胞们，我们听听智慧的杜鹃族长是如何来拨开这历史的迷雾吧。”

杜鹃族长用阴郁的眼光扫了一眼从荆棘门里探头出来，也在凝神倾听的家燕们一眼，随之在转向麻雀们时，则换上了一副无奈的表情。表情转换如此之快，真不愧是一只狡猾的杜鹃鸟。他清了清嗓子，用一种无辜悲痛的语气向麻雀们解释说：“嗨，诸位智慧雀及家燕兄弟姐妹们，请允许我占用一点点时间，为你们解释一下。”为了表示尊重，他还转向荆棘门，对家燕们微微鞠了一躬。

杜鹃族长的话让家燕和麻雀们都深感意外，虽然家燕们已知道杜鹃族长是一只最狡猾的鸟，但是，杜鹃族长脸上那种看不出表演痕迹的表情和动作，还是让家燕们不由自主地停止骚动，与智慧雀们一样拉长了耳朵。

看到自己的表情和动作取得了意料中的效果，狡猾的杜鹃族长暗暗高兴，继续用那种无辜和悲伤的语调说：“谢谢家燕和麻雀兄弟姐妹们给我这次发言的机会。我要说的是，我身为杜鹃族长，有责任澄清一些误会。当然，先声明，哈辛执行燕从来是我尊重的智慧鸟，他的判断能力出现了偏差，这可能得归于可恨的禽流感病毒！哦，家燕兄弟姐妹们，请原谅我先这么判断，当然，在最后的科学论证出来之前，我会纠正自己这个说法，并和鸟族一起向人类讨公道。那么，好吧，现在我得说说我的看法。咳……嗯……”黑白装腔作势清了清嗓子说，“家燕和麻雀兄弟姐妹们，大家都知道，长久以来我们鸟界各鸟族之间，由于生活习性和价值观念的不同，存在着这样那样的误会。而且各鸟族之间奉行着‘明哲保身，枪打出头鸟’的信条，互相间很少交流，有的鸟族间虽朝夕相处，但老死不相往来。为了最大限度地加大鸟族之间的沟通，才会召开每年一度的‘鸟界大会’，各鸟族代表们在大会上畅所欲言，既介绍本族的成绩和遇到的困难，又可以吸取别的鸟族在进化过程中取得的经验。但是，大家都知道，自从鹰族在人类的猎杀下无法生存不得不隐藏踪迹后，鹰王十年才在鸟界出现一次，这一年一度的鸟界代表大会也就改成十年一次了。于是乎，大家看到了，我们鸟界之间的误会就越积越多了。是的，我现在就要提到哈辛执行燕说我们杜鹃借窝繁殖后代的谣言了。”

“杜鹃族长，执行燕所说的真是谣言吗？”一只女智慧雀壮着胆子问道。

对杜鹃族长的智慧一向佩服得五体投地的智慧雀麻点，也疑惑不解地说：“是啊，尊敬的黑白先生，我也听到麻雀朋友说过杜鹃这样不友好的举动呢。无风不起浪，恐怕执行燕的话也不全是空穴来风吧？对此，你作何解释呢？”

听了一向对杜鹃族长敬佩有加的麻点质问黑白的话，在场的几十只智慧雀互相交换着眼神，盯着杜鹃族长看他怎么解释。

杜鹃族长对于这样的疑问早成竹在胸，表情依然沉重，他无奈地说：“啊，我勇敢智慧的麻点首领，这正是鸟界缺少沟通所造成的误会啊。首先，我不否认，确实有个别女杜鹃偷懒，有借窝孕子的陋习。但是，关于谋杀别鸟后代的行为是绝对没有的，那是一些别有用心要破坏鸟界和谐环境者的诬陷！首先，大家可以分析一下，我们杜鹃鸟族有这样那样的小毛病，请问哪一个鸟族在进化的过程中没有这样那样的毛病呢？但大家应当知道，人类对我们杜鹃鸟是如何依赖的。人类这种高级动物非常自以为是，自以为可以随意地改变自然和利用自然。哈，这种种行为大家都深有体会，就不用我在这里重复太多了。我只举家燕的例子。人类不就是为了极大限度地享受现代文明成果，放弃了乡村的祖居地拥到城市而不顾家燕的感受，导致你们不得不集体迁入城市的吗？那么，请问诸位家燕兄弟姐妹，你们违背多年的生活习性，难道就不会产生一些预想不到的后果吗？”

这时候，新上任的执行燕旺盛听了杜鹃族长此话，半信半疑地说：“难道这样世居的生活习性改变，真的对基因的进化有影响吗？我不信。杜鹃族长，你这话未免太牵强附会了吧。”

黑白转身对执行燕微点头表示理解后，语调依然沉重地说：“哦，尊敬的执行燕先生，本族长不敢断言会有什么影响。我们杜鹃鸟族基因中对春天的到来特别敏感，于是，他们就选择杜鹃鸟为他们报告春天的来临。杜鹃鸟为了整个自然的和谐，承担了吉祥鸟报春的繁重工作。每到春天来临时，我们就组织本族内最优秀的歌手不分昼夜、不辞辛劳地四处传唱歌声，以此唤醒人类：春天到了，要播种了。也就是因为这歌声像极人类语言‘布谷’一词，人类还给我们杜鹃鸟起了一个好听的外号——布谷鸟。不是本族长在这里自吹自擂，试问，如果没有我们杜鹃鸟提醒人类，人类就会错过春天播种的季节，因此会造成歉收或无收，影响到他们的生存，同时也就没有专吃庄稼的害虫产生，我们许多鸟族则失去许多鲜美的食物。这个影响真是太大了！就说麻雀兄弟吧，你们一直保持着吃人类庄稼的习性，在这里我不是要指责这种习惯，况且将来所长已正在制订全面改正麻雀吃人类粮食的恶习。我只想说，你们中的一部分兄弟将失去一种食物源。再说家燕兄弟吧，你们虽然也是春天的吉祥鸟，但提醒人类播种这种累活不还得靠我们？因为我们杜鹃鸟天生有一副好嗓子啊。”

狡猾的杜鹃族长绕口令般的为杜鹃鸟涂脂抹粉的话，让在场的鸟们都听迷糊了，想来好像真是如他所说的，没有杜鹃鸟春天的歌唱，还真是个大问题呢，他们有一点小毛病也就可以原谅了。这时候，本因哈辛突然挑起麻雀和杜鹃旧怨不知如何是好的将来见状，趁机说：“黑白先生说得不错，杜鹃真是人类第一等的吉祥鸟，不能再误会他们了。”

杜鹃族长的表演还不想这么快结束，忽然换了一种极度悲痛的表情，眼含热泪说：“说到这里，诸位尊敬的麻雀和家燕兄弟姐妹们，今天，我忍不住要在这里披露一个杜鹃鸟族不为鸟知的秘密。”他看众鸟都竖起了耳朵，连将来所长也歪头倾听。于是，他的语调更悲痛了，低了一下头，竭力控制自己的情绪后长长一叹说：“是啊，这是我们杜鹃鸟族一个不为鸟界所知的秘密。自从我们杜鹃鸟承担了为人类报春播种这个神圣的自然使命以来，每年春天，我们杜鹃鸟都有一些歌手在歌唱中力尽吐血而……死！是的，为了整个大自然，他们无私地奉献出生命！此外，还有部分杜鹃歌手工作一年后嗓子就坏了，不能再进行第二年的歌唱。也正因此，每年春天来临之前，我们都要组织大规模的歌手选拔赛，目的就是挑选出嗓子最好的歌手，组成最优秀的演唱队，让人类和整个大自然界听到美妙歌声。不瞒诸位，来这里之前，我还给本族的黄族老交代培训杜鹃歌手的事宜，就在诸位沐浴着温泉洞温暖之时，我们的歌手们正冒着严寒刻苦训练，为春天的到来做积极而艰苦的准备呢。是的，为了鸟界的安宁，并得到人类对鸟界的理解和关爱，为我们鸟界的鸟族同人们赢得最大限度的生存空间，我们即使歌唱而亡也无怨无悔。这就是杜鹃鸟的秘密！我希望大家有空就去看看我们杜鹃鸟在冬天寒冷的大佑山是如何训练的吧。”说完，杜鹃族长似乎已悲伤得上气不接下气，涕泪横流。

在场所有的家燕和智慧雀在这一刻，都被杜鹃族长揭示的杜鹃鸟歌唱的秘密震惊，继而感动了。

当然，只有将来所长在最初的惊讶之后哑然失笑了。他真的自愧不如，佩服杜鹃族长应对情况的智慧。他想自己与黑白在智慧上的差距大约就在于这种应变能力了，这不仅需要超强的智慧，而且还需要果断和临危不乱的能力，当然，还有那么一种高明的表演技术。他知道，自己要想登上族长的宝座，并带领麻雀们在城市里真正取代家燕与人类和平共处，还有许多地方需要杜鹃族长的帮助，双方之间是一种互相利用的同盟关系。所以，在看到众鸟都被杜鹃族长的表演蒙骗后，将来所长不失时机地说：“诸位麻雀同人和家燕兄弟姐妹们，黑白族长的发言太精彩了！我可以证明，当麻雀与杜鹃在签订两鸟族同盟时，杜鹃鸟早就没有这陋习了。退一步说，看看杜鹃鸟为我们所做的贡献，我们一些鸟族伸出援手，为个别没有能力抚养后代的女杜鹃孵几个蛋算什么呢？至于杜鹃鸟出生后还充当凶手杀害鸟兄弟的说法，肯定是别有用心者的谣传，千万不能相信。现在，我提议为杜鹃歌手们无私的奉献精神鼓翅欢呼吧。”说着，将来带头用力鼓动起翅膀来。

这时候，听了将来所长的话和杜鹃族长的发言，智慧雀们心中因哈辛的话对杜鹃鸟萌生的不快已烟消云散了，以麻点为首的智慧雀们纷纷用力鼓翅。一时间，鸟翅膀扇动的噼啦声响彻整个洞穴。

家燕们呢，亦被杜鹃族长极具迷惑性的话弄得无所适从了，连最具智慧的女燕青青也陷入沉思之中。是啊，青青只是觉得杜鹃族长的话似乎有哪些地方不太对劲，又说不清哪个地方不对劲；她敏锐地察觉出杜鹃族长声泪俱下的演说有夸张的成分，又看不透这表演的虚假在哪里。于是，她努力思考却找不到答案后，就怀念起执行燕哈辛那洞察一切的智慧了，再看看身边张大了嘴，显然与所有家燕一般都被杜鹃鸟无私奉献精神打动的新任执行燕，青青猛然就清醒过来了。对啊，现在暂时无法辨别杜鹃族长所说的话有几分真实性，这个鸟界的问题只能等鹰王回来以后再确定了。到时候一切自有公论，何必在此计一时之短长呢，不妨就让杜鹃族长占这个上风吧。现在最要紧的是赶紧举行纪念执行燕哈辛的仪式，这样才可以马上将同胞们的情绪从骗局里解脱出来啊！这么想着，青青推推执行燕旺盛和麻雀们一起鼓翅，表示对杜鹃族长发言的肯定。

果然，青青此举让狡猾的杜鹃族长也从心底里乐开了花，确信自己天才般的表演把处于仇恨中的家燕们也蒙住了。他往荆棘门走了两步，向扒在荆棘门上的执行燕旺盛主动伸出翅膀说："感谢家燕兄弟姐妹的理解，我保证你们在这里是绝对安全的，只要你们好好配合将来所长弄清身上的禽流感病毒问题，我以鸟规执行团成员的身份再次保证，在春天来临之时，你们可以像往年一样，与人类建立一种新的和谐关系。"当然，杜鹃族长没有说明麻雀是否要让出占领的燕巢。

旺盛没想到黑白有此举动，忙从荆棘门伸出翅膀与对方碰了碰，说道："那好吧，尊敬的黑白族长，请麻雀们允许我们走出洞口来，纪念已故的执行燕哈辛先生吧。"

"当然，我想将来所长不会拒绝你们这个请求的。"杜鹃族长绅士般地弯了弯腰，向将来所长递了个眼色。

将来忙弯腰说："尊贵的杜鹃族长，对于执行燕旺盛先生的请求，没有理由拒绝，只是为了防止……意外的发生，希望除了执行燕先生外再出来四位家燕就行了。我声明……这不是不信任家燕……而是……"

为了避免将来说出来的话让家燕们听了不高兴，聪明的女燕青青不等将来吞吞吐吐把话说完，就打断他的话说："不用说了，就按所长先生以前上课的方式来吧。"

麻雀们在给关押的家燕们进行洗脑行动时，总是采取轮流上课的办法，一次只允许五只健康的家燕同时出洞，每次还得安排二十只的智慧雀上下左右进行"保护飞行"，同时还要用荆棘紧堵整个温泉洞口。事实上，将来所长的这个顾虑有些多余，现在关押在荆棘洞中的家燕有能力进行长距离飞行的，满打满算不会超过十只，除此被捕的家燕都或多或少有这样那样的伤病，根本不可能进行有效的飞行，更何况其中还有不少老弱者呢。而就如旺盛这样最强壮的男燕，也不可能靠飞行逃出地形复杂深达一百多米的温泉洞。就是这么一帮子老弱病残的家燕，将来所长还调拨了上百只精明强壮的智慧雀由首领麻点带领，如临大敌般地守卫着，不允许有一只别的鸟进入温泉洞，也不允许一只家燕跑出，真可谓是防护得滴水不漏，用心良苦啊。所以说，在这种情况下，家燕们如果贸然反抗，无异于飞蛾扑火，自取灭亡。

然而，头脑简单的新任执行燕旺盛对青青的话有些不满意，按他的想法是要所有的家燕一起为哈辛执行燕举行纪念仪式。听了青青的话，旺盛小声地对青青说："青青，我们不能让哈辛执行燕这么冷冷清清地走吧？我要所有的家燕都记住他的勇敢和大无畏的牺牲精神，让我和杜鹃族长说，他会说服将来所长允许所有家燕都出洞。"

青青恨铁不成钢地瞪了旺盛一眼，为了不让杜鹃族长和将来所长听到，用燕子家族特别的语言说："你又忘了哈辛执行燕交代的要灵活处置，带着大家逃生的话了？我们现在最要紧的是通过这个仪式，使家燕们从刚才杜鹃族长的表演中清醒过来。而你执行燕要紧的是为家燕的生存筹划一个未来，哪怕暂时委曲求全也行，又何必与对手争一时之短长呢？要知道，哈辛选你接任执行燕，并不是看中你的才华，而是看中你的正直，还有与麻雀们表面上已建立的良好关系呢。"

青青这一番有理有节的分析，让男燕旺盛意识到身为执行燕的责任。他有些不好意思地跺跺脚："青青，我的脑瓜子总是缺根弦，险些被杜鹃族长的谎话蒙骗了，我这就按你的想法和他们说。"

青青微微舒了口气，不知是不是想起了执行燕哈辛临就义前让她辅佐旺盛的话，脸上微微漾起了一层不易觉察的红晕，向执行燕旺盛投去了鼓励和赞许的目光。

经过执行燕与杜鹃族长和麻雀所长的简单交流，双方很快达成一致意见，青青和另三只家燕被允许与执行燕一起走出荆棘门，为就义的哈辛举行纪念仪式。而在家燕们开始举行仪式前，对自己能将形势转被动为主动而非常高兴的杜鹃族长，也变得宽容了许多，为了显示自己对家燕族规的尊重，他提出和将来一起回避。说完，他真的拉着将来所长飞走了。

现在，洞内的大厅里只剩下麻点带领的三十几只智慧雀和以执行燕为首的五只家燕。麻雀们把家燕团团围住，洞外还有严阵以待的智慧雀，并且还关闭了洞口。

简单的纪念仪式开始了。按照家燕的族规，由现在职位最高的执行燕旺盛主持。

这只刚刚上任的执行燕此刻内心被悲伤和懊悔笼罩着。他先带领着四只家燕绕着刚才哈辛就义的沸泉上空飞了三圈，边飞边用燕语安抚着死者的灵魂。

大厅里的沸泉是温泉洞中温度最高的，它既为关押着的家燕提供阵阵暖意，同时也成了防止家燕们逃走的天然屏障。大厅内并不适宜鸟类长久生活，如果待太久，就会被热浪熏晕而葬身沸泉之中。所以，麻雀们生活和对家燕进行洗脑行动的场所并不在这里，而是在另一个温度适宜的温泉大厅里。是的，整个温泉洞是一个奇妙的温泉世界，极小的且非常隐蔽的洞口连接着长长的甬道，随后又分出一个个洞中之洞，几乎每个洞里都有一个大厅，而厅内就有温泉。当然，只有家燕们所在的这个洞是危险的，有温度很高的沸泉。

坚持按照仪式绕着沸泉飞了三圈的家燕们被沸泉的热浪蒸腾得有些头晕了，但没有一只家燕畏缩。当他们尽量保持优雅的飞行姿势完成这个危险的具有挑战性的飞行，平稳地落在荆棘洞口悬空伸出的大岩石上后，令在大厅四周虎视眈眈的智慧雀们暗暗敬佩对手的顽强。要知道，为了防止家燕们逃走，麻雀每天提供给家燕们的食物是非常有限的，仅够维持他们的生存啊，几乎所有的家燕都饿瘦了，已没有了原先强壮的身体，就是如旺盛这样强壮的男燕，体力也是大不如前了。深知这一点的智慧雀们互相间传递着惊讶的眼色，对家燕的顽强肃然起敬了。

现在，三只家燕成扇形围绕着女燕青青，执行燕旺盛步履沉重地踱步到刚才哈辛纵身就义的岩石边缘停了下来，接着用燕语诉说着执行燕哈辛的功绩和生平。随后，在稍作沉吟之后猛然间放开喉咙吼出了一个家燕们所熟悉的集合号叫。这时候，早在荆棘门排着整齐队列的家燕们随着旺盛执行燕的集合号叫，齐声亮开歌喉唱起了《燕子谣》：

他是一只美丽的燕子，
是大自然创造的智慧精灵。
人类的屋檐是他温暖的家，
他是人类最忠实的朋友。
他有一把神秘的剪刀，
修剪出温暖的春天。
他的歌声染绿了千山万水。

啊，他是春天的使者，
携春风为人类传递希望。

他是一只勇敢的燕子，
是大自然创造的吉祥精灵。
人类的屋檐是他温馨的家，
他是人类最喜欢的灵鸟。
他有一双神奇的翅膀，
飞翔出不老的传说。
他的身影穿过严冬带来春天。
啊，他是吉祥的信使，
携春雨为人类播撒福音。

家燕们嘹亮而略显忧伤的歌声回荡在大厅上空，形成了气势惊人的回音，让守卫的智慧雀们纷纷退后，落在离得远一些的岩石壁上。这些经过特别训练的智慧雀当然听过家燕的这首族歌。现在，这首旋律优美的歌被家燕们唱得如此忧伤和催人泪下，就不由得让智慧雀们震惊了。更让他们震惊的是，随着执行燕带领群燕高歌《燕之谣》，美丽的女燕青青开始跳起那舒缓忧伤的舞蹈了。

这是鸟界最美妙的舞姿，这是忧伤催生出来的一种不可复制的美丽。在《燕子谣》优美的旋律中，女燕青青似进入了忘我的境界，在三只家燕的围绕之下翩翩起舞。她时而缓步旋转，时而微微扬起翅膀贴地飞行。配合着她的三只家燕则始终把她围绕在中间，跟着或走或飞。在这样曼妙的舞蹈中，青青似乎成了一个悲伤的复仇精灵，用舞蹈在诉说着鸟界的悲剧和一个鸟族巨大的悲伤，同时又表达了不屈不挠奋斗不息的精神。就是这舞姿深深地触动到了在奋力歌唱的家燕们的灵魂深处。他们想起家燕从前那种与人类朝夕相处的安乐生活，想起无辜失去的亲鸟，于是，他们的眼里含上了悲伤的泪水。当然，也有不少家燕内心在这一刻忽涌上了恐惧，想到了灾难，怀疑是不是真的因为家族迁入城市产生基因的变异，而在不知不觉中携带可怕的禽流感病毒了。

值得庆幸的是，麻雀们是天生的乐盲，尽管这些智慧雀早熟知《燕子谣》，但他们无法真正理解音乐的魅力，更看不懂青青舞蹈中所蕴藏的情感和力量了，否则，他们就不会放任家燕们的歌舞了。只是，这些无法通过音乐抵达心灵深处的麻雀们觉得这只跳舞的女燕真是漂亮，温泉洞中最漂亮的女雀与之相比也黯然失色。

歌声还在继续，舞蹈还在继续。歌舞扫去了洞中一直笼罩着的挥之不去、死气沉沉的阴郁，让家燕们增强了团结一心的信念，并看到了生的希望，他们似乎已看到躲在冬天背后露头的春光。

这里暂且不说忧伤的家燕们是如何用歌声怀念一只伟大的家燕并激发自己的斗志的，说说自认为反败为胜、转危为安，有些得意忘形的杜鹃族长和将来所长吧。现在，他们装着高姿态按鸟界规矩回避家燕们的仪式后，飞回了格氏栲森林公园一角的"麻雀未来研究所"所在地。当他们在一棵高大的栲树上端极其隐蔽的所长室坐下来时，尽管智慧雀们将所长室布置得不透风不漏雨，堪称是鸟界最漂亮的窝，但从温泉洞出来的杜鹃族长还是感到了一丝冷意。

独眼杜鹃对刚才没能亲手将可恶的执行燕撕成碎片一直窝着火，细心的他这会儿从族长的表情中看出他有点冷，就快鸟快语地说："我说将来所长，你何苦在这里受冻呢，还不如把'麻雀未来研究所'搬到温泉洞里，那里头温暖如春，却让家燕那些菜鸟享受。"

杜鹃族长对今天保镖的表现很不满意，马上训斥道："独眼，你真是验了人类那句话：头发长，见识短，不懂就不要乱说！越来越没有规矩了。嗯，你哪理解得了将来所长的远见卓识呢！"

被族长呵斥的独眼杜鹃忙连声"喏喏"，退到窝外头站岗放哨去了。

为什么黑白斥责独眼会引用人类"头发长，见识短"这话呢？那是因为独眼自从一只眼受伤后，就经常有意地把头顶那几绺头发往下扒拉，遮住受伤的那只眼睛。久而久之，这几绺头发似乎理解了主人的渴求一般越长越长，很听话地为主人的那只伤眼遮丑。

将来所长看独眼这个样子就笑了："没关系，我就喜欢独眼忠诚和耿直的个性。嗨，尊敬的杜鹃族长，不瞒你说，我也想在身边培养个像独眼这样的干将，可一直找不到合适的麻雀。原本我想培养麻点的，可是……你看到了，那家伙就是一根筋。"将来走到独眼边上，用翅膀安抚对方，说："独眼杜鹃，你家的老板知道我的用意。我之所以不把'麻雀未来研究所'搬到温泉洞，是因为怕大家养尊处优，将野生动物的本性退化了呢。我们麻雀可是闽西北永久的主人，不像家燕一样到冬天就迁徙。哼，只有通过冬季这样严酷的考验，足够强壮的麻雀才有资格活下来，成为延续种族的精英。不过，我倒是想将这些可恶的家燕处理完后，也搬到人类城市的燕窝里住一段时间，多向人类学习语言和了解他们的喜好。这样，我们麻雀才能像家燕一样世世代代与人类居住在一起，成为和你们杜鹃一样受人类尊敬的吉祥鸟。”

杜鹃族长也走到窝边，对垂手而立的独眼说：“听清楚了吧？我们杜鹃也要向智慧雀学习，别老想着吃好住好，太优越的环境只会使我们的身体不再强壮，头脑不再灵活，翅膀也变得越来越沉重，最终就被鸟界淘汰。”

独眼两腿一并，大声应道：“是，老板，不经历风雨，哪能见彩虹，我们要在大风大浪中成长，成为鸟界王族。”

杜鹃族长很满意独眼的悟性，关键时刻还引用了从人类那里听来的一句歌词。接着，他和将来郑重其事地敲定，由将来主要负责对被捕的家燕进行最后的洗脑工作，争取在春天来临之时，有被洗脑后的家燕，跟着传唱“布谷”的杜鹃歌手，去宣传家燕感染禽流感病毒的事实。这样，黑白就可以在鹰王归来之前登上王位，麻雀也可以洗去屠杀家燕的恶名，名正言顺地为人类所接受，成为和家燕一样的吉祥鸟了。说到继续追捕漏网家燕的工作，杜鹃族长一再交代将来所长不可掉以轻心，宁可信其有，不可信其无，他让红族老暂时留下来协助追捕。说实在的，心思缜密的杜鹃族长的一颗心，已转到传言出现家燕踪迹的南坑村了。同时，他还记挂着大佑山顶的独孤鸟和虎头山上的啄木鸟，以及南坑村的诗溪仙鸟，他还筹划着要请洋洋诗溪仙到大佑山写诗呢。文笔山的白鹇大约日子已过不下去了，他也得去关心一下。哇，看来，在春天来临之前，要做的事情太多了。想到这些，杜鹃族长坐不住了，草草用了将来所长精心准备的食物，就带着独眼杜鹃回大佑山了。

这里，将来所长则把负责培训智慧雀的教官叫来询问培训情况。当他听杜鹃族长说及在人类的小吃一条街上有那么多麻雀醉生梦死时，他的脸一阵阵发烧，为同类们的愚蠢和懒惰，又深感作为“麻雀未来研究所”所长责任重大。他决定马上飞到三明城里向老迈昏庸的族长未必请求，让更多有潜质的麻雀到“麻雀未来研究所”培训，争取利用冬天严酷的环境，尽可能在春天来临之前，培训出更多的智慧雀，以备不时之需。必须在鹰王归来之前把一切都搞定，一是将杜鹃族长抬上鸟界之王的宝座，二是把家燕彻底地从鸟界的花名册里删除掉。到时候，鹰王一只鸟孤掌难鸣，也只能俯首称臣了。

想到这些，将来所长认真听取了负责培训智慧雀的教官汇报后，当即招来两只心腹智慧雀，让他们陪同一起进城找族长未必。就在这个时候，一只女雀清脆的话音打乱了他的计划。

“爸爸，爸爸。”失踪已久的小女雀哩哩飞回来了。

女儿哩哩甜甜的话音，让父亲将来心里猛然涌上一股热潮……

# 第三章

家燕们与杜鹃族长和麻雀所长斗智斗勇之时，另行一路的红族老肩负杜鹃族长的使命，带着麻雀四兄弟和四十只麻雀，顶着严冬飞到崇山峻岭中的南坑村。

冬天的南坑村田野里一派荒凉景象，众多已荒废的田垄中的野草在霜冻之下也不得不垂下不屈的头。

傍着南坑溪而立的村庄，更显出了一派萧条的景象。已近正午时分，可整个村庄除了三三两两的老人和孩子在村街上走动之外，看不到一个青壮的人类出现。或许是因为冬天，这些老人的行动更加迟缓。很显然，这是个被人类基本上废弃的村庄，除了极少的青壮年人，村里只剩下老人和某些学龄前的孩子了。当然，到了一年一度的春节，那些进入城市的村民还会像候鸟一样飞回这个已无法留住他们的旧巢，过几天乡村生活。

只有群山依然在冬天寒风的进攻下，保持着绿意和一如既往的生机勃勃，并不在意被这片土地的主人遗弃。就看那些毛竹和常绿灌木林吧，它们依然乐呵呵的，并不在意冬天的寒冷，身躯反而显得更挺拔了，那是为了抵挡凛冽的寒风。当然，最不争气的是那些泡桐树，冬天刚一露脸，它们就举手投降，纷纷脱下那披了春夏秋三个季节的美丽外衣，现在只能缩着身子在风中瑟瑟发抖，企求那一股如刀般的寒风绕它而过，幸运的某棵泡桐也能躲在高大的枝繁叶茂的红豆杉树后，让对方为它抵挡风寒。然而，现在它却显得有些惊恐，因为红豆杉树上落满了麻雀，还有一只不安分地在树枝间跳来跳去的杜鹃鸟。

南坑村西山上这片茂密的树林子里，家燕格格和儿子咕噜亡命时，曾躲藏过的红豆杉树上现在落满了麻雀，还有那只来自金丝湾森林公园和大佑山的杜鹃鸟红族老。当然，他们不知道树底下埋藏着一只家燕不屈的灵魂，否则，一定会被这只勇敢顽强的女燕惊得四散而逃。

经过长途飞行，大部分麻雀们都有些疲惫，各自找了根称心的树枝歇息。精力似乎特别旺盛的三五只麻雀在红豆杉下跳来跳去，看能不能找到什么食物，但他们很快就失望了，也飞到红豆杉树上抱怨着。只有红族老抬头看看已上中天的日头，有些不耐烦地对叽叽喳喳鸣叫着的麻雀们呵斥道："别吵了，别吵了！你们这些菜鸟，用脑子思考一下问题好不好，想一想我们该从哪里下手找那或许根本不存在的家燕，是一只、两只，还是三只？还是……冷死了，这鬼天气！"

麻雀们并不在意红族老叫他们菜鸟，也不在意红族老的话，依然懒洋洋地各说各的。

是啊，由红族老和麻雀四兄弟带来的这四十只麻雀其实还是蠢雀，算不上什么智慧雀，只不过是刚进"麻雀未来研究所"培训的初级智慧雀而已。因为要加强温泉洞防卫的力量，一时间智慧雀不够用，将来所长只得临时派他们出来执行这个任务。说起来，这四十只麻雀心里还窝着一肚子火呢！就在十天前，他们还和同伴们一样在三明城里过着衣食无忧的生活，是人类饭馆门前的常客，成天成群结伙地逛那条最热闹的三明城小吃街，吃饱了就回到已占领的温暖燕巢里，在人类的屋檐下过着舒心的生活，那小日子别提有多美了。要知道，这可是麻雀们经过"雀燕之战"生死之搏用鲜血换来的好日子啊！可这好日子没过几天，却被一纸征调令选拔来参加什么智慧雀培训，成天学习训练累得要命，虽说感到智商明显提高了，那又能怎么样？付出这么多的努力又能怎么样？智慧雀不还是麻雀嘛，又不会变成老鹰。再说，智慧雀也未必比蠢雀更快乐，他们宁愿当一只蠢雀，吃饱喝足，老婆孩子热燕窝，这样的雀生不更省事和快乐吗？当然，更不用冒着这样的严寒千里迢迢地飞到这鸟不拉屎的乡下，来找什么子虚乌有的家燕！嗨，真是的，实在看不出号称麻雀族第一智者的将来所长怎么会为一只家燕如此兴师动众，就算是逃了一只，在这样的天气里，不冻死也要饿死。哼，人家家燕可是候鸟，每年冬天都要迁居到温暖的东南亚，哪像我们麻雀不管环境多恶劣，你祖上给你挣下了什么地盘，好赖你就死扛着。更让这些"麻雀未来研究所"新生不爽的是，放着那么温暖的温泉洞不住，非得待在寒风包围的格氏栲树林里。

此刻，四十只蠢雀根本无心做事，想着借这棵红豆杉树避避风歇歇脚就打道回府了，最好能和将来所长说说，调到温泉洞里执行任务，好好享受一下那里的温暖。这些蠢雀们不在意红族老骂他们菜鸟，小男雀希希却不答应了。他不高兴地抬起一只翅膀扇了扇，反驳红族老：“谁说我们是菜鸟？我们都是有名有姓的智慧雀！红族老叔叔，你这是种族歧视！”

红族老歪了歪头，看着有些气鼓鼓的小男雀稚嫩的脸笑了。他友好地伸出翅膀碰碰与自己站在一根树枝上的希希，逗他说：“叔叔说的不是那个意思。你说说，你这只小男雀聪明在哪里呢？”

希希急于表白：“叔叔不信，我证明给你看。”于是，略微想了想，小男雀就歪着头流利地背诵了一首人类的唐诗：

床前明月光，
疑是地上霜。
举头望明月，
低头思故乡。

其实，身为“麻雀未来研究所”所长的儿子，希希和妹妹哩哩从小就接受了严格的智慧雀训练，加上本身从父亲身上遗传下来的智慧雀基因，他的智商与成年的智慧雀相比毫不逊色，文化水准已超出常雀了。

很早以前，着力培养儿子成为自己接班雀的将来，就开始不断向他传授人类的唐诗。通过与人类处心积虑地接触，将来所长掌握了人类大量的语言。此外，他认为人类的唐诗是智慧的精华，作为一只有远大理想的麻雀，要想成为雀史中前无古鸟、后无来者的智者，光靠麻雀本身的教育体制是远远不够的，必须尽可能地吸取人类语言的精华，而学唐诗就是最佳的捷径。为此，将来所长进入城市时，去得最多的地方不是什么人类的饭馆前，而是人类学校的教室。他经常一只雀飞到人类教室的窗外，跟着人类的孩子一起学习。就这样，通过不懈努力终于熟练掌握了人类的语言。如果不是鸟类与人类发音系统的不可逾越，智慧的“麻雀未来研究所”所长早就能和人类对话了。当然，在学习的过程中他学到了不少唐诗。这些人类文化的精华对于提高将来的智商起到了很大作用。这也是最终他能得到一向藐视全鸟的杜鹃族长黑白赞许的原因之一。将来在儿子希希和女儿哩哩刚学会飞的时候，有空就要带着他们到人类的教室外听课，那些人类教师们当然不知道，在他教授的学生中，居然有经常站在教室窗台上不显眼的两只小麻雀。就是这样，希希学到的唐诗还真不少呢，而他解读人类语言的能力也超过所有智慧雀。

然而，在众雀敬佩的目光中流利地背诵完唐诗的小男雀并没感到太高兴，或许是红族老那句指责这些年龄比他大得多的叔叔伯伯们的话，刺伤了他敏感而骄傲的心。是啊，这个冬天发生太多的事情了。自从“雀燕之战”发生后，小男雀希希似乎一夜之间长大了。他相信，麻雀发动“雀燕之战”是秉承人类的旨意，他为爸爸带领智慧雀们取得的战果欢欣鼓舞，恨不得自己在一夜之间长大，也加入这样的行列之中。但妹妹哩哩失踪，对他是个沉重的打击，后来，他还经过父亲的同意，加入了智慧雀寻找妹妹的行列，通过从梅列大桥下蝙蝠那里得到的线索，他们来到了龙岗小区。这时，他才知道妹妹哩哩原来是为了寻找好朋友咕噜而离家出走的。从智慧雀们小声的议论中，他隐约得知妹妹这种同情家燕的行为很让麻雀们不齿，这让他这当哥哥的为妹妹的举止感到耻辱，更令他对家燕尤其是那只可恶的小男燕充满了仇恨。是咕噜让他和父亲蒙羞！后来，他就经常一只雀悄悄地在三明城每个角落寻找失踪的妹妹，他已暗暗下定决心，如果发现妹妹和咕噜在一起，就毫不犹豫地冲上去，把这只小家燕打得趴在地上，让他永远不敢再接近妹妹！

当他一只雀飞遍三明城时，心里就怀着这么一种仇恨的心理。他见到了许多人类阳台上的燕巢。这些燕巢温暖而安全，在人类的庇护之下已完全避免了野生动物风吹雨淋的痛苦，这让希希非常震惊！相比于家燕，麻雀同样也与人类近距离地生活着，可生存条件为什么一个天上一个地下呢？这太不公平了！而要公平怎么办？就得像父亲说的那样，靠麻雀自己的力量来改变。现在，麻雀抓住人类赐予的这个机会没什么不对。小男雀认为，家燕身上有禽流感病毒，为了鸟界和人类的安全就应当主动退出，但他们还享用着优越的生存环境，这岂不是太可恶了！

是的，正是这种近乎扭曲的强盗逻辑，让希希更痛恨家燕，更赞成父亲要让麻雀取代家燕成为人类吉祥鸟的远大抱负！也就更为妹妹和咕噜的来往而羞恨不已。他主动提出跟着搜捕漏网家燕的智慧雀一起行动，得到了正期望儿子在大风大浪中成长的父亲的同意。现在，经过大半个冬天风霜的历练，原本外表非常稚嫩的小男雀脸上似乎已脱去了那层稚气，脸上时不时地挂着与他的年龄不相称的深沉表情，尽管言语中还时不时地冒出几句掩饰不住孩子气的话，但自此谁也不敢小看这只聪明的小智慧雀了。

没有谁知道，希希是多么希望找到妹妹哩哩，又是多么害怕找到她。他怕妹妹真的与那只可恶的小家燕咕噜在一起！在寻找妹妹的过程中，他更希望看到或听到咕噜已遇难的喜讯。正是这样的担心，让希希幼小的心灵受着煎熬，使他变得沉默了，也成熟了。当然，他不知道，就在他背诵唐诗时，失踪一个月的妹妹哩哩已一只雀黯然神伤地回到父亲身边。

小男雀流利背诵的唐诗果然让红族老震惊不已，因为没有一只小杜鹃能这么流利地背诵出一首象征人类文化精华的唐诗！因此，听完唐诗后，红族老由衷地扇动翅膀表示赞赏，一连声叫道："好，真是一只聪明的小男雀！啊，希希智慧雀这种智商就是在鸟界也是少有的啊！"

听到红族老的赞扬，那些被红族老骂为菜鸟的智慧雀新生似出了一口恶气，纷纷鼓翅为希希精彩的朗诵欢呼。

一时间，整棵红豆杉树茂密的枝叶无风而动，哗啦作响，惊得原本好奇地审视这群麻雀的两只松鼠窜到别的树上。麻雀们看到松鼠这个狼狈样，开心地叽叽喳喳叫唤起来，一腔闷气烟消云散了。

希希并不在意杜鹃鸟红族老的夸奖，板着小脸认真地说："红族老叔叔，还是你们杜鹃族长智慧超群，连我爸都说，一天不学习就赶不上黑白呢。"

红族老有些喜欢这个聪明伶俐的小男雀了。他饶有兴趣地说："是吗？你爸爸说得不错，我们都要学习啊，麻雀与杜鹃之间也要互相取长补短。是呀，是呀，将来所长对人类语言的勤奋好学，本族老远远不及啊！"

希希侧头看了看那些在树上地上飞上飞下不安分的麻雀，对红族老小声说："红族老叔叔，你刚才说的也没错，除了智慧雀，所有的蠢雀可不就是菜鸟？我们未必族长就经常把菜鸟挂在嘴上呢，那是骂蠢雀们骂惯了呢。你说，我们麻雀为什么不能和你们杜鹃鸟一样个个都有智慧，却分出智慧雀和蠢雀呢？"

童言无忌。希希虽已拥有成年智慧雀的智慧，但毕竟还是少年雀的心智，想到什么就说什么，还没有学会掩饰自己的感情。实际上，希希也看不起这些不珍惜学习机会的智慧雀新生。他知道父亲对这批新学员并不满意，只因为经过残酷激烈的"雀燕之战"后，很多打头阵的经验丰富的智慧雀都在这场战争中牺牲了，是当今用雀之际的无奈之举。可以说，麻雀家族在取得"雀燕之战"绝对性胜利的同时也付出了高昂的代价。这里头有一个雀族不为鸟知的秘密。

长期以来，在整个庞大的麻雀家族中智慧雀与蠢雀的比例一般保持在一比三百的比例，也就是说，麻雀家族进化的基因只能保证三百只麻雀里诞生一只智慧雀。当然，人类甚至包括鸟界绝大部分的鸟族并不能准确地区分智慧雀和蠢雀的差别。问题是，这样悬殊的比例对于麻雀整体的进化很不利。

正是出于这一点，麻雀家族很多年前就成立了以培训智慧雀为主要工作的“麻雀未来研究所”，挑选出有潜质的蠢雀进行培训。因此，有很多的智慧雀都是从蠢雀经过艰苦的培训转化过来的。

然而，“雀燕之战”造成雀才断档，智慧雀显出青黄不接的状况。这一批蠢雀的潜质实在不尽如雀意，良莠不齐，让将来极其不满意。好在麻雀四兄弟虽也是从蠢雀里培训出来的智慧雀，经过将来所长的亲自点拨，进步很快，已成为能独当一面的智慧雀了。在实在抽不出雀手的情况下，只能让头脑相对简单却绝对忠诚，又有一股子不怕死精神的麻雀四兄弟，带领这批刚到“麻雀未来研究所”的新生来南坑村搜捕漏网家燕。这样的安排，也与将来所长潜意识中并不太相信这么冷的冬天，南坑村区域这高海拔的山区会有家燕存在有关。当然，为了保险起见，他还让智商已超越一般智慧雀的儿子作为麻雀四兄弟的帮手，私底下交代儿子要多留个心眼，不可让麻雀四兄弟鲁莽行事。从另一个层面而言，将来清楚儿子现在缺乏经验，有个让他在大风大浪中尽快成长的意思。

聪明的小智慧雀希希当然能体会到父亲的良苦用心。一路上，他对麻雀四兄弟和红族老尊敬有加，虚心求教，很惹雀喜欢。只是他对这四十只蠢雀打心眼里看不起，没太理睬他们。而这些智慧雀新生们也很知趣，想着要在将来所长手下培训，还刻意地讨好这个所长公子，一停歇下来，就把难得发现的食物拿给希希吃。越是这样，希希就越瞧不起这些潜质一般的蠢雀，决定回去就和父亲报告，把这些蠢雀送回城，让他们继续过那种醉生梦死的低等生活。只是出于维护雀族尊严出发，小男雀对红族老骂他们是菜鸟又很不高兴。然而，他到底对杜鹃鸟的智商还是佩服得很，红族老一表示亲热的举动，小男雀也就不记仇了，反而看到自己同伴不争气的表现，又引出了他心底的疑惑了。

红族老杜鹃大约没想到，这只小男雀会问这么深奥的问题，稍愣了愣就再次亲切地用翅膀抚了抚他，认真思考了一下说：“哦，聪明的小男雀希希，你提的可是鸟界一个深奥的科学问题呢。这个问题触及动物的进化，至今鸟界也没有哪个科学鸟能研究出一个结果，本族老也无法回答你这个问题。嗨，好像你父亲的研究所就一直把麻雀家族为什么在同样的环境下，会分出智慧雀和蠢雀列入重要的研究课题了。杜鹃族长说，将来所长就和他探讨过这个问题呢。哈哈，不过，也没关系啊，将来所长不是在努力培训智慧雀吗？一旦成了智慧雀，他的后代就再也不会成为蠢雀了。我想，假以时日，所有的智慧雀都会取代蠢雀。聪明的小男雀，不知本族老这样的回答，你听了满意不满意？”

听了红族老的话，希希很意外地在稚嫩的脸上扯出一个很苍老的表情来，沉重地叹口气说：“唉，那得等到什么时候？”

红族老笑着拍拍小男雀说：“我说小伙子，别总想太多事情，那样很容易变老，就没有漂亮的小女雀喜欢了。哈哈。”看到希希脸上浮现出不好意思的红晕，又收了笑，沉吟道：“也许……我是说……也许……谁知道呢，也许……你们麻雀现在拥有了家燕的生活环境，这种改变会更快的。”

希希看看红族老的表情，惊喜地原地跳了两下说：“是吗？那太好了！那些蠢雀真让雀不省心。”

红族老眯着眼，冷冷一笑说：“是啊！现在，我们要把家燕的事情处理清楚，不能让一只家燕漏网，一定要斩草除根！我们杜鹃和麻雀只要携起手来，整个鸟族就没有我们办不成的事！”

红族老冷酷的表情显然让小男雀有些震撼，他重重地点了点头，小脸上转瞬间也浮上一层阴冷的表情，说：“我恨死家燕了，一定是那只可恶的小男燕咕噜把我妹妹拐跑的！哼，等我抓到他，一定让他尝尝本智慧雀的厉害！只是……红族老叔叔，你说南坑村区域真有漏网家燕吗？就是有也会冻死了吧？”然而，希希这么说时，其实心中是确信小男燕咕噜一定还活着。从光临龙岗小区咕噜的家开始，那个温暖的至今还空着的燕巢就时时提醒小男雀这一点，那时他心中就有一种强烈的预感：咕噜一定还活着！

小男雀瞬间凶狠的表情，让红族老很满意地点点头。

这时候，去联络诗溪仙族长的麻雀四兄弟和诗溪仙族长一起回来了。

被将来所长亲自命名为风、雪、霜、雨的麻雀四兄弟曾经是蠢雀中的霸王，这无比强壮的四兄弟在三明城横冲直撞没雀敢惹，他们头脑简单，不讲道理，一切靠武力解决。自从他们成年后离开父母闯荡江湖以来，三明城每一家食客盈门的饭馆门前都留下了他们光顾的足迹。他们靠武力抢占地盘驱赶别的来此觅食的蠢雀。后来，他们厌恶了漂泊的生活，就霸占了生意最为兴隆的小吃一条街，凡是到那里觅食的麻雀都得先向他们进贡，麻雀四兄弟成了名副其实的雀霸。有很多蠢雀为此纷纷到族长未必那里告状，但族长除了训斥几句也没有别的办法，因为他们还遵守着起码的族规，不伤别的雀命。然而，事情在“雀燕之战”后发生了变化，自认为在战斗中出了不少力气的麻雀四兄弟觉得要抢占一个最上等的燕巢才有面子。但是，事与愿违，那天他们去抢占龙岗花园咕噜的家遭到人类驱赶后，他们的颜面就在蠢雀界丢尽了，过了一段灰头土脸的日子，不仅原先占领的小吃一条街的地盘没了，而且还无处栖身，不好意思再去找什么燕巢了。这有史以来从未有过的打击，让他们第一次意识到蠢雀和智慧雀的天壤之别。据他们所知，还没有哪只智慧雀进驻人类阳台上的燕巢时遭到驱赶。这让麻雀四兄弟情绪极度低落，感到雀生无望。

就在他们落魄的时候，将来所长看中麻雀四兄弟的潜质，将他们招进“麻雀未来研究所”，拟订一个快速培训计划，并亲自授课。果然，将来所长的慧眼识英，让麻雀四兄弟成了浪子回头金不换的榜样，经过将来所长的亲自调教，他们很快就跻身中等智慧雀的行列。虽说目前麻雀四兄弟的智商还有待提高，但其强壮的身体弥补了不足，已成为将来所长手中四枚重要的棋子。更为重要的是，麻雀四兄弟对将来所长的知遇之恩感激涕零，决心士为知己者死。在“雀燕之战”后鸟界及雀界复杂的形势下，这样的忠诚对于野心勃勃要干一番大事业的“麻雀未来研究所”所长而言尤显重要，他得意自己挽救麻雀四兄弟的神来之笔，本考虑从中挑选出一位像杜鹃族长一样搞个贴身保镖呢，只不过是怕族长未必产生什么想法才作罢了。

这一路上飞来，麻雀四兄弟特别卖命。或许是立功心切，麻雀四弟对手下的智慧雀新生谩骂不已，根本不顾及他们的感受。四十只智慧雀新生对麻雀四兄弟并不服气：哼，神气什么！不过是讨得了所长的欢心罢了，原来不也是和我们一样的蠢雀吗？说来也是啊，这些新生中有的就曾受过麻雀四兄弟的欺辱，知道他们过去的一些恶行，满心欢喜地到“麻雀未来研究所”，本以为就此过上智慧雀那高蠢雀一等的生活，不料还得听这昔日的雀霸指挥，因此他们心里一百个不服气，只是慑于四兄弟的淫威不敢发作而已。但是到了南坑村，大家就推来推去开始磨洋工了，谁也不想离开红豆杉树到南坑溪里找诗溪仙，任凭麻雀四兄弟如何谩骂也不挪身，一点办法也没有。后来，是红族老怕智慧雀新生和麻雀四兄弟闹僵，出来打圆场，让麻雀四兄弟先去联络诗溪仙。

这会儿，麻雀四兄弟落在树枝上还没来得及喘口气，红族老就迫不及待地向他们询问情况。麻雀四兄弟的老大——风就示意有些畏首畏尾的诗溪仙族长说。

直到这会儿，众鸟似乎才注意到那只躲在麻雀四兄弟后面瘦瘦小小的诗溪仙族长。

说起来，诗溪仙鸟族个头和麻雀也就差不离的样子，但是这个诗溪仙族长和气身材特别瘦小，和小男雀希希差不多。在鸟界大家都知道，生活在溪河中以捕食鱼虾为生的诗溪仙鸟是鸟界生活最为安逸的极其高雅的鸟族，一向不参与政事，以写诗为己任，是鸟界大家极为尊重的诗鸟。然而，似乎精明得过分而只剩下皮包骨头的和气是个不甘于寂寞的诗鸟，自从他担任诗溪仙族长一职以来，就始终认为诗溪仙鸟不能仅局限于写诗，应当在鸟界得到更多重视，总是想找准机会参与鸟界政事。同时，他还对原来诗溪仙鸟界的诗歌创作业务不太满意，觉得要进行统一。要怎么统一呢？虽然族长没说出来，明眼的诗溪仙鸟都知道，族长这是要当闽西北诗溪仙鸟界的诗歌旗手。正是这样，从和气担任族长以来，若有哪一只鸟族跳出来反对他的观点，那么，任凭你在鸟界有多大的名头，也别想在诗溪仙界混。在唯我独尊的同时，和气还是个按部就班做事死板的呆鸟，为了把所有的创作队伍都围绕到他这个诗歌旗手下，他别出心裁地学别的鸟族，也搞什么每周例会，在例会上他总要布置本周诗歌创作的题目，要求大家围绕着这些题目进行诗歌创作，还提出要有计划地大量创作。诗溪仙族长此举严重违背诗歌创作规律，诗溪仙家族已毫无生气，很久没产生一首好诗了。对此，诗溪仙们纷纷反对，尤其是那个号称才子的洋洋。那么，和气为什么又要对洋洋网开一面呢？这里头有个不足以向外鸟道的原因，当初洋洋与和气同时被诗溪仙的族长收为学生，那时的诗溪仙族长可是位真正的诗鸟，他创作的一些诗已被收到鸟界教科书中，说他是当时闽西北鸟界的诗歌旗手一点也不为过，但他从来不允许谁这么称呼他。看看，和气和他的前任一比就显出了鸟格高下了，诗品的高低也就不言而喻了。然而，前任族长创作诗歌是天才，在用鸟上却不行，临终时居然选择了和气当接班人，当然，他也没忘了交代和气不能为难同门师弟洋洋，他看出来洋洋会成为一位超越他的最伟大的诗鸟。正是这个原因，让和气对洋洋的放浪形骸没有办法，对他的离经叛道藐视族长权威睁一只眼闭一只眼。洋洋呢，这位真正的诗鸟只是埋头于自己的创作，无心于诗溪仙政事，除了偶尔在例会上无关痛痒地发几句牢骚，倒也给足了师兄族长面子。

闲话不说。就说一直想在鸟界有更大作为的诗溪仙族长在“雀燕之战”爆发之后，很快就意识到，趁此鸟界混乱危局介入鸟界政事，是个千载难逢的机会。可以说，那些天他的眼睛因为欲望过度而充血。经过精心的准备，那次在麻雀主持召开的“家燕禽流感病毒声讨大会”上，诗溪仙族长一首歪诗得到别有用心的鸟族和将来所长赞赏，他就想借助麻雀的风头，来巩固自己的族长地位，并扩大自己在鸟界的影响，他很卖力地协助麻雀追捕漏网的家燕。美丽聪明的女燕青青正是飞到南坑村时体力不支被他带领的鸟族抓到的，又是他极力主张把漏网的家燕交给了麻雀，得到了麻雀族长发来的书面表扬。

这会儿，听到麻雀四兄弟让自己汇报情况，诗溪仙族长为能在这么多异族面前露脸很兴奋，翅膀噼里啪啦扇动了好一阵才清了清嗓子来了一段开场白说："冬风凛冽，落叶飘飘，南坑村群山绽开笑意，阳光灿烂，暖意融融。晴空万里，蓝天白云，众鸟齐欢唱。诗意盎然，吉祥如意，欢迎贵宾光临……"

这家伙说了这一通开场白，不要说让那些蠢雀们听得目瞪口呆，连见多识广的杜鹃红族老都呆住了，认为诗溪仙族长不愧是闽西北鸟界的诗歌旗手，听了好一会儿还没回过神来。后来，还是聪明的小智慧雀希希听出诗溪仙族长这根本不是诗，而是在装腔作势凑什么陈词滥调。于是，他高声叫着制止了和气继续搞歪词："什么什么啊？什么乱七八糟的词，诗溪仙族长你就开门见山吧，别整那些不着调的酸词。"

希希不留情面的话让诗溪仙族长有些尴尬，忽然像发现新大陆般扇着翅膀说："啊，如果我没认错的话，这位英俊的小男雀一定是将来所长的公子啦！这可真是自古英雄出少年啊，才比子建，貌比潘安啊，真是虎父无犬子啊！"

诗溪仙族长的话让希希不好意思地脸红了，他引用的人类赞美之词，让希希心里的不快减轻了几分。是啊，希希对于能引用人类语言的鸟总是更加尊重。他为刚才自己的话表示歉意，特意飞到离诗溪仙族长更近的树枝上，缓和语气说道："诗溪仙叔叔，我能这么叫你吗？你就和我们说说家燕在哪里，我恨死他们了，一定要把他们统统抓住！"说着，小男雀眼里射出了与他年龄不相称的阴冷。

麻雀四兄弟的老大不耐烦地说："别整那些酸溜溜的词了，快说正事吧。"

善于察言观色的诗溪仙族长知道自己引用两句人类之词一定起作用了，就对希希、红族老和麻雀四兄弟及诸位麻雀谦逊地弯了弯腰，开始介绍情况。

自从众鸟参加完"家燕禽流感病毒声讨大会"回到南坑村以后，诗溪仙族长主动承担起南坑村区域搜捕家燕的工作，组织各鸟族配合麻雀们对南坑村进行搜索，发现了一些漏网的家燕。此后，在冬天越来越寒冷的日子里，诗溪仙族长依然非常卖力地组织南坑村鸟族搜捕家燕的踪迹，因而将来所长对和气的工作比较放心，限于雀力不够，也就没有派麻雀亲临南坑村搜捕了。正所谓功夫不负有心人，在众鸟族基本上只派出老弱之鸟应付诗溪仙族长隔三岔五组织的漏网家燕搜捕行动之时，有几只族长的铁杆护旗手（是啊，对于和气族长周围几个善于拍马屁、忠心耿耿、鸟品低劣的诗溪仙，在诗溪仙鸟族里私下就被称为铁杆护旗手。和气是旗手，他们可不是护旗手吗）很偶然地在东山上的一座笋厂里发现了一根家燕的羽毛。诗溪仙族长觉得这是向将来所长邀功的大好机会，赶紧派得力的诗溪仙鸟报告了这个信息。

现在，诗溪仙族长在叙述完这个过程后，得意地从身后叼出那根家燕的羽毛，飞到红族老和麻雀四兄弟所在的红豆杉树枝轻轻放下，兴奋地说：“欲穷千里目，更上一层楼。看看，这就是南坑村还有家燕存在的证据！”

这次，大家都没在意诗溪仙族长为卖弄自己的诗歌水平胡乱引用人类的诗词，一下子围在这根家燕羽毛周围。

希希也没顾得上挑诗溪仙族长的刺，飞了过来。

麻雀四兄弟肯定地说：“我们刚才已鉴定过了，就是烧成灰我们也认得，这一定是一只家燕的羽毛。”

静静躺在众鸟面前的是一根黑得发亮的羽毛，在羽毛的尾部镶着一道细细的白边，它好像在睁着天真无邪的眼睛看着众鸟，似乎在说：你们猜猜我是哪里来的？

红族老把羽毛叼到头顶，面对着从树隙间射下来的一线强烈阳光仔细研究，左看右看。最后，他将鼻子凑近羽毛的根部，深深吸了一口气后放下羽毛，脸上浮现出一种若有所思的表情。

希希在红族老观察羽毛时始终瞪大眼睛观察着，但他从红族老最后的沉思中并没有得到答案，这让他有些失望。于是，他也学红族老的样子，对羽毛进行一番观察，但他只是叼起羽毛对着阳光略微看了看，就肯定地说：“这是家燕的羽毛，诗溪仙族长判断是正确的。红族老叔叔，我们该开始行动了，不然让家燕察觉到就会跑了。”

麻雀四兄弟也主张马上行动。

红族老说：“我想，行动并不急。诸位同道，我以为仅凭这根羽毛还不能完全肯定是家燕。据我所知，我们鸟界有好几种鸟的羽毛与此相似。我们还是到发现羽毛的现场看看吧，或许到那里，我们会有新的发现。”

麻雀和诗溪仙鸟对于杜鹃鸟的智慧早已有所耳闻，都同意做进一步考察。只有希希觉得红族老未免过于谨小慎微了，有些不情愿地嘟哝着，只是记得父亲交代要多向见多识广的红族老学习的话，没有说出来而已。

红族老看出小智慧雀心里的想法，笑了笑，在征求了麻雀四兄弟的意见后，并没有贸然行动，而是为了不惊动极可能就生活在南坑村的家燕，让麻雀四兄弟各带十只麻雀到南坑村村庄东南西北四个方向潜伏，准备包围，自己和希希及诗溪仙族长一起到发现家燕羽毛的观音山笋厂。布置完，红族老还笑着对仰头看着他的希希说："我说聪明的小智慧雀，你觉得红族老叔叔是不是过于小心了？哈哈，从目前发现的情况基本可以判断，如果证明这片羽毛确是家燕的，那么，这只家燕相当聪明和勇敢，因为他能在南坑村著名的诗溪仙诗鸟和气的眼皮子底下安然生活这么久。"

希希完全理解了红族老的谨慎，不好意思地低下了头说："红族老叔叔，其实我也只是觉得这羽毛像家燕的，然后就越看越像了。"

小男雀的话让红族老对他的率真发出了会心的笑。他很喜欢这只聪明英俊的小智慧雀，伸出翅膀抚了抚希希的头说："哈哈，真是只聪明的智慧雀。希希小男雀的话可让红族老叔叔想到了人类'疑邻盗斧'的成语故事呢。"

希希没听父亲讲过人类的这个成语故事，忙让红族老说说。其实，希希是一只有远大理想的智慧雀，他很想从人类那里学到更多的东西，几次提出要住到三明城人类阳台上的燕巢里，像燕子一样与人类朝夕相处，这样他就可以学到很多鸟界学不到的知识了。但是，他的想法没有得到父亲的支持，这或许是将来所长觉得儿子在成长的关键时刻还是要用恶劣的生存环境来磨炼心智，怕过于安逸的环境不利于小男雀的身心发育。这让希希更仇视以前总在他面前见识多一等的小家燕咕噜了。那时候，希希和哩哩等小麻雀偶尔会和咕噜等小家燕一起玩，小咕噜经常说几句人类的成语、警言什么的，让希希很没面子。他私底下很不服气，心想：哼，有什么了不起，不就是占了和人类住在一起的便宜吗？所以，他对妹妹爱和咕噜一起玩很反感，渐渐地，这样的嫉妒之情就演变为一种仇视了。

红族老还没有回答，爱卖弄自己学识的诗溪仙族长跳到希希面前，摇头晃脑地抢先说："嗯，哈。这个故事啊，我早几百年前就知道了。说的是一个人的斧子丢了怀疑是邻居偷的，于是他越看邻居越觉得像小偷，连邻居说话走路都像。有一天，他的斧子找到了，再看邻居就不像小偷了，说话走路都不像小偷了。这个故事告诫大家对一件事情的判断不要先入为主，这会影响正确的判断。"

希希对诗溪仙族长抢过红族老的话头不太乐意，往后闪了一下，躲开说话时口沫四溅的和气，转身对笑着看他的红族老说："红族老叔叔，我明白了，也许那根羽毛真是家燕的呢，我这就跟你去笋厂实地看看。我们不能弄错了。

不然，可恶的家燕知道后，会笑话我们的。”

红族老眯着眼睛，看着东山方向，冷笑着点了点头。

## 第四章

按照红族老预定的方案，麻雀四兄弟各带着十只智慧雀新生——在南坑村东南西北四个方向悄悄布下了埋伏，只等着那只胆大的家燕落入网阵中。这边，则由被希希冷落有些闷闷不乐的诗溪仙族长带路飞向东山。他们所处的位置是西山上的红豆杉树，本来要飞向正对的东山上的观音山笋厂，只需从村庄上空直线飞过去就行。但是，红族老没有听从诗溪仙族长的建议，为了不惊动村庄中的家燕，他们绕着村庄边的树林隐蔽飞行。聪明的小男雀当即明白了红族老的意图，更加佩服这只杜鹃鸟的谨慎周到了。一路上，希希尽量紧挨着红族老飞行。他们的飞行线路是走了弓背，又有众多树木的遮挡，这使三只鸟的飞行没法那么顺畅，不得不时时做一些躲闪类的技术性飞行动作，速度也慢多了。当然，这样的飞行对于一个冬天得到父亲调教的小男雀本不是难事，只是他的翅膀毕竟还是稚嫩的。所以，按照红族老的节奏飞行一段就有些吃力了，但他为了不被杜鹃鸟和诗溪仙鸟小看，咬紧牙关，尽量加大翅膀扇动的频率来跟上飞行的速度。红族老把一切都暗暗看在眼里，但他并没有放慢飞行速度。

山林上空的太阳透过树隙漏在三只鸟身上打出斑斑点点的亮光，树林里静悄悄的，似乎只有这三只鸟的存在。事实上，鸟族们都躲在了各自的窝里。自从南坑村发现家燕羽毛那天起，南坑村区域的鸟族就进入鸟鸟自危的地步，他们清楚将会有大批麻雀再次光临他们原本平静的家园。虽然他们不得不听从麻雀的指挥，但同时又怕枪打出头鸟，不想主动出来为麻雀做事。在得知今天麻雀会来南坑村搜捕家燕后，这些鸟族除了诗溪仙族长严令本族鸟严阵以待外，都躲在各自的窝里不出声，怕把事摊到自个儿身上。三只鸟飞过树林时，他们飞行时的声响早通过冬天的寒风传递到鸟们的耳里。

很快，三只鸟飞越环绕村庄的山林，悄然降落在村庄东边观音山的笋厂上方一棵杉树上。希希这会儿才觉得翅膀因剧烈的飞行有些酸了，忍不住大口大口地喘着长气，但他只是停了一下，就迫不及待地要飞下笋厂。

红族老伸出翅膀悄悄拉了一下小男雀，用眼睛示意诗溪仙族长先飞下去，直等到和气嘶哑着嗓子说："没有鸟，下来吧。"红族老才轻轻用翅膀碰了一下小男雀，一起飞向笋厂。

红族老这个谨慎的举动，让好学的小男雀又学到了一招。实际上，小男雀希希小小年纪就成为独当一面的智慧雀，与他勤奋好学的精神是分不开的。虽然这只智慧雀后来因为被仇恨的火焰烧去理智而拥有了一个悲剧的鸟生，但是，鸟界对他的好学精神还是给予了充分肯定。

现在，三只进入笋厂的鸟已开始了搜索。

这是一座有些年代的笋厂。对于笋厂，三只都在山林里生活过的鸟当然知道这是人类用来做春笋的地方。两年一次的大年，山上的毛竹就会长出春笋，人类将春笋挖出后，就要送到这个建在山林中的笋厂，经过剖、煮、压、洗、烤等几道工序，将春笋做成笋干，以此来换取银钱。而自从人类大规模进入城市那一天开始，山村——这乡民们的祖居地，就成了他们的一个短暂停留站。在没有大年做笋的年份，笋厂和山林就完全成了野生动物的天下。由此，笋厂也就在急功近利的人们疏于维护下越来越破败，大都呈现出摇摇欲坠的样子。只有到了大年要做笋的时候，这些进城的村民为了山上的钱匆匆在季节之中赶回来，手忙脚乱地整理屋顶被风吹乱的瓦片和支撑要倒掉的屋柱。然而，现在三只鸟却为眼前看起来整修得焕然一新的笋厂感到吃惊。当然，如果他们知道这个观音山笋厂是村尾那幢单门独户的木屋主人白发老人拾掇的，就不会感到吃惊了。

诗溪仙族长当然认得南坑村村尾那位固执得近乎疯狂的白发老人，尤其是生活在南坑溪里的诗溪仙鸟族经常从村尾那幢名为"深源堂"老房子前的南坑溪飞过，对这位白发老人早就非常熟悉了。甚至，南坑村的鸟族也都知道，在南坑村现有的留守老人当中，白发老人是最让鸟们感到不可思议的一位。这位老人热爱一切野生动物，村里有哪个人打猎被他看到，都要遭到他的训斥。但是，他又有一种怪癖：不允许任何一只鸟进入他家的院子，一旦有哪只胆大包天的鸟进入深源堂老屋，就会遭到他无情的驱赶。

后来，鸟们渐渐地了解到，白发老人对鸟族的仇视，是因为十年前燕子整体搬迁到城市造成的。老人或许认为家燕迁徙进城，是因为南坑村别的鸟族欺负他们的结果。

当然，这是鸟们的猜测。鸟族这么猜测是有根据的，这从他在十年后依然保留了十年前家燕留下的巢穴，每年精心维护，并且时常一个人对着天空念叨："怎么还不回来呢？怎么还不回来呢？"鸟们就知道，老人其实是很思念家燕的。有时候，偶尔进城的南坑村某只鸟，将南坑村有这么一个奇怪的老人告诉家燕，家燕总是长长叹口气说："唉，我们也没有办法啊，人类都进城了，我们家燕必须跟着啊！"然后，这只家燕就答应抽空到南坑村看看这位爱他们如此之深的老人。然而，一年年过去了，进城的家燕忙着经营他们的城市文明生活，偶尔经过村庄觅食也是匆匆忙忙的，早忘了一个几乎被人类遗弃的村庄里有一位守着十年前旧燕巢的老人呢。

说实在的，鸟们对家燕很嫉妒，也很同情这位等待家燕归巢的老人。在整个南坑村，除了深源堂还精心维护着十年前的燕巢，再也找不到第二家了。实际上，鸟们很喜欢这位总是呵斥打猎人的老头，他们不想惹老人伤心。久而久之，鸟们飞过深源堂老屋那黑漆漆的屋顶时，总是尽量放慢飞行速度，以免惊动老人，惹他想起伤心往事。

诗溪仙族长当然知道深源堂老屋白发老人的奇怪之举。当初他刚当族长时，还觉得有必要改正老人只爱家燕，对诗溪仙视若无睹的做法，这让他很伤自尊，决定亲自去做个验证（这里得事先说明一下，和气本来不是南坑溪的诗溪仙鸟，算是外来户，对一些情况也就不太熟悉）。当然，诗溪仙族长也不是只菜鸟，不会拿自己的族长声望和生命开玩笑。那天，他先是悄无声息地飞到屋顶的吻兽上站了好一阵，观察到老人正好坐在大厅上吸水烟，随后就在屋顶上叽叽喳喳叫了半天，朗诵了一首他自认为天才才作得出来的诗，确定老人没有不高兴后，才落到了天井的竹架上。他不知道，当时白发老人正在大厅摆弄城里的儿子送给他的收音机，收音机里的噪声把诗溪仙试探性的鸟叫声完全淹没了。等到他看到一只诗溪仙鸟落在了天井竹架上，先是愣了一下，然后就暴跳如雷开始了传说中的驱赶。这一回，诗溪仙族长可是亲自领略了白发老人专用来驱鸟的长扫把，仅仅是瞄了一眼大厅大梁上的旧燕巢，还没看清什么样子，就在老人的驱赶声中落荒而逃。

这件事情让诗溪仙族长很没面子，后来严令本族鸟类不准涉足深源堂一步，而且从此他对白发老人是敬而远之。这会儿，他哪里知道，观音山这维护得很好的笋厂就是白发老人的功劳呢。当然，他已经不止一次向来南坑村搜捕家燕的麻雀们报告深源堂还有全村仅有的一个旧燕巢。他的意思不言而喻，而麻雀们悄然侦察后总是嘲笑诗溪仙族长。是啊，如此严密的搜捕之下，还有哪一只家燕傻到还躺在燕巢里等着落网呢?

正所谓灯下黑，麻雀这回还真是弄错了，他们后来为这种判断付出了惨痛的代价。

这会儿，红族老和希希开始在笋厂里四处飞来飞去，寻找更多有关家燕的踪迹之时，诗溪仙族长再次向红族老提到了深源堂老屋大厅上的燕巢。

红族老对这个燕巢似乎很感兴趣，歪头思索着说："你说，那个奇怪的白发老人还精心维护着一个十年前的旧燕巢？"

"是啊，尊敬的红族老杜鹃。"诗溪仙族长瘦长的脖子兴奋地一挺说，"不过，麻雀们趁白发老人不在已去侦察多次了，没有发现家燕。"

红族老笑了，翅膀一耸说："如果有家燕待在燕巢里等我们抓，那只能证明一点。"

"什么？"

"哈，嗯，那一定不是只家燕，而是一只伪装成家燕的蠢雀。"红族老对诗溪仙族长和气挤挤眼睛小声说。

诗溪仙族长明白了红族老对刚才那群蠢雀的轻视，不由得也会意地咯咯咯笑了起来，似乎是为了证明他自己是极其聪明的。

这时候，一直在笋厂烤房内寻找的希希，忽然大声叫了起来。

红族老杜鹃和诗溪仙族长赶忙飞进去，他们看到小智慧雀嘴里叼着又一根羽毛！

"我找到了！我找到了！"希希把羽毛叼到红族老与和气面前，兴奋得全身羽毛在颤抖，尖声喊道，"一定是那只可恶的家燕！一定是那只可恶的小家燕！"

诗溪仙族长不明白小男雀这会儿的表现怎么也像是一只蠢雀，一头雾水地嘀咕："什么啊？不就是一根普通的羽毛吗？这不是家燕的，家燕哪有这样颜色的羽毛呢？"

"是啊，希希，红族老叔叔也算是一只见多识广的杜鹃鸟了，可我还从来没看到过一只家燕有这样粉红色的羽毛呢。"红族老眼里的阴郁更浓了一些。他将羽毛叼起来飞到外面，对着阳光仔细观察了一阵，又拿刚才的那根黑色羽毛对比后，对诗溪仙族长失望地说："我说高雅的诗鸟先生，看来你的判断真是错了，从这根羽毛各种形态来分析，以本族老的经验知识判断，这是同一只鸟身上不同部位掉下来的。这也就说明，这只鸟不是什么家燕，或许是路过南坑村与家燕比较相像的鸟类落下的。”

诗溪仙族长有些不甘心地分别叼起两根羽毛，也凑到太阳底下看个究竟。

在红族老和诗溪仙族长做这一切时，希希却胸有成竹地歪着头不吭声了。毕竟他是一只小男雀，还有一股子小孩子的脾气，他为自己被两只智慧的成年鸟轻视而不高兴了。直到诗溪仙族长一脸茫然地将两根羽毛轻轻放下时，小智慧雀才用与他年龄不相称的沉稳，有条有理地分析自己的判断。

是啊，在从稻草堆的角落里看到粉红色羽毛之时，希希的记忆在一瞬间就被点燃了！头脑中隐约的预感变成了活生生的现实，一时间让小男雀紧张得有些透不过气来，令他不由自主地发出了惊叫声。是啊，那是一直灼烧着他自尊心的粉红色！那是一直刻在他记忆深处的粉红色！那是小家燕咕噜身上特有的粉红色！这粉红色的羽毛让他这只一直自视甚高的小智慧雀自惭形秽！就是那只一直让他耿耿于怀的小家燕，让自己的妹妹公然违背雀规与一只家燕建立了打不破的友情，为此希希一直恨得牙痒痒。但是，同时他又不能不醋意十足地承认，小家燕咕噜腹部下独特的一丝粉红色羽毛，让他显得是那么的帅气，那么与众不同，那么吸引小女雀们的目光。

是啊，自从家燕进城后，麻雀与家燕之间就总有那么多纠缠不清的恩恩怨怨，虽然遵照鸟界规则，麻雀和家燕两鸟族之间从来井水不犯河水，可同在一座城市里生活，低头不见抬头见，有时难免会有争执，更何况作为更早进驻城市的麻雀，是越来越嫉妒从乡村迁居城市的家燕住在人类阳台上那个温暖的家了。所以，麻雀虽然碍于家燕是人类最亲近的吉祥鸟身份，表面上对其尊敬有加，实际上恨之入骨，他们一直认为，1958 年人类大规模驱赶麻雀是受了家燕的挑拨，这种两鸟间的仇恨是从小麻雀一出生就从成年雀那里得知了。

当然，毕竟是童言无忌，小麻雀和小家燕们还时常会在野外碰到，有时候也难免出于童心玩在一起，小男燕咕噜和小女雀哩哩就是这样偶然建立起了不为世俗所容的燕雀友谊。小麻雀和小家燕们不管两鸟族很深的恩怨玩在一起时，小男燕咕噜腹部下那丛独特的粉红色羽毛总是使他惹鸟注目，像一丝温柔燃烧的火焰，时时灼烧着争强好胜的小男雀希希敏感的心。那真是一撮别具一格的羽毛，不要说麻雀身上长不出来，就是家燕身上也没看到第二只。当然也有第二只，那就是小咕噜的父亲执行燕哈辛。希希看到过哈辛执行燕腹部下那同样灿烂夺目的粉红色羽毛，他后来听说执行燕哈辛的父亲是另一个地方的另一种燕子，哈辛身上的遗传基因正是来自他父亲。那真是美丽的粉红色啊，希希悄悄观察过小家燕咕噜飞行时腹部的粉红色羽毛，似乎连被风掀动发出的声响也与众不同。正是这样，这粉红色的羽毛让自尊心极强的小男雀希希受到了打击，恨不得冲上去用嘴把小家燕那粉红色的羽毛啄个精光。他没胆量这么做，就希望小咕噜生皮肤病，让那丛粉红色的羽毛掉光。然而，随着小家燕一天天长大，那灼鸟眼睛的粉红色羽毛却越来越长越来越漂亮了。

没有哪只鸟知道小男雀希希如此仇恨小家燕身上那独特的粉红色羽毛，这让他产生了对小家燕的仇视。所以，当小男雀希希去龙岗小区咕噜的家寻找妹妹的踪迹时，脑子里就时时挂念着那丛粉红色！对，让他恨得牙痒痒的粉红色！但他失望地没有看到。他预感小男燕咕噜一定还活着！当执行燕哈辛落网后，希希特意悄悄地去了温泉洞，他暗暗高兴小家燕咕噜的父亲受了重伤，生命垂危。正是这样，现在一看到这粉红色的羽毛，埋藏的记忆一瞬间就袭来了。当然，小男雀希希是一只智慧雀，他不会把自己内心的隐痛说出来，他简要地向红族老和诗溪仙族长叙说了那只家燕的外貌特征后，又一字一句认真地说："请相信我，我以一只智慧雀的雀格担保，这两根羽毛就是那只叫咕噜的小家燕掉下来的，他就是那只被我爸爸关押在温泉洞中的执行燕哈辛的儿子，他们父子都有这样粉红色的羽毛。"

红族老现在相信了，他用赞许的目光看着希希说："那么，我们可以推断如果这只家燕还活着的话，一定在南坑村，他飞不远，因为他很可能受伤了。"红族老从羽毛根部有非常细微的血丝，断定这只家燕一定在此躲藏时遭到了什么攻击而掉下了这两根羽毛。

听了红族老的进一步分析，瘦瘦的诗溪仙族长高兴得上蹿下跳，兴奋得满脸通红。要知道他刚才还真有些担心自己会谎报军情，拍马屁拍到马腿上呢。

现在，情况已非常明朗了：南坑村确实还存在过一只极可能是执行燕儿子的家燕！至于他现在是否还存活着，就只有等搜捕结束才能确定了。

红族老杜鹃、诗溪仙族长和小智慧雀希希，当即在观音山笋厂开了一个简短的会，决定号令已在四个方向布下防线的麻雀们马上对南坑村形成包围，进行地毯式搜捕，不放过一个疑点，重点是包围村尾深源堂老屋。同时，由诗溪仙族长召集不知躲到哪里的各鸟族代表，在天黑之前到观音山笋厂开现场会。当红族老布置这一切时，小智慧雀希希早按捺不住地在那里踱步了，心中被一种大战前的紧张笼罩着。接着，诗溪仙去召集各鸟族代表，红族老和希希飞到村庄上空后，由希希发出开始行动的特别号令声。

随着希希发出高八度的一长两短急促而兴奋的叫声，早埋伏在南坑村东南西北四个方向山林里的麻雀们也发出了同样的叫声，飞到了村庄的上空。

一时间，南坑村上空麻雀群魔乱舞，似乎一场鸟族之间腥风血雨的战斗马上要打响了。

令鸟们也感到奇怪的是，在冬天灿烂的阳光下，鸟们的骚动居然没有惊动还居住在村庄里的人，那些或许心情郁闷孤独的留守老人、孩子和妇女，似乎对于外界的一切变化已麻木了。

时间紧迫，红族老和希希这么大张旗鼓地暴露目标，目的就是打草惊蛇，让躲着的家燕在惊慌失措不明就里时露出行迹。当由麻雀四兄弟率领的四路麻雀聚集到村中晒谷坪旁边的梨园后，红族老只是简单地交代了刚才会上的决定，接着麻雀们就按照各自确定的搜捕方向开始行动了。他们的任务是，在各自的区域尽量超低空搜索村中每一幢房屋和每一棵树。希希跟着麻雀四兄弟的老大风所带领的十只麻雀去搜捕村尾的深源堂，红族老呢，他还有更重要的任务要做，那就是回到发现家燕踪迹的现场，等待南坑村各鸟族的代表。他得给他们交代任务，让各鸟族也带领大家参与这次搜捕。红族老估计，如果不发动所有的鸟族参与行动，凭四十只麻雀就是累死也很难搜遍南坑村每个角落，麻雀们现在所进行的搜捕不过是敲山震虎罢了。

这里暂且不说红族老回到观音山笋厂等候南坑村区域召集鸟诗溪仙和各鸟族代表，先说希希跟着麻雀四兄弟的老大风是如何开始行动的。他们兵分两路，一路由风带队完成对村北方向的搜捕工作；一路由希希带队直扑唯一保存着旧燕巢的深源堂老屋。

很快，希希和五只智慧雀新生飞到村尾的深源堂上空。这是一座建于清末民初的老房子，屋顶上傲气十足的防火兽和飞檐翘角显示了昔日老屋的气派，虽说因年代久远，老屋门前大坪的一溜围墙和门楼早已倒塌，但整座房子的结构还保存完好。当希希和麻雀们悄悄落在天井上方大厅那高耸的屋顶上时，心忽然跳得很厉害，这毕竟是他第一次带领成年雀行动，再说他也听说了屋子主人白发老人的厉害，一时间心中没有了底。希希站在那里愣了半天才发出指令，让一只雀先飞下去看看情况再做决定。其实，希希还真没有想好如果白发老人在家该怎么办，是搜呢还是不搜？

五只成年智慧雀新生呢？这些基本上还是蠢雀的家伙被一只小男雀指挥打心眼里不乐意，刚才风这么安排时他们只是慑于麻雀四兄弟的淫威和将来所长的面子，不好说出来罢了。现在听到希希的指令，五只雀你看看我，我看看你，谁也不愿意下去冒险。

麻雀们的表现让希希觉得很没有面子，指着一只雀说："你先飞下去，看看有什么异常情况。"

"为什么是我？小智慧雀希希先生，我本来感冒就没好，这大冷天的飞了这一路，病情更重了，我看还是换别的雀吧。"这只雀说着还真的装腔作势挤出了一点清鼻涕。

有病总不能打头阵吧。希希只好指令另一只试图躲到后面的麻雀说："那……就是你了。我看刚才在西山红豆杉树那儿就数你有精神了，上蹿下跳的。你下去看看情况，最好是大声地叫唤，把小家燕吓出来，这叫敲山震虎。我们在外面就来个饿虎扑食，一举抓获。"希希说着，好像小男燕咕噜已手到擒来一样，兴奋地举起一只利爪，用力一踩。

"我说希希小朋友啊，咱刚当上智慧雀，文化还不高，智商嘛，也和蠢雀差不离。什么那个敲山震虎，什么那个饿虎扑食，咱都听不明白，可我听着这好像是说兽类的事，和我们鸟族没什么关联吧？我倒以为这大冷的天哪有一只家燕能熬得过？不是冻死也会饿死的。我说弟兄们，家燕可是候鸟，只有迁徙到温暖的东南亚才能活下来，这道理就是最傻的蠢雀也懂啊，还用得着我们去试白发老人的扫把，把小命搭上吗？"这只麻雀懒洋洋地说。

"是啊，希希小朋友，和你老爹说说，让我们智慧雀全住到温泉洞里猫冬，何苦让那些该死的家燕享那福呢。"说自个儿感冒的那只麻雀附和道。

希希气得不行，用轻视的目光看看他们，冷笑道："哼，你们也配称什么智慧雀？赶明儿就和我爸爸说，把你们赶回三明城再过那种蠢雀的日子吧。"

希希的话无意中戳到这些智慧雀新生的软肋，虽说他们有时候还挺怀念蠢雀那种饱食终日、无所事事的生活，可升格为智慧雀新生后，那种高雀一等，飞在路上碰上蠢雀对方得马上恭敬让路的尊贵感觉，还是很让他们受用的。再说，如果当回蠢雀，不说原来的地盘被别的蠢雀占了，就是想混也没地方混啊。因此，处于两难之中的这五只智慧雀新生互相瞪了两眼，最后，那只长得最弱小的麻雀成了开路先锋，无奈地一展翅，缩头缩脑地从屋顶飞到天井中。

当这只麻雀战战兢兢地站在天井那根晒着衣服的晾衣杆后，环视四周，发出叫声来试探。

并没有白发老人的长扫把横扫过来，屋子里甚至没有任何动静，天井中除了几只鸡咯咯咯地埋头觅食，什么也没有。于是，这只探路的麻雀发出了平安无事的信号。待希希和四只麻雀相继落在晒衣竹架上后，这只麻雀就讨好地向希希邀功：“嘿嘿，智慧雀希希先生，回头可得和你爸爸说说，抓到家燕可要记我第一功啊。”

希希很讨厌这只麻雀那讨好的嘴脸，但他的眼光已被大梁上那个旧燕巢吸引住了。尽管明知道处于逃跑状况下的家燕一定非常警觉，不会待在旧燕巢里束手就擒，但是，希希在分配五只麻雀对整座房子展开搜索之后，还是飞向了燕巢，并做好了战斗准备。呈现在小智慧雀面前的是一个保存完好的旧燕巢，处处体现了人类主人精心维护过的痕迹。最显眼的是，为了托住旧燕巢，人类在旧燕巢的下方钉上了一块木板，这样就可以保证它不会掉落，燕巢上还有人类修补的痕迹，明显是人抹上去的田泥和稻草。十年前，这燕巢一定是做得相当好，说明了做这个燕巢的家燕一定非常勤奋和聪明。希希边仔细观察着旧燕巢边想：诗溪仙族长所说果然不假。看来，这位白发老人真是一位爱燕如命的怪人！居然为保存一个或许永远用不上的旧燕巢费这么多心思！这么想着，希希心里隐约浮起了一股嫉妒之意，嫉妒人类对家燕如此倾心呵护！看着这个被人类精心保存的旧燕巢，希希气就不打一处来，恨不得用一双利爪把燕巢撕个粉碎。

这时候，分头搜索的五只麻雀飞回来，纷纷报告没有发现屋里有家燕的踪迹。

那只充当前锋长得特别弱小的麻雀讨好地向希希报告：“智慧雀希希先生，我想那两根羽毛一定是家燕以前留下来的，也许南坑村根本就没有什么漏网的家燕。嘿，嘿，我说，要是有家燕，不说冻死饿死，智慧雀希希先生这么一露脸，他也得吓死了。”

“是啊，是啊。”另四只麻雀互相递了眼色，也随声附和。

希希当然知道，这些还没抽去蠢雀又馋又懒本性的智慧雀新生是想早早结束工作打道回府，但他没有揭穿他们的心思，而是问他们：“我说诸位麻雀叔叔，现在有没有家燕敢住在这旧燕巢里呢？”

五只麻雀对希希忽然客气的态度有些不适应，一致肯定地说：“住在燕巢里？那他是在找死！”

希希没有吭声，忽然飞到燕巢上。他轻轻踱到燕巢中，屏住呼吸，张开嗅觉的每一个细胞，试图从旧燕巢中捕捉到家燕的气息。有一瞬间，隐隐有一种气味让他的心猛然一缩。然而，仔细辨别后又模糊了。最终，他只能失望地在旧燕巢边缘停了停后，飞回天井的晒衣竹杆上。

阳光下变得稍微温暖一些的风挟着一股山村特有的气息扑面而来，深源堂下方紧邻的南坑溪潺潺流水声清晰可闻。

希希心中升起模糊而执着的预感，正是这种预感，让他的眼光射出与他的年龄不相称的阴冷目光。他用不容置疑的口气，命令等着他发话就撤退的麻雀们："再搜，不要放过这幢屋子每一个可能藏鸟的地方，给我从每一扇开着的窗户进去搜！我就不信一只燕子还有本事入地三尺！"

希希眼里突然射出的寒光和不容置疑的严厉口气，让五只蠢雀心里一颤。虽然他们心里一百个不愿意，只是想起自己的前途捏在对方手里，还是互相递递眼色，分头到每间屋子搜索去了。其实，他们并没有听从希希的指令，从窗户钻进每一间屋子搜索，觉得这个拿着鸡毛当令箭的小男雀纯粹是多此一举，再说他们还担心白发老人回来呢。所以，麻雀们的搜索很潦草，除了在希希眼皮子底下的厢房搜索得认真些，别的屋子从窗户往里探个头就了事了。

希希当然也没有闲着，他飞到了大厅的屋顶上，落在木雕吻兽上，一动不动地观察情况，防止在麻雀搜索时家燕飞出来。远远地，他看到麻雀四兄弟带领的麻雀们正按照事先的安排在东南西北四个方向展开超低空搜索。这让希希很高兴，看来麻雀四兄弟还是尽职尽责的，也镇得住那些蠢雀。这么想着，希希就对自己的领导能力不太满意了，也许要对这些成年蠢雀更狠一些吧。

就在希希这么想时，远远地，红族老自个儿飞来了。一落在屋顶上，红族老就告诉小男雀，各鸟族的代表开完会接受了布置的配合搜捕家燕的任务，就回到各自的领地组织去了，他们将挑选一些精明强干的鸟，在春天来临之前，天天搜捕。

希希听红族老的话后，疑惑地问："红族老叔叔，你的意思是，我们就不再搜捕了？"

这时，在屋子里完成搜索一无所获的五只麻雀也飞上了屋顶，他们看看希希，也瞪着傻眼等红族老回答。

红族老点点头，沉思着说："我们假设那两根羽毛真是小家燕咕噜的，有一种可能是咕噜刚逃亡到这里时落下的，那很可能早就冻死了。你看，你们在嫌疑最大的老屋燕巢也没有找到家燕的一丝痕迹不是？还有一种可能是，咕噜现在就藏在一个非常隐蔽的地方。这说明这只小家燕的智慧超群，毕竟他是家燕家族最聪明强壮的执行燕的儿子。所以，我们这样大规模的搜索只是起个敲山震虎的作用。"

“我明白了。”希希兴奋地说，“红族老叔叔你这是要引蛇出洞。”

红族老用赞赏的眼光看了希希一眼说：“接下来的搜捕工作就由本地的鸟族来完成，他们更熟悉这里的地形。还有，我们走了，家燕就会放松警惕，他总不能躲一辈子是不是？再说，哈哈，诗溪仙族长可是立功心切啊。哈哈哈。”红族老末尾的笑声中似乎有一种轻视的意味。

五只蠢雀当然没听出来，但是希希听出来了。希希也很讨厌拍马屁的诗溪仙鸟，他不明白高雅的诗鸟怎么会有这么一位鸟格低下的族长呢？这让他对所有的诗溪仙鸟都小看了几分，几乎没和诗溪仙鸟打交道的他觉得，关于诗溪仙是鸟界最高雅、最有情趣的诗鸟一说，有些言过其实了。

希希正想用雀语召集大家集中，结束搜捕行动时，突然传来了砰砰两声枪响，令他浑身一震。紧接着就见正往这边飞的麻雀四兄弟老大风带领的五只负责北边搜索的麻雀里传来两声凄惨的鸟叫声，随之，两只麻雀坠落尘埃。

突如其来的枪声震惊了南坑村范围所有的鸟族，原本在天上以扇形队形搜索的麻雀们乱了阵脚，在一派语不成句的叽叽喳喳惊叫声中，如无头的苍蝇四处乱窜。

红族老从未见过这种阵势，谁不知道人类枪口厉害啊！一时间他也愣在那里。

这时候，小智慧雀希希却表现出从未有过的果敢，这可是在父亲对他一次次的训练中磨炼出来的机智。几乎在枪响的一瞬间，小智慧雀就判断出枪声方位，那个可怕的人类猎手必定埋伏在村尾北边的丛林里。所以，看着麻雀们慌不择路，四窜而逃，有十来只麻雀居然往枪响的方向飞，希希不顾自己的安危奋力飞起来，扇动翅膀边叫边追过去。一时间，南坑村上空传遍机智勇敢的小智慧雀呼唤同类逃生的雀语：“快，快，大家别惊慌，人类枪手在北边，大家往西山飞，快，往西山飞，到那棵红豆杉树上集中。”

在希希声嘶力竭的惊叫声中，早已乱了队形成了惊弓之鸟的麻雀们猛然醒过来，按照希希的指令往西山的树林子里飞。随着又是两声枪响，又有两只往北飞来不及转向的麻雀中枪而落。

这时，才回过神来的麻雀四兄弟纷纷训斥自己的部下：“别乱，你们这些胆小鬼！往高飞，往高飞！”

人类太可怕了，再强大的鸟族也无法与之抗衡啊！鸟王老鹰不行，杜鹃族长呢？肯定也不行。在五只蠢雀早四散逃命之时，有些回过神来的红族老还站在深源堂大厅屋顶上思考着这样的哲学问题。但他看到未成年雀希希在遇到人类进攻时居然能奋不顾身，理智而勇敢地处理这样的突发事件后，为自己方才一瞬间表现出的惊慌失措暗暗脸红，对这只小智慧雀刮目相看。红族老尽量提升飞行的高度来躲开人类的子弹，他担心不止一个人类枪手在村庄里的某个地方埋伏。

红族老的担心显然多余了，当村庄的上空消失了雀影之时，那个满脸麻点的人类提着猎枪出现了。他抬头发现了天上的杜鹃鸟，惊叫道："啊呀，麻雀堆里怎么有一只杜鹃啊？"惊讶中，他忘了抬起装满子弹的枪。

与此同时，红族老还听到从深源堂老屋里隐约传来愤怒的谩骂："哇，哪里来这么多死麻雀，还拉了这么多臭屎！下次给我碰上，让它们尝尝我的扫把。啊，谁？谁又打枪啊！猎杀野生动物可是要犯法的啊！"

"麻雀可不是保护动物啊！"外号叫满天星的人类枪手从村尾木桥边的杂草丛中钻出来，仰头目视着杜鹃鸟优雅的风姿，不屑地说。

当红族老飞落在西山那棵古老高大的红豆杉树时，麻雀们早在希希的指引下安全脱险了。看着密密麻麻落了一树的麻雀们那惊魂未定的脸色，红族老就对迎上来的希希更加欣赏了。

希希说："红族老叔叔，让我担心死了，我以为你出事了呢。"

麻雀四兄弟似乎对红族老不太友好，觉得这次搜捕行动都是他布置的，事先没放出观察哨，忽视了来自人类的危险，所以，他们对红族老讽刺道："希希，你担心什么？红族老先生可是吉祥鸟，人类哪会向他开枪啊。"

红族老心里也为刚才布置搜捕工作忽视了来自人类的威胁而有些内疚，如果不是希希当机立断，处乱不惊，后果会更糟，不知有多少麻雀要丧命于这人类神枪手之下。这会儿，红族老听出麻雀四兄弟话里的意思并没有生气，反而真诚地承认了自己的疏忽，接着夸奖希希说："人类说自古英雄出少年，此言不假，小男雀希希的表现真让我红族老汗颜啊。"

希希被红族老说得有些不好意思，红着脸低下了头。

麻雀们由衷地佩服小智慧雀的勇敢和机智。这些智慧雀新生都还是头脑简单的鸟，他们奉行的信条是谁强就佩服谁，不管他的地位和年龄。所以，经此一难，脱险的智慧雀新生们回过神来，又听一只德高望重的杜鹃鸟这么说，一时间纷纷表示："希希智慧雀，是你救了我们的命，今后我们都听你的。"

麻雀四兄弟对希希关键时刻表现出来的果断和机智，也由衷地心悦诚服了。他们当即表示："希希，你说吧，现在我们要怎么做，我们麻雀四兄弟都听你的，有谁不听，看我们怎么收拾他！"

实际上，将来所长让希希跟着麻雀四兄弟也是希望儿子能尽快独当一面，他的想法虽没有明说，可早已成智慧雀的麻雀四兄弟自然领会领导意图，趁此机会把希希推上这批智慧雀新生的首领位置，也算是报答将来所长的知遇之恩了。

就这样，这场意外的危险缔造了一位麻雀领导：小男雀希希成了这群成年智慧雀新生的领袖。这是野生动物的基本准则，强者为尊，不论年龄和地位。基于此，野生动物才能够在恶劣的自然环境中繁衍生息，越来越强，顽强进化。当然，从小接受智慧雀完整教育的希希明白这个道理，麻雀四兄弟和麻雀们的拥戴让他兴奋无比，这可是这只野心勃勃的小男雀梦寐以求的。本来，他想对他们说说感谢的话，但他记住了父亲说一位真正的首领要在部下面前保持神秘感的话，就只是稍微客气地向大家弯了弯腰就作罢了。

目睹一只小麻雀成长起来的红族老，不由得为希希轻轻扇翅赞赏。

接下来，按照预定计划，这支搜捕家燕的麻雀队伍返程了。

这支搜捕队伍有四只麻雀付出了生命的代价。然而，这代价似乎是值得的，特别是对于小男雀希希来说，人类的枪口催生了他的成长。很显然，这支队伍在飞来时是以红族老为指挥的，现在的指挥却成了小男雀希希。在他一声号令下，麻雀们踏上了返程之路，来送行的诗溪仙族长和南坑村鸟界各鸟族代表将完成暗中搜捕工作。换句话说，有关的搜捕工作在春天来临之前，仍会紧锣密鼓地进行。飞在寒风中，希希心中却是热乎乎的，兴奋的心情久久不能平静，飞离南坑村地界时，他回头再次看了看，心中恶狠狠地说：等着吧，可恶的小男燕，你若真还活着，等我回头再来收拾你！同时，希希心中急着飞回去向父亲报告自己被麻雀们推举为首领的喜讯，想着父亲一定会赞许地用翅膀拍打他的脸，小男雀希希几乎要笑出声来了。

后来，由麻雀四兄弟风、雪、霜、雨带领的这三十六只智慧雀新生，在经过将来所长的强化培训后，成了小智慧雀希希最为忠实可靠的部下，他们在希希的带领下，差点给鸟界带来了一场灾难。

# 第五章

现在，说说此前在南坑村栖身的可怜的小咕噜，在经过寒冷考验后，能否生存下来呢？那两根羽毛真的是他身上掉下来的吗？那么，他又是如何逃过这次致命追捕的呢？

失去母亲后，悲伤不已的咕噜住进了深源堂老屋的旧燕巢，悲伤和疲劳让他暂时忘却了危险，他安然睡着了。

与此同时，结束了由麻雀主持的“家燕禽流感病毒声讨大会”，因不明真相怀揣对禽流感恐惧心理的各鸟界代表，在麻雀的指令下，开始配合麻雀的搜捕队，搜索在“雀燕之战”中幸存下来的漏网家燕，南坑村区域的鸟也不例外。当然，一开始，身为召集鸟的诗溪仙族长也没有那么卖力，只是领着各鸟族长随便挑出来的老弱之兵应付了事。不久，狡猾的“麻雀未来研究所”所长将来就察觉了各鸟族的情绪，尽可能地将智慧雀分散到各区域，来加强督促鸟族的搜捕工作。就这样，不少受伤或是筋疲力尽的漏网家燕被俘获，统一送到了关押地——神秘的温泉洞。

南坑村呢？因为将来所长的许诺，一门心思要当鸟界诗歌旗手的诗溪仙族长和气，开始很卖力地执行麻雀族长布置的搜捕家燕工作，不断有飞到南坑村区域的疲劳伤病交加的家燕被他带领的搜捕队抓获，交到麻雀的手上。正所谓谎言说过一千遍就会成为事实。现在，本来秉承“枪打出头鸟，明哲保身”的鸟族，已开始相信家燕的确携带着禽流感病毒了，也相信把漏网的家燕抓获交到麻雀手里，再经过神秘的温泉洞洗礼就会变成一只健康燕了。

是的，现在鸟界就流传开这么一个说法，说是这些携带着禽流感病毒的家燕如果不抓获，不仅他自己会病毒发作而亡，而且还将传染给整个鸟界和大自然。据说，由白鹇、杜鹃和麻雀组成的鸟规执行团所设置的温泉洞里有一种神奇的温泉，携带着禽流感病毒的家燕经过温泉的洗涤就可以祛除病毒。

这样的传说，起初从诗溪仙族长和气的尖嘴里吐出来时大家还将信将疑，但后来并没有听说过抓获的家燕被处死的消息，鸟们就完全相信了。所以，虽然在冬天来临时进行这样的搜捕让鸟们有些不满意，但是，想到鸟界的安危，他们又觉得麻雀这么做，似乎也没有太大的错，要说有错，就是人类的旨意太绝了，竟让麻雀对曾经朝夕相处的家燕下此狠手。

就在这样的搜捕行动中，身居于南坑村村尾深源堂老屋旧燕巢中的小家燕咕噜居然安然无恙，这太神奇了！不，如果没有善良的白发老人帮助，咕噜早已成落网之燕了！

第一次，真的无法描述白发老人在第二天早上走到大厅时，听到小家燕叫声时的那种兴奋之情。他开始怀疑自己听错了，以为是哪一只胆大的鸟来占燕巢了，待他愤恨地举起专用的长扫把，看到了从燕巢里怯生生探出头来的小家燕时，白发老人欣喜若狂，一连声叫道："燕子！燕子！是燕子！燕子终于飞回来了，燕子终于飞回来了。老太婆，快来看，快来看呀，燕子飞回来了！"

老太婆，是白发老人的老伴，一位慈眉善目的老妇人。她慢吞吞地从厨房里传出话来说："什么燕子啊？老头子，你是想昏头了吧？这大冬天的，哪里有燕子啊。"

"老太婆，是燕子，快看，是燕子啊！"白发老人冲进厨房把老伴拉到大厅。

老伴看到真的是燕子，也瞪大了惊奇的眼睛叫道："天神啊！真的是燕子，这是什么时候啦，还有燕子。老头子，你没看到他冻得缩成一团呢，还愣着干什么，快，拿梯子把它抱下来，不然要冻死了。"

"对，对，瞧我这高兴的。这一定是没跟上大部队的燕子。好啊，它还懂得找到这燕巢，真是聪明啊。"白发老人兴奋得手舞足蹈。

小咕噜不太能听懂人类的语言，但从老两口那欣喜的语气里听出了他们的善意，一时委屈地吱吱叫着。昨晚上他悄然睡到燕巢里时已忘却了危险，但天一亮就被外面的鸟叫声惊醒了。他看到了一些鸟从老屋近处的南坑溪上空排成整齐的队形飞过去又飞过来。当然，他不知道，这是诗溪仙族长遵照麻雀的指令，在进行搜捕家燕的行动。这些鸟们为什么不会想到搜南坑村唯一的燕巢呢？哈，这是鸟们害怕白发老人的长扫把啊！南坑村的鸟族都知道白发老人精心维护着十年前的旧燕巢，不让一只鸟飞进他家。当年新官上任的诗溪仙族长和一些愣头青都领教过白发老人长扫把的厉害！所以说，白发老人的深源堂老屋那可是鸟族的禁区，谁会去自讨没趣呢。也正因为这一点，小家燕咕噜无意中躲过了最初的搜捕行动。

当又饿又冻的小家燕被白发老人小心翼翼地从梁上的燕巢抱下来后，马上被安置在老人屋内的一个小竹篮里，竹篮里垫上了软软的破布，小咕噜身上还盖上了棉絮。接着，白发老人还让老伴拿来小米让他吃。

一会儿工夫，小家燕就觉得身上暖和多了，有些冻麻木的翅膀正一点点地恢复知觉。但是，他对递到嘴边盛在碗里的小米却吓得躲到了一边。是啊，他从一出生时就知道家燕是为人类庄稼捉虫的，绝对不能吃人类的粮食啊。

看到小家燕怯生生地躲到一边，老伴就对白发老人说："可能燕子要吃虫子吧？"

白发老人想了想，就将棉絮扯过来更严实地盖在小家燕身上后，小声地和老伴嘀咕了两句，关门出去了。

直到这时候，小咕噜才从棉絮里探出头来，试着伸伸脖子和扇动一下翅膀。他很高兴原先冻麻木的感觉已完全消失了，随即就站起来打量周围环境。他发现自己所处的竹篮被一根粗粗的麻绳悬挂在屋子正中的屋梁上，屋子显然是白发老人的卧室，一张古旧的雕花大床占据了屋子大半空间，窗户前摆着一张同样古旧的桌子，靠墙则摆放着一个矮柜和一个老式的五斗橱。屋子里光线很暗，从外面是很难看清屋子里的情形，可能是老人考虑到燕子需要休息，才把他放在自己睡觉的屋子里了。小咕噜正这么探头探脑地打量着屋子，突然间，安放在五斗橱上的那架老式自鸣钟当当响了，小男燕吓得缩回棉絮堆里，后来发现是那个铁家伙发出的声音，才重新探出头来。白发老人的卧室让小咕噜一时有些不明白，这里的环境与他居住在城市里的人类之家差别太大了。但是，没来由的，黑暗陈旧的小屋子给小家燕咕噜一种格外温馨的感觉，一直悬着的心稍微放松了些。

是啊，这可是小家燕咕噜第一次这么近距离地与陌生的人类接触呢。如果不是走投无路，他是没有胆量飞到这旧巢里休息的。刚才白发老人将他抱在怀里时，真是让他又惊又怕，以为这回要成为人类的盘中餐了，那一刻他甚至有些恨诗溪仙洋洋的建议。要知道，他原本只是想借着这旧燕巢恢复一下体力，至于后面怎么办，他还没想好呢。于是，他几次试图飞走，但因全身都冻麻木了，翅膀根本没有力气飞起来。直到被安置到竹篮子里，垫上破布盖上棉絮，这才稍稍心安了，老实了。他感到了白发老人抚摸自己脑袋上的大手是如此轻柔和充满爱意，就像妈妈翅膀的抚摸一样。

现在，在观察了一下屋子里的情形，确信没有什么危险之后，小家燕咕噜在温暖之中又安然地睡着了。实际上，昨晚他并没有睡好，后半夜就被冻醒了，旧燕巢虽然还很坚固，却没有新燕巢那么暖和。再说，孤零零的一只燕睡这么大的燕巢，让咕噜想起了和爸爸妈妈妹妹挤在一起的温馨情景，不由得流下了悲伤的眼泪。

小家燕睡去了，很短的时间他做了个梦，梦中回到了城市里的家，他和爸爸、妈妈、妹妹还居住在人类楼房那高高的阳台上，一家人挤在一起温暖而幸福，其乐融融。

不知过了多久，忽然间，他的梦被一阵阵熟悉的鸟叫声惊醒了。一霎间，小咕噜惊得钻出了棉絮，警觉地竖起耳朵。屋子里还是静和暗，白发老人和老婆婆都不知去哪儿了，小咕噜又听了一会儿，心中才暗自高兴。他一展翅膀悄无声息地飞到雕着龙凤图案的格子窗前那张黑漆包皮的木桌上，往窗外一看，轻声叫唤的鸟正是诗溪仙洋洋。看来，白发老人果然出门去了，不然洋洋早挨他的长扫把了。于是，小咕噜忙将头伸出花格窗轻声应道："我在这里，洋洋叔叔。"

洋洋四处看了看，才放心地飞落到格子窗框上。他看着小家燕羽毛上沾着的白色棉絮就笑了，说："嗯，我说小家燕先生，看样子你过得还行。我没说错吧，白发老人对你们家燕一定会呵护有加的。"

小咕噜点点头说："是呀，洋洋叔叔，白发老人和婆婆都对我很好，他们怕我冷，把我放在垫着布的篮子里，还给我盖上柔软的棉絮，这屋子里可暖和了。就是肚子饿得要命。洋洋叔叔，你带我去找虫子吃吧。"说着，小咕噜就听到自己肚子里咕咕叫了两声。

"不行，小咕噜。"洋洋说话时警觉地掉头看了看说，"小家燕先生，你现在哪儿也不能去，就在这老屋里最安全。哼，我告诉你吧，我们那古板的族长不知哪根筋搭错了，现在正卖力地组织鸟族搜捕漏网家燕呢，已有不少飞临南坑村的家燕被他们抓捕到麻雀那里了。"

"什么？洋洋叔叔，麻雀一定会把抓到的家燕全处死的。"小咕噜害怕地瞪大了眼睛。

"我想暂时不会吧，现在你们整个家燕家族已没有战斗力了，一些侥幸逃生的家燕也伤的伤、残的残，没有反抗之力。我听说是把家燕送到一个叫什么温泉洞的地方。"洋洋皱眉说，"以我的分析，现在麻雀倒有可能利用这些家燕来做什么文章呢。"

"我要去救他们，洋洋叔叔，告诉我温泉洞在哪里，我要去救他们！"小家燕咕噜愤恨地说。

这回，诗溪仙没有嘲笑小家燕，而是用一种怜爱的目光看着咕噜说："等着吧，会有机会的。当务之急是，你一定要躲过这些搜捕，生存下来就是最大的胜利。我的小咕噜，你别忘了，洋洋叔叔可是最有名的诗鸟，智商一点不比那可恨的将来所长差啊。”

听到将来所长的名字，小咕噜不说话了，他想起了父亲在那个晚上与麻雀搏斗时发出的怒吼声。突然间，一种沉重的痛笼罩了他幼小的心灵。

洋洋关切地看着低下头眼里含着泪的小家燕，换了一种轻快的语气说：“放心吧，小咕噜，在这里就一切听从白发老人的安排吧，他一定会保护你的安全。哈哈，南坑村还没有哪个鸟族敢挑战白发老人的长扫把呢。再说，这个鬼天气已开始冷了，你们家燕可没有应对严寒的基因呢。我尽量找一些你喜欢的虫子给你吃。只是，我也不好出入这里太多次，一是怕引起鸟族们的怀疑，二是我只能趁白发老人不在时才能溜进来，我也怕他的长扫把呢。”

“我告诉白发老人，洋洋叔叔是最好的一只诗溪仙鸟，他就不会赶你走了。”小家燕天真地说道。

就这样，从这天起，小家燕在白发老人的精心呵护下，悄然住在了深源堂老屋里。白发老人知道家燕怕冷，就一直让他与自己睡在一个屋子里，小家燕在一个特别温暖的“巢”里慢慢地平复心灵的创伤，身体也一天天变得更加强壮了。这时候，小家燕几次想飞离深源堂，求洋洋叔叔带他去温泉洞，救出被抓的家燕，不知怎的，他预感到父亲很可能也被关押在神秘的温泉洞里。其间，洋洋来过几次，他给小家燕带来了家燕最爱吃的虫子，那可是他费了九牛二虎之力搞到的，要知道诗溪仙鸟生活在溪流里以鱼虾为主食，捉虫子可是门外汉啊。洋洋就开导小家燕要学会吃人类的粮食，不然会活活饿死的。

吃人类的粮食？这可是家燕族规里严令禁止的。再说，家燕们吃惯了虫子，对人类的粮食也难以下咽啊。小家燕当然不会吃白发老人送给他的粮食。

小家燕刚到深源堂的那天，白发老人和老婆婆不知采用什么办法捉虫子，他们几乎去了整整一个上午，最终并没有捉到家燕爱吃的虫子，只是从山上找了几只肥嘟嘟的松毛虫。当时饿得要命的小家燕饥不择食地吃了几条，结果恶心了一个下午，差点没吐出来。小家燕这时候就越发地想念死去的母亲和生死未卜的父亲了，想想爸爸妈妈在他羽翼未丰的时候喂的虫子，那才叫美味呢！

白发老人不知道小家燕恶心，看小家燕吃了，还以为虫子很合他口味，就每天上山找松毛虫。白发老人的举动让小家燕扎扎实实地感动了，当白发老人用小碗将虫子送到他嘴边时，小家燕亲热地围着老人飞来飞去，说着感谢的话，尽管吃了这么久的松毛虫还是让他恶心。白发老人非常高兴，对老伴说："看看，这只燕子太聪明了，太可爱了！"经过这么些天的相处，小咕噜已听得懂大约百分之三十白发老人那带着南坑村浓重乡音的人类语言，他非常遗憾鸟族为什么不能说人类语言，即使像爸爸妈妈那样智慧的鸟，也只能听而不能说。其实，以前小咕噜也这么问过父亲，父亲的回答是："这是自然的神奇之处，人类原本也能听懂鸟语的，只是他们远离自然太久了，这方面的能力就退化了，现在只有个别人能听懂鸟语。"

后来有一天，白发老人上山找松树时摔倒了，只能躺在床上，小家燕心里又担心又后悔，飞到白发老人的床边说了好多感谢和歉意的话。当然，这些燕语在白发老人听来，都是叽叽喳喳的鸟叫声，但他还是高兴得不得了，一连声对老伴说："老太婆，老太婆，你看看，这是我见过的最聪明的家燕了，他比狗还通人意呢。"就在这一天，小家燕接受洋洋的劝告，开始吃人类的粮食了。但这小米对于家燕来说，实在是难以下咽啊，这可能也是有史以来唯一一只吃人类粮食的家燕了！这对小家燕实际上也是个考验，但为了生存下去，小家燕艰难地挺过来了，当第一粒小米落进肚子时，他流出眼泪了。他在心中暗暗发誓：每吃一粒人类的粮食，以后他就要多捉一只损害人类庄稼的虫子，来报答白发老人的恩情。

不知不觉间一个多月过去了，小家燕咕噜在白发爷爷的精心呵护下，一天天恢复了健康。对，现在，小咕噜已称白发老人为白发爷爷了，还有那位脸上总是挂着慈祥微笑的婆婆（小咕噜就称她为慈祥奶奶）。

这期间，外面的风声越来越紧，为了不引起别鸟的怀疑，诗溪仙洋洋不到万不得已，不再到深源堂老屋，可每次来都告诫小家燕不要轻举妄动。他还带来了一些不好的消息。比方说，杜鹃族长已出面和麻雀在一起了，知道麻雀已公开和人类的吉祥鸟杜鹃结成鸟同盟，这让鸟界各鸟族为自身的安危更加担心了，都害怕哪一天会遭到家燕同样的下场。现在，各鸟族是鸟鸟自危，虽然心里怨气十足，可没有哪一个鸟族敢出来说半个不字。再比方说，一直特立独行的大佑山顶独孤鸟发出喜鹊的叫声后，突然遭到了死亡威胁，有的独孤鸟不明不白地死于非命，鸟族们猜测这和多年前经过大佑山的白鹭失踪之谜一样，可能和世居于金丝湾森林公园和大佑山的吉祥鸟杜鹃有关。再比方说"麻雀未来研究所"的所长将来在神秘的温泉洞对漏网的家燕进行着什么洗脑行动，据说经过洗脑的家燕会连自己是什么鸟都忘记了！想着这些可怜的家燕极有可能会与麻雀为伍，这样的传言让鸟界笼罩着一种惊惧的气氛。

而这天，洋洋带来的一个更让咕噜震惊的消息：生活在文笔山的鸟族——白鹇陷入与从前老鹰一样的境地，正面临着人类的捕杀而朝不保夕。

在听了白鹇事件的来龙去脉后，咕噜不是担心今后的鸟规执行团就只有杜鹃和麻雀说了算，而是他想起妈妈让他去找白鹇伯伯苍茫求得帮助的计划要落空了。因此，他急着向脸色越来越沉的诗溪仙洋洋求证：“你是说，白鹇也要和鹰族一样隐藏起来，再不问鸟界之事了吗？”

洋洋点点头：“是这样的，文笔山的白鹇世居地已成人类一个屠宰场。他们不用多久，就要整体迁居了。唉……”诗溪仙鸟重重叹了口气。接着，他再一次告诫小家燕不要轻举妄动，他会寻找机会帮助他的。至于怎么帮助，诗溪仙鸟和小家燕都心照不宣：先逃离出闽西北区域，去寻找不知在哪里的鹰王，也只有鹰王或许能挽救闽西北鸟界的危局。当然，小家燕心中还有一个决心就是：找机会一定要解救出关在温泉洞里的同胞，只要一想起同胞们会被洗脑洗得忘记家燕的身份，小咕噜的心里就充溢着仇恨，但小家燕毕竟还小，他只能听从洋洋的话等待时机。是啊，实际上，他清楚自己始终处于危险之中，如果不是有白发爷爷的呵护，他早就落入麻雀布下的天罗地网了。

这一个多月来，小咕噜就像做梦一般，经历了十几次的凶险都幸运地躲过了。最危险的一次是麻雀在南坑村进行大搜捕的时候，小咕噜飞到了旧燕巢里，他太想念燕巢那种气息了，虽然十多年的旧燕巢的这种气息已近于无。这天，趁着白发爷爷和慈祥奶奶不在家，小咕噜忘记了洋洋对他的忠告，飞到了旧燕巢上。哈，一闻到旧燕巢那种似曾相识的气息，小咕噜就有些忘乎所以了，他快乐地在燕巢里打着滚儿，唱着欢快的歌。在那一刻，这只刚经历过家破鸟亡的小家燕似乎回到无忧无虑的童年，他唱起了“小燕子穿花衣”，跳起欢快的舞蹈。然而，他跳着跳着，欢乐忽然如一阵风般吹走了，小家燕想起了与家人在一个燕巢里居住时那种其乐融融的情景，不知不觉中眼泪就挂在刚刚绽开的笑脸上。就在这时，他听到了一阵鸟叫声远远传来，再一看，有几只鸟正朝老屋飞来，边飞似乎还在争论着什么。咕噜浑身一颤，想飞回白发爷爷的屋子显然来不及了，只得把身子缩在燕巢里，心想，糟了！要被发现了。他做好了逃跑的准备。

看来，这些麻雀慑于白发爷爷的威名，不敢贸然进入老屋，只是落在了老屋前溪边的一棵梨树上。

小咕噜支起耳朵，隐约听到似乎是为首的智慧雀命令麻雀：“喂！你们进去看看，那燕巢里有没有家燕躲在那里。”

一只麻雀说："老大啊，这个旧燕巢弟兄们已看好几趟了，没有什么家燕。"

"是啊，老大，我们虽然都是蠢雀，可总还认得什么是家燕，不会看走眼的。"

"什么工作态度？我说你们这些蠢雀，成天就知道好吃懒做，一干起活来就磨洋工。"

"老大，话不能这么说吧，我们虽然蠢，可也是雀啊，我们也知道什么是危险。这屋子的主人白发老人是个恋燕狂，看到别的鸟就跟仇人一样。前天我跟几个弟兄进去看时，差点没被他的长扫把击中，小命都快丢了。"

"是啊，是啊，好险啊。我就不明白了，说这白发老人最反对人家打猎，是个百分百的自然保护者。可就是怪了，谁也不能进他的屋子，尤其不能动他的燕巢，谁动就要谁的命。"

"什么毛病？恋燕病呗！这种人就是一根筋，跟我们有些自认为智慧高雀一等的智慧雀一样。"这只雀明显是有所指了。

果然，这只地位虽不高，可也是小头目的智慧雀不乐意了，怒道："说什么？说什么？回头等我给将来所长报告吗？哼，再啰嗦，让你们当蠢雀的资格都没有。"

智慧雀发火了！几只蠢雀多少有些发怵，真怕被告状，探头探脑地准备飞进深源堂。

这时，一直没吭声的诗溪仙族长说话了。小家燕一听到那特有的拿腔捏调的尖嗓子，就知道是和气族长。诗溪仙族长出来打圆场说："我说麻雀弟兄们是辛苦啊，这大冬天的风里飞来飞去，都是这该死的家燕捣的鬼。喂，我说智慧雀先生，这深源堂里南坑村唯一的旧燕巢，大家已查过 N 次了，一根燕毛也没看到。我看，还是不必去冒险了吧？白发老人的长扫把委实厉害，南坑村可没有哪只鸟有胆量到深源堂里瞎逛呢。刚才我看白发老人已在回家的路上，估摸着就回来了，我们还是别自找没趣，到别的地方看看吧。再说，嘿嘿，我看这大冬天的，那些在人类屋檐下养尊处优的家燕哪有麻雀这样的基因，早冻死了，弟兄们大老远跑到这穷乡僻壤来，不过是走个形式，该抓的家燕也抓干净了，是不是？嘿，嘿，我看大家到我们的诗溪仙家里玩玩吧，我让手下抓几只鱼虾给诸位雀友们尝尝鲜。"

听诗溪仙这么说，几只蠢雀想到鲜美的鱼虾，口水都要流下来了，齐声附和："是啊，是啊，翅膀都冻麻木了，有这闲工夫，还不如到饭馆前捡些吃的。智慧雀大哥，我们就到和气族长家里避避风吧。哇，这鬼天气，是一天比一天冷了。”

小家燕听到这里，悄悄松口气。

不料，这只智慧雀似乎嗅到了什么气味，不理睬诗溪仙族长打圆场，大声斥责蠢雀：“吃，吃，吃，你们就懂得吃！麻雀要都像你们一样，迟早被别的鸟族灭了，看你们还醉生梦死。”说完，他狠狠地用翅膀打了一只蠢雀说：“你……你们几只蠢雀给我拉长耳朵听着，马上给我飞进屋，给我每间屋子都搜到。嗯，我倒想看看，白发老人是怎么保护这个什么狗屁旧燕巢的。”看样子，这只嗅觉敏锐的智慧雀要亲自查看旧燕巢了。

这时候，小咕噜浑身惊出了一身冷汗，知道今天逃不掉了，一边做好搏斗逃命的准备，一边暗暗后悔没听诗溪仙洋洋的警告。

实际上，又怕又冷的小家燕翅膀都有些僵了，情况万分危急。就在这时，随着一阵爽朗的笑声，白发老人从偏房的甬道走进了大厅。他一眼就看到已飞到天井上方的麻雀们，一时惊怒道：“哪里来的麻雀，想找死啊？”

一会儿工夫，麻雀们就在白发老人长扫把的进攻下落荒而逃。就这样，小咕噜得救了。经历了这次危险之后，小家燕只能安心等待洋洋所说的机会了。

等待是痛苦的，也能磨炼一只胸怀仇恨和拯救同类理想的鸟的心智。就在这样一天天的等待中，小家燕并没有成为人类的一只随遇而安的宠物鸟，只是利用着白发爷爷的呵护，把身体养得壮壮的，做好随时出击的准备。同时，等待的煎熬也在磨炼着小家燕的心智，他利用这难得的与人类朝夕相处的机会，向白发爷爷学到了很多人类语言。人类的智慧对小家燕学识的增长可以说起到积极的效果。现在，小家燕几乎能全部听懂人类语言了。他越来越聪明，成了白发爷爷的最爱。老人经常抚着温顺的小家燕的头说：“好啊，好啊，你是这个世界上最聪明的家燕，等春天到了，你们家燕家族过冬回来了，就把他们都带到南坑村来，在我们每家每户的屋梁上筑上燕巢。哈哈，到那时，跑到城里去的人一定也会像候鸟一样飞回来了。”

小咕噜看白发爷爷这么说时，眼里含着泪，就知道白发爷爷和他一样也想念跑到城里的亲人了。这时候，小家燕就更紧地依偎在老人温暖的怀里。是啊，他好遗憾，智慧无比的人类为什么就听不懂鸟的语言呢？小咕噜所有的话在白发爷爷和慈祥奶奶耳里，显然都成了杂乱无章的鸟叫，小咕噜时常突发奇想：有一天，他要发明一种能让人类听懂的鸟语。

这是小家燕的困惑，他不知道，自从人类进化为最高级的动物，成为整个自然界的主宰后，那种与自然原本血脉相连的本性，就在他们一次次改造和征服自然中遗失了。

现在，小家燕在白发爷爷的精心呵护下，熬过了冬天严寒的最初进攻，野生动物与自然相适应的本能，也让小家燕慢慢适应寒冷了。一只家燕能在冬天的闽西北存活，这可是一个了不起的成就！我们不得不感叹自然造化的神奇了！然而，冬天的严寒仍在考验每一种生活在自然界的野生动物，寒冷和食物短缺，对于很多的鸟族同样是一个严峻的考验。当然，这是自然界优胜劣汰的法则，智慧和体能较差的鸟将被这个冬天淘汰，只有足够强壮和智慧的鸟，才有资格看到温暖的春天。或许是自然在播放寒气之后自己都觉得有些不好意思了，有那么短暂的两三天时间，将一股暖流送到闽西北区域，这就是所有野生动物梦想的暖冬现象了。于是，几乎每一只鸟都会抓住这转瞬即逝的冬天温情，放松筋骨，寻找食物，南坑村上空的鸟身影显得忙碌了许多。

在这样的暖冬，勤劳的人类同样不会闲着。虽然南坑村几乎成了一座空村，但是进城的人还会在每年春季来临之时来挖两年一度的大年笋，留守村庄的人就会抓紧时间去拾掇笋厂，以待明年开春的讨笋。这天，闲不住的白发爷爷也来到南坑村东山的观音山笋厂，他没有想到的是，身后的竹篓里居然躲着那只调皮胆大的小家燕。

是啊，这只小家燕胆子太大了，天上有那么多飞来飞去的鸟，他们可都是奉了鸟规执行团搜捕家燕使命的。小家燕实在是憋坏了，这么多天待在白发爷爷的屋子里，这对于一只原本成天在自然界里自由飞翔的鸟来说，无异于坐牢啊，他太需要透口气了。在鸟们尽情享受暖冬，忙着各自捕食之时，小咕噜就趁白发爷爷不注意，躲到他身后盖着塑料布的竹篮子里跟着上山了。

小咕噜怕白发爷爷责骂，也怕不时从天上飞过去的鸟们发现自己，一路上，他只是缩在塑料布下兴奋地观察周围的世界。这可是他自从飞到深源堂老屋后，第一次回到野外，看着野外那熟悉的环境，呼吸到山野清新的空气，小咕噜一个多月来的闷气释放出来了，差点忍不住唱起歌来。到了笋厂，他趁白发爷爷放下担子时，悄悄飞出来。哈，他太高兴了，他先是飞到笋厂的屋檐下，经过仔细地观察，确信没有别鸟在这里，就高兴地飞到笋厂上方的竹林里。他奋力拍打着翅膀，绕着笋厂周围的竹林飞了好几圈，直到累了，才落到一棵杨梅树上休息。

飞行时，聪明的小家燕没有发出任何声息，在笋厂里专心干活的白发爷爷一点也没察觉。更令小咕噜高兴的是，经过一个多月的休息，他的翅膀更加强劲有力了，虽然因长久没有飞行，一开始有些不太适应，但只飞了一圈，小咕噜就找到了那种自由飞翔的感觉。更重要的是，他发现冬天其实并不可怕，寒冷并不会捆住一只家燕的翅膀。也许，家燕其实是没有必要每年进行那么危险而艰难的迁徙的，小家燕这么想。

事实上，后来人们看到在闽西北区域有一群特立独行的家燕，他们没有像别的家燕一样，每年迁徙到东南亚温暖之地过冬的习惯，在冰天雪地的寒冬，他们依然能像大部分的鸟族一样顽强地生存下来。他们强劲有力的翅膀，给闽西北寒冬灰暗的天空划出了一道道亮丽的色彩。这个特殊的家燕家族就是家燕咕噜的后代，他们遗传了先祖咕噜在大自然恶劣的环境下锤炼进化出的基因。

那么，现在这只小家燕并没有意识到，这偶然的境遇会改变他的鸟生，并由此影响到一个家燕的家族。他这会儿只是有些忘情地复习着种种飞行技巧，为家燕家族的复仇更加充满信心。其实，所谓的三天暖冬，气温仅是有所提升而已，迎面吹来的风还是一样寒冷，这寒冷要是换在以前，即使再强壮的家燕也飞不远，但现在站在茂密绿叶丛中的小家燕却全身热乎乎的，觉得翅膀充满了力量。他相信，以现在他的状态，一定没有哪一只麻雀能飞过他。这么想着，小咕噜心中涌上一种急躁的情绪，他看到远处阳光下成群结队飞行的鸟族们，忽然无比想念自己的同胞了。是啊，不知关押在温泉洞的家燕们怎么样了，鹰王又在哪里呢?

是的，现在头脑无比清醒，已完全具备最强壮聪明成年家燕水平的小咕噜明白，单纯依靠自己的力量很难冲出麻雀撒下的搜捕网，他需要别鸟的帮助，而眼下，能帮助他的就是诗溪仙洋洋。就在前些天，洋洋还神神秘秘地告诉他，一个千载难逢的好机会快到来了。他没有告诉小家燕是什么机会，小咕噜也没有问。这对患难之中的忘年交彼此间早心心相通了，虽然洋洋依然是玩世不恭的样子，但小家燕已理解他那颗出淤泥而不染的心。

这会儿，小家燕想起洋洋的话，心里却有些烦躁。于是，他为了平息自己内心的躁动，就使劲绕着笋厂周围的竹林飞行。这是一只孤独无助的家燕愤怒而无奈的飞翔，他要用自己的翅膀击破某种无形的禁锢。后来，他终于飞累了，如一片疲惫的叶子悄无声息地从窗户飞进笋厂的烘房里，落在了一堆干软的稻草上，倾听着烘房外白发爷爷劳作的声音，不知不觉中睡着了。他是被一股强烈的气味惊醒的，他一睁开眼睛，这些天锤炼出来的警觉本能就让他同时扬起了翅膀起飞，正是这动作让小家燕逃过一劫!

哇，这只狡猾而饥饿的黄鼠狼居然将一只小家燕视作盘中餐，他对逃走的美味沮丧无比，愤怒地叫着，嘴里叼着两根小家燕的羽毛。

这次死里逃生让小家燕比以前更加谨慎小心，内心的焦灼感更强了。既然在南坑村也时刻处于被鸟们追捕的危险之中，那么，还不如就此行动。但是，小家燕的想法受到了诗溪仙洋洋的阻拦。

# 冲破重围

# 第一章

转眼间，冬天的日子又无精打采地滑过了好一阵。没想到，小家燕的两根羽毛却招来新一轮的搜捕。是啊，今天如果不是诗溪仙洋洋偶然看到天上自己的族长和几只麻雀往观音山笋厂飞，敏锐地感觉到小家燕可能有新的危险，事先通知小家燕跟着自己躲到早看好的一个乱草丛中的鸟巢里，小家燕这回是在劫难逃了。而如果不是恰巧有猎手打鸟把他们吓跑了，这个临时的栖身之地多半也会被发现。哇，这么想着，洋洋惊出一身冷汗。“好险，好险，还好早发现。”抬头看着天上消失的鸟迹，洋洋连声说。

刚刚又逃过一劫的小家燕却不以为意，嘟着嘴说：“洋洋叔叔，这可不像你这著名诗鸟的风格啊！怕什么，大不了我一飞了之，我不相信，哪一只麻雀能飞得有我快。”

洋洋不忍心责备这只自负的小家燕，沉思了一下说：“好吧，看来是得走了，不能保证万无一失，可也许是唯一的机会了。”

“洋洋叔叔，你说的机会来了？”小咕噜兴奋地抖动翅膀。

“是……吧。”洋洋做了一个鬼脸，用神秘的语气说，“我接到了杜鹃族长的邀请。”

“杜鹃族长？就是你说的和麻雀狼狈为奸的杜鹃鸟吗？”小咕噜疑惑地望着诗溪仙鸟。

实际上，杜鹃族长早就向南坑溪诗溪仙家族发出用一片树叶写的书面邀请，但第一次邀请就被洋洋回绝了。随后，他又对诗溪仙族长施加了压力。和气当然拿一向恃才自傲且在诗溪仙家族威望极高的洋洋没有办法，就连他要当闽西北的诗歌旗手也是因洋洋不买账，而没有当成。

诗溪仙族长觉得洋洋若能为杜鹃鸟写诗，既可拉近诗溪仙与杜鹃鸟的关系，也能将洋洋拉到自己这“诗歌旗手”的旗下，可谓一举两得。令他没有想到的是，洋洋稍作推托后居然答应了下来。

洋洋当然明白，到金丝湾森林公园和大佑山为杜鹃鸟写诗，就是为他们写歌功颂德的广告诗，但他马上想到这是个机会，只是怕引起杜鹃族长和诗溪仙族长的怀疑装着推托而已。现在，洋洋把这些来龙去脉尽量简洁地和小家燕说了后，嘻嘻一笑说：“好啊，我们就利用这个机会来个鱼目混珠，掩护你离开南坑村。”

咕噜还是不解洋洋的葫芦里卖的是什么药，着急地说：“洋洋叔叔，那你告诉我怎么个鱼目混珠法？”

洋洋又做了个鬼脸，故意卖关子：“嘻，嘻，天机不可泄漏。嗯……我想，后天晚上是个难得的时机。小男燕先生，你就给我好好躲在白发爷爷的屋子里，把精神养得足足的，听我的号令吧。”

“那好吧，尊敬的诗鸟洋洋叔叔。”小咕噜翘起嘴，不太情愿地答应了。

洋洋先飞出草丛，四周绕飞了一圈，确信鸟都被吓得远离村庄了，又轻盈无声地飞到溪流上空，轻声叫道：“回去吧，千万不要乱跑啊。”

小家燕咕噜经历这次劫难之后，又潜回深源堂老屋中。洋洋推断，经过一场细致的搜查之后，麻雀们暂时是不会想到这里还藏着他们要找的家燕。况且，如果没有麻雀亲自督战，是不会有哪只鸟甘愿冒着被白发爷爷长扫把驱逐的危险进入深源堂的，最危险的地方反而暂时成了安全之所。

现在，怀着忐忑不安的心情潜回深源堂的小家燕咕噜从开着的窗户飞进白发爷爷的屋子里。屋子里没有什么动静，当他落在铺着厚厚棉絮的窝里时，忽然备感孤独，开始想爸爸妈妈了。他茫然四顾地无目的地吱叫了几声，以此排解心中的无助之感。

随着他的叫声，门呼啦一下推开了，是慈祥奶奶闯了进来。老人看到站在篮子里的小家燕，向门外惊叫道：“老头子，快来看啊。老头子，小燕子飞回来了，飞回来了！”

“什么？哪里？在哪里？”一手托着水烟袋的白发爷爷刚把脚迈进门，又回头将燃着的水烟在门框上敲落了，颤巍巍掂在手上，一连声叫道。当他看到小家燕那亮晶晶的眼睛时，语无伦次地说：“好啊，好啊，老太婆，我怎么说的，小燕子不会忘恩负义的，他不会飞走的。”接着，他想凑近几步，又生怕把小家燕吓跑了，就一手抚着下巴上长长的白胡须轻声说：“小燕子，你跑到哪里去了，可把我们吓坏了。今天村里来了个打猎的，可恶的家伙！他打了好几只麻雀下来，我把他赶跑了，他再也不敢到南坑村打猎了。”

“是啊，小燕子，老头子还以为……”慈祥奶奶脸上乐开了花。

“去去去，没见我在和小燕子说话啊。对啦，把我下午找来的松毛虫拿来给小燕子吃，他一定饿坏了。”

“对，对，我这就去拿。”慈祥奶奶乐颠颠地出了屋。

人类的温情让小家燕感动得落下了泪来，忽然间为刚才自己涌上的无助和孤独之感感到羞愧，暗暗责备自己：小家燕，你在想什么呢？你还想救出被捕的家燕，还想找到老鹰来为家燕洗脱冤屈呢！你这么软弱行吗？再不能这样了，你现在不能再耍小孩脾气了，一定要振作起来！小家燕这么想着，就飞到了白发爷爷的肩膀上，一连声说：“白发爷爷，我一定要找到鹰王为我们家燕报仇。到那时，我一定飞回来陪你和慈祥奶奶。”

白发爷爷当然听不懂燕语，但小家燕在他肩上叽叽喳喳的叫声让他激动不已，一边伸出颤抖的手轻抚小家燕那可爱的小脑袋，一边说：“你真是世界上最聪明的燕子，是世界上最聪明的鸟啊！”

这晚上，小家燕享用过白发爷爷为他准备的松毛虫后，怀着一颗感恩的心，安详地睡着了。睡梦中他梦到自己回到了爸爸妈妈和叔叔伯伯的身边，不由得露出了甜蜜的微笑。

随后两天，小家燕尽量按捺住行动之前激动的心情，多吃食物，养好精神。他觉得自己的翅膀充满了力量，渴望着一场酣畅淋漓的飞行，飞过千山万水，找到鹰王，为家燕家族洗冤。每每想到这一点，他就忍不住伸展开翅膀。或许是磨难锤炼和食用人类食物的原因，小咕噜年龄虽小，身体却和成年男燕一样强壮了，如果不注意看，会误以为他已是一只经过大风大浪的成年燕，只有从他那清澈如溪水一般清纯的眼睛，才可以看出这是一只怀揣许多美好憧憬的小家燕，他心中的梦想和他腹下那丛粉红色的漂亮羽毛一样轻盈剔透呢。是的，小家燕对即将到来的行动充满了渴望，唯一让他感到有些不舍的是要离开善良的白发爷爷和慈祥奶奶。

这个夜晚，他听到了窗外诗溪仙鸟洋洋预定的暗号，尽管怕惊醒白发爷爷和慈祥奶奶的美梦，但还是轻轻飞到了他们面前轻声道别：“白发爷爷，慈祥奶奶，我一定会回来的，和我们的家燕家族一起飞回来，你等着小咕噜吧。”

小家燕叽叽喳喳的燕语像是一股温暖的春风，睡梦中的白发爷爷和慈祥奶奶露出了信任的微笑。

现在，在冬天寒冷的雨夜中，小家燕咕噜尽量保持着平稳的飞行姿态紧跟着诗溪仙洋洋，贴着南坑溪的水面悄无声息地飞翔着。这对于家燕来说并不是一种擅长的飞行方式，尽管雨中飞行是家燕的长项，但那是在无遮无挡的天空上，不是在曲曲折折、起伏不平的小溪流上。没飞多久，小家燕就觉得翅膀有些沉重起来，但他咬紧牙不吭一声，紧跟在洋洋的后面，忽上忽下、忽左忽右地飞翔着。

洋洋，此时完全没有了平常玩世不恭的样子，嘴巴紧闭，眼睛警觉地注视着前方，同时还拉长了耳朵，努力辨别风雨声中是否有异常细微的声响。沿着溪流飞行当然是诗溪仙鸟的长项，这条弯弯曲曲的源自大山深处，又一路流向东牙溪再汇入三明城沙溪河的南坑溪，是诗溪仙鸟了如指掌的地盘，哪里有拐弯，哪里有一个落差很大的水塘，一切都在洋洋的心中。所以，一开始他就交代小咕噜不要发出任何声音紧跟着他，他就是怕小家燕出什么意外。飞了一阵子后，他悄悄回头看小家燕不出声地紧跟着，心里不由得暗暗佩服这个小家伙的顽强。是啊，这是一个极其危险的时刻啊，谁知道这雨夜之中万鸟入睡之时，是不是有哪一双阴险的眼睛盯着呢。虽然他对这次行动进行了周密布置，自信可以做到万无一失，但他还是做好了应对异常情况的准备，无论如何，他得保护可怜的小家燕，哪怕牺牲自己的生命。

其实，洋洋之所以会选择这么一次机会，就是要利用诗溪仙族长迷信和畏惧杜鹃族长的心理。和气族长觉得黑白在不久的将来，必定会成为闽西北鸟界之王，至于什么老鹰，那已是过气的英雄了，自身难保，将来一定是吉祥鸟杜鹃的天下。在这样的时候，他怎么会放过巴结黑白的机会呢。也正因和气有这样攀高枝的想法，在洋洋提出几个条件时，他略微考虑了一下，就痛快地答应了。

洋洋提出的条件是：一、不要任何同伴跟随，他独来独往惯了，否则诗神就会被吓跑了。因为诗神总是在他一只鸟独处时光临，这是他能写出好诗的关键。当然，所谓的天机不可泄露，他不能将诗神的行踪告诉别的鸟。洋洋答应回到南坑溪后，若是诗神再次光临，他会建议诗神召见族长；二、为了保持他创作的灵感，必须在雨夜时一只鸟离开南坑村，如果有鸟打扰，他说不定就写不出赞美杜鹃鸟的诗了。若是这两个条件缺一个，他就从此退出诗坛，也不赴杜鹃族长之约。

和气当然明白洋洋这个浑身长刺、天马行空式的人物，把谁都不放在眼里，若不答应他的条件是不行的，加之自己是个非常迷信的鸟。说真的，他非常相信有诗神的存在，要不洋洋这个成天吊儿郎当的家伙怎么能写出那么多惊世骇俗的诗句呢？和气怎么迷信呢？他每次写那种狗屁诗时总要看日子，选黄道吉日，看看今天是否适合写诗。为此，他还曾想制订一本适合写诗的日历，发给每位诗鸟，因为在例会上遭到大家强烈的反对而作罢了。再说，他怎么也想不到，这只孤傲的诗鸟会和一只不起眼的家燕有关系。然而，在答应了洋洋提出的条件后，他又有些不好意思地吞吞吐吐提出，能否在洋洋为黑白创作的诗中，把他的名字署在后面，就说是他布置的创作主题和构思。

看着族长那厚颜无耻的表情，洋洋嬉皮笑脸地说："嘻嘻，那没问题啊，只要我能写出让杜鹃族长满意的赞美诗，我就把族长的大名挂在前面。嘻嘻。"

诗溪仙族长的肥脸笑成了一朵喇叭花。

回想着这一切，洋洋尽量选择直而平稳一些的飞行路线贴着溪面飞行。很好，或许是诗溪仙族长兑现了诺言，抑或是在冬天难得的雨夜寒冷中没有一只鸟愿意从窝里探出头来，一切都很顺利。在最后一个近乎九十度的大俯冲，冲过一个足有五十米的陡崖后，南坑溪以一种迅猛的姿势冲入了东牙溪河，与别的村庄溪流汇合在一起。洋洋轻轻落在南坑溪与东牙溪汇合入口处那块高大岩石上，不用回头，他就感觉到小家燕咕噜也气喘吁吁地停在他身后。直到这时，洋洋才暗暗松了口气。是啊，在冬天寒冷的雨夜，地形复杂的南坑溪对于一只小家燕来说，飞行的难度是可想而知的，但谁也帮不了他，摆在小家燕面前的困难才刚刚开始。洋洋深知这一点。

小家燕咕噜呢？这对他来说，真是有生以来最艰难的一次飞行啊，比"雀燕之战"那个逃生的夜晚还更艰难。幸好经过一个冬天的考验，他身上已具备了别的家燕所没有的抵抗寒冷的能力。但是，当雨点打在翅膀上时、做难度较大的飞行动作时，他还是险些跌落溪中。然而，小家燕咕噜什么话也没有说，他清楚地认识到自己目前的处境，天亮之后危险就会降临。然而，天亮之前洋洋要把他带到哪里呢？小咕噜看看一直在警惕地倾听四周动静，眼睛直视前方的洋洋，沉默了一会儿，体力已完全恢复了之后，忍不住问道："洋洋叔叔，我们这是要到哪里去？我……也和你一起到金丝湾森林公园和大佑山吗？"

"是，到金丝湾森林公园，上大佑山。"洋洋的话很简洁，回头扫了小家燕一眼。

"上大佑山？杜鹃鸟不是'雀燕之战'的幕后策划者吗？"咕噜往前走了两步，站到诗溪仙鸟的侧前方，急着说。

洋洋没有马上回答小家燕的话，他再次转头四顾观察倾听周围的动静确信很安全后，才咧嘴一笑说："嘻嘻，我们勇敢的小家燕怕了吧？不敢上大佑山了？"

"我怕什么？我要找杜鹃族长论理去，把他的阴谋大白于鸟族，看他敢把我怎么样？”咕噜一梗脖子，显出了小孩子气。

洋洋很喜欢小家燕这种不服输的个性，他用爱怜的目光看着这只经历着磨难、前程未卜的小家燕说：“现在我们已离开了最危险的南坑溪，前面的飞行会轻松很多。放心吧，我们有充足的时间在天亮之前飞到大佑山。好吧，是该说说接下来要完成的事情了。”说着，洋洋用翅膀轻触小家燕的翅膀，敏锐地感觉到小家燕的翅膀依然拥有飞行的力量后，让小家燕靠近一些，接着说：“从各方面传来的消息可以知道，关在温泉洞里的家燕在春天到来之前，应当不会有什么危险。我们要做的是在此之前找到隐居的鹰王，只有鹰王归来，一切才能真相大白，杜鹃和麻雀图谋统治鸟族的阴谋才会破产。现在鸟族慑于杜鹃和麻雀的淫威都怕‘枪打出头鸟’，要完成寻找鹰王的任务，就只有靠你了。”

这个想法和计划小家燕是知道的，只是他有些纳闷地问：“洋洋叔叔，听说鹰王隐居在非常遥远和隐秘的地方，没有鸟知道他的行踪，我怎么找到他呢？洋洋叔叔，你……你不和咕噜一起去了吗？”

洋洋又警觉地环视周围，在努力用目光穿透黑暗中深藏的危险，他伸嘴啄顺小家燕头上一绺被风吹乱的头发。这时候，雨在不知不觉中停了下来，但天气似乎更冷了。洋洋抖动一下翅膀，将落在身上的一些雨水甩出去，简洁明了地向小家燕咕噜说出心中酝酿已久的计划。

事实上，此行最终的目的确实是让小家燕和他一起飞到大佑山，不同的是小家燕当然不能进入杜鹃鸟的地盘，他要去的是大佑山山顶独孤鸟的领地。

那么，这是怎么一回事呢？

原来，很久以前，诗鸟洋洋一次偶然的机缘中就与大佑山顶的独孤鸟族长黑洞成了好朋友，亲如兄弟。前面说过独孤鸟族是从蝙蝠家族中独立出来的一个鸟族，特立独行从不与别的鸟族交往，他们努力在大佑山顶极为恶劣的环境里进行一个伟大的进化。独孤鸟族长黑洞是一只极具个性的鸟，他带领着这个决心走一条与所有蝙蝠不同的伟大进化之路的鸟族，将自己悬挂在大佑山顶破败的铁瓦寺接受风雨的洗礼，过着与世无争的苦行僧式生活。没有哪一个鸟族理解他们的举动，只有同样特立独行的诗鸟洋洋敬佩他们在从事着一项前无古鸟、后无来者的伟大进化事业。洋洋和独孤鸟族长黑洞一年只悄悄相见一次，商讨一些在进化中遇到的问题，彼此之间惺惺相惜。

在洋洋通过各种渠道了解杜鹃和麻雀恶毒的阴谋后，深感小家燕咕噜时刻处于危险之中，他想了很多办法都被自己否决了，直到第二次接到杜鹃族长通过诗溪仙族长发出的书面邀请，一个详细而大胆的计划才在他头脑中清晰起来。这个计划的第一步，就是将小家燕送出危机四伏的南坑村到大佑山顶的独孤鸟族地盘。然后，再通过独孤鸟族的掩护，将小家燕咕噜护送出闽西北区域。

为什么会选择独孤鸟族的大佑山顶呢？一是对独孤鸟族长的信任。二是独孤鸟历来与别的鸟不来往，正好可利用他们这种独来独往的特点，将小家燕混在独孤鸟群中神不知鬼不觉地送出麻雀部署的抓捕网。三是任杜鹃族长黑白如何狡猾，也万万想不到家燕居然躲在他的眼皮子底下，正所谓灯下黑，说的也就是这个道理吧。

当洋洋简单地把自己这个大胆的计划说完后，小家燕歪着头想了一下说："独孤鸟？我听爸爸说过的，说他们可是一族怪鸟呢，从不与别的鸟族来往的。洋洋叔叔，他们真的会帮助我吗？"

洋洋微微一笑，肯定地说："哈哈，那是世鸟对他们的误解，因为他们的离经叛道，他们要打破蝙蝠族那按部就班的进化方式，就遭到了同族的误解和世鸟的轻视。啊，小咕噜先生，他们可是我见过的最坚韧最顽强的蝙蝠族，为了一个遥不可及的目标，他们将自己走到了世鸟的对立面，在孤独中锤炼着自己的心智。试问，普天下还有哪个这样能忍辱负重的族类呢！"说到后面，这只诗鸟似乎要写诗了。他激动地飞了一圈落在小家燕面前，慷慨激昂地说，"啊，小咕噜先生，要说写赞美诗，独孤鸟才配！杜鹃鸟？他们算什么东西，不过是一群道貌岸然的家伙。就说杜鹃族长吧，倚仗着吉祥鸟身份，实际上是个大阴谋家，他也配？"

虽然小家燕还不认识独孤鸟，但从洋洋说话时眼里射出的亮光，让他忽然间对这个神秘族类产生无比的信任和好感。他点点头说："好吧，洋洋叔叔，我们这就去找独孤鸟。洋洋叔叔，我已经长大了，不要叫我小咕噜了。"小家燕不高兴地翘起了嘴巴。

洋洋愣了一下，伸出翅膀碰碰小家燕的头，用赞许的眼光看着他说："嘻嘻，小家燕长大了？是长大了！好吧，尊敬的男燕咕噜先生，现在我们起飞吧。"

# 第二章

现在，雨已完全停了，两只不同族的鸟像两个灵巧的精灵，顺着东牙溪河向沙溪河飞去，飞向他们的目的地——大佑山。

夜似乎比方才更凝重了几分，宽阔许多的河道上弥漫着一层水雾，两岸高高的山林似忠于职守的卫士，护送着两只肩负神圣使命的小鸟。除了水流声和风吹动草木发出的声响，一切似乎都在沉寂。在这样寒冷的雨夜，鸟族们都躲在自己的家里。当然，那些心怀叵测的阴谋家们怎么也想不到，一只勇敢的小男燕能抵住这雨夜的寒风。是的，这不能不说是鸟族的一个奇迹。在此之前，没有一只家燕能做到这一点，但小家燕咕噜做到了！在人类的帮助下，他不仅成功地活了下来，而且原本稚嫩的翅膀居然能穿破这冬天寒冷的雨夜，这当然是奇迹！是家燕家族前无古鸟的奇迹。这奇迹是怎么发生的呢？当咕噜扇动着翅膀平稳地飞行时，连擅于在溪流上飞行的诗溪仙鸟洋洋也暗暗赞叹。是啊，这是生命在濒临绝境时爆发出的神秘能量，更是精神的力量战胜了生命极限创造的奇迹啊！

飞翔，飞翔，两只鸟的翅膀像是两把桨，将生命划向希望的彼岸。

终于，诗溪仙和家燕飞到大佑山临近沙溪河那寸草不生的绝壁面。洋洋和咕噜几乎同时落在山脚下沙溪河边一块面目狰狞的岩石上，洋洋转头满意地看了咕噜一眼，轻轻用事先约定的暗号叫了三声。

话音未落，周围的岩石上悄无声息地飞出了十几只鸟，落在洋洋和咕噜面前。咕噜看到他们黑乎乎其貌不扬的样子，就知道这是独孤鸟，是从蝙蝠家族分离出来的独孤鸟族。事实上，这些独孤鸟早就悬挂在岩石缝隙里，遵照族长黑洞的指令等候他们的到来。这会儿，为首的独孤鸟飞到洋洋和咕噜所站的岩石上自我介绍，他是独孤鸟的族老之一，名叫白天，是来迎接他们的。

令鸟感到奇怪的是，这位所谓的独孤鸟族老居然是一只与小家燕咕噜看起来年龄相仿的少年鸟。

或许看到对方和自己一样都是未成年鸟，小家燕咕噜轻声笑道：“哈哈哈，白天，很好玩的名字。洋洋叔叔，我可知道蝙蝠都是白天睡觉的。”

洋洋觉得咕噜有些不礼貌，轻声责备道：“咕噜先生，你现在不是小孩子了，说话可要有礼貌。白天哥哥可是独孤鸟最有智慧的族老呢。”

白天没有生气，反而很喜欢这只天真英俊的小家燕。他微微一笑，制止了不好意思要道歉的小家燕：“哈，小咕噜先生，你说得很对，蝙蝠家族的习性的确是夜间活动白天休息。可你有所不知啊，自从我们打出独孤鸟的旗号，为了加速进化的速度，就一直努力改变只在夜间活动的习性。哈哈，你不知道吧，我们很多独孤鸟现在也时常能在白天活动呢。所以，我爸爸就给我起了这么个名字，希望我在白天、晚上都可以活动。也许不用多久，鸟族教科书里就要写上这个伟大的改变呢。”

听白天这么一说，小家燕更为自己刚才的鲁莽而后悔，认真地说：“白天哥哥，原谅我吧。不过，我现在不是一只小家燕了，我是男燕咕噜，我已经长大了。”

“哈哈，男燕咕噜？”白天和洋洋相视一笑，伸出翅膀触碰一下小家燕说，“谁说不是呢，能在冬天雨夜完成这么长距离的飞行，我敢说还没有哪一只成年的男燕能做到。我说咕噜先生，你可是创造了家燕家族前无古鸟的奇迹，将来鸟族教科书也得认认真真写上一笔呢。”

得到独孤鸟这样的夸奖，咕噜家燕不好意思地垂下了头。他心里别提有多高兴了，浑身上下充满了力量，恨不得马上启程去寻找鹰王。

这时候，天已微微亮了，没有时间多说。按照既定的方案，洋洋绕飞到后山向杜鹃鸟报到，去完成他给杜鹃鸟写赞美诗的工作。当然，其真正的目的则是吸引杜鹃鸟的注意力，掩护独孤鸟护送家燕冲出追捕家燕的天罗地网。洋洋依依不舍地伸出翅膀和咕噜紧紧抱在一起，一向玩世不恭的目光里含满了热泪。小家燕咕噜似乎想到了一个重要的问题，认真地问即将离去的诗溪仙鸟说：“洋洋叔叔，你一定要为杜鹃鸟写赞美诗吗？”

洋洋拍打一下翅膀，飞到小家燕的头顶，神秘一笑：“嘻嘻，赞美诗？那得看我们的黑白先生表现得怎么样了。当然，还得看诗神有没有光顾我的头脑呢。嘻嘻嘻。”说着，诗溪仙越飞越高，直到看不见。

这里暂且不提洋洋是如何向杜鹃族长报到，有没有为杜鹃鸟族写出一首伟大的赞美诗，让杜鹃鸟伴随着“布谷”声传播的。先说说小家燕咕噜又将遇到怎样的危险，他能否顺利地找到隐居在遥远原始森林里的鹰王。

小家燕，不，我们该按照小家燕的意愿称他为成年男燕。男燕咕噜在天亮之前夹杂在十几只独孤鸟间，神不知鬼不觉地飞到大佑山顶的铁瓦寺。无论是自以为智慧化身的杜鹃族长黑白，还是雄心勃勃要将麻雀培训成最具智慧鸟族的“麻雀未来研究所”所长将来，都绝对没想到家燕会和独孤鸟发生联系。其实，不要说黑白和将来没想到，就是独孤鸟族长本鸟也没想到。就说这会儿，悬挂在铁瓦寺大梁上的独孤鸟族长看着站在地上的家燕，他还是想不明白，一向独来独往不理鸟界杂事的独孤鸟族怎么会来蹚家燕这趟浑水，或许这只能归于洋洋诗鸟那极富煽动力的蛊惑之词。他用审视的目光一声不吭地看着家燕咕噜，直看得小家燕心里有些发毛，才开口说：“哎呀，你就是洋洋诗鸟说的什么小家燕了？你叫咕噜？”

“我不是小家燕了，我已是一只男燕了，请叫我咕噜先生吧。”咕噜说完心里打鼓。

“哈哈哈。”悬挂在铁瓦寺内四周的独孤鸟们一起笑了起来，觉得这个小大鸟式的英俊小家燕说话很好笑。

咕噜红着脸，生气地说：“我就是一只男燕，你们别看不起鸟。”小家燕环视周围的独孤鸟，对于他们那种悬挂着说话、做事的方式很不习惯，觉得有些怪怪的，不知这种倒立说话的样子是不是很有趣。

黑洞用眼光制止了大家善意的笑声，轻声嘘了两声，独孤鸟呼啦一声全飞出去了，寺内只剩下族长黑洞和族老白天。直到这会儿，小家燕才适应了寺内的黑暗，看清倒悬在寺内屋梁上的黑洞。他发现这只独孤鸟族长居然非常年轻，心里就嘀咕：怪不得洋洋叔叔会和他称兄道弟啊，看样子，他比洋洋叔叔大不了几岁，洋洋叔叔说，他是一个很有思想的智者，怎么也起了一个和杜鹃族长差不多的名字呢？黑白？黑洞？和杜鹃族长的名字差不多，有些怪，他不会出什么题考我吧？这么一想，小家燕有些紧张了。

小家燕的表情没有逃过独孤鸟族长的眼睛，他微微一笑说：“好吧，男燕咕噜先生，洋洋已告知他拟定的冒险计划，现在我们该了解了解彼此了。哈哈，你可能对蝙蝠知道很多，但可千万别把我们独孤鸟与蝙蝠等同，洋洋兄弟应当已告诉你了，我们独孤鸟现在除了外表与蝙蝠一样外，别的方面可是大相径庭，完全是不同的种族啊。”

咕噜想了一下，老老实实地回答了自己从洋洋叔叔那里所知的独孤鸟的情况。

黑洞摇摇头说：“哎呀，这远远不够，远远不够。我要说的是，如果你想顺利冲出闽西北区域，首先得适应我们独孤鸟的生活方式，这样才能做到万无一失。”

“什么？尊敬的族长先生，我……咕噜不太明白您的话。”咕噜不像刚才那样对黑乎乎的独孤鸟心怀恐惧了。

“什么尊敬的族长先生，别这么叫我，洋洋兄弟没和你说过，我最烦这一套繁文缛节了。”独孤鸟族长打断小家燕的话，“你叫我黑洞，或者叫我黑洞伯伯也行，就是别称呼什么职务，搞得我像领导一样，我可不像人类那么虚伪。”

被对方责备，小家燕没有觉得不高兴，反而感到更轻松，与对方的距离拉近了。心想洋洋叔叔说的不错，独孤鸟族长和他一样特立独行。因此，咕噜高声应道：“好啊，黑洞伯伯，请问咕噜该怎么做呢？”

这时，一直站在家燕身边的白天对咕噜说道：“哈，咕噜男燕，这样最好了，我们整个独孤鸟族都叫族长为黑洞大哥，他可是把我们每只独孤鸟都当作兄弟。黑洞大哥是说，你得首先学会像我们独孤鸟一样悬挂着说话、做事，思考问题。”

“白天哥哥，你是说，让我像你们一样倒悬在屋梁上吗？那我试试。”咕噜觉得独孤鸟这种休息方式挺好玩，他们家燕可没有谁能这么倒悬着说话休息呢。接着，听白天说了倒悬的要领后，在他的帮助下，小家燕勉强悬挂了一下，但很快就昏头昏脑地落下来。这让倔强的小家燕很不服气，马上又不甘愿地重试，但一次次都悬挂不住，落了下来。

黑洞看着小家燕不屈不挠地学习，脸上挂着赞许的微笑。到最后小家燕气喘吁吁地落在木梁上，他才和气地说：“悬挂休息，这可是蝙蝠家族世代遗传下来的基因，别的鸟族可没有这样的生活习性，更别说你们这养尊处优，栖息在人类屋子里的家燕了。哎呀，别急，还有一点时间，就让白天叔叔指导你速成方法吧，只要你可以倒悬一小会儿，碰到紧急情况能应付过去就行了。”

聪明的小家燕联想到洋洋说的计划，马上明白独孤鸟族长说的紧急情况是什么意思。是啊，如果被麻雀发现独孤鸟中有一只鸟不会倒悬，那就穿帮了。咕噜决心把这项蝙蝠家族的生存技能掌握下来，但他还是有些不解，为什么蝙蝠要这么倒悬着休息。这么想着，一向对新鲜事物充满好奇又非常好学的小咕噜就把自己心中的疑问提了出来。

独孤鸟族长把倒悬的身体正过来，点点头说：“哎呀，我们的小家燕可真是聪明好学啊。不过，鸟界还很排斥我们独孤鸟，鸟族科学界都把蝙蝠作为我们这种鸟族的传统代表，还没有哪一本鸟界的科学书籍里完整地记载我们独孤鸟。不过，有关倒悬的习性倒是在蝙蝠鸟族的章节里可以找到。现在我就和我们小家燕简单说说吧。”

咕噜仰起头，认真地看着独孤鸟族长，觉得这个黑乎乎、其貌不扬的独孤鸟族比原先印象中的蝙蝠亲切多了，尽管蝙蝠和家燕一样是人类的吉祥鸟。

“原因很简单，就是倒悬休息有利于蝙蝠这种鸟类的大脑发育。”黑洞微笑着说，“我们独孤鸟原本就是蝙蝠分支出来，这一点大家都清楚。当初，前十任族长大胆创新，厌恶原来蝙蝠家族按部就班、死气沉沉的进化方式后，带领着他所在的小族来到大佑山顶铁瓦寺这片恶劣的被杜鹃鸟和别的鸟族摒弃的地方时，一个特别的鸟族——独孤鸟也就诞生了。一开始，有的同伴提出全部废除原先蝙蝠的所有生活习性，以一种全新的方式开始独孤鸟进化。其中就包括传统的倒悬技能。但是，这些提议被英明果断的第一任独孤鸟族长否决了。他认为，独孤鸟从本质上还是蝙蝠，不可能在短时期内完全改变习性，若要强行改变，就可能欲速则不达，拔苗助长。于是，经过科学的论证后，大部分的蝙蝠习性被保持下来，其中就有倒悬技能。倒悬的生活习性不仅有助于大脑的进化，而且因为角度的改变，对于独特的思考很有好处。换句话说，独孤鸟对一个事物的看法，就有了两个角度的思考。”

也飞到梁上倒悬着的白天待黑洞话说完，看着小家燕鼓励说：“是啊，小家燕，你可以试一试。”

两个角度？咕噜大感好奇，在白天的帮助下，又伸出爪子紧紧地抓住横梁，试着再次倒悬。这一回他成功地倒悬了足足三四秒的时间才落下去。咦，他发现这会儿倒着看黑洞伯伯和白天哥哥，真的好像换了只鸟似的。于是，他把自己这个发现说了出来。

“哎呀，真是一只聪明的小家燕。虽然这是表面上的，要真的学会从两个角度，或者更多的角度看问题，权衡各种利弊关系，可得慢慢来啊。哈哈。”独孤鸟族长说完，忽然收去了笑脸，从梁上飞落到铁瓦寺正厅那张破败的桌子上，招呼小家燕飞过来，严肃地说：“好吧，时间紧迫，估计就这么一两天吧，洋洋兄弟就会找到最合适的机会通知我们启程。除了你要跟白天叔叔好好学习最为重要的倒悬技能外，看来我还得先说说你洋洋叔叔的疯狂计划。嗯，洋洋这个家伙的想象力可真是太丰富了！”接着，独孤鸟族长向小家燕咕噜道出了一个鲜为鸟知的有关鹰王的秘密。

原来，十年前迫于人类捕猎的压力，为了整个鸟族的生存，鹰王带领鹰族不得不离开闽西北区域时，将鸟王代理鸟的责任交给白鹇。这是众鸟族鸟鸟皆知的事情。但是，还有一个更大的秘密——鹰王在临离开闽西北区域的前一个晚上，悄悄地来到大佑山顶的铁瓦寺找到独孤鸟族长黑洞。为什么会这样呢？实际上，长久以来，鹰王就一直主张鸟族给特立独行的独孤鸟在鸟界一席之地，虽然起到一定的成效，在鸟族每年的鸟界代表大会上，给了独孤鸟一个旁听席，但没有选举权与否决权。鸟族并没有真正接纳独孤鸟，生怕某个小族像独孤鸟一样分离出去。再者，蝙蝠家族认为自己才是正宗，坚决反对独孤鸟作为一个独立族类参与各项事务。鹰王此举得到了独孤鸟族长的信任和好感，而鹰王对于独孤鸟族长深刻的思想一直非常敬佩，由此二鸟成了超越传统、私交很深的朋友，只是鹰王碍于自己的身份，这种交往在私底下进行。

鹰王临行时找到独孤鸟族长也有深刻的原因。事实上，鹰王很早就察觉到杜鹃鸟倚仗吉祥鸟的身份，干了不少损害鸟族和平的勾当，也看穿了杜鹃族长黑白阳奉阴违的狡猾嘴脸，但一是没有确切的证据，二是为了鸟界和平的大局，他始终保持忍让的态度。宽容大度的鹰王相信，绝大多数杜鹃鸟是善良和爱好和平的，他期待着杜鹃族长的改变。临行之时，鹰王对于书生气太重的白鹇能否主持鸟界公正，还是心存疑虑，原本他想请家燕族长一起和白鹇来主持工作。但是，家燕家族自从迁移到城市住进高高在上的人类楼房阳台后，就不问政事了，只想着自己的小康生活。无奈之下，思前想后，牵挂着闽西北鸟界安宁的鸟王老鹰悄悄来到大佑山顶的铁瓦寺，交代独孤鸟族长黑洞，如果有什么变故可以沿着这条线路找到他。鹰王说出自己隐居的地点和寻找的线路时，一再交代独孤鸟族长不能透露给任何鸟族，他对人类疯狂的捕猎行动心有余悸，怕某个别有用心的鸟族给人类透露鹰族的行踪。同时，他还担心美丽的白鹇在不久的将来会走上鹰族的路。

说到这里，独孤鸟族长叹口气：“唉，谁相信身为鸟族之王的老鹰居然面临着自身难保的生存危机呢？十年，他们只敢十年回来一趟。啊，鹰王真是英明啊！他还说美丽优雅的白鹇太爱张扬了。看看，现在白鹇不也得和老鹰一样面临人类的猎杀，不得不退出闽西北区域吗！”话中，独孤鸟族长对于人类似乎有诸多的怨恨。

家燕家族可是一直受到人类的喜爱和庇护，他们对人类是怀着感恩之情的，纯真的小家燕当然不明白人性如此复杂，对独孤鸟族长所说的人类如此可恶地对待鹰王半信半疑。他没有把心中的想法说出来，他现在急着找到鹰王，只要找到鹰王，他想杜鹃鸟和麻雀就不能再兴风作浪了，麻雀这可恶的凶手一定会得到应有的惩罚，家燕家族的冤屈会大白于鸟族，鸟界就会重归于和平。只是，不由自主地，善良的小家燕看到独孤鸟族长似乎陷入了一种忧郁的情绪之中，年幼的心也就浮上了一层看不见的阴霾。

是白天的提醒让独孤鸟族长醒过来，他有些不好意思地歪歪头，自嘲地说：“哎呀，瞧瞧，我又在这里杞人忧天了，要是被洋洋兄弟看到，又要笑话我咸吃萝卜淡操心了。”他收敛了笑容，对小家燕说：“那天晚上，鹰王就站在这张桌子上，他的样子非常忧伤，我看出来，他不想离开闽西北区域这块世居地，离开他的鸟界兄弟姐妹啊。”接着，独孤鸟族长又一字一句地告诉小家燕咕噜，现在鹰王就带着他的鹰族隐居在远离闽西北区域的一片非常大的原始森林里，那里适合伤痕累累的鹰族休养生息。鹰王和他的首领们隐居在一个高耸入云，陡峭如刀削，地势非常险要的岩石山，这个地方叫真人旗。至于那座山为什么叫这么一个奇怪的名字，鹰王没有说。这个原始森林在闽西北区域的南边，必须沿着南边飞过两条大河和两座传说中非常险峻的高山，再进入这个原始森林向着南方飞行两天后，看到很多的棕榈树就到了真人旗岩石山了。简单介绍完后，黑洞用意味深长的目光看着小家燕说：“我说小家燕啊，耐心等待两天吧，只要洋洋发出信号，就可以启程了。我得对你声明一点，我会派白天带着二十只独孤鸟护送你冲出麻雀布下的天罗地网。但是，我们独孤鸟只能护送到原始森林外，至于进入原始森林后，如何找到鹰王栖息的真人旗岩石山，一切就只能靠你了。哎呀，说真的，我可没听说过一只家燕能飞得和老鹰一样高啊。”

“尊敬的族长先生，请别称呼我小家燕，我是男燕咕噜。”咕噜觉得自己被轻视了，扑腾一下翅膀，不服气地说。

“好，哎呀，好。”黑洞伸出翅膀抚了抚小家燕的头，笑呵呵地说，“哎呀，是，男燕咕噜，只是你那柔弱的翅膀能飞上高耸入云的悬崖吗？”

咕噜当然明白黑洞的担心，他昂起头，脖子伸直，说：“黑洞伯伯，那么，你以前也没听说过一只家燕能在闽西北严寒下过冬，还能冒着冬夜的寒雨飞行整整一个晚上吧？”

独孤鸟族长愣了一下，爽朗地笑道：“哎呀，好好，有志气。哎呀，我现在相信家燕也能飞得和老鹰一样高了。不过，哎呀，我们现在还是好好准备怎么冲破麻雀和杜鹃鸟设置的追捕你们家燕的天罗地网吧！虽说现在各鸟族只是在应付了事，松懈了许多，但我们同样不可掉以轻心。哎呀，现在还是让你的白天哥哥给你说道说道吧。”

正说着，一只独孤鸟慌慌张张地飞进来，对独孤鸟族长说了几句什么。黑洞脸色一沉，“哎呀，哎呀，哎呀”了三声，叫来白天小声交代了几句，就匆匆飞出了铁瓦寺。

咕噜觉得独孤鸟族长的口头禅“哎呀”挺有趣，什么样的感情色彩都能够代表，喜、怒、哀、乐，一声“哎呀”就行了，但最后这三声“哎呀”，似乎是独孤鸟发生了什么事，小家燕的一颗心不由得有些忐忑不安起来，心想：别不是洋洋在杜鹃那里有什么危险吧？他想问白天，见白天那同样阴沉下来的脸色，也就不敢开口了。

白天遵照族长的指令带着男燕飞到铁瓦寺顶一个小阁楼里后，从小小的木格窗里往外张望，倒先说了起来。

前面说过，杜鹃鸟族对独孤鸟会发出喜鹊的叫声非常不安，曾悄悄地发动了两次突然袭击。此后，独孤鸟就安排夜深鸟静之时，在铁瓦寺里学习喜鹊的叫声，免得刺激杜鹃鸟敏感的神经。今天，有一只愣头青独孤鸟违反这项规定学喜鹊叫，遭到杜鹃的进攻受伤了，族长就是去处理此事的。说着话，白天脸上浮上与他年纪不相称的沉重表情说：“杜鹃是越来越有恃无恐了，唉，如果黑白真当上了鸟王，我们独孤鸟看来就无法偏安于大佑山顶一隅了。”

咕噜气恨道：“杜鹃鸟？他们真这么坏啊？凭什么这么霸道，他们占着大佑山的森林还不知足，还想占这光秃秃的山顶？你们干吗让他们欺负呢？”小家燕说着，为独孤鸟受到的不公平待遇愤愤不平了。

白天笑了笑说：“咕噜兄弟，你不知道，我们在练习喜鹊叫声时，是全神贯注、闭眼收翅，防卫力处于零的状态。哼，杜鹃就是利用我们这个弱点，对我们练习喜鹊叫声的兄弟发动突然袭击，一击就撤回森林中。我们防不胜防，又找不到任何的证据。放心吧，现在我们已有防备了，不会受到原先那种致命的伤害。只是，嗨，我们的一些兄弟老是这么鲁莽，不听指令。黑洞大哥都说过了的，在保护你的期间停止一切过激的行动，免得引起杜鹃鸟不必要的怀疑。唉，旋风真是个愣头青。”

“白天哥哥，那你们为什么要进行这么危险的训练呢？”咕噜听了，有些担心那个叫旋风的独孤鸟，不解地问。

“这是进化的需要！我们独孤鸟从蝙蝠家族分离出来，独树快速进化旗帜时，就决心要改变作为吉祥鸟蝙蝠的形象，黑洞大哥经实地考察发现喜鹊的发声方式很适合我们。所以，就悄悄地出外学习，又请来喜鹊训练独孤鸟的叫声。你听听，像不像。”白天说着，轻声发出了两声喜鹊叫声。

咕噜兴奋地拍翅道：“像，真像喜鹊的叫声。哇，你们独孤鸟真是太伟大了。洋洋叔叔说的不错，你们真是有着深刻思想的鸟族。”

白天得到咕噜的表扬很高兴，也拍打着翅膀说：“这有什么，我这只是达到百分之八十相似度的喜鹊叫声，你要是听到我们族长的喜鹊叫声，那才叫绝呢，不仅相似度达到百分之百，而且当时来指导的喜鹊老师说已达到他们最好的男高音水平呢。”

呀，太伟大了！小家燕咕噜更对这其貌不扬的鸟族刮目相看了。他开始真正理解独孤鸟为何忍辱负重仰杜鹃鸟鼻息的原因了，那是因为他们心怀着一个远大的理想和奋斗的目标啊！这么想着，咕噜对于尽快启程找到鹰王的心情更加迫切了。这会儿，善于发现问题、思考问题的小家燕又提出一见面就憋在心里的问题：“白天哥哥，你这么年轻怎么就当了家族的族老呢？我们家燕家族和所有鸟族可没听说过哪只未成年鸟能当上族老呢。族老，那可都是些德高望重的叔叔伯伯，甚至爷爷们呢。”

白天哈哈笑着，飞到屋梁上将身体倒挂起来，摇晃了几下，说：“嘿嘿，这就是我们独孤鸟与众不同的地方啊！你没见我们族长不也年轻得很？嘿，这就是我们独孤鸟族不论资排辈，一切看水平来定地位的新思想、新做法啊！你别奇怪啊，只有这样以才用鸟的方式，才能最大限度地发挥每只鸟的潜能，有力推进整个鸟族的进化工作啊。哈，这话是族长黑洞大哥时常告诫我们的。我的年龄也就大你两岁吧，当你大哥刚好。还有，告知你一个秘密吧，护送你寻找鹰王的就是本族老带领的一支战斗力挺强的‘少鸟部落’，全都由和我年纪一样的小独孤鸟组成，等明天你就可以见到他们了。嘿，个个可都是和我一样的英俊少年。”说着说着，白天得意地像荡秋千一样倒悬晃荡。

哇，太了不起了！解开心中疑团的男燕咕噜觉得自己真得向白天好好学习。

小阁楼除了一扇小天窗外四面密闭，通往小阁楼的楼梯早已废掉。因此，小阁楼内大白天也光线昏暗，同时又非常温暖。从木格窗可以看到铁瓦寺残存的铁瓦叠起的飞檐翘角，而从外面就看不清里面的景象，这好像是四面漏风破败的铁瓦寺一个世外桃源般的安全岛。平常，温暖的小阁楼只给生命垂危的老年独孤鸟住，别的独孤鸟是不能进来的，黑洞将小家燕安排在这里显然是为了他的安全，在没有启程之前他就只能待在小阁楼里。

经过一夜的长途飞行，身处于温暖阁楼之中的小家燕感到疲惫，白天离开后，他草草食用了早已为他预备的食物后安然入睡了。一开始他想学着独孤鸟一样倒悬着休息，但试着悬挂了三秒钟就放弃了，将头缩在一堆柔软茅草中睡去了。

## 第三章

不知不觉中，咕噜一觉醒来，已到黄昏时分。换句话说，他是被一阵粗重的呼吸声吵醒的。警醒间，小家燕忘了身处于何处，慌乱中跳了起来，振翅要飞到屋梁上，却看到眼前是一只陌生独孤鸟好奇的眼睛。

小家燕慌乱的神情，让这只大大咧咧的少年独孤鸟调皮地笑了起来，说："哈哈，我来看看是一只什么家燕，吹得神乎其神的。喏，不过如此，也没什么特别嘛。喏，介绍一下，我叫旋风，在启程之前是你的倒悬训练师。喏，小家燕先生，我们碰一下翅吧。"

咕噜为了掩饰刚才的尴尬，撇嘴说："你也比我大不了多少。"说话间，细心的小家燕看到了对方翅膀后头有一根羽毛显然是掉落了，就脖子一挺说："嘻嘻，我知道了，你就是早上学喜鹊叫的那只愣头青独孤鸟。"

"什么？是谁和你说我是愣头青的！"旋风生气地在原地转了一圈，拍拍翅膀叫道，"可恶，一定是白天这个家伙在背后编排我。好吧，家燕咕噜先生，我可没工夫和你闲扯，现在我们就开始上课吧。族长偏心，让白天召集少鸟部落，叫我来培训你。我还真是没有信心，还没有别的鸟会像我们一样倒悬着睡觉呢。"

从性格耿直又有些鲁莽的少年独孤鸟的唠叨中，家燕咕噜知晓了事情的缘由。

原来，在咕噜大睡了几乎一个白天的时间里，大佑山鸟界悄然发生了变化。先是一大早旋风不听号令高声学习喜鹊的叫声遭到了杜鹃鸟族的暗算，独孤鸟族长忙着平息大家的怒火。随后，大佑山山林里杜鹃鸟的身影显得比往常繁忙了，不用说，这一定是诗溪仙鸟的到来造成的，杜鹃鸟们在铁瓦寺方向加强了警卫。于是，独孤鸟族长黑洞严令所有独孤鸟不准泄露一丝家燕的行踪。为安全起见，命令族老白天召集所有外出的少鸟部落独孤鸟回大佑山顶集结待命，一旦接到诗溪仙洋洋的出发信号，随时护送家燕咕噜启程。同时，还安排旋风加紧对家燕进行倒悬技术和独孤鸟飞行姿势的训练。在飞行过程中，咕噜将被少鸟部落的二十只未成年独孤鸟围在中心，为了最大限度地蒙骗住麻雀们的眼睛，家燕必须初步学会独孤鸟飞行的姿势。当然，在休息时，将同样被围在中心的家燕，其倒悬休息的技术更是必不可少。

明白事情的原委，经过几乎一个白天的休息，精神和体力已完全恢复的小家燕就在旋风的指导下开始认真训练了。

别看旋风一副大大咧咧愣头青的样子，训练起来却细致而有耐心，与其毛躁的性格几乎判若两鸟，再加上咕噜的机灵聪明，在天色暗下来时，咕噜已能倒悬一分钟时间了。小家燕的学习成绩让旋风非常高兴，忍不住夸奖：“都说家燕是一种聪明的鸟，看来名不虚传啊。”

得到旋风的表扬，尽管两只爪子又酸又疼，但咕噜还是兴奋地咧嘴笑了。

接下来两天，家燕咕噜听从族长黑洞的指令，尽量躲在小阁楼里苦练倒悬技术，只有晚上才移到铁瓦寺的大厅进行飞行训练。所谓的飞行训练，其实就是让家燕飞行的姿势尽量与独孤鸟一致，在今后的飞行过程中碰上麻雀和别的鸟族，家燕就必须在短时间内采用独孤鸟的姿势飞行，以免因为姿势的不同露出马脚。

一转眼，家燕咕噜到达大佑山顶已是第三天了，白天召集的二十只精干的少鸟部落独孤鸟早已到位。这个晚上，在许多独孤鸟哨兵的保护下，确定没有任何鸟族出现后，在大佑山临近沙溪河那面岩石山坡悄悄进行了实战演习。飞行的阵型是：由白天在前边开路，旋风断后，中间二十只少鸟部落机智勇敢的少年独孤鸟分上下左右各五只，将中间的家燕咕噜围在核心。这样的队形在进行了几次演练之后，族长黑洞对取得的效果很满意。他相信，凭这样的阵型和独孤鸟一向独来独往的习性，即使与任何迎面而来的鸟族相遇，别的鸟也不会发现队伍中夹杂着一只家燕。然而，经过实战飞行后暴露的问题也与事先预料的一样，家燕的飞行姿势与独孤鸟略微不同，如果细心观察还是能发现队伍中的家燕。但是，目前也没办法改变这一点，黑洞只能暗中交代带队的族老白天要时刻提高警觉，尽量提前预警，不要和麻雀、杜鹃迎面相碰，以免露出马脚。

令独孤鸟族长感到意外和高兴的是，原本认为难度挺大的倒悬休息技术，聪明的小家燕倒是学会了。一只家燕能用他并不擅长的爪子改变生活习性，倒悬着休息，让原本有些小瞧小家燕的独孤鸟们暗中称赞不已，改变了对一向寄宿在人类屋檐下养尊处优惯的家燕的看法。

现在，经过几次飞行训练，咕噜和少鸟部落小独孤鸟们都混熟了，与白天和旋风更是成了无话不说的好朋友。独孤鸟们不像别的鸟那样明哲保身，独来独往，对家燕家族遭到的灾难采取沉默的态度，而是对咕噜的遭遇表示同情，对麻雀的恶行深恶痛绝，都表示若是咕噜将鹰王请来，他们一定会帮助他重新夺回丢失的燕巢。

夺回丢失的燕巢？那些被麻雀们占领的城市高楼阳台上的燕巢？小家燕咕噜为独孤鸟们纯真无私的友谊感动了，同时心中却浮起以前没有过的迷茫。这种迷茫是在他与独孤鸟相处的短暂日子里产生的！是啊，原本小家燕心中蕴藏着只要有一颗火星就可以点燃的愤怒和仇恨，他咬着牙战胜冬天的寒冷和麻雀鸟族们的搜捕，凭借的就是一种为家族洗脱冤屈，夺回失去的家园的坚强信念。现在，看到独孤鸟在如此恶劣的环境和所有鸟族误解的情况下，依然忍辱负重地为一个远大的理想而顽强奋斗。这是一种多么伟大而坚忍的精神啊！是的，现在小家燕心中还是装满对麻雀和杜鹃的仇恨，他一定要为家燕家族讨回公道。然而，原先夺回城市家园的想法却在不知不觉中发生了变化。夺回丢失的燕巢，在小独孤鸟们这么说时，小家燕心中的感激之情是溢于言表的，内心却没有原先的冲动。他想到南坑村白发爷爷在深源堂老屋精心保留的旧燕巢，那乡村淳朴自然的气息让他的血液都要沸腾了！是的，小家燕迷茫了，他问自己：城市的家园是不是真正属于家燕家族呢？

然而，有一点是非常迫切而清晰的，在灾难与恶劣的生存环境下，其心智已完全成长为一只成年家燕的咕噜，现在唯一的信念就是：冲出闽西北区域麻雀设下的警戒网，找到鹰王，为家燕家族洗脱冤屈，救出关押的家燕，让麻雀和杜鹃的阴谋大白于天下，还闽西北鸟界安宁与和平！就是这样的信念，让家燕咕噜的头脑越来越清晰。

这个晚上，家燕咕噜倒悬着透过小阁楼的木格窗望着清冷的天空中挂着的那轮冬夜圆月时，举止一向冒冒失失的旋风冲了进来。他一见到家燕悠闲地倒悬着赏月，就一连声叫道：“哇，咕噜男燕，你还有闲心在这里赏月！出发出发，马上出发！快快快！”冒失的小独孤鸟飞得急，险些撞上阁楼低矮的横梁。

咕噜一激灵：哇，盼望已久的时刻总算到了！要知道这些天困在小阁楼里他都要憋坏了。但是，焦急的等待磨炼出一个智慧之鸟的沉稳，他在脑子里迅速地转了几个问题：是洋洋叔叔发来的信号？这些天不是杜鹃鸟放出的岗哨将山顶独孤鸟的领地包围了，洋洋无法和黑洞伯伯取得联系吗？

实际上，从族长黑洞这两天紧锁的眉头，咕噜就猜出事情的进展不顺利。白天悄悄告诉咕噜的情况是，虽然看起来洋洋已顺利地在杜鹃鸟族内开展了诗歌创作，这从杜鹃鸟在面对大佑山顶独孤鸟地盘的戒备加强可以判断出来，但是，这也让原本按照洋洋与黑洞事先约定的暗语联系增加了难度。两天来，洋洋居然没有出现在独孤鸟们密切关注的视线里，也没有传来有关他的任何消息。是洋洋被杜鹃鸟族软禁起来创作诗歌，还是狡猾的杜鹃族长黑白嗅到山顶上独孤鸟不同寻常的气息？这真让独孤鸟族长黑洞忧心忡忡！夜长梦多！如果家燕藏在铁瓦寺的信息被杜鹃鸟捕捉到，后果不堪设想！以独孤鸟现在的实力根本无法与强大的杜鹃鸟抗衡，不仅无法保护家燕咕噜的安危，而且独孤鸟族也将面临灭顶之灾。正因这些考虑，已有几位族老私底下议论族长不该蹚这趟浑水，违背独孤鸟“独善其身，特立独行”的原则。鉴于这个情况，经过深思熟虑，黑洞已悄悄与白天和旋风商定，这个晚上让他们私底下通知家燕做好随时出发的准备，一旦情况有变，少鸟部落将全力保护家燕咕噜的安全。他长长叹口气说：“唉，这是闽西北家燕家族留下的一颗火种，我们不能让他断送在我们手里，有负我兄弟洋洋的嘱托啊！”

现在，跟着旋风轻飞到铁瓦寺大厅里时，面对早已严阵以待的少鸟部落二十只精明强干勇敢的少年独孤鸟和迎上来的白天，咕噜首先关心的就是洋洋的安危。

白天点点头，轻声对咕噜说：“咕噜小弟，你放心，洋洋没有事，哈哈，他现在可是杜鹃族长的座上宾呢！”话尾，白天还轻声笑了起来。接着，为了打消咕噜的顾虑，他简单介绍了有关洋洋的情况。

原来，就在黄昏时分，黑洞和所有独孤鸟们等得心焦之时，两天来没有出现在独孤鸟关注视线下的洋洋，居然在第三天傍晚飞临近铁瓦寺附近的一棵大松树上。倒悬在铁瓦寺外房梁的独孤鸟监视哨，第一时间把这个令鸟欣喜的情况报告给族长。随后，黑洞就悄然隐身于最靠近这棵树的一块岩石极隐蔽之处。当时，陪同洋洋的还有杜鹃鸟族的红、黄、蓝三位族老，杜鹃族长并没有出现。洋洋一副很开心的样子，三位族老对洋洋很尊敬，似乎在认真倾听洋洋诉说什么。洋洋摇头晃脑的样子有点像在朗诵诗歌，但从蓝族老那有些迷惑的表情看，又不太像。尽管隔了一段距离，洋洋处于上风头，铁瓦寺处于下风处，天生耳朵非常敏锐的独孤鸟还是完整地听到了洋洋那并不是鸟语的诗歌。在独孤鸟们也迷惑不解，听不懂洋洋胡言乱语什么时，黑洞脸上却慢慢绽开会意舒心的微笑。是的，聪明的诗鸟洋洋当着杜鹃鸟三族老的面，向独孤鸟族长用事先约定的暗语发出一个极为重要的信息：今晚月上中天之时，杜鹃族长将邀请麻雀家族的族长和众位族老及众多的智慧雀，来大佑山参加诗歌发布会，还有闽西北诗歌旗手诗溪仙族长和气，也将带着他手下的心腹诗鸟来捧场。在会上，著名诗鸟洋洋将朗诵为杜鹃鸟族写的诗，以及为杜鹃鸟族长写的一首长达三百行的赞美诗。趁此杜鹃和麻雀族最为松懈的时候，也就是家燕咕噜逃离闽西北区域冲出麻雀撒下的追捕大网的最佳时机。

听了白天的情况介绍，咕噜兴奋得跳了起来，叫道："洋洋叔叔太伟大了，他居然能当着杜鹃族老的面传递出消息！哈哈，谁说杜鹃鸟聪明，我看他们都是些自以为是的蠢鸟。只是……"说着话，家燕的眉头又皱起来："只是洋洋叔叔会不会有什么危险啊？他真的为恶毒狡猾的杜鹃鸟族写赞美诗吗？这可是违背洋洋叔叔的为鸟宗旨啊！他是那么的高傲，视诗歌为自己的生命，可是……现在为了我……却要充当杜鹃鸟的吹鼓手……我……"咕噜因为内疚、难过和感激，哽咽着说不下去了。

"我相信洋洋兄弟的智慧可以应付自以为是的杜鹃鸟。黑白总以为自己是鸟界智慧的化身，所谓的聪明反被聪明误，最终一定是搬起石头砸了自己的脚。"无声飞落在家燕面前的独孤鸟族长伸出翅膀轻抚了几下咕噜，安慰他说，"别担心，通过这两天的努力，洋洋兄弟一定用什么办法已完全取得了杜鹃族长的信任，他能当着三位狡猾的杜鹃族老的面将信息传递出来，就说明了这一点。哎呀，小男燕，为了远大理想，我们都要忍辱负重啊。洋洋诗鸟深入虎穴，可心中记挂着你呢，兄弟呀，他可不希望你这只勇敢聪明的小男燕，像个娘们一样流眼泪呢。哎呀……"

"谁说我流泪了？"咕噜扯过翅膀轻轻擦去了眼角的眼泪，倔强地昂起头，嘟起嘴说，"什么小男燕？小看鸟！"

"好好，哎呀，我又忘了。哎呀，是男燕咕噜先生。哎呀。"黑洞笑呵呵地弯腰向咕噜道歉。

这是一个并不冷的冬夜，或许是几天前那场久违的冬雨将冬天最后的寒冷带走了，天气正一天天暖和起来，转眼间，春天的气息似乎已在天上的云彩之外探头了。今夜大佑山的夜似乎格外寂静，连这两天面向山顶独孤鸟的杜鹃鸟岗哨也悄悄撤去了不少，在月光下似乎只有那两只心不在焉的杜鹃鸟在树上打着瞌睡。很显然，杜鹃鸟们都集中到半山腰的树林里参加洋洋诗歌朗诵会了。这不同寻常的静又似乎在悄然酝酿着什么，在这大佑山杜鹃鸟族世居的祖地上，有什么重大的事情将发生。

这时候，月儿悄然升上中天，黑夜无声地颤动了一下，一阵杜鹃鸟们集体鸣叫声掠过树林隐约传来。不用说，这是杜鹃族长为自己和杜鹃鸟族唱赞美诗的联欢会开始了。很显然，野心勃勃的杜鹃族长要把这个会作为走上闽西北鸟王宝座的铺垫。

杜鹃鸟这种疯狂的情绪，耳朵最为灵敏的独孤鸟们都听出来了，一向平和的他们也被杜鹃鸟族无所顾忌的野心激怒了。旋风吐了一口口水说："什么东西，还真以为自己是鸟王了？哼，等老子把鹰王叫来，看他们还敢放个屁！"

独孤鸟族长黑洞却飞到高台上，用平和的目光扫视一眼似乎有些骚动的少鸟部落成员，微微一笑说："人类有句很土很土，但我以为是绝对真理的话是'出水才看两腿泥'！哎呀，长期以来，我们独孤鸟与杜鹃鸟能和平相处，为的就是一个远大的目标。经过一代代的努力，我们独孤鸟的进化取得了很大的成绩，我们不仅拥有了白天活动的能力，彩色的羽毛也正在取代原本黑乎乎的外衣。更重要的是，我们还通过不懈的进化努力，从自然之神的手里夺回了我们的眼睛！是的，我们独孤鸟不再像蝙蝠一样是瞎子。当然，我们大部分兄弟姐妹的视力还很差，只能看很近的东西，但这已是打破进化的一个局限了！独孤鸟兄弟姐妹们，我为你们骄傲，我们正在创造前所未有的动物进化奇迹啊！而今，我们还将创造另一个历史！大家知道，我们独孤鸟的信条是特立独行，为了远大的进化目标，不干涉鸟界政事。但是，今天为了鸟界的安宁，必须打破这个信条，值此闽西北鸟界安宁和平关键时刻，你们——少鸟部落的小独孤鸟们将成为先驱！是的，你们护送家燕脱险的任务是光荣而艰巨的，将写进我们独孤鸟的历史，也必将改变鸟界对我们独孤鸟的歧视。我相信，鸟界的安宁很快就会到来，我们独孤鸟将为这付出感到骄傲！哎呀，至于杜鹃们的叫嚣声，还是那句人类的俗语：出水才看两腿泥！哎呀，兄弟姐妹们，是不是这么个理？"

族长这一番激情昂扬的话，让独孤鸟情绪平和了下来。一直昂着头认真听的旋风悄悄对家燕咕噜说："哎呀，哎呀，长这么大，我还是第一次听黑洞族长说这么一长篇的大道理呢！可了不得，我们族长的口才一点也不比杜鹃族长逊色，该不会是向诗鸟洋洋学的吧？哎呀，哎呀。”

男燕咕噜也被独孤鸟族长的这番话深深触动了。这一群貌不惊鸟，甚至可以说有些丑的独孤鸟在他心中的形象越来越高大了。

说话间，独孤鸟族长黑洞低沉有力地发出命令：“哎呀，起飞！”

月亮牢牢地挂在天上，偶尔有几片絮状的云朵调皮地在它身边嘻嘻哈哈地飘过，它依然不为所动，板着严肃认真的面孔，似乎在说：别打扰我，我在为一群上夜路的鸟照明呢。

似乎感受到了月亮的好意，在杜鹃鸟们传来的疯狂叫声中，铁瓦寺靠近沙溪河这一面的岩石山坡上，按照预定的飞行队形，少鸟部落二十只勇敢精干的未成年独孤鸟在前面族老白天开路和后面部长旋风的警卫之下，掩护着飞在中间的家燕咕噜，像一块黑云几乎无声地从山坡岩石上滑向沙溪河。独孤鸟们的飞行似乎引起了监视铁瓦寺动静的两只杜鹃鸟警觉，但他们飞起来看到月光下只是一群未成年独孤鸟例行的夜间活动后，扑棱了两下翅膀落回原先的树上。是啊，这两只倒霉的杜鹃鸟正为轮到他们做警卫工作，没法参加那个史无前例的诗歌大会懊恼不已呢。

## 第四章

很快，这个不同寻常的少鸟部落队伍不出族长黑洞所料，顺利飞过在夜色里面目显得有些狰狞的大佑山这面杜鹃鸟极少涉足的陡峭山坡，飞临沙溪河上空。

按照族长和族老们商定的最佳飞行线路，咕噜和少鸟部落将沿着沙溪河的中心飞行一段后，穿过三明城郊飞上紧邻城区的虎头山，然后再顺着虎头山南面茂密的森林飞过妙元山和文笔山，再穿过沙溪河，从格氏栲森林公园的边缘地带掠过，然后在天亮之前到达闽西北区域边缘的天宝岩国家级森林公园。进入天宝岩国家级森林公园后，为了穿越麻雀布置的最后防线，他们将休息一个白天后，在夜晚来临时做最后冲锋。至此，独孤鸟们就算完成了护送的使命。随后，家燕咕噜将独自飞向与闽西北区域交界的原始森林寻找隐居的鹰族。

一切都挺顺利，这个由二十只少年独孤鸟、两位管理者白天和旋风，以及一只肩负神圣使命的小男燕组成的颇为壮观的飞行队伍，并没有引起任何鸟族注意。他们之所以选择沿着沙溪河飞行，正是要利用宽阔的河面不容易惊动别的鸟。现在，他们沿着沙溪河将男燕咕噜护卫在中间，平稳地保持队形飞行，迎面而来的冷风刮乱了飞在前面的独孤鸟族老白天的羽毛，但是他一点也不感到寒冷，心里似乎揣着一团火。考虑到家燕的飞行方式与独孤鸟不同，还有家燕并不擅长于夜间飞行，飞在队伍前头的白天尽量把飞行的高度保持在同一水平上，并且尽可能地放慢速度。在飞行了约一公里时，白天回头看到整个少鸟部落依然保持着飞行队形，将男燕咕噜围在中间，心中不由得对自己亲手调教的这支训练有素的独孤鸟队伍感到很满意。但他有些担心家燕能否适应这样的飞行强度，其翅膀扇动的频率能否与独孤鸟们协调。因此，他小声地问道："咕噜小弟，感觉怎么样？"

"好得很啊，白天哥哥，太舒服了，我飞得很轻松啊。"咕噜平稳地回答道。

飞在后面的旋风不甘寂寞，粗着嗓音叫道："白天，我说你今天怎么飞得像个娘们一样，磨磨唧唧，像这样的速度，什么时候能飞出闽西北啊。"

白天对咕噜的回答很满意，知道家燕已能适应独孤鸟飞行的节奏后，他没有接旋风的话，而是悄悄加快了飞行速度。

随即，这个特殊的鸟群飞得更快了，在清冷的冬天月辉之下，就像快速飘浮的云朵。

其实，咕噜装着很轻松时，正面临着从未遇到过的飞行困难，只是不想让白天担心罢了。尽管这些天经过旋风的强化训练和族长黑洞的指点，他有了很大进步，但是，因为各鸟族与生俱来的飞行本领，各有各的飞行技巧，其中细微的差别只有鸟族才能感受得到，正是这差别造成了各鸟族飞行能力的不同。尽管这两天在演习中咕噜努力适应独孤鸟的飞行姿势，基本已过了最初的磨合期，但鸟族基因里的东西不是一朝一夕能改变的，到了实际的飞行中，他就感到一种无法言说的别扭了，飞得有些磕磕绊绊的。好在护卫着男燕飞行的上下左右各五只独孤鸟们在白天有意放慢的飞行速度之下，始终注意与家燕保持几乎不变的距离，这才让家燕慢慢地适应下来。直到飞行了一段时间，聪明的男燕开始捕捉到护卫自己的独孤鸟飞行时所产生的几种方向的气流并利用起来，这样，他与独孤鸟之间的飞行开始协调了，并真正感到轻松起来。

飞行队伍很快看到了三明城的点点灯火。已是夜深人静之时，马上就要飞过三明城了，他们必须穿过一座原本废弃，现在修建成景观的铁路桥，才能飞过城市的边缘。这时候，十几只蝙蝠忽然从黑乎乎的桥洞下飞出来，拦住了他们的去路。

实际上，自从独孤鸟从蝙蝠家族独立出来，蝙蝠就对独孤鸟的离经叛道之举很不满，他们依靠传统的力量阻挠独孤鸟登上鸟界的舞台，彼此间见面也形同陌路。而在传来独孤鸟进化取得显著的成绩，眼睛恢复了视觉，身上也长出一些彩色的羽毛，并且还能发出喜鹊叫声的消息时，以正统鸟族自居的蝙蝠更对独孤鸟嫉妒和仇视，生怕将来拥有彩色羽毛和喜鹊叫声的独孤鸟会取代他们成为人类新的吉祥鸟。正出于这一点，十几年来，蝙蝠与独孤鸟的关系更加恶化了，虽然独孤鸟们对蝙蝠敬而远之，可彼此的冲突还是时有发生。实话说，蝙蝠并不是一个恶毒的种族，他们一直过着随遇而安的清贫生活，最大的理想就是能永远当人类的吉祥鸟，但因对独孤鸟的嫉妒之心，双方的矛盾愈演愈烈。

眼下，这群蝙蝠对这群夜间飞行到这么远的独孤鸟似乎有些好奇，飞起来挡在少鸟部落面前，为首年纪稍长的蝙蝠充满敌意地说："哟，原来是独孤鸟小弟弟啊，怎么不待在铁瓦寺完成伟大的进化工作，深更半夜跑到城里来干什么？莫不是耐不住寂寞，学那些蠢雀们到人类饭馆前捡食吃？"

"嘻嘻，听说独孤鸟连饮食习惯都改得更科学了，原来是改成吃人类的残羹剩饭。哈哈。"

"对啊，我也听说独孤鸟族长黑洞爱拍鹰王的马屁。哈哈，可惜鹰王隐居了，没了靠山。"

"哼，正宗说什么也是正宗，人类要的就是我们这个'蝠'字，哈哈，你们就是长出全身的彩色羽毛也别想充当什么吉祥鸟。"

"是啊，是啊，人类的眼睛毒得很呢，什么颜色的鸟没见过，我说你们就瞎忙。"

蝙蝠们七嘴八舌地对独孤鸟们冷嘲热讽。

独孤鸟们对于蝙蝠的冷嘲热讽早就习惯了，历代的独孤鸟族长早说了，无论独孤鸟将来进化能否成功，都不能忘了自己的根、忘了自己是从蝙蝠来的。这群训练有素的少鸟部落自然不会在意蝙蝠的冷言冷语，更何况他们要完成这么重要的使命。因此，连愣头青旋风也没有对蝙蝠的话进行还击。飞在前头的族老白天则谦逊地说道："诸位蝙蝠大哥，我们这是接受族长的指令长途飞行去完成一个任务，我们不进城，是要上虎头山。没事先通知，本族老先向诸位蝙蝠大哥赔个不是，烦借个道。"

白天谦恭的话又引发蝙蝠们一阵肆无忌惮的嘲笑声，七嘴八舌地又说道几句后才让开路。当飞行队伍穿过铁路桥，紧接着飞过三明城北边的郊区进入一片人工泡桐树林，将城市的灯火抛在身后，才停下来稍作休整。飞过这片人工泡桐树林就进入虎头山了。这时，早就对蝙蝠傲慢无礼快憋不住气的咕噜不解地为独孤鸟打抱不平说："白天大哥，你们独孤鸟干吗对蝙蝠这么客气？刚才这几只不知天高地厚的蝙蝠该好好教训他们一下才是！我看他们也太欺负鸟了！"

白天微微叹道："唉，咕噜小弟，蝙蝠是独孤鸟的祖先啊，你不是独孤鸟，不懂其中的道理。当初我们的独孤鸟从蝙蝠分离出来时就立下了誓言，不轻易进入三明城，我们大晚上飞过这里理应要借道的，是我们一时疏忽了。"

咕噜对白天的话听得似懂非懂。

旋风也用力扑扇着翅膀说："咕噜，你们外鸟是不可能真正明白我们和蝙蝠之间的关系的，有不少鸟族还把我们当作蝙蝠，不承认我们是一个新的种族呢。怎么说呢，从我爷爷的爷爷开始，我们一代代的独孤鸟就知道自己在从事一个超乎自然的进化工作，每一只独孤鸟都必须从一生下来就明白这一点：过苦行僧的生活，一切的功名利禄都抛弃，一心一意谋进化。只是……只是……杜鹃鸟太可恶了！对我们发出喜鹊的叫声也要干涉！"

咕噜现在有些明白了，在心里默默感叹：这真是一个性格坚忍的伟大鸟族啊！今后，他一定要将独孤鸟的事情告诉每一只家燕，尽可能地帮助他们。

在偶然出现的小插曲之后，这支特别飞行鸟队又起飞了，为了飞行得更快些，也为了安全，他们顺着山峦的起伏在离泡桐树树梢约二米高的高度无声地飞行着。远处，传来了一只夜行的鸟有几分骇鸟的叫声，让平静的月光受惊吓后微微颤抖了一下，而从这声音可判断这只鸟显然遭遇不测了。带路的白天更加警觉，轻声告诫大家不要太靠近树顶，以免惊动沉睡的鸟族，尽量减少麻烦。出发之前，族长黑洞一直叮嘱带队的白天，现在鸟界的情况比想象的可能复杂得多，在白鹇族长带着家族迫于生存的压力隐居他乡之后，所谓的鸟规执行团就成了杜鹃和麻雀的天下，有些鸟族迫于他们的淫威，或是出于各种自私的目的，正成为杜鹃和麻雀的帮凶。所以，此次护送咕噜冲出麻雀布下的罗网要尽量减少与别鸟的接触，不到万不得已，不能暴露出家燕的身份。

独孤鸟们按照预定的飞行线路，平稳而快速地飞行着，他们将一路飞上虎头山顶，然后再转向高度更低的妙元山山林。很快，独孤鸟们就飞出这片令他们感到陌生而有些不适应的泡桐林。

为什么会陌生而不适应呢？

原来，这片泡桐林原本也是一片茂密的次生林，但是为了获取最大的利益，人类就把森林砍掉烧荒，种上这种生长得奇快的泡桐。据说，泡桐有较大的经济价值。而这种泡桐树与种植它的人类一样贪婪，非常能汲取土地的肥力。这已经是种植的第三茬泡桐树了，这片土地像一位被吸尽奶汁的妇人日渐衰老，失去生机。少鸟部落的未成年独孤鸟们是第一次涉足这贪婪的泡桐林，尽管在飞行前听族长介绍过一路的情况，提到虎头山时就说到在这里世居的鸟族啄木鸟，更提到了泡桐林。因此，独孤鸟们飞在泡桐林之上，就感到了与原始山林的不同，泡桐树整齐的队形和贪婪嘴脸让他们有些厌恶，或许是心理因素作怪，他们敏锐的嗅觉很不适应泡桐树的气味。在飞出泡桐林进入虎头山半山腰处的原始山林时，独孤鸟们不约而同长舒了口气，狠狠地吸着新鲜的山野之气。而怕家燕跟着独孤鸟的节奏飞行不完全适应，带路的白天在确信没有危险后发出信号，让大家落在一棵大杉树上休息片刻。

或许是飞过了泡桐林让独孤鸟的精神放松了，待将家燕围在中间落在枝头上后，后头的旋风长长舒了口气，气呼呼地说："哇，都快把我憋死了，过那泡桐林我就没敢大口呼吸，总感到有一股桐臭味。"

"可不是，我也不敢呼吸。"

"是啊，我想没有哪个鸟族会在泡桐上做窝吧？"

"那很难说，林子大了，什么鸟都有。"

"嘻，好像这话是人类说的格言啊。"

忽然，白天压低声警告大家："小声，有动静。"

独孤鸟们竖起耳朵，又努力睁圆眼睛看着前方那棵在月光下晃动的杂树。实际上，独孤鸟们的耳朵和蝙蝠一样敏锐，只是通过进化而拥有的视觉在夜里还很有限，只能看较近的距离，在完全漆黑的夜里行动基本上还靠耳朵。好在，今晚冬天的月色亮堂得很，这让独孤鸟们的视力能看得更远些。

"是哪位鸟族好汉报上名来，我们是远行的独孤鸟，路过宝地，别无他意。在下这边有礼了。"性急的旋风先来了这么一段文绉绉的词儿，是那天从族长那里贩卖来的新词，就是为了关键时刻露一手。说完，他还得意地耸耸双翅。

旋风这段生硬的人类之语让独孤鸟们险些笑出声来。但他们还没来得及笑出声来，对面的杂树上呼啦一声就扑腾出三只鸟的身影，原来是三只瞪着警觉眼睛的啄木鸟。

白天松了口气，示意大家别动，他则迎着三只啄木鸟飞了过去。他落在一棵板栗树上，略一弯腰，朗声道："原来是啄木鸟先生，我们是独孤鸟，路过虎头山要赶一趟远路，完成族长交代的任务，打扰你们休息了。"

三只啄木鸟似乎还很警觉，较胖的那只啄木鸟抬头看看天上的月亮，疑惑不解地问："你们是独孤鸟？真的不是蝙蝠？"

"是啊，我们是大佑山顶铁瓦寺的独孤鸟，我是族老白天，不知啄木鸟先生怎么称呼？"

"他是我们啄木鸟家族警卫队的队长嘟噜。"那只瘦小的啄木鸟长长的嘴巴啄了啄树干，抢着说。

"好吧，我说独孤鸟族老白天先生，你们可真是稀客啊。不待在铁瓦寺里操练修行，大晚上到处转，好像不是你们的习惯啊。"胖胖的啄木鸟队长不太友好地斜着眼睛说。

"这是什么话，鸟界规则没规定哪只鸟哪座山不能飞过。嘿嘿，不要怕，我们不会来争地盘。"旋风对对方的态度不太满意，呼啦一下，也飞到板栗树上，撇嘴抗议。

"哼哼，看你们一只只鸟瘦小的样子也敢到我们啄木鸟地盘来撒野！我说弟兄们，让他们看看我们啄木鸟嘴巴的厉害。"胖队长的脾气看来也不好。

白天怕家燕咕噜暴露，忙再次表示歉意："尊敬的嘟噜队长，我们这是执行本族长一项秘密任务，路过虎头山，休息一下马上就走，没别的意思。"白天心里其实也很恼火的，他以前听说过啄木鸟都是些头脑简单的家伙，可没想到这什么警卫队队长如此无礼，如果不是考虑到家燕的安全他早发火了。

"那可不行，还是到我们家族的居住地说说清楚。什么独孤鸟？我听说独孤鸟从不与他鸟来往，这大黑天的你们跑到虎头山来，谁知道是不是来当杜鹃鸟的帮凶。"胖胖的啄木鸟警卫队队长说着还真来劲了，一声鸣叫，从对面的杂木林里又飞出了十几只啄木鸟，将少鸟部落的独孤鸟们团团围住。

"你这四肢发达头脑简单的啄木鸟，一点江湖道义都不讲，还真以为部长怕你不成？弟兄们，给他们点颜色瞧瞧。"火暴性子的旋风被胖队长的话惹急了，早忘了族长的嘱托，让二十只独孤鸟散开队形。

独孤鸟们散开队形，原本围在中间的家燕咕噜就孤零零地暴露在月光下。

白天赶忙一声断喝，少鸟部落的独孤鸟们才醒悟过来，重新将家燕围在中间。

就这么一散一围之间，家燕的秘密暴露在了啄木鸟们眼前。他们有些不太相信自己的眼睛，胖队长怀疑是不是眼花了，叫道："喂喂，好像中间里躲着只什么鸟？有种的出来。"

"什么鸟，独孤鸟呗。"旋风偷偷斜了一眼板着脸的族老白天，试图掩耳盗铃。

白天心里一沉，看这情况，不让咕噜现身是无法说服头脑一根筋的啄木鸟了。他想了想，拿眼瞪着胖队长，一字一句地说："诸位啄木鸟兄弟，别强鸟所难，虽说我们独孤鸟与啄木鸟没什么往来，可是我们对你们啄木鸟一向是很尊重的。那是我们关于鸟界的一个惊天秘密，让你们看看也无妨。咕噜，出来吧。"

当家燕咕噜站在啄木鸟们面前时，啄木鸟们全倒吸了一口凉气，不相信眼前的景象是真的。胖队长险些从树枝上落下，忙扇动了两下翅膀站稳了，眼珠子瞪得都快掉出来："哇，来看看，真是一只男燕？"

咕噜点点头，勇敢地迎着啄木鸟们审视的目光说："啄木鸟队长，你们说的话我都听到了。我叫咕噜，请放我们过去吧，你们不会真的当麻雀和杜鹃的帮凶吧？"

"帮凶？咕噜小男燕，哈哈。"胖队长笑着对同伴眨眨眼说，"听听，和我的名字差不多，好像我们是兄弟一样。哈哈，帮凶，嘻嘻，这可是送上门的一份大礼。诸位兄弟都听说了吧？前两天麻雀未来研究所的将来所长还到虎头山给我们族长说，抓到家燕好处大大的，哈哈。"

听了啄木鸟胖队长的话，独孤鸟们吓得倒吸一口凉气。旋风飞过来挡在咕噜面前，摆出一副拼命的架势。

白天不信传说中一向勤勤恳恳，一生奉献给捉害虫事业的啄木鸟会成为麻雀的帮凶。

就在独孤鸟们迟疑不决时，树林里先是传来几声爽朗的笑声，说："嘟噜队长，玩笑不要开大了，把客人都吓到了。"话音未落，一只长得虽没胖队长强壮却显得特别精干的中年啄木鸟，快速地从几棵树干上跳过来，转眼间落在独孤鸟们面前。

还真是啄木鸟胖警卫队长给独孤鸟们开的一个非常逼真的玩笑，独孤鸟们与继续暗中巡视守卫啄木鸟领地的卫士们告别后，在精干的啄木鸟副族长的引领下，来到啄木鸟家族族长居住的那棵硕大枯树时，他们方才明白啄木鸟为什么在深夜也加强戒备的原因了。

事实上，啄木鸟可说是鸟界里最任劳任怨的一个鸟族，他们以在树的内部探寻害虫而著称，与别的鸟族相比，啄木鸟的这项技能是不可代替的。啄木鸟们因杰出的捕捉害虫的技能得到人类许多赞美之词，却没有被人类列为吉祥鸟，这或许和啄木鸟性格耿直敢说敢做，也就是鸟们误解的头脑简单有关。他们对此并没有怨言，依然终日充当别的鸟族不可替代的“森林医生”，几乎所有啄木鸟终生都在森林中勤勤恳恳地工作，真可谓是鸟界的孺子牛啊！不可否认的是，富有正义感的啄木鸟智商却一般，与杜鹃、家燕、白鹇、蝙蝠等吉祥鸟相比都低。据说啄木鸟曾经也是非常聪明的一个鸟族，是因为他们用嘴敲击探查树木内部的害虫而变成一个笨鸟族。

啄木鸟的祖先一开始就注重头部的进化，头骨非常坚硬，在大脑的周围还形成了一层绵状骨骼，内含液体，对外力能起缓冲的作用。同时，他的脑壳周围还长满了具有减震作用的肌肉，能把喙尖和头部始终保持在一条直线上，使其在啄木头时头部严格地进行直线运动，才能承受得起强大的震动力。尽管他们在进化的过程中，采取这种种保护自己大脑的方法，但剧烈的震动依然影响到大脑的发育，这么一代一代积累下来，其智商还是受到了影响。

或是因有几分这样的傻劲，啄木鸟在“枪打出头鸟，明哲保身”信条横行的鸟界，素以敢讲真话闻名，而因为他们那老黄牛精神和在人类中的口碑，成了除吉祥鸟外在鸟界威望最高的鸟族。在虎头山偌大的范围生活着的二十几种鸟族中，啄木鸟是鸟间的领导者，鸟族之间有什么纷争都喜欢找正直的啄木鸟明断是非。也正因此，野心勃勃的麻雀和杜鹃对啄木鸟忌惮三分，就是怕他们那一张嘴不留情面。当然，暗地里，麻雀和杜鹃对啄木鸟也恨之入骨，恨不得也像对付家燕一样把他们收拾了，只是忌讳啄木鸟那尖利的喙的攻击力罢了。

然而，就在前些天，啄木鸟那张仗义执言的嘴还是引火上身了。原先，智商不高的啄木鸟还真被家燕有禽流感病毒的传言蒙骗了，派了一个代表去开“家燕禽流感病毒声讨大会”。当然只是应付了事，啄木鸟们都忙着啄食在树木身体里横行的害虫呢。但是，等到捕捉害虫的工作告一段落，各种各样的有关麻雀和杜鹃狼狈为奸，诬陷家燕的传言开始传进啄木鸟的耳朵时，富有正义感的啄木鸟就为家燕抱不平了。为首的族长尖嘴经常在一些公众场合发表言论，主张把鹰王请来对家燕是否真有禽流感病毒进行科学论证，不能由杜鹃和麻雀说了算。与此同时，更有一些鸟族讥笑杜鹃鸟的布谷叫声欺世盗名，还不如啄木鸟啄木头的声音对自然有贡献。

几天前，在啄木鸟族大部分成员去与闽西北相邻的一片森林捕捉害虫之时，一伙不明来历的鸟袭击了啄木鸟世居地，十几只年纪大的啄木鸟和还不会飞行的小啄木鸟遇难，幸亏一向习惯于夜间活动的猫头鹰恰巧路过，将这伙偷袭的鸟赶走，才救出在对方围攻下受重伤的族长尖嘴。

从这天起，啄木鸟就由胖队长带领着警卫轮流在夜里看护家族的世居地，也才有了与独孤鸟们的相遇。虽然啄木鸟与独孤鸟两族间并无官方往来，但私底下里两个鸟族的鸟碰面还是以礼相待的，刚才胖队长是故意与独孤鸟们开了个不大不小的玩笑。

现在，早已等在枯树洞门口的族长见到独孤鸟只是礼节性地问候了一下，却一连声让小家燕飞到前面来。待咕噜落在他面前的枯树枝上，他眼里早溢满了泪水，颤声说："真的是一只家燕啊，好孩子，你受委屈了……我们鸟界的安宁没有……没有了……"

咕噜眼里也含满泪，叫了声"尖嘴族长爷爷"，就哽咽着说不下去了。

啄木鸟族长伸翅轻抚着家燕咕噜，探询的目光投向身边站着的副族长。

副族长忙上前把来的路上白天所说的护送小家燕去找鹰王的事情说了。一时间，啄木鸟族长连声说："好啊，好啊，没想到我们这些所谓的鸟界名门正派还不如一个列席的族类。惭愧啊，惭愧啊！"

"族长过奖了。"白天弯腰谦逊地说，"虽然我们独孤鸟为了进化的伟大事业不得不独居世外，与众鸟族鲜有来往，但我们不是聋子瞎子，对啄木鸟族勤劳善良任劳任怨，敢于公正说话的性格，我们是佩服得很啊。"

"这位独孤鸟族老真是会说话，看来你们独孤鸟的智商是高于那些故步自封的蝙蝠。"尖嘴族长由衷赞道，"没想到你们这一只只未成年鸟还有这样的古道热肠，直是愧杀老夫也。"

白天再次表示谦虚后，想起啄木鸟受到不明真相的鸟进攻的事，关切地问："尊敬的族长先生，就没有一点蛛丝马迹可寻？要是能抓到凶手就好了。"

精干的副族长在一边接过话："是啊，对手实在太狡猾了，选择夜黑风高的夜晚，趁我们大部分同伴不在家的时候突然袭击，就是我们精明的族长也没看出对方是谁呢。"

"哎呀，什么蛛丝啊马迹啊，我看，八成是杜鹃鸟使的坏。"旋风飞到啄木鸟族长面前的枯枝上大声说。

“这位独孤鸟兄弟说得有理啊。这伙鸟是经过伪装的，身上都抹上了不知从哪弄来的黑泥，外形上看像是乌鸦，可绝对不是乌鸦。据当时救我们的猫头鹰们偶然听到的叫声中分析，似乎有几分像杜鹃鸟。”尖嘴族长摇头说，“可惜这些家伙太狡猾了，一看情形不对，没和猫头鹰交手就撤走了，猫头鹰们也没伤到他们一根羽毛，更没抓到一只俘虏，没任何证据，这是一个教训啊。”或许是话说得多了，还没完全恢复的啄木鸟族长有些累了，他再次用翅膀轻抚一直在无声倾听他们说话的家燕说，“孩子，勇敢一些，你们家燕可只只都是聪明绝顶的吉祥鸟啊。鹰王回来，一定会还你们一个公道。”

咕噜忽想起了一个问题，问啄木鸟族长：“尖嘴族长爷爷，白鹇家族真的迁出文笔山了吗？我妈妈临终时还嘱咐我去找苍茫伯伯呢，说他会帮助我。”

“咕噜男燕，你说的苍茫是现在白鹇家族的族长了。可惜……他是聪明一世，糊涂一时，居然带着白鹇们袭击文笔山下野味店。唉，人类的枪口太可怕了！是啊，是啊，白鹇和老鹰一样失去了自己的世居地，到现在我也不知道他们去了哪里。不过话说回来，就是苍茫族长出面也没什么用。我现在才明白啊，所谓的由白鹇、麻雀、杜鹃组成的鸟规执行团，也就是让他当个摆设罢了。嗯，可惜我们明白得太迟了，鸟界的绝大部分鸟族很相信杜鹃和麻雀啊，他们都在卖力地帮麻雀布下天罗地网，捕捉漏网的家燕。唉，这些鸟族的智商连我们啄木鸟都不如！不过没关系啊，咕噜男燕，只要你找到了鹰王，我相信鸟界的安宁就会回来了。只是……只是靠你们这几只独孤鸟能保护咕噜安全逃出吗？咳……咳……”啄木鸟族长急促地咳了两声，扫视对面树上散落着的独孤鸟少鸟部落成员一眼，关切地问白天。

白天就把族长黑洞布置的飞行队形简单地向啄木鸟族长做了介绍。

啄木鸟族长脸上凝重的表情渐渐舒展开来，似乎对表述清晰明了的年轻独孤鸟族老很欣赏，微笑着点头赞许：“真是不错，趁着诗神洋洋用诗歌把杜鹃鸟和麻雀们哄住，来个声东击西。哈哈，独孤鸟族长的智慧本族长是不能比……咳……看看，还有这么年轻的族老，真是江山代有才鸟出，长江后浪推前浪，我们啄木鸟看来也得改革用鸟机制啊。不过，麻雀们的眼睛可都睁着呢，你们还是小心一些。”

这时，咕噜忽然又想起一个问题，急切地问啄木鸟族长：“尖嘴爷爷，你经常在各山林里捕食害虫，到过温泉洞吗？你告诉我温泉洞里关押的家燕怎么样了？麻雀和杜鹃会……会对他们怎么样呢？他们……”

听到咕噜问这样的问题，白天忙轻轻扇动两下翅膀，打断家燕的话说：

“咕噜，我们得起程了。”

头脑毕竟简单的啄木鸟族长没有理解白天转移话题的目的，歪着头想了想，认真回答家燕说：“咕噜男燕，本族长还真的听说过一些温泉洞的事。前不久，我路过格氏栲森林公园时，听几只智慧雀议论说什么洗脑行动不太成功，将来所长要在春天来临之前采取什么行动呢。”啄木鸟族长这么说时，白天一直向他使眼色，但他没看出来，接着又说：“我看是凶多吉少，得赶快把鹰王找来。嗯，杜鹃和麻雀真是太狡猾了，目前为止，好像还没有哪个鸟族知道温泉洞具体在哪里呢。”

家燕咕噜一时眼里含了泪，回头对白天说：“白天哥哥，我们不去找鹰王了，先去救温泉洞里的家燕，好不好？”

白天刚刚觉得啄木鸟并不是头脑简单的鸟族，这会儿又觉得他们就像只顾埋头拉车，不知抬头看路的老黄牛，成天就知道捕食害虫，不知道鸟界里的害虫更可怕，连族长也不懂得察言观色。当然，白天没有把这些话说出来，只是用严厉的语气责备家燕：“咕噜，你要犯和白鹇一样的错误吗？越是困难的时候，越是要保持头脑清醒，你现在去救他们，很少有鸟族会站出来支持你，你只会白白送死。只有找到鹰王，鸟界的公平和正义才会回归。”

听了白天的责备，咕噜有些羞愧地低下了头。

这时，听到话的旋风飞过来快鸟快语地说：“这还不简单，咕噜男燕，别担心，待我们路过格氏栲森林公园时，趁将来所长到大佑山参加洋洋诗鸟的诗歌朗诵会，我带几位兄弟到‘麻雀未来研究所’抓只智慧雀审一审。哼，还怕他不老老实实地带我们去温泉洞。咦，对了，白天兄，干脆我们顺带着把关押的家燕救出来，岂不两全其美？然后，大家再一起去找鹰王来主持公道。”

白天瞪旋风一眼，说：“又来了，你什么时候才能改掉毛躁的毛病？你以为将来所长是傻子啊？他和麻雀族长带着一些智慧雀到大佑山开会，一定会让温泉洞的智慧雀加强防范，就算你抓到一只智慧雀问出温泉洞所在，又有什么用呢？你这叫打草惊蛇！懂不懂？不说凭我们二十只独孤鸟能不能应付智慧和体能都超出一般麻雀的智慧雀，不等我们进入洞口，被捕的家燕或许就被他们残杀了。”

旋风被白天这一番分析透彻的话说得没了话，只能尴尬地对咕噜眨眨眼，飞回独孤鸟们的那棵树上去了。

咕噜急了：“那怎么办？白天哥哥，就眼睁睁地看麻雀和杜鹃对我的同胞下毒手？”

白天伸出翅膀轻抚家燕的头，说："放心，在杜鹃歌唱布谷之前，狡猾的杜鹃族长和麻雀所长是不会对被捕的家燕下手的。现在，野心勃勃要成为鸟界之王的杜鹃一定会假惺惺地表现他的公正仁慈之心。所以，被捕的家燕在温泉洞里暂时是安全的，现在要紧的是，赶在杜鹃歌唱布谷之前找到鹰王。"

一直倾听白天说话的啄木鸟族长一挥翅，再次对独孤鸟点头赞许："真不错啊，白天族老这一番分析，让老朽云开雾散搞明白了。嗯，咕噜男燕，人类有句俗语是说要快反而做不到，原话是怎么说的？"

经过白天和啄木鸟族长的开导，沉浸在悲伤之中的男燕咕噜心中慢慢地亮堂起来，他为自己简单的想法有些不好意思，他回答啄木鸟族长的话："尖嘴爷爷，人类那句话叫'欲速则不达'，也可称'性急吃不了热豆腐'。"

啄木鸟族长开心地笑起来说："真不错啊，哈哈，我尖嘴活了大半辈子可看到什么叫少年英才啊。哈哈，咕噜先生，你是本族长看到的最聪明的男燕，懂得那么多人类的知识，真不简单啊。哦，时间不早了，老朽就不耽搁诸位的重要工作了，赶快启程吧。可惜我受伤了，不然我亲自带着最强壮的啄木鸟一起护送家燕去找老鹰。在我们啄木鸟遇到袭击之后，虎头山的鸟族们晚上都加强了戒备，为了避免麻烦，就让我精干的副族长带些警卫一起护送你们飞过虎头山吧。咕噜男燕，只要鹰王回来，我啄木鸟第一个站出来说话，我保证。"

"再见，尖嘴爷爷，谢谢所有的啄木鸟兄弟姐妹。"咕噜真诚地向啄木鸟族长弯腰告别。

就这样，在啄木鸟副族长的护送下，独孤鸟们和家燕顺利地飞过了虎头山顶，一路上碰上守卫的鸟族都由啄木鸟副族长出面打招呼，尽管有些鸟族看到这支奇怪的蝙蝠队伍觉得有些奇怪，但都没有多做深究。绝大多数的鸟族对于独孤鸟与蝙蝠的区别还是不大分得清。再者，谁也没想到会是独居一隅的独孤鸟啊。

啄木鸟副族长在与独孤鸟们告别时告诉他们最好不要在山林之上飞行，因为在啄木鸟族遭到不明鸟族突袭之后，与虎头山临近的妙元山所有鸟族也加强了夜间的戒备。于是，白天决定飞行队伍趁夜色转移到山林的边缘，尽量不惊动沉睡中的鸟族，以免惹来麻烦。

现在，经过严格训练的少鸟部落按照原先的队形将家燕咕噜围在中间，顺着山边地带飞行。一边是神秘莫测的山林，一边是城市五颜六色的灯火，头上又悬挂着清明的月亮，让这群肩负神圣而危险使命的独孤鸟们内心充满了不合时宜的诗意，扇动的翅膀也越来越轻松起来。然而，自始至终少鸟部落的独孤鸟没有谁说过一句话，他们只是默默地调整着飞行的姿势，并尽可能给中间的家燕保持一个相对固定的空间，使他能自如地扇动翅膀。

咕噜对沉默的他们不太适应，与啄木鸟告别后，他的心思更重了，恨不得马上找到鹰王，拯救自己灾难深重的家族。他用力扇动翅膀没考虑如何适应独孤鸟们的飞行节奏，有好几次翅膀与独孤鸟碰到一起，引来一直沉默的少鸟部落的独孤鸟轻声而严厉的警告。这让咕噜更不适应了，终于忍不住叫道："停下，停下，我快闷死了，白天哥哥，我不要你们围护，我自己飞行不行啊？"

"不行！"白天简洁地回答。他没有放慢速度，也没回头，只是更警觉地观察前方有没有可疑的身影和声音。

不甘寂寞的男燕似乎有意和白天作对，又提出了一个请求："哇，这样沉闷的飞行我可从来没有过。喂，诸位少鸟部落的兄弟，我给你们唱支我们家燕的歌吧，那可是人类谱写的。"

白天随即用更严厉的语气说："咕噜男燕，现在不是玩的时候，等完成了任务，我们给你开一个演唱会。"

咕噜内心在偷笑，说了几句话后，他觉得沉闷一扫而光了。实际上，有上下左右各五只的独孤鸟们围护着飞行，家燕咕噜尽管得适应独孤鸟的飞行姿势，但还是飞得很轻松。轻松的飞行让他的思维更加活跃了，他想到了生死未卜、凶多吉少的爸爸和惨死麻雀毒手的姐姐，更想起了妈妈临终的嘱托。一切的一切都发生了这样的巨变，白鹇家族居然也和老鹰一样离开闽西北区域不知所终，妈妈的想法也就无法实现了。现在，能顺利地找到鹰王吗？如果在杜鹃鸟歌唱布谷前没有找到，那么……哇，想到这里，咕噜不敢往下想了，内心里因飞行带来的一丝轻松转眼间烟消云散了，为自己的孩子气暗暗懊悔。

白天以为自己刚才严厉的口气让咕噜不高兴了，在进入平稳地带时，他尽量用轻松的语气说："咕噜男燕，我们早知道人类为家燕谱写的那首歌了，你们是春天的使者，是人类的吉祥鸟。咕噜男燕，我们独孤鸟学喜鹊的叫声也是为了改变自身的形象呢。"

"嗨，白天大哥说得对啊，我旋风就不信那个邪，就是要当着杜鹃的面练习喜鹊的叫声，气死他们！"旋风说着，还低声学了两声喜鹊叫。

这回白天没批评旋风。

咕噜轻声应道："好啊，等有时间我一定给大家唱这首春天的歌。"咕噜忽然又想起洋洋为母亲写的那首诗，想到洋洋这会儿或许正在用诗歌掩护着自己的安全，小家燕内心里溢满了感激之情。

# 第五章

不知不觉间，以最快的速度飞行半个小时之后，这支神秘的飞行队伍在没有惊动任何一只鸟的情况下，神不知鬼不觉地顺利飞过了妙元山。随后，队伍折飞进文笔山树林之中。这让咕噜感到有几分诧异：难道是找白鹇家族？

飞行队伍进入文笔山森林后明显减缓了飞行速度，他们顺着山势飞到文笔山山顶后，又顺着山梁向南飞。训练有素的少鸟部落成员似乎对这样的改变没有疑义，依然尽职尽责地根据山势调整着飞行的节奏，始终给围在中间的家燕提供一个相对平稳的飞行空间，连毛躁的旋风也没有吭声。就在家燕咕噜要发问时，眼前的景象让他吃惊得张不开嘴了。

这不能不让家燕吃惊！因为呈现在他面前的文笔山太让他感到不可思议了。是的，诧异之中，家燕只能从人类的词汇中找到“不可思议”这个词来形容自己此时此刻的惊讶之情。从他开始学会飞行，和姐姐一起跟着父母亲第一次进行长距离野外飞行的目的地就是文笔山。可以说，是广阔的文笔山让他第一次领略到大自然的奇妙。

那是一个阳光明媚、春暖花开的好日子，咕噜他们一家四口到文笔山拜访白鹇家族的族老苍茫伯伯。那天，文笔山绿意葱茏、鸟语花香的景象让初次进行野外长途飞行的咕噜兴奋不已，他和姐姐绕着一棵棵树快乐地飞着，还和几只小白鹇比赛谁飞得快。文笔山丛林间开着各色各样的小花，这么多的花儿即使是生活在这里的白鹇们也没法一一叫出它们的名字。

而现在，他看到了什么呢？他看到的是一座与以前相比，简直是不忍目睹的千疮百孔的文笔山！是的，用满目疮痍来形容也不为过啊！现在，呈现在咕噜面前的文笔山虽然还勉强支撑出一些绿色，但这些绿色在晚冬依然凛冽的风中发抖，似乎在为自己前途未卜的命运担忧。没有一丝鸟的踪迹，也没有任何动物的踪迹，这个原本被三明城人类称为美丽后花园的山林，正被人类的贪婪和无休止的扩张蚕食。只要稍有智慧的鸟族都可以预见到，随着时间的推移，这样的蚕食将像皮肤病一样蔓延开来。

家燕咕噜震惊得说不出话来，内心的沉重无法用语言来形容。在他的请求下，白天带着独孤鸟们找到原先白鹇居住的世居地。万幸的是，身处于文笔山深处的白鹇世居地还没有被破坏，但明眼鸟都知道，这只是迟早的事。看来，白鹇就是不被人类凶恶的枪威胁，也得被人类贪婪的吞食逼得远走他乡啊。咕噜在曾经与小白鹇一起嬉戏的花丛中飞行了一圈，看到那些花似乎也打不起精神，也许它们在即将到来的春天，不会再开出那么美丽的花朵了。看到这些花就想到了小白鹇们的安全，白鹇曾经是多么悠闲雅致的一个鸟族啊！他不可能像老鹰一样飞得高高的，躲开人类的贪婪和枪口啊。这么想着，咕噜的心情更加沉重了。

心情和咕噜一样沉重的白天告诉咕噜，自从白鹇家族整体迁出文笔山后，这里就没有鸟族居住了，从文笔山丛林中飞过，速度虽然会慢些，却是绝对安全的。接着，白天长长叹口气说："唉，某些人的贪婪真是无止境啊！也许将来有一天，我们所有的鸟族都没有立足之地，而现在我们鸟族自己还要自相残杀，真不应该啊，要警醒啊！"

这时，在一棵杜鹃树上跳来跳去，自言自语地说着"踩死你，踩死你，狡猾的野心家"的少鸟部落部长旋风，似乎把同名的杜鹃花当作杜鹃鸟来出气，愤恨地说："什么安宁和平，要我说，咕噜男燕，你找到鹰王把鹰族带回来后，我们鸟界就彻底清除杜鹃和麻雀这两族害群之鸟，那样就省心了。"

"你又胡说，以暴制暴能换来鸟界的和谐和安宁吗？那只会制造更大的悲剧！"白天斥责旋风，"别踩了，那是杜鹃花而不是杜鹃鸟！花是无辜的，怎么拿它出气呢？"说完，又有意回头看着咕噜说："咕噜，你说是不是呢？"

咕噜摇头说："我不知道，我不知道，我……"

旋风特别服气白天，被年轻的族老一说，自觉没趣地住口，又用力踩了两下杜鹃树来表示自己的不满。

少鸟部落的成员看着部长这个样子，暗暗有些好笑，白天也只能笑着无奈地摇摇头说："好了，好了，不要再拿人家杜鹃树出气了，省下力气将来和杜鹃鸟较劲吧。"

现在，这个奇特的鸟群又起飞了，或许是受到咕噜的影响，大家的心情都特别沉重，不吭一声，只是奋力扇动着翅膀。在飞过曾遭到白鹇家族奋力抗争的野味店时，飞在后面的旋风往下看了看说："嘿嘿，真想不到优雅的贵族鸟白鹇会不顾死活地攻击这里，也难怪人类要发火了，把枪口对准白鹇。"

没有谁接旋风的话，他也就收了口。转眼间，野味店就被远远抛在了后面。

为了安全，也因为家燕在这一段的飞行实践中，已完全依照独孤鸟的节奏和习惯飞行，这个神秘的飞行鸟群飞的高度比刚才更高了，速度也更快了。大家都在心中憋足了一口气，每只鸟都聚精会神地用力扇动着翅膀。很快，他们再次转向西南方向，逼近了麻雀布置的防线——格氏栲森林公园西南方的边缘。这时候，白天招呼着鸟群落在了一片人工杉木林里。少鸟部落的成员不解，为什么不一鼓作气飞过去而停下来。后头的旋风飞到白天面前，问一直在瞪大眼睛看着前方的白天："喂，我说，尊敬的族老，怎么停下来了？天快亮了，赶紧趁天亮之前冲出去啊！"从话里听得出来，刚才被批评的旋风似乎还有情绪呢。

听出同伴话里的情绪，白天用和缓的语气向旋风解释停下来的理由和心中的担忧。

当然，旋风并不是一个小肚鸡肠的鸟，从白天的口气中体悟到了对方的歉意，心里的一丝不快早烟消云散了，咧嘴一笑说："呀，还是我们族老想得周到。没事，很简单，我领两位弟兄到前头先观察一下，不就什么都搞清楚了。"

白天微笑着点点头，用翅膀碰碰对方。

旋风带着两只独孤鸟飞出人工杉树林，向隔着一条湍急山溪的格氏栲森林飞去。他们飞行得无声无息又非常快，加上旋风有意在白天面前显示自己，特意来了个高难度又非常漂亮的起飞姿势，让家燕暗暗称赞。咕噜看看四周长得非常茂密的人工杉木林，对白天说："白天哥哥，奇怪啊，这么大一片杉木林怎么没有一只鸟在这里居住？"

白天说："咕噜小弟，你们家燕可能从来不关心别鸟的居住环境吧？嗯，是这样的，这是近几年出现的情况了，以前有些鸟族也会在人工种植的树林里居住。后来大家才发现人工树林因为树种单一很容易被同一种害虫侵害，而且生物的多样性被人类破坏后，对鸟族平衡饮食结构，保证科学的进化很不利。久而久之，就少有鸟族愿意在这样的人工树林里居住了，除了到林子里捕虫觅食。当然，偶尔也会有某些智商低的鸟族在这样的林子里暂居。不过，我看这片人工杉树林没有一个鸟族居住。"

"白天哥哥，你说的对，一进入人工种植的林子我就觉得连呼吸都不太顺畅了，原来这是失去了生物多样性的原因啊。"家燕似乎为自己的家族过着养尊处优的生活有些不好意思地低下头，充满歉意地说，"我们家燕久居于人类屋子里，对别的鸟的居住状况是太不关心了。"

白天正想张嘴说什么，这时候，远处的格氏栲林传来了麻雀们的几声叫声。于是，他忙着用严厉的目光扫视了一眼大家，独孤鸟们和家燕都不吭声了。空气似乎凝固了，一种无形的危险笼罩了这片与格氏栲林一溪之隔的人工杉树林，山坡下在月色中显得格外清亮的湍急溪流，像一条美丽的玉带缠绕在山间，水流的声响有些杂乱无章。

终于，在大家的焦急等待中，旋风和两只独孤鸟悄无声息地飞回来了，溪流声完全淹没了他们翅膀扇动的声响。足未立稳，气还有些喘不匀的旋风就迫不及待地向大家报告侦察的情况。

方才，为了不暴露，旋风和两只独孤鸟飞出人工杉树林后，并没有直扑对面的格氏栲林，而是一头扎进溪流的上空进行超难度的低空飞行，在山溪水声的掩护下，分头从几个方向进行细致的观察。他们发现，各鸟族布置的捕捉家燕的天罗地网就在格氏栲森林公园的西南方向，大约这一片的鸟族都派有不少鸟来执行守卫任务，看样子挺严密的。不过，令鸟高兴的是带领这些鸟族值夜班的是五只麻雀，看不出是蠢雀还是智慧雀，只是那些鸟族大都无精打采地在那里打瞌睡，显然只是慑于麻雀和杜鹃的淫威应付了事而已。

简洁快速地介绍完情况后，旋风指着同去的一只独孤鸟说：“这位兄弟侦察到的一个情况对我们很有利，让他说说。”

这只少年独孤鸟长相清秀，说话却有些结巴，吞吐了半天说：“我……我……看……看到……到……一个……个情……情况……是……”

性急的旋风忍不住打断他的话说：“好好，我来说，急死鸟了。是这样的，白天族老，这位兄弟发现有一个地方是由几只鹦鹉把守的，都低着头睡着呢，根本没有谁在认真工作，我们可以从那里悄悄飞过去。”

白天对旋风的侦察很满意，略一思索，当机立断说：“旋风兄弟，你和两位兄弟侦察任务完成得很不错，给我们带来了非常重要的信息。哈，旋风兄弟真是我们独孤鸟里的猛张飞啊，粗中有细。你刚才选的飞行线路倒是给了我一个很大启示，我们可以沿着溪流最低限度地超低空飞行，利用水声来遮盖我们这么多鸟同时飞行传出的声响。还有一点，我们要从鹦鹉那里突破，并不仅仅是看守可能松懈些，哼，我敢肯定，除了麻雀自己，没有哪个鸟族会真正为他们卖命的。族长说过，在鸟界里，鹦鹉是最支持我们学习喜鹊叫声的鸟族，因为他们本身就是一个最善于学习人类语言的鸟族，我们可以利用这一点。等会儿过封锁线时，大家要严格听从我的指令，不能擅自行动。一旦家燕被发现，也要尽量利用鹦鹉对我们独孤鸟学习别的鸟叫抱有的好感，争取他们的理解和支持。大家听好了，不到万不得已的时候，谁也不准向对方发起攻击！”在听到大家低声应答之后，细心的白天又亲自飞上临近溪流的杉树上观察山坡下溪流的动静。

旋风得到表扬，脸色兴奋得通红。他不好意思地晃晃脑袋，悄悄问一旁的家燕说：“猛张飞是什么意思？白天这家伙跟族长一样，老爱整些人类的新词。”

咕噜嘻嘻一笑说：“谁让你不认真学习呢。这话是表扬你像人类古代一位勇猛善战的将军一样粗中有细、有勇有谋呢。”

旋风高兴得张翅飞了两圈，得意地笑了。

白天飞回来了，确信溪流中没有任何异常情况。

这时候，东方的山梁上已泛出了鱼肚白。时间紧迫，少鸟部落的独孤鸟们按照原先的队形将家燕围在中间，尽量以平稳的速度从人工杉树林俯飞向山坡下的山溪。白天将飞行的高度降得很低，这并不是独孤鸟们所擅长的，他们必须付出更多的体力来保持平稳的飞行队形。然而，在人工杉树林里一直感到不顺畅的呼吸在小溪流上方一下子就打开了，溪流中新鲜的负氧离子让鸟们的血液奔流加快，翅膀似乎也被注入了无形的力量。同时，因水流声遮盖了鸟们翅膀扇动的声响，他们可以毫无顾忌地发力飞行。在飞行了一小段后，这支特别的飞行队伍就飞得平稳而快速了。

这支飞行队伍在格氏栲林边缘的山溪超低空飞行了大约有一刻钟，直到不得不飞离溪流，顺着一条高二十几米的瀑布提升高度飞起来后，他们飞到了三十几只鹦鹉执行守卫的瀑布上方的格氏栲林中。只要穿过前面那个岩石山群，再几个冲刺，就可以进入另一个区域的自然保护区，到那时候，他们就如鱼入大海，护送家燕咕噜的任务就算基本完成了。一翻上瀑布，飞在前头的白天在松口气的同时心绷紧了，他看到那三十几只鹦鹉全被惊醒了，虎视着这支奇怪的飞行队伍。白天一声暗语，少鸟部落就势将家燕咕噜围在中间，倒悬在瀑布边的悬崖上休息。

这时候，天已完全亮了，山林间蒸腾着湿漉漉的雾霭。

为首的鹦鹉长着漂亮的彩色羽毛，身体强壮，看起来是一个非常自信的家伙。他向前踱了几步，斜着眼看着体形比他小很多的白天傲慢地说：“喂，我说你们蝙蝠不老老实实待在一个地方，乱跑什么？”

白天向前走了一步，似乎一点也没在意对方傲慢的表情，弯腰谦逊地说：“尊敬的鹦鹉先生，打扰了，不知怎么称呼？”

“喂，他是我们的族老响亮，是我们鹦鹉家族学习人类语言最多的鹦鹉呢。”旁边的一只鹦鹉赶忙介绍道。

“失敬，失敬，响亮族老先生。”

“啰唆什么，我最讨厌什么繁文缛节了，你叫我响亮就成。”鹦鹉族老响亮看起来是一只性格直爽的鸟，他不耐烦地原地转了两圈说，“你还没回我话呢，格氏栲森林公园可都是将来所长划定的‘麻雀未来研究所’地盘，你们蝙蝠跑到这里做什么？”

“尊敬的族老……哦，响亮先生，我必须纠正一下，我们可不是蝙蝠，是大佑山的独孤鸟。我是族老白天，嘿嘿，尊敬的将来所长没有安排我们参加守卫。”说着，白天抬了抬脚，让对方看自己腹部下已长出来的彩色羽毛。

“咦，还真的是独孤鸟啊。”鹦鹉响亮惊奇地看了看白天腹下的彩色羽毛，又上上下下打量了一下对方，说，“难怪你们的块头比蝙蝠大许多，飞的样子也好看多了。咦，奇怪了，你们独孤鸟不是都待在大佑山里搞什么特别的进化嘛，跑到这里干什么？”

白天向响亮解释说，他们这是接受族长的使命，要去遥远的原始森林里再次向喜鹊求教，让整个家族都能尽快发出喜鹊的叫声。说完，他又示意旋风飞到鹦鹉的面前学喜鹊的叫声。

听旋风真的发出一声喜鹊叫，三十几只鹦鹉都围了上来，好奇地打量着旋风。旋风则兴奋地应他们要求，不顾白天的眼神制止，一声声叫着。

白天心里暗暗着急，但也没办法。他明白，在大佑山学喜鹊叫被杜鹃无端袭击受伤，一直憋着一肚子气的少鸟部落部长这会儿可找到了知音。

响亮挥翅让旋风不要叫了，点头说：“那好吧，我们鹦鹉最赞赏勤奋好学的精神了，你们独孤鸟还真不简单。喂，听说杜鹃鸟对你们学喜鹊声很有意见？哼，别管他，走自己的路，让别鸟说去吧！哼，不是也有很多鸟说我们鹦鹉就会学舌吗？那是嫉妒！整个鸟族听得懂人类语言的鸟不少，可有谁能像我们鹦鹉一样学几句人话呢！”响亮说着话，高傲地昂起了头。

白天见状忙顺杆子爬，说：“是啊，是啊，还是你们鹦鹉厉害，能学那么多人类的语言，我听说杜鹃族长和将来所长号称精通人类的语言，可是谁也不能像鹦鹉兄弟一样能说出来啊！嘿，冲这一点，鹦鹉就了不起，包括成天和人类混在一起的家燕，也只能听不会说人类语言呢。”

白天的这几句话让响亮听了很受用，但他马上四处看了一下说：“喂，可不要乱提家燕，隔树有耳，让智慧雀那帮家伙听到就麻烦了。也真是奇了怪了，说家燕有什么禽流感病毒，我还真就不太相信。可是大家听麻雀这么一说，为了自身的安全，也只好宁可信其有，不可信其无了。”

“我可不相信麻雀的谎言，家燕和人类世代居住在一起，得到了人类无尽的宠爱，怎么会用禽流感来危害人类呢？我不相信。”

“喂，小声，你这独孤鸟不要命了？千万不要让那些智慧雀听到。”

“怕什么！不就是些不起眼的麻雀嘛。”

“NO，NO，NO。”鹦鹉族老响亮一急居然冒出了几句英语，摇头压低声音告诫这只大胆的独孤鸟说，“你说的那是蠢雀。哇，那些智慧雀，也就是从‘麻雀未来研究所’培训出来的麻雀可厉害了，虽说个头没比蠢雀大多少，可是智商啊，还有力量啊，提高了好几十倍！别说你这小小的独孤鸟，我们鹦鹉个对个的，也不是他们的对手呢。”

听到这话，一向争强好胜的旋风不干了，他用力挺起身子张开翅膀展示自己的力量，不屑地说：“可我们独孤鸟也不是原先那瘦弱的蝙蝠，经过一代代进化，我们外表虽只比普通蝙蝠大一些，力量可是大了几十倍呢。哼，我就不相信智慧雀有那么厉害！”

鹦鹉响亮不太相信地看了旋风一眼，正想说什么，忽然侧耳一听，紧张地说：“不说了，不说了，你们快走吧，好像是智慧雀要来了，省得麻烦。嗨，我们还得当一天和尚撞一天钟呢，好在春天快来了，这烦鸟的差事也应当快结束了。”

原本围过来的鹦鹉已飞回各自的位置上，继续无精打采地站岗。

白天用目光示意旋风带着少鸟部落掩护着家燕咕噜起飞，一边装着同情的样子与鹦鹉拉家常，分散他的注意力说：“真是的，你们鹦鹉如此高贵，却屈尊来这当守卫，风吹雨淋的。”

响亮对从鹦鹉面前缓缓飞过去的少鸟部落一点也没有怀疑，觉得白天这只独孤鸟真是鹦鹉的知音，愤愤不平地说：“可不是，我们鹦鹉也算是人类眼中的宠物鸟了，我们派出那么多同类与人类接近，不就是为了获得更好的生存空间吗？没想到还得受麻雀这小鸟得志的家伙指派。看看，他们麻雀们占着燕巢享受，要我们鹦鹉到这里喝西北风。嗨，听说杜鹃要当王了，那可是一肚子坏水的家伙，不是什么好鸟。不瞒你说，我们族长昨晚就被叫去大佑山参加什么杜鹃鸟的诗歌会。对了，听说给杜鹃写赞美诗的是我们闽西北鸟界最天才的诗鸟洋洋呢！哼，我原来挺欣赏他的，没想到这家伙的骨头这么软！”

白天为洋洋辩护说："我想洋洋不会情愿去给杜鹃族长和杜鹃鸟族写什么赞美诗吧？可能也是为了应付族长分配的任务，和你们鹦鹉一样没有办法啊。人类有句话说，人在屋檐下，不得不低头，说的就是这么个理吧。"

看起来，这个性格直爽的鹦鹉族老满肚子牢骚，他又侧耳听了听，压低声说："嗨，我们还是少招惹是非，快走吧，好像麻雀正往这边飞呢。那些智慧雀并不相信别的鸟族，组成一支巡逻队，时不时突袭检查守卫工作呢。"

白天看旋风带着少鸟部落按照原先的队形将家燕保护在中间，已安然飞出了鹦鹉的防区，也就赶紧和鹦鹉族老告别了。一切似乎都很顺利，只要飞过这片地形险恶，没有一棵树、一根草掩蔽的岩石山群，最危险的路程也就过去了。按预定的计划，他们将在进入那片原始森林后与家燕咕噜告别，顺便去完成向同样住在原始森林另一个方向的喜鹊讨教。

然而，就在独孤鸟们飞上岩石山上空松口气时，未成年智慧雀希希和麻雀四兄弟中的风和雪，带着二十四只智慧雀新生快速飞过来了。

这里得补充说明一下。前面说过希希在杜鹃红族老的帮助下去南坑村对漏网家燕进行搜捕，虽然一无所获，但希希的指挥能力在实战中得到快速提高，并树立了领导者的威望。回到"麻雀未来研究所"后，将来有意培养儿子，将三十六只智慧雀新生划归希希指挥，由头脑简单但强壮忠实的麻雀四兄弟协助他。同时，提供最优良的场所由希希领着这些智慧雀新生进行快速训练。于是，短短的时间里，这些智慧雀新生的智慧有了较大的提高，战斗力自然也提升了。最后再经过"验收"有二十四只麻雀通过了考验，其他雀只能回到三明城继续过他们曾经的生活。检查捕捉漏网家燕的防线，原先不是希希这支队伍的任务，但在将来所长和族长带着一些族老去大佑山参加诗歌朗诵会时，希希主动请缨。于是，这支智慧雀新生就分成了两个强大的巡逻队，分别由麻雀四兄弟的风和雪、霜和雨带领十二只智慧雀新生，希希则坐镇指挥。现在希希之所以亲自带着队伍赶过来，是因为他们的队伍正要往别片巡逻时听到了好几声喜鹊的叫声，他一听马上就产生了怀疑，急忙往鹦鹉所在的防区赶来。

这会儿，二十四只智慧雀新生纷纷落在鹦鹉面前，鹦鹉响亮见是将来所长的公子亲自来了，也不敢怠慢，忙上前迎接。现在，正所谓有志不在年高，鸟界早流传开将来所长的公子希希其智慧和凶恶如何超过乃父，手下的麻雀四兄弟又是如何能征善战。

希希落在高高的树梢上遥望已飞进岩石山脚下的鸟群，眯着眼似乎没看到飞到面前的鹦鹉族老，冷冷地问道："刚才飞过去的是什么鸟？"

"什么鸟？"方才还自信傲慢对麻雀牢骚满腹的鹦鹉族老响亮，这会儿却显得非常谦卑，吞吐着说，"是……是蝙蝠……"

唉，这是鸟界的悲哀吗？"明哲保身"的信条让勇士成了懦夫！

"蝙蝠？"希希用严厉的目光瞪着鹦鹉族老，说，"尊敬的响亮先生，好像蝙蝠没有大白天飞行的习惯啊。"

"老实说，是不是蝙蝠？"麻雀四兄弟的风和雪齐声斥责鹦鹉族老。

"那……那就是……好像独孤鸟吧，嗨嗨，我看不太清楚，他们长得都是那个样。"鹦鹉族老媚笑着解释。

"独孤鸟？他们不是生活在大佑山顶？飞这么远去做什么？"希希皱眉思索道。

"领导，独孤鸟不与别的鸟来往只管自己进化，我听说他们要把叫声进化为喜鹊的叫声，派了一些鸟到真人旗那的原始森林里的喜鹊那里学习。会不会就是为了这个事？"

希希思索了一下，望着远处开始往高高的岩石山峰上飞的鸟群说："哼！弟兄们，给我追！"

希希一声令下，二十四只智慧雀新生如离弦之箭穿过格氏栲森林公园边缘杂木丛生的沼泽地带，向高高耸立的连绵不绝的岩石山群飞去。

# 第六章

"岩石山，岩石山，鸟不拉屎绝地山，岩石山上活三天，天王老子可称王。"这是闽西北鸟界关于岩石山的民谣。

高耸入云的岩石山海拔高达一千米以上的山峰有三座，还有十几座大小不一的山峰。这些岩石山常年疾风劲吹，没有一只鸟族在此居住，岩石山唯一的生命是那些惯于攀登陡崖的羚羊，为了生存，他们会选择在陡崖上安家。鸟族们经过这个地方都会有一种窒息之感，酷爱绿色森林的他们只是匆匆地飞过这里。当初，鹰王隐居之时，有些鸟族还以为鹰族会居住在这就近的岩石山上，后来大家才明白，志存高远的鹰王又怎么会选择离人类居住地并不深远的岩石山呢？是的，岩石山没有可供野生动物食用的食物。或许自打它诞生，就成为一个生命的禁区，原始森林和几个区域的鸟族和兽族都不屑占领它，于是，它就成了一个被遗忘的地带。

希希带领智慧雀们一通狂追之后，已远远地看到独孤鸟们的身影。

那么，飞行速度并不慢于麻雀的独孤鸟们为什么这么快就被追上呢？

原来，当独孤鸟们飞过格氏栲森林公园杂木丛生的沼泽地带，为了不在鹦鹉的视线下暴露家燕的行踪，不得不放慢速度飞到岩石山脚下时，恶劣的环境让一些独孤鸟产生了畏难情绪，步调不一致又要保持队形，这样飞行速度减慢且消耗的体力加大，如此，就被麻雀们追上了。大约还有五十米远时，飞在前头的风兴奋地向希希报告："领导，你判断的不错，真的是独孤鸟。"

希希一副少年老成的样子，装腔作势"嗯"了一声，眯眼审视飞到半山腰处的独孤鸟说："你没觉得还有什么不对吗？"

雪歪着头观察了一下说："领导，好像没什么异常，也许他们真的是去学习喜鹊叫声吧。哼，反正我讨厌独孤鸟这怪里怪气的鸟族。领导，反正鹰王不在了，以后开会是不是可以不让独孤鸟当什么列席代表了，反正蝙蝠家族也很讨厌他们呢。"这位麻雀四兄弟的老二比较饶舌，说着就偏题了。

希希扫了他们两眼，说："我说两位智慧雀，说话过过脑子好不好？你们就没看出他们飞行的队形有些奇怪吗？上下左右都有独孤鸟飞行，好像我跟爸爸到大佑山也没见过独孤鸟这种奇怪的飞行队形。"

"咦，是有些奇怪啊领导。"麻雀四兄弟老大风叫道。

"你们加快速度飞过去，叫他们停住！"希希对风和雪交代完，又命令二十四只智慧雀新生包围过去。

风和雪得到希希的指令，一边猛扇翅膀向前追去，一边发出要独孤鸟们停止飞行的怪叫声。

实际上，希希带着智慧雀新生一出现，独孤鸟族老白天就发现了，心中暗叫一声"不好"，表面上却假装镇定，让大家加速飞行。他想，飞过了岩石山这座最高的山顶到了另一面山坡，离格氏栲森林公园麻雀们的老巢更远些，也就会更安全些。没想到因为要保持队形，独孤鸟们速度慢了，这伙智慧雀新生飞行速度又如此之快，此消彼长，眼看着陷入麻雀的包围圈了。

飞在后头的旋风看看快追上来的麻雀，天不怕地不怕的他一股子无名火升起来，叫道："白天大哥，你和几位弟兄护送咕噜先走，我带些弟兄们来对付这班可恶的家伙。我还就不信了，今天就会会这什么智慧雀，和他们过过招。"

被独孤鸟们围在中间的咕噜觉得自己就像是一个胆怯的逃兵，听了旋风的话，也叫道："白天哥哥，不是鱼死，就是网破，和他们拼了，现在又不是在闽西北区域，还怕他们什么。"

白天往后看了看，低声对家燕和独孤鸟们说："冷静，冷静。弟兄们，我们目的是护送家燕进入原始森林，不到万不得已不要暴露家燕。看样子，这伙麻雀并没有发现咕噜。大家做好战斗准备，先找个背风的地方休息，以逸待劳，兵来将挡，水来土掩，看看这些所谓的智慧雀有什么花招。"

白天的镇静，让少鸟部落的情绪平稳下来。当希希领着二十四只智慧雀围上来时，少鸟部落的二十只独孤鸟已按原先熟练的方式，将家燕咕噜巧妙地围在中间，倒悬在一处岩石上。

麻雀四兄弟风和雪先飞过来察看了一下倒悬休息的独孤鸟们，从鼻子里"哼"了几声，回头向希希报告道："领导，好眼力，从他们的体型和腹部下稀拉拉的彩色羽毛看，果然是一伙独孤鸟。"

这时候，希希领着二十四只智慧雀新生已纷纷落在距离独孤鸟们休息的地方五米左右的一块岩石上，智慧雀们一副张牙舞爪不可一世的样子，似乎恨不得把这二十二只独孤鸟一口吃了。希希微微耸动了一下翅膀，智慧雀们才停止了鼓噪声。他眯起眼睛看着两只没有倒悬休息的独孤鸟，傲慢地说："喂，我说你们这伙独孤鸟要到哪里去？怎么都是一帮小孩子。"希希看到眼前的少鸟部落有些意外。

旋风火气十足地回道："说别的鸟是小鸟，你自己不也是只未成年鸟吗？不在家好好做功课，跟着大鸟出来瞎混，猪鼻子插大葱装什么象！"

风和雪对旋风的话很生气，吹胡子瞪眼叫道："喂，我说小独孤鸟，放尊重点，这可是我们将来所长的公子希希智慧雀，是我们麻雀四兄弟和二十四只智慧雀新生的领导呢。说话当心闪了舌头。"

希希对旋风的话并不生气，阴笑道："小看本小鸟啊。告诉你，只要我一声令下，这二十四只智慧雀新生就会冲上去把你的毛全啄光，让你光着屁股不敢回家。"

白天忙制止了火气要上来的旋风，微一弯腰说："原来是将来所长的公子，失敬失敬。是这样的，我是大佑山顶铁瓦寺独孤鸟的族老白天。刚才我和看守的鹦鹉兄弟说过了，我们是奉族长的指令到真人旗那的原始森林里找喜鹊学习叫声的，飞行匆忙没有在意诸位的招呼。”说着，又指指憋着气的旋风说：“这二十只独孤鸟都是选出来的少鸟部落成员，这位就是少鸟部落的旋风部长。”

“旋风？好像很厉害一样。我也叫风，敢不敢和我比试比试。”麻雀四兄弟中好斗的老大风来了兴趣。

“好啊，乐意奉陪。不过，这会儿老哥没有工夫。”沉不住气的旋风说道。

麻雀四兄弟的老二雪见状叫道：“咦，说独孤鸟像茅坑里的石头又臭又硬，姥姥不疼舅舅不爱，还真有些道理。”

白天忙用眼光制止要发作起来的旋风。

“真的是这样？”希希飞过来绕着倒悬休息的独孤鸟们转了一圈，没发现什么异常，又飞回去落在岩石上。

“哎呀，是啊，是啊，希希智慧雀，年少有为当领导，不简单啊。”白天赔笑道。

白天的话让希希有些受用，他也略微弯了弯腰缓和了态度说：“独孤鸟倒真有些意思，这么年轻也能当族老。我说独孤鸟，看来你们原来当蝙蝠时的一些习惯也没改过来，瞧，这么倒悬着休息多累得慌啊。”

“习惯了，习惯了，慢慢改吧。我们独孤鸟不就改了蝙蝠不在白天行动的陋习嘛。”白天故作轻松，试图引开希希的注意力。

然而，希希转眼间却在稚嫩的脸上摆出与年龄不相称的表情，严肃地说：“难啊，真难，诸位独孤鸟们独居大佑山不与外鸟来往，对鸟界的事一定不太了解。我爸爸说了，我们麻雀为什么要召集大家搜捕漏网家燕呢，就是防止闽西北家燕的禽流感传播出去，这可是为了整个鸟界和大自然的安全着想。请大家千万不要误会，我们不能让一只家燕携带禽流感病毒逃出去是不是？再说，我们把搜捕到的家燕集中到温泉洞是为了给他们治病，诸位独孤鸟兄弟要理解我们啊。”

旋风掉过头，从鼻子里用力“哼”了一声。

白天忙就坡下驴点头哈腰说：“理解，理解。”

希希对白天的态度很满意，高昂着头踱了两步，一挥翅说：“我们麻雀对你们学喜鹊叫没有什么意见，那是杜鹃鸟的事。好吧，不打扰你们休息了，我们回了。”

看麻雀们在希希的号令下转身飞走了，白天暗暗松了口气。旋风却对年轻的族老很不满意，觉得他对一只小智慧雀如此低声下气，有损于独孤鸟的尊严，气呼呼地说："白天大哥，对麻雀犯不着太客气，我们怕他们什么？哼，我恨不得一口咬断这只小智慧雀高昂的脖子，好像他是鸟王一样。哼！"

少鸟部落的独孤鸟们听了部长的话，也低声附和，不理解年轻的族老对麻雀为何低声下气。

从倒悬掩护的独孤鸟中伸出头来透了一口长气的咕噜小声说："我认识将来所长的儿子，很坏很坏，大家可不要小看他啊，他可是非常狡猾的。还有，智慧雀的战斗力和智商可比蠢雀高几十倍呢，我们家燕就是吃了轻敌的亏啊！"这么说着，咕噜的眼前闪过那晚上父亲与智慧雀搏斗的场面和希希妹妹哩哩的影子，心中笼罩上一片阴影，又想，不知现在小女雀是不是也变了呢，她是不是也认为咕噜携带着禽流感病毒呢？

白天一振翅膀飞到刚才希希站的地方，目送麻雀们向格氏栲方向飞去，直到看不见他们的身影才松了口气说："黑洞族长常说人类的一句话最适合我们独孤鸟族，那句话就是：大丈夫能屈能伸。说的是要成就大事，就必须学会为了远大的目标忍辱负重。我们是要护送咕噜家燕去找鹰王，能避免冲突保证家燕的安全，就是最大的胜利。为了这个目标，就让这只目空一切的小智慧雀暂时得到心理的满足，有何不可？"

少鸟部落的年轻独孤鸟们不吭声了，心里暗暗羞愧。旋风则红了脸低下头，不用白天号令就重新组织独孤鸟们排好队形准备出发了。

为了慎重起见，白天命令倒悬休息了一阵的独孤鸟们还是将家燕围在中间，开始向山顶飞行。这是这片岩石山群中海拔最高的山，体力恢复过来的鸟们飞行速度很快，眼看着就快飞到山顶，越过这座最高的岩石山山顶后，就是一些低矮的小石山包，飞行就轻松多了，更重要的是，这座岩石山是一座天然的屏障，将格氏栲森林公园隔离开了。

然而，转过山梁的麻雀们又飞回来了。白天大吃一惊：看来，咕噜说的不错，希希真是一只狡猾无比的智慧雀，他显然没有打消怀疑，这是给独孤鸟们玩欲擒故纵的招数啊！而这时候要倒悬休息保护家燕已来不及了，白天忙叫独孤鸟们把队形缩紧，将咕噜围在中间。

很快，麻雀们几个腾飞就追上了要保护家燕而飞行速度降低的独孤鸟们。希希老远就嬉皮笑脸地叫道："白天族老，我想了想，还是来送你们一程，前面的岩石山还很多呢。"

白天小声叫大家保持平稳的飞行队形，冷冷地回道："希希先生，你太客气了，实在没必要，我们独孤鸟从来不需要别鸟的帮忙。”

心怀鬼胎的希希绕着少鸟部落的飞行队伍飞了一圈，依然嬉笑着说：“真好玩啊，你们独孤鸟会排这样的阵型飞行，咦，好像中间还有一只鸟吧？”

白天忙飞到希希面前挡住他的视线说：“嗨，那……那是我们族最出色的歌手，这次能否将喜鹊的叫声学得更逼真可全靠他了。族长嘱咐我们要为这歌手挡风，保护他的歌喉呢。”

“是吗？你们独孤鸟真是不一样，什么事都要独创。”希希依然将小眼盯着飞在中间若隐若现的家燕。他看了半天终究没看出什么名堂，正要下令队伍返回，突然间，地势险峻的岩石山顶刮来了一阵不规则的旋风，将少鸟部落的队形刮松散了。尽管小独孤鸟们竭力掩护家燕，但就在这转瞬间，希希看到围在独孤鸟中间一直看不清的所谓歌手腹部闪过的粉红色。粉红色？那是什么？粉红色的羽毛！那不是独孤鸟，这些独孤鸟腹下稀拉的几根羽毛是绿色的！那是什么鸟？什么鸟？一闪念间，希希忽然大叫了一声：“家燕，咕噜！”

随着希希一声惊叫，早觉察到麻雀脸上表情变化的白天一个冲刺，将嘴狠狠啄向飞在身边的智慧雀希希。然而，一直很警觉的小智慧雀快速避开，躲过了这致命的一击，匆忙中有些狼狈，险些撞到一块尖尖的石柱上。随即，他尖声叫道：“是家燕咕噜！弟兄们，给我上，把他抓住！”

转眼间，风云突变，麻雀四兄弟的风和雪及二十四只智慧雀新生怪叫着扑过来，将少鸟部落的独孤鸟们包围住了。

在白天一击不中的瞬间，早有准备的少鸟部落成员没等族老号令就散开了，将家燕咕噜护在中间，排开了防守队形。

“嘻嘻，哈哈。”希希得意地大笑着，看着已被自己手下包围起来的独孤鸟，对挺身站在自己面前的白天说，“嘻嘻，你们这伙独孤鸟果然与家燕私通。哼，可惜骗不过本智慧雀的火眼金睛。说！你们护送家燕逃出去想干什么？”

一直憋着一口气的家燕咕噜看到希希那得意的嘴脸，眼里不由得冒出火来，几次要飞过去与对方拼命都被独孤鸟挡住了。他一时愤愤地叫道：“希希，你们麻雀是凶手！十恶不赦！我要为我们同胞报仇，去找鹰王来主持公平正义。”

希希眼珠子一转说：“鹰王？哈哈，他现在自身难保，哪有空管这些闲事。哼，那老家伙过时了，到春天来临时，闽西北鸟界就会有新的鸟王诞生，那可是我爸爸的好兄弟杜鹃族长，谁也休想翻案！”

“做梦！正义最终会战胜邪恶，你们麻雀和杜鹃合谋给我们家燕扣上莫须有的罪名，妄想赶尽杀绝，又假借人类之意来蒙骗鸟族！哼，等鹰王回来一切就真相大白了，所有的鸟族都会看清你们丑恶的嘴脸，你们一定没有好下场。”咕噜快气坏了。

“哈哈，这只小家燕的智商好像不低，怎么会有这么愚蠢的想法。哈哈。”希希得意地扑腾着翅膀叫道，“咕噜，你现在飞得走？我已事先让一只雀传出号令，那后面守卫的鹦鹉就会飞来帮忙，包括你这些独孤鸟兄弟统统逃不出我的手掌心！”

果然，远远地就看到了鹦鹉们飞过来的身影。

白天很清楚，现在就是对付这些麻雀都没有胜算，更不用说鹦鹉再来帮忙了。不能再等了，只能主动进攻。这么想着，白天用独孤鸟暗语向大家发出了进攻的号令，又命令旋风带两只独孤鸟掩护家燕冲出包围圈。

早憋足了一口气要向麻雀进攻的旋风听了白天的指令，叫道：“不，白天大哥，你带着家燕先走，我带着弟兄们掩护！”

咕噜喊道：“我不走，我不当逃兵，我要为同胞们报仇！”

这时候，独孤鸟们已与智慧雀们激战在一起，一时间，岩石山顶上一片腥风血雨。实际上，训练有素的少鸟部落尽管是未成年鸟，但与这些智慧雀新生可谓棋逢对手，不相上下。然而，凶猛的麻雀四兄弟的风和雪却无比强悍，配合默契，几个回合，就将一只独孤鸟啄伤坠落在岩石上。智慧雀新生们从中得到了鼓舞，更加疯狂地和独孤鸟们纠缠在一起。

希希对眼前的战局很得意，一声怪叫，张开翅膀向灵巧躲开风和雪围攻的家燕冲去，边叫道：“你们把独孤鸟族老给我逮住，嘿嘿，让我来和昔日的朋友叙叙旧。”

仇鸟相见，分外眼红。咕噜看着这位昔日曾在一起玩过的小伙伴，眼里冒出火来，一声不吭，伸嘴向对方狠狠地啄去。

希希也伸嘴迎战。

在各自躲开对方狠狠一击之后，小家燕咕噜和小麻雀希希缠斗在一起，展开了一场殊死搏斗。

这是一对旗鼓相当的对手，都有着超越同鸟的强健体格和智慧，在最初的争斗中，双方谁也没输给谁，除了啄下对方的几根羽毛，并没有给对方致命的打击。但渐渐地，怀着满腔仇恨的家燕咕噜那种不要命的进攻让小智慧雀心生一丝畏惧。正所谓“两强相遇勇者胜”，怀着满腔仇恨的咕噜开始占了上风，这时候，他早把寻找老鹰的事忘到九霄云外，仇恨让他失去了理智，只想狠狠地攻击对手，让对方偿还麻雀欠家燕的血债，哪怕与对手同归于尽。当他用这些天在大佑山顶练习倒悬技术强化训练出来的更为锋利的尖爪撕破对手脖子上一块连着羽毛的肉时，心生胆怯的希希忍不住疼痛，怪叫一声飞逃出战斗的圈子。

听到小智慧雀的叫声，见状不妙的风结束与旋风的搏斗赶过来救驾。

希希又痛又恨，疯狂地叫道："风，给我把这个小子弄死……不，给我把他抓住，我要让他尝尝我的厉害！"

一时间，在风猛烈的进攻下，家燕咕噜只能被动地防守。

在希希与咕噜进行殊死战斗之时，白天也遭到了雪和其他几只智慧雀的围攻。强壮而配合默契的麻雀让白天只有招架之功，无还手之力，一时间险象环生。好在希希下了命令要捉活的，风和雪没有下狠手。百忙中，白天看到所有的独孤鸟都在奋战，似乎并没有占到上风，而看到希希和咕噜斗在一起，白天就更加着急了。他不顾自己安危叫道："旋风，快带着咕噜走，我们拼死也要保护好家燕，这是命令！"

就这时候，咕噜在与希希的争斗中占了上风，风不得不去增援，白天这才松了口气。在狠狠一爪挡住雪的进攻时，白天再次向旋风发出掩护家燕撤退的命令。

此时，接到报信的鹦鹉飞来了。

看到援兵来了，高飞在上空的希希似乎打了一针兴奋剂，马上命令鹦鹉族老响亮带领全体鹦鹉投入战斗。

响亮斜了一眼像只好斗小公鸡的小智慧雀，慢条斯理地说："领导，我们鹦鹉会的可都是嘴皮子上的功夫，打斗不是我们的长项呢。"

"什么？你们也想放走家燕？那可是违反规定的！回头让我爸爸找你们算账！"

鹦鹉们听了小智慧雀盛气凌人的话都很生气，但是"枪打出头鸟"的准则又让他们不想违抗鸟规执行团的命令。鹦鹉们陷入进退两难的矛盾之中：一方面他们很同情甚至敬佩独孤鸟和家燕，另一方面又不想当出头鸟触霉头。

鹦鹉的到来让战场上的形势发生急转直下的变化，鹦鹉一旦参战，独孤鸟们的形势更加危急。这时候，善于观察形势的独孤鸟族老白天在与雪的纠缠中，体察到了鹦鹉的矛盾心理，他再次用独孤鸟的暗语向旋风发出指令："旋风，快掩护咕噜撤离，鹦鹉一旦参战，我们谁也走不了。无论如何，我们就是牺牲生命，也要保护家燕的安全。族长说过，他可是闽西北家燕唯一的希望火种啊！这个时候，你还要逞匹夫之勇？快，从鹦鹉所在的位置冲出去，趁他们还在犹豫，不然就来不及了。旋风，快，我来掩护！”

旋风无奈地大叫一声，令两只独孤鸟跟着自己保护家燕突围。说着，他又大吼一声，将与自己纠缠已久的一只智慧雀新生狠狠地啄落。接着，用一个高难度的螺旋式飞行动作摆脱冲上来的一只智慧雀新生，飞到家燕面前，向风做了一个虚假动作，趁对方躲避之时，一把用翅膀扯住家燕咕噜直向高处的鹦鹉和希希所在的位置飞去。

旋风这一连串高难度的飞行动作和虚虚实实的进攻，充分展示了这只少鸟部落部长强健的体能和高超的飞行技艺，如果不是他那种易急躁的性格影响他的行为，那他无疑会成为一只出色的独孤鸟。

说话间，旋风扯着家燕咕噜已飞到鹦鹉和希希面前。受了轻伤的希希此时对旋风的表现早心生畏惧心理，不敢上前拦阻，却一连声命令：“快拦住他，不能让家燕跑了，他可是我爸爸最讨厌的执行燕哈辛的儿子，抓住他，抓住他！”

然而，这些身材高大的鹦鹉就像是一群没有生命的木偶，他们似乎没有听到小智慧雀的命令，而是眼睁睁地看着独孤鸟和家燕从眼皮子底下飞过，眨眼间飞越高高的岩石山山顶，一个俯冲，向一片乱石嶙峋、地形复杂的石林飞去。

见此情况，希希在发出让麻雀两兄弟追击的指令后，气急败坏地对鹦鹉们叫道：“鹦鹉，你们这是有意放走家燕，回去让我爸爸找你们算账。”

鹦鹉们脸上依然是一副呆呆的表情，如在梦游。

鹦鹉族老响亮用他那一贯慢条斯理的语调，无奈地耸耸肩膀，叹口气说：“希希小智慧雀，话可不能这么说。我和你说过的，我们鹦鹉要的可都是嘴皮子上的功夫，打架这活儿从来没训练过。你瞧，这会儿你也看到，我的这班弟兄们真是胆小如鼠，看到这场面都吓傻了，一个个像菜鸟一样，上去也是添乱。”

“你……你……”希希被对方的狡辩气得说不上话来，脖子一梗说，“别叫我小智慧雀，听到没有？”

鹦鹉族老恭敬地一低头，应道：“是的，希希智慧雀，领导。”

希希真拿这三棍子打不出一个屁来的鹦鹉没有办法了。

说话间，麻雀四兄弟的风和雪早放下各自的对手冲出激战成一团的队伍，向旋风和咕噜飞去的方向追去，并很快在地形复杂的石林追上了旋风和咕噜。

石林里各种怪石林立，石林之上时常又有一阵阵方向不定的旋风吹来。所以，过这片石林的鸟们是不太愿意从石林顶上飞的，那样要应付突如其来的方向多变的旋风，白白耗费体力，鸟们因此都选择小心地绕着如迷宫般的石林飞行，间或才飞上石林顶辨别一下方向。

然而，为了避免遭到追来的麻雀从高处俯冲式的最有威胁的进攻，旋风和家燕咕噜不得不选择了从石林顶飞越的线路，这给他们的飞行造成了一定的难度。现在，形势危急，他们只有阻击住对手，然后隐入这片迷宫般的石林，才有机会逃生。

当旋风看到追来的只是麻雀两兄弟时稍安了心，反而停在一块尖削的石林顶端等待他们。实际上，在掩护家燕飞出包围圈时，另两只参与掩护的独孤鸟被对手纠缠得无法脱身，现在面对风和雪的是家燕咕噜和勇敢的少鸟部落的部长旋风。

凶悍无比的麻雀四兄弟老大风和老二雪也落在与对手面对的另一块石头上，他们摇头晃脑，耸肩扇翅地向对手示威。

咕噜和旋风也同样展翅伸爪，毫不示弱地发出挑战。

这是两对同样强悍的对手，而对手之间相望，似在掂掂对方的分量，也是一种心理示威。当然，这样的示威并不会进行多久，他们就分别选定了各自的对手缠斗在一起了。

与咕噜对决的是风，这是一只未成年家燕和一只最凶悍的成年智慧雀之间的生死之战，双方都拼尽了全力。这是一场不公平的决斗，成年鸟与未成年鸟间悬殊的较量。但是，经过了一个冬天严寒考验的小家燕身心已提早成熟了，可以说他是有史以来最为强壮的家燕，在南坑村食用白发爷爷的人类粮食，让他拥有了任何一只成年家燕所不具备的爆发力，他的翅膀经过冷风酷雨的洗礼而强健有力，足以进行常鸟无法想象的长途飞行。有一点必须提及的是，在大佑山经过独孤鸟强化的倒悬休息训练后，他的爪子不知不觉中变得更加锐利了，这是别的家燕所不具备的。因此，尽管从体格上看，家燕咕噜比强悍的智慧雀风弱小，但两鸟交起手来却势均力敌。

咕噜的勇敢和体能显然让此前一直小看他的智慧雀风大感吃惊，刚一交手，就两次险些被对方啄中眼睛。于是，没占到一点便宜，反而被对方啄下两根羽毛的风先脱离了缠斗，确信很难将对手短时间置于死地后，决定换一种方式。当气喘吁吁的双方都落在一块一平方米大小的岩石上，虎视着对手准备再战时，风突然一改凶恶的表情，微微一笑说：“不错，不错，真令本智慧雀大开眼界。一只未成年家燕能与本雀打这么久，本雀真是佩服。只可惜，我所见过的家燕都是笨蛋。”

咕噜不屑地说：“错了，告诉你，我们家燕虽然爱好和平，可战斗起来从不胆怯。是你们麻雀突然袭击，不然，我们家燕是不会失败的。”

“我倒是想起来了，听说你是执行燕的公子吧？怪不得有几分莽力。”

“你说什么？你……你看到过我爸爸？”

“是啊，那个像茅厕里的石头又臭又硬的家伙，倒是我见过的最强壮、最勇敢的家燕。”

“你快告诉我？我爸爸……他……他是不是被你们关在温泉洞里？”咕噜急切地叫道。

“哈哈，到底是一只小男雀，就是沉不住气。哈，可怜的小男雀，在我扭断你的脖子前，不妨和你说说那只执行燕，也好让你死个明白。”风装腔作势地拉长声调说，“可能你不知道吧？现在想来，那天晚上袭击你家的就是我们麻雀四兄弟的老三、老四霜和雨。”

咕噜眼里快喷出火来了。

“别急别急。”风阴沉地一笑说，“你爸爸吧，那只不识时务的执行燕，他重伤复发死在了温泉洞里。哈哈，一只燕想和我们对抗，这不是拿鸡蛋碰石头？哈哈哈。”

“一定是你们杀死了他，凶手！我要替我爸爸报仇！”咕噜扇动着翅膀，恨不得扑上去把对方撕成碎片。

“哼，死到临头还说大话，本雀今天就要活捉你这狂妄的小子，让你知道马王爷有三只眼！”风阴险地笑了，内心暗暗高兴。

实际上，是风看一时无法取胜，才狡猾地用这种激将法扰乱家燕的判断力。

果然，知道面前这只雀就是杀害自己家人的凶手，让咕噜义愤填膺，再向对手进攻时心智就有些乱了，招招都是凶狠的招式，恨不得一下置对手于死地。家燕这种不要命的进攻向对手露出了更多的破绽，风在预料中却加强了防守，冷静地寻找对手的破绽。于是乎，家燕咕噜不知不觉中陷入相当危险的境地。

在抵挡了家燕十几招拼尽全力的攻击之后，狡猾的风瞅准了一个机会，以闪电般的速度开始还击，招招又凶又狠。

转眼间，形势急转直下，家燕的腿被对方利爪狠狠地击骨折了，在他疼得大叫一声之时，对手如蛇信子快速准确地击向他的眼睛。这时候，咕噜要躲闪已是来不及了，暗叫一声“不好”。

说时迟，那时快，一只鸟的身影从天而降挡在家燕面前，风尖利的嘴深深地击入了他的身体。是旋风！他在与雪缠斗之时瞥见咕噜那种不要命的进攻，预料到了危险，在关键时刻用身体挡住风致命的一啄。旋风猛地扑扇翅膀将要乘胜追击的对手逼退后，对愣在那里的家燕大喝道：“咕噜，快跑！我掩护。”

就在这一刻，咕噜的翅膀又受到有力的一击，在一阵巨大的疼痛之中眼前一黑，像一片树叶向石林下坠落。

与此同时，旋风见势不妙，忍着疼痛奋力扇动翅膀躲开风的一招进攻后，拼尽全身力量快速伸嘴有力地啄中袭击了咕噜正得意的雪的眼睛。

雪的眼睛喷出一股血来，惨叫一声，也随之坠落石林之中。

原来，当咕噜和对手激战之时，旋风也和麻雀四兄弟中的雪纠缠在一起，展开了一场势均力敌的生死之战。因为激战的地方是在石林之上五六米的高度进行，不时有风向不定的风给鸟们增加了体力支出。所以，这样的搏击对谁也不轻松，这不仅是体力和智慧的较量，更是毅力的较量。交战中，旋风已逐渐占了上风，将对手逼打得只有招架之功，无还手之力，却因咕噜中了对方的激将法而使战场上的形势急转直下。这会儿，看到咕噜坠落石林，不知是生是死，身受重伤的旋风脑子里已被仇恨填满了，他忍着腹部重伤带来的一阵阵疼痛，大吼一声冲上去，拼尽最后力气和风搏击。

很显然，用身体掩护家燕受了重伤的旋风现在根本不是风的对手。因而，这场惨烈的战斗并没有持续多久，勇敢的独孤鸟少鸟部落部长旋风就被对手再次击中要害。这只独孤鸟英雄在闭上眼睛的最后一刻，猛地冲上去张开翅膀将对方死死搂住。他抓得是那么的紧，他这大无畏的勇敢之举让风一时间惊慌失措，拼力挣扎。

两只仇鸟翅膀纠缠在一起慢慢地向石林中坠落，坠落……

战场一时归于平静，一阵阵旋风很快就将血腥之气刮走了，不留一丝痕迹。

这时候，白天带领少鸟部落的独孤鸟们与智慧雀新生的战斗也结束了，受伤的白天和十只独孤鸟被捉。这场原本一时难分高下的激战，因最后时刻鹦鹉的参战，成了一场实力悬殊的战斗。

后来，希希带着智慧雀新生赶过来了，他们在石林中找到一只眼睛被旋风啄瞎奄奄一息的雪和像是做了一场噩梦般呆呆坐在一边的风。是啊，一向强悍无畏的麻雀四兄弟被独孤鸟们勇敢无畏的精神镇住了。同时，看到眼前场景的还有少年得志、目空一切的智慧雀希希和智慧雀新生。从此，他们的词典里抹不去一个词——独孤鸟！那真不是普通的蝙蝠啊，他们有着比蝙蝠强壮美丽的身体，更有一种打不垮击不败的精神啊！

然而，希希领着智慧雀们找遍了战场附近的石林，除了找到勇敢的旋风的遗体外，怎么也找不到家燕咕噜的踪迹。问风，风只是喃喃自语道："他跟着风一起飞走了，飞走了，飞走了！"这只凶悍的智慧雀被对手的勇气吓傻了，好长一段时间才慢慢恢复过来。他成了最沉默寡言的智慧雀。

这真是令麻雀们不可思议的怪事。找不到，就是找不到家燕的踪迹。最终，他们只能放弃寻找，确信受重伤的家燕一定落到了石林中某个深深的洞穴里，不摔死也会活活饿死。

希希带着麻雀们凯旋了，押着受伤的白天和十只独孤鸟回到温泉洞。

这是希希引以为傲的战绩，这只野心勃勃的小智慧雀由此也变得更加凶残和冷酷了。

## 卷七

# 初春

——微寒

# 第一章

当风儿把最后一抹光卷走时，这片面目狰狞的石林在凄冷的月色下，显得更加恐怖了，林立如刀削的怪石像是一只只直指苍天的手，似乎什么东西从石林上过去都要落入他们的魔爪。

家燕如何呢?

疼痛，除了疼痛还是疼痛，痛得全身的每一根神经都拧在一起，互相牵动着纠结着。清冷的月光爱怜地轻抚着这片石林中唯一的生命，在冰冷的岩石间那么一点在微弱地跳动着的温暖。坠落，坠落，无处落脚，像一片无助的落叶任风带着飘向不可知的地方，真就这样飘着多好，什么也不去想，什么也不要管。哦，不，不对，我不能就这么让风把我带走，我要抓住什么，只要抓住什么，我就能回到自己要去的地方。哦，爸爸妈妈，还有姐姐，你们在哪里？一起来带我走吧，我们一家鸟像从前一样快乐地生活在一起。那个温暖的家啊，散发着山野气息的巢穴啊，不对，怎么忽然间被风刮走了。哦，爸爸，你在哪里？妈妈，你在哪里？我要抓住什么，哪怕是一片云也好。然而还在下坠……下坠……不，爸爸！在一阵疼痛的刺激下，家燕咕噜艰难地微微睁开了眼睛，他先是感到月光温柔的抚摸。这是在哪里呢？我……我刚才掉下来了，那……麻雀！咕噜猛然惊醒，他要挥动翅膀投入战斗，但是，一阵疼痛让他又昏了过去。

过了很久，是一阵青草的气味让家燕再次睁开了眼睛。这时候，疼痛已让他的神经麻木了，他发现自己躺在一个温暖干燥的小石洞里。怎么在这里呢？惊讶之中就看到侧面有一个熟悉而陌生的鸟影：“啊，你……我不是在做梦？我死了？我在哪里？”

“嘻，你好好的，你会没事的，真的。”

“哩哩？哩哩妹妹，原来真的是你，我没有做梦。”咕噜的意识完全清醒了，又惊又喜地看着站在自己面前的小女雀，忽然想起什么似的叫道，“我怎么会在这里？我……哦，我……旋风哥哥怎么样了？还有白天大哥和独孤鸟们。”

“先别想这么多，你现在需要养伤。”小女雀哩哩看到昔日伙伴没有任何的惊喜，美丽的脸庞上笼罩了一层淡淡的忧伤，说着用嘴叼着不知从哪里采来的叶子往咕噜伤腿上放。

咕噜却急着了解同伴的安危，一连声说：“哩哩妹妹，你快告诉我，他们到底怎么样了？”

哩哩向洞外看了看，压低声说：“别大声说话，万一让外面的麻雀们听到就麻烦了。这一天他们已来搜索好几次了。”接着，哩哩就告诉家燕，旋风和一些独孤鸟遇难了，白天和十只独孤鸟被抓后与家燕一起关在温泉洞里。

听到这些不幸的消息，咕噜沉默了，眼里溢满仇恨和充满歉意的泪水。

哩哩有些担心地看着家燕说：“咕噜哥哥，你没事吧？别担心，被抓的独孤鸟们暂时不会有危险，只是……”

“只是什么？你快说！”

“再过二十天，春天来临后，他们就会对付这些俘虏了，我……我不知道会怎么样。”

“我一定要把他们都救出来！”咕噜动了一下腿，疼得倒抽了一口凉气，用恳求的语气说，“哩哩妹妹，你知道温泉洞在哪里，你带我去，我一定要在春天来临之前把他们救出魔爪。”

哩哩认真盯家燕一眼说：“不行，你现在这样做就如飞蛾扑火，你现在要做的就是赶快养好伤，然后去找鹰王。只有鹰王才能让闽西北的鸟界恢复和平。”说着，小女雀慢慢地低下头。她想到鸟王归来，父亲和整个家族不知要面临怎样的惩处呢。

小女雀的话让咕噜彻底清醒了，他现在很懊悔在战斗时不该失去理智逞匹夫之勇，不仅让自己险些丢掉性命，还连累了别的鸟。咕噜啊，咕噜，你的理智在关键时刻却让位于冲动，你离一只成熟的家燕还差得远啊！家燕在心里这么自责着。他老老实实地任小女雀帮自己包扎着伤口，看着许久不见的昔日伙伴，一时间百感交集。

咕噜当然不知道，这只善良的小女雀在“雀燕之战”后，曾心急如焚地去探看过自己的家，因记挂着他的安危还成了人类的笼中鸟。她也去文笔山找过白鹇，可一只白鹇也没有看到。后来，她就一只雀到处流浪，寻找同伴的下落，她不相信自己亲密的小伙伴就这么消失了，她几乎悄悄找遍了闽西北区域每一片有可能出现家燕的山林。在寻找过程中，目睹了家燕的灾难，她那颗稚嫩而善良的心始终处于矛盾痛苦之中，她不想回去面对变得让她不认识的父亲，她不理解这一切为什么会发生？但是，这一切的主谋毕竟是她的父亲！她能怎么办？她该怎么面对？后来，她无意中从一只蠢雀那里得到消息，就悄悄尾随着希希和智慧雀新生来到南坑村，她不敢抛头露面。也正是从这一天起，这只善良的女雀就悄然关注着哥哥和智慧雀新生的动向，她知道哥哥已成为和父亲一样凶残的凶手，这让她不知如何是好，只能茫然地监视着他们的行动，希望从中得到一些家燕的消息。

果然，功夫不负有心鸟，她终于找到了昔日的小伙伴。预感变成现实，她的心要碎了，只能无奈地充当看客，袖手旁观这一场血腥的战斗。聪明善良的小女雀没有贸然出击，她知道自己的力量根本起不到作用，当希希带领智慧雀们与独孤鸟作战时，她只能眼睛一眨不眨地盯着咕噜，暗暗为他祈祷。她暗暗庆幸这是一场势均力敌的战斗，只希望双方打个平手，谁也不伤害到谁，咕噜能顺利地逃出包围去寻找鹰王。然而，鹦鹉最后时刻的参战改变了战场上的平衡。这时候，哩哩飞到他们的下面，做好随时保护咕噜的准备。因而，当咕噜中了风的激将法受伤坠落之时，早已等在下方的哩哩用自己柔弱的身体接住了咕噜，接着用吃奶的力气叼着他飞到这个石林边缘，找了个极隐蔽的小石洞隐藏起来。

整整一天，受重伤的咕噜都处于深度昏迷之中。已押着独孤鸟们返回温泉洞的希希布置的搜索队，一天来就没有间断过对这片石林的搜索，希望能找到他们确信已重伤摔死的家燕尸体。哩哩一动也不敢动，后来看咕噜在昏迷中开始说胡话，又判断出麻雀和鹦鹉搜索的规律，利用这个间隙冒险飞出洞含了一口水来给咕噜喝。或是这一口水最终挽救了家燕的生命。等到天一黑，麻雀和鹦鹉的搜索结束了，小女雀这才急急忙忙地小心绕过守卫的鹦鹉，找来父亲曾经教过她的用来治伤的草药。

自然界野生动物的生命是无比顽强的。现在，草药的药效开始发挥作用，咕噜的伤痛减轻了许多，当小女雀简单地向伙伴讲述完这些经过后，咕噜打心底被她的善良和无私感动了。啊，这是多么善良的一只女雀啊，和他的爸爸和哥哥是完全不同的鸟。他从小女雀身上有了一个新的发现，那就是他相信闽西北绝大部分鸟族虽有这样那样的毛病，但都是善良和热爱和平的，其中当然也包括绝大多数的麻雀和杜鹃鸟。只要鹰王回来，重新让鸟界走上正轨，家燕的冤屈一定能得到伸张。然而，至于那些杀害家燕的凶手要怎么处置呢？咕噜看着眼前的女雀，一时间也陷入了矛盾之中。

是啊，这真是一个重大的抉择，让两只实际上还未成年的鸟来决定，真是太残酷了！在亲情与道义面前，何去何从呢？

几天来，两只鸟似乎都害怕触及关于麻雀与家燕恩怨的这个敏感话题，他们真希望那令道义失守，让鸟界蒙羞的“雀燕之战”没有发生过，他们还是一对无忧无虑、天真无邪的小伙伴，他们冲破世俗偏见建立起来的雀燕友谊还是像童话般美好。在这些日子里，他们回忆昔日在一起玩的快乐时光，那些充满童趣的恶作剧。特别是美丽的小女雀说起这些过往时更是神采飞扬，似乎把眼下发生的一切都忘记了。

明眼鸟都看得出来，经历了炼狱般的心理折磨后，小女雀哩哩和小家燕咕噜一样，都快速地完成了向成年鸟的跨越。灾难会在一夜之间将一块生铁锤打成一件成型的器具，当然也会摧毁一颗脆弱的心。哩哩和咕噜属于前者。现在的小女雀比从前长大了一些，油亮美丽的羽毛和俊美的脸庞上略带忧伤的表情，让她成了一只最美丽动鸟的女雀。领略到久别之后小伙伴这些脱胎换骨的变化，家燕内心里只能唏嘘不已，却找不出语言来化解两鸟之间看不见的隔阂。

接下来的时间里，两鸟就这么小心翼翼地回避有关麻雀与家燕的话题，共同营造一个虚假的和谐氛围。小家燕的伤在慢慢恢复，他强健的体魄正在创造着生命的奇迹。当然，这得归功于小女雀哩哩的精心照顾。几乎一个白天，小女雀都一只鸟悄悄在外面去寻找草药和食物，还有必不可少的水。为了安全，哩哩每次都要长久地观察和倾听，确信洞外没有别的鸟飞过。同时，她还要顺着迷宫般的石林绕很远的路飞行，直到确信身后没有尾巴才飞入洞中。这让她每一次往返都要耗费更多的体力，累得翅膀都快散架了，但只要一看到家燕咕噜关切的眼神，她的脸上的疲劳就一扫而光。或许是一只雀流浪生活，哩哩居然练就了高超的无声飞行的本领，这使她在格氏栲森林公园一次次进出找药和食物都没被别的鸟发现。

十天时间很快就过去了，家燕的伤情基本上都恢复了，万幸的是，他的腿并没有当初想象的那样伤到筋骨，随着伤口的愈合，已能在洞内行走。伤得更重的是他的脖子，尽管哩哩找来了最好的草药，但他的脖子还是不能自由转动，凭哩哩的经验，这样的状况只能慢慢地恢复，才能达到原先灵活自如的程度。这脖子上的伤情对原本充满信心的咕噜打击很大，因为，在野外生存他必须能灵活地转动脖子来观察周围的情况，这是非常重要的，更何况脖子的肌肉还连着翅膀，只要用力挥动翅膀伤口就会疼，这显然影响了快速和高难度的飞行。哩哩说，这得慢慢恢复，但咕噜等不得了，眼看着日子一天天过去，几乎可以听到春天走来的脚步声，自己却窝在洞里像个抱窝的母鸟一样，这让咕噜有些心焦。

这天傍晚，他不顾脖子上的伤痛在洞里试着飞行，他飞得有些吃力，翅膀的力量还没有完全恢复。结果，他要加快速度飞行做几个高难动作时，脖子伤口一阵疼痛，让他掉落在地，还好没有飞行太高，但也摔了个鼻青脸肿。当时，刚好去采草药的哩哩回来了，她赶忙扶起咕噜检查，万幸，伤口居然没有撕裂。哩哩非常生气，第一次严厉地批评了家燕，逼着家燕向自己保证不再干此类“欲速则不达”的事才罢休。

从这天起，咕噜才算是真正老实了，生怕急躁的情绪再让自己付出惨痛的代价。

转眼间，咕噜躲在石林的这个山洞里有半个多月了，他身上的两处伤口已完全愈合了，只是翅膀还没有完全恢复，只能在飞行中慢慢地调整整个身体的机能了。这可是野生动物必须拥有的本事，咕噜当然也不例外。估摸着再过一个星期，热闹的春天就会来临。当然，人们将看不到家燕飞回旧巢的身影了。这让想到这些场景的咕噜有些伤心。在决定出发的那个白天，咕噜在洞里老老实实地做着体力恢复训练。说实在的，不知怎么搞的，咕噜现在还真有几分怕哩哩生气，这只美丽的小女雀忧郁的眼睛一挂上泪珠，小男燕就觉得像自己欺负了她一样，不知所措。

一整天，女雀哩哩都不辞辛劳地为咕噜晚上的出发做准备，忙个不停。她先后三次出去找来咕噜最爱吃的食物，说是让咕噜有足够的体力长途飞行，还含来了甘甜的山泉水给咕噜喝。咕噜一喝就觉得这水比往日的甜多了，一问才知道，女雀居然冒险进入格氏栲森林深处的那口著名的泉眼里取水。这让咕噜感动得流下泪来。

哩哩调皮地取笑咕噜：“嘻，嘻，他们看到我又怎么样？别忘了，我可是一只麻雀，没有鸟会怀疑我和一只家燕在一起呢。你说是不是？哦，我说咕噜男燕，我可不喜欢一只男燕流眼泪呢，只是我希望……”小女雀欲言又止，暗暗叹了口气。

黄昏，哩哩强迫咕噜吃下最后一点食物，以保证晚上有充足的体能，好一口气飞过地形复杂的石林。这些天，细心的女雀已考察好一条最佳飞行路线，一路穿过石林和最后两座并不高的岩石山，熟悉地形的哩哩将带着咕噜飞行，进入原始森林后分手。

耐心等待，等着夜幕降临。这些天，希希还时不时命令麻雀们来石林里巡查，在格氏栲森林里的鹦鹉守卫也来这里搜查。因此，为了家燕的安全，只能选择在夜晚时分起飞。在等待的过程中，哩哩和咕噜这对昔日亲密无间的小伙伴都选择了沉默，似乎不像是即将告别的两位好朋友。因为他们心中都共同有一个不可触及的隐痛，那就是麻雀与家燕的恩怨。所以，咕噜没有让哩哩与自己一起去找老鹰，哩哩也没有提及。

现在，夜色一点一点地从天幕上倾泻下来，把所有色彩都涂抹成黑色之后，两只无言的伙伴悄无声息地出发了。按照事先的布置，熟悉飞行线路的哩哩在前面，也可以及时应对出现的意外情况，咕噜则飞在离哩哩大约两米的地方。今夜没有月亮，厚厚的云层遮挡了所有光亮，黑夜淹没了两双勇敢的翅膀。对于飞行在没有一棵树作为掩蔽物的石林之上，这样的黑夜就是给咕噜提供的最安全的屏障。

一飞出洞口，咕噜就长长地吸了一口新鲜的空气。哇，在山洞里像母鸡抱窝一样蹲了半个多月，咕噜都要捂得发霉了，如果不是怕被别的鸟听到，他一定要大喊几声来驱散心中的憋闷。哩哩的草药非常有效，他感到自己的翅膀彻底恢复了，在适应了石林上空的风速之后，他忍不住加快飞行速度，拉近与哩哩的飞行距离，几乎要齐头并进了。

咕噜当然不知道，在这半个多月的时间里，细心的哩哩一直在谋划着一条最佳的飞行线路，要既隐蔽又能最大限度地利用石林上空多变的风向节省体力。她很清楚，在进入浩如烟海的原始森林之后，对于咕噜的考验才真正开始呢，她不能让家燕无谓地消耗体能。这会儿，看到咕噜飞近了自己，哩哩暗暗叹了口气没有责备对方，而是时不时低声提醒家燕“小心，前面有个弯”“调整好了，要下降绕过这根石柱”“集中注意力，我们要从这根石柱顶上飞过去，它边上有一股旋风要避开”。

咕噜听着哩哩不时发出的指令，感动之余几乎不敢相信这就是从前那只任性而稚嫩的小女雀。是啊，在“雀燕之战”发生之前，只要小女雀和小家燕偷偷一起玩，咕噜总要像小哥哥一样护着她，现在这个昔日的小妹妹却像大姐姐一样呵护照顾着咕噜，不由得让咕噜感慨万分，同时也理解了小女雀此刻的心情。现在，他只想快点找到鹰王，让闽西北鸟界恢复和平，至于后面的复仇，让麻雀和杜鹃偿还血债的想法，却时时被一种无形的矛盾纠缠。飞吧，飞吧，家燕也不知道自己要怎样面对仇鸟了！

一切都很顺利，哩哩精心选择的飞行线路让咕噜的飞行没有遇到任何障碍，他们很快就飞越了地形复杂的石林。再飞过前面两座小的岩石山就接近那一片原始森林了，只要一进入那片森林，咕噜就真正安全了。所以，在飞到第一座岩石小山包上空后，哩哩长舒口气，对一直飞在身边的家燕说："咕噜哥哥，你累了吧？"

"不用担心，哩哩妹妹，我很好，我感到翅膀的力量已完全恢复了，就是这样连续飞行几天也没有问题。"咕噜说着话，故意用力扇动了两下翅膀，飞到女雀前面，犹豫了一下说，"你……和我一起去找鹰王吗？你这么久没回去，你爸爸……他一定会骂你的……"

家燕突然提到这些天一直心照不宣避开的话题，令哩哩微微一惊，为避开对方探询的目光，她一下飞到家燕前面，答非所问地说："咕噜哥哥，原始森林是野生动物的天堂，可也有不少危险呢，你要小心啊。"

"我知道了。"咕噜不太喜欢哩哩充当姐姐的角色，懒洋洋地回答道。

似乎这个敏感的话题把两只鸟带入了一个危险的雷区，在接下来的飞行中，他们没再说一句话，又陷入像黑夜一般凝重的沉默之中。

很快，熟悉线路的哩哩就带着咕噜飞越了最后一座岩石山包。

一扎进森林，咕噜产生了一种扑进母亲温暖怀抱中的感觉。现在，危险远远地抛在了后面，真正挣脱了笼罩他一个冬天的天罗地网，可以自由地呼吸新鲜的空气和随心所欲地张开飞翔的翅膀了。这种久违的感觉，让咕噜忍不住放声吼叫了两声。

两鸟一同落在了一棵树上。哩哩看着这个昔日的哥哥，没有责备他无所顾忌地喊叫，听到远处传来另一只夜鸟不明所以的一声应和，她的脸上浮上轻松和快乐的笑容，一瞬间将她脸上的忧郁一扫而光。

倒是咕噜看到哩哩与往时一样灿烂的笑容，反而意识到了自己的鲁莽，吐吐舌头不好意思地说："看我这不文明的举动，把睡觉的鸟朋友吵醒了。"他真诚地向哩哩表示感谢后，看哩哩脸上转眼间又笼罩上的阴云，又故意用开玩笑的语气说："哩哩妹妹，我们家燕家族是不会忘记你这位朋友的！哇，这是一种什么精神，这是一种无私的奉献精神。"

哩哩当然明白咕噜说的话是从人类那里学来的，但她没有笑，反而微低了头，眼里闪着泪光说："咕噜哥哥，我……不说了，你……要小……心啊，凡事多个心眼。送君千里，终须一别，我们就此分别吧。"说着，不等咕噜再说什么，一展翅膀飞出林子，隐入岩石山上空浓重的夜色之中。

这一切来得太快了，两只鸟似乎还没来得及说些彼此珍重的告别之词，起码也得像一对好朋友一样，来个例行的握翅或是碰头的告别仪式，哩哩说走就走了，这让咕噜心里很内疚，觉得自己刚才的玩笑可能刺伤了哩哩的心。这时候，咕噜才发现，临行之时哩哩居然将一张写满鸟语的栲树树叶放在他面前的树杈上。

这时，一直被乌云笼罩的月亮挣扎了半个晚上，终于善解人意地露出了头，有气无力地透过树隙漏下来，而远处迷蒙月色中的岩石山显出了原本被遮盖的狰狞面目。咕噜一只鸟蹲坐在树杈上，内心久久不能平静。良久，他才缓缓开始阅读哩哩写在树叶上的信：

咕噜哥哥，有句话我一直不好意思说出来。现在我要说出来，我代我的爸爸和哥哥，还有整个麻雀家族向你道歉。虽然我这道歉与家燕家族遭到的灾难相比太无足轻重了，但我真的很希望咕噜哥哥能接受我的道歉。不管未来将发生什么，你永远都是我最好的朋友，最敬重的哥哥。

这些天，我内心一直在矛盾和痛苦中挣扎。咕噜哥哥，你所说的那些九死一生的经历，让我深深痛恨父亲的所作所为，他和我们麻雀家族令鸟发指的行径让鸟心颤。我不知道，我真的不知道怎么面对他们。咕噜哥哥，你能理解我的矛盾吗？是的，我背叛了整个家族，我想用我的努力来帮助你，为你做些什么，来弥补父亲的罪恶。然而，咕噜哥哥，请你原谅我不能陪你去找鹰王，虽然我痛恨父亲的所作所为，但他毕竟是我的父亲啊！我不知道，鹰王归来后，麻雀家族和我的父亲会发生什么！我只希望鸟界尽快恢复安宁，永远也不要再有战争了！咕噜哥哥，你能答应我吗？

唉，我知道自己的这个要求太幼稚了。

咕噜哥哥，我很佩服你的勇敢和顽强，现在你已在磨难中成长为一只最强壮、最有智慧的家燕了，我相信，你一定能找到鹰王。记住，我会一直等你归来。祝福你一路平安。

你永远的小妹：哩哩

看完哩哩这封写在宽大的栲树树叶上的信，家燕咕噜眼里早含满了泪水。同时，他内心里的矛盾也更深了，他只知道必须找到鹰王，而找到鹰王后又该如何呢？咕噜越来越迷茫了。

远处，不知名夜鸟的叫声穿透黑幕如一把利剑刺来，让咕噜感觉到原始森林的凶险。然而，这只勇敢的家燕抹去迷茫的泪水张开翅膀义无反顾地向林子深处飞去，他不知道前面有多少的危险在等待着他，他心中只有一个强烈的信念：找到鹰王，让整个闽西北区域的鸟界重新回到安宁和谐的生活中。

飞啊，飞啊，这只经历了太多磨难的家燕向着原始森林深处飞去，他强有力的翅膀划破了沉重的夜色，向前飞……

## 第二章

当咕噜安全进入原始森林，像一滴水融入大海之时，大佑山的杜鹃鸟族族长黑白却被沉重的失望笼罩着。这些天，他的情绪坏到了极点，他不明白，一向深谋远虑的自己怎么被一只小小的诗溪仙蒙蔽了眼睛！更让他没有面子的是，这一切居然就发生在他眼皮子底下！

那天，从麻雀那里传来独孤鸟护送着漏网家燕逃离搜捕网的消息时，一向沉稳自信的杜鹃族长第一次当着部下的面失态得暴跳如雷，狠狠地训斥了曾跟着希希到南坑村寻找家燕的红族老。他很清楚这只极可能还活着的家燕对现在正走向权力巅峰的他意味着什么！如果鹰王归来，鸟界就可能恢复原来的秩序，他必须在鹰王回来之前把一切搞定，也就是说，这只可恶的家燕打乱了他的计划。现在，他已经不能按预定的计划，在春天来临杜鹃鸟歌唱“布谷”时，传播有关他的丰功伟绩了，他得在鹰王归来之前宣布登上王位。而想到这些，杜鹃鸟族长就恨得牙痒痒。那只可恶的诗溪仙鸟，什么闽西北鸟界的诗神！原来，他预想着的赞美诗会伴随着“布谷”声传遍闽西北，让整个鸟界所有鸟都被这些赞美诗击晕，他将在大家的颂扬声中从容登上王位。哼，到那时，鹰王归来也没用了，所有的鸟将接受这个事实。

是的，鸟界都奉行着“枪打出头鸟”这种明哲保身的生存信条，正是这样的生存信条，他们的思想很容易被左右，从而随波逐流。杜鹃族长正是充分了解这一点，才耐住性子布置这么个庞大的计划。可以说，如果杜鹃族长的目的得逞，让那位闽西北最著名的诗鸟洋洋为他和杜鹃家族写的赞美诗传遍每个角落，那么，所有的鸟都将相信杜鹃族长理所当然应是闽西北区域的鸟王，更何况鹰王已自身难保了呢。

然而，这一切都被诗鸟洋洋打碎了！碎得一塌糊涂！碎得不可收拾！

那是一个不堪回首的黑色日子，尽管那个晚上天上挂着明晃晃的月亮。

在此之前，整个大佑山的杜鹃鸟都像在过节一样，这样的快乐就来自于闽西北最著名的诗鸟洋洋。那天，他当着几位族老的面不给杜鹃族长面子，拒绝黑白要他马上进入工作室写诗的要求。他嘲笑杜鹃族长不懂得诗歌："哈哈，没想到号称智慧化身的黑白族长原来也只是徒有虚名，根本不懂诗，没文化。"

在场的三位族老看到洋洋如此不尊重他们的族长，吹胡子瞪眼要发作起来。

黑白何尝不是。他其实是只心胸狭窄、非常自负的鸟，当面被别鸟说没文化，可是第一次呢。但他用眼神制止了族老们的发作，做作地在脸上堆上虚假的笑问："此话怎讲？"

洋洋似乎根本没把这些个头比他大许多的横眉冷对恨不得吃了他的族老们放在眼里，在树枝上跳上跳下，对杜鹃族长说道："哇，我可不是来给你们普及诗歌基本知识的，诗溪仙族长来时可没说过，再说我也没那闲工夫。只是现在看来黑白族长和我们那笨蛋族长半斤八两，都不懂什么叫诗歌创作。嗨，太让我失望了，太让我失望了！我还是趁早回南坑溪写我的诗去。"

洋洋越说越不像话了，还公然指出杜鹃族长是笨蛋！三位族老再也忍不住了。一直负责培训杜鹃鸟歌手的黄族老一下跳到洋洋面前，伸翅缠住瘦小的诗溪仙鸟叫道："你说什么？你这个不知天高地厚的家伙！你知道这是什么地方？敢骂我们族长是笨蛋，你是不是活腻了？"看样子，他恨不得一下将洋洋的脖子啄断。

负责联络洋洋写诗的蓝族老也气得脸都变蓝了，怒道："给他点颜色看看，让他知道大佑山的林子有多深！"

洋洋一点也不畏惧，被黄族老强壮的翅膀压得不能动弹，反而嘲笑道："哟哟，这就是号称人类吉祥鸟之首的杜鹃鸟的待客之道啊？没救，没救，忠言逆耳，忠言逆耳，一个个和我们那个笨蛋族长一样不懂诗歌创作的规律。"

杜鹃族长倒是脸上绽开了笑容，让黄族老把洋洋放开后说："好，那我倒要听听我怎么个笨蛋法？你不在工作室里写诗那在哪里写？"

"我说你不懂就不懂，还装。"诗溪仙洋洋一边梳理自己被蓝族老弄乱的羽毛，一边不屑地说，“哪里写？在心里写！你以为诗是用笔写出来的啊？是从心里流出来的！我得找到心中的诗神，也就是灵感。你以为写诗是写公文啊？坐在工作室里东拼西凑。啧，真是一帮子外行。”

杜鹃族长再次用眼神制止要发作的三位族老，从宝座上走下来，向洋洋弯腰表示尊重：“那就请洋洋诗鸟开本族长愚笨之心。”

哇，杜鹃族长如此礼贤下士，让三位族老大跌眼镜。

你看这位诗鸟，还真的向杜鹃族长傲慢地普及起诗歌创作的知识来，从诗歌的基本原理讲到诗歌创作的规律，顺便还把诗溪仙族长每周召开例会布置创作任务的做法狠狠声讨了一番，唾沫四溅足足讲了一个上午，直讲得三位族老大眼瞪小眼，杜鹃族长连连点头。最后，他才提出要写出从心灵里迸发出来的天籁——最好的赞美诗，一定要有耐心，他要充分了解杜鹃鸟和大佑山，才能找到散落在林子里的那些美妙诗句。洋洋慢条斯理地说：“我得在大佑山四处好好走走，至于用多少时间，可就说不准了，那得看诗神什么时候让我发现这些妙句了。”

洋洋无所顾忌地嘲笑杜鹃鸟一通后，暂时退出族长室去休息。洋洋如此傲慢无礼，让三位族老一致认为，这只诗鸟不是来写赞美诗的，一定是心怀叵测来找碴的，要给他颜色瞧瞧。特别是被洋洋点到名的蓝族老更是鼻子都气歪了，恨不得把这只瘦小的诗溪仙一爪撕成碎片而后快。

然而，看到三位族老如此气愤，脸色阴沉的杜鹃族长却狡猾地笑了，说：“这下倒是放心了，看来这只诗鸟真是一个书呆子，他眼里只有诗歌，没有别的，不用担心他会来搞什么名堂了。看来他和独孤鸟族长有私交，也仅是个别鸟的道听途说。要有耐心，我相信这呆诗鸟一定会写出真正的赞美诗来，蓝族老这些天就陪着他转吧，大佑山任何地方都可以让这位诗鸟观光。不过，稳妥起见，还是不能让他和山顶的独孤鸟有任何接触。”

显然，诗鸟洋洋这招险棋充分取得了狡猾的杜鹃族长的信任。接下来两天，洋洋都在蓝族老的陪同下在大佑山瞎逛，寻找那些所谓散落在林子里的美妙诗句。蓝族老尽管一肚子气，也只能忍气吞声地带着两只心腹杜鹃鸟像跟屁虫一样跟在洋洋后面。蓝族老越是这样，洋洋越是和他作对，一路调笑蓝族老没有文化。比方说，看到一棵老树上缠着的枯藤，就问蓝族老有没有看到诗。蓝族老给问得莫名其妙，当着手下又不好说不懂，只能哼哼唧唧半天说不出一个整句。洋洋就取笑他：“看看，看看，说你没文化还不服气，古人云‘枯藤老树昏鸦，断肠人在天涯’。哇，如此的妙句，你居然看不到，这不是文盲是什么？”说得蓝族老在手下面前很丢面子，心里恨得牙痒痒的，已暗暗和其他几位族老约定，一待洋洋写完诗，决不让他离开大佑山，悄悄结果这只目中无鸟的诗溪仙。

面对咬牙切齿的蓝族老，听到洋洋果真没有与任何独孤鸟来往，只是专心在各处观光寻找诗句，杜鹃族长倒更加放心了，说洋洋的表现完完全全是传言中闽西北第一诗鸟那种特立独行的风格。但是，第三天一大早，洋洋并没有再考验杜鹃族长的耐心，告诉黑白赞美诗今天就可以写完了，要求晚上开一个盛大的诗歌朗诵会，他要当场朗诵关于杜鹃鸟和杜鹃族长的两首长达三百行的赞美诗。

杜鹃族长一时心花怒放，站在一边的蓝族老却疑惑地问洋洋：“哼，三百多行的诗，两首加起来有六百行吧？这些天我可和你寸步不离，除了看你在大佑山旅游观光，随口捏几句从人类那里贩来的诗，没见你写过一个字啊。诗溪仙，你可别想取笑我们族长，那是要自食其果的！哼，哼！”

洋洋在树枝上跳上又跳下，不屑地说：“我说过，诗不是坐在工作室里用笔写出来的，而是从心底里流出来的。本诗鸟给诸位上过课，你们就是不专心听讲。看来，杜鹃鸟是我见过的最不懂诗的鸟族。”

“那么，请教洋洋诗鸟，我们该怎么做呢？”杜鹃族长依然很有耐心。

洋洋摇头晃脑，半闭眼睛，用不耐烦的口气说：“我这鸟有个毛病，就喜欢在鸟多的地方当场作诗，鸟越多越有激情。不瞒黑白族长，这两天我已把大佑山散落各处的诗句全熟记于胸，今天，我只要再到四处看看，将它们串在一起，也就是用一根主线……哎，这是深奥的创作思想，一时半会儿和你们说不清楚。哈哈，不夸张说，本诗鸟别说六百行诗，就是九百行诗也能吟诵出来。”

洋洋的表现让狡猾的杜鹃鸟族长更相信这是一只心中只有诗的诗鸟，而他夸张的表演正是为了给在大佑山顶的独孤鸟们护送家燕提供保护。那晚上杜鹃族长紧急通知麻雀所长和族长带着部分智慧雀来参加诗歌朗诵会，实际上削弱了对搜捕家燕的别的鸟的监督，为咕噜能顺利到达格氏栲森林公园提供了帮助。当然，这是杜鹃族长在后来琢磨出来的。这天，杜鹃族长果真按照洋洋的要求，安排三位写字最快的杜鹃鸟准备了一大沓又宽又大又厚实的树叶，记录洋洋将在会上激情迸发出来的六百行赞美诗。

到这个时候，蓝族老看着洋洋的如此表演也信以为真，不由得放松了警惕。洋洋借着寻找所谓串起六百行诗的主线时，在黄昏时分借机向山顶上的独孤鸟族长用事先约定的暗语发出了晚上行动的信号。这两天被洋洋讥笑得有些晕头转向的蓝族老，也完全丧失了智慧，还以为洋洋是自言自语进入所谓诗歌创作状态呢。

但是，在大佑山杜鹃鸟世居地隆重举行的诗歌朗诵会上，并没有什么六百行的赞美诗，那只特立独行胆大包天的诗鸟洋洋当着尊贵客鸟“麻雀未来研究所”所长和麻雀族长及众多智慧雀，以及前一段搜捕工作中作出贡献的各鸟族代表，当然还有杜鹃鸟族全体成员的面，狠狠地嘲笑了杜鹃族长的智慧！是的，那天晚上，杜鹃族长的智慧被一只小小的诗溪仙鸟践踏了！就在朗诵会开始前一分钟，一直在工作室里的诗鸟消失得无影无踪，跟随着他的两只杜鹃鸟却烂醉如泥躺在那里，嘴里还含着会致鸟于醉酒状态的一种果子。没有鸟知道洋洋是如何在最后一刻使出了金蝉脱壳之计，只是听两只杜鹃鸟说，洋洋说适当吃这种果子，就能成为一只诗鸟。于是，这两只显然智商要比杜鹃族老低的杜鹃鸟为了出鸟头地，成为杜鹃鸟族的诗鸟，就成了第一批食用这种祖上交代不可食用的果子的杜鹃鸟。

诗歌啊，诗歌啊！赞美诗啊，赞美诗啊！都是诗歌惹的祸！

那晚上的诗歌朗诵会成了一出缺乏主角的闹剧，一向沉稳得让鸟们感到深不可测的杜鹃族长第一次当众乱了方寸，失态吼道：“给我追，给我追，追到天涯海角也要把这小子找出来。我要亲手活剥了他的皮！”随后，黑白先生血压升高晕倒在会场。

这对于一向以智慧化身自居的杜鹃鸟族长来说是一次前所未有的灾难！

洋洋表现出来的智慧侮辱了整个杜鹃家族，严重嘲弄了杜鹃族长的智慧！原来，洋洋冒险来到大佑山演出这么一场戏，是为了那只漏网的家燕，更让他想不到的是，独孤鸟居然也敢蹚这浑水！因此，就在咕噜如一条快乐的小溪涌入广阔的大海之时，大佑山上夜不能寐的杜鹃族长这么在黑暗中发出狞笑：洋洋，你这只可恶的诗鸟，等着吧，我要让你付出代价！他恨不得先将大佑山顶的那些在铁瓦寺里倒悬的独孤鸟全拧断脖子！他能这么做吗？不能，起码暂时不能。痛定思痛，杜鹃族长反思之后觉得要加紧行动步伐了。

那只可恶的诗溪仙鸟洋洋居然在大佑山深处消失得无影无踪，他派出了那么多的杜鹃鸟去追捕也一无所获。他还以鸟规执行团的名义发出了追捕令，严令若哪个鸟族收留诗溪仙洋洋，就是与整个杜鹃鸟族为敌。

而通过对独孤鸟的突击讯问已得知那只摔下岩石山同样渺无踪迹的家燕，正是又臭又硬的执行燕的儿子。想到哈辛同样侮辱了自己的智慧，他就恨不得把这只小家燕的脖子拧断。

现在，杜鹃族长内心产生了一种抑制不住的紧迫感。不管咕噜家燕是死是活，他一定得在鹰王归来之前登上鸟界王位，到那时，即使鹰王出现，也只能对新鸟王无可奈何了，大约鸟族们不会再让一个自身安全都不能保障的鹰族再当鸟王吧？杜鹃鸟可是人类一直唱赞美诗的吉祥鸟呢！这么想着，杜鹃族长内心的郁闷稍稍消解了些。

这时候，天已微微亮了，我们野心勃勃的杜鹃鸟族长在权力欲望燃烧之下又度过了一个不眠之夜。这时，望着东方慢慢吐出的鱼肚白，他忽然想起什么似的，伸手一把抓过放在面前的一堆栲树叶。

这可不是一堆普通的栲树叶，从那上面密密麻麻写着的鸟语，就可以看出它的分量非比寻常。那是在洋洋制造的“无主角诗歌朗诵会”之后，险些当场被三位杜鹃族老咬断脖子的南坑村诗溪仙族长为了弥补过失，回去连夜召集他手下的几位诗鸟加班加点创作的有关杜鹃鸟和杜鹃族长的赞美诗。慎重起见，和气还拿出溪中捕食的好多鲜美的小鱼找到“麻雀未来研究所”所长将来，求来最宽最厚的栲树树叶书写。可惜他手下这些被条条框框理念框死的诗鸟憋足了劲，才勉强凑齐了各一百句的赞美诗。如杜鹃鸟的赞美诗，名叫《啼血催春送吉祥》，不过是根据人类的传说东拼西凑出来的一堆概念化的词句。赞美杜鹃族长的诗，名叫《伟大智慧的化身——黑白》，则全是一些理念的堆砌，写得像八股文，文中尽是些拍马屁的华丽夸张的形容词，根本称不上诗。杜鹃族长看了这些狗屁诗再想起洋洋写的那些绝妙的诗句，让他起了一身鸡皮疙瘩，连他自己看了都不能信服。但是，有总比没有强吧。这么想着，黑白就让保镖独眼杜鹃叫来黄族老，说：“明天，你就把这首《啼血催春送吉祥》给每位杜鹃歌手学习，要让他们背得滚瓜烂熟，每位歌手在传播‘布谷’声时，把这首诗也传颂出去。”

“老板，你是说这首诗？”黄族老有些不相信地接过黑白递过来的一叠栲树树叶，迟疑地问道。

“什么？没听明白？你们这些饭桶！”黑白忽然咆哮起来，把写着赞美自己的诗的栲树树叶扔到黄族老脸上，“让每只杜鹃歌手都给我背，背！我不相信，没了张屠户，就得吃带毛的猪肉！我要每只鸟听了这赞美诗后，都对我们杜鹃鸟族佩服得五体投地。嗯，听到没有？”

黄族老吓了一跳，诚惶诚恐地连声“喏喏”，拿起那叠写满杜鹃鸟族赞美诗的栲树树叶转身布置去了。是啊，自从发生了诗鸟事件，在鸟界传开大佑山“无主角诗歌朗诵会”的丑闻后，杜鹃族长黑白像是换了一只鸟一样，动不动就暴怒，对手下也越来越严厉了。这当然可以理解，一只瘦小的诗溪仙居然在杜鹃鸟世居地上演了一出精彩的戏后全身而退，又怎能不让杜鹃族长耿耿于怀呢。

这会儿太阳已完全跳出了东山巅，杜鹃族长在简单享用了食物之后，吩咐寸步不离的保镖独眼一起去大佑山顶。

独眼二话不说在前头开路，径直向大佑山顶飞去。

保镖独眼的举止让杜鹃族长很满意。他喜欢这只像机器一般严谨、服从、忠诚的杜鹃鸟，无论何时何地都一丝不苟地履行着保镖的职责。服从和忠诚，这是杜鹃族长对部下最看重的品质。相反，他越来越觉得，三位智慧超鸟的族老似乎在这方面并不太让他满意，在突发的“无主角诗歌朗诵会”事件发生后，他们还颇有怨言，觉得这都是他这族长太过刚愎自用，才上了洋洋的当。杜鹃鸟中也传来一些不和谐的音符，有了那种甘当吉祥鸟不必去当鸟王的想法。

为此，杜鹃族长耐住性子召开了族老扩大会议，指出这种小富即安的思想和鸟界流行的“枪打出头鸟”思想，是一脉相承的。黑白语重心长地告诫这些杜鹃鸟族的中层干部：“危险！真正的危险是不能居安思危，野生动物世界就是逆水行舟，不进则退，你停下进化的步伐，就必将在某一天被别的物种所淘汰。我们杜鹃鸟族如果仅仅满足于当吉祥鸟，在春天布谷的赞美下飘飘欲仙，总有一天连乌鸦都有可能取代我们成为吉祥鸟！诸位杜鹃鸟族的中层、高层干部们，我要当鸟王绝非为了一己之私，而是要带动我们整个杜鹃家族拥有更好的进化空间和生存环境，最终让我们进化的步子更快些。诸位同人，‘枪打出头鸟’是一个谎言！你不出头，成天躲在窝里是没枪打你了，可是，你失去的将是整个自由的天空。我们能为了一颗可能射来的子弹而放弃自由的天空吗？不能，坚决不能！”

正是想到昨天开会自己说的话和各部门中层领导上台表示对族长权威和争取鸟王之位思想的服从，快飞到山顶时，黑白忽然临时改变了主意，招呼独眼改变飞行路线，随处转转。

独眼心领神会，马上改变飞行方向，朝着大佑山杜鹃鸟几块主要的宿营地飞去。

很显然，这个中层和高层干部的会议开得很及时，杜鹃族长的这番话把整个杜鹃鸟族从不安定的思想状态中解放出来了。在顺山巡视途中，杜鹃族长看到各鸟都在有条不紊地工作生活着，鸟们并没有因为族长的智慧遭到严重的挑战而军心涣散，对飞过去的族长都停下手上的活儿尊敬地表示问候。杜鹃族长暗暗松了口气，脸上的表情比凌晨时分缓和多了。接着就飞到了杜鹃歌手训练的一处只有稀稀拉拉几棵树的小山包上，这个地方不高但风挺大，黄族老今年别出心裁地放弃原来使用多年的靠近溪边幽静而背风的训练基地，选择这个迎风之地来练习歌手们的歌喉，显然是想让歌手们在大风之中快速成长。

这是在“无主角诗歌朗诵会”事件发生，杜鹃族长严令要更加做好今年杜鹃传播“布谷”歌声的工作后，负责歌手培训工作的黄族老临时选定的。现在黑白看到小山包林子里的杜鹃歌手们都在迎风亮嗓，当真很高兴。一瞬间，因诗鸟洋洋带来的郁闷似乎也烟消云散了，觉得之前对黄族老的态度似乎太生硬了。

族长突然光临，黄族老赶忙召集杜鹃歌手们列队欢迎，他则屁颠屁颠地飞过来，双翅一并，弯腰低头说：“老板，本族老正带领歌手们加紧朗读诗歌《啼血催春送吉祥》，请指示。”

是啊，现在几位高层干部的族老也拿不准族长情绪的阴晴变化了，一大早就被族长训了一通的黄族老到这会儿都心有余悸呢。现在时间紧迫，在短时间里要每个歌手都背诵这首长达一百行的诗，可不是件容易的事，再者，这哪是什么诗啊？分明是一些枯燥的形容词堆砌，也没押韵，一些语句还不通顺，念起来都结结巴巴的。所以，从族长那里挨了一通莫名之训后，黄族老哪敢怠慢，转身就把躺在窝里睡懒觉的歌手们全赶起来，一大早就到这四面透风的小山山顶训练来了。

杜鹃族长心里对黄族老能马上执行自己的指令是满意的。但是，他除了脸上的肌肉松弛了一些外，并没有露出一点微笑来鼓励部下。他听了黄族老的话，反而板着面孔说：“嗯，继续练习，只有在大风中能将声音完整地传播出去，才能算是一位真正的杜鹃歌手。”

这些歌手都是黄族老组织了一个专业评审班子，通过层层选拔遴选出来的，堪称是杜鹃鸟中歌喉最优秀的鸟，他们中有男低音男中音男高音，也有女低音女中音女高音，个顶个都是精通音律的杜鹃鸟。按照杜鹃鸟族规，能荣任一年一度的播唱“布谷”歌手称号，是杜鹃鸟族最高的荣誉，也享有本族内较一般鸟高的待遇。比方说，可以在歌唱期间与族老和族长一起在同一片食物丰盛的林子里觅食，还有到外地考察观光，公费旅游的机会。此外，几乎所有的干部都是从歌手中选拔的，族长和每位族老包括中层干部都有过当杜鹃歌手的经历。这正是杜鹃鸟们争当歌手的主要原因。更何况，一旦选为歌手就可以过好长一段养尊处优的日子，不仅可以在环境优美的训练基地里居住，而且为了保证歌手训练不分心，还有专门的杜鹃鸟为歌手提供可口的食物。

有这么多优厚的条件和待遇，又有哪只杜鹃鸟不努力练习呢？但是，一只优秀的杜鹃歌手并不是仅仅出大力、流大汗就能练成的，更需要的是天生的潜质。杜鹃鸟族每年都把歌手的发现和培养当成最重要的一项工作，他们认为这是保持吉祥鸟的荣誉，与人类近距离沟通的最好渠道。今年，为了实现族长黑白登上闽西北区域鸟王宝座的愿望，杜鹃鸟全族上下早早就统一了思想，一定要在今年的“布谷”歌唱声中，让人类听出一种王族之鸟至高无上的尊贵。同时，因今年的歌手要增加朗诵有关杜鹃鸟族和杜鹃族长的赞美诗，所以对歌手的选拔严格得近乎苛刻，选拔的过程中增加了“歌手文化素质”考核这一项内容，“歌手文化素质”考核的评委主任由族长黑白亲自担任，考的内容也五花八门，让精心准备的杜鹃歌手们冒大汗。当然，大部分的内容是与杜鹃鸟族的文化和历史有关，也有很多来自人类的题目。

看看，自以为自然界主宰无所不知的人类啊，他们哪里又知道催春的“布谷”声中有如此多的奥妙和玄机呢？

就这样，最终进入歌手大名单的杜鹃鸟一只只都是高傲得不行，目中无鸟，优越感泛滥。就说这会儿吧，听了杜鹃族长的话，一只漂亮的女杜鹃就搔首弄姿站出来向黑白娇滴滴抱怨：“族长，这儿的风太大了，太邪乎了，我们何不到原来的基地里训练呢？你看我的脸蛋都刮裂了。”

女杜鹃本指望自己娇滴滴的样子能博得男杜鹃黑白的同情，没想到，黑白拉着个长脸，冷冷地说：“不行，谁也不准当逃兵！”说着，又用冰一样的目光刺了女杜鹃一眼，对黄族老说：“当然，我也不希望出现在人类眼前的杜鹃鸟全是黄脸婆，叫杜鹃工匠去找些草药来给女杜鹃们美容。”接着，他又对黄族老的工作表示了肯定，又说了几点指示，说到兴起，黑白还用十种不同的旋律现场表演歌唱“布谷”，让鸟们一震。

哇，原来族长是一只男高音杜鹃啊！

# 第三章

对杜鹃歌手的训练工作视察完后，黑白的心情放松了许多，一路径直飞向大佑山顶，停在一棵与铁瓦寺相隔着一片寸草不生乱石嶙峋区域的大树上，才微闭双眼沉思了起来。

这会儿，自始至终飞在黑白身边的保镖独眼大致已猜测到族长的心思，但他只是拉长耳朵等待族长的指令。什么时候都不能表现得比领导更聪明，这是头脑简单四肢发达的独眼跟领导这么多年最大的感受。

忽然就从铁瓦寺里隐约传来了几声喜鹊的叫声，黑白脸上的肌肉抽动了两下。

一直在揣摩族长心思的独眼扑扇一下翅膀飞离树枝，对黑白说："老板，是不是叫弟兄们来教训一下独孤鸟？"

是啊，黑白这些天就因独孤鸟帮助家燕逃跑，正窝着一肚子火呢。大佑山顶的独孤鸟们因族老白天和少鸟部落的少年独孤鸟们被抓，似乎也有所收敛，都绕到临沙溪河的那面山坡活动，紧邻杜鹃鸟领地这儿面很少有独孤鸟走动。黑白有些奇怪，独孤鸟那个与自己名儿相似的族长居然沉得住气，这倒让黑白觉得自己以前是小看独孤鸟的智慧了，他今天就是要与对方来个正面交锋，这几声喜鹊叫似乎在向他示威，无异于火上浇油了，让他恨不得马上召集手下，狠狠教训一下这些不知天高地厚的家伙。但是，被部下猜中了心思，让杜鹃族长有些不爽。他马上调整了一个表情，瞪了独眼一眼说："说话过过脑子，少给我惹事。去，给我向对面那只探头探脑的独孤鸟通报一声，让他们的族长出来说话。"

挨了一句无名之训的独眼揣摸不准族长的心思了。不过，没关系，老板永远是对的，这是独眼跟着领导多年得出的第二条结论。他马上低下头应了一声，飞到一块乱石上，对那只显然是守卫的独孤鸟叫道："我说，那只傻鸟，叫你们族长出来，我们老板要和他说话。"

独孤鸟守卫从一块岩石后现身出来，有些害怕强壮的独眼那盛气凌鸟的样子，缩回头去叫族长了。

听到动静，已有十几只独孤鸟现身在铁瓦寺周围，站在离独眼有十几米远的地方冷冷地看着他。

独孤鸟们眼里流露出的敌意和脸上果敢的表情，让一向狂妄自大的独眼杜鹃不由自主往后退了几步，生怕他们扑上来。

一只背上羽毛黑得发亮，腹下那数十根红蓝黄相间的彩色羽毛却像一面面旗帜迎风招展的独孤鸟，从铁瓦寺高高的天窗上如箭一般射到独眼面前。他就是大佑山顶独孤鸟族长黑洞。

牵挂着被捕独孤鸟们的安危，黑洞已整整两天两夜没合眼了，但他知道在这个时候更要冷静，在鹰王没有归来之前，以独孤鸟的力量与强大的杜鹃鸟抗衡，无异于以卵击石，他必须为全族的生存想出一个万全之策。然而，听到同伴被捕，很多的独孤鸟都丧失了理智，纷纷向族长请战，要与凶手拼个鱼死网破，他们视黑洞的隐忍为软弱，是几位族老好不容易才劝说了下来。这一大早，听着铁瓦寺内独孤鸟们依然在练习喜鹊的叫声，独孤鸟族长就想着，无论自身安危如何，是与对手短兵相接、摸摸对方底牌的时候了。这会儿听到杜鹃族长居然沉不住气率先上门，独孤鸟族长心中暗喜：哈，这可是瞌睡有人送枕头！趁此机会先探探对方来意，再随机应变。

当黑洞以一个高难度的飞行技巧风度翩翩地落在独眼面前一块平整的大石头上时，独眼完全被镇住了，一点也不敢小瞧这只个头比自己矮小的对手了。

杜鹃族长呢？当他用尽量平稳的飞行姿势如一片轻盈的树叶无声地落在大石头上，看到对手腹部露出来的五彩羽毛时，也同样被对方优雅的气质震惊了。

杜鹃鸟与独孤鸟虽同居一山，但一向是井水不犯河水，老死不相往来。按照约定，双方族长和族老一年开一次年会，大家坐下来商谈一些事情，其余时间碰面时，也就是点点头擦身而过，根本不会在意对方的变化。这会儿，黑白很诧异不到一年时间，独孤鸟族长居然长出了不可思议的彩色羽毛！而且个头也比普通的蝙蝠大了许多，再看看周围的独孤鸟也或多或少长出些彩色羽毛来。哇，这就不能不让智慧的杜鹃族长吃惊独孤鸟的进化成果了，第一次感到这个邻居进化的速度太快了！看来，他们的智慧也一定得到了很大的进化，假以时日，可能会成为自己最可怕的一个对手，没准将来有一天，改进了外形和叫声的独孤鸟会成为人类眼里的第一吉祥鸟呢！想到这里，杜鹃族长心头掠过一丝不安。当然，狡猾沉着的杜鹃族长没有把这想法表现出来，装腔作势地伸出翅膀与对方一碰，彬彬有礼地弯腰说：“尊敬的黑洞先生，没想到我们要提前坐在一起，在年会还没到来的时候。太抱歉了，请多多关照。”

黑洞伸翅与对方相碰，同样一弯腰说：“我最尊敬的杜鹃族长，有劳你飞到山顶这不毛之地，太不好意思了。不知黑白先生有何指教？”黑洞懒得与对方虚与委蛇，一上来就直奔主题，因为他心里记挂着那些被捕独孤鸟的安危。

黑白看出了对手内心的焦急，反而避开正题，用夸张的语调叫道：“人类说，士别三日，当刮目相看，我的黑兄弟可真是面貌一新啊，快让我认不出来了。贵族的进化工作当真可用一日千里来形容啊。兄弟佩服，佩服。”

要知道，当两位族长的父亲给儿子起名字时，可真没有想到会“黑”到一起，因而两族长见面时就会这么虚假地称兄道弟。甚至有一次年会上，杜鹃族长还虚伪地要与独孤鸟族长结为异姓兄弟，说是要仿效人类的刘关张桃园结义呢。

黑洞微微一笑说：“黑白先生，可不敢当啊，我们独孤鸟天资愚钝，又蠢又笨的，只能是笨鸟先飞加紧进化啊，哪能与人类的吉祥鸟杜鹃相比啊。你们是大自然的宠儿，就是躺在那里，我们独孤鸟也赶不上你们进化的脚步啊。”独孤鸟族长并没有把夸奖的话延续下去，话锋一转，正色说道：“哈哈，尊敬的杜鹃族长先生不会是来找我叙旧吧？这可没到年会时间啊。我倒想向鸟规执行团的族长请教一下，我那帮兄弟究竟怎样了？”

黑白没想到独孤鸟族长一上来就直奔主题，短兵相接。狡猾的他打了几声含义不明的呵呵之后才正色说道：“是啊，黑兄弟，我正要向邻居商量这事。你看，全体鸟族协助麻雀追捕漏网家燕，那可是各鸟族代表在‘家燕禽流感声讨大会’上通过的，也是我们鸟规执行团这段时期的主要工作。黑兄弟啊，现在情况更复杂了。据说麻雀对家燕的洗脑工作不顺利，家燕一点也不配合工作，禽流感病毒一直潜伏着，对我整个鸟界和大自然都是极大的威胁啊！你瞧瞧，这暂时的鸟规我们得执行，你的手下却在这个时候来蹚这浑水，难啊……”杜鹃族长似乎为独孤鸟痛心，欲言又止。

独孤鸟族长微一弯腰说：“这都是我和弟兄们一时糊涂啊。真是不好意思，谁让我们独孤鸟的智慧还不足以辨别虚伪者的真假呢，要是换上杜鹃兄弟就不会了。哎呀，真的惭愧啊，本族长念着和那只燕子的父亲执行燕哈辛打过几次交道，就睁一只眼闭一只眼让这事发生了。我也是想着这么一只燕子也翻不起什么大浪，就让他跑到什么别的森林里自生自灭吧。嗨，没想到我那位糊涂的族老会偷偷带着天真的少鸟部落去干违鸟规的事。哎呀，杜鹃族长就念其年幼无知给他们一个改过的机会吧。”

杜鹃族长摇摇头，说：“难啊，现在人家麻雀正当红呢，占着燕巢成天和人类眉来眼去很得宠，我只能试试。不过，虽说道不同不相为谋，我们杜鹃鸟与独孤鸟是近邻，总得想个辙吧。就是……就是……兄弟有个不情之请，嗨……真有些说不出口。”杜鹃族长可真是个好演员啊，装着挺为难的样子，像羞涩的小女杜鹃一样红了脸。

独孤族长猜到杜鹃族长主动示好的来由了，不由得心里暗暗冷笑：哼，装什么正经，现在，在鸟界是只鸟都知道你杜鹃族长肚子里的小九九。但是想到白天和十只少鸟部落的成员生死未卜，正所谓人类所说的“人在屋檐下，不得不低头”，一向特立独行的独孤鸟族也只得委曲求全了，想着先尽量答应对方提出的要求，等救出自己的兄弟再说。于是，他谦逊地弯腰低头说：“理解，理解，那就请尊贵的族长示下吧。”

族长谦逊的样子，令边上一圈子独孤鸟发出轻微的骚动声，觉得族长一定是被杜鹃族长的样子吓破了胆，真不应该这么示弱。

是啊，自从独孤鸟从蝙蝠家族分离出来，走上一条前无古鸟、后无来者的进化之路，齐心协力谋进化，什么时候这么向别鸟低声下气过？独孤鸟们对族长有些不满意，只有那几位族老理解族长的良苦用心，低声制止了独孤鸟们的骚动。

杜鹃族长看到眼前的景象，心里暗暗高兴。如果自己的计策不仅达到自己的目的，而且还造成独孤鸟内部的不团结，这岂不是无意中的一箭双雕？想到这里，黑白险些乐出声来，他故意装着没看到独孤鸟们的骚动，用眼神制止了龇牙咧嘴蠢蠢欲动的保镖，尽量抑制住内心的得意，用轻描淡写的语气说：“也没什么了，这对于黑洞兄弟和独孤鸟弟兄们不过是举手之劳。哈哈，我知道贵鸟族一向是主张特立独行，与外鸟的交往至多是点到为止，从不深交。是啊，正是因为贵鸟族有如此优良的品质，我们杜鹃鸟身为大佑山最老的世居之主鸟，才诚心诚意无私地把山顶这块地盘让给独孤鸟兄弟。要不，你们也不能进化到如此地步不是？”

黑洞心里暗骂：胡扯！在我们独孤鸟来到大佑山时，山顶上就没有杜鹃鸟的足迹，你们都生活在条件优越的树林子里，对山顶这块不毛之地根本没放在眼里，不过是做个顺水鸟情罢了。再说，我们独孤鸟从不到大佑山森林里觅食，一直是遵守约定，没欠你什么鸟情，能取得现在的进化成果，和你们杜鹃一点关系也没有。相反，我们练习喜鹊的叫声怎么就招惹你了，弄得你们暗地里下黑手？哼，别把别鸟都当傻鸟，我们心里明镜似的！

然而，独孤鸟族长在心里这么胡骂了一通，表面上却笑了出来，点头说："哎呀，是啊，尊敬的黑白族长说得不错，我们是最友好的邻居啊。"

黑白在石头上踱了几步，耸耸翅膀，斜一眼显然恨得牙痒痒的独孤鸟们，拉长声调说："我的黑兄弟啊，话说到这份儿上，兄弟也就打开天窗说亮话了。我要说的就是已书面通知召开'闽西北鸟界代表大会'的事。哼哼，真是不好意思啊。现在的情况是这样，话说鹰王离开已过了两年了，据可靠消息说，鹰族的日子很难过，一直处于灭绝的边缘，朝不保夕，根本不敢再回到与人类如此近距离的闽西北区域。但是，国不可一日无主，鸟族不能总没有王吧？你也看到了，没有鸟王，家燕就敢传播什么禽流感病毒了。这是什么目的？不就是想用禽流感病毒来控制整个鸟界，凭借他与人类朝夕相处的优势当上鸟王！所以，我们不能让他的目的得逞。尊敬的黑兄弟，闽西北鸟界确是不可一日无主啊！很多鸟族死活要我杜鹃族长出来主持这个烂摊子。你看，考虑到整个鸟界的安宁，以及鸟规执行团的白鹇和老鹰一样离我们而去，大家又对麻雀有误解，所以，我只能勉为其难地出来挑这副重担了。嗨，难啊，还要黑兄弟和众独孤鸟弟兄理解啊，是不是？"绕了这么一个大弯子，杜鹃族长终于厚着脸皮亮出了底牌。

黑洞心中暗暗冷笑，心想：都说黑白深谋远虑，处变不惊，大山崩于前不变色。看来，利欲所至，也沉不住气亮出底牌了。他正想着措辞进一步引出对方更深层次的想法，不料围观的几位独孤鸟族老被杜鹃族长的厚颜无耻激怒了。一位独孤鸟族老飞到黑洞边上，面对说得唾沫四溅的杜鹃族长毫不客气地质问："那么，我请问尊敬的杜鹃族长，听说你亲自帮助策划麻雀家族发动了'雀燕之战'，给闽西北鸟界带来了一场战争灾难，这是为鸟界安宁着想？"

黑白一下子被独孤鸟族老咄咄逼鸟的发问顶到了南墙，但他毕竟是智慧的杜鹃族长，在略显尴尬地笑了两声后，眼珠子一转，马上否认自己参与策划"雀燕之战"，说那纯粹是鸟们的臆想。不错，杜鹃和麻雀是同盟鸟，他本鸟与"麻雀未来研究所"所长私交甚深，但彼此间仅限于学术探讨。麻雀发动"雀燕之战"是人类授意的一级机密，当时整个杜鹃鸟族没有一只鸟知道此事。独孤鸟作为杜鹃的邻居应当清楚，"雀燕之战"那个晚上，所有杜鹃鸟都在大佑山世居地里睡觉呢，又何来帮助策划之说呢？再者，据后来鸟规执行团开会时，自己和白鹇族长对麻雀的了解，麻雀发动“雀燕之战”确是箭在弦上，不得不发。当时，家燕家族的族长和上层的几位族老已决定第二天就利用禽流感病毒开始他们的王者之路，得知此消息的人类智者不得已忍痛割爱，授意与之最为接近、鸟数也最多的麻雀家族对家燕采取突然行动，从而达到一举清除禽流感病毒的目的，保鸟界和自然界及人类的安全。说到后来，杜鹃族长摇头叹息道：“唉，诸位独孤鸟弟兄啊！禽流感太可怕了，一旦发作起来，可以在一夜之间夺去整个鸟族的生命啊！”

对于杜鹃族长的这一番解释，独孤鸟们有些半信半疑。那位发话的族老被黑洞一翅膀扇到后边，让独孤鸟们有些畏惧。是啊，一向与部下如兄弟般相处的黑洞族长可从来没有如此粗暴地对待过手下呢，看来，他是真的生气了。

然而，听了杜鹃族长的话，另一位族老还是忍不住叫道：“你这话有几分可信啊？不管怎么说，麻雀这么对家燕赶尽杀绝是违反鸟规的！”

杜鹃族长眼珠子一转，就知道这些独孤鸟族老的智慧与独孤鸟族长相比还有一定的距离。他马上正色表态：“这位独孤鸟兄弟说的不错，麻雀发动这场战争是有些突然。但是，麻雀这么做也是出于维护整个鸟界的安危，就是方法粗暴了些。这一点，在鸟规执行团内部会议上，我和白鹇族长都严厉批评了他们。你看看，现在麻雀认识到维护正义安宁的方法太过粗暴，已进行了补救工作。首先，将漏网的家燕全部捕获不是要杀害，而是防止他们将禽流感病毒传播到别的区域鸟界。其次，他们采取了治病救鸟的方法给家燕们开辟了条件优越的温泉洞过冬，还组织大量的鸟力、物力，由一大批麻雀精英——智慧雀，对家燕进行教育活动。什么是教育活动？这可不是外界所传的仅仅让家燕从思想上认识到禽流感的危害，主动配合清除体内的禽流感病毒，而是精心研制解毒的配方帮助家燕祛毒。因此，我说独孤鸟兄弟们啊……啊，麻雀治病救鸟可是付出了艰辛的劳动啊！独孤鸟是鸟界中的智慧鸟，希望大家拨开迷雾认识到这一点。”

通过杜鹃族长这一番狡辩，一直想制止手下发话的独孤鸟族长完全看穿了杜鹃族长的险恶用心。等黑白一说完，他马上厉声喝退还要说话的族老。一看族长真的发怒了，几位族老只得退回去和独孤鸟们站在一起。

现在，大石头上只站着两个鸟族的族长了。

黑洞想到被捕独孤鸟的安危，内心忽然感到一阵没来由的刺痛，刚才那种委曲求全的想法更坚定了。他知道，这或许会给自己的族类造成误解，但为了同胞的生命安全，他必须这么做。没有鸟知道这些天独孤鸟族长是如何在矛盾、悲伤、愤怒交织的心情中度过的。当从鹦鹉那里悄悄传来旋风和十只少鸟部落成员英勇牺牲，以及白天与另十只少鸟部落的成员被抓到温泉洞里生死未卜时，一向爱民如子的独孤鸟族长心都要碎了，他恨不得举全族之力马上去与麻雀拼个你死我活，但一想到独孤鸟伟大而艰巨的进化事业，为了全族长久的生存发展，他又不得不装着没事鸟一样，硬着心肠严令独孤鸟们不可轻举妄动，否则将处以最严厉的族法。为了避免因失去同类而群情激愤的独孤鸟们情绪激化，他只是简单地在大会上搞了个纪念遇难者的仪式，就把这悲伤的一页看似轻描淡写地翻过去了。当然，族长的这个表现让一向崇敬他的独孤鸟们很不理解，但没有办法，独孤鸟族长深深认识到现在闽西北鸟界错综复杂的局面，稍有不慎就可能导致与家燕一样的悲剧。

再次用不容置疑的威严目光制止了独孤鸟们的激动情绪后，这位为了全族的安危忍辱负重的独孤鸟族长用一种坚定而明快的语气说："尊敬的杜鹃族长先生，听你方才所言，原先笼罩在我心中的迷雾都驱散了，一语点醒梦中鸟啊。是啊，是啊，值此鸟界群鸟无首之时，确实需要有谁站出来挽救鸟界危局了。哈哈，而这样的鸟选当然非杜鹃族长莫属了，谁不知道杜鹃是人类的吉祥鸟，杜鹃族长又是一等一的智鸟呢？论谋略和胆识，哈哈，相信闽西北鸟界无鸟不服，本族长对此也是佩服得紧啊。虽说我们独孤鸟一向独来独往，可好赖是一位列席代表，按理说，在鹰王长期缺席根本无法行使鸟王之职之时，有鸟站出来主动承担这个工作，我和全族兄弟理所当然要支持的……哈哈。"说到这里，黑洞居然打起了哈哈来。

哇，这太让鸟吃惊了，从族长的嘴里居然说出如此谦卑的话来！独孤鸟们窃窃私语，发出了一阵骚动声。

独孤鸟族长回头又用严厉的目光扫了一眼独孤鸟们，接着向杜鹃族长微微一弯腰，说："哎呀，哎呀。是啊，是啊，我们独孤鸟向来不干涉鸟界政事，谁当王都会支持，但……很不好意思的是，这次我的一些手下不听号令擅自行动，蹚了这么一次浑水，这都是本族长平日里管教不严所致啊。如今事已出了，还希望杜鹃族长能从中向麻雀兄弟解释一下，把我那些弟兄放回来，好让我用族规管教才成。本族长在'闽西北鸟界代表大会'上将投尊敬的杜鹃族长一票，也好取得本族兄弟的支持。哎呀，你说是不是？尊敬的杜鹃族长？"

到这会儿，一直认真倾听独孤鸟族长说话和观察独孤鸟们反应的杜鹃族长听明白了：啊，敢情这家伙是与我交易来了！看来还真小瞧这只鸟的智慧了。不过，这正是我黑白所期望的结果，用这被捕的独孤鸟做筹码，不怕特立独行的独孤鸟不听自个儿的使唤。哈哈。想到这里，杜鹃族长险些笑出声来，却装着非常为难的样子皱着眉头说：“尊敬的独孤鸟族长，是啊，我也为发生这样的事纳闷呢。一定是受到别鸟的蛊惑，独孤鸟才会犯这样的错误。是啊，值此鸟界危亡之际，想来想去我决定暂时站出来挑这副重担，以后有贤鸟我再让贤。哈哈，至于被捕的独孤鸟兄弟，我以鸟规执行团的名义给将来所长去了信，让他保证诸位独孤鸟兄弟的安全，一切要秉公处理。只是，那些智慧雀可不比蠢雀好说话，能不能让独孤鸟兄弟们回大佑山，我也只有试试了。不过，我倒有一个办法，就是不知黑兄弟敢不敢做。”

“什么办法？哎呀，说吧。”黑洞盯着杜鹃族长的眼睛问。

“这样吧，我这就陪黑兄弟走一趟温泉洞，你当面和将来所长解释解释，我再帮着说说，没准能成。就看尊敬的黑洞先生有没有这个胆量了。”杜鹃族长眼珠子一转，似笑非笑地说。

独孤鸟族长说：“哎呀，杜鹃族长如此义气何不早说，我们还站在这里扯闲篇浪费时间。哎呀，要是黑白先生得闲，我们这就去走一遭如何？哎呀。”

什么？族长一只鸟独行神秘莫测的目前还没有哪只鸟知道具体位置的温泉洞？几只独孤鸟族老虽明白了族长的良苦用心，却率先表示反对。在场的独孤鸟们想到族长的安全，也鼓噪起来。有的喊道：“不能去，不能去，这是个圈套，不能去，族长！”

然而，独孤鸟族长似乎没有听到这些反对意见，将族中事务交给副族长打理，只带了一位叫“哎呀”的强壮独孤鸟，当即跟着杜鹃族长和他的保镖独眼杜鹃鸟启程了。

这里先得介绍一下这只强壮的独孤鸟哎呀。

原来，哎呀独孤鸟是个孤儿，他的父母都在一次意外事故中身亡，从小就由族长收养，视如己出。哎呀原来并不叫哎呀，而是叫别的名字，是他懂事后为了表示铭记族长的养育之恩，就更名为族长话不离嘴的“哎呀”口头禅。哎呀的智慧一般，但是块头非常强壮，在独孤鸟族中可谓出类拔萃，与少鸟部落的部长旋风和族老白天相比一点也不逊色。因他的忠诚和勇敢，就被选为族长的贴身卫士，保护族长的安全。

接着说独孤鸟族长怀着“明知山有虎，偏向虎山行”的果敢，独闯温泉洞。当飞到空中俯瞰大佑山顶时，黑洞更加强烈地感到自己对这块在鸟们眼里是穷山恶水的光秃秃石山是如此的热爱。他内心非常明白此行的凶险，神秘莫测的温泉洞或许有一个巨大的陷阱等着他，但他有信心凭借自己的智慧应付杜鹃族长和将来所长的阴谋。然而，告别独孤鸟们世居地的时候，这只智慧勇敢的独孤鸟还是眼里含满了复杂的泪水，他怕被杜鹃族长看到，悄悄扭过头去用翅膀擦去了。是啊，大佑山顶确实是环境恶劣之地，除了一个不知何因破败千年的铁瓦寺，山顶周围没有一棵树和草，一年四季恶风不断。但是，黑洞从独孤鸟的进化史料中了解到，独孤鸟的先祖们之所以选择这么一个别鸟不拉屎的地方，开始独孤鸟的伟大进化事业，正是要用这样的恶劣环境来促进进化的速度。“安逸是进化的大敌！”这是独孤鸟族规中的第一条。

这是一次心照不宣的飞行，这是一次独一无二的沉默飞行。四只鸟一同飞行在高高的天空上，阳光抚摸着他们油亮的羽毛。在地下的人类看来，这是多么和谐和奇异的两类鸟飞行图啊，似乎从来没有哪一位画家有这样的想象力，将两只杜鹃鸟和两只外形似蝙蝠的独孤鸟画在同一张纸上。这真是人类想象力的缺乏，自以为是的他们，又怎能理解一只鸟远大的理想和高尚的心灵呢。

春天已迈着坚实的步子从山林间走来，从树梢上吐出来的新叶嫩芽就可以看到冬天其实已在慌不择路地逃跑了。从每片树叶，从每一缕迎面吹来的风，从山间的泉水声，从天上的每一片云彩，都可以感受到春天轻盈的脚步在逼近。

感受到春天的气息，让独孤鸟族长牵挂兄弟的心情更加迫切了，恨不得马上飞到温泉洞。

一路飞行，没有哪只鸟愿意打破这沉重的沉默。快飞到温泉洞时，黑洞被智慧雀用树叶蒙上眼睛，直到进入温泉洞，树叶才从眼前拿走，这时独孤鸟族长才说了第一句话：“哎呀，这里的春天原来早到来了。”

站在独孤鸟族长面前的“麻雀未来研究所”所长的脸却堆满乌云，好像大雨即将到来的天空一样。他仅仅礼貌性地向独孤鸟族长表示了问候，就让垂手站在一边看守温泉洞的智慧雀头领麻点将独孤鸟族老白天带上来。

杜鹃族长对于将来所长如此冷淡对待远道而来的独孤鸟族长有些不满意，觉得这不是一只智鸟应有的城府。待众鸟在靠近温泉边的平整大石头上落座之后，他就两边打哈哈说：“将来所长，你这温泉洞可真是我们鸟界独一无二的风水宝地啊，也可见所长对携带禽流感病毒的家燕之仁慈之心。哈哈，黑洞兄弟，我说的有没有道理？要不是有这么个温泉洞，那些家燕哪能在闽西北过冬的，非冻死不可，是不是？”

“哎呀，将来所长是仁慈啊。哎呀，失敬，失敬。”独孤鸟族长话里不无挪揄的意味。

话说回来，将来所长为什么会表现得如此没有城府，失了一位智鸟的风度呢？

## 第四章

这些天，“麻雀未来研究所”所长将来的心情很郁闷。虽然儿子希希捕杀了最后的家燕，又抓到护送的独孤鸟，但是，那些蠢雀们的表现太让他生气失望了！他们在占领城市里的燕巢之后，以吉祥鸟自居到处惹是生非。不仅在人类的饭馆前觅食争相打斗，甚至发生多起自相残杀的事件，而且他们还比以往更变本加厉地偷食人类的粮食。人类有句俗话“兔子不吃窝边草”，说明人类最憎恨的就是这种“吃窝边草”的行为。然而，这些蠢雀居然把贪嘴伸向自家主人晒在阳台上的粮食！这下可好，人类主人将这些蠢雀赶出了燕巢，不让他们居住了。于是，这一段时间以来，不断传来蠢雀们被人类驱赶出占有的燕巢之事，这让一心想让麻雀家族完全取代家燕地位，自己有朝一日统领麻雀的将来所长非常生气。

说实在话，将来所长虽然一再严令智慧雀不能食用人类的粮食，但他也深知，麻雀偷食人类的粮食是从祖上传下来的基因，一时半会儿也改变不了，因而对手下偷食人类粮食的行为向来睁只眼闭只眼。然而，说归说，做归做。那些蠢雀愚蠢到公然偷食人类主人晒在自己眼皮子底下的粮食！这就让深谋远虑的将来所长不能容忍了，他担心长此以往通过“雀燕之战”争取来的胜利成果会被断送，一旦惹了人类众怒，或许 1958 年人类驱赶麻雀的悲剧将会重演。因此，在严令重申智慧雀在这个非常时期绝对不能再偷食人类粮食之外，他先后三次用书面报告的形式向族长未必提出建议，要严惩这些害群之鸟。然而，年老固执的未必根本听不进将来的建议，反而认为这些麻雀跟着他一起赢得家族有史以来最辉煌的“雀燕之战”胜利，现在是享受胜利果实的时候，不宜太过于拘束他们。于是乎，这些住到了燕巢里养尊处优的蠢雀们真把自己当成吉祥鸟，更加胡作非为了。

将来所长这些天就一直为此事郁闷不已，把杜鹃要召开“闽西北鸟界代表大会”的正事也放在一边。同时，他要把家燕全部消灭的想法更坚定了，已让智慧雀们做好准备，必须在立春至春分之间，把眼见无法洗脑成功的被捕家燕统统处理掉，否则这些漏网家燕一旦重新进入人类的视线，必定会引起人类对家燕的怀旧情绪，让那些居住在燕巢中的蠢雀更混不下去了。所以，先一步得到杜鹃族长要带着独孤鸟族长来访的消息，将来所长当然没有什么好脸色。是啊，这些独孤鸟居然保护一只漏网的家燕，明目张胆地与麻雀作对，这让将来很不理解！一向不问鸟界政事的独孤鸟居然也来蹚这浑水，岂不给别的鸟族树立一个与麻雀作对的榜样？他不理解杜鹃族长为什么对独孤鸟要这么客气，依他的想法是，一定要在“闽西北鸟界代表大会”召开之前，来个杀一儆百，把这十只独孤鸟当众按鸟规处理干净！

这会儿，听独孤鸟族长讥讽的话，将来所长尖声一笑说：“可是，有鸟就利用我们的仁慈干着违反鸟规的勾当！尊敬的族长先生，独孤鸟族秉承自己的进化之路，一心一意谋发展，本所长一向是佩服得很，但是，为何要违反鸟规，掩护一只携带禽流感病毒的家燕呢？这不是成心给我们鸟界带来灾难吗？”

什么禽流感病毒？还不是你和黑白捏造的莫须有罪名，陷害家燕！独孤鸟族长心里这么狠狠地骂着，表面上却一如既往地堆上谦逊的表情，微一弯腰说：“哎呀，尊敬的将来所长，都怪本族长管教不严，让手下出了如此大的疏漏。好在也没捅出什么乱子，听说贵公子亲自将漏网家燕消灭了，真是可喜可贺。我请求所长先生能宽宏大量，让我把这些不争气的手下领回去，我自当以族规责罚他们。同时，我保证今后不再干涉鸟界政事。哎呀，哎呀。”

“说得轻巧。”将来所长从鼻孔里哼了一声说，“杜鹃族长也在这里。现在，鸟规执行团就剩我俩了，如果不按鸟规办事，整个鸟界还不乱了套，这十只独孤鸟放不得！”

“哎呀，他们可都是些未成年鸟，不懂事了。哎呀，将来所长高抬贵手了。”独孤鸟族长为了族类的安危，一向高傲的他不得不软中带硬地说，“不然，我就无法兑现在此之前给杜鹃族长的承诺了。哎呀。”

承诺？什么承诺？将来所长狐疑地看着在边上一直莫名其妙地充当和事佬的杜鹃族长。

黑白见状，赶忙将将来拉到一边，小声对他说明了缘由。

将来所长本来一向是对杜鹃族长唯命是从的，可能是这些天蠢雀不断被人类驱赶出燕巢和族长的昏庸让他迷失了心智，对杜鹃族长所说的缘由，不以为然地说："黑白先生，我们可是同盟鸟，不能拿麻雀的利益来换取你的王位啊！"

杜鹃族长这下可看清将来原是个容易被情绪左右的家伙，但现在他可不能失去麻雀这个忠心的同盟鸟。无奈之下，他又细细向将来解释了自己的想法，看将来脸色缓和下来，才推心置腹地用诚恳的语气说："将来兄弟，我很理解麻雀现在的状况，但万事开头难，等我登上了王位，一切就会理顺了。到时候，我帮你把那过时的老家伙赶下台，你来领导麻雀一族。那时，你想怎么整顿都行，还怕那些蠢雀再干蠢事？你可是我最敬重的智鸟啊，别让一时的情绪蒙住了智慧的双眼！嗨，不怕你笑话，这些天，我比你更郁闷呢，被洋洋诗溪仙那家伙嘲弄了我的智慧。可那又怎么样？哈哈，这倒让我的智慧提高了一个层次，我们不能在这关键的时刻把不准方向。"

杜鹃族长的这番话让将来所长听了很受用，忙向杜鹃族长表示歉意，又说道："不过，要利用独孤鸟这个特立独行的鸟族，手里还得有他们的把柄抓着。这样吧，如果独孤鸟族长能留在温泉洞里等到'闽西北鸟界代表大会'开完，我立马把这些未成年独孤鸟放走。你看如何？"

杜鹃族长会心地笑了，抬起一只翅膀说："高，高，不愧是将来所长！这步棋我倒是没想到，用族长换独孤鸟，不愁整个独孤鸟族不拥护我们。哈哈。"

"嘻哈，哈。"将来也尖声笑了起来。

两只鸟窃窃私语后，杜鹃族长依然是唱红脸解释，将来所长唱白脸板着脸把决定说了。他说："这可是看在你的邻居杜鹃族长是我同盟鸟的面子上。黑洞族长，你放心，在这温泉洞里，我保准让你养得白白胖胖的，等'闽西北鸟界代表大会'开完，保准你一根毫毛也不伤地回到大佑山照样当你的族长。"

独孤鸟族长听到将来所说的处理意见，似乎并没有感到意外，只是不无讥讽地笑了笑说："哎呀，哎呀，这是将来所长不相信独孤鸟是最讲诚信的鸟族啊。哎呀，哎呀。"

一直站在一边的族长护卫独孤鸟哎呀却不干了，狠狠地瞪了将来所长一眼，转身对杜鹃族长大声嚷嚷道："尊敬的杜鹃族长先生，你这是不讲诚信，要把我们族长扣为鸟质！来这里之前你可是保证了的，出尔反尔！"

黑洞忙呵斥哎呀："怎么说话的？哎呀，我已经答应杜鹃族长，支持他当鸟王，我们鸟界也需要一位智慧的鸟来当王，他又怎么会对我不利呢？下去，别再说话。”

杜鹃族长被哎呀说得脸一阵青一阵绿的，听了黑洞的话才缓过神来，讪笑着说：“是啊，是啊，等‘闽西北鸟界代表大会’开完，我一定亲自把我的黑兄弟送回大佑山。哈哈。”

正说着，看守温泉洞的智慧雀首领麻点带着独孤鸟族老白天来了。

独孤鸟族长大老远就看到飞起来很吃力的白天，忙迎上去关切地问道：“白天兄弟，你受伤了？”

来的路上，白天已从麻点嘴里知道族长来到的消息，担心得不行。他一飞落到族长面前，就斜了将来所长一眼，用轻蔑的语气说：“没关系，不过是让狼崽子咬了一口。”

在场的鸟都听说过白天引用的这句人类骂人的话，场面有些尴尬。

听到要用族长交换自己的决定，白天就大声叫起来：“不行，不行，黑洞大哥，这是他们的阴谋！我们就是牺牲性命，也不能支持杜鹃族长当闽西北区域的鸟王！那会给整个鸟界带来灾难啊！”

一切都在按照事先的计划进行，杜鹃族长并不介意听到几句难听的话，他摆出被别鸟误解无奈而痛苦的表情，又挥翅装出很大度的样子，让独孤鸟族长单独和他的族老话别。

现在，偌大的温泉大厅剩下三只独孤鸟：族长黑洞、族老白天和护卫哎呀。然而，大厅边上温泉散发出的热气，却没有让三只独孤鸟感到一丝暖意。相反，他们感到一种阴冷的阴谋正龇牙咧嘴地扑向独孤鸟家族和整个鸟界。时间紧迫，独孤鸟族长抓紧杜鹃族长为了摆高姿态给他们独处的难得宝贵时间，向白天询问了护送家燕的情况后，心情沉重却坚定地说：“哎呀，哎呀，我相信，既然麻雀们并没有找到咕噜的尸体，这只勇敢智慧的小家燕一定逃脱了他们的魔爪！他也一定能找到鹰王。等着吧，鹰王很快就会回来了，在这个时候，我们能做的就是等待，硬拼只会给独孤鸟家族带来灭顶之灾。白天兄弟，你回去后，一定要转告副族长，这一段时间停止所有进化活动，更不要发出喜鹊叫声激怒杜鹃鸟。你们要做的就是在等待中重新组织一支更强大的少鸟部落。我想，等鹰王回来，他们就要参加统一的行动。少鸟部落弟兄们的血一定不会白流！哎呀，哎呀。”

哎呀耸起有力的翅膀似乎要扇向眼前看不见的对手，恨恨地说：“等着吧，总有一天，我一定亲手把那只可恶的将来所长扇晕！谁也别跟我争！”

白天牵挂着族长的安危，也远远没有黑洞那么乐观。他担心地说："麻雀们太残忍，杜鹃鸟又太狡猾。再说，咕噜真能顺利脱险找到鹰王吗？我担心黑白真的当上了鸟王，老鹰归来也无力回天，闽西北鸟界就没有公平正义的日子了。不行，黑洞大哥，你留在这里太危险了！这样吧，我当鸟质，你和弟兄们回去。"

"哎呀，我的傻兄弟，他们要的是我这族长啊。哎呀。"

"说什么也不行，我这就去和将来所长说。再说，少鸟部落的弟兄们也绝不会答应。"

"麻雀虽然凶残，可我相信，现在为了杜鹃族长当鸟王，他们不会对我怎样的。哎呀，杜鹃族长为了当上鸟王，也要收买鸟心，不会对一鸟之族长怎样。哎呀，总之，这儿虽是龙潭虎穴，倒是最安全的地方呢。哎呀，你们在这里就不同了。我真担心那些家燕的安全啊，这两天你们有没有听到家燕的消息？"

族长的一番分析，让白天稍宽了心。听族长问，白天沉思道："这两天智慧雀并没有把我们和家燕关在一个地方，只是有一天听到家燕们在唱那首《小燕子》，似乎家燕们就关押在与我们相邻的岩洞里。"

"哎呀，这说明家燕们暂时还是安全的。要不然，他们也不能自由地唱歌了。哎呀，一定是这样的。"独孤鸟族长脸上绽开难得的笑容。

白天说："黑洞大哥的分析不错，但我听到看守我们的智慧雀们在议论家燕的情况呢，似乎将来所长对家燕们的洗脑行动效果并不满意，说在春分之前，要把家燕们统统处理掉。看样子，这些家燕还时刻处于危险之中呢。"

独孤鸟族老白天说的不错。

其实，被麻雀关押在温泉洞里的家燕们，在新执行燕旺盛和女燕青青的带领下，为了生存的需要，他们并没有与智慧雀们发生直接对抗，而是按照将来所长的要求，每天认真参加洗脑行动。上完课回到洞里，因怕某些家燕特别是未成年家燕被智慧雀们的花言巧语洗了脑，青青得花费大量的时间来分析，让大家认清事情的真相。所以，尽管表面上家燕们在新执行燕旺盛的带领下认真接受麻雀们洗脑，骨子里却一直在试图用麻痹的手法，让看守的智慧雀们丧失警惕，找准机会逃离温泉洞。在温泉洞经过这一段时间的休整，生命力顽强的家燕们把身上的伤都基本调养好了，如果不是狡猾的麻雀们为了防止家燕们逃跑，在粮食供给上只给家燕们吃个半饱，家燕们早就一只只恢复原先的强壮了。

尽管身处于温泉洞中与外界隔绝，家燕们的身体还是敏锐地感觉到春天来临之前，那种特有的季节气息，如果不是青青一再提醒：在最后的行动之前不可打草惊蛇，执行燕旺盛早就想带领大家找机会出逃了。同时，一个大胆勇敢的计划也在悄然进行，这个由女燕青青制订的计划就是：春天到来之后，在例行的洗脑行动开始时出逃！通过细心观察，青青已发现麻雀安排家燕们进行洗脑行动的那个小山洞虽然离温泉洞的大出口很远，而且智慧雀们也把守得很严，但她偶然发现洞壁斜上方有一个被石头遮挡的小出口，通过对从洞外射进来的微弱光线判断，这个小洞并不长，也可以容得家燕的身体爬行出去。这样的出口因为处于洞壁斜上方，且有一块突出的石头遮挡外面射进来的微弱光线，因而没有被智慧雀发现。

这真是天不绝家燕！执行燕旺盛和女燕青青将这个巨大的秘密保守起来，没有让别的家燕知道。他们要等到麻雀采取行动之前，齐心协力将几乎是虚掩在洞口的小石子刨开，家燕们就能顺着这小小的洞口爬出温泉洞！

这是一个关系家燕们生命的秘密！为了这个秘密，执行燕旺盛和女燕青青更加积极配合将来所长对家燕们的洗脑行动，以至于连疑心很重的将来所长都相信他们正一天天被洗脑，这也正是让将来迟迟没有对家燕做最后处理的原因之一。只有狡猾的杜鹃族长听到将来所长介绍的家燕情况之后，将信将疑，但他也没有督促将来采取什么行动，只是告诫看守的智慧雀，要警惕家燕耍什么阴谋，别低估了家燕的智商。

但是，独孤鸟们护送家燕咕噜冲出闽西北区域的事件，几乎让将来所长改变了主意，他要把所有的家燕统统提前处理掉，是杜鹃族长的信使前来制止了他的暴怒。于是，他就把一腔怒气发泄在被捕少鸟部落的独孤鸟们身上，将这些独孤鸟们关押在温泉洞中唯一一个没有温泉，又冷又潮的黑暗小洞里。

闲话不提。再说独孤鸟族长听了族老白天的话为家燕们担心之时，麻点带着三十几只智慧雀如临大敌般押着十只少鸟部落的独孤鸟们进来了，跟着的还有杜鹃族长黑白和将来所长。

其实用不着如此架势，仅仅关押了几天，这些未成年的独孤鸟们就被洞内的阴冷严重损伤了身体，潮湿得几乎能拧出水来的羽毛和难以忍受的饥饿，让他们已无力扬起翅膀，只能摇摇晃晃地慢慢走着。然而，尽管身体处于极度疲乏状态，这些有着顽强意志的未成年独孤鸟们眼里那坚定的光芒却没有熄灭。相反，一只只鸟眼里射出来的是令对手胆寒的高傲。

啊，这真是一个特立独行的鸟族啊！

独孤鸟族长看到少鸟部落十只独孤鸟们如此情形，心疼不已。他急切地飞到他们面前，用翅膀抚慰他们潮湿的羽毛。然而，他什么话也没有说。

杜鹃族长看到这幅场景，似乎有些尴尬地说："哈哈，哈哈，好了，我和将来所长言而有信。未成年鸟啊，总难免犯些错误，知错能改就好，知错能改就好。黑兄弟回去好好开导开导这些迷途的羔羊，你们可是独孤鸟族的未来呢！哈哈，可不要一时受别鸟的蒙骗，耽误了大好的前程，影响独孤鸟的进化事业。哈哈，哈哈。"

听到杜鹃族长打哈哈，十只少鸟部落成员齐刷刷地侧头向他射去如剑一般的锐利目光，饶是见多识广的杜鹃族长，也不由自主地被他们眼中的仇恨击打得打了个冷战。独孤鸟族长怕再次生变，轻声让少鸟部落的成员原地休息，自己则上前向站在一边袖手旁观，依然一脸阴郁之色的将来所长弯腰表示感谢，又对杜鹃族长说："哎呀，看样子，他们是累坏了，心智有些迷糊了，不认得大慈大悲的邻居——尊贵的杜鹃族长了。哎呀，哎呀。"

杜鹃族长马上拉下脸来，责备将来所长："是啊是啊！闽西北的鸟族是一家，这是将来本鸟当王之后首先要提倡的，众鸟都应怀有一颗仁慈之心，不能因为某些鸟暂时犯了一点小错误就不把他们当兄弟了，要治病救鸟。哈哈，将来所长对携带如此危险的禽流感病毒的家燕不就是这么做的吗？要向全鸟族推广。"

将来所长脸上终于挂不住，冷冷地命令麻点让智慧雀们给这些客鸟弄些食物。

独孤鸟族长就又弯腰向将来所长和杜鹃族长分别表示了感谢。

很快，智慧雀们拿来食物。在这些饿得根本无力飞起来的少鸟部落成员狼吞虎咽智慧雀们随便找来的粗糙食物时，一直含着泪的族老白天终于忍不住叫唤起来："我真想问问将来所长的仁慈之心到底是什么样？把这些未成年的独孤鸟关在阴冷潮湿的洞里不给食物，这就是仁慈之心吗？"实际上，白天并没有和少鸟部落的独孤鸟们一起关着，他被单独关在另一个地方接受智慧雀们的审讯呢。

杜鹃族长只能厚着脸皮再次打起哈哈来，将来所长则要发作起来了。眼看着一场冲突不可避免要发生了，这时候，独孤鸟族长斥责了白天，一边振翅与智慧雀敌视的族长护卫哎呀也不得不收起了翅膀。独孤鸟族长再次弯腰向杜鹃族长和将来所长表示歉意，为了手下的安全，他不得不这么做，一旦冲突形成，所有的独孤鸟都将面临死亡，自己亲身涉险救弟兄的目的也就成泡影了。

这是一场不可能赢得胜利的争斗，为了部下的生命安全，特立独行的独孤鸟族长忍辱负重，低下了高傲的头。当白天在族长严令之下，不得不带着十只少鸟部落独孤鸟们艰难起飞离开温泉洞时，独孤鸟族长却转身而去。

一刹那，杜鹃族长和将来所长也为独孤鸟族长冷峻的背影而动容，因为他向对手传递出“士可杀不可辱”的强烈信息。

此后的日子，这个鸟质就用这么一种沉默的方式表达自己的情感。

# 第五章

在独孤鸟族长为族类的安危只身涉险，充当鸟质来到温泉洞时，家燕咕噜正急切地全力飞行在原始森林深处。

已记不清进入这片浩如烟海的原始森林多少天了，咕噜按照当初诗溪仙洋洋和独孤鸟族长设计的方向一直向南飞，他感到太阳升起又落下有四次了。那么，也就是他已飞行四天了？

原始森林里古树参天，藤蔓纠结，怕迷失方向和发生不必要的危险，咕噜只能选择在白天飞行。是啊，刚进入这片他从没到过的原始森林里，那些纠结的粗大藤蔓不经意间缠住了他的翅膀。他吓得用力挣扎，试图摆脱，却发现越挣扎缠得越紧。

完了，自己的粗心大意居然让这么一次重要的飞行就结束在这样一次意外中，太对不起为了护送自己而丢了宝贵生命的独孤鸟兄弟啊！咕噜后悔得要命，只能束手无策地呼喊救命。

后来，飞来了一只他从未见过的叫不出名字的大鸟，这只大鸟体形比老鹰还要强壮。他看到了家燕，什么话也没说，就伸出尖锐有力的嘴将缠在家燕身上的藤蔓啄开了，随后，也不搭理家燕的感谢，只顾拍打着宽大有力的翅膀消失在密林深处。

这是一只奇怪的鸟，也许天生哑巴？这一片在咕噜看来奇怪的原始森林，处处都是那么陌生和奇怪。当咕噜一进入这个原始森林飞行，就碰上好几群他叫不上名字的鸟族。然而，奇怪的是，这些鸟族对于家燕的出现谁也没表现出好奇，当然也没表现出热情，他们对家燕的招呼只是远远地号叫两声含义不明的话算作回答。原始森林中的树木更是高大茂密得令咕噜吃惊不已，与之相比，闽西北区域的森林就只能算是小字辈了。古树参天，遮天蔽日，咕噜不得不放慢飞行的速度，躲避那些像蛛网一般潜伏着危险的纠结藤蔓，同时，必须时不时地飞上树顶，靠太阳来辨认方向。

从进入原始森林第一天起，咕噜就发现了一个奇怪的现象，迎面与他相遇的鸟群并不在意一只家燕的闯入，而且还是不同的鸟族在一起飞行！这对于在闽西北区域长大，还没经过冬天迁徙的小家燕咕噜来说，真是不可思议的景象。好几次，咕噜碰到了这样奇怪的鸟群，他们中起码有四种以上的鸟族在一起飞行，有鹦鹉、啄木鸟、八哥和一种个头很小却长着五颜六色的羽毛，美得让他自惭形秽的鸟。他们有说有笑地从咕噜身边飞过，样子非常亲热。还有一次咕噜看到一只个头和他差不多大的小鸟，居然调皮地趴在一只大鸟的身上飞行，大鸟笑容满面一点也不生气。小鸟看到迎面飞来的家燕，调皮地眨眼睛，笑嘻嘻的样子似乎很受用。

哇，这真是一片不可思议的原始森林啊！咕噜想遍了所学到的知识也没有想起相关的介绍，就只能怪自己孤陋寡闻了。小家燕当然不知道，这是原始森林里真正和谐的景象，所有的鸟族都在自然环境里和平相处，不分大小美丑，大家和平共处。由此还形成了一个不成文的规则：凡是新进入原始森林里的鸟，任何鸟族都不可与之接触，当然也不能敌视欺负对方，他们需要通过观察来判断对方的来意，如果没有恶意，这只鸟很快也可以成为这片原始森林中的一员。这通常需要整整六天的时间，原始森林里的鸟族们相信“时间能说明一切”这句真理！

就这样，咕噜向着南方小心地飞行了四天也没有哪一只鸟来干涉他，似乎这座原始森林就是浩瀚的大海，谁也不在意咕噜这滴微不足道的水加入进来。这让咕噜很不适应，他多想有哪一只鸟和他说说话，顺便向别的鸟打听真人旗岩石绝壁具体在什么地方。没有一只鸟搭理他，他们似乎根本没看到有一只无助的家燕从面前飞过，当然更听不到他的问话了。咕噜想不通这些鸟族为什么对他如此冷漠，而他们彼此间又如此和谐？男燕咕噜皱着眉头思考了好一阵，最终还是没有结果。于是，为了想清楚这个问题，咕噜就想到了独孤鸟所说的倒悬休息有利于大脑思考和发育的说法，第三天晚上睡觉时，咕噜就学独孤鸟找了一棵在原始森林里随处可见的大树，在背风处倒悬在树枝上休息。

现在，家燕咕噜已经完全掌握了独孤鸟倒悬睡觉的技术，可以毫不费力安稳地睡觉，同时又可以瞬间听到风吹草动，非常警觉地进入防守和飞行状态。正是这一段经历，后来咕噜带着家燕们回到南坑村开始乡村生活时，就推广了这种倒悬休息的技术。先是从南坑村，随后，经过几十年的传承，整个闽西北区域生活在乡村里的家燕都改变了栖息的习惯，能轻松自如地倒悬睡觉。于是，我们可以看到，在每一个依旧构造精美的燕巢外，总是要倒悬着一只男燕，守护着燕巢里的妻儿。

或许是心理因素使然，倒悬休息让咕噜的头脑更加清醒了，似乎也想清楚了一些问题，并且有了一个惊奇的发现。咕噜想起来这四天来碰上的所有鸟群都在飞往同一个方向——北方，与咕噜要去的真人旗绝壁背道而驰。哇，怪不得会迎面碰上那么多鸟群呢！那么，这么多的鸟族成群结队地飞往一个方向是去开什么大会？还是发生了什么重大的事情呢？这件事会不会与自己的闯入有关呢？或许是这样吧，要不然那些鸟碰上自己为什么不理不睬呢？

咕噜这么胡思乱想着，一个晚上也没有睡好。当太阳刚从东方懒洋洋地探出头来时，咕噜就和所有的鸟族一样早早醒来了，他听到远近传来的各种鸟叫声，忽然感觉一阵兴奋，好似就处于熟悉的闽西北森林里。他一展翅飞上了树梢，举目四顾，看到森林里的湿气在初升太阳的照耀下袅袅蒸腾，让一夜未睡的他眼前为之一亮。太美了！要是永远生活在这里多好！啊，不行，他是闽西北区域的鸟族，他和整个家族的使命是在那里，为那里的世界增添光彩。咕噜心里这么暗暗责备自己，决定今天无论如何都要拦住一只鸟问清楚他们在干什么，为什么对客鸟不理不睬。

这是咕噜进入原始森林第五天早上，在这片林子里捉了几只以前他并不爱吃的虫子权作早餐后，就开始在树林间向南方飞行。飞了不久，他就碰上一群同样向北飞的混杂着各色鸟族的鸟群。咕噜采取突然袭击的方式，从林子间飞到树梢上挡在他们的面前，笑容可掬地打招呼："早上好，各位大哥哥大姐姐们，你们这是到哪里去啊？"

这是一群个头都和家燕差不多大小的鸟，有三十多只七个种族。他们显然被突然飞到面前挡住去路的咕噜吓了一跳，不得不纷纷紧急刹车落在树梢上。鸟们面面相觑，似乎咕噜问的是一个高深的问题，并没有哪一只鸟回答。

"自我介绍一下，我是来自闽西北的家燕，我叫咕噜。"

依然没有哪一只鸟回答。

咕噜生气地说："到底怎么了？这里的鸟一点礼貌都没有。"

众鸟们忽然挤眉弄眼，嬉皮笑脸起来。

咕噜觉得受到轻视和愚弄，更加生气地涨红脸说："哎呀，哎呀，这究竟是为什么啊？有谁能告诉我，来自闽西北的老鹰住的真人旗岩石山还有多远。"情急无奈之下，咕噜不知不觉中用上了独孤鸟族长的口头禅。

众鸟们看到咕噜气得脸通红的样子似乎更开心了，笑个不停。最后，是那只飞在最前头，样子胖乎乎的，长着灰色羽毛的鸟，瓮声瓮气地说："你一进入原始森林所有的鸟族都知道了，你的气味早就随着森林里的风传遍整片原始森林了。哈哈，你问为什么？等你能听懂这里每一棵树的语言，就知道为什么了。哈哈。"

"嘻嘻，嘻嘻，等你听懂树说的话就知道了。"众鸟嬉笑着齐声说。

说话间，这群鸟绕过咕噜快活地向北飞去了。听懂树的语言？树是植物，它怎么会说话呢？咕噜是精通人类语言的智慧鸟，可从来没听说过树会说话啊！咕噜愣在那里，看着鸟群飞去的方向。

忽然，那只胖乎乎的灰鸟绕了一圈又飞回来，对咕噜说："不必说，不必说，还有三天你就会被这森林接纳了。不必说，不必说。你说的来自闽西北的老鹰啊？我知道他整天和原始森林的鹰族在一起。有多远？我也没去过呢，好高好高的绝壁，我们这些小鸟才懒得飞到那什么也没有的地方呢。啊啊，你到前头，喏，飞过前面那条河，那片很多病树的林子里有几只在那里干活的啄木鸟，你问他们去。他们是我们森林里的医生，什么地方都去过，他们会告诉你呢。不必说，不必说。"绕着小家燕飞了一圈，这只口口声声"不必说"的胖灰鸟飞走了。

这可是进入这片原始森林五天来，第一次有别的鸟搭理家燕，咕噜心中的郁闷一扫而光。他按照灰鸟的指引飞出了这片古树参天的森林，因为兴奋又险些被树上的藤蔓挂住了飞行的翅膀，让他惊出了一身冷汗。飞出林子，展现在家燕面前的果然是一条波涛汹涌的大河。岸边是一片绿草如茵的河滩地，河滩地上散布着一个个闪着亮光的小水洼。

看到河滩地，咕噜就兴奋不已，他知道，这河滩里一定有不少美味的食物等着他。和诗溪仙洋洋在一起时，洋洋就教会了他如何食用水生的食物：小鱼小虾，甚至一只小蝌蚪。实际上，为了生存，处于逆境和逃生中的家燕咕噜早已超越了家燕传统的食物结构，能食用几乎所有的虫子，也能敏锐地从浅水里啄食游动的小鱼小虾。

咕噜被眼前的景色和潜藏的盛宴所吸引，迫不及待地从树上飞到河滩上，在河滩上大小不一的浅洼里忘乎所以地寻找起可口的食物来。很快，他用洋洋教的技术就捕食了几只小虾和蝌蚪。哇，真是太鲜美了，好久没吃到如此美味的食物了！鲜美的食物入口让他忘却了野生动物时刻应有的警觉，危险不知不觉间向在河滩中享受盛宴的家燕逼近。

只见远处的小草无风自动，像是一条滑动的波浪，向着家燕所在地悄然扑来，无声无息。这是一种凶恶而特别的蛇，提早从冬眠中觉醒的它，从岸边的石洞里探出头寻找食物，令它惊喜万分的是眼皮子底下就有这么一个猎物。它悄然蛇行，绿草和滑润的身体配合得天衣无缝，它的潜行没有发出任何声响，没有惊动看起来显然有些忘乎所以的猎物。这真是天赐良机啊！近了，近了，被春天的气息从冬眠状态下催醒的毒蛇像一个沉着冷静的猎手，一步步向猎物逼近，然后积蓄起全部力量做致命的一击。呼啦，一个窜跃，贪婪的毒蛇伸出长长的信子向依然毫无知觉的猎物扑去，眼看着鲜美的猎物就要落入其口了。说时迟，那时快。千钧一发之际，一个黑色的鸟影以电闪雷鸣的速度从天而降，尖利的嘴准确地啄向蛇的七寸。

这是毒蛇致命的软肋，狡猾的猎手没想到自己也成了别物的猎物，幸好这个猎手慌忙中无法倾尽全力，蛇的七寸虽然受了一啄却没有送命，他只是感觉到一阵几乎让它窒息的疼痛袭来。无奈之下，毒蛇不得不放弃眼看着到口的鲜美食物，气急败坏地掉头向坏了它好事的猎手还击。

这个猎手并无意与毒蛇纠缠，他早有防备地躲开对手穷凶极恶的还击，敏捷地扑棱翅膀越过毒蛇，将还有些发傻的家燕啄醒。

也就是在转瞬之间，野生动物面临危险时特有的反应使逃过一劫的家燕扑棱翅膀飞到空中。当他低头看到草丛中因失去攻击目标而变得张牙舞爪的毒蛇时，禁不住冒出了一身冷汗。哇，好险，差点落入蛇口，这个错误对野生动物来说太低级了！尤其对一只拥有智慧和经过磨难考验无比警觉的智鸟！家燕咕噜暗道一声惭愧，未及多言，跟着这只头也不回往前飞的救命鸟飞过了河。

当惊魂未定的家燕跟着救命恩鸟飞进河边那片稀稀拉拉的林子，落在同一棵树上时，刚要向对方感谢救命之恩，才发现眼前救他的鸟正是前面灰鸟所说的啄木鸟。呀，这是原始森林里的森林医生——啄木鸟！咕噜兴奋而好奇地打量着同样在认真观察他的啄木鸟。原始森林的啄木鸟和闽西北区域虎头山上的啄木鸟外形是一模一样的，一眼就可以看出他们是同一个鸟族，拥有同一个祖先，但他明显比虎头山上的啄木鸟更加强壮，个头几乎大了一半。更细微的差别是，他的喙比虎头山啄木鸟的更长更尖，就像是两片合起来的尖刀。呀，刚才这只啄木鸟就是用这像尖刀一样的喙扎向了毒蛇，真够他喝一壶的！家燕在心里感叹着。

又有两只啄木鸟飞过来，他们都用好奇的目光打量着家燕，互相间用眼神传递着话语。

啄木鸟们这样的表现，让家燕因刚才低级错误险些丧命更不好意思了，好像他们都看到了他刚才遇险的一幕一样。一时间，他羞愧地低下头说：“我……我叫咕噜，是来自闽西北区域的家燕，刚才……刚才……谢谢啄木鸟兄弟的救命之恩，我来……我是来找到你们这里避难的鹰族……是鹰王……我们……我们闽西北鸟界的鸟……鸟王……”不知怎的，在啄木鸟们亮得出奇的眼光审视下，思维敏捷、语言能力很强的家燕口吃起来。

直到这时候，救家燕的那只啄木鸟才开口说：“原来是来自闽西北的家燕啊。咕噜先生，你可是犯了野生动物大忌啊！越是充满诱惑的时候，越要提高警惕。幸好刚才我在河边这棵树上干活时，看到了毒蛇的企图，啊呀，如果不是这样，你现在可就成了这条蛇的肚中食了。”接着，他就向咕噜介绍自己和另两只啄木鸟，他们是三兄弟，他叫于是，老二叫那是，老三叫也是。他们的年龄比咕噜大一些。

咕噜向这三只啄木鸟兄弟一一问候致意后，不无好奇地问救他的老大啄木鸟于是：“于是哥哥，我来这里之前碰到一只喜欢说‘不必说’的胖灰鸟，他让我来找你。我不明白，这里的鸟怎么对我的到来这么冷漠呢？他们又急匆匆地飞向北方做什么呢？”

“不必说，不必说。嘻哈，嘻哈。”啄木鸟那是和也是调皮地挤挤眼笑了起来，说，“他的名字就叫着不必说呢，就他好管闲事。”

接着，啄木鸟于是就对咕噜说了缘由。

原来，原始森林的规则是，接纳任何来这里避难或迁居的鸟族。正如咕噜分析的那样，这片原始森林是生活在这里的所有野生鸟族的天堂，在这里没有任何种族歧视，也没有哪一个更强壮的鸟族恃强凌弱，大家都按照各自的方式生活着，彼此互相尊重，这也是咕噜看到各种不同鸟族能欢聚在一起的原因所在。同时，原始森林里有鸟王，但又没有王。怎么说呢，因为在这片浩如烟海的原始森林里，所有的鸟族都有机会当鸟王。为了显示公平和公正，采取绝对民主的方式选拔鸟王，由所有的鸟族派代表每三年选举一次，这几年先后有鹦鹉、啄木鸟、老鹰、八哥、白鹇、鹧鸪等十几个鸟族担任过鸟王。

同时，在选举中当选的鸟王将迁至王族的办公地点，他的任务是保证千万年延续下来的鸟族和平相处的鸟规的贯彻执行，在原始森林与大海接壤的北边丛林，就是至高无上的王族领地，在那里生活着鸟王及来自各鸟族的管理精英，王族的领地将由从鸟族精选出来的鸟代表们协助鸟王进行民主管理。在这样的民主管理下，鸟王权力受到很大限制，套用一句人类的话来说，这里的鸟王才是真正的鸟民公仆。

原始森林鸟规规定，所有鸟族进入原始森林都必须有六天考核期。什么叫考核？就是在这六天时间里，任由这只鸟在原始森林里自生自灭，无论他遇到什么危险，所有的鸟都不得与这只鸟接近，甚至搭话。这么做的目的就是为了杜绝人类的涉足，保护完全处于自然状态的这片原始森林的自然和谐环境。这又是人类无法理解的野生动物世界的一个神奇之处！六天里，进入原始森林的外来鸟族如果身上有什么病毒，或者本身有什么掩藏很深的阴谋，原始森林中的自然环境就能祛除这种危险病毒，并且察觉到来者的阴谋。这样的考核说起来有些不近鸟情，这样的规则也过于严酷。也就是说，当家燕被藤蔓纠缠住和受到毒蛇攻击时，他只能自己挣脱和对付，不会有鸟帮助他。但是，他先后得到不知名的大鸟和啄木鸟的帮助，是因为家燕并不是生活在野生世界里的鸟族，原始森林规则对其网开一面。

听完啄木鸟于是的介绍，咕噜再次向对方感谢救命之恩，又疑惑不解地问道："于是哥哥，那我看到的那么多鸟一定是飞往北边王族领地了。是不是因为我的闯入惊动鸟王了？真是对不起啊。"

啄木鸟于是摇摇头，用沉重的口气说："咕噜小弟，鸟王不会管这种小事。你一进入原始森林，大家就从你的言谈中知道你来此的目的，已经对你网开一面了。不然，今天只是你来的第五天，我还不能违反鸟规出手相救呢。情况是这样的啊，这些天各鸟族派出精兵强将飞往北边与大海紧邻的王族领地，是因为那里的大海边沙滩上出现了很多自杀的海豚！嗨，真是不幸啊，这些聪明的野生动物遇难，就是因为人类一条油轮上的石油泄漏！所以，鸟王让大家去看看会不会影响到我们原始森林的环境。要知道，这片海域人类很少涉足的，现在居然被油轮污染，这太可怕了！"

"呀，以前听我所住人家的人类主人说过这类环境污染。太可怕了，一些生活在海里的鱼会被这些石油活活困死呢，难怪海豚会跑到岸上自杀呢。"咕噜没想到这最自然状态中的原始森林也会面临环境被破坏的烦恼，一时间，他忘了自己家族所遭受的苦难，为这些鱼族难过得流下伤心的泪。

“是啊，但愿这些石油不会影响到我们的王族领地才好。”啄木鸟于是叹道。

啄木鸟三兄弟的老二那是说：“那是，也是奇怪啊，这两年森林里的病虫害越来越严重了，我们整个啄木鸟族到处给森林里的树治病，都有些忙不过来了。”

老三也是说：“也是，就这片林子，我们三兄弟工作两个多星期了，也没把这里的活儿干完。闲话少说了，老哥，你陪家燕说话吧，我和二哥还得抓紧干活。哇，那棵最大的栲树有那么多的虫子安家，我听到树不停地要我们抓紧给他治病呢。”

啄木鸟那是忙说：“那是，那是，大哥刚从王族之地回来，体力还没恢复，先歇口气，也帮帮这只家燕。只要我和弟弟晚上加个班，这片林子的病树就医治得差不离了。”

说着，两只啄木鸟绕过一棵棵树飞进树林深处，随即就传来他们啄击树干给树看病的声音。

听了他们对话，咕噜对啄木鸟这鸟界的森林医生肃然起敬。他忽然想起了一个问题：“于是哥哥，你们啄木鸟真不愧是森林的医生，太伟大了，这样难度的活儿，我们家燕可干不来，不知你们和我们闽西北区域虎头山的啄木鸟有没有联系？我来这里时经过那里，他们还遭到不明鸟类的袭击呢。”接着，噜噜就简单地向啄木鸟于是介绍了自己听到的情况。

于是对虎头山的啄木鸟家族被袭事件表示关切，但没有发表任何评论，想了想说：“我们全世界的啄木鸟家族每五年都要召开一次代表大会，各个区域的啄木鸟族长都会参加，我们啄木鸟和你们家燕这类迁徙鸟类不一样，一直就待在一片林子里，所以就需要隔一段时间交换各地的信息，以保证整个自然界啄木鸟生存和进化工作沿着正确的方向进行。说起来，那是五年前的事了，我当时和几位族老一起跟随族长去参加‘全球啄木鸟生存与进化论坛’的大会，和虎头山的啄木鸟族长有过一面之缘。当时，他分享的在虎头山治理森林虫害的经验得到了大会的认可，我对此印象深刻，后来在会下还与他私下交流捉虫的经验。咕噜男燕，你不知道，在治理病虫害方面，处在非原始森林里的啄木鸟经验更加丰富，因为原始森林毕竟环境更和谐，病虫害要少得多。我们最主要的工作都放在如何加快进化速度上了。说起来不好意思，我想，这一片生了虫害的林子要是虎头山的啄木鸟兄弟来，可能一只鸟三两天就搞定了，而我们三兄弟忙活了两个星期才差不多了。嗨，转眼五年就快过去了，今年秋天又要召开‘全球啄木鸟生存与进化论坛’大会，但愿不要受到闽西北鸟界动荡形势的干扰。”

咕噜想起麻雀对自己的穷追不舍、赶尽杀绝，心情更加沉重起来。

啄木鸟关切地看向男燕，以为他听了这些话不舒服，忙接着说：“话说回来，鸟界所有的益鸟谁也没闲着，别光说我们啄木鸟，家燕一样了不起！你们也是捕虫能手，那些残害人类庄稼的坏家伙可逃不过你们的眼睛啊。哈哈，我们啄木鸟家族历来对家燕很敬佩，你们身为与人类朝夕相处的吉祥鸟，可说是鸟界的信使，一举一动都影响着人类与鸟界的关系呢。”

“可是……现在……”咕噜想起了那个不堪回首的“雀燕之战”之夜，一种悲怆的情绪袭上心头，哽咽着说不下去了。

咯，咯，咯，咯，咯，咯，咯……远处传来的两只啄木鸟兄弟认真给树诊病捉虫的声音，似乎震动得每一片树叶都在快乐地舞蹈。

啄木鸟于是也低下头眼里泛起了泪花，为整个家燕家族遭到的不幸难过。良久，他才缓缓吐出一口长气，告诉男燕咕噜，几天前他去真人旗岩石山所了解到的情况。

原来，处于原始森林深处的真人旗岩石山在这片林子里还有一个特别的名字——跑马岩，四面山都陡峭如刀砍斧劈的真人旗岩石山却有着很开阔的山顶。当年，来此避难的闽西北区域老鹰一族在原始森林老鹰家族的帮助下，住到了这个岩石山上，他们看到这么宽阔的山顶就引用了人类喜欢形容某处开阔山顶的名字——跑马岩，意思是山顶开阔得可以跑马。至于起这个名字是不是老鹰族类因人类捕杀不得不隐居原始森林里生存，但无比留恋自己的故土，才保留这暗藏人类文化信息的名字，就不得而知了。

跑马岩四周杂草丛生，仅长着三棵不知有多少年纪的大树。这三棵大树成了鹰王一族重点保护的植物，未经许可，哪一只老鹰也不能随意在树上栖息。就在几天前，这三棵长在绝壁云端之山顶上的树，却第一次遭到不知从何而来的虫害攻击。眼看着三棵树一日日失去原有的生机，闽西北区域的鹰王紧急向原始森林的鹰族求救。于是，鹰族就请求鸟王指派啄木鸟家族医术最高的三只啄木鸟兄弟于是、那是和也是。这可是啄木鸟第一次飞上跑马岩，并不擅长像老鹰一样高飞的啄木鸟是在老鹰的护卫之下才飞上大风劲刮的跑马岩，并很快将虫子全部消灭，保住了跑马岩的三棵大树。就这样，在接受鹰王盛情感谢之时，一向与闽西北区域鹰族没什么接触的啄木鸟了解了一些他们的情况。

事实上，当年闽西北区域的鹰族因为人类贪婪的捕猎，面临着种族灭绝的危险，不得不含泪告别故土远遁原始森林避难，这里的鸟界了解这个情况后，很同情老鹰的困境，本着鸟道主义精神，当时的鸟王啄木鸟族长就指令原始森林的鹰族来帮助完成安顿闽西北鹰族的工作。考虑到他们种族在受到人类捕杀之后严重减员，需要一个世外桃源般的清静之地休养生息，方能重新建立起正常的进化链条。于是，原始森林老鹰一族就慷慨无私地把自己备用的重要基地——真人旗岩石山让给闽西北区域鹰族。从此，除了每十年必须回闽西北区域行使一下鸟王的职责，其余时间，他们就在这里专心致志地进化。这些年来，来自闽西北区域的鹰族与原始森林的鹰族和睦共处，互相帮助，共同切磋鹰族进化的伟大工作，他们进化速度和种族的繁衍取得了很大的成绩。

向咕噜介绍完自己所知的有关闽西北区域鹰族的情况之后，著名的森林医生于是沉吟道："咕噜先生，据我所知，现在鹰族的进化正进行到一个非常重要的阶段，如果这时候跟着你回闽西北，势必会前功尽弃，这些年的努力都白费了。嗨，鹰王可一直记挂着闽西北鸟界的政事呢。他说，完成这次进化工作，鹰族就可以有更强大的力量，也许可以提前回到闽西北区域的故土了。是啊，我可以理解鹰王的心情，故土难离啊。鹰王可不是贪图享受的阿斗'乐不思蜀'啊！但是……这真是矛盾啊。"于是叹了口气，说不下去了。

从啄木鸟嘴里听到有关鹰王的情况，家燕咕噜也陷入了矛盾，一时间也不知怎么办了。他在宽大的树枝上急得转了两圈，侧耳听了一下，忽然飞到树干上，向伸嘴啄击树的啄木鸟于是求救："啄木鸟大叔，我该怎么办？我还要去找鹰王吗？如果不去……那……那杜鹃族长黑白肯定要当上闽西北区域的鸟王了，我那些被关押的家燕兄弟姐妹……"咕噜难过得说不下去了。

于是似乎没听到家燕的话，自顾对着树干用力啄击，很快就啄开树皮露出了已变颜色的树身。

咕噜飞到啄木鸟边上的树枝上，急切地说："啄木鸟大叔，请帮我拿个主意吧，你带我去找鹰王好不好？"看着这么大的原始森林，咕噜担心会迷失了方向。

说话间，啄木鸟于是已在树干上啄开了一个小洞，得意地笑道："哈哈，看你还往哪里跑，想在本医生面前耍花招。你还差得远呢，你不知道本啄木鸟有个外号叫火眼金睛？哈哈。"说完话，他将叼在嘴里的虫子举得高高的，似乎向害虫示威般对着太阳晃动着，虫子的身体在太阳照射下呈现出诱人的颜色。他把虫子放到家燕面前，笑道："咕噜先生，尝尝原始森林里这精美的食物吧，也许你从来没吃过这样的虫子，味道可鲜美了。"

咕噜看啄木鸟这个样子，觉得这只啄木鸟原来一点同情心也没有，方才对这位救命恩鸟的尊重和感激之情，一下子烟消云散了。他生气地掉过头，跺着脚说："不吃，不吃，谁吃你的臭东西！"

啄木鸟于是也不再劝，自顾将虫子吞进肚子里，还咂着嘴说："咕噜先生，这可是你自己不吃的，不是我们不懂得待客之礼。"接着又绕着树干侧耳凝神细听了一会儿，确信这棵树再没有害虫了，才满意地在树枝上摇头晃脑踱了两步。

啄木鸟的这个举动更让家燕失望生气了，说："哼，不说话也没关系，我自己去找鹰王，他是我们的鸟王，一定会帮助我的。"

咕噜扑扇着翅膀飞走了，但他只飞过一棵树，就被两只啄木鸟兄弟那是和也是拦住了。他气得停在树枝上叫道："你们这些自私的家伙要干吗？"

啄木鸟那是和也是笑嘻嘻地挡在家燕面前，不说话也不让开。

这时，啄木鸟于是才飞落在咕噜面前的树枝上，收敛了笑容，对两位弟弟挥挥翅，说："对不起，咕噜先生，我们啄木鸟好开个玩笑。不过，我们可不是你所说的自私自利的家伙啊。哈哈，在这片原始森林里，我们可都有一个无私奉献、任劳任怨森林医生的好名声啊。"接着，他对疑惑不解的家燕认真地说："我知道，现在你必须找到鹰王，我会帮助你的。只是……我觉得，老鹰虽然是闽西北区域最强大的鸟族，但已不适合当你们的鸟王了，因为再强大的鸟族，还能与人类凶残的枪口对抗吗？你能说服人类不食用稀有的鹰肉吗？人类贪婪的本性是很难在短时期内改变的，这得有赖于他们自身的觉醒啊，这可能有一个漫长的过程呢。所谓的树大招风，就是这个道理啊。本啄木鸟还是建议你们选出别的鸟王，能为众鸟的利益着想，又没有私心的吉祥鸟。那样，人类更能接受，对整个鸟界的稳定才有利。最好采取我们原始森林的选举鸟王机制。当然，在有人类足迹的区域，这样的方法可能行不通。"

咕噜不好意思地为自己的误解向啄木鸟于是表示了歉意。是啊，在冷静下来之后，连咕噜自己也不明白，他怎么变得越来越冲动了，原先的智慧都到哪里去了，他方才的表现纯粹是一只未成年鸟嘛！当然，我们明白，是对亲鸟的牵挂和整个闽西北鸟界安危的担忧，在急迫的心绪中，已成长为一只聪明勇敢男燕的智慧鸟才会迷失了智慧。现在，冷静下来的男燕咕噜被啄木鸟的这一番话引入更深的沉思之中，他向于是点点头，说：“谢谢啄木鸟大叔，咕噜记住你的话了，回到闽西北后，我会把这一切都告诉鸟族兄弟的。”

于是很喜欢这只聪明勇敢的男燕，他伸出翅膀和咕噜轻碰了一下来表示自己的赞赏。

## 第六章

咕噜在享用了啄木鸟兄弟那是和也是从树干上捉到的虫子后，跟着啄木鸟于是出了这片林子，向远方飞去。说实在的，这段时间为了生存，这只坚强勇敢的男燕已努力适应了各种各样的环境，当然，也包括改变原先的饮食习惯。尽管这些从树干上捉出来的虫子对于啄木鸟是鲜美的食物，可对家燕来说，却是味同嚼蜡，但他还是表现出吃得很香的样子。

有啄木鸟于是的帮助，咕噜的飞行顺利多了，不用努力辨别方向担心飞错了路，也不用防备什么外来危险。很快，一路上啄木鸟于是都在向遇到的所有鸟族宣讲家燕的故事，鸟们都为这只勇敢的家燕只身远行拯救本区域鸟族的行为感动了，停下来向家燕咕噜亲切地打招呼。现在，不到鸟规规定的六天适应时间，这座浩如烟海生存进化着数以万计鸟族的原始森林完全接纳了这只外来鸟。

从冷漠到亲热，感受到原始森林真正和谐氛围的家燕被这些鸟族感染了，暂时忘却了家族的苦难和悲伤。当然，一开始他对这些鸟族的热情还有些不习惯，不敢主动和各种鸟族混杂的鸟群打招呼。后来，在啄木鸟于是的鼓励下，他开始主动打招呼了，向对方介绍自己：“你好，我是闽西北区域来的家燕，第一次到原始森林里来，请大家多多帮助。”

面对英俊勇敢的家燕彬彬有礼的招呼，大家更喜欢他了。

第二天，和啄木鸟一起飞行时，就看到与原先“不必说”一样的一只灰鸟。当时，啄木鸟和家燕正在一棵树的树梢上短暂休息，这只灰鸟看到家燕就兴奋地离开鸟群，停在他们面前，和咕噜热情地打招呼。看来，这只灰鸟和上次那只是同一个鸟族的。他向啄木鸟医生感谢给他们鸟族生活的林子治病，又好奇地上下打量家燕说："看不出来，还从来没有一只家燕独自进入这原始森林里呢！哈哈，你们家燕可是人类的宠儿，怎么会跑到这里来呢？"

啄木鸟于是看到家燕不解的神情，就为他介绍："哈哈，这是原始森林的野生鸽子族，他们可是飞行高手啊，还充当整个原始森林的信使呢。"他又对这只鸽子说，"我说，斜眼鸽子，你这是要到哪里送信啊？"

"鸽子？怪不得我觉得面熟呢。"咕噜好奇地打量着羽毛与人类饲养的鸽子一样色泽的却强壮了许多的野生鸽子。原来他叫斜眼，看他的眼睛还真有些斜呢。说起家鸽，家燕与他们也算是近邻，只是人类饲养的鸽子除了信鸽外，其余最终要成为人类食用的肉鸽，家燕与他们很少打交道。咕噜一下子感到很亲切："哎呀，原来你们和家鸽一样啊，我原来的人类主人的楼顶上就养了一群鸽子，我和他们也挺熟的。"

没想到这只叫斜眼的野生鸽子听了家燕的话，就不高兴了，收敛了笑脸说："人类饲养的那些鸽子早与我们野生鸽子不是一个档次了，他们自从被人类饲养就脱离野生动物应有的进化通道了。哼，他们岂可与我们同日而语！"

家燕咕噜见原本热情的斜眼一下子翻了脸，不知自己说错了哪句话，一时有些尴尬。

啄木鸟于是见状忙笑着对咕噜说："是啊，是啊，野生鸽子可是森林里见多识广的信使，是鸟王的'神行太保'呢。哈哈，就是那些人类专门培训的信鸽与他们相比，也有天壤之别啊。可以说，野生鸽子可是我们原始森林里最受尊重的鸟族呢，他们与家鸽完全是不同的种类，除了外表相像，智商和能力真如斜眼先生所说的不可同日而语呢。"

咕噜暗怨自己见识短浅，忙有礼貌地向斜眼野生鸽子表示抱歉。

斜眼这才重新绽开笑容，亲热地拿翅膀与家燕轻碰，以示和解。

啄木鸟看看已渐西斜的太阳，忽然想起什么，问斜眼："哎呀，说了半天，你还没告诉我们急急忙忙要去传什么信息呢。"

野生鸽不好意思地一笑，说："嘻呀，还能有什么事，还不是鸟王让我们通知大家，说是王族领地海滩上的石油污染警报解除了，对我们这里的原始森林只是造成了短暂的气味影响，可怜那些被油污染的鱼类白白送了性命。鸟王要大家一定要引起重视，更加珍惜原始森林的自然环境呢。"

听到王族领地环境没有受到破坏松一口气的同时，鸟们又为鱼族的无端遇难而难过。

这时候，知道家燕是去寻找闽西北区域鹰王的斜眼鸽子，当即热情地告诉咕噜："真是巧了！昨天，我到真人旗岩石山上的跑马岩鹰族领地送信，没有见到飞天鹰王，管事的副族长说，这段时间闽西北区域的老鹰族遇到了进化难题，鹰王飞天没在家，和真人旗鹰族族长云霄一起躲到一个不为鸟知的神秘地方攻克进化难关呢。咕噜家燕，你去那里可能见不到鹰王飞天呢。"

这个意外的消息对家燕的打击很大，一时着急地说："这可怎么办？如果在杜鹃召开'闽西北鸟界代表大会'之前，鹰王不能回到闽西北，就没有鸟可以阻止杜鹃族长当上鸟王了，而我被捕的同胞们一定会成为杜鹃鸟王的祭品！"

野生鸽子斜眼也为家燕发愁，正想说什么，忽然听到远处丛林里传来一长两短的鸟叫声，忙说是同伴呼唤，匆匆忙忙地与家燕告别。

揣着满腹心事的咕噜再与啄木鸟重新上路时，显得有些心不在焉，有好几次还撞上迎面而来的树枝。看着咕噜屡屡犯低级错误，见多识广的啄木鸟只能尽量宽慰这只怀着血海深仇和担着拯救闽西北鸟界重任的勇敢家燕。

很快，他们飞过最后一条波涛汹涌的大河，进入河岸边一段较平缓的森林里。现在，只要飞过前面这座海拔仅次于真人旗的名叫南风洞的山，再飞过一段很轻松的平原地带就到达真人旗岩石山了。按照预定计划，啄木鸟护送家燕咕噜到河岸边的森林为止。为什么啄木鸟于是不喜欢此山呢，不是因为此山是穷山，而是因为这座山住着一只鹧鸪。有一次，于是受族长的指令到鹧鸪所住的林子里给树看病，这只名叫大汉的鹧鸪当时正与一只女鹧鸪谈情说爱，不仅不感谢于是还怪他打扰了他们的私生活，把啄木鸟于是气得发誓，再也不踏进南风洞山半步，再有病虫害，都是让别的啄木鸟来。因此，以往要到真人旗岩石山，啄木鸟于是都要费半天工夫绕行，因咕噜时间紧迫不能绕路，启程之前于是就和家燕说明原委只护送到此。

两鸟互道告别时，啄木鸟于是忍不住落下难舍难分的泪水，对家燕咕噜说："前面的路不远，翻过这座山就是很平稳的平原地带，老鹰们经常会飞到那里觅食。我想，你可能很快就能在那儿遇到你要找的老鹰了。至于这南风洞，哈哈，别担心，鹧鸪虽然心胸狭隘，还不至于对一只路过的家燕怎么样，天黑前翻过这座山是没有问题的。"

关于鹧鸪，能听懂很多人类语言的家燕咕噜曾听人类说起过，有那种"一座山头一只鹧鸪"的说法，说是这种鸟心胸特别的狭隘，眼里容不下别的同类，除了异性。对于啄木鸟于是的交代，家燕有些不以为然，根本没放在心上，心想：也许这是啄木鸟于是大叔的偏见，是啊，正谈情说爱着忽然被打扰，谁也不高兴啊，哈哈。咕噜轻松地扑扇两下翅膀，说："于是大叔，你放心吧，我不会惹鹧鸪生气的，天黑之前我一定能飞过南风洞。"

刚刚建立起友谊就要分手，两鸟都对这不同寻常的忘年交依依不舍，啄木鸟和家燕张开翅膀紧紧拥抱良久。于是目送咕噜从树梢顶上越飞越高，向高耸入云的南风洞飞去，才抹了一把泪，转身飞走了。

一飞上南风洞山林的上空，咕噜就发现形势远远没有估计的乐观。呼呼刮来的方向不定的风明显影响他的飞行速度，还没飞到半山腰，家燕就觉得翅膀越来越沉重了。没有办法，为了避开树顶上的大风，家燕咕噜只能一头扎进茂密的林子里，在树丛间小心地飞行。早已领教过原始森林中藤蔓这隐形杀手的厉害，他不得不小心地绕过一丛丛壮硕纠结恐怖的藤蔓。这样一来，他的飞行速度慢了下来，接近山顶时，天已完全黑下来了。这时候，他不得不飞出林子，因为山顶往下百米的范围，居然只稀稀拉拉地长着一些发育不良的小树，它们自己都在风中艰难地过日子，当然无法给飞过的鸟提供遮风场所了。

当咕噜气喘吁吁飞到邻近这片开阔地的树上时，看到那些在风中忽左忽右、忽东忽西狂乱摇摆着的小树和小草，还真有些傻眼了。很显然，要在这样风向飘忽不定的大风中飞过这段开阔地带是很危险的，翅膀很难保持平衡，弄不好会被吹落山崖。

当然，咕噜不知道，这样凶险的大风对于海拔高度位居于原始森林第二的南风洞山，也是百年一遇。上天似乎有意考验这只家燕的意志。

这样的大风，咕噜凭经验判断应当不会刮太久，现在看来，只能在南风洞山过夜，等明天天亮风小了再飞过去就不难了，何况就是翻过此山到了平原也得过夜，而藤蔓纠结的原始森林是不适合一只并没有多少野外生存经历的家燕过夜的，聪明的咕噜当然清醒地明白这一点。于是，看着暗下来的天色，咕噜决定就近在一棵大板栗树上休息。

这时候，经过长时间的飞行，咕噜肚子已饿得咕咕叫了，决定先填饱肚子再说。在仔细观察了周围的情况，确信没什么异常后，咕噜开始在这片古木参天的板栗树林里寻找食物。咕噜很诧异，居然没碰到别的鸟，难道是鹧鸪心胸狭隘到容不下一只别的鸟在此居住了？填饱了肚子，咕噜又怀着这样的疑问飞回选中的那棵背风的大板栗树上，按照独孤鸟的方式倒悬着休息。很快，疲劳至极的家燕咕噜进入了昏昏欲睡的状态。

现在，顺便说说这只名叫大汉的鹧鸪。

这只名叫大汉的鹧鸪虽然本性不坏，只是心胸狭隘，性情孤僻，喜欢独居，平常总要没事找事弄些鸡毛蒜皮的事与别的鸟吵架，还像人类的长舌妇般在各鸟族间传播小道消息。试想，在一个原本和谐的环境里有这么一个多事的邻居，谁会省心呢？没有办法，原本生活在南风洞山的鸟族受不了大汉的骚扰，先后都搬走了。于是，这偌大的南风洞居然只有一只鹧鸪住。如此，这只鹧鸪的性情也越来越孤僻了，对任何进入南风洞的鸟族都抱有敌意，根本容不下与别的鸟同居一片山林。这真是野生动物界和原始森林里的咄咄怪事啊！为了打破大汉无形中形成的独居一山的特权，原始森林的鸟王也曾动员一些鸟族来此居住，最终都受不了大汉的品性而搬走了。

看看，就是这么一只小肚鸡肠、性格孤僻的怪鸟！当家燕咕噜进入南风洞山时，他很快就发现了，他不知道咕噜是家燕，成天待在林子里不与别鸟交往的他，以为这又是鸟王指派来此居住的鸟族，这一定是先头来探路的鸟。因摸不清对方底细，这只孤僻的鹧鸪没有贸然出现，而是悄悄地远远跟在家燕的后面。当他看到家燕居然像蝙蝠一样倒悬着睡觉时，心里又惊又怕。鹧鸪见过蝙蝠，知道只有这种习惯在夜间活动的家伙，才有这种倒悬着休息的本领。但是，大汉没有见过家燕，只知道这鸟与蝙蝠长得一点也不像。哇，这是一只什么怪鸟呢？别不是要来抢占自己地盘的吧？这么想着，大汉脑子就开始发热了：哼，一定是那些从这里搬走的鸟不甘心我独占南风洞，从外面找了这么种怪鸟来抢我地盘。不行，我得先给这只出头鸟一点颜色看看，让他知道本鹧鸪才是这座山的主人！

就这样想了半天，因摸不清对方的路数，怪僻的大汉决定对家燕发动突然袭击。

很显然，这只孤僻的鹧鸪内心的邪恶已淹没了理智。

当鹧鸪大汉像一只黑色的幽灵熟练地绕过一棵棵树和藤蔓，悄然向家燕发起进攻时，家燕正进入蒙眬的睡眠状态。他实在太累了，累得眼皮子不由自主地耷拉下来，更何况原始森林里和谐的氛围也让他放松了一些警惕，他想着一定没有打扰南风洞的大汉鹧鸪，就算是碰上了他也不会怎么样，自己不过是借道而已。正是这样，咕噜在入睡之后，完全放松了身为野生动物应时刻保持的警惕，当他从睡梦中痛醒时，看到眼前一张狰狞面孔时还以为在梦里，但本能让咕噜忍住疼痛飞起来，躲开了鹧鸪再一次的致命啄击。咕噜感到脖子流血了，万幸的是伤口并不深。咕噜惊恐地看着对方叫道：“你……

为什么袭击我？”

鹂鸪大汉正为自己的一击没有取得预期效果而懊恼呢，按他的想法是一下击中对方的翅膀，而一只鸟伤了翅膀，也就失去了反抗能力。大汉并不想要对方的命，他只是想教训一下这个不知从哪里冒出来的家伙，仅用了五成力道在对方的脖子上叮了个不痛不痒的口子。听对方号叫，这只自负而孤僻的鹂鸪觉得自己刚才太不果断了。于是，他冷笑了一声说：“你是谁？我倒要问你，到我大汉的地盘也不打声招呼，你是哪里来的小子，胆子不小啊！”

咕噜看着涨红了脸有些气急败坏的鹂鸪，虽然伤口在疼，但他并没有冲动，而是冷静地向对方介绍了自己，并说明只是路过在此休息。咕噜绝顶聪明，却缺乏行走江湖的经验，他后面说的话把这只小肚鸡肠的鹂鸪激怒了。因为咕噜居然笑着说：“现在你知道我是有事路过南风洞的家燕了？哈哈，我倒是知道你是一独居的鹂鸪，名叫大汉。人类说一座山头一只鹂鸪，还真不假，我原来还真不相信有这样的鸟族呢。”

果然，大汉瞪圆双眼，脸拉得下巴都要掉到地上了。他向咕噜站着的树枝飞近一步，恶声恶气地说：“一定是老啄木鸟于是那家伙编派我吧？哼哼，那家伙仗着自己医生的地位，从来不把本鹂鸪放在眼里。哼哼，从这里搬出去的鸟族都在说我的坏话。你这从哪里来的家燕，一定是他们派来打头阵的，别以为我看不明白。想找一只我从没见过的鸟就能蒙过去！小子，你赶快给我滚出去还好说，要不然……哼哼……”

“要不然怎么样？”年轻气盛的咕噜也被对方的蛮不讲理惹火了。他扇动了两下翅膀，虽然伤口让脖子一动就疼，但他感到翅膀还一样有力。

“不知天高地厚的小菜鸟！”鹂鸪大汉用力拍打两下翅膀，向对方示威，“那我就要让你看看南风洞主鸟的厉害。”

“哼，什么南风洞主鸟，你以为别的鸟是怕你才搬走的？大家是烦你，不爱和你在一起玩，让你一只鸟孤独死，寂寞死，自己跟自己玩。”咕噜反齿相讥。

咕噜的话让鹂鸪觉得身上的毛都被拔光了，恼羞成怒地号叫着向咕噜扑过来。

咕噜早做好了准备，先是闪开对方狠狠一扑后，伸嘴啄向对方。然而，脖子上的疼痛让他无法倾尽全力，这一啄只轻描淡写地啄下对方的一撮羽毛。

“好小子！让你知道本大汉的厉害！”鹂鸪大汉看着飘落下去的羽毛，完全丧失了理智。

说话间，两只鸟缠斗在一起。

其实，咕噜并不想与对方交手，只因鹧鸪的话太过欺负鸟，忍不住与他来了个针尖对麦芒。到这个时候，咕噜很懊悔自己丧失了理智，此时面对鹧鸪招招凶狠的进攻，不得不强打起精神来应对。当然，很快就清醒过来的咕噜是以防守为主，依靠高超的飞行技术和树林里的地形，绕树飞翔，躲避鹧鸪的进攻。然而，毕竟他的脖子受了一击还在微微流血，用力飞翔时，还是多少受了些影响，渐渐地，咕噜的飞行不那么灵巧了，有几次差点让鹧鸪尖利的嘴啄中。

咕噜向对方妥协："不打了，不打了，大汉叔叔，你能不能坐下来听我说说话。我不是来和你打架的！ 我……我……不能再打了……"

"小子，你跑什么？有本事真刀真枪地和爷较量。"鹧鸪大汉不依不饶。刚愎自用的鹧鸪此时内心已完全被邪恶笼罩了，恨不得将这只与他无冤无仇也无利害冲突的家燕置于死地，不仅仅是教训一下这个冒失的闯入者了。

咕噜暗暗叫苦，心想：真是不该惹怒这只愚蠢而心胸狭隘的鹧鸪，招来麻烦，若是好好用言语与他解释，一定不会有这场无谓争斗！想着马上就要看到鹰王，却可能丧命于这只疯狂的鹧鸪之手，家燕咕噜难过地掉下泪来。眼下，脖子受了伤的家燕除了利用一棵棵树掩护飞翔躲避，已完全没有还手之力了。

家燕的飞行速度已越来越慢，对手已从他背上啄下了五六撮羽毛，那些轻微的伤口像叮在身上的蚂蚁，让家燕很难受。

危急时刻，森林深处忽然传来了一声低沉的鸟叫声，随之一声浑厚而沉稳的声音传来："我说大汉，你这么穷追一只小家燕也太不够江湖义气了吧？传出去可不好听啊。哈哈，哈哈。我们来过过招怎么样？"

正伸嘴啄向家燕的鹧鸪脸上掠过一阵惊恐的表情，扑扇两下翅膀，愣在板栗树宽大的树枝上，像遭霜打的茄子。

咕噜也落在板栗树另一根树枝上，气喘吁吁地看着鹧鸪如丧考妣的样子，微微一愣，突然警醒般大声叫了起来。

家燕兴奋惊喜的叫声穿破原始森林夜晚的寂静，令从茂密的树隙间漏下来的月光受惊一般散落一地。

这时候，南风洞百年一遇的怪风似乎也被森林深处传来的浑厚话音吓得无奈地逃走了，隐约留下一串含义不明的抱怨声。

# 鹰王归来

# 第一章

当咕噜在南风洞经历生死考验之时，春天的脚步已扎扎实实地踏上闽西北这片土地，崇山峻岭间洋溢着一派春天的气息。从树上那新吐出的嫩芽，从山间流淌得更加欢快的潺潺流水，从天空飘过的一朵朵白云，生活在山林间的鸟族们最先感受到春天来临了。往年这个时候，整个闽西北的鸟界鸟鸟脸上都绽开笑容，欢庆冬天的离去和春天的到来。

没有谁比山林间的鸟们更喜欢春天了！可以说，冬天对任何一个鸟族来说，都是一场严酷的生存挑战，寒冷和食物短缺，对于那些瘦弱的鸟来说，就意味着死亡。在每一个冬天来临时，很多鸟将熬不过季节的考验，倒在这场生存之战的战场上。鸟族当然知道，这也是他们种族进化中的一部分，正是经历这样残酷的大自然淘汰机制，种族才会变得越来越强大，在进化的道路上越走越好。当然，面对同伴的死亡，鸟们的悲伤是可想而知的，但他们能做的就是擦干眼泪去寻找有限的食物，让自己活下去。因此，当春天的第一缕气息吹来时，经历寒冬考验的鸟族们，又怎能不从内心里欢呼代表希望的春天的到来呢？

然而，这个春天，生活在崇山峻岭间的闽西北鸟界却感到一种无形的沉重，就连那些不懂事的小鸟们从大鸟们凝重的脸上也能读出这样深深的忧郁，他们在玩耍之时也就变得小心翼翼。本该在春天到来时欢快地在山林间撒野的大鸟们也一反常规，并没有像往年几乎有些失去理智地在山林间无所顾忌地游荡，而是聚在族长那里窃窃私语，据说是在选什么代表。

小鸟们才懒得管大鸟们的事呢，毕竟是无忧无虑的少鸟心性，很快就把大鸟们的情绪忘记了。他们成群结队地迎着春风在天空中快乐地飞翔，甚至把“要防备人类贪婪枪口”的鸟界祖训都忘记了。

事实上，闽西北区域的鸟界成员在这个春天里不能不忧郁。经历了去年秋天突发的“雀燕之战”后，闽西北鸟界就笼罩了一层看不见的阴云，在大规模追捕漏网家燕的行动结束后，奉行“明哲保身”信条的鸟族们做着违心的事，内心里又怎么会安宁呢？尤其是白鹇在与人类的对抗中败下阵来，不得不学鹰族远避他乡之后，鸟规执行团就剩下了杜鹃和麻雀，鸟们更加郁闷、惶惶不安了。现在他们意识到一个更大的事件马上要发生了，但没有哪一个鸟族敢站出来反对！即使是智商再低的鸟族也能看到一个结果就要产生了。什么结果呢？就是在这个“闽西北鸟界代表大会”上，杜鹃族长将取代不知所终的鹰王，成为新一代的鸟王！

春分，也就是再过三天，“闽西北鸟界代表大会”就要在杜鹃鸟世居地大佑山召开！这些天，各鸟族都不得不怀着深深的忧郁，按鸟规执行团的要求选出代表。这些代表除了各鸟族的族长和族老外，还得从各自的鸟族中选男女鸟各五名，要求都是各鸟族帅哥靓女。嗨，你说鸟们怎不郁闷呢？谁爱去给杜鹃和麻雀捧场呢！所以，由族长亲自主持在春天召开的各鸟族第一次会议，气氛沉闷得不得了，看着不谙世事的小鸟们无忧无虑地在天空飞翔，大家更不想去当这个只能在会上举举翅膀的什么狗屁代表了！但是，代表还是要产生的，有的鸟族选了几次选不出来，只能由族长强行指派，还要求一定不能在会上当什么出头鸟，免得给家族带来灾难。

当然，也有一些被杜鹃和麻雀威逼利诱，最终迷失方向决心忠于新鸟王的鸟族，把这项选举工作搞得轰轰烈烈，甚至是争先恐后地当代表。生活在南坑村南坑溪的诗溪仙一族就是如此。

话说回来，自从诗溪仙洋洋在大佑山制造了轰动闽西北鸟界的“假诗事件”之后，原本胆小怕事又没有骨气的诗溪仙族长和气真是怕得要命，担心杜鹃会对诗溪仙家族进行报复，直到他搜肠刮肚写的狗屁诗被杜鹃族长勉强接纳才松了口气。为了感谢杜鹃族长的宽宏大量及消除洋洋给家族带来的影响，诗溪仙族长和气还组织了一个专门为杜鹃鸟写颂歌的诗歌写作班子，要他们充分发挥各自的写作才能，争取写出超过洋洋的诗篇。可惜的是，这些诗鸟平常拍马屁拍惯了，只会按照族长每周例会布置的主题创作命题诗歌，又哪里能找什么个性呢？虽然这个写作班子写了很多赞美杜鹃鸟的诗歌，可都给杜鹃族长打了回票。这可让死活要拍上杜鹃族长马屁，以弥补洋洋给他造成不良影响的诗溪仙族长郁闷死了！现在选举代表，总算有一个机会向杜鹃族长表忠心，岂可放过！

于是乎，诗溪仙族长把选举“闽西北鸟界代表大会”代表当作本族的一个重大政治任务，将选举工作搞得轰轰烈烈。在他的一帮子心腹推波助澜下，大家也不想得罪族长，纷纷参加选举活动。什么样的选举活动呢？就是诗溪仙族长要求参加选举的诗鸟开展大规模自荐活动，在自荐活动中，诗鸟们不仅要拿出自己最好的诗在选举大会上朗诵，还要有一个才艺表演项目。同时，为保证选举活动的公正性，和气为此成立了一个由他亲自挂帅及各族老参加的评委会，当场对选手亮分，去掉一个最高分和最低分后平均算分，还得加上才艺表演的分数，最终算出这位选手的总分。嗨，这些花招都是诗溪仙族长从人类那里学来的，就不值得多说了。得特别提及的是，诗溪仙族长为了表示对杜鹃族长的尊重，还特意邀请杜鹃鸟来现场点评。

哈哈，这可是鸟界从未有过的事。杜鹃族长对于诗溪仙族长的忠心表示肯定，因他百事缠身无法亲临现场点评，就委托蓝族老代表他参加，很给和气面子。

蓝族老呢，大家知道，当初请洋洋到大佑山写诗的正是这个家伙，洋洋在他的眼皮子底下与独孤鸟通风报信，可是严重损害了杜鹃鸟的尊严。洋洋跑后，气急败坏的杜鹃族长按族规严厉地惩罚了蓝族老的失职，令他好一阵子在同伴面前抬不起头来。现在，有了这么个表现机会，蓝族老当然把这个现场点评的活儿干得很卖力，不仅点评时夸夸其谈，一副导师的样子，而且还学人类，别出心裁地弄了一个用柳枝编的眼镜架罩在眼睛上，以显示自己的学识渊博。他在点评参赛的诗溪仙鸟时，总是先用翅膀推推滑到嘴边的眼镜，然后搜肠刮肚地卖弄自己从人类那里贩卖来的极其有限的知识，俨然一副学者的风范。

就是这样，诗溪仙族长将选举代表的工作开展得前无古鸟后无来者，层层选拔后的诗鸟代表政治上过得硬，又有才干，得到了杜鹃族长的肯定。从内部传来消息，杜鹃族长已决定邀请诗溪仙鸟参与大会的警卫工作。

与诗溪仙相反的是，居住在虎头山的啄木鸟们对选举代表的事根本不上心。虽然啄木鸟族长在上次家族遭到不明来历的鸟攻击之后，也免不了鸟族的劣根性——明哲保身，在公开场合没有再发表直接针对杜鹃和麻雀的过激言论，但是，他对这个将杜鹃族长抬上鸟王宝座的“闽西北鸟界代表大会”阳奉阴违。表面上，他很快就将代表的名单报上去了，实际上根本没有按照要求让年轻的啄木鸟们充当代表，全安排了老弱病残的啄木鸟，其正当的理由就是文笔山的树林发生虫害需要啄木鸟医生去诊治。在鸟界，谁都知道啄木鸟是森林医生，那些潜伏在树木内部的病虫只有他们能准确地诊断和医治。对于啄木鸟族长的阳奉阴违，杜鹃族长黑白除了牙根恨得痒痒外，一时也没有别的办法，人类所谓的“小不忍则乱大谋”，在大会召开之际，他可不想节外生枝，只能恨恨地想：当上了鸟王后，再慢慢收拾啄木鸟这种呆鸟！

与绝大多数鸟族们对未来忧心忡忡不同的是，春天来临之后，大佑山却是一派喜气洋洋的气氛。所有杜鹃鸟都像打了兴奋剂一样，为族长要登上鸟王之位，自己也要成为王族之鸟而兴奋不已。那些由黄族老带领的杜鹃鸟歌手们，更是等不及节气的来临，当第一缕春风吹到闽西北山区，他们早早地就开始四处传唱“布谷”和赞美杜鹃鸟的赞歌《啼血催春送吉祥》。

人类对此似乎不太习惯，那些对节气同样敏感的农人惊讶于杜鹃鸟传唱“布谷”如此之早，以及那听起来像是噪声的颂歌。一些人类的智者，比方说，曾经报道过白鹇攻击野味店的凌笙，就撰文将麻雀取代家燕进入人类居住地与杜鹃鸟的反常联系起来，声称这些违反自然规律的事件可能预示着野生鸟界将有重大的事情发生。当然，高高在上自以为洞察一切的人类，不可能预见吉祥鸟杜鹃的阴谋，更何况野生动物界从来也不是人类真正关注的对象。因此，人类对于杜鹃鸟的反常至多皱下眉头，就忙着干自己的事了。

深谋远虑的杜鹃族长黑白对杜鹃歌手们的表现非常满意。很显然，赞美杜鹃鸟族的颂歌《啼血催春送吉祥》在鸟界产生了很大的反响，很多智商不高的鸟族已认定杜鹃真的是最受人类重视的吉祥鸟，智慧的杜鹃族长理当成为一代有勇有谋的鸟王。让杜鹃族长稍感遗憾的是人类没办法破解鸟语而听懂这样的颂歌，他谋划着登上王位后首先就是找到一位人类智者，将这颂歌翻译成人类的文字。到那时，有关杜鹃鸟的传说中就会增加这一崭新内容，杜鹃鸟也将成为闽西北鸟界当之无愧的第一鸟族。

然而，狡猾的杜鹃族长表面上比往常更加和蔼可亲了许多，在检查大会召开前的各项准备工作时总是面带微笑，其实内心却隐藏着深深的担忧。这个担忧只有与他朝夕相处的保镖独眼杜鹃察觉到了。他发现自己老板的觉似乎越来越少了，而且好几次忽然在睡梦中惊醒，独眼闻声进去只看到老板眼睛里闪烁着某种不可名状的惊恐。而今年以来，杜鹃族长就没有和任何一只女杜鹃在一起了，他总是喜欢一只鸟住着，在入睡前还吩咐独眼要加强戒备。独眼能怎么办？他只能更加尽忠职守，除了白天找机会眯一小觉，整夜他都守在老板住所外。

这天下午，“麻雀未来研究所”所长到大佑山商谈落实开会那天各路智慧雀防卫工作的事宜时，对杜鹃族长说，温泉洞被捕家燕一定是彻底被洗了脑，他已选出了几只表达能力很强的家燕，准备在“闽西北鸟界代表大会”上宣布，家燕身上确实携带着禽流感病毒，并感谢杜鹃和麻雀挽救了整个鸟界和自然的丰功伟绩。而取得这个成果，正是他查阅麻雀家族最古老的典籍后，悄悄让儿子希希带着智慧雀费尽心思找到了一种能让神智迷糊的草药，天天将这种药混在给家燕们配给的食物中产生了效果。

将来喜形于色地向半信半疑的杜鹃族长拍胸脯说："哈哈，还是尊敬的族长先生深谋远虑，留着这些家燕。现在看来，这些又臭又硬的家伙还真可以派上用场了，黑白先生真是神机妙算啊。这样，只要这些被我灌了迷魂汤的蠢鸟在会上承认自己确实携带禽流感病毒，那么，'雀燕之战'也就名正言顺成了一场为了保卫鸟界安宁的正义之战了。"将来所长说得唾沫四溅，眉飞色舞。

杜鹃族长黑白却皱了皱眉，微微一笑说："那样最好，只是……"

"不用担心，尊敬的族长先生，那些家燕的事情就交给我。只是……"将来忽然气呼呼地说，"只是……什么时候我们那老不死的族长才能交权啊，希望……嘿嘿……"

"放心，我的将来所长，等我登上鸟王之位，我会帮助你实现这个愿望的。"杜鹃族长向将来保证，"我们两鸟同盟联手，哈哈，将来这闽西北区域我们一咳嗽，别的鸟就该气喘了。哼哼，就是鹰王那日落西山的家伙回来，也没有用了！"

"麻雀未来研究所"所长信心满满地走了。杜鹃族长这晚上却睡不踏实，半夜居然梦见鹰王强劲有力的利嘴向他啄来，他吓得大叫一声惊醒过来。看着冲进来的独眼，他叹了口气，招呼独眼坐到身边来。

独眼挪动了一下步子，离族长近了些，垂翅等族长发话。

杜鹃族长锐利的眼光似乎要穿透黑暗的遮挡，冷冷地说："独眼，你跟我好些年了吧，你觉得，我做的事会成功吗？"

"老板。"独眼双腿一并，坚定地回答，"在鸟界谁也比不上老板的智慧，一定会成功的。"

"你真是这么想的？"黑白摇摇头说，"可我自己不这么想，忽然间一点信心也没有了，我担心……"

从没听过族长说过如此悲观之语的独眼愣住了，一时不知怎么回答。

"我不怀疑将来所长的智商，可是我也不怀疑家燕的智商。"

"老板，你是说……家燕们并没有被洗脑？"

"要知道，家燕是与人类相处最亲近的吉祥鸟，他们长期与人类在一个屋檐下生活，祖祖辈辈从人类那里学到了许多的智慧。是啊，要说智慧，我们杜鹃鸟是比不上的。但他们有一个致命的缺点，就是太善良，太过于轻信，所以才会被麻雀轻易击败。”

“老板，我不明白你为什么没提醒将来所长呢？”独眼不解地问，“要不要我这就跑一趟温泉洞，亲眼看一看这些家燕是不是真的被洗脑了。”

黑白摇摇头：“这并不重要，几十只漏网的家燕掀不起大浪，他们被麻雀关了一个冬天，又没有充足的食物补给，就是没被洗脑，也没有几分战斗力。我只是有些担心那只被独孤鸟送跑的家燕，他叫什么名字？”

“老板，好像叫咕噜吧，是家燕家族前任执行燕的儿子，听说将来所长的儿子希希和他一块长大的，还交过手。老板，他不是被希希带领智慧雀消灭了吗？”

黑白再次摇头，微微一叹：“唉，细节决定成败，这是人类一位智者的名言啊。很多重大的事情往往被一个微小的细节破坏。你知道他们并没有找到咕噜的尸体，这是一个可怕的谜……”

独眼明白了，他走近族长一步，说：“老板，我明白了。我想那只家燕就算没有死，也差不多只剩下一口气。再说，三天后‘闽西北鸟界代表大会’就开了，到时候鹰王回来也没有办法了，他长期失职，早就该让有才干的鸟来当鸟王了。哼哼，我才不怕那什么鹰嘴，等着，我独眼怕过谁，他敢反对，我就带着一帮弟兄们给他颜色看看。哼！”

杜鹃族长对独眼的表白不太满意，从鼻子里含义不明地哼了一声，挥翅让独眼保镖出去了。现在，他内心里更加焦灼了，恨不得明天就召开大会，登上鸟王宝座。黑暗中的思绪飘忽不定，一向自信一切尽在掌握的他心中升起一种不祥的预感。这是可能的……鹰王回来……但是，那又怎样？杜鹃族长这么安慰自己极度焦灼的心，一个阴毒的念头忽然在头脑里闪现出来：对啊，鹰王回来并不一定会带回所有的鹰族，力量有限……再则，啊，人类对鹰族的贪婪可是最好的帮手啊，如果……如果能通过什么渠道告知人类鹰族将回来的消息……哼哼，人类凶猛的枪口一定会对准鹰族的！

想到这里，黑暗中的杜鹃族长黑白几乎要笑出声来。东方已吐出了鱼肚白，他重重咳了两声。

听到动静的独眼马上进来了，他看见族长已变得轻松自信的表情稍感诧异，但他没把内心的惊讶说出来，只是垂翅低头应道：“老板，有什么指示？”

黑白心情似乎不错，很注重仪表的他边用翅膀梳理着头上的乱羽毛，边反问自己的忠实保镖：“独眼杜鹃，你说在这个世界上鹰王最怕什么呢？”

“鹰王怕什么？”独眼歪着头想了半天，想着族长一定对自己方才放言与老鹰对决的话不太满意。于是，他挺胸大声回道，“老板，我知道鹰族在闽西北是最强壮的鸟族，我们杜鹃个对个不是他的对手，但我们可以采取鸟海战术。老板，人类不是常说什么擒什么先擒什么，我们……让我带领最强壮勇敢的杜鹃出其不意地把鹰王先解决掉，哼，别的鹰一定会吓坏了。”

杜鹃族长对部下的回答很不满意，但他没有表现出来，而是用阴郁的眼光看着东方山梁上托起的那轮旭日，重重吸了口气说：“独眼啊，‘擒贼先擒王’固然不错，可这是两败俱伤的下策啊。嘿嘿，真正的智鸟应当能审时度势，充分利用大自然中的各种关系，坐收渔翁之利，以最小的代价获取最大的胜利。”

“老板，独眼愚钝，不知如何坐收渔翁之利，还要智慧的老板点拨。”独眼弯腰收翅，用奉承的语气说。

“是啊，老鹰是闽西北最强壮的鸟族，他有锐利的鹰爪和喙，还有强劲有力的翅膀和身体；他是飞得最高的鸟族，他的利爪可以随便抓起一只在地上觅食的鸡。他真是强大啊，我们杜鹃鸟根本不是他的对手。”黑白似乎在为鹰族唱赞美诗。

独眼杜鹃不明白，一向以智慧傲视群鸟的族长，怎么突然这么长他鸟志气灭自个儿威风呢，他有些不服气地用力抖动了一下翅膀。

黑白似乎没看到手下这个动作，面对射进窝里的第一缕阳光眯着眼，沉声道：“鹰族强大，却是第一个离开闽西北世居地逃亡外界的鸟族。这说明什么呢？人类说，木秀于林，风必摧之。我们鸟族还信奉人类智者的一句告诫之语：枪打出头鸟！嘿嘿，你明白了？”

独眼微微点点头，其实还是不太明白族长为什么要讲这些鸟鸟皆知的事实。

“渔翁得利？嘿嘿，人类真是聪明啊。”杜鹃族长冷笑过后，忽然急速收住了笑脸，一字一句对依然一头雾水的忠实保镖说，“听着，有一件事情你亲自带几个弟兄去办，一定要绝对保密。”说着，他从身后叼出了一撮羽毛，扔在独眼面前。

“鹰毛？”独眼轻声叫道。

这是一撮成年老鹰的羽毛，有十根之多。说到鹰的羽毛，就不得不佩服杜鹃族长的智慧了，可惜没用到正道上，以致利令智昏落得个可悲的下场。这撮鹰毛是十年前鹰族撤离闽西北区域时，几只奉族长之令去探听消息的杜鹃鸟带回来的，后来这些鹰毛就一直被杜鹃族长保存着，总想着有一天或许可以派上用场。现在，黑白要用这些鹰毛去布一个局，一个能让杜鹃鸟“渔翁得利”的局。

黑白用阴冷的目光打量了一下这些鹰毛，又看了一眼独眼说：“我要你带着兄弟们分三次将这些漂亮的老鹰羽毛撒在人类的眼前，告诉他们鹰族要回来了。是啊，哈哈，一些贪婪的人类大约非常怀念鹰肉的美味呢。”

听着族长尖冷的笑声，独眼恍然大悟，兴奋地大声应道：“是，老板，我马上带几个弟兄把这些鹰毛撒在曾引起人类轰动的文笔山下野味店门前。嘿，嘿，老板，听说野味店老板是最贪婪的家伙，他组织一帮子猎手把白鹇逼得逃走后一直没闲着，野味店里时常还在食用野生动物，我们很多鸟族的弟兄就遭其毒手呢。嘿嘿，这些可恶的人类看到鹰毛，嗅觉马上就会醒过来。哼，哼，老板，我们一定可以渔翁得利了。”

独眼的这番话让杜鹃族长从鼻孔里满意地哼了一声。

独眼转身去召集杜鹃们秘密撒鹰毛，杜鹃族长则长松了口气：万事俱备，只欠东风了。想着三天后将在大会上成为闽西北区域发号施令的鸟王，杜鹃族长张开翅膀轻松地飞翔在金丝湾森林公园和大佑山间，忍不住笑出声来。

狡猾阴险的杜鹃族长防患于未然，给有可能出现的鹰族事先布了一个局。

现在，暂且不说这局将给归来的老鹰带来怎样的凶险，先说说将来所长为家燕们布置的那个局，是不是真的如他所料一样成功呢？

## 第二章

“麻雀未来研究所”将来所长的如意算盘打得太响了，聪明的家燕并没有上当。

当麻雀们把那种迷魂草药伴着食物给家燕们食用时，美丽聪明的女燕青青一下就识破了这个花招。青青很清楚这种草药的威力，它能让鸟失去心智而盲从。但它的药效是短时期内的，对鸟体也没有太大的伤害，相反，还在一定程度上能帮助受伤的鸟愈合伤口，并且只要饮用大量的山泉水，其药效自解。当然，这种迷魂草药也不是没有副作用，是有一些凶险。如果在十天以内没有喝到山泉水，那么，食用它的鸟将变成真正迷失心智的傻鸟。

面对这样的情况，青青和旺盛在商量之后有些束手无策。

很显然，如果这些草药没有被家燕们食用，黔驴技穷的将来所长很可能在春天到来之前，对他们下毒手。也就是说，无论如何凶险，成为案板上鱼肉的家燕们如果要争取最后逃生的机会，就必须把这些可恶的迷魂草药吃下去！这真是两难的选择！

青青和执行燕旺盛与几位长者商量了很久，最终做出一个令鸟敬佩的决定：为了迷惑智慧雀，这些迷魂草药由老弱病残的家燕们食用，因为他们行动困难，智慧雀们嫌麻烦，现在已不要求他们参加洗脑行动了，这些食用了迷魂草药的老弱只须待在洞里就行了。果然，当这些迷失了心智的老弱病残家燕们非常逼真地在智慧雀面前表现出顺从，而那些健康的成年家燕虽没有食用迷魂草药，却也装着和那些食用了草药的家燕一样的表情，从这天开始表现出完全的服从。于是乎，将来所长真的以为这阴险的一招让洗脑行动终于大功告成，急切地向杜鹃族长报告喜讯去了。

将来所长怎么也没有想到，家燕们会用这种牺牲自己的手段粉碎他的阴谋，反而让他自己掉入家燕们将计就计的迷局里。

当青青和旺盛等成年燕们看着老弱病残的家燕们怀着一种悲壮的心情食用着那些迷魂草药时，他们都无声地掉下泪来，同时感到肩上的担子更重了。

随后，食用迷魂草药的家燕让智慧雀们明显放松了警戒，连那只负责守卫工作最尽职尽责的智慧雀麻点，也不再强求家燕们上课时如何遵守课堂纪律了。有时候，他们甚至还开心地取笑这些上课的家燕们脸上呆滞的表情。而因为将来所长要协助杜鹃族长完成各项“闽西北鸟界代表大会”筹备工作，所以，在确信家燕们食用了迷魂草药之后，将来所长已有好几天没到温泉洞过问家燕情况了，他整天都待在格氏栲森林公园的“麻雀未来研究所”里，布置各项工作。

现在，将来所长已心甘情愿地成为杜鹃族长的跟班了，麻雀家族族长的位置对他有极大的吸引力，他只等着杜鹃族长登上鸟王之位，自己借助杜鹃鸟的力量，将那昏庸好色的麻雀族长未必拉下马来。因为在诸多事务的看法上有分歧，未必越来越不信任将来所长了。有一种传言说，未必已有意任命别的鸟来担任“麻雀未来研究所”所长之职，只是忌惮将来在智慧雀中的声望，暂时没有动手罢了。真到那个时候怎么办？将来还真没有太大的把握，虽然他手下智慧雀们的智商远超过蠢雀，但未必手下的蠢雀数目比智慧雀多了很多倍，一旦引起冲突，智慧雀们未必是头脑简单四肢发达的蠢雀们的对手。因此，将来必须倾尽全力保证大会顺利召开，他现在和杜鹃族长已是一根绳上的蚂蚱了。现在，将来对只等着到会上亮相认罪的家燕们兴趣已不大了，到时候在会上利用完，就全部处理掉这些家燕，闽西北区域就再无家燕此鸟族，那么，麻雀霸占燕巢成为人类的吉祥鸟，也就顺理成章了。

正如此，大会即将召开前夕，家燕们利用智慧雀们放松警戒的机会，开始筹划逃生了。前面说过，青青偶然间发现了他们上课的山洞斜上方有一个仅容一只鸟爬出去的极隐蔽的小洞口。青青和旺盛早已筹划好了，只等最后时刻，智慧雀们放松了警惕，就可以开始逃生，彻底粉碎麻雀的洗脑行动！这些天来，家燕们都被这天赐给家燕的逃生机会鼓舞着，连执行燕旺盛都有些按捺不住。青青不得不告诫大家，一定要沉住气，还要保持食用迷魂草药后那种被“洗脑”的盲从状态。

现在，早已与执行燕旺盛成为生死相依情侣的女燕青青成了整个逃生行动的指挥者，处于危难之中的家燕们也把女燕当成他们的主心骨。这也是天不绝家燕，旺盛和青青这一武一文可谓相得益彰，他们取长补短，让家燕们空前地团结。为了做到万无一失，这些天，利用智慧雀们更加麻痹的思想，在上洗脑课时，青青亲自带着两只强壮的男燕对这个已被家燕们形象地命名为“生命通道”的小洞进行了勘察，并且用嘴啄开了一些障碍物——青苔，只保留洞口处的石头，到时候只要轻轻拨开石头，就可以飞到洞外的自由天地了。

当他们在洞口处看着外面久违的阳光，那两只强壮的男燕差点忍不住飞出去透透气。同样激动不已的青青含泪说：“快了，快了，我们家燕很快就可以呼吸到自由的空气、沐浴到春天的阳光了。”此时此刻，她从来没有这么急迫地意识到，呼吸到自由的空气和沐浴到阳光，对于一个野生动物来说有多么宝贵。

一切准备就绪，青青回去与执行燕再一次完善预定的计划。

这个计划就是在最后的时刻，旺盛带领一些家燕想办法吸引看守智慧雀的注意，由青青带领尽量多的家燕从生命通道里逃生，逃出去的家燕指定三只飞行技术最好的将他们的消息传递给别的鸟族：一是大佑山的独孤鸟族，二是虎头山的啄木鸟族，三是鹰王。其余逃出去的家燕必须拼命保护这三只家燕突围成功。青青这么安排的目的，自然是想给蒙在鼓里的鸟界通风报信，让正义而相对敢当出头鸟的啄木鸟帮家燕说话，并指望鹰王来拯救家燕，她当然没预料到，有另一只勇敢的家燕已成功地完成了这个神圣的使命。其次，鉴于目前温泉洞看守的智慧雀数目极少，所以，这些逃生出去的家燕要对洞外不明所以的智慧雀发动突然袭击，与洞内由旺盛带领的家燕里应外合。这次行动要么成功：家燕们里应外合，将让不明所以的智慧雀们惊慌失措，阵脚大乱。那么，不论能否将看守的智慧雀全部消灭，家燕们都可以解救出关押在荆棘洞内那些服用了迷魂草药的老弱病残家燕。再下一步的计划是先找到泉水，用泉水解去迷魂药之毒后，趁智慧雀援兵没有到来之前隐入山林；要么失败：一个冬天，在缺少食物的情况下，家燕们的体力都大不如前，很可能发动突然袭击令智慧雀短暂慌乱之后，抵不住他们的疯狂反扑。那么，结果是所有的家燕与智慧雀拼个鱼死网破，无法预料最终的胜败。无论是成功或失败，只要有一只家燕逃出温泉洞告知鸟界在这里的真相，家燕们的逃生行动就有进行的理由，无论如何，不能坐以待毙，把自己的命运交到敌人的手上。

时光飞逝，在等待中终于到了最后时刻。第二天，就是由杜鹃鸟和麻雀这个所谓鸟规执行团主持召开“闽西北鸟界代表大会”的日子，也就是春分的前一天。这个下午的时光，家燕们都在焦急地等待最后一次洗脑课。

等待的时光显得特别漫长，性急的执行燕旺盛几乎失去耐心，几次悄悄地与青青咬耳朵说：“可能我们判断错了，也许不再给我们洗脑了！”

青青则小声嗔怪旺盛：“瞧，你的老毛病什么时候能改啊！大家可都看着你这执行燕呢。不会的，智慧雀决不会放过最后一次洗脑课的，他们要向未来的鸟王表忠心，怕我们记不住‘认罪语’，坏了他们的好事呢。”说着，青青还调皮地向旺盛挤挤眼睛。

旺盛不好意思地用翅膀抚抚自己的脸，顿悟道：“原来我们的军师早就埋下伏笔了，昨天你故意让大家背错早已记熟的‘认罪语’，是为今天做准备啊。”

青青挺胸昂首道：“那是，本军师可不当事后诸葛亮，而要当事前卧龙。”

“什么诸葛亮？又是什么卧龙？青青，你就别打哑谜了。”旺盛着急地说。

青青轻轻地啄了男朋友一口，有个恨铁不成钢的意思。

旺盛无端被啄了一口，正不明所以地想说什么，青青忽然伸翅捅捅他说：“以后再给你上课，你看他们来了。”

果然，跟着麻点一起走来的还有六只懒洋洋的智慧雀。

不用智慧雀们发话，原本扒在荆棘门上焦急等待的家燕们在旺盛和青青的示意下，已主动在门前无声地排成两排整齐的队伍。

麻点对家燕们的表现显然很满意，招呼手下把荆棘门打开。

并不用智慧雀们费多大劲，家燕们就表情麻木地跟着领路的智慧雀走到专门用来上洗脑课的山洞里，排着整齐的方阵，等着上课。

麻点飞到大厅正前方那块像讲桌一般的石头上，扫了一眼底下无声等待上课的家燕们，见他们温顺的样子，找到了当领导那种掌握生杀大权的感觉。于是，他装模作样地说："嗯，很好，现在家燕终于认清了自己身上禽流感病毒的危害性。正所谓苦海无边，回头是岸，在明天的代表大会上，你们家燕就可以回到闽西北鸟界温馨的大家庭了。在此，我先向经受住考验的家燕兄弟姐妹们表示祝贺。"

大厅里响起了家燕们整齐响亮的鼓翅声。

看家燕们对他如此捧场，智慧雀乐得脸上的麻点都放出光来，再次轻咳两声，端着领导的架子说："嗯，很好，很好。今天下午，我们上最后一堂课，把代表你们心声的'认罪语'最后练习一次，相信大家会珍惜这最后的机会洗心革面。嗯，你们以后将成为闽西北新一代的家燕开创者。"

站在前排的执行燕旺盛带头挥翅鼓掌。

麻点沉浸在领导的感觉中，完全忽视了执行燕旺盛麻木的脸上那双眼睛里闪过的一丝光亮。他得意地吩咐六只智慧雀督促家燕们背诵"认罪语"，自己则悄悄地溜出山洞。

麻点现在才懒得管这些已成菜鸟的家燕，在另一个温暖的小山洞里，有一只他心仪的女雀正等着他谈情说爱呢。是啊，春天来了，作为野生动物总是要做些有意义的事。而这只刚从格氏栲森林公园"麻雀未来研究所"训练出来的女智慧雀原本是一只蠢雀，她是将来所长用来笼络温泉洞智慧雀首领麻点的礼物。

六只智慧雀当然知道头儿这么猴急猴急地讲完话是要去干什么，可他们只能应付这早已厌烦的鬼差事。听家燕们念着那早已滚瓜烂熟的"认罪语"，想着头儿麻点这会儿一定躲在哪个洞里和女智慧雀温存呢，这些智慧雀们哪还有什么心思督促家燕们练习啊。其中一只在当初"雀燕之战"中与家燕打斗受伤后脖子歪歪的，外号叫歪脖的智慧雀先悄声说："我说这些家燕自从服了迷魂草药后省事多了，你听他们早就掌握'认罪语'了，根本不用再上课了，可还让我们待在这不见天日的山洞里，有这个必要吗？真是！”

一只智慧雀接过话：“是啊，我看大家还是趁这空当养足精神，等把这帮家伙打发了，我们弟兄们还得留些体力到外头呼吸一下春天的空气呢。咳，我担心自己的翅膀不适应外面的风向飞不动了。咳……”这只智慧雀说话鼻音很重，显然是感冒了，有些担心自己的身体。

感冒智慧雀的担心勾起智慧雀们的满腹牢骚。一向认为自己在“雀燕之战”中受伤理应是功臣，可却没提个一官半职很受委屈的歪脖，看看家燕们都在表情麻木地练习“认罪语”，就悄声招呼大家飞到洞口，小声说：“明天就是春分了，春天都来好些天了，可我们摊上这倒霉的差事，缩在这洞里还看不到一丝春光呢。总想着冬天时缩在这温泉洞里看守家燕是个肥差，可没想到，春天来了还得待在这里，心都要捂出痱子来了！”

“可不是，歪脖大哥，我都好久没到外头自由飞翔了，怕是体力不够了。还是到外头眯个觉吧，嗨，真得养足精神呢。”

大家彼此间有了强烈的共鸣，五只智慧雀都齐刷刷地将目光转向了一直没吭声的胖雀。胖雀愣了半天才明白过来，嘟囔着：“怎么又是我？”

歪脖瞪胖雀一眼，压低嗓音说：“不是你是谁？成天就知道睡啊吃啊，一个冬天下来，都肥得找不到腰在哪里了，你不看守还让我们来啊？好好看着这些家燕练习，过一个时辰让他们休息一下，反正这些家燕吃了迷魂药由着你拿捏。不过，还得瞪大眼睛，出了事你可是要吃不了兜着走的！”

说着话，歪脖和四只智慧雀都跑到隔壁洞里享受温泉养神儿去了，留下老实巴交的胖雀独自看守这群在他们眼里已变成菜鸟的家燕们。这会儿，一向被欺负惯的胖雀哪敢和功臣歪脖顶嘴，只能不情愿地在洞口没精打采地听家燕们念“认罪语”，一个时辰后叫家燕们休息，他也忍不住躲到洞外稍微温暖的地方打起瞌睡来。

天赐良机！一直在观察智慧雀行动的青青对执行燕旺盛耳语：“一切按计划行事。”

旺盛兴奋地说：“青青，我感到今天的形势对我们太有利了，不要再等了，我建议马上行动，你带着家燕们撤离，我这就去把胖雀收拾了。”

青青嗔怪道：“你总是急，这毛病儿时能改啊。你不想想，你这边动手弄出声响，在隔壁洞里的五只智慧雀就会警觉，还有不知哪儿去的麻点就会带着洞中的看守智慧雀来增援，那我们恐怕一只燕也无法逃脱。”

被女朋友责备，旺盛不好意思地笑着说：“嘿嘿，那你说怎么做？”

青青说："休息时不能动，别看胖雀闭着眼，可耳朵都竖着呢，等上课时就可以行动了。"

时间在等待中一分一秒地过去了。果然，胖智慧雀休息时间一到，就命令家燕们重新开始朗诵，而且，他还注意家燕们的队形有没有乱。他对看到的场面当然很满意，这些食用了迷魂草药的家燕们像菜鸟一样听话。于是，在家燕们重新整齐的背诵声中，胖雀又飞到洞口，放心地打瞌睡。

青青带领大家整齐地念着"认罪语"。认罪语其实是一首简单的顺口溜，由将来所长亲自撰写的。内容是：

我们是家燕，
携带禽流感。
危害大自然，
人类给警示。
麻雀挺身出，
维护鸟族安。
雀友费心机，
教育知真伪。
今日迷途返，
愿成新燕族。
杜鹃智慧鸟，
无愧当鸟王。

在青青组织家燕们背诵所谓的"认罪语"时，洞口的胖雀起先还睁着眼睛，观察家燕们的情况，后来就像听催眠曲一般进入迷糊的睡眠状态。在这个时候，青青和旺盛开始带领家燕们分头行动了。

按照预定计划，一切都在有条不紊地进行着，青青和先前探路的两只家燕率先飞到洞顶上方的生命通道，家燕们的朗诵声巧妙地遮盖了家燕飞翔时翅膀扇动的声响。事实上，因为这一个冬天不说原本要迁徙的家燕们违反自然的规律身体起了某些微妙的变化，麻雀们供给家燕们有限的并不合乎家燕们饮食习惯的食物，让最强壮的家燕现在都无法进行长途飞行。因此，他们直接飞向高达十几米的生命通道里凭的是体力，更需要意志！当他们将身子爬入狭小的小洞里时已耗费了大部分的体力，不得不稍事休息才继续爬行。

生命通道一下子并不能容纳太多家燕，因而这个过程进行得非常缓慢。

终于，爬行在前面的家燕将遮盖着洞口的杂草弄开了，第一缕没有遮挡的阳光照进洞内时让爬行在黑暗中的家燕们心情为之一亮，同时加快了速度。

“快快，慢点，注意头上的尖石。”青青也不知要大家快还是慢。终于，先前爬出来的两只家燕监视周围动静之后，确信没有被别的鸟发现，青青爬出洞口深深地吸了一口春天那令人激动的空气，全身为之一振。

按照预定方案，只要有二十只家燕爬出生命通道，就算成功了。现在一切都很顺利。然而，意外的情况发生了！或许因为家燕们的爬行碰到了洞内上方那块突出的尖石，猛然间，这块尖石落下来堵住了生命通道。一时间，尚在洞内的家燕们陷入了恐怖的黑暗之中，被尖石压住的那只家燕疼痛难忍的叫声越来越微弱，直至无声无息，不明真相的家燕还在往生命通道里飞。

这时候，从生命通道里爬出温泉洞的除了青青，只有十只家燕。

瞬间，青青就判断家燕们赖以逃生的生命通道被意外堵住，这对这次周密计划的行动来说，无疑是一个致命的打击。现在，她不明白洞内的情况，但从生命通道中传出来的越来越微弱的家燕们的呼叫声，让这只聪慧的女燕有些手足无措。毕竟，这本来就是一个冒险的逃生计划，原本生活在和平环境中的家燕，谁也没有经历过这样的生死考验。然而，也只是一会儿的恍惚，青青面对家燕们期待的目光猛然警醒过来：不能犹豫！不能退却！大家都看着你呢！这个时候的迟疑就意味着对希望的放弃！因此，尽管不明白洞内现在是什么情况，这只聪慧果敢的女燕马上从生命通道中家燕们濒临死亡的刺痛她心房的呼叫声中振作起来，随即按照原定的计划发出了指令。

当三只家燕怀着坚定的信念分头飞走后，青青的身边只剩下七只家燕。青青看着三只充当信使的家燕飞进了山林之中稍松了口气。然后，她回头对围在身边用期待的目光看着她的七只家燕说：“现在我们没有退路了，我们八只家燕得飞到温泉洞洞口与守卫洞口的十只智慧雀进行一场生死之战。我们的胜算很小。真的，我们可能会倒在洞口，但我们必须回去，洞内还有我们几十个兄弟姐妹。如果谁怕了，就躲到林子里去吧，我不会嘲笑他的。”

“不用说了，我们都是男燕，没理由不如一只女燕，那还不得让鸟界的爷儿们笑我们家燕无种啊！”说话的是一只性格大大咧咧的男燕，他是旺盛最好的朋友。

“说得对，青青妹妹，冲锋陷阵的事就交给我们吧，和可恶的智慧雀……拼个鱼死网破吧……”其他的家燕齐声叫道。

青青含泪说道：“你们都是响当当的爷儿们，谁说我们要鱼死网破？没准执行燕他们已把看守的麻雀解决了，正往洞外冲呢。据我的观察，为了应对明天的大会，现在看守温泉洞的智慧雀比之前少多了。这是一个千载难逢的机会！我们现在要做的就是发动突然袭击，打得麻雀晕头转向，让他们产生一种错觉，以为我们就是外面来的家燕。”

青青的冷静分析，让抱着鱼死网破之心的家燕们更加充满信心。

时间不等鸟，在青青的带领下，七只勇敢的男燕无声无息地像滑翔机一般绕到温泉洞洞口，在已放松了警戒的智慧雀们还没反应过来时，齐声高喊着：“我们是迁徙回来的家燕，快把我们同胞放出来！冲啊！”

果然，比原先守卫少一半的看守洞口的十只智慧雀正在那里扯闲篇，被突然从天而降的家燕这么不要命的一冲，当即乱了阵脚，还没反应过来，有五只智慧雀就在家燕们准确的攻击下号叫着坠落山崖。很快，另外五只智慧雀在遭到最初的打击清醒过来后，发现只有八只家燕，他们边发出求援的信号，边有组织地抵挡家燕的进攻。

青青和家燕们无心恋战，他们只想冲进洞口与洞内的家燕们会合。同时，按照预先的计划，一定要争取最短的时间内冲进山洞，然后利用洞内空间狭小，智慧雀难以展开数量的优势，机智地与对手周旋，消灭其有生力量。然而，训练有素的智慧雀在听到守卫洞口的同伴发出救援信号后，很快从洞内反扑出来。于是，当青青和七只家燕一进入温泉洞主通道口，马上就陷入二十只智慧雀的包围之中。

趁着智慧雀还以为他们真的是从外面来的家燕、摸不清情况而不敢贸然发动全面进攻之际，青青一声招呼，家燕们马上组成了上下左右形成合力的圆形阵形。青青对同伴们叫道：“冲锋，冲进通道内，敌人的数量优势就无法发挥了！”

“是，青青女燕。”七只家燕齐声答道。随后，八只家燕奋力扇动翅膀，像一团愤怒的黑色云团，毫不畏惧地向智慧雀们冲去。

家燕们这种不要命的两败俱伤的攻击方法，让没有心理准备的智慧雀们在惊叫声中纷纷躲闪，有两只智慧雀慌乱之中受重伤坠落悬崖。但是，智慧雀在头儿的严厉斥责声中，很快稳住了阵脚，在通道内向家燕展开疯狂的反扑。

# 第三章

家燕们在这个冬天因为食物短缺，体力远远没有达到最强壮的状态，又经过消耗体力的生命通道的爬行，所以，他们的进攻是靠着顽强的意志。现在，当智慧雀们缓过神来，这八只家燕马上陷入了无还手之力的境地，形势急转直下。虽然他们坚定的信心弥补了数量和体力的不足，但毕竟对方鸟多势众，正所谓好汉双拳难敌众手，尽管家燕们接连又杀伤了两只智慧雀，但有两只家燕也英勇牺牲了。

这时候，从温泉洞通道内传来了嘈杂的声响，很显然，旺盛带领着家燕也按照预定计划向智慧雀发起突然进攻了。青青用一个高难度的飞行动作躲开一只智慧雀的爪击，惊喜地鼓励同伴："我们要坚持住，拖住的智慧雀越多越好，执行燕他们就可以少些压力打出通道了。"

青青推测得不错。现在，大部分的智慧雀都拥过来对付他们认为从天而降的外来家燕。因不知道外面究竟还有多少外来家燕，为了保护温泉洞主通道的安全，在长长的主通道上几十只智慧雀正向激战的通道增援。

这时候，青青和五只家燕背靠背紧紧地围成了个易于防守和进攻的圆。好在通道狭小，麻雀数量上的优势并没有完全发挥，无法展开大规模作战，狡猾的智慧雀见此情形采取了车轮战术，六只智慧雀一组分成几个组轮番进攻。终于，又有一只家燕因体力不支被击中，他勇敢地冲上去死死咬住对手的脖子纠缠在一起，在尖叫声中雀与燕双双落地，同归于尽。

家燕勇于牺牲的精神让智慧雀产生惧怕心理，他们的进攻不像刚才那么猛烈了。随后，他们采取围而不攻的方式，想等家燕们耗尽体力飞不动了再捡便宜。青青看穿了对手的险恶用心，她感到背部一阵阵抽搐，显然是受了伤，这只令对手胆寒的女燕这时候已抱定了必死的信念，趁对手不进攻时，指挥剩下的四只家燕落到洞壁上一块突出的石头上喘口气。她侧耳听着从主通道内传来的越来越近的激战声，小声对同伴们说："我们一定要坚持战斗到最后，给洞内的执行燕他们争取更多的时间。智慧雀们一直以为我们是外来的家燕，他们不敢全力进攻就是忌讳这一点。我们也许不可能等到与旺盛他们会合了，但我们还必须勇敢战斗。”

四只神情疲惫却充满战斗精神的家燕对着女燕重重地点了点头。

敌众我寡，当重新换上生力军的智慧雀与五只家燕交战时，两只家燕又英勇牺牲了。现在，青青的身边只剩下两只无比顽强的男燕了。他们依然在背靠背顽强地战斗，但是他们的力量越来越小了，围攻的麻雀们开始小看这些困兽犹斗的对手，居然傲慢地收敛了进攻的力度，只是时不时地轮番上阵骚扰一下，只等着对手体力耗尽无力飞翔之时俘虏到手。显然，凭着坚强意志战斗着的家燕们支撑不了多长时间了，情况进入了万分危急的时刻。意识到对手企图的青青依然没有放弃最后的战斗，没有任何畏惧，相反，她心里倒是有些轻松，能有三只家燕冲出温泉洞充当信使，就是这次行动最大的胜利。只要有一只家燕从温泉洞里逃生，那么，整个鸟界在将来就都会了解“雀燕之战”的真相，家燕的不白之冤就有大白于天下的一天，而这几粒保存下来的种子，就是闽西北区域家燕的火种，是燕族最后的希望。想到这些，青青在进入最后拼斗时，脸上反而露出了胜利者的笑容。

这只女燕脸上胜利者的笑容让对手疑惑之余产生了敬畏。是啊，难道外面真的有对手在严阵以待？这样的疑虑，让等着俘虏对手的智慧雀们不由得松散了队形。这时候，洞外突然传来了一阵阵激战的声响，在智慧雀们尖厉的骇叫声中，传来一种他们熟悉而陌生的鸟叫。

什么鸟？这是什么叫声？

家燕没听出来，智慧雀也没听出来这是什么鸟叫。但智慧雀们一声惊呼：妈呀，难怪这几只家燕敢独闯温泉洞，原来他们真的请来了帮手啊！

趁着智慧雀们愣神儿的工夫，青青和两只家燕跳出包围圈飞到洞壁的石头上，得到了难得的喘息机会。是啊，他们的翅膀已没有一点力气了，眼看着就要掉落地上成为智慧雀的俘虏了。他们喘息未定，同样疑惑洞外发生了什么事时，随着智慧雀们一路的惨叫声，一只大鸟的身影像一朵云快速地飘进通道内，映入家燕的眼帘。

鹰王？真的是十几年未见的鹰王！青青和两只已成强弩之末的家燕惊喜得合不拢嘴。

鹰王？哇，真的是鹰王！智慧雀们从心底里掠过一阵寒战。

一声号叫之后，从鹰王身后闪出了一只鸟熟悉的身影。

青青愣神儿之下，惊喜交加叫道：“咕噜！是哈辛执行燕的儿子咕噜呢！”

在女燕的呼叫声中，咕噜男燕含泪叫道："青青阿姨，我和鹰王来救你们了！"说着，他向青青飞去。

惊惧之中，不知要进攻还是逃跑的智慧雀们，都发出惊骇声。

这时候，从通道内传来的交战声更加激烈了。

现在，暂且放下鹰王的出现及如何及时解救了危在旦夕的家燕，回头说说温泉洞内旺盛执行燕和家燕们的情况。

事实上，当生命通道意外塌方而关闭，导致通道里的家燕摔成重伤后，执行燕旺盛马上意识到这个意外所带来的负面影响，当即还在家燕们集体朗诵"认罪语"声中，带着十只最强壮的男燕开始行动了。

解决在众燕朗读声中昏昏欲睡的胖雀几乎不费吹灰之力，旺盛用力一啄，就将这只做春梦的智慧雀送上黄泉路，紧接着，对付另五只看守的智慧雀则遇到了一点小麻烦。当旺盛带领十只勇敢的家燕出其不意地扑入相邻的洞里时，智慧雀们做梦也没有想到会遭到家燕进攻，那四只沉入梦境的智慧雀还没醒过来，就结束了生命。更加警觉的智慧雀歪脖则躲开了来自家燕的致命一击，他惊叫着发出了紧急救援的信号后逃跑，正好在洞口碰上迎面而来的执行燕旺盛。好家伙，旺盛执行燕怎会让对手从身边溜走，伸出利爪准确地抓向有些慌不择路的歪脖。经历过惨烈"雀燕之战"的歪脖当然也不是等闲之辈，慌乱之中躲开了旺盛这致命的一抓。然而，毕竟事发突然，如同当日"雀燕之战"中没有思想准备的家燕遭到毁灭性打击一样，歪脖没能躲开憋足了一口气准备充分的旺盛接下来的准狠一啄，号叫一声，坠落尘埃。

初战告捷，毫发无损的家燕们精神备受鼓舞。执行燕旺盛当即按照预定的计划，将家燕分成两个小组，一组回荆棘洞解救关押的老弱病残的家燕们，自己则带领一组家燕奋力往外冲，力争与洞外进攻的青青会合。

这时候，躲在附近一个小洞里与女雀正温存着的麻点听到歪脖临死前发出的信号，他虽然尚不明白究竟发生了什么紧急情况，但还是急忙丢下女雀逃跑，发出信号召集智慧雀进入战斗状态。

可怜那只刚才还沉浸在情郎甜言蜜语中的女雀，被麻点临危逃命抛弃后还没明白过来怎么回事，就被愤怒的家燕们七手八脚地啄成一团烂肉，香消玉殒了。

"追！不能让麻点跑了！"这时候，听到洞外传来声响的旺盛明白，青青已发起了进攻，忽而想起青青说过一句人类的话叫"擒贼先擒王"。对！绝不能让麻点跑了！无论如何，必须把这个智慧雀的首领先解决了，智慧雀们群龙无首，也就更好对付了。于是，他让大部分的家燕向主通道冲后，带着打头的十只雄燕奋力追击。

因事发突然，大部分智慧雀主要集中在温泉洞漫长而宽大的主通道上，尽管麻点发出了信号，但还需要一个传递的过程。这时候，听到号令来到麻点身边的只有四只有些晕头晕脑的智慧雀，看起来他们也学自己的首领躲到哪个角落打瞌睡或谈恋爱去了。麻点一看到执行燕带着十只家燕追来，自己身边只有四只智慧雀，这只其实外强中干惯于虚张声势的智慧雀首领，慌乱中飞进一条死胡同里。

温泉洞是一个绝妙的山洞，洞内除了几乎遍布每个角落的温泉外，还有很多大大小小的子洞，绝大部分的子洞能互相串联，有些子洞则是死胡同，只有一个进出口，名叫死洞。现在，看到鸟多势众的家燕们追来，麻点居然飞进这样的死洞里。

随即飞进洞的执行燕命令大家把守住唯一的出口，来个瓮中捉鳖。

这时候，麻点已完全清醒过来，他和四只一脸惊慌的智慧雀落在冒着热气的温泉上方岩壁上那块突出的岩石上，他犹如一头困兽，脸上浮上一层绝望之情。是啊，他到现在还不明白这一切是怎么发生的，已完全被洗脑的家燕怎么突然间变成如此可怕的对手呢？只看到他们脸上那种坚毅果敢的表情，温泉洞智慧雀首领就明白形势是如何不利了，但他还要做最后的垂死挣扎。狡猾的他看着落在洞口上方石头上的家燕，忽然发出了一声尖笑说："嘿嘿，我说家燕兄弟姐妹们，你们这是干什么？别着急啊，明天我们就要护送各位飞出温泉洞去享受大自然的春天了。啊呀，一个冬天啊，你们很累，我们更累，我们得遵照鸟规执行团的指令，保证大家在这里安全过冬啊。哈哈，现在冬天过去了，我们的看守任务也就结束了。哈哈，明天的"闽西北鸟界代表大会"可都等着诸位亮相呢。"

没想到麻点会厚颜无耻地说出这么一番话来，真是太不把家燕们的智商当一回事了！执行燕气得肺都要炸了，按他以前的脾气早冲上去用利爪说话了，但现在性情稳重很多的执行燕哈哈大笑了起来，笑得眼泪都忍不住流出来了。

其他家燕明白执行燕笑中的含义，也跟着哈哈大笑起来。一时间，这个小山洞里回荡着家燕们开心的笑声，好像听到了一个忍俊不禁的笑话，也好像有多么让人开心的事，全然不顾还身处于危机四伏的温泉洞里，他们的生命依然与春天充满危险的距离。

家燕们的笑让麻点有些发蒙，他不明白，自己的话语怎么在家燕们的耳里变成了一个笑话。因而，这只智慧雀呈现出来的表情有些傻。

还是一只智慧雀听出家燕们笑声中真正的含义，觑了一眼头领说：“头儿，他们在嘲笑你的智商呢。”

什么？嘲笑我的智商？麻点终于清醒过来，气急败坏地喊道：“执行燕，你们无视一只智慧鸟的忠告，是要付出代价的！我说，我们不妨做个交易，你只要放过我和这四位兄弟，我命令手下让开一条通道，保证诸位安全撤离温泉洞。”

家燕们的笑声停止了，这一通张扬的笑声让压抑了整整一个冬天的家燕们吐出了心中的闷气，全身的血脉都舒畅了，感到浑身充满了力量。转眼间，八只性急的家燕没听到执行燕的指令就飞到麻点面前，只要执行燕一声号令，他们就会冲上去为死去的兄弟姐妹们报仇。

执行燕飞到麻点和四只智慧雀一米开外的地方绕了两圈，轻巧地停在邻近的石头上，微微一笑说：“尊敬的麻点首领，你的真诚真是让我好感动啊！但是我们家燕为真诚和善良付出的代价太惨重了，你认为我们还会相信你这廉价的真诚吗？他妈的，收起你虚伪的面孔束手就擒，命令你的兄弟停止抵抗，把我们关押的同胞全部安全送出温泉洞，我们还可以放你一条生路。”执行燕忍不住骂了一句粗话。自从与青青确定情侣关系后，在青青的时时提醒下，执行燕已很久没爆粗口了。

“嘻，嘻，嘿嘿。”麻点看到自己的意图被对方轻易识破，马上换了一副嘴脸，尖声叫道，“执行燕先生，你以为你们跑得出去吗？就凭你们这几十只饿了一个冬天，没有多少战斗力的家燕？你听，我的手下正往这里赶呢，怎么样，你出个价码，我们好好坐下来商量商量，都是有身份的智慧鸟，何必像那些菜鸟一般打打杀杀，拼个你死我活呢？”狡猾的麻点听到手下赶来的声音，想采取拖延战术。

“你放屁！你也配称有身份的智慧鸟？别辱没智慧鸟这个名词！”一只家燕冲出来回击麻点，“你们麻雀家族对我们家燕无中生有，捏造禽流感罪名，还违反鸟规发动无耻的突然袭击，你们不过是一群流氓，鸟界的败类！有种的就出来和我单挑，看本家燕有没有力气惩治你！”

这只家燕的话让麻点一时哑口无言，这个外强中干的家伙看着摩拳擦掌的对手，心虚地往回缩了头。

家燕们发出轻蔑的嘲笑声。

这时，远方传来的声响更清晰了。

执行燕知道，一定是青青和守洞的智慧雀已交上手了，他看穿了麻点拖延时间的企图，决定速战速决，不再和对方废话。他轻蔑地一笑说："既然你不肯自动缴械，那我们对敌人也不能心慈手软，亮招吧。麻点智慧雀先生，像个勇士一样接受挑战吧。"

至此，麻点只能撕掉伪善的面孔作困兽斗，尖叫着向执行燕扑来。

执行燕抖擞精神欲起身迎战，他身后向麻点发出挑战的家燕已先激昂地号叫一声，迎了上去。

转眼间，麻点和家燕已缠斗在一起。这只体格和执行燕一样强壮的家燕很快就占了上风，伸嘴多次击中了麻点。不一会儿，招架不住家燕如此拼命攻击的麻点见势不妙转身欲往洞外飞。一直严守在洞口的家燕们一拥而上，转眼间将麻点啄击成了真正的麻点。

见首领被家燕们收拾了，那四只智慧雀早丧失斗志，束手就擒。

成功消灭温泉洞智慧雀首领让家燕们信心倍增，家燕们齐声欢呼胜利。随后，他们调整了战斗队形，在执行燕的带领下，会合别的家燕一起往外冲。陷于群龙无首之地的智慧雀战斗力大大减弱，他们无组织的反扑多次被家燕们瓦解。就这样，旺盛带领着智慧燕们很快击退零星的智慧雀，进入了温泉洞主通道。然而，进入主通道后他们遇到了回过神来的智慧雀们的疯狂反扑。

话说回来，这些智慧雀们毕竟都是经过"麻雀未来研究所"培训出来的麻雀精英，他们在失去首领陷入暂时性混乱后，麻点的两个副手油条和豆浆很快就充当起组织者的角色，智慧雀们的进攻开始形成了合力。

说到麻点的这两个副手，就不得不稍停下来补叙几句了。

油条和豆浆原先是两只蠢雀，他们经常去人类早点铺子找吃食，过着醉生梦死没有志向的蠢雀生活。在早点铺子里，他们发现人类总喜欢把油条和豆浆这两种早点搭配在一起食用，结拜兄弟为了表明他们是最佳搭档，就分别改名叫油条和豆浆。后来，在一次蠢雀们争夺早点铺子打群架时，油条和豆浆这两位异姓兄弟表现出的强悍被恰巧路过的将来所长发现，正在四处从蠢雀中收罗可造之才的将来就将他们带到了"麻雀未来研究所"。经过培训，悟性挺高的油条和豆浆如麻雀四兄弟一样得到了重用，这油条和豆浆又特别会讨将来欢心，不到一年，就被将来委以重任，成了看守温泉洞的副首领，充当麻点的副手。

油条和豆浆是将来所长的死党，其骁勇善战在智慧雀中一点不亚于名声赫赫的麻雀四兄弟。麻点以身殉职，油条和豆浆觉得是他们这异姓兄弟露脸的时候了，很快就将陷于混乱中的智慧雀组织起来。油条带领智慧雀负责阻击旺盛带领的家燕，豆浆则急忙率领手下到洞口增援。前面说到，豆浆带领智慧雀们给数量悬殊的青青家燕们造成了很大的威胁，而油条带领的智慧雀们同样没闲着，利用温泉洞主通道一处较为宽敞的S形地段，成功地阻止了家燕冲锋的步伐。双方陷入势均力敌的激战之中，谁也没占便宜，互有伤亡，地上躺着十几具家燕和麻雀的尸体。

双方都不约而同往后退到了S形通道的两端，摆好阵形稍事休息，场面进入了僵持阶段。

这样的僵持对于家燕们来说，显然没有好处。经过方才一番激战，一个冬天来麻雀有意不给家燕提供足够的食物，现在已严重影响家燕们的体力，家燕们的战斗力实际上是来源于顽强的意志、坚定的信念和对生命的热爱。虽然家燕们因为同伴的倒下，反而在悲伤之中呈现出一种义无反顾的劲头。执行燕还是意识到如此下去，家燕终将因体力不支而前功尽弃，生的希望将随着时间的流逝离家燕们越来越远，必须速战速决。

狡猾的油条在与家燕们的交手中也敏锐察觉到家燕们的体力呈下降的趋势，因此，家燕们没有进攻，他也只是让智慧雀们摆好战斗队形，并不急于一下击垮对手。

看智慧雀们没有任何动静，听着从通道外传来青青和麻雀们的激战声，旺盛当机立断决定马上发起最后攻击，他要求大家改变方才一定要置对手于死地的策略，不要与拦截的智慧雀恋战，利用高难的飞行技术能躲则躲，齐心协力往洞外冲，争取与青青带领的家燕会合。在发出攻击命令之前，执行燕不得不沉痛地告诉大家：“家燕兄弟姐妹们，现在已到了家燕家族生死存亡的最后时刻了，闽西北区域的家燕能不能留下一粒火种，就看我们拼尽全力的最后一搏了！在这里，我不得不沉重地告诉大家，按原定的计划全部安全撤离已是不可能了，敌人如此穷凶极恶，而我们正在耗尽最后一丝气力，必须全力冲出温泉洞。只要我们冲出了温泉洞进入森林，我们就能告知鸟界所有的真相，那么，或许我们洞内的弟兄还有救。现在我们宣誓，不管谁最终冲出温泉洞，他都必须在明天的‘闽西北鸟界代表大会’上揭露杜鹃和麻雀伪善的嘴脸，让大家认识到‘雀燕之战’的真相！那么，我们就是胜利者！”

一时间，洞内响起了家燕们坚定的宣誓声。

在油条和智慧雀们不明白这种声音的由来之时，得到执行燕号令的家燕们已排成整齐的战斗队形，如一把复仇的利剑击向对手。

家燕们这种同归于尽的阵势让智慧雀们感到了一丝胆怯，阵形在骚乱之中松动了，油条大声呵斥也阻止不了智慧雀们内心的恐惧。正所谓狭路相逢勇者胜，尽管绝大多数智慧雀们硬着头皮迎战，但他们没有预料到的对手只是虚晃一枪夺路逃走。狡猾的油条明白了家燕们的意图，忙大声喝道："家燕想溜，堵住缺口，给我顶住！他们没多少力气了，给我狠狠地打！"

这时候，旺盛已领着十来只家燕冲破油条组织的防线，回头见随后的弟兄被数倍的智慧雀包围，遂命令这十来只家燕飞向洞口与青青会合，自己则转身与油条缠斗在一起。

一场生死存亡的战斗在温泉洞S形通道里打响。家燕们要打通对于他们来说至关重要的生命通道，训练有素的智慧雀反应过来后，也发起了凶猛的反扑。一时间，战斗进入短兵相接的白热化状态，鸟们进攻的吼叫声和受伤的惨叫声夹杂在一起，似乎把洞内的空气都点燃了。

旺盛渐渐有些体力不支了，因他的对手是智慧雀中骁勇善战的油条，更因执行燕这个冬天已消瘦了许多，要是换在从前，即使再勇猛的麻雀也不可能是旺盛的对手啊。而现在几个回合的交战之后，执行燕感到翅膀越来越沉重了，身体也没有刚才那么灵活了，在躲开对方凶狠的一啄之后，旺盛不得不落到洞壁一块石头上喘口气。他扫了一眼正在与智慧雀们交战的家燕，大多也渐渐处于下风。执行燕意识到，最后的时刻终于到来了。这时候，他只想知道刚才冲出去的十几只家燕是否与青青会合了，怎么洞外的声音像停止了呢？

看着体力不支的对手，智慧雀油条倒不急于将对方置于死地，他要像猫玩老鼠一样慢慢地消耗掉这只执行燕最后的体力和意志，享受胜利的过程。他也落在与执行燕两米之外的石块上，得意地笑道："哈哈，执行燕先生，让你的手下放弃这无谓的抵抗吧，只要你们明天到'闽西北鸟界代表大会'宣读'认罪语'，我还可以放你们一条生路。啊呀，外面的世界很精彩，闽西北明媚的春天在等着诸位呢，何必为一时的意气而辜负这大好的春天呢？有一首人类的歌怎么赞美你们家燕的？"

"油条大哥，叫'小燕子穿花衣，年年春天来这里，我问燕子你为啥来，燕子说，这里的春天最美丽'。"一只智慧雀讨好地抢先说道。

"对啊，哈哈，你们家燕最喜欢闽西北的春天了。啊呀，你们不想穿花衣了？哈哈。"

“你的臭嘴别玷污了这首美丽的歌曲！”一只家燕愤怒地冲向朗读诗的智慧雀。

执行燕懒得和厚颜无耻的油条多费口舌，只是轻蔑地哼了一声，聚集起最后的力量向油条冲去。

转眼间，S 形通道又成了一个血肉横飞的战场，不时有受伤的家燕和智慧雀坠落尘埃。执行燕因体力的严重超支，翅膀的力量正一点点地消失，终于无法再做出高难度的飞行动作，最终没有躲过油条给他背上的一击。只感到一阵疼痛，他知道背上的伤口在流血，疼痛牵动得无力的翅膀不能扇动了。在油条疯狂的攻击下，执行燕眼看就要丧命于油条之手了。

千钧一发之际，一个巨大的黑影如闪电般掠过通道，拨开油条致命的利爪。油条被这股巨大的力量拨得连转三个圈，才好不容易落在洞壁的石头上。逃过一劫的执行燕则发出了一声惊呼：“鹰王！”

不错，关键时刻救执行燕的正是已会合青青打通温泉洞主通道的鹰王！

此时，油条、豆浆退守到主通道边上一个温泉大厅里。智慧雀们大都慑于鹰王的威名躲到了一边，只有油条豆浆两兄弟和他们的三个死党还与鹰王对峙。在最初的惊骇之后，油条发现只有鹰王一只老鹰，于是发出了一声狞笑，他说：“弟兄们，只有鹰王一只老鹰，我就不信这个邪！大家一起上啊。”

豆浆也叫嚣道：“大哥说得对，不是鱼死，就是网破。弟兄们，鹰王送上门来，我们刚好给杜鹃族长扫清障碍，立功的时候到了。冲啊！”

说话间，不知天高地厚要垂死挣扎的油条和豆浆兄弟，带领着三只杀红了眼的疯狂智慧雀一起向鹰王冲来。

咕噜见状，怕鹰王单枪匹马难敌穷凶极恶的亡命之徒，要招呼家燕们上前助阵。

鹰王扫了一眼身边的咕噜、执行燕和青青，眼光从容淡定，那是泰山崩于前不眨眼的大将风度。

只这一眼就让家燕们在心中感叹：啊，什么叫真正的鸟中之王，这就是了。久违了，闽西北的鸟王！

在家燕们这么感叹之时，鹰王一展翅膀，一声雄浑得令对手胆寒的吼叫后，与对方搅在一起。

一时间，只见大厅内乱鸟狂舞，伴随着一声声声嘶力竭的鸟叫声，鸟的羽毛纷纷飘扬。观战的鸟们再也分不清哪是鹰王，哪是智慧雀，只见两团黑影胶着在一起，旋转着，旋转着。

战斗并没有持续多久，在智慧雀和家燕们的提心吊胆之中，两团黑影终于分开了。只见油条豆浆兄弟和三只智慧雀像一片片枯叶，无声无息地坠落尘埃。疯狂的叫嚣没有了，只剩下了静，静得可以听到鸟们几乎透不过气来的呼吸声。而在静中傲然长吼一声，扑扇着巨大翅膀飞在空中的是闽西北至高无上的鸟王——老鹰，他是真正的王者！

家燕们愣了片刻，纷纷鼓翅欢呼。智慧雀们则沮丧地低下了头，落地向鹰王臣服，向胜者投降。

咕噜一直悬着的心放下来了，他飞到鹰王身边，发现鹰王背上有一处在流血的伤口。鹰王用目光制止咕噜要吐出的话，低声说："让蚂蚁叮了一口，不碍事的，不是吗？尊敬的咕噜先生，现在你可以加入你同胞们的欢庆队伍里了。哈哈。"

是啊，家燕们在庆祝自己的重生，受伤的青青和旺盛无所顾忌地相拥在一起，互相伸嘴轻抚对方的伤口。

咕噜愣了愣，眼里早含满了激动的泪水，向鹰王点点头，转身扑进了欢呼胜利的同胞之中。而这些经历了惨烈的"雀燕之战"和严酷的冬天，在智慧雀的淫威下幸存下来的家燕们，张开了胸怀接纳了这只勇敢的家燕。

这是一个令家燕们激动万分的晚上，也是一个重新审视悲伤、包扎心灵创伤的晚上。

现在，毫无斗志的智慧雀们都束手就擒，被关押到原先关押家燕的荆棘洞里。这真是极大的讽刺啊，大约他们聪明的将来所长打死也没有想到，他精心设置的荆棘洞有一天会关进他的同类。这时，他在格氏栲森林公园的"麻雀未来研究所"里，为明天杜鹃族长登上王位精心准备，还做着成为麻雀家族族长的美梦呢！

处理完洞内所有的智慧雀后，英明的鹰王没有让家燕们离开温泉洞，让大家再忍一个晚上，明天再飞进大自然美妙的春天里，他要在明天的大会上给杜鹃族长和将来所长一个突然袭击。

关押在另一个子洞里的独孤鸟族长黑洞被解救出来了。

咕噜扑到了独孤鸟族长黑洞的怀里，为那些护送他的英雄落下伤心的泪水，所有的家燕也都被独孤鸟无私的援助而深深感动了。独孤鸟族长经过这些天的关押已虚弱不堪，但他伸翅与咕噜的翅膀紧触时，眼里却射出了热切和坚韧的光芒，笑道："咕噜，你可是一只成熟的男燕了。哈哈，男儿有泪不轻弹，你可要记住这人类的名言啊。哈哈。"

独孤鸟族长黑洞连夜赶回大佑山。他已和鹰王商量好了，明天将派出独孤鸟代表去参加“闽西北鸟界代表大会”，其他的部落成员则在外围配合鹰王的行动。

想着明天就可以自由飞翔在闽西北春天的自然山水中，家燕们就抑制不住激动的心情，他们聚在一起继续唱歌欢庆，谁也没有注意到，在欢乐的家燕之中，有一双忧郁的眼睛，一只落落寡合的鸟，她不是家燕，也不是独孤鸟，而是一只漂亮的女智慧雀，她就是将来所长的女儿哩哩，一只善良的女雀。现在，家燕们都知道，这只眼神忧郁的女雀是他们的朋友，正是她帮助咕噜和鹰王找到隐蔽的温泉洞，才救出了危难之中的家燕。可以说，正是她拯救了家燕家族。所以，当明白这一切之后，善良的家燕们纷纷上前向哩哩表示感谢。但是，想到她的父亲就是亲手策划了“雀燕之战”的将来所长，家燕们心理上又本能地与她拉开了一段距离，这从家燕们那礼貌的目光和外交辞令般的语言中，可以看出来。

聪明善良的小女雀又何尝不明白这一点呢。然而，除了咕噜，没有谁更了解哩哩内心里交织着怎样的痛苦和矛盾了！她背叛了父亲和家族，站到了正义的一边，但那毕竟是她的同胞。所以，在鹰王和咕噜进入温泉洞里，她和另外二十只老鹰并没有进洞，而是待在离温泉洞不远的一片茂密的林子里。尽管听不到洞里的任何动静，但哩哩明白洞内正在发生着什么，她只能闭上眼睛，默默地向上天祈求这场鸟界的灾难赶快过去，让闽西北鸟界和平的日子赶快到来吧。她不敢看同胞们血肉模糊的尸体，她为家燕们的获救高兴，也为死去的智慧雀难过，当她无法躲开智慧雀们投射过来的不解而充满怨恨的目光时，巨大的心理压力让她几乎无法承受。她没有想到自己要承受这么大的压力，当她营救落难的咕噜和带领他们找到温泉洞时，内心只是被一种正义的力量不由自主地驱使着，别的什么都不想。而当这么一个残酷的现实呈现在她面前时，这只善良纯真的美丽女雀内心里矛盾交织。于是，她一只雀躲开了欢庆的家燕们飞走了。她不知道自己要飞向哪里，她只想躲开这一切，躲到和平安宁的大自然中，永远，永远……

夜的黑色淹没了女雀哩哩飞行的轨迹，她像一个谜一样消失在闽西北美丽的春天中。

那么，现在有必要回头说说，哩哩是如何与回归的鹰王和咕噜碰到了一起的。

原来，当咕噜在菜鸟鹧鸪没头没脑的攻击下处于险境之时，正巧路过南风洞山的鹰王救了家燕。随后，咕噜就和他一起到了真人旗岩石山顶的跑马岩。当时，脖子受了轻伤的咕噜根本飞不了那么高，他是趴在鹰王的背上才上了跑马岩。在听完咕噜讲述的闽西北鸟界如此危局之后，正处于鹰族进化关键时刻的鹰王，决定暂停进化工作，在第二天带领二十只老鹰与咕噜一起返回闽西北。没想到，或因身心俱疲，当天晚上，咕噜受伤的伤口就感染了，进入了昏迷状态。是原始森林的啄木鸟三兄弟听说了这个情况，找来了家族的特效草药救了咕噜。就这么前后一折腾，耽搁了三天的时间。第四天，鹰王才带着精心挑选出来的二十只老鹰跟着咕噜踏上了回归之路。当他们飞到与闽西北区域交界的岩石山时，不料想善良而聪明的女雀哩哩一直等在那里。这样，他们才能顺利地找到温泉洞。再说，那不知好坏的鹧鸪大汉，自然受到了严厉的处罚，鸟王鹦鹉命令大汉迁出居住的南风洞山，永远不得踏入半步。

正是这样，从一直等待的哩哩那里了解到目前的情况后，鹰王当即预感到，家燕可能存在的危险，决定让哩哩带路，先到温泉洞解救关押的家燕和独孤鸟。现在，正被悲伤笼罩的咕噜并没有意识到哩哩的离去，他和鹰王在青青和执行燕旺盛的陪同下，来到了荆棘洞所在的山洞里。咕噜站在父亲飞身跃入温泉的岩石上缓缓跪了下去，悲声叫道："爸爸，我是咕噜，我找来鹰王救家燕了，我们家燕家族有救了，您就放心吧！"说话间，这只经历九死一生磨难的男燕泣不成声。

鹰王也流下了悲伤的泪水，为执行燕哈辛勇敢殉难的行为而感动。

青青扶起咕噜，用翅膀一下下轻抚着这只已完全成熟的英俊小男燕，哽咽着说："咕噜，我们永远怀念执行燕哈辛，他将写进我们家族的历史，他是我们历史上最智慧、勇敢的执行燕！他也会为你勇敢的行为骄傲呢！"

青青的话让咕噜泪眼婆娑的脸上绽开一丝欣慰的笑容。

执行燕旺盛则对着曾吞没了哈辛蒸腾着热浪的温泉，用无比坚定的语气说："放心吧，哈辛大哥，我不会辱没你亲手传给我的执行燕一职！哼，明天我将带领家燕们揭穿麻雀和杜鹃的阴谋，在鸟界还家燕一个清白，让人类明白，只有我们家燕是与他们最亲近的吉祥鸟！"

让悲伤尽情地来吧，为了那些死去的家燕同胞，为了整个闽西北鸟界无辜丧命的生灵。但这一切要尽快地过去，阴谋家正在群魔乱舞，闽西北鸟界还需要正义的翅膀扇去笼罩的阴霾。

在简短的悼念仪式后，鹰王对明天或许将迎来的恶战精心布置，他们将面对杜鹃和麻雀设置的强大保护系统，一切都不容任何的闪失。谁也不愿意看到又一场血流成河的交战在鸟界上演，要尽可能将伤害减小到最小的程度，促使鸟界回到正确的发展轨道上来。在和家燕的智者们商量确定最后的行动方案后，鹰王的脸上爬满了深深的忧郁，说：“明天应当是一个好天气，闽西北的鸟界不能辜负这大好春光啊！”

鹰王含义深刻的话让家燕们陷入沉思之中。

这时候，一只家燕忽然慌慌张张地飞来了，告诉咕噜，哩哩走了，在洞口负责守卫的家燕和老鹰都没有拦住她。

大家听到这个消息都愣住了。

鹰王对呆若木鸡的咕噜说：“她是家燕家族的恩鸟啊，是功臣！可是……可怜的女雀，她这是承受不住心理压力呢。没事的，她打开这个心结，就会回来的。”

“心结，心结。”咕噜喃喃说着，猛然转身向温泉洞主洞飞去。男燕咕噜飞得很急很快，他要把好朋友哩哩追回来，当着大家的面告诉她：她是家燕家族的恩鸟，是家燕家族永远的朋友，是鸟界正义的化身。然而，当咕噜飞出温泉洞口，落在洞外一棵树上茫然四顾时，他没有看到美丽女雀哩哩的身影，只看到无边夜色中被和暖春风吹拂得如痴如醉的树木，似乎在告诉他：走了，走了，她再也不回来了，她要去一个只有善良没有邪恶，只有鲜花没有荆棘的地方。

这时候，东边山梁上微微吐出一丝光亮，将夜色一点点地击退。

## 第四章

这是一个阳光明媚的春日，金丝湾森林公园里的大佑山洋溢着欢乐的气氛。一只只杜鹃鸟脸上都挂着期待的神情，他们一大早就在树林间快乐穿梭，有条不紊地按照事先的布置工作着。每一只杜鹃鸟的翅膀从来没有如此轻快过，就像是这座山上一只只美丽的精灵。尤其是那些族长的宠儿——精心挑选出来的杜鹃歌手，一大早，当太阳照射到大佑山上，她们就开始互相梳理着羽毛，将自己打扮得整洁而鲜亮，她们今天将在闽西北鸟界面前展示自己的歌喉，在杜鹃族长登上鸟王之位后，歌唱有关杜鹃族长的赞美诗。这可是她们期待已久的表演啊，又怎能不令这些美丽的女杜鹃激动得坐立不安呢？人类说，女为悦己者容，女杜鹃们自然明白这个道理，有些女歌手已悄悄在心里打上了小算盘，要利用这个展示自己才华和美丽的机会，找到自己中意的男杜鹃。是啊，所有的杜鹃鸟都感到无比荣耀，为即将成为王族之鸟而骄傲。

于是，当太阳用一个跨步跳出东山山梁时，“闽西北鸟界代表大会”的会场就开始热闹起来了，除了承担警戒工作的杜鹃鸟，所有的杜鹃都早早飞到这里，他们占据着离主席台那棵巨大古老的红豆杉最近的位置，大家兴奋地叽叽喳喳议论着，等待着会议的开始，每只鸟脸上都洋溢着抑制不住的兴奋。那些漂亮的女杜鹃歌手则抓紧时间再次梳理已整齐光亮的羽毛，她们有意将头抬得高高的，无视男杜鹃投过来的热切目光，但心中美滋滋的。

会场选定在靠近溪边的一片茂盛的杂木林中，这里地势较低，边上一圈负责警卫工作的杜鹃和麻雀，可以站在树端居高临下地监视会场，防止个别鸟族扰乱会场秩序。而在会场东边稍高的地方，则长着一棵高大古老的红豆杉树，邻近的地方还有一小片红豆杉。这正好满足了杜鹃族长的想法：他把主席台设在这棵高大的红豆杉树上，显示着一种尊荣，而那一小片不太高大，但足以与杂木林区别开来的红豆杉林，正好安排杜鹃鸟族落座，以此显示王族之鸟的尊贵。当然，杜鹃族长也没有亏待同盟鸟麻雀家族，将他们的位置安排在离主席台最近的那一片高大的板栗树上，显出了他们与众不同的地位。

为保证大会顺利召开，杜鹃族长和将来所长可谓煞费苦心。

一、会场东、南两个方向的警卫工作主要由麻雀负责，其中的首领就是曾立下战功一举歼灭最后一只家燕并擒获帮凶独孤鸟的希希。亲自指派儿子担任这项工作，可见将来对警卫工作的重视。这一方面的兵力主要有二十只智慧雀和二十只蠢雀。因智慧雀既要保护“麻雀未来研究所”，又要守卫温泉洞，实在是不够用了，只能从三明城蠢雀中挑选了一些身体强壮而稍有智慧的麻雀凑数。为了弥补兵力不足，希希还向父亲建议，以鸟规执行团的名义，征用曾阻截过咕噜和独孤鸟的鹦鹉族老响亮，让他带着二十只鹦鹉归希希指挥，一同担任警戒工作。

二、会场西、北两个方向的警卫由杜鹃负责。担任指挥的是强悍而足智多谋的杜鹃家族红族老。他带领四十只精心挑选出来的强壮男杜鹃在这两个方向布置警戒哨，并往来巡逻，防止有鸟族冲击会场，同时监视会场中不举翅表态的鸟族。

三、为了防止如诗溪仙鸟洋洋那样不怕死的鸟在会场上捣乱，袭击新鸟王杜鹃族长，除保镖独眼寸步不离黑白外，还挑选了三名忠心耿耿又强壮机警的杜鹃加强保卫工作。

这样严密的保卫工作让鸟们能明显感到会场的紧张气氛，这是以往闽西北鸟界大会所没有过的。那些在会场周围飞来飞去的麻雀和杜鹃警卫们，让到来的每一只鸟代表都感到浑身不自在，族长们已轻声告诫自己的鸟代表，不要乱说乱动，谨记“枪打出头鸟”的古训，以免给家族带来危险。

很快，当太阳开始在天上从容迈步之时，从各地赶来的鸟界代表们也陆陆续续到达了，他们在维持会场秩序的杜鹃引领下有序地飞到指定位置。

麻雀家族当然是最早到达会场的鸟族。他们的代表分别是十只智慧雀和十只蠢雀，还有将来所长和麻雀家族的族长。然而，很意外的是，那只老眼昏花，沉迷于女雀的族长未必身体不适无法到会。实际上，是他正和一只女雀打得火热，因这只女雀要过生日，他就把参加会议的事全权委托将来了。族长意外缺席，倒让野心勃勃的“麻雀未来研究所”所长暗中欣喜，正好利用这个机会在鸟界集聚一下鸟气，为他当上族长做铺垫。所以，将来一到会场，在检查麻雀和杜鹃鸟联合布置的会场保卫工作之余，没有忘了和到会的每个鸟族族长打招呼，那神情俨然已成为麻雀族长了。

“麻雀未来研究所”所长变换了原先冷若冰霜的面孔，弄得来开会的鸟界代表们心里更是七上八下的。不过，绝大多数的鸟族早想好了，反正只要牢记“枪打出头鸟”的古训就没有错，随大流举举翅膀就行了。是啊，这些秉承“明哲保身”信条的鸟族们已做好跟着呼口号、举翅膀的思想准备。不错，只要过好本族的小日子，鸟界的事又干他们什么事呢？不要像家燕一样，被“枪打出头鸟”就行了。

在南坑村南坑溪里生活的诗溪仙鸟很早就飞来了，他们是紧随麻雀后到达会场的鸟族。他们中有族长和气与十只诗溪仙代表。按规定，每个鸟族都必须派出除族长外的十只鸟代表。这十只诗溪仙鸟是和气为了拍杜鹃族长的马屁，弥补诗溪仙洋洋的过失，别出心裁用选拔赛的方式挑选出来的，其才艺在诗溪仙鸟当中都是很优秀的。当然，最主要是对诗溪仙族长绝对忠诚！就说这十只选拔出来的诗溪仙代表，一落到离主席台也很近的指定树杈上，就轮番朗诵给杜鹃族长黑白写的赞美诗。

这些按照族长和气布置的主题思想和创作提纲写出来的诗歌当然不会是

什么好诗，全都是名词术语的堆砌，就像一堆干巴巴的材料。但是，诗溪仙们轮番上阵的诗朗诵会倒是取得了意外的喜剧效果。看着这些诗鸟们情绪激昂的表演，在会场上紧张等待大会开始的鸟代表们忍不住笑出了声。这一笑，倒是冲淡了森严的警卫给鸟们造成的紧张气氛，很多鸟族趁这个机会好好地把憋住的笑声释放出来。

在会场上维持秩序的杜鹃鸟族蓝族老没有制止诗溪仙们献媚，也没有对众鸟们难得的笑声表示异议。要知道，蓝族老自从请诗溪仙洋洋写诗令族长出丑后，就一直竭力表现，好不容易争取到这个维持会场纪律的重任，他可不想把鸟们的情绪弄得太紧张，再来个什么洋洋之类的菜鸟节外生枝，那他这族老的位置就保不住了。为了表示对诗溪仙的鼓励，他还特意飞过去称赞了诗溪仙族长和气。于是，同样想弥补洋洋过失向未来鸟王献媚的和气，就更卖力地让十只诗溪仙代表把自己带来的诗都朗诵出来。

独孤鸟族也来了，带队的是一位年纪较大的族老。独孤鸟被安排在最后，与以猫头鹰族长为首的十一只猫头鹰代表同在一片林子里，相隔不远。独孤鸟还和从前参加会议一样，只只都沉默寡言，无声地倒悬在树枝上，似乎都睡着了。那位族老向来问候的蓝族老礼节性地寒暄之后就闭了嘴。蓝族老有些奇怪，他们怎么不问关押的族长为什么没有出现，但想到独孤鸟那特立独行的脾气，也就心照不宣地闭了嘴。

将猫头鹰和独孤鸟安排在同一片林子里倒也合适，习惯于夜间活动的猫头鹰在白天都是一副无精打采的样子，如果不是要来参加这什么劳什子的会议，他们这会儿早都沉浸在梦乡里了。猫头鹰原本在“雀燕之战”发生之后还在背后说了几句公道话，后来被杜鹃鸟软硬兼施做了些工作，就也遵循“枪打出头鸟，明哲保身”的古训不吭声了。这会儿，抱着来举举翅膀不说话的念头，猫头鹰们也和独孤鸟一样，一只只闭眼假寐。

独孤鸟和猫头鹰的蔫样正合蓝族老之意。这次会议需要的就是忠实的听众和顺从地爹翅，这两鸟看来很识时务，哈哈，老板将独孤鸟族长软禁起来，还真是有远见啊。

这时候，虎头山啄木鸟族也飞进了会场。啄木鸟是杜鹃族长担心会缺席的鸟族，因森林医生在鸟界有很好的口碑和威望，黑白是不希望他们缺席的，为这，一向做事果断的杜鹃族长还真有些后悔因对方说的两句坏话，而让独眼带着一些杜鹃鸟乔装打扮后袭击啄木鸟家族。如果啄木鸟这头脑一根筋的家伙真不参加会议，虽无碍于杜鹃族长登上鸟王之位，但其影响显而易见。

为此，除了正常的以鸟规执行团名义发出开会通知外，杜鹃族长还绞尽脑汁地给啄木鸟族长写了封言辞恳切的信，邀请其拨冗到会共商鸟事，让蓝族老亲自送到虎头山。当时，啄木鸟族长那不冷不热的态度令蓝族老心里没底，担心完不成任务，又惹族长不高兴。

现在，看到啄木鸟族长尖嘴带着十只啄木鸟飞进了会场，在引路的女杜鹃的带领下落座在一棵杂木上时，蓝族老长长松了口气，忙不迭地飞过去向族长尖嘴问好。

尖嘴还是那么一副不冷不热的样子，他没有搭理蓝族老的问好，倒是将眼光投向主席台。看到红豆杉树上空无一鸟，拉下脸说："怎么尊敬的杜鹃族长还没到会啊？快点开吧，我们啄木鸟可不是凭嘴皮子混饭吃的，没那闲工夫唱歌诵诗，好多生病的树等着我们干活呢。"

"快了，快了，马上就开始了。"听啄木鸟族长一句话把杜鹃和诗溪仙都讽刺了，不敢发火的蓝族老有些尴尬地笑了笑，答了一句就飞走了。暗中骂道：什么尖酸样子，等以后有机会，本族老再收拾你个又臭又硬的家伙。骂归骂，可看到啄木鸟们都老实待在那里没有乱说乱动，蓝族老悬着的心稍微放下了一些。现在，只等族长和将来所长到来，会议就可以顺利开始了。然而，黑白族长和将来所长怎么还没有来呢？

实际上，这时候将来所长和黑白族长正在杜鹃族长的窝里为一个意外而担心呢！

按原定计划，麻点应当将洗过脑的家燕护送到大佑山了。天还没亮，将来所长就派两只智慧雀去温泉洞下达指令了。然而，到这会儿家燕还没有到位，这让杜鹃族长有些担心，一向谨慎的他知道"细节决定成败"的道理，有时候，一个微不足道的细节，就可能让所有的努力功亏一篑，他决定在会议开始之前亲自最后验证一下服食了迷魂草的家燕，是否真如将来所长所说的，把脑子洗干净了。虽然将来所长拍胸脯保证洗过脑绝对听话的家燕会在会上集体朗诵"认罪语"，在鸟王选举开始之前，为鸟规执行团的合法性正名。但是，眼看着时间一分一秒地过去了，家燕还迟迟没有出现，即使现在到来，也没有时间亲自做最后的验证了。杜鹃族长兴奋的脸上就不由得掠过了几片乌云。

将来所长觉察到杜鹃族长的担心，再次拍着胸脯说："尊敬的鸟王，请让我先这么称呼您。别担心我们智慧雀的智慧，麻点会把洗过脑的家燕带来给尊敬的鸟王捧场的。哈哈，现在请别让您治下的鸟族们等待太久了。"

将来所长献媚的话暂时吹散了杜鹃族长脸上的乌云，对自己精心安排的会议重新充满了信心。同时，听到“鸟王”这样从未有过的称呼，一股快意像电流一样穿过他的身心，让他不由得有些晕晕乎乎。真是受用啊！果然，众鸟之上的感觉是这么让鸟快意。正是这种感觉，让狡猾的杜鹃族长忽略了从风中悄然捎来的一些信息。因此，他尽量矜持地微微点点头，指示将来所长最后复述一下会议的议程。

将来所长弯弯腰，将酝酿无数次的会议议程重新向新鸟王汇报了一遍。

会议将由蓝族老主持，按以下五个步骤进行：

一是由黑白代表鸟规执行团作近来鸟界工作报告。在报告中要为“雀燕之战”定性，从人类的角度肯定麻雀占领燕巢对鸟界产生的意义，并假借人类报纸称，人类已决定由麻雀取代家燕成为新的吉祥鸟。

二是由将来所长作《闽西北鸟界之未来》的科研报告。报告无非是夸大杜鹃鸟的智慧对于闽西北鸟界进化工作将起到的重要作用。同时，经过分析认为，老鹰族必将在进化链中消亡，因而已不适合当鸟王的论断。从理论上为杜鹃当鸟王做好准备。

三是由麻点指挥被洗脑的家燕集体朗诵“认罪语”。这个程序主要是为了给白鹇、杜鹃、麻雀组成的鸟规执行团的合法性正名，并再次通过家燕之口证明“雀燕之战”是一场维护鸟界安全与自然和谐的正义战争。

四是由诗溪仙族长充当众鸟的代言鸟，朗读他用诗歌形式写成的名为《强烈要求杜鹃族长黑白担任新一代鸟王的倡议书》。这封倡议书经过杜鹃和智慧雀们的软硬兼施，已让生活在闽西北区域大约三分之二的鸟族签了名。

五是由杜鹃歌手文艺表演，庆祝黑白鸟王的诞生。这是最后的程序，也是最精彩的必不可少的点睛之笔。在美妙的赞美诗唱完之后，杜鹃族长，不，新鸟王黑白将在众鸟的欢呼声中登上象征鸟王尊贵和权力的王位。

这真是一个天衣无缝的计划，想到这一幕幕大剧马上就要上演，杜鹃族长就有些迫不及待地要去拉开这幕布了。但他毕竟是老谋深算的杜鹃鸟，尽量表现出稳重的样子，向等着他指令的将来所长点点头，随后一起飞向会场。

这时候，处心积虑导演这场闹剧的杜鹃族长可谓聪明一世糊涂一时，他没有料到的是，这一幕幕精彩的剧情根本来不及一一上演就胎死腹中，成了鸟界流传甚广的笑话，写进了鸟族的正史和野史中，供后鸟们评说笑谈。

当然，没有意识到这一点的杜鹃族长在保镖独眼及三只强壮的杜鹃守卫的护送下，飞到主席台上，由诗溪仙带头，三分之二迫于压力在倡议书上签了字的代表们送给他一阵热烈的鼓翅声。杜鹃族长看着会场各个树上落满的鸟代表同时鼓翅，感觉自己这时候已是鸟王了，兴奋得连连挥翅向众鸟致意。一切都在计划之中，众鸟们看来都很听话，这一段时间的工作没有白做，即使有个别鸟要当“出头鸟”也没有关系，几条小泥鳅翻不起大浪，会场四周严密的守卫可以保证会议的正常进行。

在主持会议的杜鹃鸟蓝族老宣读会议议程和会场纪律后，杜鹃族长开始代表鸟规执行团作关于闽西北鸟界近一段时期工作的报告。作报告之前，他先装腔作势清了清嗓子说：“感谢诸位鸟界同人光临这个大会，感谢各鸟族对我们鸟规执行团工作的信任。在此，我必须作几点说明。本来，今天站在这里代表鸟规执行团作报告的应当是白鹇族长，由于众所周知的原因，白鹇一族不得不和昔日老鹰族一样远走他乡，至今不知所终。因此，在这鸟界危亡之际，鄙族长虽知才疏学浅，却不自量力地承担了鸟规执行团的主要工作。人类有名言称‘国家兴亡，匹夫有责’，我就时时以此提醒自己‘鸟界兴亡，匹鸟有责’。正所谓人类名言‘一沐三握发，一饭三吐哺’‘周公吐哺，天下归心’。本鸟也是以此为座右铭，时时不忘鸟界正事，与智慧雀将来所长一起处理鸟界公务，一刻也不敢怠慢。在此，我代表鸟规执行团向众鸟表示感谢。”说着，杜鹃族长向众鸟鞠了一个九十度的躬。

杜鹃族长为什么要在话语中搬弄这么多人类名言呢？目的当然是卖弄自己的才学，同时镇住那些有勇无谋的菜鸟。杜鹃族长看到除了鼓翅的麻雀和诗溪仙外，其余的鸟族似乎还在琢磨他说的人类名言，样子有些发傻。这种效果正中他的下怀。接下来，就是宣读由红族老起草修改过十几遍的《关于闽西北鸟界近一段时期工作的报告》。关于鸟界的工作并没有太多的笔墨，重点放在“雀燕之战”上。一转入这个正题，主席台下各鸟族代表都拉长耳朵瞪大了眼睛。杜鹃族长说到这里，有意做了较长的停顿，随后清了清嗓子说：“鸟界同胞们，从去年秋天以来，我们闽西北区域的鸟界不知不觉陷入一个巨大的阴谋和危机之中！鸟王鹰王的长期缺席和鸟王代理鸟白鹇族长因自身鸟族生存危机，无心过问政事，没有鸟族意识到危险的临近。而这个阴谋和危险是如此隐蔽！很惭愧，此前，本杜鹃族长只顾着杜鹃鸟族进化的工作，正所谓人类‘两耳不闻窗外事，一心只读圣贤书’，也没有发现这个阴谋将给鸟界和人类带来巨大的灾难。然而，一直近距离接触人类的麻雀发现了这个阴谋。当然，得声明一点，我说的麻雀是智慧雀，他们拥有超出常鸟的智慧。那么，不用说大家也知道了，这个阴谋就是家燕利用人类的信任和吉祥鸟的外衣，试图通过禽流感病毒危害闽西北鸟界，继而达到控制整个鸟界的巨大阴谋！”

杜鹃族长的话，在认真聆听的鸟代表中引起一阵骚动。这时候，一直关注会场动静的蓝族老带着十几只维持秩序的杜鹃鸟绕会场示威般飞翔了一圈。

杜鹃族长对蓝族老的举动并不满意，挥翅制止了蓝族老和杜鹃守卫的飞翔，因为众鸟们的骚动在他意料之中。待众鸟安静下来后，他才继续清清嗓子高声说：“是的，麻雀家族为此承受了巨大的压力，他是维护我们鸟界安宁的英雄，忍辱负重的英雄！”等麻雀和诗溪仙振完翅后，黑白飞到主席台边缘，也就是红豆杉那根伸向会场上长长树枝的末端。他稳稳地立住后扫了一眼会场说，“大家知道，我们杜鹃鸟族是最谙熟人类语言的鸟族，历来有抓住一切机会阅读人类文字的习惯。我就是从人类一位智者写在报纸上的文章中得知‘雀燕之战’的真相的。当智慧雀将来所长从人类那里了解到家燕这个巨大的阴谋后，因情况危急，他们果断采取了紧急行动，也就是后来所说的‘雀燕之战’，将家燕的阴谋掐灭在摇篮之中。事实上，我事先没有得到通知，更不是某些别有用心的鸟所说的幕后策划者，只是在事后从人类报纸得知。我觉得，作为唯一知情鸟，有责任出来澄清事情真相，不能让英雄蒙冤。是的，后来麻雀的行动也得到执行鸟白鹇的理解。于是，我们就组成了暂时处理事务的鸟规执行团。”

“你的话全是凭空说的，人类报纸上发表的话谁也没看到，谁信啊？”憋不住大声站出来质疑的，是心直口快的啄木鸟族长尖嘴。

“是啊，是啊，我们要的是证据，不是凭空说话。”一些听得晕头转向的鸟代表们，也恍然醒悟般鼓噪起来。

蓝族老又要带守卫去示威了，一直守护在杜鹃族长身边的保镖独眼和三只杜鹃鸟也向啄木鸟所在的林子发出警告的咯咯声。

杜鹃族长对蓝族老和独眼发出了不准动的命令。他正希望有一勇敢的鸟站出来质疑，那么，他就可以用所谓的证据说服鸟了。这证据就是他悄悄花了几个晚上的时间，将好多只杜鹃鸟叼回来的人类报纸根据他的需要断章取义拼贴起来的所谓人类智者之语。

是的，当蓝族老叼着这拼贴起来的所谓证据，呈现给众鸟看时，那些识字的鸟代表都聚拢了过来，他们看到的正如杜鹃族长所说的。如此，原本有些将信将疑的鸟族也开始相信杜鹃族长的话是真的。

啄木鸟族长不太认得人类的文字，但也凑合看懂了大概意思，一时间无话可说。心想，难道家燕真的携带了禽流感病毒？

众鸟陷入了迷茫的状态中。

杜鹃族长拼贴人类报纸上的文字是将来所长也没有料到的，他在吃惊的同时不得不由衷地佩服杜鹃族长的智慧了。

杜鹃族长知道，此刻大部分的鸟代表们都处于混乱之中，辨别是非的能力几乎为零。于是，他趁热打铁继续念报告："现在，可以毫无疑问地确定，'雀燕之战'是一场为了维护鸟界安宁的正义战争，是麻雀家族迫不得已采取的行动。此后，麻雀尽最大的努力保留闽西北区域家燕种族的生存和延续，将携带禽流感病毒的家燕全部集中到温暖如春的温泉洞里过冬。并且在鸟规执行团的领导下，本着治病救鸟的方针，一直做着艰难而不懈的教育感化工作。对此，不明真相的鸟族还传播什么被捕的家燕全部被处决的流言。今天，我可以负责任地告诉大家，等一会儿就可以看到事实是如何戳穿谎言的。那些通过治疗已没有禽流感病毒，经过教育感化认识到自己思想错误的家燕们将莅临大会，在会上现身说法。哈哈，鸟族同胞们，一切都将真相大白。哈哈哈哈。"

在杜鹃族长用一连串装腔作势的大笑声结束发言后，各片林子里的鸟代表们完全被这个爆炸性的消息震晕了！

这时，已明白事情真相的独孤鸟代表们，都快被杜鹃族长那天花乱坠的谎言蒙住了。他们倒悬的身体在风中晃荡了一阵，才哑然失笑起来。

一切都很顺利，一切都在计划之中。杜鹃族长非常满意自己的报告。然而，就在蓝族老宣布会议进入第二项议程，将来俨然英雄般一步三摇走向主席台要作《闽西北鸟界之未来》的科研报告之时，会场四周突然传来了一阵阵骚动声。紧接着，越来越大的骚动声中传来了熟悉而陌生的鸟叫声。

什么鸟叫？不是守卫的麻雀和杜鹃鸟，那是什么鸟叫呢？

惊疑之中的将来所长和杜鹃族长面面相觑。这时，一只杜鹃鸟和一只智慧雀已跌跌撞撞地飞来。

杜鹃鸟上气不接下气地说："老……老板，有……有老鹰……来了……"

智慧雀面无鸟色叫道："所……所长，家……家燕飞……飞来了……"

老鹰？家燕？这是从哪里飞来的鸟？是冒充的吧？

在智慧的杜鹃族长黑白和将来所长的惊疑之中，空中突然传来了一声嘹亮的鸣叫，紧接着，一声低沉的话传来："哈哈哈，这么好听的谎言让我赶上了，真是三生有幸啊。哈哈，哈哈。"

循着话音抬头，众鸟看到天空中不知何时出现一只黑色大鸟，像一支离弦的箭穿云破雾而来。那令鸟畏惧的长着倒钩的嘴，那宽大美丽的翅膀，那尖利有力的爪子，正携带一种神秘的力量从天而降。

“鹰王！是鹰王！鹰王回来了！”众鸟惊呼起来。

# 第五章

鹰王如一朵巨大的云朵，稳稳地落在主席台前预备给杜鹃歌手表演的舞台——那片整齐的楠木林上，杜鹃族长黑白和将来所长还不相信眼前的现实。

最可笑的是将来所长。这只为了作报告特意将羽毛梳理得油光滑亮苍蝇站上去都会跌倒的智慧雀，一向巧言善辩的他或许是面对老鹰如此高大的形象有些自惭形秽，畏畏缩缩地走上几步，结结巴巴地说：“你……你真的是鹰王？还是……是哪里来冒充鹰王的怪鸟？”

“哈哈，我就是鹰王。”鹰王转身向众鸟们挥翅大声说，“大家还记得我的名字吗？”

“飞天，飞天鹰王。”啄木鸟族长兴奋地大声叫道。

“谢谢，啄木鸟族长尖嘴先生。我记得你可是最优秀的森林医生，当年我们老鹰生活的山顶上那几棵树生了虫害，还是你亲自来治疗的。哈哈，这些年一定带出了不少年轻的啄木鸟医生了吧？听你的声音，可是老了许多。”鹰王飞天打趣道。

“鹰王好记性，还记得这事啊。惭愧啊，现在鸟界不太平，没有鸟重视我们啄木鸟，年轻的一辈都没有事业心，不想钻研医术啊。”尖嘴斜了一眼在主席台上呆若木鸡的杜鹃族长，拉长着声调说，“鹰王，你可得重振鸟界正气啊，省得被有些阴谋家弄得乌烟瘴气。”

鹰王点点头，对终于睁开眼的猫头鹰族长说：“哈哈，我说猫头鹰族长啊，你们猫头鹰经过这么些年的进化，老毛病还是改不了，一到白天就打瞌睡，什么时候才能全天候作业呢？”

猫头鹰族长嬉皮笑脸地说：“嘻嘻，飞天老伙计，我们猫头鹰虽说是晚上干活，可全干的是有益于自然的光明正大的活。呸，不像有的鸟大白天干的事比夜晚还黑呢！”

鹰王似乎把主席台上的杜鹃族长忘记了，旁若无鸟地和台下的鸟代表打起招呼。也不知是不是鹰王的归来让鸟们找回了勇气，一只只鸟代表忘了“枪打出头鸟”的古训，争着和鹰王打招呼，飞天都有些应接不暇了。

直到这时候，完全乱了方寸的杜鹃族长才回过神来，收起了方才那一副菜鸟相。毕竟是智谋超鸟的杜鹃族长，他看到只有鹰王一只鹰冲进会场，再听到外面的声响似乎打得难解难分的样子，很快就估计了一下目前的形势：太突然了，多年没回闽西北的鹰王居然在这个关键时刻出现在会场上。这一定是那只漏网的家燕去请来的！但看样子，鹰族并没有回来多少，而早上家燕迟迟不到位，也就找到了原因，现在，在会场外围与麻雀和杜鹃交火的，一定是从温泉洞放出来的家燕和少数的老鹰。以老鹰的战斗力，没能一下子冲进会场，这说明什么呢？说明跟鹰王回来的老鹰并不多。只是……自己埋下的伏笔呢？怎么没发挥作用，让鹰王轻易躲过了人类的枪口呢？别急，别慌，现在最要紧的是，趁鸟们还没反应过来，将这个该死的对手置于死地。于是，经过一番利弊权衡，在短暂的惊慌失措之后收拾好表情，黑白族长又是那只阴险狡猾的杜鹃鸟了！他忽然大笑道：“哈哈哈哈，鹰王？他还配这个称呼？诸位鸟族同胞们，就是因为这位不称职的鸟王，我们闽西北鸟界才会出现家燕那样的败类，面临这样的危局啊！”

“杜鹃族长说得对，老鹰早就不配当鸟王了！”自惭形秽的“麻雀未来研究所”所长将来猛然惊醒似的，挺起并不宽阔的胸膛说，“最新的科学研究成果表明，鹰族是一个即将面临进化链条断裂的鸟族。试问，一个连自身进化都不能保证的鸟族，又怎能带领我们闽西北鸟界跨入新时代呢？不能！我们需要新的鸟王，那就是智慧的吉祥鸟杜鹃族长！”将来似乎刚想起自己还没开始的发言，气急败坏地叫嚣。

“这是阴谋，也是谎言。”鹰王言简意赅地用平稳的语气驳斥道，“谁也没有权力秉承什么旨意对一个鸟族进行屠杀！‘雀燕之战’是一个彻头彻尾的阴谋，一场灭绝鸟性的种族屠杀！又哪来什么正义可言？简直是荒谬！”

鹰王的话让鸟代表们茫然之中似有所悟。

鹰王有力地回击，让一向巧言的将来张口结舌，说不出话。而杜鹃族长阴郁的眼光里猛然冒起了一种从未有过的凶光。

杜鹃族长又一通狂笑之后，叫道：“诸位鸟同胞们，你们千万要擦亮眼睛，看看，这不是以前我们的鹰王。我从人类的报纸中了解到以前的鹰族早灭绝了！这是原始森林里别的鹰族，他们是来抢占我们闽西北地盘的！大家一齐上去把他消灭掉！”

杜鹃族长忽然间的狂笑和令人吃惊的言语，又让在他巧言中迷失心智的鸟们陷入了迷茫：真的是这样？这个老鹰不是我们的鹰王吗？哇，搞不懂，看起来是有些不像啊。这么想着，就是连刚才和鹰王亲热打招呼的啄木鸟和猫头鹰也有些怀疑自己是不是老眼昏花看错了。

杜鹃族长见自己的话收到如此奇效，趁机振翅高呼道：“杜鹃勇士们，还等什么，把来自原始森林的假鹰王赶出会场！保卫闽西北鸟界地盘！”

说话间，早已振翅做好准备的保镖独眼及三只忠实的杜鹃鸟卫士猛然向站在舞台中央的鹰王冲去。

鹰王没想到，狡猾的杜鹃族长会用这种办法来蒙蔽鸟代表们，来不及过多地解释，只能仓促应战。

这时候，会场外的交战声比刚才更激烈了。在阵阵喊杀声中，鸟族那种烙印在基因里“枪打出头鸟，明哲保身”的思想又发挥了作用，他们成了看客，眼看着鹰王陷入杜鹃鸟的包围之中，没有一只鸟站出来，就连性情耿直的啄木鸟也哑了火。

一时间，只见陷入重围中的鹰王很快稳住了阵脚，他用利爪和嘴开始进行有力的还击。独眼和三只挑选出来的杜鹃卫士都是不怕死的亡命之徒，他们招招不要命的进攻招式也让鹰王疲于招架。就这样，双方陷入了势均力敌的状态，众鸟只看到一团交缠在一起的影子。

忽然间，鹰王改变策略猛然飞高，跳出杜鹃的重围。杜鹃鸟们觉得鹰王要逃，也随着飞高穷追不舍。速度太快了，转眼间，鹰王和四只杜鹃鸟已飞到了很高的高度，在众鸟的视线里成了几个黑点。

这时，先前听到动静带着杜鹃卫士去外围助战的蓝族老狼狈不堪地飞到主席台上，气喘吁吁地说：“老……老板，顶……顶不住了……好多老鹰，要……要冲进来了……”

“菜鸟！你扰乱军心，看我怎么收拾你！”杜鹃族长气得伸嘴啄了一下蓝族老，训斥道。

接到蓝族老的报告，杜鹃族长意识到情况比他想象的要糟糕。他方才猜测得没错，会场外围交战的对手正是家燕和老鹰。现在，六十只杜鹃勇士与二十只老鹰交战一段时间后，有些顶不住了，已有二十只杜鹃鸟命丧老鹰之口。

希希带领的二十只智慧雀和二十只蠢雀还有部分鹦鹉，刚与家燕交手不久，二十只蠢雀见家燕来势凶猛早如鸟兽散，而鹦鹉干脆躲到树林子里充当看客。就这样，二十只智慧雀在希希和麻雀三兄弟风、雷、电的指挥下，尽管勇猛顽强，但也架不住关了一个冬天飞出温泉洞如下山猛虎的几十只家燕的勇猛进攻，眼看着也招架不住了。现在，杜鹃族长和将来所长的心都掉进了冰窟窿里，拔凉拔凉的，感到大势已去了。但是，杜鹃族长还不甘心，他知道人类所说的“擒贼先擒王”的道理，心想：还没有输，独眼的战斗力和凶猛是鸟族中少见的，还有那三只强壮的杜鹃鸟，也不是吃素的，只要独眼他们能收拾了鹰王，一切还有挽回的余地。于是，怀着无比期待的心情，他急切地抬头往天上看，正要招呼蓝族老飞上去给独眼助阵。猛然间，从天上接二连三地掉落下来几个黑影，先是三只已成尸体的杜鹃卫士，随后是只剩一口气的独眼杜鹃。这只忠实的杜鹃鸟坠落在舞台上时，还努力爬行了几步，对杜鹃族长说：“老板……我……我打不过他……他……他真的是鹰王……”说完，这只勇猛而忠实的杜鹃鸟脸上凝固的不是痛苦的表情，而是臣服的无奈。

“笨蛋，都是笨蛋，菜鸟！”杜鹃族长再也无法保持风度了，对着独眼杜鹃的尸体狂叫着。

说话间，浑身伤痕累累、血迹斑斑的鹰王飞天已收起宽大的翅膀，稳稳地落在舞台上。

鹰王刚一落脚，明白大势已去的杜鹃族长就严令蓝族老带领着十几只维持会场秩序的杜鹃鸟冲上去，欲一举将鹰王置于死地。

在会场最后面位置上的啄木鸟族长尖嘴一声断喝：“弟兄们，不管他是不是真鹰王，这样以多打少也太不仗义了！今天，我们啄木鸟就来蹚这浑水，跟我一起上！”

转眼间，十只啄木鸟代表加入了杜鹃鸟与鹰王的战斗中。

鹰王百忙之中高呼一声：“哈哈，好啊，啄木鸟兄弟也来了，大家就一起陪着杜鹃和麻雀把这出戏唱全吧。”说着，他尖利的右爪要拨开一只杜鹃鸟的进攻，却指东打西将另一只杜鹃鸟的脖子狠狠地击中。

这场激战并没有持续多久，很快就到了落幕的时候。这时，西北方向的杜鹃鸟们终于顶不住老鹰的进攻开始败退，飞进会场落在主席台四周喘气，想求得族长的指令。然而，他们突然发现，杜鹃族长和将来所长不知何时已不见踪影。原来，这两只狡猾的鸟见大势不妙，趁着大家不注意悄悄溜走了。于是，没有主帅的杜鹃鸟们军心大乱再也无心恋战，纷纷举翅向老鹰投降。

参加会议的智慧雀们也不敢吭声了，他们可是亲眼见识了鹰王的强大啊。

经过这一番激战，勇猛的老鹰也有伤亡，有五只老鹰牺牲了。望着十五只从战场上下来都带着不同程度伤势的勇士，鹰王没有安慰和鼓励的话语。面对投降后伏于树梢的杜鹃鸟，却只是长长地叹了口气。

别的鸟不可能知道鹰王此时的伤痛，只有跟随他多年的老鹰们知道鹰王这一叹的含义：那是他为鸟界这场不得已而进行的自相残杀而悲叹啊！是啊，谁又知道，外表凶悍的鹰王有一颗博大而宽容的心呢！

此时，东南方向的捕杀声渐渐平息，正当鹰王担心战果如何之时，家燕们在执行燕旺盛的带领下也飞进了会场，还有那只勇敢的男燕咕噜和美丽的女燕青青。经过一场激战，二十只顽固的智慧雀被家燕们包围后顽抗到底，家燕们不得不违背鹰王的指令，将他们全部消灭，只有首领希希和麻雀风趁乱溜掉了。

执行燕旺盛向鹰王汇报完战果之后，颇为遗憾地说："可惜，跑了将来所长的狗崽子！没有斩草除根！"

鹰王用严厉的目光看着这只浑身血迹斑斑的执行燕："不要鲜血，再不要鲜血了！鸟界的春天需要鲜花啊。明白吧？我的执行燕先生！"

青青瞪了表情有些尴尬的执行燕一眼。

咕噜听懂了鹰王话中的含义，心想：是啊，再也不能有战争了，鸟界需要的是和平啊！不知怎的，这会儿，这只小男燕心里无比的敞亮，原先缠绕在他心中的仇恨不知不觉中被春风吹散了，他闻到了树林里飘过来的花香。

真没想到这么快就结束了，参加会议的鸟代表们似乎还不太明白这一切是如何发生的。不可一世的杜鹃族长黑白和"麻雀未来研究所"所长将来，怎么转眼间鸟间蒸发了？凶悍的杜鹃鸟和傲慢的智慧雀怎么成缩头乌龟了？然而，这一切真实地发生了，就在眼前。那么，鹰王归来，闽西北的鸟界真的从此安宁了？"雀燕之战"带来的危机一去不复返了？明白过来的一向秉承"枪打出头鸟，明哲保身"的鸟族代表们，猛然爆发出一阵又一阵的欢呼声："鹰王，鹰王！和平，安宁！"

这是鸟们内心里迸发出来的心声啊！

欢呼声中的鹰王飞到主席台上，站在刚才杜鹃族长站立的地方，脸上却现出一层深深的忧郁。他举翅示意大家停止欢呼之后，用无比沉重的语气说："鸟族同胞们，我们要和平要安宁，任何阴谋家违背鸟们的意志，最终都没有好下场。闽西北鸟界的明天一定会更美好，各鸟族进化的工作一定更加快速。大家尽快忘却痛苦，尽情享受这美丽的春天吧。然而，有一点杜鹃和麻雀说的不错，我必须告诉大家，鹰族在贪婪的人类枪口下是不适合当鸟王了，未来的鸟王不仅仅需要强壮的身体，更需要智慧和一种强大的亲和力——与同族间的亲和力，与自然的亲和力，更重要的是，与自然界进化到最高级状态拥有最强大力量的人类的亲和力，而这非人类喜欢的吉祥鸟不可！吉祥鸟是我们鸟界与人类和自然之间最好的信使。我提议，由家燕来担任我们新的鸟王！看，就是那只勇敢而智慧的小男燕，他叫咕噜！”

鹰王的话在鸟间引起极大震动，大家都争相飞到前面来看，这是只什么样的家燕，名不见经传的他怎么能当鸟王呢？但是，当众鸟听完关于咕噜冲破麻雀的阻挠，历经千难万险独自飞到原始森林的故事时，才恍然明白鹰王怎么会突然出现了，对这只男燕由衷地表示敬意。猛然间，森林里响起热烈的鼓翅声。

这太突然了，咕噜一点思想准备都没有。看着执行燕和青青，以及家燕脸上欣喜的表情，看着这么多鸟用期待的眼神看着他，咕噜有些胆怯，也有几分感动。他想躲到高大的鹰王背后想一想，然而，鹰王却一把将他推到了前面，让他面对着众鸟。鹰王亲切而充满期待地对他说：“好啊，孩子，你一定会成为闽西北区域有史以来最出色的鸟王，因为你有一颗智慧、勇敢、善良的心啊！”

“是啊，咕噜，我们家燕家族全力支持你。”执行燕旺盛着急地叫道。

青青也用热切的目光看着这只英俊的男燕。啊，他是多么像智慧勇敢的执行燕哈辛啊，他腹下那丛粉红色的羽毛就像是一团燃烧的火焰，会把整个家燕家族和鸟界的天空点亮的。青青向咕噜投去鼓励的眼神，一字一句地说：“咕噜，鹰王多么大公无私啊，你可不要辜负他的期望啊！”

咕噜听到这些鼓励的话语，也看到鹰王期待的目光，这一刻，他忽然想到妈妈临终前说的话，也想到父亲掩护他们冲出重围时说的话。刹那间，他心里猛然涌上一股热流，眼里含满激动的泪水，那是因鸟界对他的信任，也是为历经磨难而幸存下来的家族。然而，他抹去了泪水后，诚恳地说：“感谢诸位鸟同胞们对我的信任，也感谢鹰王的无私。但是，我们家燕家族劫后余生，还有很多事要做，我必须和我的同族兄弟重建家园，重振族风。到时机成熟时，如果大家信任，我愿意为鸟界承担更多的责任和义务。”

小男燕这一番话让鸟们感到他是真正成熟长大了，大家从他身上看到了家燕更加辉煌的未来。鹰王也被咕噜的智慧和理智说服了，最终，他决定继续担任鸟王之职，但在他回原始森林完成鹰族进化工作不在闽西北区域之时，由年少的家燕咕噜担任鸟王代理鸟。咕噜在大家的一声声鼓励下，略有几分羞涩地答应了。

一时间，森林里响起“咕噜代理鸟，智慧勇敢善良”的欢呼声。

这时候，慌不择路的杜鹃族长和将来所长正在森林里没命地飞翔，他们要飞离闽西北区域，等待时机卷土重来。然而，当他们刚飞出大佑山进入金丝湾森林公园边一片人工杉树林时，一群倒悬在树枝上的鸟挡住了他们的去路。那是按照鹰王的指令预先在此等待的独孤鸟，站在最前面的就是独孤鸟族长黑洞和少鸟部落的成员。

“黑洞兄弟，嘿嘿，忙啊，忙啊，我正想去温泉洞看你呢……”杜鹃鸟一边搭讪着，一边滴溜溜地四处看，寻找逃跑的方向。

“哎呀，那可不敢当啊。尊敬的黑白族长先生，你可是大忙鸟，整个鸟界的安宁都系于你身上呢。哎呀。”黑洞不露声色地嘲笑道。

杜鹃族长知道骗不过去了，当即在脸上堆起媚笑，摆出从未有过的可怜巴巴的样子，说：“嘿，嘿，都是将来所长的主意，嘿嘿，一切都是麻雀惹的祸。诸位独孤鸟兄弟，我们可是好邻居，我黑白可从没有对你们使坏啊。”

将来所长没想到杜鹃族长会这么说，气得结结巴巴地辩白：“我……我……都………一切都是杜鹃的阴谋，他想……想当鸟王呢！”

“不要脸！”一只少鸟部落的成员看他们狗咬狗起来，不屑地吐了一口口水，轻蔑地说。

另一只少鸟部落的独孤鸟叫道：“黑洞大哥，别跟他废话，把他们都抓去让鹰王处置。”

独孤鸟族长拉长耳朵，忽然神秘地笑了笑，说：“不忙，一切自有天定。”

眼见着独孤鸟们围上来，自知寡不敌众，杜鹃族长和将来所长无心恋战，也不再多费口舌，虚晃一枪，避开独孤鸟拦截，夺路而逃。

独孤鸟们听到族长黑洞的指令，似懒得追赶，只是一起发出喜鹊的叫声。

这一声声喜鹊的叫声让杜鹃族长心慌意乱，险些撞到一棵树上。就在这时，他敏锐地感到了一种从未有过的危险。然而，就在他还在愣神儿时，只听得一声枪响，飞在他身边的将来所长惨叫一声，从空中坠落。怎么回事？紧接着又是一声枪响，他感到有一种尖锐的力量撕裂了他的身体。猛然间，他意识到自己犯了一个巨大的错误，怨恨不已地喃喃道：“伏笔，这是我埋的伏笔……”说话间，他打着旋儿下坠、下坠……

这时候，地上的两个人类对自己的战绩并不满意。其中一个对另一个说：

“导弹打蚊子，说是发现很多鹰毛，可哪里还有老鹰啊！这两只菜鸟还不够弟兄们塞牙缝呢，晦气！”

“是啊，还是老鹰肉好吃。那只死麻雀不要捡了，这只杜鹃鸟就算他倒霉吧，给弟兄们勉强凑一盘菜。”

这么说的时候，春天明媚的阳光透过树隙落在两张人类的脸上，那脸上布满了贪婪。

# 尾　声

时光如白鸟过隙，鸟界是这么改动人类之语的。暖人的春风很快就将那两个人类无知狂妄的对话吹散了，消失得无影无踪，也将这个发生了许多事的日子，在鸟界轻描淡写地抹去了。当然，抹不去的是鸟们在春天的特殊记忆。

春天真是一个美好的季节啊，大自然万物复苏，处处呈现出勃勃的生机。春天是大自然奉献给所有野生动物的节日。在这样的节日里，野生动物们没有理由不快乐，他们要珍惜这大好的时光进行隐秘的进化，他们要做春天时光的主宰者，所有热爱自然、热爱和平的野生动物们都有这个权利。

春天是播种希望的季节。咕噜带着家燕们向着南坑村的方向飞去时，忽然想起诗溪仙洋洋写过一首有关春天的诗。他想，洋洋会不会就在南坑村的某个地方等着他呢？他想起与诗溪仙洋洋在南坑村聚首的约定。还有，美丽善良的小女雀哩哩在哪儿呢？此时此刻，咕噜多么希望这些好朋友都能相聚在一起啊。现在，已在执行燕极力主张和家燕们推举下成为新一任闽西北家燕家族最年轻族长的咕噜想到这一切，内心里不由得涌上了一种复杂的情感，有欣慰，也有淡淡的忧伤。咕噜还想起南坑村村尾深源堂老屋那温暖的旧燕巢，不由得心中暗暗念叨："白发爷爷、慈祥奶奶，家燕回来了，我们再也不走了，乡村才是我们家燕真正的家啊！"

这时候，飞在后面的一只小家燕问边上的青青："青青阿姨，我们真的不回城里住了？家燕还像书上写的那样居住在乡村里吗？那些农民伯伯会欢迎我们吗？"

青青会心一笑："当然了，乡村原本就是我们家燕的世居地，那里的一草一木都会欢迎我们回去的。"

"那我们城里的家不要了，给麻雀住吗？"小家燕似有些不甘心地问道。

青青说："麻雀不能住，人类不欢迎他们。我们也不住，就让它成为城市里一个供人观赏的风景吧。用不了多久，人类就会把城市阳台的燕巢全部清理掉的。或许人类出发太久了，已忘记他们当时为什么出发的。我想，他们总有一天会明白，人类和家燕一样，无论走得多远，根都应当扎在美丽的大自然啊。”

青青的话，小家燕似懂非懂，他又刨根问底：“我们还会回城里来吗？”

青青轻声笑了，说：“会啊，但只是作为一个过客。小家燕，你一定要记住，城市可不是野生动物真正的家啊！城市离自然太远太远了，它会把我们改变得面目全非啊！记住了？”

小家燕点点头：“记住了。”

咕噜听到了青青和小家燕的对话，露出一个舒心的微笑。他俯瞰正在远离的城市，回望在后面殿后的执行燕，忽然想唱歌了。于是，他轻声唱起来。那是一首人类为家燕所写的歌：“小燕子穿花衣，年年春天到这里。我问燕子你为啥来？燕子说：这里的春天最美丽，这里的春天最美丽！”

听着咕噜的歌声，全体家燕都露出会心的笑，也放开歌喉齐声歌唱。这整齐嘹亮的歌声，被和煦的春风传得很远很远……

**相关链接：一位不具姓名的人类智者撰写的《关于闽西北区域家燕特殊习性的考察报告》**

经长期科学考察发现，在闽西北区域有一群特立独行的家燕，他们没有像别的家燕一样每年迁徙到东南亚温暖之地过冬的习惯，在冰天雪地的寒冬，依然能像大部分的鸟族一样顽强地生存下来。他们强劲有力的翅膀，给闽西北寒冬灰暗的天空划出了一道道亮丽的色彩。这种特殊的鸟，据说是一只名叫咕噜的家燕所统领的家燕家族的后代，他们秉承先祖咕噜在大自然恶劣的环境下锤炼出来的基因，可在冬天里生存。

这一族的家燕还保持并推广像蝙蝠一样倒悬休息的技术。先是从南坑村，随后，经过几十年的繁衍传承，整个闽西北区域许多生活在乡村里的家燕都改变了栖息的习惯，能轻松自如地倒悬睡觉。于是，我们可以看到，在每一个依旧构造精美的燕巢外，总是倒悬着一只守护的男燕，而在温暖的燕巢里安睡的，当然是他的妻儿。